NELE
NEUHAUS

SCHNEEWITTCHEN
MUSS STERB[...]

KB155837

SCHNEEWITTCHEN MUSS STERBEN
by Nele Neuhaus

© by Ullstein Buchverlage GmbH, Berlin. Published in 2010 by List Taschenbuch Verlag
Korean Translation Copyright © 2011 by Thenan Contents Group Co., Ltd.
All rights reserved.
The Korean language edition is published by arrangement with
Ullstein Buchverlage GmbH through MOMO Agency, Seoul.

이 책의 한국어판 저작권은 모모 에이전시를 통해
Ullstein Buchverlage GmbH 사와의 독점 계약으로 (주)더난콘텐츠그룹에 있습니다.
저작권법에 의해 한국 내에서 보호를 받는 저작물이므로 무단전재와 무단복제를 금합니다.

백설공주에게 죽음을

넬레 노이하우스 장편소설

김진아 옮김

북로드

피부는 눈처럼 희고
입술은 피처럼 붉고
머리칼은 흑단처럼 검어라.

일러두기

옮긴이 주는 작은 괄호 안에 '역주'를 별도 표기했다.

프롤로그

지하로 이어지는 녹슨 철제 계단은 폭이 좁고 경사가 급했다. 그는 계단 끝까지 내려가 전등 스위치를 찾아 벽을 더듬었다. 이윽고 희끄무레한 25와트짜리 백열등 불빛이 손바닥만 한 복도를 가득 채웠다. 문고리에 손을 갖다 대고 살짝 힘을 주자 육중한 철문이 소리도 없이 열렸다. 문소리에 그녀가 깰세라 부지런히 경첩에 기름을 쳐둔 덕분이다. 달큼한 꽃향기가 따뜻한 공기에 섞여 얼굴을 간지럽혔다.

그는 조심스럽게 문을 닫고 방에 불을 켠 뒤 잠시 가만히 서 있었다. 가로 5미터, 세로 10미터의 널찍한 방은 간소하지만 아늑한 분위기를 자아내고 있다. 오디오를 틀자 브라이언 애덤스의 허스키한 목소리가 흘러나왔다. 그의 취향은 아니지만, 그녀가 가장 좋아하는 가수기 때문에 항상 틀어놓는다. 마음에 안 들어도 잠시만 참자고 생각하는 것이다. 언제나처럼 그녀는 말이 없다. 그녀는 말을 하는 법이 없다. 질문에 답하는 일도 없다. 그러나 그는 상관하지 않는다.

공간을 둘로 나눈 병풍을 치우자 좁다란 침대 위에 누워 있는 그녀가 보인다. 긴 머리카락을 까만 부채처럼 머리 위로 넓게 펼치고, 두 손을 배 위에 얹은 모습이 무척이나 아름답다. 침대 옆에는 신발 한 켤레가, 머리맡 작은 탁자 위에는 시든 백합이 꽂힌 유리 화병이 놓여 있다.

"백설공주, 안녕?"

인사를 건네는 그의 이마에 어느새 땀방울이 맺혔다. 방 안 공기가 참기 힘들 정도로 후텁지근하지만 그녀는 따뜻한 것을 좋아한다. 예전에도 유난히 추위를 많이 탔다.

그는 고개를 들어 벽에 걸려 있는 액자를 바라보았다. 그가 그녀를 위해 직접 걸어놓은 것이다. 그 옆에 다른 그림을 더 걸고 싶지만 아직 말할 기회가 없었다. 그녀가 기분 좋을 때를 골라 말을 꺼낼 생각이다.

그가 침대 끄트머리에 걸터앉자 매트리스가 출렁였다. 순간 그녀가 움직인 게 아닌가 하는 착각이 들었다. 하지만 그럴 리는 없다. 그녀는 움직이는 일이 없다. 그가 손을 뻗어 그녀의 뺨을 조심스럽게 어루만졌다. 누렇고 뻣뻣해진 피부에서 세월의 흐름이 느껴졌다.

그녀는 언제나처럼 눈을 감고 있다. 더 이상 장밋빛 도는 부드러운 피부는 아니지만 입술만은 예전과 다름없이 아름답다. 그를 향해 재잘거리고 미소 짓던 그 입술 그대로다. 그는 한참을 그렇게 앉아서 그녀의 얼굴을 들여다봤다. 그녀를 지켜야 한다는 생각이 그 어느 때보다도 강하게 들었다.

"이제 그만 가봐야 해." 그가 아쉬운 듯 속삭였다. "할 일이 많거든."

그는 화병에서 시든 백합을 빼 들고 나서 그 옆에 놓인 병에 콜라가 가득 차 있는지 확인했다. "필요한 게 있으면 언제라도 말해. 알았지?"

　그는 이따금 그녀의 미소가 못 견디게 그립다. 그럴 때면 슬픔이 파도처럼 밀려왔다. 물론 그도 그녀가 죽었다는 사실을 잘 안다. 그러나 모르는 척하는 것이 훨씬 마음 편하다. 그래야만 그녀의 미소를 다시 볼 수 있다는 실낱같은 희망이라도 간직할 수 있기 때문이다.

2008년 11월 6일 목요일

또 보자는 인사는 생략했다. 출소하는 사람은 또 보자는 말을 하지 않는 법이다. 지난 10년간 얼마나 자주 이 순간을 상상했던가. 그러나 교도소를 나서자마자 그는 깨달았다. 그 상상은 언제나 자유 속으로 첫발을 내딛는 순간에 끝났었음을…… 막상 자유의 몸이 되자 막막하기만 한 미래 때문에 겁이 더럭 났다.

이제 그에게는 미래가 없다. 예전과 달리 지금은 그 어떤 미래도 상상할 수 없다. 세상은 그를 기다리지 않았다. 사회 복지사들이 그렇게 염불 외듯 반복하지 않아도 잘 아는 사실이다. 그를 기다리는 것은 핑크빛 미래가 아니라 사회의 편견과 예정된 패배다. 고등학교를 수석으로 졸업한 뒤 의사의 길을 걷겠다는 꿈은 접어야 했다. 잘 풀린다면 교도소에서 취득한 대학 졸업장이나 선반공 자격증을 써먹을 수는 있을 것이다. 어쨌든 이제 정신 똑바로 차려야 한다.

하늘을 향해 삐죽삐죽 솟은 로켄베르크 교도소의 회색 철문이 날카로운 쇳소리를 내며 닫혔다. 돌로 포장된 길 건너편에 그녀가 서 있었다. 지난 10년간 꾸준히 편지를 보내준 유일한 친구다. 그러나 막상 눈앞에 서 있는 그녀를 보니 놀라지 않을 수 없었다. 사실 아버지가 기다리고 있을 거라 생각했던 것이다. 그녀는 은회색 지프에 등을 기댄 채 통화를 하고 있었다. 휴대전화를 들지 않은 손에는 담배 한 개비가 들려 있다. 급히 담배 연기를 빨아들이던 그녀가 자신을 알아보자 그는 무의식중에 걸음을 멈추었다. 그녀는 차에 기댄 몸을 일으키며 휴대전화를 코트 주머니 속에 집어넣고 담배를 튕겨 길가에 버렸다. 그는 얼마간 꼼짝도 않고 건너편을 응시하다가 마침내 길을 건넜다. 그리고 왼손에 작은 여행 가방을 든 채 그녀 앞에 섰다.

"오랜만이야, 토비."

그녀가 어색하게 웃었다. 10년이라는 긴 세월 동안 그들은 단 한 번도 만난 적이 없었다. 그가 면회를 원치 않았기 때문이다.

"안녕, 나디야."

낯선 이름으로 그녀를 부르는 게 어색했다. 그녀는 텔레비전에서보다 더 예쁘고 젊어 보였다. 둘은 그렇게 서로를 바라보며 어색하게 서 있었다. 바람에 낙엽이 부스럭 소리를 내며 지나갔다. 우중충한 하늘에 회색 구름이 짙게 드리워 있다. 몹시도 추운 날이다.

"출소 축하해." 그녀가 그를 포옹하면서 뺨에 입을 맞추었다. "다시 보니 정말 기뻐."

"나도."

그는 기계적으로 대답하면서 속으로 정말 기쁜가 하고 자신에게 물었다. 그가 아는 기쁨은 지금 자신이 느끼는 이 낯설고 불안한 감정과는 달랐다. 그가 마주 안아줄 생각을 않자 그녀는 팔을 풀었다.

먼 옛날, 옆집에 살던 그녀는 그의 둘도 없는 단짝이었다. 그리고 언제나 옆에 있는 게 당연한 공기와 같은 존재였다. 외아들인 그에게 있어 그녀는 여동생이나 다름없었다. 그러나 지금은 모든 것이 변했다. 이름만이 아니다. 사내아이 같던 나탈리, 주근깨와 치아 교정기 그리고 커다란 젖가슴 때문에 늘 놀림당하던 나탈리는 사라지고 잘나가는 유명 여배우 나디야 폰 브레도프가 되어 있었다. 그녀는 신분 상승의 사다리 맨 꼭대기까지 올랐지만, 그는 그 사다리에 발도 댈 수 없는 처지다. 오늘부터 그는 전과자다. 죗값을 치르기는 했지만 사회는 결코 그를 환영하지 않으리라.

"아저씨는 오늘 휴가를 못 내셨대." 그녀가 한 걸음 물러서며 말했다. 마치 그의 불편한 마음이 그녀에게 전해진 것 같았다. "그래서 내가 오겠다고 했어."

"고마워."

그는 못 이기는 척 가방을 뒷좌석에 실은 뒤 조수석에 앉았다. 밝은색 가죽 시트는 흠집 하나 없이 깨끗했고 새 차 특유의 냄새도 났다.

"와." 그는 감탄을 금치 못했다. 그리고 곧장 비행기 조종실을 연상케 하는 계기판에 시선을 빼앗겼다. "차 좋은데?"

나디야는 짧게 웃은 뒤 버튼 하나를 눌렀다. 열쇠를 꽂아 돌리지 않았는데도 나지막한 엔진 소리와 함께 시동이 걸렸다. 그녀가 그 묵직한 차를 능숙한 솜씨로 주차 대열에서 빼냈다. 교도소 담을 따라 늘어선 거대한 마로니에 몇 그루가 토비아스의 눈에 들어왔다. 감방 창문 너머로 보던 그 나무들은 지난 10년간 그에게 있어 바깥세상과의 유일한 연결 고리였다. 철 따라 변하는 나무들만이 현실감을 느끼게 했을 뿐 그 밖의 교도소 철창 너머 세계는 안개처럼 희미했다. 이제 그는 살인 전과자라는 꼬리표를 달고 그 안개 속으로 걸어 들어가야 한다. 선택의 여지는 없다.

"어디로 갈 거야?" 나디야가 고속도로로 진입하며 물었다. "우리 집으로 갈래?"

출소가 가까워지자 나디야는 프랑크푸르트에 있는 집이 넓으니 우선 거기 와 있으라고 권유하는 편지를 여러 번 보냈었다. 알텐하인으로 돌아가 옛 기억과 맞닥뜨리지 않아도 된다는 사실에 흔들렸지만 결국, 토비아스는 그 제안을 거절했다.

"나중에…… 일단 집으로 가자."

*

에슈본의 폐쇄된 군 비행장에는 비가 쏟아지고 있었다. 강력계 형사 피아 키르히호프는 양 갈래로 땋아 내린 짧은 금발 위로 야구 모자를 눌러쓰고 오리털 파카 주머니에 손을 찌른 채 감식팀 사람들이 일하는 모습을 지켜봤다. 그들은 땅에 난 구덩이를 덮은 천막을 팽팽하게 고정시키고 있었다.

낡은 비행기 격납고를 철거하던 굴삭기 운전수가 텅 빈 지하 기름 탱크에서 사람 유골을 발견하고 경찰에 신고한 게 몇 시간 전의 일이다. 경찰차가 나타나자 외국인 근로자들은 재빨리 모습을 감추었고 철거 작업은 두 시간째 중단 상태다. 초조해진 작업 반장이 피아 옆에서 구시렁대기 시작했다. 입만 열면 욕이 튀어나오는 이 남자는, 빗물이 목덜미로 흘러들어가지 못하게 막으려는 듯 잔뜩 어깨를 웅크리고 서서 15분 사이에 담배를 벌써 세 대째 피워대고 있었다.

"법의학팀을 기다려야 돼요. 금방 올 거예요." 피아는 불법 노동자나 철거 계획 따위는 안중에도 없었다. "다른 건물부터 철거

하면 되잖아요."

"젠장, 말이야 쉽지!" 작업반장이 굴삭기와 대형 트럭들이 서 있는 쪽을 가리키며 다시금 불평을 터뜨렸다. "이런 뼈 쪼가리 몇 개 때문에 작업이 얼마나 지연되고 있는지 알기나 하쇼? 돈으로 치면 손해가 수억은 된다고."

피아는 어깨를 으쓱하며 뒤쪽으로 시선을 돌렸다. 마침 멀리서 자동차 한 대가 덜컹거리며 달려오고 있었다. 시멘트가 갈라진 틈마다 잡초가 자라나 원래는 매끈했을 활주로가 울퉁불퉁했다. 자연은 인간이 만들어낸 그 어떤 장애물도 극복할 수 있다는 사실을 이 폐쇄된 비행장은 여실히 보여주고 있었다. 그녀는 불평하는 작업반장을 내버려두고 경찰차들 옆에 멈춰 선 은색 메르세데스를 향해 걸었다.

"빨리도 왔네." 피아는 전남편을 보자마자 불퉁거렸다. "나 감기 걸리면 당신 책임인 줄 알아."

프랑크푸르트 법의학연구소장 헤닝 키르히호프는 서두르는 기색 하나 없이 착용이 의무화되어 있는 일회용 오버올을 껴입고 반지르르 윤이 나는 가죽 구두를 고무장화로 갈아 신은 뒤 모자를 썼다. "강의가 있었어. 그리고 박람회장 앞에서 길이 좀 막히더라고. 미안해. 그런데 이번엔 뭐야?"

"유골. 철거회사 사람들이 두 시간쯤 전에 지하 탱크 안에서 발견했어."

"위치 이동이 있었나?"

"그런 것 같지는 않아. 흙과 시멘트를 치운 뒤에 용접기로 윗부분을 썰어냈대. 탱크를 통째로 옮길 수는 없으니까."

"알았어."

혜닝이 고개를 끄덕였다. 그리고 감식팀 사람들에게 인사를 한 뒤 사다리를 내려 탱크가 있는 구덩이로 들어갔다. 그는 단연 이번 사건의 적임자다. 국내에 몇 안 되는 범죄심리 인류학자인 데다 해골은 그의 전문 분야다.

변변한 구조물 하나 없는 비행장에 세찬 바람까지 불어 빗줄기는 거의 지면과 평행하게 몰아치고 있었다. 피아는 너무 추워서 등골이 얼어붙는 것만 같았다. 빗물이 모자챙을 타고 흘러 콧등으로 떨어졌고 발에 감각이 사라진 지는 이미 한참 됐다. 격납고 안에 하릴없이 서서 보온병에 든 뜨거운 커피를 나눠 마시는 철거회사 사람들이 부러워 못 견딜 지경이었다.

피아는 천막 덮개를 들치고 안을 들여다봤다. 남은 한 손으로는 아래로 떨어지지 않게 사다리를 꽉 붙잡았다. 혜닝은 여느 때와 같이 꼼꼼하게 일을 처리했다. 일단 눈앞에 뼈만 가져다주면 시간이고 뭐고 다 잊고 외부의 영향으로부터 완전히 자유로워지는 사람이다.

"훼손된 데가 전혀 없군." 기름 탱크 바닥에 무릎을 꿇고 해골 위로 몸을 숙인 채 뼛조각을 유심히 살피던 그가 위를 향해 외쳤다. "여자야."

"나이는? 죽은 지는 얼마나 됐어?"

"아직 정확히 말하기는 힘들어. 일단 육안으로는 조직이 발견되지 않아. 꽤 오래된 것 같은데."

혜닝이 자리에서 일어나 사다리를 타고 올라오자 감식팀 직원들이 유골과 그 주변의 흙을 조심스럽게 파내기 시작했다. 유골이 법의학연구소로 옮겨지면 혜닝과 그의 동료들이 철저한 조사를 벌일 것이고 결과가 나오려면 어느 정도 시간이 걸린다.

최근 지하 공사 중에 유골이 발견되는 일이 잦았다. 살인을 제외한 치사 행위는 공소시효가 30년이기 때문에 사망 시각이 결정적인 역할을 한다. 즉 사망 당시 나이와 사후 경과 시간이 밝혀진 뒤에야 실종자 명단과 비교하는 일이 의미 있어진다. 비행장이 폐쇄된 것은 1950년대 즈음이다. 그렇다면 지하 탱크도 그때부터 비어 있었을 것이다. 1991년 10월까지 비행장 옆에 미군 캠프가 있었으니 그 부대 소속 여군의 해골일 수도 있고, 녹슨 철조망 건너편에 있던 난민 수용소의 거주민일 수도 있다.

"어디 가서 커피 한잔할까?"

헤닝이 안경에 묻은 물기를 닦으며 말했다. 그러고는 흠뻑 젖은 오버올을 몸에서 걷어냈다. 피아는 흠칫 놀라 전남편을 바라봤다. 근무 중에 카페를 찾다니, 전혀 그답지 않다.

"무슨 일 있어?" 피아가 약간 심술 섞인 말투로 물었다.

헤닝은 입꼬리를 한 번 바짝 당겨 올리더니 한숨을 내쉬며 실토했다. "아주 난처한 상황이야. 당신 조언이 필요해."

*

마을은 계곡 아래에 바짝 웅크리고 있었다. 낮은 집들 사이로 삐죽 솟아 있는 70년대식 건물 두 채가 볼썽사납다. 당시에는 전국 어디서나 이런 높은 건물에 쉽게 허가를 내줬다. 오른쪽 비탈에 '백만장자 언덕'이 보였다. 소수의 외지인들이 들어와 넓은 저택을 짓고 사는 거리 두 곳을 토박이들은 경멸 섞인 표현으로 그렇게 불렀다.

토비아스는 집이 가까워질수록 가슴이 두방망이질하는 것을 느꼈다. 11년 만이다. 오른쪽으로 돔브로프스키 할머니의 작은 전통 가옥이 나왔다. 두 건물 사이에 끼어 있지 않았다면 이미 오래전에 쓰러졌을 것 같은 외관은 지금도 그대로였다. 조금 더 가면 리히터네 집과 가게가 나온다. 거기서 대각선으로 건너다보이는 건물이 바로 아버지의 레스토랑 '황금 수탉'이다.

이윽고 나디야가 황금 수탉 앞에 차를 세웠다. 토비아스는 긴장해서 침을 꼴깍 삼키다가 다 쓰러져가는 건물을 보고 믿기지 않는다는 표정을 지었다. 벽의 페인트는 다 벗겨져 너덜너덜했고 나무 겉창은 내려져 있었으며 빗물받이는 처마 끝에 대롱대롱 매달려 있었다. 갈라진 아스팔트 틈 사이로 잡초가 무성하게 자라 황폐하기 그지없었고 앞마당으로 통하는 울타리 문은 경첩이 떨어져 나가 겨우 걸쳐져 있는 상태였다. 토비아스는 하마터면 그냥 가자고 나디야를 재촉할 뻔했다. 어서 가, 어서 빨리 여길 떠나! 그러나 잘 참아냈다. 그는 나디야에게 고맙다고 말한 뒤 차에서 내려 뒷좌석에서 여행 가방을 꺼냈다.

"도움이 필요하면 전화해."

나디야는 이렇게 말하고 총총히 사라졌다. 대체 뭘 기대했던 걸까. 환영 현수막이라도 걸려 있을 줄 알았단 말인가. 그는 아스팔트를 깐 작은 주차장에 서서 아버지의 레스토랑을 바라보았다. 한때는 이 촌 동네의 명소라 할 만한 곳이었는데……. 그러나 눈부시게 하얗던 벽은 비바람에 상해 원래의 색을 잃었고, 간판은 칠이 다 벗겨져 '황금 수탉'이라는 글자를 알아볼 수도 없었다. 문에는 금이 간 반투명 유리에 '임시 휴업'이라고 적힌 종이가 누렇게 바랜 채 붙어 있었다.

아버지는 언젠가 면회를 와서 레스토랑 문을 닫았다며 아픈 허리 탓을 한 적이 있다. 하지만 토비아스는 아버지가 그런 어려운 결단을 내린 데에는 분명히 다른 이유가 있을 거라 생각했다. 삼대째 가업을 물려받은 하르트무트 자토리우스에게 황금 수탉은 그냥 보통 가게가 아니었다. 그는 가게 경영에 온갖 정성을 쏟았다. 직접 가축을 잡아 식자재를 조달했고, 요리도 손수 했을 뿐 아니라 사과주도 직접 집에서 담갔다. 무엇보다 단 한 번도 아프다는 핑계로 문을 닫은 적이 없었다. 즉 레스토랑이 문을 닫았다는 것은 손님이 발길을 끊었다는 뜻이다. 누가 살인자의 아버지가 운영하는 식당에서 먹고 마시며 잔치를 벌이고 싶겠는가.

토비아스는 심호흡을 한 뒤 울타리 문을 향해 걸어갔다. 문은 한 짝만 여는 데도 꽤 힘이 들었다. 레스토랑 앞마당에 들어선 그는 다시 한번 큰 충격을 받았다. 여름이면 탁자와 의자로 가득 차던 곳, 키 큰 마로니에 가지가 휘어질 듯 탁자 위에 드리우고 정자 기둥을 타고 올라간 야생 포도 줄기가 덩굴시렁을 이루던 곳, 종업원들이 탁자와 탁자 사이를 바쁘게 오가던 그곳에서 이제는 쓸쓸함만이 느껴졌다.

아무렇게나 버려진 쓰레기 더미 위에는 부서진 가구와 잡동사니가 동산을 이루었고 정자는 반쯤 허물어졌으며 포도나무는 시들어 죽어 있었다. 마로니에 낙엽은 치우는 사람이 없어 수북이 쌓여 있었고 오랫동안 비우지 않았는지 꽉 찬 쓰레기통 옆 비닐봉지들에서 역한 냄새가 진동했다.

토비아스는 부모님이 이런 환경에서 살고 있다는 사실을 믿을 수가 없었다. 꾸역꾸역 여기까지 오게 해준 용기가 순식간에 달아나는 것 같았다. 그는 천천히 집을 향해 걸었다. 그리고 계단을 올라 현관문 옆 초인종을 눌렀다. 심장이 목구멍에 닿을 듯 거

세게 뛰었다. 잠시 후 주저하듯 문이 열렸다. 열린 문틈으로 나타
난 아버지를 보자 눈에 눈물이 핑 돌았다. 그리고 곧 말할 수 없는
분노가 치밀었다. 스스로에 대한 분노였고, 그가 교도소에 있는
동안 부모님을 이렇게 내버려둔 마을 사람들에 대한 분노였다.

"토비아스!"

하르트무트 자토리우스의 야윈 얼굴 위로 한 줄기 기쁨의 빛
이 스쳤다. 그는 더 이상 예전의 당당하고 활기 넘치는 아버지가
아니었다. 그저 옛 모습의 잔영일 뿐이었다. 한때 풍성했던 잿빛
머리는 희끗희끗해졌고 그나마도 숱이 확 줄어 있었다. 구부정해
진 어깨는 그가 져야 했던 삶의 무게를 짐작게 했다.

"집을 좀 치울 생각이었다만……, 휴가를 못 내는 바람에……."

하르트무트가 말끝을 흐렸다. 얼굴의 미소도 금방 사라졌다.
아들의 눈에 비친 자신의 모습이 부끄러웠던 것이다. 한편 토비아
스는 자식과 시선조차 맞추지 못하는 아버지를 마주하는 일이 너
무나 가혹하게 느껴졌다. 아들은 가방을 툭 떨어뜨리고는 어색한
몸짓으로 아버지를 향해 두 팔을 벌렸다. 그리고 정말 아버지인지
의심이 갈 정도로 늙고 보잘것없어진 낯선 남자를 껴안았다.

잠시 후 두 사람은 식탁을 가운데 두고 마주 앉았다. 불편한
기운이 감돌았다. 못다 한 이야기가 너무나 많았지만 그 어떤 질
문도 불필요하게 느껴졌다. 비닐천으로 된 화려한 무늬의 식탁보
위에는 빵 부스러기가 널려 있었고, 창문은 지저분했으며, 창가에
놓인 화분은 말라 죽은 지 오래된 듯했다. 부엌 공기는 축축하고
차가웠다. 거기다 상한 우유 냄새와 담배 냄새에 절어 있어 불쾌
했다. 부엌은 토비아스가 체포되어 집을 떠난 1997년 9월 16일 그
날 이후 아무것도 변하지 않은 듯했다. 가구 배치도, 벽에 걸린 그

림도 그대로였다. 그러나 그때는 환하고 온기 가득한 부엌이었다. 그리고 어머니의 깔끔한 성격을 반영하듯 먼지 하나 없이 깨끗했다. 어머니가 이런 꼴을 그냥 보고 있을 리 없었다.

"어머니는요?"

이윽고 토비아스가 침묵을 깨고 물었다. 그런데 이 질문에 아버지는 아까보다 더 당황했다.

"원래는……. 원래는 너한테도 말하려고 했다만……, 역시 모르는 편이 낫겠다 싶었다. 네 엄마도 같은 생각이었어." 하르트무트는 곧 진실을 털어놓았다. "이사 나간 지…… 한참 됐다. 하지만 네가 오늘 집에 온다는 건 알고 있어. 네가 나온다고 아주 좋아하더라."

토비아스는 이해가 안 간다는 표정으로 아버지를 쳐다봤다. "이사를 나가다니 그게 무슨 말이에요?"

"네가…… 집을 떠난 뒤로 여기서 사는 게 힘들어졌단다. 계속해서 말들이 많았어. 네 엄마도 결국은 못 견디겠나 보더라." 아버지의 목소리가 갈라졌다. 예전의 그 활기찬 음성이 아니었다. 그러나 그 목소리에 비난과 같은 감정은 전혀 섞여 있지 않았다. "4년 전에 이혼했다. 지금은 바트조덴에 살아."

토비아스는 힘겹게 숨을 삼켰다. "왜 저한테는 한마디도 안 하셨어요?" 그가 중얼거렸다.

"말해봤자 네 속만 상할 텐데, 뭣하러 그러겠니."

"그럼 여기서 아버지 혼자 사시는 거예요?"

하르트무트는 말없이 고개를 끄덕였다. 그러면서 식탁 위 빵 부스러기를 손으로 이리저리 밀어서 일렬종대를 만들기도 하고 일렬횡대를 만들기도 하다가 손바닥으로 흩어버리기를 반복했다.

"그럼 돼지랑 소들은 누가 돌봐요? 그 많은 일을 혼자 다 하지는 못할 텐데⋯⋯."

"그것들, 넘긴 지 꽤 됐다." 하르트무트는 애써 웃음을 지으며 말을 이었다. "밭농사만 조금 남겨놨어. 하지만 에슈본에서 좋은 일자리를 구했단다. 주방 일인데 아주 괜찮아."

토비아스는 주먹을 쥔 손에 힘을 주었다. 그동안 자신이 얼마나 바보 같았는지 생각하니 어처구니가 없었다. 삶으로부터 버림받은 사람은 오직 자신뿐이라고 생각해오지 않았던가! 지난 10년이 부모님께 얼마나 견디기 힘든 시간이었는지에 대해서는 생각해본 적이 없었다. 면회를 왔을 때도 부모님은 마치 모든 일이 다 잘되고 있다는 듯이 행동했었다. 겉으로는 웃으면서도 그 속은 얼마나 타들어갔을까! 분노가 목을 조르는 것만 같았다. 그는 자리에서 일어나 창가로 갔다. 그리고 멍한 시선으로 창밖을 내다봤다. 며칠만 부모님 곁에 있다가 알텐하인을 떠나 다른 곳에서 새 삶을 시작하려던 그의 계획은 소리 없이 무너졌다.

그는 절대로 떠나지 않을 것이다. 이 집, 이 레스토랑, 이 마을, 아무 죄도 없는 부모님을 그토록 괴롭힌 이 빌어먹을 마을에 남을 것이다.

*

'흑마'는 손님으로 북적거렸다. 나무판자로 벽을 장식한 홀은 탁자, 바 할 것 없이 사람으로 가득해 매우 소란스러웠다. 목요일의 이른 저녁 시간치고는 손님이 너무 많았다.

아멜리 프뢸리히는 감자튀김을 곁들인 예거슈니첼(구운 돼지

고기나 송아지고기에 소스와 버섯을 곁들인 음식_역주) 세 접시를 들고 중심을 잃지 않으려 애쓰며 9번 탁자로 가서 음식을 내려놓은 뒤 "맛있게 드세요"라고 말했다. 지붕 수리공 우도 피치와 그 패거리는 항상 아멜리의 특이한 차림새를 가지고 농을 걸곤 했다. 그런데 오늘은 홀딱 벗고 서빙을 해도 아무도 눈치채지 못할 것 같은 분위기였다. 축구 결승전이 있는 날에나 느낄 수 있는 긴장감이 감돌았다. 게르다 피치가 수다를 떨러 옆 탁자 쪽으로 몸을 기울이자 아멜리는 귀를 쫑긋 세웠다. 옆 탁자에는 큰길에서 식료품 가게를 하는 리히터 가족이 앉아 있었다.

"내가 두 눈으로 똑똑히 봤다니까." 마고트 리히터가 말했다. "세상에 여기가 어디라고 다시 발을 들여와? 낯짝도 두껍지!"

아멜리는 주방으로 돌아갔다. 로즈비타가 음식이 나오기를 기다리고 있었다. 4번 탁자에 앉은 프리츠 웅거가 주문한 음식은 양파와 허브 버터를 곁들여 미디엄으로 구운 홍두깨살 스테이크였다.

"오늘 여기 무슨 일 있어요?"

아멜리가 흰색 간호사 신발을 신은 로즈비타에게 물었다. 정맥이 두드러진 왼쪽 종아리를 오른 다리로 슬쩍 문지르던 그녀는 슬며시 사장 제니 자길스키의 눈치를 살폈다. 사장은 폭주하는 음료 주문에 정신이 없어 종업원들에게까지 신경 쓸 여유가 없어 보였다.

"자토리우스네 아들내미가 돌아왔잖아." 로즈비타가 낮은 목소리로 비밀스럽게 속삭였다. "기집애를 둘이나 죽이고 감방에서 10년을 살다 나온 놈이야!"

"세상에!"

아멜리는 놀라서 눈을 동그랗게 떴다. 하르트무트 자토리우스라면 몇 번 본 적이 있었다. 그녀의 집에서 내려다보이는 망한 농장에 사는데, 볼 때마다 넓디넓은 마당에 혼자 우두커니 앉아 있곤 했다. 그러나 그 집에 아들이 있는 줄은 몰랐다.

"못 믿겠어?"

로즈비타가 고갯짓으로 바에 앉은 목수 만프레트 바그너를 가리켰다. 그는 열 병째인지 열한 병째인지 모를 맥주를 앞에 놓고 취기에 번들번들한 눈으로 허공을 응시하고 있었다. 보통 때 같으면 두 시간은 마셔야 하는 양이었다.

"그때 죽은 애가 바로 저 양반 딸내미 로라야. 그리고 슈네베르거 씨네 딸도 죽었고. 그런데 토비아스 걔가 기집애들 시체를 어떻게 했는지 끝까지 말을 안 하더라니까."

"홍두깨살 스테이크 나왔어요!"

주방 보조 쿠르트의 외침과 함께 음식 창구로 접시가 쑥 나왔다. 로즈비타는 신발을 바로 신은 뒤 접시를 들고 거대한 몸을 흔들며 능숙하게 사람들 사이로 사라졌다. 토비아스 자토리우스? 한 번도 들어본 적이 없는 이름이었다. 그도 그럴 것이 아멜리가 베를린에서 알텐하인으로 이사 온 지는 반년도 채 안 됐다. 여기 온 것도 자의가 아니었다. 그녀는 이 마을이나 마을 사람들에게는 눈곱만치의 관심도 없었다. 만약 아버지 회사의 사장이 이 일자리를 소개해주지 않았다면 아마 아는 마을 사람이 아직 하나도 없었을 것이다.

"바이젠 맥주 셋, 콜라 라이트 작은 거 하나!"

사장이 소리쳤다. 아멜리는 쟁반 위에 유리잔을 놓으면서 바그너 쪽을 흘깃했다. 바그너의 딸이 자토리우스의 아들에게 살해

당했다니, 와우! 지루하기 짝이 없어 보였던 촌 동네의 비밀이 드디어 드러나기 시작한 걸까? 아멜리는 사장의 오빠인 외르크 리히터와 다른 두 남자가 앉아 있는 탁자에 맥주를 갖다주었다. 원래는 여동생 대신 바를 맡아야 하지만 그가 맡은 일을 제대로 하는 경우는 드물었다. 특히 큰사장인 제니의 남편이 없을 때에는 아예 일하는 척도 하지 않았다. 콜라 라이트는 4번 탁자에 앉은 웅거 부인 앞에 놓았다.

　주문 받은 음식이 다 나가자 주방에 잠시 휴식이 찾아왔다. 홀에 나갔던 로즈비타는 발갛게 상기된 뺨을 하고서는 가슴을 출렁거리며 주방으로 돌아와, 호기심에 굶주린 청중에게 따끈따끈한 새 소식을 전했다. 아멜리 외에도 주방 보조인 쿠르트와 아힘, 주방장 볼프강이 귀를 쫑긋 세웠다.

　마고트 리히터의 식료품 가게는 황금 수탉과 비스듬히 마주 보는 위치에 있었다. 아멜리에게는 이상하게 들렸지만, 마을 사람들은 항상 리히터네가 아니라 마고트네 가게에 간다고 말했다. 가게 명의자는 마고트의 남편인데도 말이다. 어쨌든 그 가게가 황금 수탉 대각선 맞은편에 있는 관계로, 마고트와 마고트의 가게에서 오후 내내 수다를 떨던 미용사 잉게 돔브로프스키가 귀환한 '짐승만도 못한 인간'의 첫 번째 목격자가 되었다. 그들은 그 짐승만도 못한 인간이 은색 고급 차에서 내려 아버지의 집으로 들어갔다고 증언했다.

　"낯짝도 두껍지!" 로즈비타는 흥분을 금치 못했다. "사람을 죽여놓고 어떻게 여기 다시 나타날 생각을 해?"

　"여기 아니면 어디 갈 데가 있겠어?" 볼프강이 너그러운 말투로 말하고 맥주를 한 모금 들이켰다.

"지금 제정신이야?" 로즈비타가 볼프강을 몰아붙였다. "댁네 딸이 죽었어도 그렇게 말할래?"

볼프강은 그저 어깨를 으쓱할 뿐이었다.

"그래서 어떻게 됐대요?" 아힘이 다음 이야기를 독촉했다. "어디로 갔대요?"

"아, 제 아버지 집으로 갔지." 로즈비타가 말했다. "집안 꼴이 그 지경이 된 거 보고는 꽤나 놀랐을 거다, 아마."

그때 제니 자길스키가 주방 문을 벌컥 열고 들어와 팔짱을 끼고 직원들 앞에 떡 버티고 섰다. 마고트 리히터의 딸답게 그녀 또한 종업원들이란 주인이 등만 돌리면 금고에 든 돈을 훔치거나 주인을 음해하려 드는 존재라고 철석같이 믿고 있었다. 안 그래도 덩치가 좋았던 그녀는 아이 셋을 연년생으로 낳고 나자 돌이킬 수 없는 몸매가 되었고 이제는 바닥에 눕혀놓고 굴리면 떼굴떼굴 굴러갈 것 같았다.

"로즈비타!" 제니가 족히 서른 살은 연상일 로즈비타에게 버럭 소리를 질렀다. "10번 테이블 계산!"

로즈비타가 군소리 없이 주방을 나갔다. 아멜리가 따라 나가려고 했지만 그새 제니에게 붙잡혔다.

"넌 도대체 몇 번을 말해야 알겠니? 일하러 올 때는 제발 그 밥맛없는 피어싱 좀 빼고 머리도 단정히 하라고 했잖아!" 그녀의 얼굴에는 못마땅한 기색이 역력했다. "그리고 그런 러닝셔츠 쪼가리보다는 블라우스가 낫지 않겠니? 아예 속옷 차림으로 서빙을 하지! 우리 집은 점잖은 손님들이 오는 가게라 베를린의 그런…… 싸구려 술집이랑은 다르다고 했어, 안 했어?"

"남자들은 좋아하던걸요?" 아멜리가 삐쭉거렸다. 그러자 제니의 눈이 가늘어지며 투실투실 살진 목에 붉으락푸르락 불타는 반점이 나타났다.

"쪼그만 게 밝히기는!" 그녀가 무섭게 고함을 질렀다. "남자들하고 노닥거릴 시간 있으면 복장 위생 수칙이나 한 번 더 읽어 봐."

아멜리는 목구멍까지 치밀어 오른 말로 매섭게 받아칠 뻔했지만 마지막 순간에 겨우 참아냈다. 싸구려 파마를 하다 그슬린 머리카락이나 소시지 같은 육중한 장딴지가 역겹기 그지없었지만 제니는 함부로 건드릴 상대가 아니었다. 그리고 흑마의 일자리는 반드시 사수해야 했다.

"거긴 뭐야?" 이번에는 요리사들에게로 화살이 돌아갔다. "할 일 없어?"

아멜리는 재빨리 주방을 빠져나왔다. 그녀가 홀로 들어서는 순간 우당탕 소리를 내며 바그너가 스툴과 함께 넘어졌다.

"이봐, 마니." 단골손님 중 하나가 그에게 농을 던졌다. "아직 10시 10분밖에 안 됐어!"

악의 없는 웃음이 터졌다. 특별히 놀라는 사람은 없었다. 쓰러지는 시간이 조금씩 다를 뿐 거의 매일같이 일어나는 일이었기 때문이다. 그가 쓰러지는 시각은 보통 11시경이었다. 그러면 누군가가 그의 집에 연락했고 얼마 안 있어 바그너 부인이 나타나 술값을 치른 뒤 남편을 끌고 갔다. 그러나 오늘은 상황이 좀 달랐다. 평소에는 순하기 짝이 없는 이 남자가 웬일로 다른 사람 도움 없이 버둥거리며 일어나더니 마시던 맥주잔을 집어 바닥에 내동댕이쳤다. 홀 안은 물을 끼얹은 듯 조용해졌다. 바그너가 비틀거리며 단골들이 앉아 있는 홀 중앙의 큰 테이블로 걸어갔다.

"이 나쁜 놈들아!" 그가 술에 취해 꼬인 혀로 중얼거렸다. "너희들이 뭔데 아무 일도 아니라는 듯이 멍청한 소리를 지껄여? 자기 일이 아니다 이거지!" 바그너는 앞에 놓인 의자 등받이를 잡고 서서 핏발 선 눈으로 사람들을 쏘아봤다. "그래도 나는……, 나는 그놈을 만나야 돼……. 기억이 난다고, 기억이……."

그는 말을 잇지 못하고 고개를 떨어뜨렸다. 외르크가 일어나 옆으로 가서 그의 어깨에 손을 올렸다.

"마니 아저씨, 이제 그만하세요. 제가 안드레아 아줌마한테 전화할게요. 그만하고……."

"손 치우지 못해!"

바그너가 버럭 소리를 지르며 그를 힘껏 밀쳤다. 느닷없는 공격에 외르크는 균형을 잃고 그만 바닥에 쓰러졌다. 그러면서 옆에 있는 의자를 붙잡는 바람에 의자에 앉아 있던 사람까지 함께 바닥으로 넘어졌다. 가게 안은 순식간에 난장판이 되어버렸다.

"이 나쁜 자식, 죽여버릴 테다!"

바그너가 고래고래 소리를 질렀다. 그리고 마구 팔을 휘둘렀다. 맥주가 쏟아져 탁자 밑으로 흘러내리면서 바닥에 쓰러진 사람들의 옷을 적셨다. 로즈비타는 그 난장판 속에서 빠져나오려고 필사적으로 몸부림쳤다.

아멜리는 계산대 옆에서 흥분된 표정으로 그 광경을 지켜보았다. 흑마에서 이런 굉장한 액션극이 벌어지다니! 이 따분한 동네에 드디어 일이 터졌어!

그때 제니가 계산대를 지나쳐 급히 주방 쪽으로 달려갔다.

"손님들 한번 엄청 점잖네."

아멜리가 빈정거렸다. 그리고 그 대가로 매서운 눈총 세례를 받았다. 잠시 후 제니는 쿠르트와 아힘을 이끌고 씩씩거리며 주방을 나왔다. 두 주방 보조는 만취한 손님을 거뜬히 제압했다. 아멜리는 깨진 잔을 치우기 위해 빗자루와 쓰레받기를 찾아 들었다. 바그너는 더 이상 반항하지 않고 순순히 끌려갔다. 그러나 가게 입구에 이르자 어디서 그런 힘이 났는지 갑자기 두 남자의 손을 뿌리치고 돌아섰다. 벌겋게 핏발 선 눈으로 비틀비틀 서 있는 그의 입가에서 침이 흘러내려 엉망이 된 턱수염을 적셨다. 그리고 짙은 색 얼룩이 천천히 바지 앞섶에 번졌다. 가게 안은 쥐 죽은 듯 조용해졌다.

정말 어지간히 취한 모양이군. 아무리 취해도 아직까지 바지에 오줌을 싼 적은 없었는데……. 속으로 은근히 그를 비웃던 아멜리는 갑자기 그가 불쌍하다는 생각이 들었다. 살해당한 딸 때문에 그렇게 날이면 날마다 정신을 잃을 때까지 술을 마셨던 걸까?

"그놈 내가 가만 안 둬!" 바그너가 고함을 쳤다. "때려죽여야 해, 그런…… 그런…… 살인자 새끼!"

그가 고개를 푹 숙였다. 그리고 흐느껴 울기 시작했다.

*

토비아스는 샤워를 마치고 미리 준비해둔 수건을 집어 들었다. 그러고는 금이 간 거울을 손바닥으로 한 번 쓱 닦은 뒤 하나밖에 남지 않은 전구가 발하는 희미한 불빛에 자신의 모습을 비춰보았다. 마지막으로 이 거울을 본 게 1997년 9월 16일 아침이었다. 그리고 얼마 안 있어 경찰이 들이닥쳐 그를 체포했다. 당시 그는 얼마나 어른스럽게 대처했던가. 고등학교를 졸업한 해의 여름이었으니 아직 한참 어린 나이였다.

그는 차가운 거울 표면에 이마를 박고 잠시 그대로 서 있었다. 구석구석 낯익지 않은 곳이 없는 이 집에 있으니 지난 10년간의 교도소 생활이 마치 꿈처럼 느껴졌다. 체포되기 전 며칠간의 일이 어제 일처럼 생생히 떠올랐다. 그때는 얼마나 순진했던가. 지금 생각하면 어이가 없을 정도였다. 그의 기억에는 여전히 채워지지 않는 검은 구멍이 존재했다. 당시 판사는 그의 말을 믿지 않았다.

눈을 뜨고 거울을 들여다보았다. 그리고 각진 얼굴의 서른 살짜리 남자를 발견하고 흠칫 놀랐다. 귀밑에서 턱을 향해 허연 흉터가 길게 나 있었다. 손끝으로 가만히 흉터를 만져보았다. 교도소에 들어간 지 2주 만에 생긴 상처. 그 사건 때문에 다른 수감자들과의 접촉 없이 10년간이나 독방 생활을 했다. 서열이 분명한 교도소에서 어린 여자를 살해한 사람은 아동 살해범을 제외하면 범죄자 중에서도 인간 말종 취급을 받는다.

아귀가 잘 맞지 않는 욕실 문 틈으로 차가운 공기가 들어와 젖은 살갗에 소름을 돋우었다. 아래층에서 두런두런 이야기하는 소리가 들렸다. 손님이 온 모양이다. 토비아스는 속옷을 입고 티셔츠와 청바지를 걸쳤다. 막 마당 청소를 끝내고 샤워를 한 참이었다. 청소를 하다 보니 절망적으로 보이던 앞마당은 뒷마당에 비하면 상태가 양호한 편이었다.

그는 이미 하루빨리 알텐하인을 떠나려던 계획을 포기한 상태였다. 이런 집에 아버지를 혼자 두고 갈 수는 없다. 어차피 자신을 기다리는 직장이 있는 것도 아니니 일단은 집 청소나 하면서 천천히 앞으로의 계획을 세워보자. 욕실을 나온 그는 아이 때부터 쓰던 방을 지나 계단을 내려갔다. 그리고 항상 하던 대로 삐걱거리는 계단 하나를 건너뛰었다. 아버지는 식탁에 앉아 있었다. 손님은 등을 돌리고 있었지만 누군지 금방 알아챌 수 있었다.

*

오후 9시 30분. 호프하임 지방경찰청 강력계 수사반장 올리버 폰 보덴슈타인이 집에 돌아왔을 때 그를 맞아준 유일한 생명체는 집에서 기르는 개였다. 개는 반갑다기보다는 미안한 기색이었다. 뭔가 잘못한 것이 있는 게 분명했다. 뭘 잘못했는지는 굳이 보지 않아도 냄새로 바로 알았다.

보덴슈타인은 열네 시간의 근무로 스트레스가 쌓일 대로 쌓여 있었다. 지역범죄수사국에서 지루한 회의가 있었고, 영어에 취미를 붙인 수사과장 니콜라 엥겔이 '콜드 케이스'라고 명명한 에슈본의 유골 발견 건이 있었고, 끝으로 함부르크로 발령받은 수사 23반 소속 동료의 송별 파티가 있었다. 그의 배에서 꼬르륵 소리가 났다. 술이 넘치는 파티였지만 안주라고는 감자칩 몇 봉지가 전부였다. 그는 냉장고 문을 열었다. 그러나 주린 배를 채워줄 만한 것은 전혀 보이지 않았다. 코지마는 뭐 하는 거지? 저녁을 차려놓지는 못할지언정 장은 봐뒀어야 하는 거 아냐? 도대체 어딜 간 거야?

보덴슈타인은 개똥과, 난방 덕분에 이미 노랗게 말라버린 끈적한 오줌 자국을 피해 2층으로 올라갔다. 예상대로 아기방 침대는 비어 있었다. 어디를 싸돌아다니는지 모르겠지만 코지마는 소피아를 데리고 간 것이 분명했다. 보덴슈타인은 속으로 아내에게 전화를 하지 않겠다고 다짐했다. 어디 간다고 짧막한 쪽지를 남기거나 문자 한 통 보내는 게 그렇게 힘들단 말인가!

막 옷을 벗고 욕실로 들어가려는데 전화벨이 울렸다. 물론 전화기가 제자리에 있을 리 없었다. 복도 서랍장 위에는 거치대만 덩그러니 있었다. 그는 마구 치밀어 오르는 짜증을 꾹 누르고 전화기를 찾아다녔다. 그러다 아무렇게나 널브러져 있던 장난감을 밟고는 짧게 욕설을 내뱉었다. 이윽고 소파 위에서 전화기를 발견한 그가 막 전화를 받으려는 순간 벨 소리가 끊어졌다. 그때 열쇠 돌리는 소리와 함께 문이 열리고 코지마가 들어섰다. 개가 마구 짖기 시작했다. 그녀는 한쪽 팔에 곤히 잠든 소피아를 안고 다른 쪽 손에는 엄청나게 큰 꽃다발을 들고 있었다.

"집에 있으면서 왜 전화를 안 받아?" 그녀가 인사 대신 짧게 물었다.

화가 치밀어 오른 보덴슈타인이 대꾸했다. "전화기가 어디 있는지를 알아야 전화를 받지. 도대체 어딜 다녀온 거야?"

그녀는 그가 팬티 차림인 것은 보이지도 않는지 그냥 그를 지나쳐 부엌으로 가 식탁 위에 꽃다발을 내려놓았다. 그러고는 선잠이 깨 정신없이 보채는 소피아를 보덴슈타인에게 넘겨주었다. 그는 딸아이 기저귀가 터질 듯이 불어나 있는 것을 냄새만 맡고도 알 수 있었다.

"로렌츠네 집에서 소피아 찾아오라고 여러 번 문자 보냈잖아."

코트를 벗는 코지마는 무척 지치고 피로해 보였다. 그러나 보덴슈타인은 자기가 잘못했다는 생각이 들지 않았다.

"문자 못 받았는데."

그의 품에 안긴 소피아가 몸을 뒤척이며 울기 시작했다.

"당연하지, 휴대전화가 꺼져 있었으니까. 내가 몇 주 전부터 말했잖아. 오늘 오후에 뉴기니 사진전 오프닝이 있어서 영화박물

관에 가야 한다고." 코지마의 목소리에 날이 서 있었다. "원래는 오늘 저녁에 일찍 와서 애를 보기로 했잖아. 아니나 다를까 당신이 안 나타나니까 로렌츠가 와서 소피아를 데려갔다고."

실제로 보덴슈타인은 오늘 저녁에 일찍 오겠다고 약속했었다. 그리고 잊어버렸다. 그 사실이 그를 더욱 짜증나게 했다.

"기저귀 갈아야겠어." 보덴슈타인은 이렇게 말하며 아이를 멀찌감치 앞으로 내밀었다. "그리고 개가 집 안에 똥오줌 다 싸놨어. 나가기 전에 산책 좀 시킬 수 없었어? 또 장은 대체 언제 보고 안 본 거야? 힘들게 일하고 와서 뭣 좀 먹으려고 해도 냉장고에 먹을 게 있어야 말이지."

코지마는 아무 대답도 하지 않았다. 눈썹을 치켜뜨며 말할 가치도 없다는 듯 그를 쳐다볼 뿐이었다. 보덴슈타인은 밑도 끝도 없이 화가 치밀었다. 스스로가 책임감 없는 한심한 남자로 느껴졌기 때문이다. 코지마는 우는 아이를 받아 들고 2층으로 올라갔다. 그는 어찌할 바를 몰라 그냥 부엌에 서 있었다. 머릿속에서는 자존심과 이성 간에 한판 싸움이 벌어졌다. 속이 부글부글 끓었다. 결국은 이성이 승리했다. 찬장에서 꽃병을 꺼내 물을 채운 뒤 아내가 들고 온 꽃을 꽂았다. 그리고 수납장에서 두루마리 휴지를 꺼내 개가 현관 복도에 남긴 흔적을 치웠다. 어찌 됐든 아내와 싸우고 싶지는 않았다.

*

"토비아스!" 클라우디우스 테를린덴이 의자에서 일어나며 반갑게 손을 내밀었다. "잘 돌아왔다."

토비아스는 그가 내민 손을 잠시 잡았을 뿐 아무런 대꾸도 하지 않았다. 테를린덴은 한때 토비아스의 가장 친한 친구였던 라르스의 아버지로, 몇 번인가 교도소로 면회를 왔고 그때마다 부모님을 잘 보살펴줄 테니 걱정 말라고 했었다. 왜 테를린덴이 그런 친절을 베푸는지 토비아스는 항상 의아했다. 사건 당시 토비아스의 진술로 인해 난감한 처지에 몰린 적까지 있는데도 그는 조금도 개의치 않았다. 오히려 서둘러 프랑크푸르트에서 가장 잘나가는 변호사를 선임해주기까지 했다. 결국 그 변호사도 법정 최고형을 피하게 해주지는 못했지만…….

"금방 갈 참이었다. 너한테 제안을 하나 하려고 잠깐 들렀다."

테를린덴은 이렇게 말하며 부엌 의자에 다시 앉았다. 시간이 많이 흘렀는데도 그는 전혀 늙지 않았다. 살도 찌지 않았고 피부는 11월인데도 이제 막 휴가를 다녀온 듯 구릿빛이다. 굳이 세월의 흔적을 찾자면 말끔하게 뒤로 빗어 넘긴 머리가 희끗희끗하고 날카롭던 얼굴선이 약간 두루뭉술해진 것 정도였다.

"일단은 바깥세상에 적응을 좀 해야 할 테지? 그런 다음 바로 취직이 되지 않으면 우리 회사에서 일해보는 게 어떻겠냐?"

그가 안경 너머로 토비아스를 바라보았다. 기대감에 가득 찬 표정이었다. 테를린덴은 딱히 덩치가 있거나 위엄 있는 얼굴은 아니지만, 성공한 사업가의 흔들리지 않는 자신감과 타고난 권위로 상대를 제압하는 능력이 있었다. 그의 앞에 선 사람들은 자기도 모르게 스스로가 작아지는 느낌을 받았다.

빈 의자가 있었지만 토비아스는 팔짱을 긴 채 문가에 기대섰다. 생각하고 말고 할 것 없는 제안이었다. 그런데 왠지 석연치 않은 느낌을 떨칠 수 없었다. 값비싼 맞춤 정장과 짙은 색의 캐시미어 코트, 반짝반짝 윤이 나는 구두를 신은 그는 이 보잘것없는 부엌에서 물에 뜬 기름처럼 이질적인 분위기를 풍겼다. 토비아스는 이 남자에게 신세를 지고 싶지 않았다.

토비아스의 시선이 아버지에게로 옮겨 갔다. 아버지는 어깨를 웅크리고 앉아서 자신의 깍지 낀 두 손을 바라보고 있었다. 마치 영주의 방문을 받은 충성스러운 소작인처럼. 이 모습에 그는 슬그머니 역정이 났다. 아버지가 누군가에게 굽실거릴 이유 따위는 없다. 특히 테를린덴 같은 사람 앞에서는 더더욱 아니다.

테를린덴은 일부러 나서서 과도한 호의를 베풂으로써 마을 사람들이 자기에게 갚지 못할 빚을 지게 했다. 그의 수법은 언제나 똑같았다. 마을 젊은이들 대부분이 그의 회사에서 일자리를 얻거나 다른 방법으로 그의 덕을 봤다. 그런 호의의 대가로 그가 원하는 것은 단지 고마움의 표시일 뿐이다. 알텐하인 주민의 반 정도는 어차피 그의 회사에서 일하기 때문에 그는 마을에서 거의 신적인 지위를 누렸다. 부엌 안의 침묵이 불편해지기 시작했다.

"어디, 그럼 일어나 볼까?"

이 말과 함께 테를린덴이 자리에서 일어났다. 하르트무트도 바로 뒤따라 일어났다.

"우리 집 알지? 마음이 정해지면 아무 때나 찾아오너라."

토비아스는 고개만 한 번 끄덕인 뒤 그가 지나갈 수 있게 길을 비켜주었다. 아버지가 손님을 대문까지 배웅하는 동안 토비아스는 부엌에 남았다.

"좋은 뜻으로 한 말이다." 잠시 후 돌아온 아버지가 말했다.

"전 그 사람한테 얽매이고 싶지 않아요." 토비아스가 성마르게 내뱉었다. "무슨 소작인 집에 행차한 영주처럼 행세하는 게 눈꼴

셔요. 자기가 무슨 대단한 사람이라고⋯⋯."

하르트무트는 긴 한숨을 내쉬었다. 그리고 주전자에 물을 담아 불 위에 안치고 나서 나지막하게 말하기 시작했다.

"실은 저 사람 도움을 많이 받았다. 농장이랑 가게에 투자하느라고 따로 저축해놓은 게 없었잖니? 변호사 비용이 만만치 않은 데다 손님은 끊겼지, 대출이자가 계속 밀리니까 결국은 은행에서 농장을 경매에 넘기겠다고 하더라. 그때 테를린덴이 은행 빚을 갚아줬단다."

토비아스는 어안이 벙벙해 아버지를 쳐다봤다. "그럼 우리 농장이⋯⋯ 테를린덴 거란 말이에요?"

"엄밀히 따지면 그렇지. 하지만 테를린덴과 계약을 맺었단다. 언제라도 내가 도로 농장을 살 수 있고 나한테는 죽을 때까지 이집에 살 권리가 있어."

토비아스는 이 새로운 사실을 받아들이는 데 상당한 시간이 필요했다. 그는 아버지가 권하는 차를 거절했다. "테를린덴한테 진 빚이 얼만데요?"

하르트무트는 선뜻 대답하지 못했다. 아들의 욱하는 성질을 잘 알기 때문이었다. "35만 유로다. 은행에 진 빚이 그만큼이었어."

"말도 안 돼. 이곳 땅값만 해도 그 돈의 두 배는 돼요." 토비아스는 평정심을 잃지 않으려 애쓰며 말했다. "그런 터무니없는 가격을 부르다니⋯⋯. 그 사람은 단지 아버지의 처지를 이용한 거예요."

"선택의 여지가 없었다." 하르트무트는 어깨를 으쓱하며 말했다. "그렇게라도 안 했으면 농장이 경매에 넘어갔을 테고 우린 길바닥에 나앉았을 거다."

그때 어떤 불길한 생각 하나가 토비아스의 뇌리를 스쳤다. "실링 땅은요?"

아버지는 아들의 시선을 피해 주전자만 바라보았다.

"아버지!"

"그건 그냥 잡초밭이었어!" 아버지가 갑자기 언성을 높였다.

토비아스는 그제야 감이 잡혔다. 일이 어떻게 돌아갔는지 머릿속에 상세한 그림이 그려졌다. 아버지는 실링 땅을 테를린덴에게 팔았고, 어머니는 그 일 때문에 아버지와 헤어진 것이다!

거기는 그냥 잡초밭이 아니었다. 어머니가 결혼할 때 물려받은 토지였다. 원래 사과나무 과수원이었던 그 땅은 순수하게 지가만 따져도 엄청났다. 그리고 1992년 토지사용계획 개정 이후에는 알텐하인에서 가장 비싼 노른자위 땅이 되었다. 1,500제곱미터에 이르는 땅덩어리가 상권이 들어설 지역 한가운데에 자리 잡고 있었기 때문에 테를린덴은 이미 오래전부터 그 땅에 눈독을 들이고 있었다.

"얼마 받았어요?" 토비아스가 억양 없는 목소리로 물었다.

"10만 유로 주더라."

아버지는 이렇게 말하고 고개를 떨어뜨렸다. 그렇게 넓은 땅이, 그것도 상권 중심에 위치한다면 그 금액의 50배는 받아야 했다!

"신축 공사 때문에 급히 필요하게 됐다고 하더라. 달리 어쩔 수가 없었어. 그동안 우리한테 해준 걸 생각하면 안 줄 수가 없었다."

토비아스는 이를 악물었다. 주체할 길 없는 분노를 억누르며 주먹을 움켜쥘 뿐이었다. 아버지를 탓할 수는 없다. 부모님이 처한 이 불행은 모두 자신이 초래한 것이다. 그는 갑자기 이 집, 이 빌어먹을 마을에 있으면 결국은 숨이 막혀 죽게 될지도 모른다는 생각이 들었다. 그러나 그는 떠나지 않을 것이다. 11년 전 이곳에서 실제로 무슨 일이 일어났는지 진실을 밝혀내기 전에는……

*

오후 11시가 가까워지고 있었다. 아멜리는 주방 옆 뒷문을 통해 흑마를 나왔다. 더 늦게까지 있으면서 사람들이 떠드는 이야기를 듣고 싶었지만 사장 제니 자길스키는 청소년고용보호법을 엄격하게 지켰다. 아멜리는 이제 겨우 열여덟 살이었고 제니는 관청에서 문제 삼을 일은 되도록 피했다. 정작 아멜리는 그저 흑마에서 아르바이트를 해서 자기 힘으로 돈을 벌 수 있으면 그만이었기에 별 상관이 없었다.

어머니가 입버릇처럼 말한 대로 아버지는 구두쇠였다. 지금 쓰는 것도 멀쩡하다면서 노트북도 새로 사주지 않았다. 이사 와서 처음 3개월간은 정말 죽을 맛이었다. 그래도 이 따분한 마을에서 평생 살아야 하는 건 아니다. 열아홉 살 생일까지 남은 5개월만 어떻게든 잘 버티면 된다. 그리고 늦어도 2009년 4월 21일에는 베를린으로 가는 특급열차를 타고 이 마을을 떠날 계획이었다. 그때는 아무도 그녀를 말리지 못하리라.

아멜리는 담배에 불을 붙인 뒤 티스를 찾아 어둠 속을 두리번거렸다. 티스는 매일 밤 그녀를 기다렸다가 집까지 데려다 주었다. 둘의 우정은 남 말하기 좋아하는 마을 여자들에게는 더없이 좋은 이야깃거리였다. 둘에 대해 별의별 소문이 다 돌았지만 아멜리는 조금도 신경 쓰지 않았다. 티스 테를린덴은 서른 살이 되도록 여전히 부모님 집에서 살았는데, 이를 두고 마을 사람들은 그가 머리에 이상이 있기 때문이라고 수군거렸다. 아멜리는 배낭을 어깨에 걸치고 걷기 시작했다. 티스는 교회 앞 가로등 밑에 서 있었다. 두 손을 점퍼 주머니에 넣고 시선은 땅을 향한 채 서 있던 그는 지나치는 아멜리를 발견하고 말없이 그녀 옆에 붙어 걸었다.

"오늘 정말 대단했어."

아멜리는 티스에게 흑마에서 있었던 일을 들려주었다. 그리고 토비아스 자토리우스에 대해서도 이야기했다. 티스는 제대로 된 대답을 하는 적이 없었고 아멜리도 거기에 익숙했다. 사람들은 티스가 멍청해서 그렇다고 말했다. 티스는 알텐하인을 대표하는 바보인 셈이었다. 그러나 그것은 한참 잘못된 말이다. 티스는 멍청하지 않다. 그저…… 남들과 다를 뿐이다.

아멜리도 남들과 달랐다. 아멜리의 아버지는 그녀가 티스와 어울리는 것을 탐탁지 않게 여겼지만 막지는 못했다. 짧았던 첫 번째 결혼에서 얻은 문제아 딸을 지금 아내의 간곡한 부탁으로 데려온 '찌질이 아빠'는, 아마 자신의 선택을 엄청나게 후회하고 있을 것이다. 그 생각만 하면 아멜리는 쿡쿡 웃음이 나왔다.

아멜리의 눈에 비친 아버지는 배알도, 성깔도, 배짱도 없는 어른이었다. 평생 회계장부나 들여다보면서 눈에 띄지 않는 삶을 사는 것이 목표인 '회색 인간'이었다. 그런 아버지에게 아멜리는 감당하기 힘든 딸이었다. 무슨 일을 하든 눈에 띄는 열여덟 살짜리 전과자 딸은, 검은 옷만 고집하고 반 파운드는 족히 나갈 것 같은 금속을 얼굴에 달고 다니며 록밴드 도쿄호텔의 빌 카울리츠를 연상시키는 의상과 화장을 즐겼다. 아버지에게는 생각만으로도 끔찍한 일이리라.

아버지는 티스와 어울리지 말라고 야단치지는 않았다. 설령 야단친다 해도 효과가 있을 리 없었다. 그 정도 말에는 눈 하나 꿈 쩍하지 않는 아멜리였다. 아멜리는 아버지가 티스와 어울리는 것을 묵인하는 진짜 이유는 그가 사장 아들이기 때문이라고 생각했다. 그녀는 담배꽁초를 하수구에 휙 던진 뒤 만프레트 바그너와 토비아스 자토리우스, 그리고 죽은 여자아이들에 대해 생각나는 대로 조잘거렸다.

두 사람은 불빛이 환한 큰길을 따라 걷지 않고 교회에서 묘지 쪽으로 난 어둡고 좁은 길을 선택했다. 교회 묘지와 정원들을 지나 숲 입구까지 이어지면서 마을을 대각선으로 가로지르는 길이었다.

10분 정도 걸어 숲 입구에 도착하니 마을에서 약간 떨어진 언덕에 집이 세 채 보였다. 그중 가운데 집이 아버지, 새엄마, 이복동생 남매와 함께 아멜리가 사는 집이었다. 그 오른쪽으로 라우터바흐의 방갈로식 단층집이 있고, 왼쪽으로는 공원 같은 녹지에 둘러싸인 오래된 저택이 서 있다. 바로 테를린덴 가문의 빌라다. 그리고 그 저택의 육중한 철문에서 몇 미터 떨어지지 않은 곳에 자토리우스 농장 뒷문이 있다. 자토리우스 농장은 여기서부터 큰길까지 비탈을 따라 넓게 펼쳐져 있다. 예전에는 소와 돼지를 키우는 제대로 된 농장이었지만 지금은 아멜리의 아버지가 경멸 조로 말하듯 돼지우리 그 자체로, 마을의 수치다.

아멜리는 현관 앞 층계참에 올라섰다. 보통은 여기가 티스와 헤어지는 지점이다. 아멜리는 집으로 들어가고 티스는 그냥 아무 말 없이 자기 집까지 계속 걷는 식이다. 그녀가 계단 위로 발길을 옮기려는 바로 그 순간, 티스의 꽉 붙은 입이 떨어졌다.

"여기 슈네베르거가 살았어." 티스가 로봇 같은 단조로운 억양으로 말했다.

아멜리는 깜짝 놀라 티스를 쳐다봤다. 오늘 만난 이후 처음으로 얼굴을 똑바로 보는 것이었다. 그러나 티스는 여느 때와 같이 그녀의 시선을 무시했다.

"정말이야?" 아멜리가 믿기지 않는 듯 물었다. "토비아스 자토리우스한테 살해된 여자애들 중 하나가 우리 집에 살았단 말이야?"

티스가 여전히 딴 곳을 쳐다보며 고개를 끄덕였다.

"응, 백설공주가 여기 살았어."

2008년 11월 7일 금요일

토비아스는 눈을 떴다. 하얀 페인트가 칠해진 교도소 천장이 아니라 파멜라 앤더슨이 그를 내려다보고 있었다. 순간 혼란스러웠지만 곧 교도소가 아니라 알텐하인의 자기 방에 누워 있다는 사실을 깨달았다. 그는 꼼짝도 않고 그대로 누워 빠끔히 열린 들창 사이로 들려오는 소리에 귀를 기울였다. 교회 종소리가 여섯 번 울리며 이른 아침 시간을 알렸고 멀리서 개 짖는 소리가 들렸다. 다른 개가 따라 짖다가 이내 둘 다 조용해졌다.

방은 하나도 변하지 않았다. 압축목재로 만든 싸구려 책상과 책장, 문짝 하나가 틀어진 옷장, 아인트라흐트 프랑크푸르트(독일 프랑크푸르트 지역의 축구 클럽_역주)와 파멜라 앤더슨, 그리고 1996년 F1에서 우승한 윌리엄스 르노 팀의 데이먼 힐 포스터, 1997년 3월 부모님에게 선물 받은 작은 오디오도 그대로였다. 그리고 빨간 소파, 저 위에서……

토비아스는 자리에서 벌떡 일어나 머리를 세차게 흔들었다. 비교적 생각을 통제하기가 쉬웠던 교도소를 떠난 지금, 옛 생각들이 되살아나 그를 괴롭혔다. 그날 만약 스테파니와 헤어지지 않았다면 어떻게 됐을까? 그렇다면 스테파니는 아직도 살아 있을까?

그는 자신이 무슨 짓을 했는지 안다. 처음에는 경찰이, 그다음에는 변호사가, 그다음에는 검사와 판사가 말해주었다. 모든 정황이 맞아떨어졌다. 단서도 있고 증인도 있었다. 자신의 방, 옷, 자동차에서 혈흔이 발견됐다. 그러나 그의 기억 속에 그 두 시간은 존재하지 않았다. 그에게는 블랙홀처럼 뻥 뚫린 구멍일 뿐이었다.

그는 1997년 9월 6일의 일을 정확히 기억한다. 그해에는 축성일 행렬이 없었다. 같은 날 오후 런던에서 다이애나 비의 장례식이 있을 예정이었기 때문에 추모의 뜻에서 생략됐다. 사람들은 텔레비전 앞에 앉아 불행한 사고로 죽은 영국 장미의 운구 행렬이 런던 거리를 지나 묘지로 향하는 모습을 지켜봤다. 그러나 알텐하인 사람들은 축제를 완전히 포기할 생각이 없었다. 모두 텔레비전이나 보며 집에 있었더라면 얼마나 좋았을까.

토비아스는 자세를 바꿔 모로 누웠다. 너무 조용해서 심장박동 소리가 다 들릴 정도였다. 그는 아무 일도 일어나지 않고 스무살이 됐다면 어땠을까 하는 상상 속으로 빠져들었다. 뮌헨 대학에 자리가 있었다. 성적이 만점에 가까웠던 그는 어느 과에라도 원하기만 하면 들어갈 수 있었다.

즐거웠던 기억 사이로 다시 어두운 기억이 파고들었다. 처음으로 스테파니에게 입을 맞춘 건 잔디가 깔린 넓은 정원에서 요란하게 열린 반 친구의 파티에서였다. 질투에 사로잡혀 폭발 직전까지 간 로라는 토비아스의 관심을 끌기 위해 보란 듯이 라르스의 품에 안겼다. 그러나 스테파니를 손에 넣은 그에게 로라가 보일 리 없었다.

여자들이 줄줄 따라 친구들의 시기가 엄청났던 그에게 있어 스테파니는 난생처음 공을 들여야 했던 여자다. 그는 스테파니의 마음을 사기 위해 몇 주에 걸쳐 끈질기게 구애했다. 결국 스테파니는 그의 마음을 받아들였고 그 뒤 한 달간은 그의 생애에서 가장 행복했던 시간이었다. 그러나 9월 6일 그는 찬물 세례를 받은 것처럼 환상에서 깨어나야 했다.

그해 축성일 축제의 퀸은 스테파니였다. 몇 년째 이 식상한 타이틀을 독차지하다시피 했던 로라가 스테파니에게 참패를 당한 것이다. 나탈리 등과 함께 천막 안 음료 판매대에서 일하던 토비아스는 여자친구가 다른 남자들과 시시덕거리는 꼴을 눈앞에서 지켜봐야 했다. 그런데 어느 순간 아무리 둘러봐도 그녀가 보이지 않았다. 그가 안절부절못하는 것을 눈치챈 나탈리는 어서 가서 스테파니를 찾아보라고 했다. 토비아스는 급히 천막 밖으로 나왔다. 오래 찾을 필요는 없었다. 그런데 스테파니를 발견한 토비아스의 가슴에서 질투의 폭탄이 펑 하고 터졌다. 어떻게 그 많은 사람들 앞에서 내게 그런 망신을 줄 수 있단 말인가. 그 같잖은 연극의 주인공 역을 따내기 위해서?

토비아스는 이불을 확 젖히며 일어났다. 일을 해야 한다. 이 고통스러운 기억을 잊을 수 있도록 뭔가 해야만 한다.

*

아멜리는 고개를 푹 숙이고 이슬비를 맞으며 걸었다. 여느 때와 마찬가지로 새엄마가 버스 정류장까지 태워다 주겠다는 것을 거절했지만 오늘은 시간이 빠듯했다. 서두르지 않으면 스쿨버스를 놓칠 판이다.

안개 끼고 비 내리는 11월은 스산하기 짝이 없었다. 그러나 아멜리에게는 이 음울한 계절을 이겨내는 자신만의 방법이 있었다. 쥐 죽은 듯 고요한 마을을 혼자서 몇 시간이고 걸어 다니는 것이다. 이어폰에서는 다크웨이브 그룹 샤텐킨더의 고막을 찢는 듯한 음악이 흘러나왔다.

어젯밤에는 토비아스 자토리우스와 살해된 여자애들에 대해 생각하느라 늦게까지 잠을 이루지 못했다. 로라 바그너와 스테파니 슈네베르거는 살해될 당시 지금의 아멜리와 같은 열여덟 살이었다. 그리고 지금 아멜리가 살고 있는 집은 살해된 여학생 중 하나가 살던 집이다. 아멜리는 티스가 '백설공주'라고 부른 여학생에 대해 자세히 알아봐야겠다고 생각했다. 도대체 알텐하인에서 무슨 일이 있었던 걸까?

갑자기 차 한 대가 옆에 와서 멈췄다. 넘치는 친절로 사람을 미치게 만드는 새엄마임이 분명했다. 그러나 고개를 돌려보니 아버지 회사 사장인 테를린덴의 차였다. 그가 조수석 창을 내리고 아멜리에게 가까이 오라는 손짓을 해 보였다. 아멜리는 아이팟을 껐다.

"태워다 줄까? 벌써 다 젖었구나!"

아멜리는 비에 젖는 것 따위는 상관없었다. 그러나 테를린덴의 차를 얻어 타는 것은 좋았다. 검정색의 중후한 메르세데스 내부는 밝은색 가죽 시트가 씌워져 있었고 새 차 특유의 냄새도 났다. 그리고 테를린덴이 자랑스럽게 일러주는 차내의 첨단 시스템을 구경하는 것도 좋았다.

아멜리는 이 이웃집 아저씨에게 왠지 모를 호감을 느꼈다. 값비싼 양복과 고급 차, 요란하게 지어놓은 저택, 어느 모로 보나 그녀와 그녀의 친구들이 경멸해 마지않는 졸부의 표상인데 말이다. 요즘 들어 아멜리는 자신이 좀 이상하지 않나 의심이 들곤 했다. 좀 잘해준다 싶은 남자를 만나면 곧장 섹스를 상상했기 때문이다. 지금도 만약 테를린덴의 허벅지에 손을 올려놓으며 분명한 말로 섹스를 제안하면 어떻게 될까 하는 생각이 떠올랐다. 자기가 상상을 해놓고도 우습다는 생각이 들어서 아멜리는 터져 나오는 웃음을 간신히 참았다.

"어서!" 테를린덴이 손짓하며 재촉했다. "어서 타라니까!"

아멜리는 이어폰을 재킷 주머니에 꽂아 넣은 뒤 조수석에 털썩 앉았다. 럭셔리 왜건의 묵직한 문이 착 달라붙는 소리를 내며 닫혔다.

테를린덴이 숲길 아래로 차를 몰며 그녀에게 미소를 지어 보였다. "무슨 고민 있니? 표정이 심각한데?"

아멜리는 잠시 망설이다가 입을 열었다. "아저씨, 뭣 좀 물어봐도 돼요?"

"그럼. 얼마든지."

"옛날에 실종된 여학생들 있잖아요. 아저씨도 아는 애들이었어요?"

테를린덴이 재빨리 아멜리를 훑어봤다. 그의 얼굴에서 미소가 사라졌다. "왜 그걸 알려고 하는데?"

"그냥 궁금해서요. 그 남자가 나타난 뒤로는 모두들 그 얘기만 하잖아요. 왠지 재미있을 것 같아요."

"음, 정말 큰 비극이었지. 지금도 그렇지만. 나도 그 애들을 알았단다. 스테파니는 우리 이웃집 딸이었어. 로라도 어릴 때부터 봐왔고. 그 애 엄마가 우리 집에서 가사 도우미로 일했거든. 시체도 못 찾은 건 그 부모들에게 정말 끔찍한 일이었지."

"아, 네." 아멜리가 생각에 잠긴 채 물었다. "별명도 있었어요?"

"누구 말이냐?" 테를린덴이 흠칫 놀라며 되물었다.

"스테파니하고 로라요."

"글쎄다. 그런데 왜⋯⋯. 아, 그래. 스테파니한테 별명이 있었지. 애들이 백설공주라고 불렀어."

"왜요?"

"아마 이름 때문이었겠지? 성이 슈네베르거였으니까(백설공주는 독일어로 '슈네베르거'와 발음이 비슷한 '슈네비트헨'이다_역주)."

테를린덴이 이마에 깊은 주름을 잡으며 속도를 늦췄다. 스쿨버스는 이미 정류장에 도착해 비상등을 깜빡이며 쾨니히슈타인으로 가는 몇 안 되는 학생들을 기다리고 있었다.

"아, 아니다." 테를린덴이 뭔가 떠올랐다는 듯 말했다. "그 연극 때문이었겠구나. 스테파니는 학교 연극에서 주인공을 맡았어. 백설공주 역을 하기로 돼 있었지."

"하기로 돼 있었다고요?" 아멜리가 호기심 가득한 얼굴로 물었다. "연극을 안 했나요?"

"스테파니는 그 전에⋯⋯, 음⋯⋯ 그 전에 실종됐단다."

*

　탁 하는 소리와 함께 토스터에서 식빵 두 조각이 튀어 올랐다. 피아는 두 쪽 모두에 짭짤한 버터를 바르고 그 위에 다시 초콜릿 크림을 듬뿍 발랐다. 그녀는 빵을 먹을 때마다 이 특이한 조합의 유혹을 뿌리치지 못했다. 빵의 온기에 녹은 버터와 초콜릿 크림의 혼합물이 식탁 위에 펼쳐둔 신문에 떨어지지 않도록 손가락을 빨아 가면서 한 입 한 입 그 맛을 음미했다. 신문에는 어제 발견된 유골에 대한 건이 다섯 줄짜리 기사로 실려 있었다. 11일째 계속되고 있는 칼텐제의 심판도 〈프랑크푸르트 뉴 프레스〉의 지역 난에서 칼럼 네 개 분량으로 다루고 있었다. 그녀는 오늘 아침 9시에 지방법원에 출두해 지난여름 폴란드에서 있었던 사건에 대해 증언해야 한다.

　피아의 생각은 저절로 헤닝에게로 옮아갔다. 전날의 커피 한 잔은 세 잔으로 이어졌다. 그는 아주 솔직하게 속내를 털어놓았다. 피아는 헤닝과 함께 살았던 16년 동안 한 번도 그렇게 솔직한 그의 모습을 본 적이 없었다. 그러나 피아도 그가 빠진 딜레마에 해결책을 제시해주지는 못했다.

　폴란드에서의 모험 이후 헤닝은 피아의 가장 친한 친구 미리엄 호로비츠와 연인 사이로 발전했다. 그런데 어찌하다 보니 오래전부터 그를 점찍어온 검사 발레리 뢰블리히와 잠자리를 같이한 모양이었다. 헤닝은 자세한 내막은 말하지 않은 채 한순간의 실수였다고만 했다. 그리고 그 한순간의 실수는 예상치 못한 결과를 불러왔다. 뢰블리히가 임신한 것이다. 헤닝은 어쩔 줄 몰라 하면서도 속으로는 은밀히 미국으로 도망칠 궁리를 하고 있었다. 테네

시 대학에서 오래전부터 높은 연봉과 매력적인 연구 조건으로 스카우트 제의를 해오고 있는 터였다.

피아가 한쪽 머리로는 헤닝의 일을 생각하면서 다른 쪽 머리로는 이 맛있는 칼로리 폭탄을 하나 더 만들어 먹을 것인가 고민하고 있을 때 샤워를 마친 크리스토프가 머리가 젖은 채로 식탁 맞은편에 앉았다. 그에게서 면도 크림 냄새가 났다.

"오늘 저녁에 정말 시간 괜찮겠어?" 크리스토프가 잔에 커피를 따르며 물었다. "아니카가 좋아하기는 할 텐데……."

"특별한 일만 생기지 않으면." 버터와 초콜릿 크림 조합의 유혹을 이기지 못한 피아는 결국 두 번째 토스트를 만들기 시작했다. "9시에 법원 가는 거 말고는 급한 일 없거든."

크리스토프는 버터와 초콜릿 크림을 재미있다는 듯 바라보면서 흑빵에 코티지치즈를 바른 자신만의 웰빙 빵을 먹었다. 피아는 아직도 그의 시선을 받을 때마다 잔잔하게 가슴이 뛰었다. 그의 초콜릿 사탕 같은 진한 갈색 눈동자 때문이었다. 맨 처음 보자마자 그 눈에 사로잡혔고, 그 매력은 지금까지도 변함이 없었다. 크리스토프는 일부러 장점을 드러내 보이지 않아도 깊은 인상을 남기는 남자였다. 피아의 상사인 보덴슈타인 반장처럼 누구나 인정하는 미남은 아니지만 무심코 지나치다가도 다시 돌아보게 만드는 특별한 매력이 있었다. 무엇보다도 눈에서 시작해 얼굴 전체로 번지는 미소가 그를 돋보이게 했다. 피아는 그 미소에 이끌려 마냥 그의 품으로 달려들고 싶은 것을 참아야 할 때가 한두 번이 아니었다.

두 사람은 2년 전 크론베르크 오펠 동물원에서 살인사건이 났을 때 처음 만났다. 피아는 동물원 원장인 그를 보자마자 한눈에 반했다. 헤닝과 헤어지고 나서 꽤 많은 시간이 흐르는 동안 유일하게 마음에 든 사람이었다. 크리스토프도 그녀에게 호감을 가지고 있었다. 그러나 보덴슈타인은 수사 초반부터 그를 유력한 용의자로 보고 의심을 거두지 않았다. 사건이 해결되고 모든 의심이 풀렸을 때 두 사람의 사이는 급속도로 가까워졌다. 사랑에 빠진 남녀에서 사랑하는 연인 사이로 급진전했고, 이 관계는 벌써 2년째가 되어가고 있었다.

아직 살림을 합치지는 않았지만 곧 그렇게 될 예정이다. 17년 전 크리스토프의 아내가 갑작스럽게 죽은 뒤 그 혼자 키워온 세 딸이 모두 집을 나가게 됐기 때문이다. 첫째는 일 때문에 이미 올봄에 함부르크로 이사했고, 막내는 남자친구 집에 살다시피 했다. 그리고 이번에 둘째 아니카와 그 딸이 호주에 사는 아이 아빠에게 가게 된 것이다. 오늘 저녁 송별 파티를 한 뒤 그들은 내일 시드니행 비행기에 오를 예정이다.

크리스토프는 둘째 딸의 일을 무척 기뻐했다. 4년 전, 임신한 딸을 두고 떠났던 젊은이를 그다지 신뢰하지는 않았지만, 당시 아니카는 임신 사실을 숨기고 이별을 선언했으므로 정상참작이 됐다. 그러다 둘 사이에 변화가 생겼고, 재러드 고든이라는 이름의 이 젊은이는 그동안 학업을 마치고 해양생물학 박사가 되어 그레이트배리어리프 근처의 한 섬에서 연구원으로 일하고 있었다. 사위 될 사람은 말하자면 크리스토프와 같은 분야에서 일하는 동료였다.

피아는 자신의 비르켄호프 목장을 떠날 생각이 없었으므로 크리스토프가 바트조덴 집을 1월 1일자로 세놓았다. 즉 오늘 있을 파티는 크리스토프에게 오랫동안 살아온 집과의 이별 파티기도 했

다. 이삿짐은 이미 다 싸놓았고 다음 주 월요일에 이삿짐센터에서
사람이 오기로 되어 있었다. 피아는 프랑크푸르트 도시계획과에
제출한 증개축 신청에 대한 허가가 나올 때까지 큰 가구들은 일단
창고에 보관할 생각이었다. 모든 일이 순조롭게 진행되고 있다. 그
녀는 자신의 삶이 이런 식으로 발전한다는 데 크게 만족했다.

*

아버지가 시장을 보러 나간 뒤 토비아스는 롤 블라인드를 전
부 걷어 올리고 대낮의 밝은 햇빛 속에서 집 안의 상태를 살폈다.
그리고 창문부터 닦기 시작했다. 막 식당 창문을 닦고 있을 때 아
버지가 돌아왔다. 아버지는 고개를 푹 숙인 채 아무 말도 없이 들
어와서는 토비아스를 지나쳐 부엌으로 들어갔다. 토비아스는 사
다리에서 내려와 아버지를 따라 들어갔다.

"무슨 일이에요?" 토비아스의 시선이 곧 빈 장바구니에 가닿
았다.

"계산을 안 해주더라." 하르트무트가 작은 목소리로 말했다.
"괜찮아. 내가 내일 바트조덴에 나가서 장을 봐 오마."

"어제까지는 리히터네 가게에서 장을 보신 거죠?"

아버지가 보일 듯 말 듯 고개를 끄덕였다. 토비아스는 결연한
표정으로 옷장에서 점퍼를 꺼내 입은 뒤 아버지의 지갑이 든 장바
구니를 들고 밖으로 나갔다. 겉으로는 차분해 보였지만 가슴속은
분노로 타올랐다. 리히터 부부는 아버지, 어머니와 오랫동안 좋은
친구로 지냈었다. 그런데 이 여우 같은 여편네가 아버지를 가게
밖으로 내쫓다니! 절대로 그냥 넘어갈 수 없다.

막 길을 건너려던 토비아스는 아버지 가게 벽에서 붉은 자국을 발견하고 뒤를 돌아봤다. 붉은 스프레이로 '살인자 새끼가 사는 집'이라고 쓰여 있었다. 그는 그 자리에 굳은 듯 서서 벽의 낙서를 응시했다. 아무렇게나 휘갈겨 쓴 글씨는 무심코 지나가던 사람도 뒤돌아보게 할 정도로 눈에 띄었다. 심장이 요동치고 배 속의 창자가 꼬이는 것만 같았다. 이 나쁜 놈들! 뭘 어쩌자는 거야? 아버지가 날 쫓아내게 할 작정인가? 다음번엔 집에 불이라도 지르겠군.

토비아스는 속으로 열까지 센 뒤 휙 돌아섰다. 그리고 길 건너 리히터네 가게를 향해 성큼성큼 걸었다. 가게에 모여 있던 수다쟁이들은 이미 큰 창을 통해 그가 오는 것을 본 모양이었다. 토비아스가 종소리와 함께 문을 열고 들어가자 마치 연극의 한 장면 같은 풍경이 펼쳐졌다. 계산대 뒤에 마고트 리히터가 자리를 떡 지키고 앉았고 그 뒤로 그녀의 상머슴 같은 남편이 서 있었다. 루츠 리히터는 위협적이라기보다는 오히려 아내의 등 뒤로 피한 것 같았다. 마고트는 등에 철심이라도 넣은 듯 뻣뻣한 자세와 독살스러운 표정을 풀지 않았다.

토비아스는 가게 안의 다른 손님들을 쓱 훑어봤다. 모두 그가 아는 사람들이다. 대부분 유치원 때부터 알고 지낸 친구들의 어머니였다. 맨 앞에 있는 미용실 주인 잉게 돔브로프스키는 비방과 비꼬기 기술의 일인자다. 그 뒤에 선 게르다 피치는 독사의 혀를 가진 불도그다. 옛날보다 두 배는 더 뚱뚱해졌으나 혀의 독은 그 이상 강력해졌으리라. 그 옆은 나디야의 어머니인 아그네스 웅거였다. 꾀죄죄한 얼굴에 머리는 완전히 회색으로 세어 있었다. 이런 어머니에게서 나디야 같은 예쁜 딸이 나오다니 믿기지 않는다.

"안녕하세요?" 토비아스가 인사를 건네자 싸늘한 침묵이 되돌아왔다. 그러나 누구도 그가 진열대 사이로 들어가는 것을 막지는 못했다. 긴장된 침묵 속에서 냉장고 돌아가는 소리가 크게 들렸다. 그는 느긋하게 아버지가 쪽지에 적어놓은 물건을 하나하나 바구니에 담은 뒤 계산대로 갔다. 사람들은 아직 그 자세 그대로 얼어붙은 채였다. 토비아스는 서두르는 기색 없이 물건들을 컨베이어 벨트 위에 올려놓았다. 그러나 마고트는 팔짱을 낀 채 아예 계산할 생각조차 하지 않았다. 그때 종소리와 함께 문이 열리고 택배 기사가 들어왔다. 그는 예사롭지 않은 분위기에 당황했는지 입구에 서서 머뭇거렸다. 토비아스는 한 치의 움직임도 없이 그 자리에 서서 버텼다. 이것은 그와 마고트 리히터 사이의 힘겨루기일 뿐 아니라 알텐하인 전체와의 싸움이기도 했다.

그렇게 몇 분이 흐르자 루츠 리히터가 입을 열었다. "이제 그만 계산해주고 보내지그래?"

마고트는 이를 갈면서 토비아스가 가져온 물건들을 계산했다. "42유로 70센트."

토비아스가 50유로짜리 지폐 한 장을 건넸다. 그녀는 내키지 않는 듯 돈을 받은 뒤 인사 한마디 없이 거스름돈을 내주었다. 그녀의 표정은 남태평양도 얼릴 것처럼 살벌했지만 토비아스는 개의치 않았다. 이런 종류의 힘겨루기는 교도소에서도 충분히 겪었고, 이긴 적도 많았다.

"난 죗값을 치렀습니다. 그래서 돌아온 겁니다."

토비아스가 사람들을 차례대로 하나씩 둘러보며 말했다. 사람들은 당황해 서둘러 눈을 내리깔았다.

"당신들이 좋든 싫든 그건 내 알 바 아닙니다."

*

피아는 프랑크푸르트 지방법원에서 열린 재판에 증인으로 참석한 뒤 11시 30분쯤 사무실에 도착했다. 지난 몇 주간은 제명대로 살기 싫어 안달 난 사람이 뜸했기 때문에 수사반은 한가했다. 현재로서는 에슈본 비행장 지하 탱크에서 발견된 유골 건이 유일한 사건이다. 그것도 감식 결과가 나올 때까지는 아직 시간이 있었다. 그래서 카이 오스터만 혼자 느긋하게 실종자 명단을 훑어보고 있었다. 프랑크 벤케는 일주일이나 병가를 냈다. 주장에 따르면 자전거에서 떨어져 얼굴이 다치고 몸에도 멍이 들었단다. 고귀하신 안드레아스 하세 각하께서 자리에 없다는 것도 전혀 놀랍지 않았다. 그는 벌써 몇 년째 밥 먹듯이 병가를 냈기 때문에 얼굴 보기도 힘들 정도였다. 수사 11반 사람들은 하세 없이 일하는 데 익숙했고 그가 없어서 아쉬운 적도 없었다.

수사반 막내 카트린 파싱거는 복도 커피 자판기 앞에서 니콜라 엥겔 과장의 비서와 수다를 떨고 있었다. 그녀가 주름 블라우스와 체크무늬 바지를 입고 돌아다니던 시절은 막을 내린 것 같다. 올빼미 눈 모양의 둥근 안경테도 모던한 각진 스타일로 바뀌었고, 딱 붙는 청바지에 굽 높은 부츠, 체형을 드러내는 스웨터는 부러울 정도로 늘씬한 그녀의 몸매를 부각시켰다. 카트린의 대변신에 어떤 내막이 있는지 피아는 알지 못했다. 그러고 보니 함께 일을 하면서도 동료들에 대해 모르는 게 많다는 생각이 들었다. 어쨌든 수사 11반의 병아리 형사는 처음에 비하면 상당히 자신감 있는 모습이다.

"선배! 잠깐만요!"

카트린이 부르는 소리에 피아가 발걸음을 멈췄다. "무슨 일이야?"

카트린은 무슨 음모라도 꾸미는 사람처럼 주위를 살피더니 잔뜩 낮춘 목소리로 말했다. "제가 어제 친구들이랑 작센하우젠에 놀러 갔었거든요. 그런데 거기서 누굴 본 줄 아세요? 아마 상상도 못할걸요!"

"설마 조니 뎁은 아니겠지?"

피아가 놀리듯 말했다. 카트린이 조니 뎁의 열렬한 팬이라는 것은 수사 11반 사람이라면 다 아는 사실이다. 하지만 그녀는 피아의 농담을 무시하고 진지하게 말했다.

"아뇨. 벤케 선배를 봤어요. 클라퍼칸에서 바텐더로 일하고 있었어요. 아프다는 건 순전히 뻥이었다고요."

"정말?"

"네. 이제 어쩌죠? 원래는 반장님한테 얘기해야 하잖아요."

피아는 미간을 찡그렸다. 경찰공무원의 신분으로 부업을 하려면 신청서를 내고 허가를 받아야 한다. 하지만 클라퍼칸 같은 소문이 안 좋은 술집에서 일하면서 허가를 받았을 리 없다. 카트린이 잘못 본 것이 아니라면 이 일로 벤케는 경고나 감봉, 견책까지 받을 수 있다.

"친구 대신 잠깐 봐준 건지도 모르지." 피아는 벤케를 감싸주고 싶은 생각이 추호도 없었지만 공식적인 징계가 따를 것을 생각하니 마음이 좋지 않았다.

"아니에요." 카트린이 세차게 고개를 저었다. "나랑 눈이 마주치니까 자기를 감시하러 왔냐고 하면서 막 화를 내던걸요. 그러면서 이 나쁜 자식이 뭐라고 한 줄 아세요? 말하면 가만 안 두겠대요!"

카트린은 화가 단단히 나 있었다. 표정으로 보아 이만저만 창피한 게 아니었던 모양이다. 피아는 카트린의 말을 단 한 마디도 의심하지 않았다. 평소의 벤케를 생각하면 상상이 되고도 남았다. 그는 말과 행동을 삼가는 사람이 아니다. 예의범절 수준이 거의 투견과 맞먹었다.

"방금 과장님 비서한테 그 얘기 했어?" 피아가 물었다.

"아뇨." 카트린이 고개를 저었다. "그냥 확 말해버릴걸. 정말 생각할수록 분해 죽겠어요!"

"이해해. 벤케가 사람 화나게 하는 데는 소질이 있지. 내가 반장님한테 말해볼게. 조용히 해결하는 방법이 있을지도 몰라."

"왜요?" 카트린이 흥분해서 외쳤다. "왜 모두들 벤케 선배를 두둔해요? 기분 안 좋으면 아무한테나 화내고 사무실 분위기 다 망치는데 아무도 뭐라고 안 하잖아요. 도대체 왜 그러는 거예요?"

카트린은 그동안 쌓인 게 많은 모양이었다. 그리고 어떤 이유에서인지는 모르지만 벤케가 수사반에서 일종의 치외법권적 자유를 누리는 것도 사실이었다. 그때 복도 모퉁이를 돌아 걸어오는 보덴슈타인이 보였다. 피아는 카트린의 얼굴을 똑바로 보며 말했다. "잘 생각하고 행동해."

"충분히 생각했어요." 카트린은 이 말을 남기고 결연한 표정으로 보덴슈타인 쪽으로 걸음을 옮겼다. "반장님, 시간 있으세요? 긴히 드릴 말씀이 있어요."

*

알텐하인의 여학생 살인사건이 학교 공부보다 훨씬 중요하다는 결론을 내린 아멜리는 3교시가 끝나자마자 아프다는 핑계로 조퇴했다. 그리고 집으로 돌아와 노트북을 들여다봤다. 구글에서 이웃집 아들의 이름을 검색해보니 엄청나게 많은 결과가 쏟아져 나왔다. 제대로 호기심이 발동한 아멜리는 1997년 여름에 일어난 살인사건의 죄를 물어 토비아스 자토리우스에게 소년원 10년형을 언도한 재판 기록과, 이를 다룬 기사를 읽어 나갔다. 100퍼센트 증거만 가지고 한 재판이었다. 시체는 어디에서도 발견되지 않았다. 그 때문에 비난의 여론이 더욱 거세졌지만 그는 끝내 입을 열지 않았다. 그리고 그의 침묵은 형을 더욱 무겁게 만들었다.

아멜리는 남자라기보다는 아직 소년의 얼굴을 한 토비아스의 사진을 들여다봤다. 소년은 현재 상당히 잘생긴 청년으로 성장했으리라. 사진 속 그는 수갑을 찼지만 점퍼나 모자로 얼굴을 가리지 않고 똑바로 카메라를 응시하고 있었다. 이를 두고 언론은 그를 피도 눈물도 없는 킬러, 냉정하고 오만하며 잔인한 살인마라 표현했다.

포더타우누스의 작은 마을 알텐하인에 소재한 한 레스토랑의 사장 아들인 토비아스 S.에 대한 소송에서 살해된 두 여학생의 부모는 공동원고로서 법정에 섰다. 그러나 심리학자의 말에 의하면 평균 이상의 지능을 가진 토비아스 S.는 시체를 어디에 버렸냐는 질문에 침묵으로 일관했고 안드레아 W.와 베아테 S.의 간곡한 부탁에도 눈썹 하나 까딱하지 않았다. 전략인가, 방자함인가? 자백할 경우 스테파니

S.에 대한 살인죄를 치사죄로 바꿔주겠다는 판사의 제안에도 청년은 침묵할 뿐이었다. 어떤 감정적 동요도 보이지 않는 그의 태도에 법정 경험이 많은 방청객들도 혀를 내둘렀다. 검사 측은 증거가 충분하고 범행 과정을 빈틈없이 추론할 수 있다는 점에서 유죄를 확신했다. 토비아스 S.는 처음부터 여러 사람들을 모함했고 기억이 나지 않는다면서 무죄를 주장했지만 법정은 그런 궤변에 현혹되지 않았다. 그는 형이 언도될 때에도 아무런 감정의 동요를 보이지 않았으며 재판에 대한 상고는 각하됐다.

아멜리는 비슷한 내용의 재판 기사들을 훑어가다가 드디어 사건을 다룬 기사를 찾아냈다. 로라 바그너와 스테파니 슈네베르거는 1997년 9월 6일 밤 자취도 없이 사라졌다. 축성일 축제가 벌어져 온 동네가 술렁거리는 가운데 일어난 일이었다.

수사의 초점은 일찌감치 토비아스 자토리우스에게 모였다. 그날 저녁에 두 여학생이 자토리우스 농장으로 들어가는 것을 목격한 사람은 많았지만 아무도 나오는 것을 보지는 못했기 때문이다. 게다가 토비아스는 자기 집 앞에서 헤어진 여자친구 로라 바그너와 몸싸움을 해가며 심하게 다투었다. 둘은 이미 축제에서 술을 많이 마신 상태였다. 그러다 현재 여자친구인 스테파니 슈네베르거가 합류했다. 토비아스는 법정에서 그날 스테파니가 이별을 통보했으며 이에 절망한 나머지 자기 방에 틀어박혀 보드카 한 병을 거의 다 마셨다고 진술했다.

그다음 날 경찰 탐지견은 그의 집에서 혈흔을 찾아냈다. 그의 자동차 트렁크 안은 피투성이였고 그의 옷과 집 여기저기에서도 죽은 여학생들의 것으로 보이는 혈액과 피부 조직이 발견됐다. 그리고 그날 밤 토비아스가 자동차를 몰고 큰길을 지나가는 걸 봤다는 증인의 진술이 있었다. 결정적으로 그의 방에서 스테파니 슈네베르거의 배낭이 발견됐고 젖소 우리 옆 세면대 밑에서는 로라 바그너의 목걸이가 발견됐다.

즉 이 사건의 발단은 세 남녀의 삼각관계였다. 토비아스는 스테파니 때문에 로라와 헤어졌고 스테파니는 다시 토비아스에게 이별을 통보했다. 이 일로 토비아스는 피로 얼룩진 살인사건을 저질렀고 이때 엄청난 양의 술이 촉매로 작용했다.

그는 재판 마지막 날까지도 두 여학생의 실종에 관계하지 않았다고 주장했지만 법정은 전혀 기억이 나지 않는다는 그의 말을 믿어주지 않았다. 그의 주장을 뒷받침해줄 증인도 나타나지 않았다. 오히려 그의 친구들은 토비아스에게 욱하는 성질이 있으며 때때로 분을 참지 못해 폭발하고 여자들이 항상 그를 떠받들었기 때문에 헤어지자는 스테파니에게 민감한 반응을 보였을 수 있다고 진술했다. 모두 토비아스에게 불리한 증언뿐이었다.

바로 이 점이 아멜리의 호기심을 키웠다. 그녀는 공평하지 않은 것을 가장 싫어했다. 그녀 자신만 해도 불공평하게 의심받은 적이 한두 번이 아니었다. 토비아스의 무죄 주장이 사실이라면 그 마음이 어땠을지 상상이 되고도 남았다. 아멜리는 이 사건을 좀 더 조사해보기로 작정했다. 어떻게 해야 할지는 아직 모르지만 우선 토비아스 자토리우스와 말이라도 한번 섞어봐야 할 일이었다.

*

오후 5시 20분. 열차가 도착하려면 30분 정도 더 기다려야 했다. 니코 벤더는 슈발바흐에서 출발해 5시 55분에 도착하는 국철을 놓치지 않으려고 축구 연습까지 빼먹었다. 그 열차에는 청소년 센터로 밴드 연습을 하러 가는 친구들이 타고 있는데, 혹시 끼워준다면 그들을 따라갈 생각이었다. 축구를 밥보다 좋아하는 그였지만 역시 옛 친구들과의 밴드가 더 중요했다. 둘도 없는 친구들이건만, 부모님의 강요로 슈발바흐가 아닌 쾨니히슈타인에 있는 학교로 진학한 뒤 그는 옛 패거리에 제대로 끼지 못하고 있었다. 따지고 보면 마르크나 케빈보다 그가 훨씬 나은데 말이다. 드럼 하나는 정말 자신이 있었다.

니코는 길게 한숨을 내쉰 뒤 플랫폼 맨 끝에 서 있는 남자를 관찰했다. 수염투성이 얼굴에 야구 모자를 쓴 남자는 꼼짝도 않고 그 자리에 서 있었다. 비가 오는데도 니코가 있는 승객 대기소로 들어오지 않았다. 비에 젖는 것쯤은 상관없다는 태도였다.

잠시 후 국철이 도착했다. 여덟 칸의 객차가 퇴근하는 직장인들로 붐빌 텐데 여기 서 있는 게 과연 전술적으로 유리한지 니코는 속으로 생각해보았다. 만약 친구들이 맨 앞 칸에 타고 있다면 놓치기 십상이다. 문이 열리고 사람들이 내리기 시작했다. 사람들은 우산을 펴 들고 목을 잔뜩 움츠린 채 지하도와 육교를 향해 종종걸음을 쳤다.

니코는 자리에서 일어나 플랫폼을 따라 천천히 걷기 시작했다. 그때 아까 봤던 남자가 눈에 들어왔다. 육교 쪽으로 걸어가는 한 여자의 뒤를 따라가 그녀에게 말을 걸고 있었다. 여자는 자리에 멈춰 섰다가 겁을 먹었는지 슈퍼마켓 봉지를 떨어뜨리고 육교 쪽으로 도망쳤다. 남자가 급히 쫓아가 팔을 움켜잡자 여자가 다른 한 팔로 그를 때렸다. 니코는 넋 나간 표정으로 그 장면을 바라봤다. 완전 영화잖아!

사람들이 다 빠져나간 플랫폼은 다시 썰렁해졌다. 문이 닫히고 열차가 서서히 움직이기 시작했다. 다시 눈을 들어보니 두 사람이 육교 위에 있었다. 싸우는 듯했다. 그러다 어느 순간 갑자기 여자가 보이지 않았다. 곧이어 끼익하는 급제동 소리와 함께 뭔가 둔탁한 소리가 나더니 쇠끼리 부딪히고 찢기는 소리가 들렸다. 철로 너머로 보이던 자동차 전조등 행렬이 멈췄다.

그는 정신이 없는 와중에도 방금 자신이 범죄 현장을 목격했음을 깨달았다. 남자가 여자를 난간 아래 도로로 밀어버린 것이다! 그 남자가 이제는 곧장 그를 향해 전속력으로 다가오고 있었다. 시선은 바닥을 향한 채 손에는 여자의 가방이 들려 있다. 심장이 두방망이질 치기 시작했다. 더럭 겁이 났다. 만일 자신이 모조리 목격했다는 사실을 알면 남자는 오래 망설이지 않을 것이다.

공포에 질린 니코는 지하도를 향해 뛰기 시작했다. 도망치는 토끼처럼 잽싸게 바트조텐 방향 플랫폼에 세워둔 자전거가 있는 데까지 뛰었다. 친구들이 문제가 아니다. 밴드도 청소년 센터도 더 이상 안중에 없었다. 자전거에 올라타 숨을 헐떡이며 있는 힘껏 페달을 밟았다. 계단을 뛰어 올라온 남자가 뒤에서 뭐라고 소리쳤다. 니코는 위험을 느끼면서도 뒤돌아봤다. 그리고 남자가 더 이상 쫓아오지 않는다는 것을 확인하고는 안도했다. 그럼에도 불구하고 그는 집에 도착해 안전해질 때까지 길을 따라 전속력으로 달렸다.

*

국철 줄츠바흐노르트 역 앞 교차로는 전쟁터를 방불케 했다. 일곱 대의 승용차가 서로 얽히고설킨 대형 사고였다. 소방관들은 절삭기 등 중장비를 동원해 하나의 거대한 쇳덩어리가 되어버린 자동차들을 떼어내는가 하면 벤진이 흘러 웅덩이를 이룬 곳에 모래를 뿌리기도 했다. 구조대원들은 구급차 여러 대가 줄지어 서 있는 길 한쪽에서 부상자를 돌봤다. 추운 날씨에 비까지 내렸지만 수많은 구경꾼이 경찰 통제선 근처에 몰려들어 호기심 가득한 눈으로 사고 현장을 지켜봤다. 보덴슈타인은 여러 사람에게 물어 겨우 현장에 가장 먼저 달려온 에슈본 서 소속 형사를 찾아냈다.

"정말 별일 다 겪어봤지만 이건 정말 끔찍합니다." 노련한 형사의 얼굴에는 두려움과 놀라움이 그대로 드러나 있었다. 그는 보덴슈타인과 피아에게 짤막하게 사건 경위를 보고했다. 오후 5시 26분 한 여자가 육교에서 떨어져 슈발바흐 방향에서 오던 BMW의 전면 유리에 정통으로 부딪혔다. 운전자는 브레이크를 밟지 않은 상태에서 핸들을 왼쪽으로 급히 꺾었고 반대편 차선의 행렬과 정면으로 충돌했다. 이어 양 방향에서 여러 대의 차량이 앞차를 타고 올라가는 사고를 냈다. 줄츠바흐에서 정지신호를 받고 서 있던 한 운전자는 육교에서 한 여자가 누군가에 의해 난간 밖으로 밀려 떨어지는 순간을 목격했다고 말했다.

"여자는 어떻게 됐어요?" 피아가 물었다.

"살아 있습니다. 아직은……. 의사가 저기 구급차 안에서 응급처치를 하고 있습니다."

"사망자가 있다고 들었는데요?"

"BMW 운전자가 심장마비로 사망했습니다. 너무 놀란 모양입니다. 심폐 소생술도 소용이 없었어요."

형사는 고갯짓으로 교차로 중앙을 가리켰다. 완전히 망가져 버린 BMW 옆 젖은 담요 밑으로 신발이 삐죽 나온 게 보였다. 경찰 통제선 근처가 갑자기 소란스러워졌다. 경찰 둘이 막무가내로 통제선 안으로 들어오려는 회색 머리 여자를 제지하고 있었다. 형사의 무전기가 지지직 끓는 소리를 냈고 곧이어 불분명한 말소리가 들려왔다.

"BMW 운전자의 부인인 것 같습니다." 그가 경직된 목소리로 말했다. "실례하겠습니다."

그는 무전기에 대고 뭐라고 짤막하게 말한 뒤 사고 현장을 빠져나갔다. 피아는 그가 부럽지 않았다. 경찰 업무에서 희생자의 가족에게 죽음을 알리는 것만큼 힘든 일은 없다. 아무리 심리 교육을 받고 경험을 쌓아도 나아지지 않는다.

"여자한테 가봐." 보덴슈타인이 말했다. "난 목격자를 만나볼게."

피아는 피해 여성이 아직 치료를 받고 있는 구급차 쪽으로 다가갔다. 그때 차 뒷문이 열리며 다른 현장에서 몇 번 본 적이 있는 의사가 나왔다.

"아, 키르히호프 형사님. 환자는 어느 정도 안정된 상태입니다. 이제 바트조덴 쪽 병원으로 이송하려고요. 여러 부위에 골절이 있고 얼굴도 다쳤어요. 내장 파열도 있는 것 같고요. 대화는 불가능합니다."

"신원을 알 만한 게 나왔나요?"

"자동차 열쇠가……."

그가 말을 멈추고 뒤로 한 발짝 물러섰다. 구급차가 사이렌을 울리며 움직이기 시작했다. 피아는 잠시 그와 이야기를 나눈 뒤 고맙다는 인사를 하고 돌아왔다. 여자의 외투 주머니에서 자동차 열쇠 하나가 발견됐을 뿐이다. 50대의 피해 여성은 손가방도 가지고 있지 않았다. 그 밖에 장 본 물건이 가득 든 슈퍼마켓 봉지가 육교와 플랫폼을 조사하던 경찰에 의해 발견됐다. 보덴슈타인은 그 사이 피해자가 육교에서 떨어지는 순간을 목격한 운전자와 이야기를 나눴다. 목격자는 누군가 여자를 민 것이 분명하다고 거듭 이야기했다. 그리고 비가 오고 어두웠음에도 민 사람은 분명히 남자였다고 강조했다. 보덴슈타인과 피아는 육교 위로 올라갔다.

"여기서 떨어졌어요." 피아가 표시된 자리에서 난간 아래를 내려다봤다. "높이가 얼마나 될 것 같아요?"

"흠." 보덴슈타인이 그의 골반까지 닿는 난간 아래를 내려다봤다. "한 5, 6미터 정도 되겠어. 이 높이에서 떨어져 살아남다니 믿기지 않는군. 게다가 자동차도 꽤 빠른 속도로 달리고 있었을 텐데……."

높은 곳에서 내려다보니 처참하게 구겨진 사고 차량, 파랗고 빨간 불빛, 형광색 조끼를 입은 구조대원들의 모습이 초현실적으로만 느껴졌다. 거의 사선으로 흩날리는 빗줄기가 자동차 전조등 불빛에 번뜩였다. 몸의 균형을 잃고 이제 어떤 도움도 소용이 없다는 것을 깨달았을 때 여자의 머릿속에는 과연 어떤 생각이 떠올랐을까? 아니면 뭔가 생각하기엔 너무 짧은 시간이었을까?

"수호천사가 있었던 모양이죠." 피아가 이렇게 말하고 몸을 부르르 떨었다. "그 수호천사가 계속 잘 지켜줘야 할 텐데……."

피아가 플랫폼 쪽으로 향하자 보덴슈타인이 그녀의 뒤를 따랐다. 여자는 누굴까? 어디서 왔고 어디로 가려 했을까? 방금 전까지만 해도 멀쩡하게 열차에 타고 있던 사람이 갑자기 온몸의 뼈가 부러져 구급차로 실려 갈 줄 누가 알았겠는가. 인생은 그렇게 순식간에 바뀐다. 잘못 디딘 한 걸음, 잘못된 사람과의 잘못된 만남, 그러면 더 이상 돌이킬 수 없게 되는 것이다. 남자는 여자에게 뭘 원한 걸까? 단순한 강도였을까? 그럴 가능성도 높다. 보덴슈타인은 여자가 손가방을 가지고 있지 않았다는 점을 강조했다.

"가방을 안 들고 다니는 여자는 없어. 게다가 장까지 봤잖아. 장을 봤다면 돈을 냈을 거 아냐. 돈을 냈다면 지갑이 있었을 거라고."

"오후 5시 반에 북적거리는 플랫폼에서 강도를 하는 사람이 있을까요?" 피아가 철로 좌우를 번갈아가며 살폈다.

"기회다 싶었겠지. 이런 날씨에는 모두들 빨리 집에 가고 싶어 하니까. 어쩌면 현금인출기에서 돈 찾는 걸 보고 역에서부터 쫓아왔을 수도 있어."

"저기." 피아가 플랫폼에 설치된 감시 카메라를 가리켰다. "비디오를 보는 게 좋겠어요. 운이 좋으면 카메라가 육교 위까지 찍었을 수도 있어요."

보덴슈타인이 진지한 표정으로 고개를 끄덕였다. 오늘 저녁 두 가족이 참담한 소식을 접해야 하는 이유가 정말 돈에 혹한 강도 때문이란 말인가. 그런 어리석은 이유로 사람이 죽고 다친다니, 보덴슈타인은 갑자기 우습다는 생각이 들었다. 그러나 생각이 사건을 없던 일로 만드는 건 아니다. 그때 지하도에서 경찰 둘이 올라오는 게 보였다. 그들은 피해자 옷 주머니에서 나온 열쇠와 맞는 빨간색 혼다 시빅을 플랫폼 아래쪽 주차장에서 발견했다고 보고했다. 자동차 번호판 조회 결과 차 주인은 노이엔하인에 거주하는 것으로 밝혀졌다. 피해자의 이름은 리타 크라머였다.

*

바트조덴시 노이엔하인 구역에 위치한 볼품없는 아파트 주차장. 보덴슈타인이 주차된 차들 사이로 능숙하게 그의 BMW를 밀어 넣었다. 아파트 입구에 있는 초인종은 족히 쉰 개는 돼 보였다. 피아는 그중 리타 크라머의 이름을 찾느라 한참을 헤맸다. 드디어 이름을 찾아 초인종을 눌렀는데 이번에는 응답하는 사람이 없었다. 아무 데나 마구 눌러서 누군가가 문을 열어주기를 바라는 수밖에 없었다.

낡고 볼품없는 외관에 비해 아파트 내부는 상당히 깨끗했다. 5층으로 올라가자 나이 지긋한 이웃집 여자가 두 사람을 기다리고 있었다. 여자는 호기심과 짜증이 섞인 표정으로 형사들의 공무원증을 확인했다. 피아는 초조하게 시계를 들여다봤다. 이런! 벌써 9시가 다 돼간다. 아니카의 파티에 가겠다고 크리스토프에게 몇 번이나 약속했는데, 여기 일이 얼마나 길어질지 알 수 없었다. 게다가 피아는 오늘 원래 쉬는 날이다. 그녀는 속으로 벤케와 하세를 저주했다.

이웃집 여자는 리타 크라머와 어느 정도 친분이 있었는지 여벌 열쇠를 갖고 있었다. 공무원증을 보여주고 사고에 대해 이야기하자 그녀는 망설임 없이 바로 열쇠를 내주었다. 하지만 리타 크라머에게 연고자가 있는지는 그녀도 알지 못했다. 어쨌든 손님이 오는 일은 없다고 했다.

집 안도 그 말을 뒷받침하듯 쓸쓸하기 짝이 없었다. 깔끔하고 먼지 하나 없이 깨끗했지만 가구가 거의 없었다. 리타 크라머 개인에 대해 말해주는 사적인 단서는 어디에도 보이지 않았다. 그 흔한 가족사진 한 장 없고 가구점에서 파는 그림 액자 몇 개가 벽에 걸려 있을 뿐이다. 보덴슈타인과 피아는 집 안을 돌아다니며 옷장과 서랍장을 열어봤으나 그 어떤 단서도 찾을 수 없었다. 정말 아무것도 없었다.

"이건 무슨 호텔 방 같군. 사적인 단서가 하나도 없어." 보덴슈타인이 말했다. "어떻게 이럴 수가 있지?"

피아는 부엌으로 갔다. 깜빡이는 자동 응답기 불빛이 시선을 끌었다. 재생 버튼을 누르자 말없이 그냥 전화를 끊는 소리만 들렸다. 피아는 화면에 뜬 전화번호를 메모했다. 쾨니히슈타인 지역 번호였다. 휴대전화를 꺼내 번호를 입력한 뒤 통화 버튼을 눌렀다. 벨이 세 번째 울렸을 때 받는 소리가 났다. 그러나 그쪽도 역시 자동 응답기였다.

"병원에서 전화를 걸었던 모양인데, 지금은 아무도 안 받네요."

"다른 전화 녹음된 건 없어?"

보덴슈타인이 물었다. 피아는 자동 응답기 버튼을 이리저리 눌러본 뒤 고개를 저었다.

"사람이 이렇게도 살 수 있다니." 피아는 전화기를 제자리에 놓은 뒤 부엌 달력을 살폈다. 5월에 멈춰 있었고 그 전후로도 메모나 동그라미 표시 같은 게 전혀 없었다. 벽에 걸린 코르크판에는 피자 가게 전화번호와 4월에 발급된 주차 위반 고지서가 누렇게 변색된 채 붙어 있었다. 충만하고 행복한 삶을 짐작게 하는 것은 하나도 없었다.

"내일 그 병원에 전화를 해보자고." 보덴슈타인이 결정을 내렸다. "오늘은 더 할 수 있는 일이 없을 것 같아. 내가 가는 길에 병원에 들러서 크라머 씨의 상태를 살펴볼게."

그들은 리타 크라머의 집을 나와 이웃집 여자에게 열쇠를 돌려주었다.

"병원 가는 길에 크리스토프 집에 좀 내려줄래요?" 엘리베이터를 타고 내려가면서 피아가 물었다. "가는 길이잖아요."

"아, 그 파티."

"어, 그건 또 어떻게 알았어요?"

피아는 아파트 현관 유리문을 활짝 열어젖혔다가 하마터면 초인종 판을 들여다보느라 허리를 구부리고 서 있던 젊은 남자를 칠 뻔했다. "미안합니다. 미처 못 봤어요." 그녀는 얼른 사과하며 젊은 남자의 얼굴을 흘깃 본 뒤 난처한 미소를 지어 보였다.

"괜찮습니다." 젊은 남자가 말했다.

피아와 함께 아파트를 나선 보덴슈타인이 코트 깃을 세우며 말했다. "난 부하 직원들한테 관심이 많거든. 아직 몰랐어?"

피아는 아침에 카트린과 했던 이야기가 떠올랐다. 말을 꺼낼 좋은 기회다. "그럼 벤케가 무허가로 부업하는 것도 알고 있었겠네요?"

보덴슈타인이 이마에 주름을 잡으며 재빨리 그녀의 표정을 살폈다. "아니, 오늘 아침까지는 몰랐어. 혹시 알고 있었던 거야?"

"아뇨. 벤케가 말할 사람이 없어서 나한테 그런 얘기를 하겠어요?" 피아가 가소롭다는 듯이 콧방귀를 뀌었다. "자기가 아직도 특별 기동대에 있는 줄 아는지 사생활은 전부 비밀에 부치더라고요."

보덴슈타인이 희미한 가로등 불빛에 비친 피아의 얼굴을 보며 말했다. "그 사람 요새 문제가 많아. 부인이랑 작년에 헤어졌는데 주택 대출이자를 못 갚아서 집을 나왔어."

피아는 잠시 아무 말 없이 보덴슈타인의 얼굴을 쳐다봤다. 그 말을 들으니 지난 몇 달간 벤케의 태도가 이해가 갔다. 쉽게 짜증을 내고 항상 기분이 안 좋고 공격적이었던 데는 그럴 만한 이유가 있었던 것이다. 그러나 동정심이 든다기보다는 오히려 짜증이 났다.

"또 두둔하는군요." 피아가 단정하듯 말했다. "둘이서 무슨 협약이라도 맺었어요? 벤케는 왜 항상 치외법권을 행사해도 되는 거예요?"

"치외법권이라니 말도 안 돼."

"그럼 왜 실수와 태만을 저지르고도 아무 제재도 받지 않아요?"

"내가 압력을 넣으면 더 정신 못 차리고 삐뚤어질까 봐 일부러 그랬던 것 같아." 보덴슈타인이 어깨를 으쓱하며 말했다. "하지만 허가도 없이 부업을 한다면 그건 나도 감싸줄 수 없지."

"그럼 엥겔 과장한테 보고할 거예요?"

"그래야 할 것 같은데?" 보덴슈타인이 한숨을 내쉰 뒤 다시 걷기 시작했다. "물론 그 전에 프랑크하고 얘기를 해봐야지."

2008년 11월 8일 토요일

"어쩌다 그런 일이!"

다니엘라 라우터바흐 원장은 보덴슈타인이 그녀에게 전화하게 된 경위를 말하자 깜짝 놀라 외쳤다. 햇볕에 잘 그을린 얼굴 위로 창백한 빛이 돌았다.

"리타를 잘 알아요. 이혼하기 전에는 가까운 이웃이었고요."

"육교 난간 밑으로 밀려 떨어지는 걸 봤다는 사람이 있습니다." 보덴슈타인이 설명했다. "그래서 비면식범에 의한 살인미수로 보고 수사하는 중입니다."

"끔찍해라! 불쌍한 리타! 상태는 어때요?"

"좋지 않습니다. 비관적입니다."

라우터바흐 원장은 기도하듯 두 손을 모으고 충격이 가시지 않은 얼굴로 머리를 절레절레 흔들었다. 보덴슈타인은 그녀가 자기 또래일 거라 생각했다. 40대 후반에서 50대 초반? 그녀는 아주 여성적인 몸매에 윤기 나는 짙은 갈색 머리를 단정하게 틀어 올렸다. 눈가의 웃음과 주름에 둘러싸인 따뜻한 밤색 눈이 어딘지 모르게 다정하고 포근한 느낌을 줬다. 다정하고 자상하게 환자들을 돌보는 의사일 것 같았다.

그녀의 병원은 쾨니히슈타인 보행자 거리에 자리한 보석상 위층에 있었다. 널찍한 병원은 천장이 높고 볕이 잘 들어 환했고 바닥에는 마루가 깔려 있었다.

"제 방으로 가시죠."

보덴슈타인은 원장을 따라 커다란 방으로 들어갔다. 육중한 앤티크 책상 하나가 방을 점령한 가운데 벽에는 표현주의 화풍의 거대한 그림이 몇 점 걸려 있었다. 음침한 분위기의 그림은 밝기만 한 병원 분위기와 강한 대조를 이루며 묘한 매력을 만들었다.

"커피 한잔 드릴까요?"

"네, 한잔 주십시오." 보덴슈타인이 웃으며 고개를 끄덕였다. "오늘은 커피 마실 시간도 없었군요."

"이른 시간부터 일을 하시네요."

그녀가 각종 의학서 옆에 놓인 에스프레소 기계 아래에 컵을 놓은 뒤 버튼을 눌렀다. 분쇄기 돌아가는 소리가 나며 신선하고 맛있는 커피 향이 진동했다.

"원장님도 마찬가지인 것 같은데요?" 그가 대꾸했다. "게다가 오늘은 토요일인데……."

그는 어제저녁, 병원 자동 응답기에 메시지를 남겼었다. 그리고 오늘 아침 7시 반에 그녀에게서 연락이 온 것이었다.

"토요일 오전에는 왕진을 해요." 그녀가 그에게 커피 잔을 내밀었다. 보덴슈타인은 우유와 설탕은 정중히 사양했다. "그리고 처리해야 할 서류들도 많고요. 서류는 시간이 가면 갈수록 점점 많아지는 것 같아요. 그 시간에 환자들을 돌볼 수 있다면 좋을 텐데."

원장이 책상 쪽으로 오라고 손짓하자 그는 책상 앞에 놓인 의자들 중 하나에 앉았다. 책상 너머 창밖으로 쾨니히슈타인 고성에 자리한 고급 요양 시설이 풍경처럼 펼쳐졌다.

"제가 어떻게 도와드릴까요?" 라우터바흐 원장이 커피를 한 모금 마신 뒤 말했다.

"크라머 씨의 집에서 연고자에 대한 단서를 전혀 찾아내지 못했습니다. 누군가 사고 소식을 알아야 할 사람이 분명히 있을 텐데…….”

“리타는 이혼한 전남편과 좋은 관계를 유지하고 있어요. 그 사람이 사고 소식을 들으면 분명히 간호를 해줄 거예요.”

그녀가 다시 수심 가득한 표정이 되어 고개를 저었다. “대체 누가 그런 짓을 했을까요?” 그리고 생각에 잠긴 밤색 눈으로 보덴슈타인을 물끄러미 쳐다봤다.

“우리도 그게 궁금합니다. 크라머 씨에게 특별히 원한을 품은 사람이 있었나요?”

“리타한테요? 아니요! 큰일 날 소리예요. 리타는 정말 착해요. 살아가는 데 우여곡절도 많았지만 절대 비관하지 않았어요.”

“우여곡절이요? 무슨 뜻이죠?”

보덴슈타인은 그녀의 얼굴을 찬찬히 뜯어봤다. 성품이 차분하고 고요한 라우터바흐 원장에게 호감이 갔다. 그의 주치의는 환자들을 컨베이어 벨트 위 물건 다루듯 했다. 한번 진찰을 받고 나면 정신이 하나도 없을 지경이었다.

“아들이 감옥에 갔거든요.” 원장이 이렇게 말한 뒤 한숨을 푹 내쉬었다. “상심이 컸어요. 그 일 때문에 결국은 이혼도 했고요.”

막 커피를 마시려던 보덴슈타인은 순간 동작을 멈추었다. “크라머 씨의 아들이 감옥에 있다고요? 왜요?”

“감옥에 있었죠. 지금은 아니에요. 이틀 전에 석방됐어요. 10년 전에 여학생 둘을 죽였거든요.”

보덴슈타인은 기억을 더듬었지만 크라머라는 이름의 청소년 범죄자는 떠오르지 않았다.

“리타는 결혼 전 성을 다시 쓰고 있어요. 그 끔찍한 사건과 바로 연관되는 게 싫어서죠." 라우터바흐 원장이 마치 그의 생각을 읽기라도 한 듯 말했다. "예전 성은 자토리우스예요."

*

회색 재생지에 인쇄된 딱딱한 행정 용어를 빠르게 훑어 내려가던 피아는 자기 눈을 의심했다. 우편함에서 프랑크푸르트 도시 계획과가 보낸 편지를 발견했을 때는 가슴이 설렜지만 지금 읽고 있는 내용은 예상을 완전히 뒤엎는 것이었다.

크리스토프가 비르켄호프로 이사 오기로 결정한 뒤 피아는 집을 고칠 계획을 세웠었다. 둘이 살기에도 좁은 터라 손님이라도 오면 공간이 턱없이 부족할 것이기 때문이었다. 그래서 피아는 아는 건축가에게 개축 도안과 건설 신청서를 부탁한 뒤 초조하게 결과를 기다리는 중이었다. 마음 같아서는 바로 일에 착수하고 싶었지만 참고 기다렸다.

그녀는 편지를 두 번, 세 번 반복해서 읽은 뒤 옆으로 밀어놓았다. 그리고 식탁에서 일어나 욕실로 갔다. 재빨리 샤워를 마치고 몸에 수건을 두른 그녀는 시큰둥한 표정으로 거울 앞에 섰다.

어젯밤 파티에서 나온 시간은 새벽 3시 반이었다. 하지만 개들을 산책시키고 다른 동물들에게 먹이를 주기 위해서는 7시에 일어나야 했다. 오늘은 잠시 비가 그친 틈을 타 말 두 마리에게 구보를 시키고 마구간의 말똥도 치웠다. 새벽까지 파티를 한 터라 컨디션이 좋지 않았다. 역시 마흔둘의 나이는 무시할 수 없다. 스물두 살일 때에는 밤새도록 논 다음 날에도 쌩쌩했는데…….

피아는 생각에 잠긴 채 어깨까지 오는 금발을 빗어 두 갈래로 땋았다. 나쁜 소식을 접한 다음이라 더 이상은 잠이 올 것 같지 않았다. 그녀는 부엌으로 가 식탁 위의 편지를 들고 침실로 갔다.

"일어났어?" 크리스토프가 잠이 덜 깬 목소리로 중얼거렸다. 그리고 전등 빛에 눈이 부신 듯 연신 눈을 껌벅였다. "몇 시야?"

"10시 10분 전."

그가 일어나 앉아 관자놀이를 문질렀다. 평소와 달리 술을 꽤 마셔서 숙취가 심한 듯했다. "아니카 비행기가 몇 시라고 했지?"

"오후 2시 정각. 아직 시간 많아."

"그건 뭐야?" 그가 피아의 손에 들린 편지를 발견하고 물었다.

"폭탄." 그녀가 어두운 음성으로 대답했다. "도시계획과에서 온 편지야."

"뭐라고 써 있는데?" 크리스토프는 정신을 차리려고 눈에 힘을 주었다.

"철거 통보!"

"뭐?"

"전 집주인이 무허가로 집을 지었대. 원, 기가 막혀서! 개축 신청을 해서 긁어 부스럼을 만든 꼴이 됐어. 허가가 난 건 정원 뒤채하고 마구간뿐이래. 정말 말도 안 돼." 그녀는 침대에 걸터앉아 머리를 설레설레 흔들었다.

"전입신고한 지가 벌써 몇 년이나 됐는데. 쓰레기 다 실어 가고 수도세 다 받아놓고 이제 와서 무허가라니, 도대체 무슨 생각들을 했던 거야? 내가 정원에서 사는 줄 알았나?"

"어디 이리 줘봐." 크리스토프가 머리를 긁적이며 관공서에서 온 편지를 읽기 시작했다. "이의신청을 해야지. 이건 말도 안 돼. 옆집에선 운동장만 한 강당을 짓는데도 아무 문제가 없는데 우리는 작은 집 하나도 못 고치게 한단 말이야?"

그때 침대 옆 탁자 위에 있던 휴대전화가 울렸다. 오늘 대기 근무인 피아는 피곤한 표정으로 전화기를 들었다. 그리고 잠시 말없이 듣고만 있었다.

"네, 금방 갈게요." 그녀는 통화 종료 버튼을 누른 뒤 휴대전화를 침대 위에 던져버렸다. "아, 짜증 나."

"나가야 돼?"

"응. 니더회히슈타트 서에 신고가 들어왔는데, 어떤 중학생이 남자가 여자를 육교 아래로 미는 걸 봤대."

크리스토프가 어깨를 감싸안아줬지만 피아는 흘러나오는 깊은 한숨을 막을 수 없었다. 그러자 그가 이번에는 그녀의 뺨에 입을 맞춘 뒤 입술에도 키스를 해왔다. 그 중학생은 뭐가 그리 바빴을까? 기다렸다가 오후에나 신고할 것이지! 피아는 오늘 도무지 일할 마음이 생기지 않았다. 사실 이번 주말은 벤케가 대기 근무를 할 차례다. 그런데 그렇게 아프다는데 어쩌겠는가. 하세도 마찬가지다. 이 빌어먹을 남자들!

피아가 몸을 뒤로 젖혀 크리스토프에게 기댔다. 그의 몸에서는 아직까지 이불 속 온기가 느껴졌다. 그가 수건 밑으로 손을 집어넣어 그녀의 배를 어루만졌다.

"이 편지는 잊어버려. 걱정할 필요 없어." 그는 이렇게 말한 뒤 다시 그녀에게 키스했다. "무슨 방법이 있을 거야. 그렇게 빨리 철거되지는 않아."

"여기저기 온통 사건, 사건뿐이네."

피아는 이렇게 중얼거리며 그 중학생이 니더회히슈타트 서에서 한 시간 정도는 기다려줄 거라고 생각했다.

*

보덴슈타인은 바트조덴 종합병원 맞은편에 차를 세우고 피아를 기다렸다. 라우터바흐 원장에게서 피해자 전남편의 주소를 받았지만, 그가 사는 알텐하인에 가기 전에 다시 한번 리타 크라머의 상태를 살피러 왔다. 그녀는 수술을 받고 중환자실에 누워 있었다. 비록 혼수상태기는 하지만, 첫날 밤을 무사히 넘긴 것이다. 피아가 그의 자동차 옆에 주차한 뒤 까치발로 빗물 웅덩이를 돌아온 시각은 정확히 오전 11시 반이었다.

"중학생이 그 남자 인상착의를 상당히 정확하게 기억하고 있더라고요." 그녀는 조수석에 털썩 앉은 뒤 안전벨트를 맸다. "오스터만이 녹화된 비디오에서 괜찮은 그림만 하나 뽑아주면 언론사에 보낼 수배 사진을 만들 수 있겠어요."

"좋아." 보덴슈타인이 차에 시동을 걸었다.

리타 크라머의 전남편을 만나러 같이 가자고 연락한 것은 보덴슈타인이었다. 그는 알텐하인으로 가는 짧은 시간을 이용해 라우터바흐 원장과 나눈 대화 내용을 들려주었다. 그러나 피아는 제대로 집중할 수가 없었다. 시청에서 온 공문이 자꾸 떠올랐다. 철거령이라니! 다른 가능성은 다 생각해봤지만 그것만은 의외였다. 시청 사람들이 정말 작정하고 달려들어 철거를 해버리면 어떻게 하지? 두 사람은 어디서 살아야 한단 말인가?

"내 말 듣고 있어?"

"그럼요. 자토리우스, 이웃이었다, 알텐하인. 미안해요. 집에 오니까 새벽 4시더라고요."

그녀는 하품을 하며 눈을 감았다. 몸이 물먹은 솜처럼 무거웠다. 그녀에게는 보덴슈타인과 같은 군건한 자제력이 없었다. 그는 밤을 꼬박 새워 수사한 다음 날에도 흐트러진 모습을 보이지 않았다. 그가 하품하는 모습을 단 한 번이라도 본 적이 있었던가.

"11년 전 일간지 1면 톱으로 다뤄졌던 사건이야." 그녀는 반장이 하는 말에 귀를 기울였다. "토비아스 자토리우스는 살인죄로 법정 최고형을 선고받았어. 그런데 그 재판, 완전히 정황증거만으로 이뤄졌어."

"아, 맞아요." 그녀가 중얼거렸다. "기억나는 것 같아요. 두 건의 살인이었고 시체가 발견되지 않았어요. 아직 감옥에 있으려나?"

"막 나왔어. 목요일에 석방돼서 알텐하인에 있는 아버지 집에 가 있대."

피아는 잠시 생각에 잠겼다가 눈을 반짝 떴다. "석방된 거랑 어머니가 당한 거랑 관련이 있을 거라는 뜻이에요?"

보덴슈타인이 재미있다는 듯 피아를 흘깃 쳐다봤다. "대단해."

"뭐가요?"

"잠자면서도 수사는 잘하네."

"안 잤어요." 피아는 대뜸 말하며 다시금 터져 나오는 하품을 참느라 무진 애를 썼다.

자동차는 알텐하인 지역 표지판을 지나 라우터바흐 원장이 적어준 주소지에 도착했다. 보덴슈타인은 관리하지 않은 지 한참 되어 보이는 레스토랑 주차장에 차를 댔다. 한 청년이 레스토랑 벽 앞에 서서 붉은색 낙서 위에 흰색 페인트를 덧칠하고 있었다. '살인자 새끼가 사는 집'이라는 글씨가 흰색 페인트 위로 비쳐 보였다.

농장으로 들어가는 길목 인도에 중년 여자 셋이 서 있었다.

"살인자!"

보덴슈타인과 피아가 막 차 문을 열었을 때 한 여자가 욕하는 소리가 들렸다.

"사람을 죽여놓고 여기가 어디라고 돌아와? 당장 안 떠나면 좋은 꼴 못 볼 줄 알아, 이 나쁜 놈아!" 그렇게 말하고 나서 그녀는 바닥에 침을 퉤 뱉었다.

"무슨 일입니까?"

보덴슈타인이 물었다. 그러나 세 여자는 그에게 눈길도 주지 않고 급히 사라져버렸다. 보덴슈타인과 피아는 여자들을 완전히 무시한 채 일에 열중해 있는 청년에게 다가가 정중하게 인사말을 건네며 자신들이 경찰임을 밝혔다.

"저 사람들 왜 저러는 거예요?" 피아가 호기심 가득한 목소리로 물었다.

"그걸 왜 나한테 묻습니까?" 청년은 별 관심 없다는 듯 그녀를 흘깃 쳐다본 뒤 하던 일을 계속했다. 날이 추웠지만 그는 청바지에 회색 긴팔 셔츠 그리고 작업화 차림이었다.

"자토리우스 씨는 어디 계신가요?"

청년이 뒤를 돌아봤다. 피아는 어디선가 그를 본 듯했다.

"혹시 어제저녁 노이엔하인에 있는 크라머 씨 아파트 앞에 있지 않았나요?"

그는 놀라움을 감춘 채 바다를 연상케 하는 푸른 눈으로 그녀를 뚫어져라 쳐다봤다. 피아는 자기도 모르게 얼굴을 붉혔다.

"예, 맞습니다. 그게 법에 걸립니까?"

"아니요. 그럴 리가요. 그런데 무슨 일로 그곳에 가셨죠?"

"어머니한테 갔습니다. 약속을 했는데 오시질 않아서요."

"아, 그럼 토비아스 자토리우스 씨인가요?"

그의 한쪽 눈썹이 올라가더니 곧 입가에 조소가 떠올랐다. "예, 그 살인자 맞습니다."

토비아스는 위험한 매력을 풍겼다. 왼쪽 귀밑에서 턱까지 길게 뻗은 허연 흉터는 그의 조각 같은 얼굴에 흠을 낸다기보다는 흥미로운 분위기를 연출했다. 그의 시선에는 뭔가 특별한 것이 있었다. 피아는 그게 뭘까 하고 생각했다.

"어머니가 어제 큰 사고를 당하셨습니다." 보고만 있던 보덴슈타인이 끼어들었다. "바로 수술한 뒤 지금은 중환자실로 옮겼습니다. 상태가 좋지 않습니다."

피아는 잠시 코를 벌름거린 뒤 입술을 꽉 다무는 토비아스의 표정을 놓치지 않았다. 다음 순간 그는 손에 든 붓을 흰색 페인트 통 속에 아무렇게나 던진 뒤 농장 정문을 향해 걸어갔다. 피아와 보덴슈타인도 서로 시선을 교환한 뒤 그를 따랐다. 농장 마당은 거대한 쓰레기장을 방불케 했다. 갑자기 보덴슈타인이 헉 소리와 함께 멈춰 서서는 그 자리에서 꼼짝도 하지 않았다.

"왜 그래요?" 피아가 놀라서 물었다.

"쥐!" 보덴슈타인이 창백해진 얼굴로 소리쳤다. "이 망할 놈의 짐승이 내 발 위로 기어서 지나갔어!"

"이렇게 쓰레기가 많으니 쥐가 있는 게 당연하죠."

피아는 어깨를 한 번 으쓱한 뒤 멈췄던 발걸음을 뗐다. 그러나 보덴슈타인은 돌기둥이 돼버린 듯 꼼짝도 하지 않았다.

"난 세상에서 쥐가 가장 싫어." 그의 목소리가 살짝 떨렸다.

"영주 농장에서 자랐잖아요. 쥐 한두 마리쯤은 봤을 거면서,

뭘 그래요?"

"그래서 더 싫어."

피아는 어이가 없어 고개를 절레절레 저었다. 쥐를 무서워하다니, 강철 보스에게 이런 허점이 있을 줄이야!

"어서 와요. 사람이 가까이 오면 쥐는 도망가요. 쓰레기통 뒤지는 쥐는 겁이 많거든요. 예전에 내 친구 하나는 쥐 두 마리를 길렀는데 아주 순했어요. 그냥 생각하는 거랑은 달라요. 그 쥐들하고 뭐 하고 놀았는지 알아요? 한번은……."

"말하지 마!" 그가 크게 숨을 들이켰다. "앞장 서!"

"어유, 정말!"

피아는 절로 웃음이 나왔다. 보덴슈타인은 피아 뒤에 붙어서 언제라도 도망갈 태세로 현관으로 향하는 길 양쪽에 쌓인 쓰레기 더미들을 노려보며 한 발짝씩 발을 떼었다.

"어머, 저기 또 하나 있네! 통통하기도 해라."

피아가 이렇게 말하며 갑자기 걸음을 멈췄다. 보덴슈타인은 피아에게 부딪히면서도 공포에 찬 눈으로 주변을 둘러봤다. 평소의 태연함은 찾아볼 수가 없었다.

"농담이에요."

그녀가 웃으며 말했다. 그러나 그는 웃을 기분이 아니었다.

"한 번만 더 그래 봐. 이따가 사무실까지 걸어가야 할걸." 그가 위협하듯 말했다. "심장마비 걸리는 줄 알았네!"

집이 보이는 데까지 가보니 토비아스 자토리우스는 현관문을 열어놓은 채 집 안으로 사라진 뒤였다. 보덴슈타인은 집이 가까워지자 얼른 피아를 앞질러 성큼성큼 계단을 올라갔다. 그 모양새가, 마치 수렁 속을 걷던 사람이 안전하고 단단한 땅에 오르는 것 같았다. 그때 문가에 늙은 남자가 나타났다. 낡아빠진 슬리퍼에 얼룩진 회색 바지를 입고 앙상하게 굽은 어깨에 얇은 카디건을 걸치고 있었다.

"하르트무트 자토리우스 씨인가요?"

피아의 물음에 상대가 고개를 끄덕였다. 그의 얼굴은 관리되지 않은 집만큼이나 피폐해 보였다. 비쩍 마른 길쭉한 얼굴에 주름이 골골이 깊게 패어 있었다. 토비아스 자토리우스와의 공통점이라고는 바다와 같이 푸른 눈뿐이었다. 그러나 그의 눈에서는 생기라곤 찾아볼 수 없었다.

"내 아들 말로는 이혼한 아내 일이라고 하던데……." 그의 목소리는 힘이 없고 가늘었다.

"네." 피아가 고개를 끄덕였다. "어제 큰 사고가 있었어요."

"들어오시오."

두 형사는 그를 따라 좁고 어두운 복도를 지나 부엌으로 들어갔다. 부엌은 그렇게 지저분하지만 않았다면 아늑한 분위기를 풍겼을 법도 했다. 토비아스가 팔짱을 끼고 창가에 기대서 있었다.

"라우터바흐 원장이 주소를 알려주더군요." 그새 정신을 차린 보덴슈타인이 말을 꺼냈다. "목격자의 증언에 의하면 리타 크라머 씨는 어제 오후 늦게 줄츠바흐노르트 역에서 누군가에 의해 육교 밑으로 떠밀려 달리는 차 위로 떨어졌습니다."

"세상에!" 하르트무트의 여윈 얼굴에 핏기가 싹 가셨다. 그가 의자 등받이에 몸을 지탱한 채 말했다. "하지만……, 하지만 누가 그런 짓을 했단 말이오?"

"앞으로 알아내야죠." 보덴슈타인이 말했다. "누군가 그런 짓을 할 만한 사람이 있습니까? 리타 크라머 씨한테 원한을 품은 사람이 있었나요?"

"우리 어머니한테요? 아니요. 하지만 나한테는 있습니다. 이 동네 전체가 내 적입니다." 토비아스의 목소리는 씁쓸하기 그지없었다.

"특별히 의심이 가는 사람이 있나요?" 피아가 물었다.

"없소." 하르트무트가 재빨리 끼어들었다. "우리가 아는 사람 중에 그렇게 끔찍한 짓을 할 만한 사람은 없어요."

피아의 시선이 여전히 창가에 기대서 있는 토비아스를 살폈다. 역광 때문에 표정을 잘 알아볼 수는 없었지만 눈썹을 치켜세우고 입술을 삐죽거리는 모양으로 보아 아버지와 같은 의견이 아닌 게 분명했다. 피아는 그의 긴장된 육체에서 뿜어져 나오는 분노를 느낄 수 있었다. 그의 눈에서는 아주 오랫동안 억눌려온 노여움이 작은 불꽃처럼 일렁였다. 그 불꽃은 바람만 제대로 만난다면 거대한 불길로 변할 수도 있는 위험한 것이었다. 토비아스 자토리우스는 언제 폭발할지 모르는 시한폭탄 그 자체였다.

반면 그의 아버지는 여든 노인네처럼 무기력하고 지쳐 보였다. 집과 농장 상태만 봐도 알 수 있듯 그는 더 이상 살아갈 용기가 없는 사람이었다. 말 그대로 삶의 폐허 뒤에 숨어 살고 있었다. 모든 살인자의 부모가 힘든 삶을 살겠지만, 알텐하인처럼 작은 마을에서 매 순간을 바늘방석에 앉은 기분으로 버텨야 했던 토비아스의 부모는 얼마나 더 힘들었을까. 토비아스의 어머니가 이혼을 선택하게 된 것도 결국은 이를 견디지 못했기 때문이리라. 그녀는 남편을 홀로 두고 떠났다. 분명히 양심의 가책을 느꼈을 것이다. 그리고 새 출발은 성공적이지 못했다. 그녀의 아파트를 지배하던 온기 없는 공허가 그 증거다.

피아는 토비아스 자토리우스를 건너다보았다. 생각에 잠긴 그는 엄지손가락을 이로 물어뜯으며 무표정한 얼굴로 허공을 응시하고 있었다. 저 무표정 뒤에서 도대체 어떤 생각들이 익어가고 있을까? 자기 잘못으로 부모님이 그렇게 됐다는 생각에 괴로워하는 걸까?

보덴슈타인이 명함을 건네자 하르트무트는 잠시 그것을 바라본 뒤 주머니에 넣었다.

"아드님이든 누구든 환자를 돌봐야 할 겁니다. 상태가 아주 좋지 않습니다."

"당연하지요. 우리가 바로 병원에 가볼 겁니다."

"그리고 그런 짓을 할 만한 사람이 생각나면 꼭 전화하세요."

하르트무트가 고개를 끄덕였다. 그러나 아들은 반응이 없었다. 피아는 왠지 안 좋은 예감이 들었다. 설마 어머니를 공격한 사람을 직접 찾아내려는 건 아니겠지?

*

하르트무트 자토리우스는 차를 차고에 집어넣었다. 리타 크라머가 누워 있는 병원에 다녀오는 길이다.

끔찍한 병문안이었다. 의사는 어떤 확답도 주지 않았다. 그저 척추를 다치지 않은 게 기적이라고만 했다. 그러나 달리는 차와 부딪히면서 206개의 뼈 중 거의 절반이 부러졌고 내출혈은 말할 것도 없었다. 집으로 돌아오는 차 안에서 토비아스는 어두운 표정으로 말없이 허공만 노려보았다.

자토리우스 부자는 농장 문을 열고 마당으로 들어섰다. 그러나 토비아스는 집 안으로 들어갈 생각이 없는 듯 점퍼 옷깃을 세웠다.

"왜 그러니?"

"답답해서 바람 좀 쐬려고요."

"지금? 밤 11시 반이 다 됐는데? 게다가 비도 이렇게 오는데 어딜 가겠다고. 이 빗속에 나갔다간 감기 걸린다."

"지난 10년간 제대로 비를 맞아본 적이 없어요. 감기 좀 걸리면 어때요. 그리고 밤이라 마주칠 사람이 없어서 좋아요."

하르트무트가 잠시 망설였다. 그러나 이내 아들의 어깨에 손을 얹으며 말했다. "쓸데없는 짓 하지 말거라, 토비. 알겠니? 이 애비 부탁이다."

"아무 짓도 안 해요. 걱정 마세요." 토비아스는 애써 엷은 미소를 지어 보였다. 그리고 아버지가 집 안으로 사라질 때까지 기다렸다가 고개를 숙인 채 어둠 속에 줄지어 서 있는 빈 축사와 헛간을 지나 걸었다. 주사 호스와 의료 기기에 둘러싸여 중환자실에 누워 있는 어머니의 모습은 생각했던 것보다 훨씬 충격적이었다.

과연 리타 크라머가 습격당한 사건은 그의 석방과 관련이 있는 걸까? 살아난다는 보장이 없다는 의사들의 말처럼 만약 그녀가 이 일로 죽는다면, 그녀를 육교에서 떠민 사람은 살인을 저지른 것이다.

농장 뒷문에 이른 토비아스가 걸음을 멈췄다. 무성하게 자란 담쟁이와 잡초가 울타리 문을 온통 뒤덮고 있었다. 지난 몇 년간 한 번도 열지 않은 것 같다. 토비아스는 내일부터 당장 청소를 시작하리라 마음먹었다.

10년간 교도소 생활을 한 그는 신선한 공기와 자율적인 일에 무척이나 굶주린 상태였다. 교도소에 들어간 지 3주째가 됐을 때 그는 뭔가 하지 않으면 머리가 녹슬어버릴 거라는 사실을 깨달았다. 변호사는 조기 석방 가능성은 희박하다고 말했고, 상고는 기각됐다. 그는 바로 하겐의 방송통신대학에 원서를 내고 선반공 실습을 시작했다. 매일 여덟 시간씩 일한 뒤 한 시간 동안 운동을 하고 밤늦게까지 책을 읽었다. 단조로운 교도소 생활에 쉬이 드는 잡생각을 떨치기 위해서였다. 교도소에서는 항상 엄격한 규율에 따라 생활했기 때문에 갑자기 주어진 자유는 그에게 버겁기만 했고, 교도소 생활을 그리워하는 것은 아니지만 다시 자유에 적응하는 데는 어느 정도 시간이 걸릴 것 같았다.

가볍게 울타리를 뛰어넘은 그는 어느새 거목으로 자라난 체리나무 밑에 다다랐다. 거기서 왼쪽으로 방향을 잡아 테를린덴 저택 정문 앞을 지났다. 양쪽으로 열리는 거대한 철문은 잠겨 있었다. 한쪽 문기둥 위에 감시 카메라가 설치된 것을 빼고는 전과 다를 바가 없었다. 저택 바로 뒤는 무성한 숲이다. 토비아스는 50미터쯤 걸은 뒤 좁은 오솔길로 접어들었다. 마을 사람들이 샛길이라고 부르는 꼬불꼬불한 길로, 마을 전체를 가로질러 교회 묘지까지 닿아 있다. 길 양쪽으로 다닥다닥 붙어 선 집들의 뒷마당과 정원 안채가 훤히 들여다보였다. 구석구석이 낯익은 풍경이다. 계단, 울타리 어느 것 하나 눈에 익지 않은 것이 없고 모든 것이 예전 그대로였다. 친구 집이나 교회에 갈 때 혹은 체육 시간에 뻔질나게 다니던 길이다. 그는 이 길을 오르내리며 아이에서 청년이 되었다.

길 왼편으로 마리아 케텔스 할머니의 작은 집이 보였다. 마리아 할머니는 사건 당일 저녁 늦게 스테파니를 봤다고 증언함으로써 유일하게 토비아스에게 유리한 증인이 될 뻔한 사람이다. 그러나 법정에서 그녀의 말은 받아들여지지 않았다. 모두들 그녀가 치매에 걸렸다는 사실, 눈이 어둡다는 사실을 잘 알고 있었다. 당시에도 여든이 넘은 나이였으니 지금쯤은 아마 교회 묘지로 이사를 했을 것이다.

마리아 할머니의 집 옆은 파슈케의 땅이다. 그리고 바로 그 옆이 자토리우스 농장이다. 파슈케의 마당은 예나 지금이나 깨끗하게 정돈되어 있었다. 잡초 하나만 올라와도 화학물질을 들이붓다시피 해서 뿌리부터 말려 없애는 그다. 원래 시 소유의 공기업에서 일했던 그는 회사의 건축자재를 빼돌려 집과 정원을 지었다. 비단 파슈케뿐이 아니었다. 회사에서 일하던 사람 모두 그런 식으로 개인 소유의 집을 짓거나 수리했다. 그러면서도 양심의 가책을 느끼지 않았다.

파슈케 집안의 딸 게르다가 시집을 가서 피처라는 성을 얻었는데, 그녀가 바로 토비아스의 친구인 펠릭스의 어머니였다.

이 동네에서는 좀 오래 걷는다 싶으면 먼 친척 하나쯤은 만나게 돼 있고, 누구네 집 숟가락이 몇 개인지, 누가 누구와 어떤 관계인지 훤히 다 알 수 있었다. 마을에는 공공연한 비밀이 나돌았고 사람들은 이웃의 실패, 불운, 지병에 대해 침을 튀기며 이야기했다. 알텐하인은 좁은 분지 지형 때문에 개발의 바람이 비껴간 지역이다. 이주해오는 사람도 거의 없었기 때문에 100년 전에 살던 사람들이 대를 이으며 그대로 살고 있다.

토비아스는 교회 묘지의 낮은 나무 문을 어깨로 밀며 안으로 들어섰다. 끼익 하고 날카로운 소리가 났다. 일렬로 늘어선 무덤들 사이사이에 자리한 거목들이 바람을 맞아 이파리 하나 달리지 않은 큰 나뭇가지들을 이리저리 흔들었다. 바람이 점차 폭풍으로 변해가는 듯했다. 그는 천천히 무덤들 사이로 걸었다. 그는 단 한 번도 묘지를 무섭다고 생각한 적이 없었다. 그곳에서는 오히려 마음이 평온해졌다.

교회 앞에 이르자 종소리가 자정을 알렸다. 그는 고개를 한껏 쳐들고 규암 재질의 육중한 교회 종탑을 올려다보았다. 나디야의 제안을 받아들였어야 할까? 독립할 여건이 될 때까지 그녀의 집에 머무는 게 나았을까? 알텐하인 사람들은 그를 원치 않는다. 이 사실에는 어떤 의심의 여지도 없다. 그러나 어떻게 아버지를 혼자 둔단 말인가! 그는 부모님에게 갚아야 할 빚이 많다. 살인죄로 감옥에 들어간 아들을 한시도 저버린 적이 없는 부모다.

토비아스는 교회 건물을 돌아 처마 밑으로 들어갔다. 그러다 오른쪽에서 뭔가 움직이는 기척을 감지하고 깜짝 놀랐다. 자세히 보니 검은 머리의 여학생이 기둥 옆 가로등 아래 나무 벤치에 앉아서 담배를 피우고 있었다.

그의 심장박동이 돌연 빨라졌다. 도저히 믿을 수가 없었다. 거기 앉아 있는 것은 다름 아닌 스테파니 슈네베르거였다!

*

갑자기 웬 남자가 교회 처마 밑으로 들어서자 아멜리도 놀라기는 마찬가지였다. 남자의 옷에 묻은 물기가 가로등 불빛에 반짝였고 짙은 색 머리카락은 비에 젖어 남자의 얼굴에 착 달라붙어 있었다. 생전 처음 보는 사람이었지만 아멜리는 그가 누군지 금방 알아차렸다.

"안녕하세요?" 그녀가 귀에서 이어폰을 빼며 말했다. 아이팟을 끄자 그녀가 가장 좋아하는 밴드인 다이어리 오브 드림즈의 보컬 아드리안 헤이츠의 꽥꽥거리는 목소리도 사라졌다.

주변은 쥐 죽은 듯 고요했다. 잔잔한 빗소리만 들리는 가운데 교회 아래쪽 도로를 질주하는 자동차 전조등 불빛에 순간 남자의 얼굴이 드러났다. 틀림없이 그다. 토비아스 자토리우스! 아멜리는 인터넷에서 사진을 충분히 봤기 때문에 그를 알아보는 게 어렵지 않았다. 실물을 보니 그리 나쁘지 않았다. 아니, 오히려 호감이 가는 잘생긴 얼굴이다. 이 촌 동네에서는 만나기 힘든 미남으로, 전혀 살인자처럼 보이지 않았다.

"안녕." 드디어 그가 입을 열었다. 그리고 묘한 표정으로 그녀를 뜯어봤다. "늦은 시간에 이런 데서 뭐 하니?"

"음악 들으면서 담배 피워요. 집에 가기엔 비가 너무 많이 오잖아요."

"아하."

"난 아멜리 프뢸리히예요. 아저씨는 토비아스 자토리우스, 맞죠?"

"맞아. 그런데 어떻게……."

"아저씨 얘기 많이 들었어요."

"하긴, 알텐하인에 살면서 내 얘길 안 들었으면 간첩이지."

그의 목소리에는 조소가 담겨 있었다. 그녀를 어느 범주에 넣어야 할지 몰라 헷갈려하는 듯했다.

"원래는 베를린에 살다가 5월에 여기로 왔어요. 엄마 애인한테 대들다가 결국은 아빠랑 새엄마 사는 데로 쫓겨 온 거예요."

"네 아빠랑 새엄마는 딸이 이런 밤중에 나돌아 다녀도 아무 말 안 하시는 모양이지?" 교회 담에 기대선 그가 그녀를 찬찬히 바라보며 말했다. "살인자가 마을에 돌아왔는데?"

아멜리가 씩 웃었다. "아빠는 아직 그 얘기 들어보지도 못했을 걸요. 하지만 난 다 들었어요. 저녁에 저기서 알바 뛰거든요." 이렇게 말하며 그녀는 고갯짓으로 교회 옆 주차장 반대편에 있는 술집을 가리켰다. "저기서 아저씨가 이틀째 화제 1순위예요."

"어디?"

"흑마요."

"아, 새로 생긴 데 말이구나."

아멜리는 사건이 일어날 당시 알텐하인에 음식점 겸 술집은 단 하나, 즉 토비아스의 아버지가 경영하던 황금 수탉밖에 없었다는 사실이 생각났다.

"이런 시간에 여기서 뭐 해요?"

그녀가 배낭을 뒤져 담뱃갑을 꺼내더니 토비아스에게 담배 한 개비와 라이터를 건넸다. 그가 잠시 망설이다가 그것들을 받아들고 그녀에게 불을 붙여준 뒤 자기도 한 대 피워 물었다.

"그냥 돌아다녀." 그가 한쪽 발로 교회 담을 누르며 말했다. "난 10년간 감옥에 있었어. 거기선 이렇게 돌아다닐 수가 없었거든."

둘은 잠시 말없이 담배를 피웠다. 주차장 반대편에서 느지막이 흑마를 나서는 손님들의 소리가 들려왔다. 쾅 하고 자동차 문 닫히는 소리가 났고 곧이어 엔진 소리가 멀어져갔다.

"깜깜한데 혼자 다니면 무섭지 않니?"

"아뇨." 아멜리가 고개를 저었다. "베를린에서 왔다니까요. 거기선 친구들하고 철거 건물에 들어가서 자기도 했어요. 그러다가 원래 거기 살던 부랑자들하고 붙기도 해요. 짭새랑 붙을 때도 있고요."

토비아스가 훅 하고 콧구멍으로 담배 연기를 내보냈다.

"어디 사니?"

"테를린덴 옆집이요."

"아."

"알아요. 티스한테 다 들었어요. 거기 원래는 백설공주가 살았다면서요?"

그 말을 들은 토비아스는 얼어붙은 듯 꼼짝도 하지 않았다. 그리고 잠시 후 달라진 목소리로 말했다. "너 지금 거짓말하는 거지?"

"거짓말 아니에요." 아멜리는 거세게 부인했다.

"거짓말이잖아. 티스는 말 안 해. 아무하고도."

"나하고는 해요. 가끔이지만. 내 친구거든요."

토비아스가 담배를 한 모금 빨았다. 담뱃불에 그의 얼굴이 환히 비쳤다. 아멜리는 그가 한쪽 눈썹을 치켜세우는 것을 놓치지 않았다.

"남자친구 아니에요. 이상한 생각 하지 말아요. 그냥 내 가장 친한 친구예요. 그리고 유일한 친구기도 하고요."

2008년 11월 9일 일요일

공작 부인 레오노라 폰 보덴슈타인의 고희연은 성에 딸린 고상한 호텔이 아닌 승마 연습장에서 치러졌다. 야단법석 떠는 걸 좋아하지 않는 공작 부인이 자연을 좋아하는 소박한 성품 그대로 마구간 겸 승마 연습장에서 조촐하게 보내기를 원했기 때문이다. 처음에는 말도 안 된다며 반대하던 마리루이제도 결국 시어머니의 뜻에 따랐다. 소박하지만 정갈하고 기품이 넘치는 파티를 준비한 것이다. 그리고 그 결과는 더없이 훌륭했다.

11시경 보덴슈타인과 코지마가 소피아를 데리고 보덴슈타인 영지에 도착했다. 행사장에는 주차할 자리가 없을 정도로 축하객이 많았다. 돌로 포장된 안마당은 지푸라기 하나 없이 깔끔했고 커다란 마구간 문은 활짝 열려 있었다.

"어쩜!" 코지마가 재미있다는 표정으로 탄성을 올렸다. "마리루이제, 대단한걸. 쿠엔틴한테 밤새 일 시켰나 봐!"

십자형 건물의 한 축을 이루는 승마 연습장은 1850년에 축조된 건물로 역사적 가치가 높았다. 원래는 해를 거듭하면서 생긴 거미줄, 먼지, 제비 똥이 켜켜이 쌓여 고색창연한 멋이 났지만, 어느새 싹 치워져 말끔했다. 말 칸막이와 벽, 높은 천장은 반짝반짝 윤이 날 정도였고 철창살 달린 창문도 투명하게 빛났다. 심지어 사냥하는 모습을 그린 벽화마저도 색을 덧칠해 모든 게 새것 같았다. 칸막이 안에 죽 늘어서서 호기심 가득한 눈으로 축하객들을 구경하는 말들도 갈기를 땋아내려 축하 분위기를 더했다. 추수감사절처럼 예쁘게 꾸민 승마 연습장 앞 로비에서는 고성 호텔 웨이터들이 축하객들에게 독일식 발포 와인 제크트를 따라주었다.

보덴슈타인은 빙그레 웃음이 나왔다. 동생 쿠엔틴처럼 속 편하게 사는 사람도 없다. 쿠엔틴은 영지와 마구간을 책임져야 하지만, 모든 걸 차츰 아내에게 맡겨버리고 세월아 네월아 하며 살았다. 결국 일을 도맡다시피 한 제수는 고성에 딸린 낡은 레스토랑

을 불과 몇 년 사이에 별 네 개짜리 일급 업소로 만들었다. 명성이
자자해져 이제는 멀리서도 손님이 찾아올 정도다.

아름답게 꾸민 홀에 들어서자 가족과 축하객들에 둘러싸여
앉아 있는 주인공이 보였다. 보덴슈타인이 어머니에게 다가가 축
하의 말을 건네자마자 승마 연습장 단골인 켈크하임 승마 클럽의
사냥 호른 합주단이 공연의 시작을 알렸다. 트레이너와 학생들이
공작 부인에게 바치는 공연이었다.

보덴슈타인은 카메라를 들고 행사장 이곳저곳을 찍고 있는
아들 로렌츠와도 몇 마디 말을 나눴다. 로렌츠의 여자친구인 토르
디스는 말들의 카드리유(네 남녀가 사각형을 이루며 추는 프랑스 전통
춤_역주)와 마상 곡예 팀 공연의 책임자인 데다 도약 카드리유(말과
기수가 한 쌍이 되어 장애물을 넘으며 추는 춤_역주) 시연에서는 직접 기
수로 출연해야 하는 탓에 바빠서 보이지 않았다.

누나 테레자도 축하객 틈에 끼어 있었다. 다른 도시에 사는 테
레자는 가족 행사에 참석하려고 먼 길을 달려왔다. 오랜만에 만난
남매는 이것저것 나눌 얘기가 많았다. 소피아를 무릎에 앉힌 테레
자가 문득 친정어머니 로트키르히 공작 부인과 나란히 앉아 있는
코지마 쪽으로 눈길을 돌렸다.

"코지마는 10년은 젊어 보이네." 테레자가 제크트를 한 모금
마신 뒤 말했다. "부러워지려고 하는걸."

"어린 자식과 자상한 남편이 있으면 그렇게 돼." 보덴슈타인이
빙긋 웃으며 말했다.

"예나 지금이나 자신만만하시군요. 여자가 예뻐지면 남자들
은 꼭 자기 때문이라고 하더라!" 테레자가 살짝 비꼬았다.

보덴슈타인보다 두 살 많은 테레자는 비록 외모는 평범했지

만 강력한 카리스마를 내뿜었다. 어느새 귀밑에 듬성듬성 보이기 시작한 흰머리도 그녀 특유의 카리스마를 가리지는 못했다. 언젠가 그녀는 주름살 하나, 흰머리 한 가닥도 열심히 일해서 얻은 결과라고 말한 적이 있다. 심장마비로 일찍 세상을 떠난 남편이 그녀에게 남긴 것은 세 아이와, 역사는 깊지만 적자를 면치 못하는 커피 회사, 슐레스비히홀슈타인의 낡은 성, 그리고 함부르크의 노른자위 땅에 위치한 저당 잡힌 집 몇 채뿐이었다. 경영학 박사인 테레자는 전혀 희망이 보이지 않는 상황에서 팔을 걷어붙이고 용감하게 빚쟁이들과 은행에 맞서 싸웠다. 그리고 10년간의 고투 끝에 참신하고 공격적인 전략으로 회사도 살리고 가문의 재산도 지키고 성도 수리하는 성과를 이뤄냈다. 직원과 거래처 사이에서 그녀의 평판은 어마어마했다.

"남자 얘기가 나와서 말인데……." 쿠엔틴이 불쑥 끼어들었다. "누나는 계속 혼자 살 거야? 사귀는 사람 없어?"

테레자는 미소를 지으며 말했다. "여자는 즐길 뿐 말을 삼간단다, 동생아."

"왜 안 데려왔어?"

"왜 데려와? 너희들이 도마 위에 올려놓고 조각조각 해부할 게 뻔한데." 그녀는 넋 놓고 공연을 보고 있는 부모님과 친척들 쪽으로 시선을 돌리며 싱긋 웃었다. "그다음엔 온 가족이 달려들어 갈기갈기 찢어놓겠지."

"그럼 있는 건 확실하네." 쿠엔틴이 단언하듯 말했다. "어떤 사람인데? 얘기해봐."

"싫어." 그녀가 막내에게 빈 잔을 내밀었다. "물자 조달이나 하셔."

"맨날 나만 시켜."

쿠엔틴이 입을 삐죽이면서도 심부름에 익숙한 막내답게 잔을 받아 들고 순순히 물러가자 테레자가 보덴슈타인에게 물었다.

"코지마랑 무슨 문제 있니?"

"아니." 보덴슈타인이 의아해하며 되물었다. "왜?"

"그냥. 너희 사이가 왠지 예전 같지 않은 것 같아서……."

보덴슈타인은 누나의 직감이 무서우리만치 정확하단 걸 다시 한번 깨닫고 사실을 순순히 털어놓았다.

"뭐, 은혼식 여행 때 문제가 좀 있기는 했지. 온 가족이 3주 일 정으로 마요르카섬 리조트로 여행을 떠났는데, 일주일 뒤에 심각한 사건이 터지는 바람에 나 먼저 나왔거든. 그게 서운했던 모양이야."

"아……."

"함께 있기로 해놓고는 소피아랑 둘만 버려두고 갔다는 거지. 하지만 나보고 어쩌라고? 육아휴직하고 집에 들어앉으라고?"

"그래도 3주 정도는 뺄 수 있는 거 아냐? 사생활을 간섭할 생각은 없지만 공무원이잖니. 네가 빠져도 누군가 대신할 사람이 분명히 있잖아."

"지금 공무원이라고 무시하는 거야?"

"그렇게 민감하게 받아들이지 말고……." 테레자가 동생을 달래듯 말했다. "코지마가 화내는 건 당연해. 코지마도 직업이 있잖아. 너 같은 마초는 집에서 밥하고 애 키우는 마누라를 원하겠지만 코지마는 그런 타입이 아니잖아. 사실대로 말해봐, 코지마가 애 때문에 촬영 안 나가고 집에 있으니까 좋았지?"

"말도 안 돼!" 보덴슈타인이 황당하다는 듯 강하게 부인했다.

"난 항상 응원해줬어. 코지마가 하는 일도 좋게 생각하고……."

테레자의 얼굴에 장난기 어린 웃음이 번졌다. "그런 변명은 딴 사람한테나 해. 내가 널 하루 이틀 봤니?"

보덴슈타인이 도둑질하다 들킨 아이처럼 입을 다물었다. 그리고 코지마 쪽으로 시선을 돌렸다. 누나는 언제나 잠깐 보고도 족집게처럼 상대의 속마음을 읽어내곤 했다. 이번에도 예외는 아니었다. 사실 그는 소피아가 태어난 뒤 코지마가 전 세계 구석구석을 돌아다니지 않게 된 것에 내심 안도하고 있었다. 그래도 누나의 입을 통해 그런 이야기를 들으니 썩 좋은 기분은 아니었다. 그때 쿠엔틴이 제크트 세 잔을 들고 돌아왔고 화제는 좀 더 가벼운 쪽으로 바뀌었다.

이윽고 공연이 끝났다. 사람들은 로비로 안내되었다. 마리루이제는 웨이터들에게 공연이 끝나기 전 그곳에 뷔페를 차리도록 지시해두었다. 길게 이어붙여서 흰 테이블보를 씌운 탁자는 가을 분위기 물씬 풍기는 꽃으로 장식되어 있었다. 푹신한 방석이 깔린 긴 의자는 어서 와 앉으라고 유혹하는 듯했고, 서서 먹을 수 있도록 키 높은 테이블도 마련되었다. 오랜만에 보는 친척과 친구들이 속속 눈에 띄었다. 여기저기서 이야기꽃이 피고 웃음이 넘쳤다.

편안하고 화기애애한 분위기 가운데 테레자와 이야기를 나누는 코지마가 보였다. 보덴슈타인은 누나의 여성해방론이 아내를 현혹하지 않기를 내심 바랐다. 내년에 소피아가 유치원에 가면 코지마도 자기만의 시간을 가질 수 있을 것이다. 그러고 보니 코지마는 많은 시간과 노력을 요하는 영화 프로젝트를 새로 맡았다. 순간 그는 무슨 바람이 불었는지 앞으로는 집에 일찍 들어와 소피아를 봐야겠다고 결심했다. 그러면 마요르카 여행 이후 틀어졌던

둘 사이가 좋아질 것 같았다.

"아빠."

어느새 다가온 큰딸 로잘리가 뒤에서 어깨를 두드리며 그를 불렀다. 고성 호텔 프랑스 요리사에게 요리 수업을 받고 있는 로잘리는 오늘 뷔페 감독을 맡았다. 돌아서니 로잘리가 머리부터 발끝까지 알 수 없는 갈색 물질로 범벅이 된 소피아의 손을 잡고 서 있었다. 보덴슈타인은 그 물질이 지금 자신이 생각하는 그것이 아니기를 간절히 바랐다.

"엄마가 어디 있는지 모르겠어요." 로잘리가 짜증 섞인 목소리로 말했다. "아빠가 얘 옷 좀 갈아입혀주세요. 엄마가 분명히 여벌로 챙겨 왔을 거예요. 차 안을 한번 보세요."

"얘 얼굴이랑 손에 묻은 건 뭐니?" 그가 긴 다리를 테이블 밑에서 천천히 끌어내며 물었다.

"걱정 마세요. 그냥 초콜릿무스예요. 전 다시 일하러 가요." 큰딸은 보덴슈타인에게 동생을 넘기고 재빨리 사라졌다.

"어디 보자, 우리 지저분한 딸." 그는 소피아를 번쩍 들어 품에 안았다. "아가씨가 지저분하게 이게 뭐야, 응?"

품에 안긴 소피아는 앙증맞은 손으로 보덴슈타인의 가슴을 밀쳤다. 그녀는 조금이라도 제 마음대로 되지 않으면 참지 못했다. 복숭앗빛 뺨에 부드러운 밤색 머리카락, 하늘색 눈동자를 가진 소피아는 깨물어주고 싶을 만큼 귀엽다. 하지만 얼굴값을 하는지 성격이 너무나 사나웠다. 코지마의 기질을 물려받아 원하는 게 있으면 어떻게든 얻고야 말았다.

막내딸을 데리고 밖으로 나온 보덴슈타인은 마당을 가로질러 걷다가 우연히 왼쪽을 쳐다보았다. 대장간의 열린 문틈으로 코지마의 모습이 눈에 들어왔다. 통화를 하며 왔다 갔다 하고 있었다. 머리를 쓸어 올리며 고개를 갸우뚱하는 몸짓과 웃는 얼굴이 그에게 다소 낯설게 느껴졌다. 왜 저렇게 숨어서 통화를 하는 거지? 보덴슈타인은 아내가 자신을 알아차리기 전에 재빨리 그 자리를 떴다. 마음속에서 의심이 고개를 쳐드는 게 느껴졌다. 보일 듯 말 듯한 아주 작은 가시 하나가 심장에 박혀 있는 느낌이었다.

*

일요 예배가 끝난 시각, 흑마에서는 여느 때와 마찬가지로 주당들이 모여 앉아 맥주잔을 기울였다. 일요일 아침 해장술은 오직 남자들만의 전유물이다. 여자들은 집에서 고기 굽고 식사 준비나 하라는 뜻이다. 그래서인지 일요일은 아멜리에게 있어 지루함의 절정을 의미했다. 동시에 사장 자길스키가 나오는 날이기도 했다. 평일에는 프랑크푸르트의 고급 레스토랑 두 곳을 돌보느라 분주한 그는 흑마의 운영을 아내와 처남에게 맡기고 일요일에만 들여다보았다.

아멜리는 그를 좋아하지 않았다. 자길스키는 큰 덩치에 툭 튀어나온 개구리눈과 두터운 입술을 가진 남자로, 독일 통일 후 재빨리 동독에서 알텐하인으로 넘어왔다. 로즈비타의 말에 의하면 원래 황금 수탉에서 요리사로 일했는데, 가게가 망할 조짐을 보이자 잽싸게 흑마를 차렸다고 한다. 그리고는 황금 수탉과 똑같은 메뉴를 더 싼값에 팔면서 널찍한 주차장으로 사람들을 유인했다. 다시 말해 옛 주인을 배신하고 황금 수탉을 폭삭 망하게 하는 데 지대한 공헌을 한 사람이다. 로즈비타는 끝까지 의리를 지키며 황금 수탉에서 버티다가 가게가 망한 뒤 어쩔 수 없이 이곳으로 자리를 옮겼다.

아멜리는 오늘 아침 꽤 정성 들여 치장했다. 일단 피어싱을 모조리 빼고 머리를 양 갈래로 땋은 뒤 단아하게 화장했다. 그런 다음 새엄마 옷장에서 XXS 사이즈의 흰 블라우스를 꺼내 입고는 자기 옷장을 한참 뒤져 아주 짧은 체크무늬 스커트를 찾아냈다. 두꺼운 검정 스타킹에 종아리까지 오는 워커로 신자 스타일이 완성되었다. 거울 앞에 선 아멜리는 꽉 끼는 블라우스의 단추를 풀어 검정색 브래지어와 가슴이 살짝 보이도록 했다.

흑마의 사장 제니 자길스키는 그런 아멜리를 쓱 훑어보기만 했을 뿐 시비를 걸지는 않았다. 반면 그녀의 남편은 이게 웬 떡이냐 하는 표정으로 아멜리의 가슴을 들여다본 뒤 징그럽게 윙크를 했다.

지금 그는 단골들과 함께 홀 중앙의 둥근 탁자에 앉아 있다. 그 양쪽으로 테를린덴과 라우터바흐가 자리하고 있다. 평소 얼굴을 잘 내비치지 않는 손님들이 웬일로 서민들과 자리를 함께한 것이다. 바에도 남자들이 빽빽이 자리를 채웠다. 제니와 그녀의 오빠 외르크 리히터는 서로 박자를 맞춰가며 생맥주를 뽑아냈다. 만프레트 바그너도 다시 출석했다. 이발소에라도 다녀왔는지 덥수룩하던 턱수염을 말끔히 밀어 제법 문화인 같은 분위기를 풍겼다. 아멜리는 잔을 가득 채워 중앙의 둥근 탁자로 가지고 갔다. 순간 토비아스 자토리우스라는 말이 귀에 들어왔고 그녀는 귀를 쫑긋 세웠다.

"……싸가지 없고 시건방진 건 예나 지금이나 똑같아." 막 루츠 리히터가 말하던 참이었다. "여기에 다시 나타나다니……. 순전히 선전포고 아니겠어?"

맞아, 맞아 하는 소리가 여기저기서 터져 나왔다. 침묵하는 사람은 테를린덴, 라우터바흐, 자길스키뿐이었다.

"그 자식, 이런 식으로 계속 나오다간 언젠가 한번 크게 당하지." 누군가가 맞장구쳤다.

"여기서 오래 못 버텨." 지붕 수리공 우도 피치가 목소리를 높였다. "그냥 놔둘 우리가 아니니까."

사람들이 또다시 웅성거리며 맞장구를 쳤다.

"어허, 참 이 사람들." 그때 테를린덴이 끼어들었다. "그냥 안 놔두면? 죗값을 치르고 나온 사람이야. 말썽을 피우지 않는 한 제 아버지 집에서 조용히 살게 놔둬야지."

좌중이 일순간에 조용해졌다. 감히 반발하는 사람은 아무도 없었다. 그러나 몇몇 남자가 남몰래 시선을 주고받는 것을 아멜리는 놓치지 않았다. 테를린덴에게 이런 대화를 중지시킬 권위가 있는지는 몰라도 마을 사람들이 토비아스에게 품은 집단적 적개심을 없앨 만큼은 아니었다.

"바이젠 여덟 잔 나왔습니다." 쟁반이 점점 무거워져 들고 있기가 힘들어진 아멜리가 인기척을 했다.

"아, 그래. 고맙다, 아멜리."

테를린덴은 아멜리를 향해 상냥한 미소를 지으려다가, 아주 잠깐이었지만 얼굴을 심하게 일그러뜨렸다. 그는 곧 표정을 수습하고 애써 미소를 지었다. 아멜리는 그가 그렇게 놀라는 이유가 자신의 달라진 스타일 때문이라는 것을 알았지만, 모르는 척 미소 띤 얼굴로 고개를 약간 갸우뚱해 보이며 조신한 처녀치고는 좀 당돌하다 싶을 정도로 오랫동안 그의 눈을 마주 보았다. 그리고 몸을 돌려 손님이 나간 옆 테이블을 치우기 시작했다.

　그녀는 테를린덴이 자신의 일거수일투족을 관찰하고 있다는 것을 안 보고도 알 수 있었다. 빈 잔이 든 쟁반을 들고 주방으로 향하면서 그녀는 자신도 모르게 살짝 엉덩이를 흔들었다. 아멜리는 속으로 손님들이 계속 맥주를 시키고 더 많은 이야기를 나누기를 빌었다. 이제까지는 살해된 여학생의 집에 살고 있다는 데서 느끼는 호기심에 불과했지만, 어제 토비아스를 만난 뒤 그녀에게는 새로운 동기가 생겼다. 아멜리는 그가 마음에 들었다.

*

　토비아스는 어안이 벙벙했다. 나디야가 프랑크푸르트 베스트하펜의 카르펜베크에 산다고 했을 때 그는 그저 부자 동네의 잘 지어진 단독주택 따위를 떠올렸다. 그러나 지금 그의 눈앞에 펼쳐진 풍경은 상상을 초월했다. 옛 베스트하펜 중앙역에서 남쪽으로 얼마 떨어지지 않은 대로에는 새로 지은 화려한 고층 건물들이 밀집해 있었고, 옛 항구 쪽으로는 8층짜리 주거용 오피스텔 열두 채가 늘어서 있었다. 요새는 이 동네를 카르펜베크라고 부르는 모양이었다.

　토비아스는 길가에 차를 세운 뒤 꽃다발을 옆에 끼고 옛 항구가 내려다보이는 다리를 건넜다. 보트 선착장의 검은 물위에 호화로운 요트 몇 척이 둥둥 떠 있었다. 그에게는 모든 것이 놀라운 변화였다.

　함께 저녁을 먹자고 나디야가 전화를 한 것은 오후 2시쯤이었다. 차를 몰고 시내에 나가야 하는 것이 썩 내키지는 않았지만 지난 10년간 꾸준히 의리를 지켜준 나디야에게 보답하는 것이 도리라는 생각이 들었다. 그는 샤워를 한 뒤 아버지의 차를 타고 오후 7시 반쯤 집을 나섰다.

인근 도시들은 상상도 못할 정도로 변해 있었다. 바트조덴의 텡겔만마르크트 근처에 새로 생긴 로터리에서부터 입이 떡 벌어졌다. 마인타우누스의 중심가도 몰라볼 정도로 커졌고 프랑크푸르트 시내에서는 아예 길을 헤맬 정도였다. 지리에 어두운 운전자에게 프랑크푸르트는 악몽과도 같았다. 그가 간신히 나디야의 집에 도착했을 때는 약속 시간이 이미 45분이나 지나 있었다.

"엘리베이터 타고 8층으로 올라와."

스피커에서 나디야의 들뜬 목소리가 흘러나왔다. 띠이 하는 소리와 함께 스르르 문이 열렸다. 건물 안으로 들어가니 대리석과 유리로 장식된 호화 로비가 나타났다. 엘리베이터는 순식간에 맨 꼭대기 층까지 올라갔다. 전면이 유리라 프랑크푸르트 시내가 한눈에 보였다. 그동안 고층 빌딩이 생기면서 급변한 프랑크푸르트의 스카이라인이 야경 속에서 환상적인 빛을 발하고 있었다.

"어서 와!"

엘리베이터 문이 열리자 나디야가 그를 반갑게 맞아주었다. 그는 오다가 주유소 편의점에서 산 꽃다발을 쭈뼛쭈뼛 내밀었다.

"이런 거 안 사 와도 되는데……."

그녀는 꽃다발을 받은 뒤 그의 손을 덥석 잡고 안으로 이끌었다. 눈앞에 펼쳐진 펜트하우스의 화려한 실내장식에 그는 순간 숨이 멎는 듯했다. 원목을 깐 바닥은 반짝반짝 윤이 났고 바닥에서부터 천장 바로 밑까지 설치된 통유리 너머로 프랑크푸르트의 야경이 파노라마같이 훤히 내려다보였다. 벽난로에서는 타닥타닥

장작 타는 소리가 났고 어디에 설치했는지 눈에 보이지 않는 스피커에서는 레너드 코헨의 따뜻한 목소리가 흘러나왔다. 거기다 세련된 조명과 촛불이 가세해 안 그래도 넓은 공간에 한층 깊이를 더했다.

토비아스는 하마터면 문지방을 넘기도 전에 뒤돌아 나올 뻔했다. 그는 결코 시기심이 많지 않지만, 눈앞에 펼쳐진 환상적인 집 안 풍경에 자신의 처지가 너무나 초라하게 느껴져 목이 멜 정도였다. 나디야와 자신 사이에 건널 수 없는 넓은 강이 흐르는 것 같았다.

그녀는 도대체 그에게 뭘 원하는 걸까? 뭘 잘못 먹었기에 냉소적인 전과자를 식사에 초대한 걸까? 명예, 아름다움, 부를 모두 가진 그녀를 기다리는 돈 많고 유머러스한 멋진 남자들이 줄을 섰을 텐데 말이다.

"옷 줘, 걸어줄게." 나디야가 말했다. 그는 낡은 싸구려 점퍼를 벗으며 또 한번 자신의 처지를 부끄러워할 수밖에 없었다.

나디야는 중앙에 아일랜드 테이블이 있는 넓은 부엌으로 그를 안내했다. 대리석과 스테인리스가 여기저기서 빛을 발했다. 주방 도구와 식기는 모두 유명 브랜드 제품이었다. 고기 굽는 냄새가 코를 자극했다. 그는 이내 강렬한 시장기를 느꼈다. 하루 종일 마당 청소만 했지 통 먹은 게 없다는 사실이 뒤늦게 떠올랐다. 나디야는 크롬 재질이 번쩍거리는 미국산 냉장고를 열어 모엣샹동을 꺼내며, 이 집은 사실 프랑크푸르트에서 촬영이 있을 때 지내려고 장만했는데 어쩌다 보니 본거주지가 됐다고 말했다. 그리고 자신은 호텔이 싫다는 말도 덧붙였다.

나디야가 크리스털 잔을 두 개 꺼내 샴페인을 따르고 그중 하나를 토비아스에게 건넸다. "와줘서 고마워." 그녀가 토비아스를 바라보며 환한 미소를 지었다.

"아니야. 초대해줘서 고마워." 토비아스는 충격에서 어느 정도 회복되어 그녀의 미소에 겨우 화답할 수 있었다.

"내 친구 토비아스를 위해!" 그녀가 이렇게 말하며 살짝 잔을 부딪쳤다.

"아니야. 나디야를 위해! 그동안 정말 고마웠어."

그녀가 이렇게 아름다워질 줄이야! 귀여운 주근깨에 선머슴 같은 느낌을 풍기던 그녀의 맑은 얼굴은 반듯한 이목구비에도 불구하고 언제나 약간 모난 느낌을 줬었다. 그러나 지금은 눈부실 정도로 부드러워진 얼굴에 밝은색 눈동자에서는 빛이 났다. 뒤로 틀어 올린 머리에서 흘러내린 황금색 머리카락 몇 가닥이 예쁘게 그을린 목 언저리에서 빛났다. 몸매는 보기 좋게 날씬했고 도톰한 입술 사이로 보이는 하얀 치아는 고르게 자리 잡혀 있었다. 학교 다닐 때 고생하면서 치아 교정을 한 덕분이다. 두 사람은 미소 띤 얼굴로 서로를 마주 보며 샴페인을 마셨다.

그 순간 나디야의 얼굴 위로 다른 사람의 얼굴이 오버랩됐다. 그렇다. 그는 스테파니와 이렇게 살고 싶었다. 의대를 졸업하고 돈 잘 버는 의사가 되면 그녀와 이런 가정을 꾸리고 싶었다. 스테파니는 그에게 있어 인생을 함께할 여자, 아이가 있는 가정을 꿈꾸게 한 여자였다.

"갑자기 왜 그래?"

토비아스는 자신을 살피는 듯한 나디야의 시선과 마주쳤다. "왜?"

"갑자기 표정이 안 좋아서."

"샴페인을 너무 오랜만에 마셔서 그런가?"

그는 억지웃음을 지었다. 그러나 스테파니에 대한 기억이 되살려낸 아픔은 쉬이 사라지지 않았다. 오랜 시간이 지났지만 아직도 스테파니를 생각하면 가슴이 아팠다. 꿈만 같던 사랑은 겨우 한 달 만에 끝이 났고, 그 끝은 처절했다. 그는 안 좋은 기억을 밀어내려 애쓰며 나디야가 정성껏 준비해놓은 식탁에 앉았다. 리코타, 시금치로 속을 채운 토르텔로니, 바롤로 소스를 곁들인 잘 구운 소고기, 파르마산 치즈를 뿌린 루콜라 샐러드가 차려져 있고, 거기에 15년 된 포므롤(프랑스 포므롤 지역에서 생산되는 고가의 와인_역주)이 곁들여졌다.

내심 걱정했던 것과 달리 나디야와 대화를 나누는 일은 전혀 힘들지 않았다. 그녀는 주로 일에 대해, 그중에서도 특이하고 재미있었던 사람과 사건에 대해 이야기했다. 그러면서도 자신의 성공을 뽐내지 않고 시종일관 유쾌한 톤을 유지했다. 토비아스는 와인 세 잔이 들어가자 술기운이 확 돌았다.

식사를 마친 두 사람은 거실로 자리를 옮겼다. 그리고 약간 어색하게 가죽 소파 양 끝에 각각 자리를 잡고 앉았다. 벽난로 위에 나디야가 데뷔한 영화의 포스터가 걸려 있었다. 이 집에서 배우로서 성공한 그녀의 삶을 말해주는 유일한 물건이었다.

"이렇게 성공하다니 굉장해." 토비아스가 말했다. "친구로서 정말 자랑스러워."

"고마워." 나디야가 웃으며 한쪽 다리를 접어 가슴께로 끌어당겼다. "그래, 못생긴 나탈리가 이렇게 유명한 영화배우가 될 줄 누가 알았겠어?"

"옛날에도 예뻤어." 나디야가 스스로를 그렇게 생각하고 있다니 의아했다.

"어쨌든 넌 나한테 관심 없었잖아."

둘 다 조심스럽게 피해오던 주제가 처음으로 언급되었다.

"넌 항상 내 가장 친한 친구였어. 내가 맨날 너랑 어울려 다닌다고 질투하는 여자애들이 얼마나 많았는데."

"하지만 나한테 키스한 적은 단 한 번도 없었지……."

장난기를 가득 담아 말했지만, 그 사실이 그녀의 마음을 다치게 했으리라는 것은 자명했다. 아무리 가까워도 좋아하는 남자에게 애인이 아닌 그저 친한 친구로 남고 싶은 여자는 세상 어디에도 없을 것이다.

토비아스는 왜 한 번도 나디야에게 연애 감정을 느끼지 못했는지 생각해보았다. 늘 옆에 있는 여동생 같은 존재였기 때문에? 둘은 사실 아주 어릴 때부터 친구였다. 같은 유치원에 다녔고 같은 초등학교에 들어갔다. 토비아스에게 그녀는 공기처럼 언제나 옆에 있는 사람이었다.

그러나 이제는 달라졌다. 그녀가 달라졌다. 지금 옆에 앉아 있는 사람은 신의와 의리로 똘똘 뭉친 가장 믿을 수 있는 친구, 선머슴 같던 옆집 여자애가 아니라 너무나 매력적이고 아름다운 여자다. 그가 지금 제대로 파악한 것이라면, 나디야는 그에게 적극적으로 성적 호감을 표시하는 중이다. 그녀는 진정 그에게 우정 이상을 원하는 것일까?

"왜 결혼 안 했어?" 토비아스가 불쑥 물었다. 목이 잠겼는지 쉰 소리가 나왔다.

"괜찮은 사람이 안 나타나서……." 그녀가 어깨를 으쓱하더니 빈 잔들에 술을 채웠다. "이 직업이 사람 만나는 데는 아주 안 좋

아. 남자들은 대부분 성공한 여자를 싫어하잖아. 그리고 나도 왕
자병 걸린 동료 배우들은 딱 질색이고. 그런 사람들이랑 잘될 턱
이 없어. 난 지금 이대로가 좋아."

"네가 유명해져가는 모습을 쭉 지켜봤어. 교도소에서는 책을
읽거나 텔레비전 볼 시간이 많거든."

"어느 작품이 가장 마음에 들었어?"

"글쎄." 토비아스가 빙긋 웃었다. "다 좋았어."

"아부 안 해도 돼." 나디야가 고개를 옆으로 떨어뜨리며 웃었
다. 머리카락 한 가닥이 이마로 흘러내렸다. "넌 옛날이랑 똑같아.
하나도 안 변했어."

그녀가 담배를 꺼내 불을 붙인 뒤 한 번 빨고는 토비아스의 입
에 물려주었다. 옛날에 하던 그대로였다. 둘의 얼굴이 가까워졌다.
토비아스는 손을 들어 그녀의 뺨에 살포시 갖다댔다. 그녀의 따스
한 입김이 그의 얼굴에 와 닿았다. 그리고 곧 그녀의 입술이 그의
입술을 덮었다. 두 사람은 잠시 머뭇거렸다.

"나 같은 전과자랑 가까이 지내는 게 알려지기라도 하면 평판
이 안 좋아질 거야." 토비아스가 속삭였다.

"평판 같은 거 중요한 적 없었어."

나디야가 거친 숨소리를 내며 그의 손에서 담배를 빼앗아 등
뒤 재떨이에 아무렇게나 던졌다. 둘 다 뺨이 달아오르고 눈이 반
짝였다. 나디야의 눈에서 자신과 같은 욕정을 본 토비아스는 그녀
를 자기 몸 위로 끌어당겼다. 그리고 손으로 그녀의 허벅지를 쓸
어 올렸다. 심장이 거세게 요동쳤다. 그녀가 그의 입속에 혀를 쑥
집어넣자 욕정이 파도처럼 밀려와 온몸을 훑고 지나갔다. 마지막
으로 여자와 잔 게 언제지? 기억이 가물가물했다. 스테파니⋯⋯.

빨간 소파…….

그녀의 키스가 점점 강렬해졌다. 둘은 키스를 멈추지 않은 채 옷을 벗었다. 그리고 욕정에 휩싸여 사랑을 나누었다. 가쁜 숨을 몰아쉴 뿐 아무 말도 하지 않았다. 애무도 없었다. 애무할 시간은 앞으로도 충분했다.

2008년 11월 10일 월요일

테를린덴은 커피 잔을 들고 부엌 창가에 서서 옆집을 내려다 보았다. 서두른다면 오늘도 아멜리를 버스 정류장까지 태워다 줄 수 있을 것이다.

회사 직무대리인 아르네 프륄리히가 전 부인과의 사이에서 난 딸이라며 막 성인이 되어가는 아멜리를 소개했을 때만 해도 그 는 전혀 눈치채지 못했다. 촘촘히 박힌 피어싱과 눈살을 찌푸리게 하는 헤어스타일, 머리부터 발끝까지 온통 검은 괴상한 옷차림, 불만 가득한 표정, 반항적 태도 때문에 본질을 보지 못했던 것이 다. 그러나 어제저녁 흑마에서 자신을 향해 미소 짓는 모습을 본 순간 그는 번개를 맞은 듯했다. 아멜리와 스테파니 슈네베르거는 무서울 정도로 닮았다. 백설처럼 희고 정교한 얼굴, 도톰한 입술, 진실을 꿰뚫어보는 듯한 검고 깊은 눈……. 이렇게 똑같을 수가!

"백설공주……." 테를린덴이 나지막이 중얼거렸다. 어젯밤 꿈 에서 그는 백설공주를 보았다. 과거와 현재가 실타래처럼 뒤엉킨 기묘하고 불길한 꿈이었다. 한밤중에 땀에 흥건히 젖은 채 잠에서 깬 그는 한참이 걸려서야 그게 꿈이었다는 걸 자각할 수 있었다.

등 뒤에서 발소리가 들렸다. 돌아보니 테를린덴가의 안주인이 부엌 문가에 서 있었다. 이른 아침인데도 이미 헤어스타일이 완벽했다.

"일찍 일어났네?" 테를린덴은 개수대로 가 커피 잔에 뜨거운 물을 받았다. "무슨 약속이라도 있어?"

"10시에 시내에서 베레나를 만나기로 했어요."

"아, 그래?" 그는 아내가 하루 종일 뭘 하고 돌아다니는지 아무 관심도 없다.

"좀 잠잠해지나 싶었더니 다시 난리네요."

"무슨 소리야?" 테를린덴이 전혀 이해가 안 된다는 표정으로 물었다.

"자토리우스 가족은 역시 이사를 가게 하는 편이 나았어요."

"그 사람들이 갈 데가 어디 있다고. 그런 나쁜 소문은 사람을 앞서가는 법이야."

"그래도요. 마을 사람들은 벌써부터 칼을 갈고 있어요."

"걱정했던 일이지." 테를린덴은 커피 잔을 식기세척기에 넣었다. "게다가 금요일 저녁엔 리타가 큰 사고를 당했어. 누가 육교에서 밀어서 달리는 차 위로 떨어졌다나 봐."

"뭐요?" 테를린덴 부인이 눈을 휘둥그렇게 떴다. "당신이 그걸 어떻게 알아요?"

"어제저녁에 잠깐 토비아스랑 얘기했거든."

"어제저녁에 뭘 했다고요? 왜 그런 얘기를 나한테 안 해요?"

그녀는 이해가 안 된다는 표정으로 남편을 바라보았다. 테를린덴 부인은 쉰둘의 나이에도 여전히 아름다웠다. 자연스러운 금발은 세련된 보브 스타일로 잘랐고 작고 가냘픈 몸매는 심지어 목욕 가운을 입었을 때조차 우아해 보였다.

"어제저녁에 당신 얼굴을 못 봤으니까."

"교도소에 찾아가고 부모를 도와준 걸로 모자라서 그 아이랑 또 말을 섞어요? 그때 그애가 한 말 때문에 당신이 사건에 휘말릴 뻔한 거 다 잊었어요?"

"아니, 안 잊었어." 테를린덴은 부엌 벽시계를 봤다. 7시 15분이었다. 10분 후면 아멜리가 집을 나설 것이다.

"토비아스도 그냥 들은 대로 말했을 뿐이야. 그나마 그렇게 된 게 천만다행이지. 그렇지 않았으면……." 그가 말끝을 흐렸다. "이렇게 된 걸 다행으로 여기라고. 그렇지 않았으면 라르스는 지금 어떻게 됐을지 몰라."

테를린덴은 아내가 내민 뺨에 정해진 의식처럼 살짝 입을 맞추었다. "이제 나가봐야 돼. 오늘 늦을 거야."

테를린덴 부인은 남편이 나갈 때까지 기다렸다가 문 닫히는 소리가 나자 에스프레소 머신에 컵을 올려놓고 더블 에스프레소 버튼을 눌렀다. 작은 잔에 에스프레소가 가득 담기자 양손으로 컵을 감싸듯 들고 창가로 갔다. 남편의 검은 메르세데스가 천천히 차고를 빠져나가고 있었다. 잠시 후 차는 프뢸리히의 집 앞에 멈춰 섰다. 브레이크 등이 이른 아침의 어스름 속에서 붉게 빛났다. 옆집 아이가 기다렸다는 듯 남편의 차에 올라탔다. 테를린덴 부인은 크게 숨을 들이마셨다. 컵을 쥔 손에 힘이 들어갔다.

아멜리를 처음 본 그 순간부터 그녀는 불길한 예감에 사로잡혔다. 죽은 스테파니와 쌍둥이처럼 닮았다는 걸 바로 알아차렸기 때문이다. 아들 티스가 아멜리와 어울리는 것도 도통 마음에 들지 않았다. 그 당시, 장애가 있는 아들이 사건에 휘말리는 걸 막느라 여간 힘들었던 게 아니다. 그 모든 고통이 다시 시작되려는 걸까? 절망의 늪으로 빠져드는 듯한 느낌이 그녀의 내면에서 천천히 되살아나고 있었다.

"안 돼." 그녀가 중얼거렸다. "절대 안 돼. 그런 일을 다시 겪을 순 없어."

*

카이 오스터만이 역 플랫폼의 감시 카메라에서 뽑아낸 사진은 흑백에 화질도 좋지 않았지만 야구 모자를 쓴 남자를 알아보기에는 충분했다. 감시 카메라의 촬영 범위가 육교에까지 미치지 않아 그날의 사건이 녹화되지는 않았지만 당시 현장에 있었던 열다섯 살 난 증인 니코 벤더의 확실한 증언 덕분에 사진 속 남자를 찾기만 한다면 체포하는 데는 문제가 없었다. 보덴슈타인과 피아는 그 사진을 자토리우스 부자에게 보여주기 위해 알텐하인으로 갔다. 그러나 초인종을 여러 번 눌러도 나와보는 사람이 없었다.

"저기 가게에 가서 한번 물어보죠." 피아가 제안했다. "난 왠지이 사건이 토비아스 자토리우스와 연관이 있는 것 같아요."

보덴슈타인이 고개를 끄덕였다. 피아는 누나 테레자처럼 뛰어난 직관력의 소유자로, 그녀의 예감은 사건 해결에 적지 않은 도움을 주었다.

어제저녁 그는 누나와의 대화를 곱씹으며 대장간에서 누구와 통화했는지 코지마가 말해주기를 기다렸다. 그러나 아내는 아무말이 없었고, 그는 중요하지 않은 일이라 잊어버린 모양이라고 스스로를 달랬다. 그녀는 일 때문에 하루에도 수십 통씩 전화를 하고 동료들에게 끊임없이 전화가 온다. 심지어 일요일에도 전화가 왔다.

그는 아침 식탁에 앉아 그 일에 큰 의미를 두지 않기로 결심했다. 무엇보다 코지마의 행동에서 어떤 이상한 기색도 느낄 수 없었다. 그녀는 여느 때와 다름없이 쾌활하게 오늘의 일정을 이야기했다. 편집실에서 영화를 편집하고 내레이션을 읽을 성우와 미팅을 한 후 점심때 마인츠에서 팀 회식을 한다고 했다. 모든 것이 정상이었다. 그리고 지난 25년간 거의 매일 아침 그래왔듯이 집을 나서는 그에게 입을 맞추었다. 그의 걱정은 한낱 기우였음이 틀림없다.

피아와 보덴슈타인이 작은 식료품 가게에 들어서자 문에 달린 종이 딸랑딸랑 소리를 냈다. 진열대 사이에서 여자들 서넛이 서로 머리를 맞대고 대화에 열중해 있었다. 마을의 새 소식을 공유하는 중이리라.

"반장님이 하셔야 할 것 같은데요."

피아가 나지막이 속삭였다. 영화배우 뺨치는 외모에 캐리 그랜트의 매력을 겸비한 보덴슈타인은 여성 탐문 수사 전문이었다. 웬만한 여성들은 그에게 진실을 털어놓지 않고는 못 배겼다. 그러나 오늘 수사반의 캐리 그랜트는 상태가 영 좋지 않다.

"오늘은 나보다 피아가 하는 게 나을 것 같아."

열린 가게 뒷문으로 건장한 회색 머리 남자가 막 트럭에서 물건을 내리고 있는 게 보였다. 피아는 어깨를 한 번 으쓱한 뒤 곧장 여자들에게 다가가 경찰공무원증을 꺼내 보였다.

"안녕하세요? 호프하임 경찰청에서 나왔습니다."

여자들이 의심과 호기심이 뒤섞인 눈길로 그녀를 쳐다보았다.

"금요일 저녁 하르트무트 자토리우스의 전 부인이 야비한 습격의 희생양이 됐습니다." 그녀는 일부러 자극적인 단어를 사용했다. "리타 크라머 씨를 아시죠?"

여자들이 피아의 질문에 말없이 고개를 끄덕였다.

"이게 바로 리타 크라머 씨를 육교에서 밀어 떨어뜨린 사람의 사진입니다."

놀라는 사람이 하나도 없는 것을 보니 이미 마을에 소문이 돈 모양이었다. 피아는 사진을 꺼내 가게 주인인 듯한 여자에게 내밀었다. 여자는 작업복으로 보이는 흰색 가운을 입고 있었다.

"이 남자를 알아보시겠어요?"

여자가 눈을 가늘게 뜨고 사진을 잠깐 보더니 고개를 저었다.

"아니요." 그녀가 과장된 애석함을 담아 말했다. "미안하지만 한 번도 본 적이 없어요."

다른 세 사람도 차례대로 머리를 흔들었다. 그러나 피아는 그중 한 사람이 주인 여자와 빠르게 시선을 교환하는 것을 놓치지 않았다.

"모르는 게 확실한가요? 다시 한번 자세히 보세요. 화질이 별로 좋지 않아요."

"전혀 모르는 사람이에요." 주인 여자가 사진을 돌려주며 눈을 똑바로 뜨고 피아를 쳐다보았다. 그녀는 거짓말을 하고 있다. 확실하다.

"모르신다면 할 수 없죠." 피아가 미소를 지으며 말했다. "실례지만 성함이 어떻게 되시죠?"

"리히터. 마고트 리히터예요."

그때 뒷마당에서 일하던 남자가 과일 세 박스를 들고 들어와 쾅 소리가 나게 바닥에 내려놓았다.

"루츠. 형사님들이 오셨어요."

피아가 입을 떼기도 전에 마고트 리히터가 재빨리 말했다. 남자가 가까이 다가왔다. 키가 크고 뚱뚱했다. 선량해 보이는 얼굴 한가운데 자리한 주먹코가 추위 속에서 일하느라 빨갛게 얼어 있었다. 아내를 쳐다보는 모양새로 보아 단단히 잡혀 사는 게 분명했다. 그가 커다란 손을 내밀어 사진을 잡자마자 아내가 재빨리 사진을 낚아챘다. 그가 사진에 눈길을 줄 새도 없었다.

"우리 남편도 모르는 사람이에요."

피아는 남자가 참 안됐다는 생각이 들었다.

"미안합니다만……." 피아는 이렇게 말하며 마고트 리히터가 반항할 틈을 주지 않고 재빨리 다시 사진을 낚아채 그녀의 남편에게 들이밀었다. "이 남자 본 적 없어요? 지난 금요일 리타 크라머 씨를 달리는 차 위로 밀어 떨어뜨린 사람이에요. 크라머 씨는 지금 혼수상태로 중환자실에 누워 있어요. 살아나지 못할 수도 있어요."

남자가 망설였다. 어떤 대답을 해야 할지 고민하는 모양새였다. 그는 서툰 거짓말쟁이였지만 동시에 심각한 공처가였다. 그가 불안한 눈동자를 움직여 잠시 아내의 얼굴을 살폈다. 이윽고 그가 대답했다.

"아니요. 모르는 사람입니다."

"아, 그렇군요." 피아가 억지 미소를 지었다. "어쨌든 시간 내주셔서 감사합니다."

그녀는 가게를 나왔고 보덴슈타인도 그 뒤를 따랐다.

"저기 있는 사람들 다 알고 있어요."

"응, 확실해." 보덴슈타인이 큰길을 내려다보며 말했다. "미용실인 것 같은데 저기 한번 가보자고."

두 형사는 좁은 인도를 걸어 몇 미터 떨어진 미용실에 도착했다. 그러나 이미 한발 늦었다. 그들이 좁고 촌스러운 가게 안으로 들어서자 주인 여자는 죄라도 지은 듯한 표정으로 수화기를 내려놓았다.

"안녕하세요?" 피아는 인사를 건넨 뒤 눈짓으로 전화기를 가리켰다. "리히터 부인이 이미 저희가 온 이유를 말씀하신 것 같으니 반복할 필요는 없겠네요."

미용실 주인은 당황한 표정으로 피아를 쳐다보다가 보덴슈타인 쪽으로 시선을 돌렸다. 그리고 거기 시선이 고정되어 움직일 줄 몰랐다. 오늘 수사반장의 컨디션만 좋았다면 미용실 여자는 거짓말 따위는 입에 올리지도 못했을 것이다.

"반장님, 오늘 왜 그래요?" 잠시 후 미용실을 나온 피아가 약간 짜증 섞인 목소리로 보덴슈타인을 추궁했다. "반장님이 미소한 방만 날렸어도 저 미용실 아줌마 단번에 녹아서 용의자의 이름, 주소, 전화번호까지 적어줬을 거예요."

"미안해." 그가 힘없는 목소리로 말했다. "오늘 왠지 집중이 안되네."

그때 자동차 한 대가 좁은 도로를 쌩 하고 달려 지나갔다. 그 뒤를 두 번째 차가 따랐고 다시 트럭 한 대가 꼬리를 물었다. 두 사람은 달리는 차의 사이드미러에 스치지 않도록 길가에 바짝 붙어 섰다.

"어쨌든 오늘 점심때 토비아스 자토리우스 사건 파일을 찾아봐야겠어요. 이 모든 게 그 사건과 얽혀 있는 게 분명해요."

　두 사람은 꽃집, 유치원, 초등학교 서무실로 탐문 수사의 범위를 넓혔지만 결과는 똑같았다. 리히터 부인의 명령이 이미 마을의 구석구석에까지 전달된 상태였다. 온 마을이 사람 하나를 지키기 위해 시칠리아를 연상케 하는 집단적 침묵으로 보이지 않는 스크럼을 짜고 있었다.

*

　아멜리는 티스가 야자수 두 그루에 직접 매준 그물 침대에 누워 기분 좋게 그네를 탔다. 철창살이 달린 창문 위로 빗물이 똑똑 떨어졌고 온실 유리 천장 위에서는 후드득후드득 콩 튀는 소리가 났다. 거대한 수양버들에 가려 잘 보이지 않는 이 온실은 테를린덴 저택 안 넓은 정원에 위치하고 있다. 온실은 아늑하고 따뜻했으며 유화물감과 테레빈유 냄새가 났다. 날씨에 민감한 식물들을 들여놓는 이 길쭉한 건물에 티스가 화실을 차렸기 때문이다.

　벽에는 수많은 캔버스가 크기에 따라 일렬로 정렬해 있고 빈통 속에는 여러 개의 붓이 꽂혀 있었다. 티스는 무엇이든 편집증적으로 정리 정돈 했다. 서양 협죽도, 야자수, 누리잠나무, 레몬나무, 오렌지나무 같은 대형 화분들은 마치 도열한 장난감 병정들처럼 온실 한쪽에 키 순서대로 나란히 늘어서 있었다. 여름철에 정원을 가꾸는 데 쓰는 기계와 농기구 역시 각을 맞추어 벽과 바닥에 진열되어 있었다. 어느 것 하나 질서에 어긋나지 않았다.

　가끔 아멜리는 티스를 골탕 먹이려고 일부러 담배꽁초 같은 것을 아무 데나 던져놓곤 했다. 그러면 어질러진 상태를 잠시도 참지 못하는 그가 즉시 티끌 하나까지 모두 찾아내 원래의 상태를 유지했다. 화분 순서를 바꿔치기해도 마찬가지였다.

"정말 흥분되지 않아? 더 많이 알아내고 싶긴 한데 어떻게 해야 할지 방법을 모르겠어."

아멜리는 대답을 기대하지는 않았지만 슬쩍 그의 반응을 살폈다. 그는 언제나처럼 이젤 앞에서 작업에 몰두하고 있었다.

그가 그리는 그림은 대부분 암울한 색조의 추상화다. 아멜리의 표현대로 우울증 환자의 집에 걸 만한 그림은 아니다. 티스는 언뜻 보면 전혀 이상한 데가 없고, 딱딱하게 굳은 표정만 빼면 오히려 상당히 잘생겼다. 달걀형 얼굴, 오뚝한 콧날, 선이 고운 입술에서는 미인인 어머니의 유전자가 그대로 드러났다. 거기다 어머니의 빛나는 금발과 북유럽 계통의 푸른 눈, 그 위에 왕관처럼 드리워진 진한 속눈썹을 물려받은 그는 한마디로 아름다운 청년이었다.

그러나 아멜리가 가장 아름답다고 생각하는 것은 피아니스트를 연상시키는 손이었다. 가늘고 섬세한 그의 손은 거친 정원 일에도 별로 상하지 않았다. 흥분하면 마치 새장 안에서 쫓기는 새처럼 정신없이 퍼덕거리지만, 지금처럼 그림을 그릴 때는 언제 그랬냐는 듯 고요하기만 하다.

"그런데 참 이상하지?" 아멜리는 혼자서 상상의 나래를 폈다. "토비아스는 그 아이들을 어떻게 했을까? 왜 끝까지 아무 말도 안 한 걸까? 말을 했으면 그렇게 오랫동안 감옥에 있지 않아도 됐을 텐데……. 정말 이상하지? 그래도 그 사람 왠지 마음에 들어. 이 동네 사람 같지 않게 특별한 데가 있어."

그녀는 머리 뒤로 깍지를 끼고 눈을 감았다. 그리고 오싹한 상상을 즐겼다. "시체를 토막 냈을지도 몰라. 아니야, 자기 집 마당 어딘가에 파묻고 시멘트로 덮어버렸을 거야."

티스는 여전히 그림에 열중해 있었다. 팔레트에 진한 녹색과 루비색을 섞은 그는 원하는 색이 아니었는지 잠시 고민하더니 거기에 흰색 물감을 약간 더했다. 아멜리는 그물 침대를 세웠다.

"그런데 나 피어싱 뺀 게 더 나아?"

티스는 아무 말이 없었다. 아멜리는 흔들리는 그물 침대에서 조심스럽게 일어나 그에게로 갔다. 그가 두 시간 동안 만들어낸 결과물을 본 그녀는 입이 딱 벌어졌다.

"와우!" 그녀가 깜짝 놀라며 낮은 탄성을 질렀다.

"그림 끝내주는데!"

*

프랑크푸르트 경찰청에서 보내온 열네 개의 오래된 사건 파일은 피아의 책상 옆 종이 상자에 담겨 있었다. 1997년은 아직 마인타우누스 지역에 강력계가 없었던 때라 몇 년 전 헤센 경찰 조직이 정비되기 전까지는 강간, 치사, 살인 사건은 프랑크푸르트에서 담당했다. 사건 파일은 도착했지만 니콜라 엥겔 과장이 4시에 팀 미팅을 잡아놨기 때문에 아직 참아야 했다. 쓸데없는 팀 미팅을 과장은 왜 그토록 좋아하는지, 피아는 이해할 수가 없었다.

회의실 안 공기는 덥고 탁했다. 큰 사건이 없는 터라 전체적으로 권태롭고 느슨한 분위기가 흘렀다. 수사관들의 얼굴에서도 긴장감이라고는 찾아볼 수 없었다. 창밖은 이미 어둑어둑했고 구름이 잔뜩 낀 하늘 아래로 빗방울이 떨어졌다.

"용의자 수배 사진은 오늘 언론에 내보내도록 하세요." 과장의 명령이 떨어졌다. "얼굴을 알아보고 신고하는 사람이 분명히 있을 겁니다."

간만에 창백한 얼굴로 나타난 안드레아스 하세가 재채기를 했다. 그는 부쩍 말수가 줄었다.

"집에 있지, 왜 나와서 우리까지 감염시켜? 참, 이해가 안 되네."

하세 바로 옆에 앉아 있던 카이 오스터만이 느닷없이 짜증을 냈다. 하지만 하세는 아무런 대꾸도 하지 않았다.

"또 보고할 사항 있는 사람?"

니콜라 엥겔 과장이 주의 깊게 수사관들의 얼굴을 하나하나 뜯어보았다. 부하 직원들은 그녀와 눈을 마주치는 바보 같은 짓은 하지 않았다. 과장의 시선에 걸리면 머릿속까지 훤히 읽혀버릴 것만 같았다. 작은 진동 하나도 놓치지 않는 뛰어난 감각의 소유자인 그녀는 이미 부하 직원들 사이의 수상한 분위기를 눈치채고 그 이유를 알아내려 애쓰는 중이었다.

"자토리우스 사건 자료를 신청했어요." 피아가 자진해서 말했다. "제 생각에는 크라머 습격 사건이 자토리우스의 출소와 직접적으로 연관이 있는 것 같아요. 알텐하인 주민들은 사진 속의 남자를 알아봤지만 모두 부인했어요. 그 사람을 보호하려는 거죠."

"보덴슈타인 반장도 같은 생각인가요?" 과장이 멍하니 허공만 쳐다보고 있는 보덴슈타인에게 물었다.

"네, 충분히 그럴 수 있다고 봅니다." 보덴슈타인이 얼떨결에 고개를 끄덕이며 말했다. "어쨌든 주민들의 반응은 수상했습니다."

"알겠어요." 과장이 말을 이었다. "사건 파일은 봐도 좋아요. 하지만 옛날 사건에 너무 깊이 파고들지는 말아요. 곧 유골 감식 결과도 도착할 테니까. 에슈본 사건이 우선이라는 걸 명심하세요."

"토비아스 자토리우스는 마을 사람들에게 미움을 받고 있어요." 피아가 말했다. "레스토랑 벽에 비방 낙서를 한 사람도 있고, 우리가 토요일에 사고 소식을 전하러 갔을 때에도 길 건너편에서 마을 여자 셋이 토비아스 자토리우스에게 막 욕을 했어요."

"직접 안 겪어봤으면 말을 말아요." 불쑥 끼어든 하세가 목을 몇 번 가다듬은 뒤 말했다. "난 그때 수사에 참여해서 잘 압니다. 송곳으로 찔러도 피 한 방울 안 나올 놈이에요. 얼굴만 번드르르해가지고 정말 재수 없어요. 필름이 끊겨서 전혀 기억이 안 난다고 박박 우기는데……. 하지만 증거가 너무 완벽했죠. 그놈은 감옥에 들어갈 때까지도 부인했지만요."

"하지만 지금은 형기를 마치고 나왔잖아요. 누구나 새사람이 될 기회를 가져야 하는 것 아닌가요?" 피아가 지지 않고 말했다. "그리고 마을 사람들의 행동이 너무 수상해요. 왜 거짓말을 하는지, 누구를 두둔하려는 건지 알 수가 없어요."

"그럼 뭐, 옛날 기록에는 그게 써 있나?" 하세가 혼잣말을 하며 머리를 절레절레 흔들었다. "헤어지자는 여자친구를 죽인 놈입니다. 거기다 그걸 목격한 전 여자친구까지 죽였어요."

평소 일에 별 관심을 보이지 않던 하세가 웬일로 목에 핏대까지 세워가며 달려들자 피아는 의아하지 않을 수 없었다.

"그게 사실일 수도 있겠죠. 하지만 그것 때문에 감옥에서 10년을 살았잖아요. 그리고 당시 심문 기록을 조사해보면 크라머를 밀어 떨어뜨린 사람의 꼬리가 잡힐지도 몰라요."

"아니, 그걸로 뭘⋯⋯."

하세가 다시 공격을 시작하려 했지만 엥겔 과장은 그의 말을 자르며 논쟁을 중지시켰다.

"사건 파일을 보고 싶으면 봐요. 단 유골 감식 결과가 나올 때까지만이에요."

이 한마디에 모두가 입을 다물었고, 그것으로 회의는 끝났다. 과장이 회의실을 나가자 형사들도 각자 자기 사무실로 흩어졌다.

"난 집에 가야겠어."

보덴슈타인이 손목시계를 들여다보더니 불쑥 말했다. 피아도 사건 파일을 하나 챙겨서 일찍 퇴근하는 쪽으로 마음을 정했다. 사무실에 남아 있어봐야 별다른 일이 생길 것 같지 않았다.

*

"장관님, 가방을 집 안으로 옮길까요?"

운전사의 질문에 그레고어 라우터바흐는 고개를 가로젓더니 이내 미소를 지으며 말했다. "내가 직접 하지. 오늘은 그만 가봐. 그리고 내일은 8시까지만 오면 되네."

"알겠습니다. 그럼 내일 뵙겠습니다, 장관님."

라우터바흐는 고개를 끄덕인 뒤 작은 트렁크를 들었다. 그는 사흘간 집을 비웠다. 먼저 베를린에서 일정이 있었고 슈트랄준트에서 열린 문화교육부 장관 회의에도 참석했다. 이 회의 도중 부족한 교사 수급 대책을 확정하는 과정에서 바덴뷔르템베르크주와 노르트라인베스트팔렌주의 장관이 심하게 다투었다.

열쇠로 문을 열고 경보 장치를 끄는 순간 안에서 전화벨 소리가 들렸다. 자동 응답기가 돌아갔지만 상대방은 아무 말이 없었다. 라우터바흐는 트렁크를 계단 앞에 두고 전등 스위치를 켠 뒤 부엌으로 갔다. 식탁 위에는 우편물이 두 개의 더미로 나뉘어 차곡차곡 쌓여 있었다. 가사 도우미가 정리해놓은 것이다. 다니엘라는 아직 집에 돌아오지 않은 모양이다. 생각해보니 오늘 마르부르크에서 의사 협회 모임이 있다고 한 것 같았다.

그는 거실로 가서 사이드보드 위에 놓인 술병들을 하나씩 들여다봤다. 그리고 결국 42년산 블랙 보모어 스카치위스키를 뽑아들었다. 누군가가 청탁을 넣으면서 사 들고 왔던 술이다. 그는 마개를 열고 잔에 3분의 1 정도 술을 채웠다.

비스바덴의 문화교육부 장관이 된 이후 우연히 마주치거나 일부러 일정을 맞출 때를 제외하고는 다니엘라를 보는 일이 거의 없었다. 한 침대에서 자지 않은 지는 벌써 10년도 더 됐다. 그는 이트슈타인에 비밀 별장을 마련해 일주일에 한 번씩 몰래 애인과 만났다. 처음부터 이혼할 의사가 없음을 확실히 했기 때문에 둘 사이에 그런 유의 갈등은 없었다. 다니엘라에게 숨겨진 애인이 있는지 어떤지는 전혀 알지 못했다. 물어볼 생각도 없었다.

그는 넥타이를 느슨하게 푼 뒤 슈트 상의를 벗어 소파에 던졌다. 그리고 위스키를 한 모금 들이켰다. 그때 다시 전화벨이 울렸다. 벨이 세 번 울린 뒤 다시 자동 응답기가 켜졌다.

"그레고어!" 남자의 다급한 목소리가 흘러나왔다. "집에 있으면 전화 좀 받아. 중요한 일이야!"

라우터바흐는 잠시 망설였다. 아는 목소리다. 어딜 가든 중요한 일투성이라니까! 그러나 그는 결국 한숨을 내쉬며 수화기를 들었다. 전화를 건 남자는 인사말 따위는 생략하고 본론부터 말하기 시작했다. 수화기를 귀에 대고 듣던 라우터바흐는 목덜미에 소름이 쫙 끼치며 자기도 모르게 자리에서 일어섰다. 사나운 짐승이 공격해오듯 위협감이 엄습했다.

"전화해줘서 고맙네."

그는 잠긴 목소리로 말하고 수화기를 내려놓았다. 에슈본에서 유골이 발견됐다, 토비아스 자토리우스가 알텐하인에 돌아와 있다, 그의 어머니가 괴한에게 습격당했다, 호프하임 강력계의 열혈 형사가 옛날 문건을 뒤지고 있다. 제길! 비싼 위스키의 맛이 쓰기만 했다. 술잔을 아무렇게나 내려놓은 그는 급히 2층 침실로 올라갔다.

두려워할 것 없어. 우연일 뿐이야. 속으로 계속 되뇌었으나 진정이 되지 않았다. 신발을 벗고 지친 몸을 침대에 뉘였다. 기억하고 싶지 않은 장면들이 꼬리에 꼬리를 물고 떠올랐다. 어떻게 단 한 번의 작은 실수가 이런 엄청난 결과를 몰고 온단 말인가.

눈을 감으니 피로가 파도처럼 온몸을 덮쳤다. 생각은 점점 현실의 세계를 벗어나 꿈과 기억의 세계로 접어들었다.

눈처럼 희고, 피처럼 붉고, 흑단처럼 검어라…….

2008년 11월 11일 화요일

"유골은 사망 당시 16세 내지 19세 여성의 것입니다."

헤닝 키르히호프는 눈에 띄게 서둘렀다. 런던에서 감식 의뢰가 들어와 한시라도 빨리 비행기를 타야 했다. 보덴슈타인은 의자에 앉아, 정신없이 서류를 챙기는 헤닝의 말에 귀를 기울였다. 그는 두개골의 접합점이 어떻고 장골이 어떻고 하며 유골의 나이를 말해주는 단서에 대해 끊임없이 지껄였다.

"그러니까 탱크 속에 얼마나 오랫동안 들어 있었던 거야?" 참다 못한 보덴슈타인이 그의 말을 끊고 물었다.

"10년 정도. 길어야 15년이에요." 헤닝이 라이트박스에 꽂힌 뢴트겐 사진을 가리켰다. "팔이 부러진 적이 있습니다. 여기 뼈가 붙은 흔적이 확실하게 보이죠?"

보덴슈타인이 사진을 들여다보았다. 검은 바탕 위에 뼈가 흰색으로 환히 비쳤다.

"그리고 또 하나 재미있는 건⋯⋯." 헤닝은 뢴트겐 사진을 뒤적여 몇 장을 형광등 불빛에 비춰보더니 그중 한 장을 조금 전 사진 옆에 꽂았다. 그는 자신의 지식을 내세워 거들먹거리는 부류의 인간이 아니다. 그 바쁜 와중에도 더 자세히 설명하려고 노력했다. "여기 보면 위턱 양옆으로 첫 번째 어금니를 뽑은 흔적이 있습니다. 아마 턱이 너무 작았기 때문인 것 같습니다."

"그게 어쨌다는 거지?"

"우리가 그쪽 일을 덜어준 거죠." 헤닝은 눈썹을 치켜세운 채 얼마간 말없이 보덴슈타인을 응시했다. "컴퓨터에서 치아 설계 데이터를 실종자 데이터와 비교해봤더니 딱 맞아떨어지는 결과가 나왔습니다. 1997년에 실종 신고가 돼 있더라고요. 그래서 우리가 갖고 있는 뢴트겐 사진을 실종자의 생전 뢴트겐 사진과 비교한 거죠. 그리고 여기 한번 보세요." 그가 다른 사진을 라이트박스에 꽂았다. "여기 보면 뼈가 안 붙은 게 보이죠?"

보덴슈타인은 에슈본 비행장에서 발견된 유골이 누구 것인지 이미 감이 왔지만 진득하게 인내심을 발휘했다. 카이 오스터만이 지난 15년간 실종 처리된 젊은 여성의 명단을 만들었는데, 그 명단 맨 위에 토비아스 자토리우스가 살해한 두 여학생의 이름이 올라 있었다.

"하지만 유기물질이 더 이상 존재하지 않기 때문에……." 헤닝이 계속 말을 이었다. "시퀀싱(화학적으로 DNA 서열을 해독하는 방법_역주)은 할 수가 없었습니다. 그 대신 미토콘드리아 DNA를 해독해서 두 번째 결과를 얻어냈죠. 탱크 속에서 발견된 유골의 주인은……."

그가 갑자기 말을 멈추더니 책상으로 돌아가 산더미처럼 쌓인 서류를 뒤지기 시작했다.

"로라 바그너 아니면 스테파니 슈네베르거겠지."

헤닝은 서류 더미에서 고개를 들더니 한 방 먹었다는 표정으로 웃었다. "에이, 그러면 재미없죠. 성급하게 방해한 죄로 런던에서 돌아올 때까지 안 알려줄 생각이었는데……. 하지만 비도 많이 오고 하니 역까지 태워다 주시면 가는 길에 둘 중 누군지 말해드리죠."

*

피아는 책상 앞에 앉아 골똘히 생각에 잠겼다. 어젯밤 늦게까지 사건 파일을 들여다보다가 발견한 이상한 점에 대해 생각하는 중이었다. 토비아스 자토리우스 사건의 진상은 명백했다. 언뜻 보면 증거도 확실했다. 그러나 어디까지나 그렇게 보일 뿐이다. 심문 기록을 읽는 동안 이상한 점을 발견했지만 그것을 해소해줄 만한 근거는 문건 어디에서도 찾을 수 없었다.

당시 18세였던 스테파니 슈네베르거와 로라 바그너를 살해하고 청소년 형법에서 정한 최고형을 선고받았을 때 토비아스의 나이는 20세였다.

1997년 9월 6일 늦은 저녁, 두 여학생이 몇 분 간격으로 자토리우스의 농장으로 들어가는 것을 본 이웃이 여럿 있었다. 토비아스는 이미 집 앞에서부터 전 여자친구인 로라와 언성을 높여가며 싸웠다. 증언에 따르면 그 전에 세 사람 모두 축성일 축제에서 술을 많이 마신 상태였다. 법정은 토비아스가 감정이 격앙된 상태에서 자동차용 잭으로 여자친구 스테파니를 우발적으로 내리쳐 죽였고, 그것을 목격한 전 여자친구 로라도 죽였다는 것을 증명된 사실처럼 받아들였다. 그의 집, 옷, 자동차 트렁크 안에서 로라의 혈흔이 다량 발견된 것으로 보아 아주 잔인하게 살해했을 가능성이 높았다. 즉 이 범죄의 특성은 잔인성과 범행 은폐였다.

집을 수색한 결과, 토비아스의 방에서는 스테파니의 배낭이, 착유실 세면대 밑에서는 로라의 목걸이가, 그리고 살인 도구인 자동차용 잭은 축사 뒤 분뇨 구덩이 속에서 발견됐다. 스테파니가 말다툼 끝에 가방을 잊어버리고 그냥 갔다는 토비아스의 주장은 받아들여지지 않았다. 그리고 오후 11시가 막 지난 시각에 토비아스가 자동차를 몰고 알텐하인을 빠져나가는 것을 봤다는 증인이 있었다. 그런데 토비아스의 친구인 외르크 리히터와 펠릭스 피치는 오후 11시 45분경 그의 집 앞에서 토비아스와 이야기를 나눴다고 증언했다. 두 사람은 함께 나무 지키기(교회 축성에 쓸 나무를 베어다 놓고 이웃 마을에서 훔쳐가지 못하도록 지키는 축성일 축제의 한 풍습_역주)를 하러 가자고 했는데, 온통 피를 뒤집어쓴 토비아스가 거절했다는 것이다.

피아가 이상하게 생각한 것이 바로 이 두 목격담의 시차였다. 법정은 토비아스가 두 여학생의 시체를 자동차 트렁크에 실어 날랐다는 전제하에 추론을 진행시켰지만, 45분도 안 되는 짧은 시간에 뭘 할 수 있단 말인가. 피아는 커피를 한 모금 마신 뒤 심각한 표정으로 턱을 괴었다. 당시 경찰은 철저하게 수사를 했다. 수사가 진행되는 동안 알텐하인 주민 대부분이 심문이나 탐문을 당했다. 그럼에도 불구하고 그녀는 당시 동료들이 뭔가 놓쳤다는 생각이 자꾸만 들었다.

문이 열리고 하세가 들어왔다. 누렇게 뜬 얼굴 한가운데 있는 코만 빨간데, 코를 하도 많이 풀어서 언저리가 헐어 있었다.

"감기는 어때? 좀 괜찮아?"

그는 대답 대신 연달아 재채기를 했다. 그리고 코를 훌쩍거리며 숨을 크게 한 번 들이마시더니 어깨를 으쓱해 보였다.

"그냥 집에 가지그래?" 피아가 한심하다는 듯 고개를 저으며 말했다. "집에 가서 편안하게 몸조리를 해. 요즘은 일도 별로 없어."

"잘 돼가나?" 그가 탐탁지 않다는 듯 턱으로 피아의 책상 옆에 쌓인 서류철을 가리켰다. "뭐 좀 알아냈어?"

피아는 잠시 그의 관심에 놀랐지만 이내 자기한테 도와달라고 할까 봐 미리 연막전술을 펴는 거라고 판단했다. "모두가 말한 대로야. 언뜻 보면 모든 게 아주 꼼꼼하게 검증된 것 같지만 뭔가 이상해. 그때 사건 책임자가 누구였어?"

"프랑크푸르트 서 강력계 브레히트 반장. 그 사람한테 조언을

구할 생각이라면 이미 늦었어. 작년 겨울에 죽었거든. 나도 그 장
례식에 갔었지."

"아, 그래?"

"퇴직하고 1년 뒤에 죽었어. 조국의 착한 아들이지. 예순다섯
까지 죽어라 일만 하다가 관 속으로 직행한 거야."

하세의 비관론에 익숙한 피아는 그의 불평을 한 귀로 듣고 한
귀로 흘렸다. 그리고 속으로 생각했다. 흥, 죽어라 일해본 적이나
있는 사람이 그런 소리를 하면 이해를 하지!

*

보덴슈타인은 헤닝을 종합운동장 역에 내려준 뒤 프랑크푸
르트 크로이츠 방향으로 차를 몰았다. 로라 바그너의 부모는 오늘
드디어 11년 만에 딸의 행방을 알게 될 것이다. 딸의 유골을 묻고
장례를 치르면 오히려 마음이 가벼워지지 않을까. 이런 생각에 잠
겨 있어서 보덴슈타인은 앞에 가는 검정색 BMW의 번호판을 한
참 뒤에야 알아보았다.

코지마가 왜 여기 있지? 오늘 아침만 해도 편집 작업이 잘 안
돼서 일주일 내내 마인츠 방송국에 가 있어야 한다고 불평을 늘어
놓지 않았던가.

보덴슈타인은 코지마에게 전화를 걸었다. 부슬부슬 내리는
비와 움직이는 와이퍼 때문에 시야가 흐렸지만 앞차 운전자가 휴
대전화를 귀에 대는 모습이 보였다. 휴대전화 스피커에서 그녀의
친숙한 목소리가 흘러나오자 그의 입가에 미소가 떠올랐다. '룸미
러 한번 봐봐'라고 말할 생각이었다. 하지만 불현듯 어떤 직감 같

은 것에 사로잡혀 입을 다물었다. 누나가 했던 말이 뇌리를 스쳤다. 갑자기 코지마를 시험해서 자신이 괜한 의심을 했다는 걸 증명하고 싶어졌다.

"지금 뭐 하고 있어?" 다음 순간 보덴슈타인은 그녀의 대답에 할 말을 잃었다.

"아직 마인츠에 있어. 오늘은 뭐 되는 일이 없네."

평소라면 절대 의심하지 못할 목소리였다. 그녀의 거짓말은 그에게 엄청난 정신적 충격을 주었다. 그는 운전대를 잡은 손에 힘을 주며 액셀에서 발을 뗄 때 다른 차가 앞질러 가도록 했다. 그리고 등받이에 털썩 몸을 기댔다. 거짓말을 하다니!

그녀의 거짓말은 끝이 없었다. 오른쪽 깜빡이에 불이 들어오고 차가 고속도로로 접어들 때, 스피커 속의 그녀는 장면의 순서가 완전히 뒤바뀌는 바람에 편집을 제시간에 끝내지 못했다고 말하는 중이었다.

"편집실을 12시까지만 쓸 수 있거든."

그는 피가 거꾸로 솟는 것만 같았다. 코지마가, 사랑스러운 아내가 그런 식으로 냉정하고 뻔뻔하게 자기를 속이고 있다는 생각에 도저히 견딜 수가 없었다. 마음 같아서는 '그런 거짓말 제발 그만둬. 내가 뒤에 따라가고 있단 말이야!'라고 소리를 지르고 싶었지만 아무 말도 할 수 없었다. 그는 일상적인 말을 몇 마디 중얼거린 뒤 전화를 끊었다. 그리고 넋이 빠진 채 그저 달리기만 했다.

보덴슈타인은 경찰청 주차장에 차를 세운 뒤에도 그대로 차 안에 앉아 있었다. 빗물이 차 지붕 위로 소리를 내며 떨어졌다. 차창으로도 흘러내렸다. 그의 세계가 산산이 무너져 내렸다. 왜 코지마는 거짓말을 했을까? 대답은 하나다. 그가 알아서는 안 되는 일을 하고 있기 때문이다. 그러나 그 일이 뭔지 그는 전혀 알고 싶지 않았다. 그런 일은 남들한테나 일어나는 것이다. 그에게 일어나서는 안 된다!

*

쉬지 않고 내리는 가랑비 속에서 토비아스는 트랙터 짐칸에 쓰레기를 한가득 실었다. 그렇게 해서 한꺼번에 컨테이너에 갖다 버릴 생각이었다. 쓰레기는 나무, 폐기물, 일반 쓰레기로 분리해야 했다. 컨테이너를 배달한 폐기물 처리 업체 직원이 제대로 분리를 안 하면 경비가 아주 비싸질 수 있다고 으름장을 놓고 간 것이다.

정오경에 방문한 고철상은 이게 웬 떡이냐 하는 표정으로 마당 그득한 고철 더미를 바라보더니, 조수 둘을 데려와 소를 맬 때 쓰던 녹슨 쇠줄에서부터 축사와 헛간에서 나온 큰 고철 덩어리까지 한차 가득 싣고 갔다. 고철상은 고철값으로 450유로를 지불했고 다음 주에 와서 나머지를 실어가겠다고 거듭 강조했다.

토비아스는 이웃집 노인 파슈케가 자신의 일거수일투족을 감시한다는 것을 알고 있었다. 노인은 커튼 뒤에 숨어 있다가 가끔씩 눈만 빠끔히 내밀어 밖을 내다보았다. 토비아스는 할 일 없는 옆집 노인네는 신경 쓰지 않기로 했다.

하르트무트가 4시 반쯤 퇴근해서 돌아왔을 때는 마당 한쪽에 쌓여 있던 쓰레기가 말끔히 치워져 있었다. "의자는 쓸 만했는데……. 책상도 새로 칠하면 쓸 수 있었을 테고……."

토비아스는 아쉬워하는 아버지의 등을 집 안으로 떠밀었다. 그리고 아침부터 일만 하다가 처음 맞는 달콤한 휴식을 즐기기로

했다. 현관 계단 맨 위에 앉아 담배에 불을 붙여 물고 마당을 내려
다보았다. 말끔하게 정리된 마당 한가운데에는 오래된 마로니에
한 그루만이 덩그러니 서 있었다.

나디야…….

그는 일부러 생각하지 않았던 그제 일을 처음으로 떠올렸다.
나이는 서른이지만 섹스는 초짜인 그였다. 나디야와 나눈 사랑에
비하면 고등학교 시절에 했던 섹스는 유치했다. 비교할 대상이 없
어 상상 속에서 뭔가 대단하고 특별하게 기억되었던 초기 경험들
은 이제 제자리를 찾아갔다. 그것은 한마디로 애들 장난이었다.
퀴퀴한 냄새 나는 싱글 침대에서 문이 잠기지 않아 혹시라도 부모
님이 들이닥치지 않을까 귀를 쫑긋 세우고 청바지와 팬티를 무릎
에 걸친 채 부끄러워하며 들락날락하던 장난이었다.

"휴우."

너무 거창한 표현일 수도 있지만 그를 진짜 남자로 만든 사람
은 나디야다. 소파에서 성급하게 섹스를 나눈 두 사람은 침대로
갔다. 토비아스는 그걸로 끝이라고 생각했다. 둘은 서로를 끌어안
고 어루만지며 대화를 나누었다. 나디야는 오래전부터 그를 사랑
하고 있었다고 털어놓았다. 그가 갑자기 자신의 삶에서 사라져버
리자 그에 대한 사랑을 확실히 깨닫고 만나는 남자마다 무의식적
으로 그와 비교하게 됐다고도 했다. 자신이 아는 소꿉친구가 맞는
지 의심스러울 정도로 낯설기만 한 아름다운 여인의 입을 통해 그
런 고백을 들으니 혼란스럽기도 하고 한편으로는 세상을 다 얻은
듯 행복하기도 했다.

그녀는 그가 땀에 흥건히 젖을 때까지 능력을 발휘하게 만들
었고, 그는 스스로도 믿지 못할 정도의 성과를 냈다. 아직도 그녀

의 체취가 나는 듯했고 그녀의 살결이 느껴지는 것 같았다. 말할
수 없이 황홀했다. 좋았다. 기분이 끝내줬다.

토비아스는 상념에 빠져 있느라 가까이 다가오는 발소리도
듣지 못했다. 그러다 집 모퉁이를 돌아 나오는 사람 그림자를 보
고 깜짝 놀라 몸을 움츠렸다.

"티스?"

토비아스가 놀란 목소리로 물었다. 그러나 티스가 신체 접촉
을 싫어한다는 것을 알기에 다가가 포옹할 생각은 하지 않았다.
티스는 그의 눈을 쳐다보지 않고 양팔을 몸에 딱 붙인 채 말없이
서 있었다. 그때나 지금이나 겉으로만 봐서는 그에게 장애가 있다
는 사실을 믿기 힘들었다.

라르스도 지금쯤 저런 모습을 하고 있으리라. 라르스는 티스
보다 2분 늦게 태어난 쌍둥이 동생으로, 형의 장애로 인해 자연스
럽게 테를린덴 왕국의 왕자가 된 차남이다. 1997년 그 재앙의 날
이후 토비아스는 가장 친한 친구였던 라르스를 다시는 보지 못했
다. 그러고 보니 나디야와 이야기할 때 라르스에 대한 말이 한 마
디도 나오지 않은 게 이상했다. 셋은 남매처럼 친해서 자신들을
아스트리드 린드그렌(《말괄량이 삐삐》를 지은 스웨덴 출신 작가_역주)의
책 《백장미》에 나오는 인물의 이름을 따 칼레, 안데르스, 에바로테
라고 부르곤 했다.

가만히 서 있던 티스가 토비아스 앞으로 성큼 다가와 손을 내
밀었다. 그의 손바닥은 위를 향하고 있었다. 토비아스는 순간 흠
칫 놀랐지만 티스가 뭘 원하는지 이내 알아챘다. 어렸을 때 그들
은 손바닥을 세 번씩 치는 것으로 인사를 대신하곤 했다. 처음에
는 그들 사이에만 통하는 암호 같은 것이었지만 나중에는 그냥 재

미로 했고 커서도 버릇처럼 남아 있었다. 토비아스가 손바닥을 치자 티스의 얼굴에 살짝 미소가 비쳤다.

"안녕, 토비." 그가 특유의 단조로운 목소리로 말했다. "잘 돌아왔어."

*

오후 5시 반. 아멜리는 흑마의 긴 바를 닦고 있었다. 저녁 술손님이 들기에는 아직 이른 시간이라 홀은 텅 비어 있었다.

그녀는 평소 스타일대로 꾸미지 않았는데도 별로 아쉽지가 않았다. 엄마 말대로 그녀의 고딕 스타일(하얀 얼굴에 검정색으로 눈과 입을 강조한 화장, 체인벨트, 피어싱, 검은 의상을 선호하는 스타일_역주)은 인생관이 아니라 그저 사춘기 반항이었을 뿐일까?

베를린에서는 통 넓은 검은 옷, 눈에 띄는 액세서리와 화장, 그리고 많은 시간을 들여야 하는 헤어스타일을 고수했다. 친구들도 모두 검은 옷을 입었다. 그들과 함께 까마귀 떼처럼 몰려다녀도, 검은 워커를 신은 발로 거리의 가로등을 걷어차도, 쓰레기통으로 축구를 해도 뒤돌아보는 사람이 없었다. 선생님이나 다른 샌님들이 하는 말은 들리지도 않았고 별로 신경 쓰지도 않았다. 그들은 그저 옆에서 끊임없이 입을 움직여 잔소리를 해대는 귀찮은 존재일 뿐이었다.

그런데 어느 순간 모든 것이 변했다. 지난 일요일에 남자들에게 받은 관심, 그녀의 몸매와 드러난 가슴에 쏠린 감탄의 시선이 마음에 들었다. 아니, 그 이상이었다. 테를린덴과 라우터바흐를 포함해 흑마에 모인 남자들의 시선이 온통 그녀의 뒤태를 향하고 있다는 것을 느꼈을 때는 마치 구름 위를 둥둥 떠다니는 듯했다. 아직도 생생하게 그때의 기분이 느껴졌다.

사장 제니 자길스키가 주방에서 뒤뚱거리며 나왔다. 걸음을 옮길 때마다 신발 밑창에서 삑삑 소리가 났다. 그녀는 아멜리를 보고 눈을 치켜뜨더니 비꼬듯 말했다. "허수아비에서 뱀파이어로 변했네. 뭐, 사람마다 취향이 다른 법이니까."

그러고는 꼬투리를 잡으려는 듯 아멜리가 청소한 곳을 꼼꼼히 살폈다. 심지어 검지로 탁자 위를 쓱 문질러보기까지 했지만 결과는 합격이었다.

"컵 좀 씻어라. 오빠가 해야 하는데, 또 안 했나 보다."

점심 장사를 하고 난 컵들이 싱크대에 수북이 쌓여 있었다. 아멜리는 궂은일을 마다하지 않았다. 일당만 받으면 그만이었다. 제니는 바 스툴에 기어올라 담배를 피워 물었다. 원래는 금연이지만 제니는 혼자 있거나 지금처럼 조용하고 한가할 때면 이렇게 바에 앉아 담배를 피우곤 했다. 아멜리는 토비아스에 대해 물어볼 절호의 기회를 놓치지 않았다.

"토비? 당연히 옛날부터 알았지. 우리 오빠랑 친해서 집에도 자주 놀러왔어." 그녀는 곧 한숨을 내쉬며 머리를 설레설레 흔들었다. "그래도 돌아오지 말았어야지."

"왜요?"

"생각을 해봐. 딸을 죽인 사람이랑 길에서 마주쳐야 하는 부모 심정이 어떻겠니?"

"그날 무슨 일이 있었는데요?"

아멜리는 씻은 컵의 물기를 닦은 뒤 조심스럽게 문질러 윤을 내며 별 관심 없는 척 건성으로 물었다. 그러나 더 이상의 동기 부여는 필요하지 않은 듯했다. 제니는 이미 수다 모드에 돌입한 상태였다.

"토비는 원래 로라랑 짝이었는데 스테파니가 알텐하인으로 이사 온 뒤부터 스테파니랑 사귀었어. 두 사람이 사라진 그날은 교회 축성일이었어. 모두들 축제를 보러 갔지. 난 그때 열다섯 살이었는데 밤새 밖에서 놀 수 있어서 신이 났어. 솔직히 말하면 그런 일이 일어났는지도 몰랐어. 다음 날 아침 마을에 경찰이 쫙 깔린 걸 보고서야 알았으니까. 탐지견에 헬리콥터에 정말 대단했지."

"정말요? 난 이런 촌 동네에 그런 엄청난 사건이 일어났을 줄은 꿈에도 생각 못했어요."

"진짜 엄청났어." 제니는 소시지처럼 살찐 손가락 사이로 타들어가는 담배를 응시했다. "그 후로는 마을이 예전 같지 않아. 그때는 누구나 다 친하게 지냈는데 지금은 아니야. 토비 아버지가 운영하는 황금 수탉만 해도 매일 저녁 사람이 미어터졌어. 여기하곤 비교도 안 됐어. 아주 넓은 홀이 있었는데 사육제 때는 정말 떠들썩했지. 그때 흑마는 아직 있지도 않았고. 우리 남편도 원래는 거기 주방장이었어."

제니는 말을 멈추고 과거의 상념에 젖었다. 아멜리는 제니 쪽으로 가만히 재떨이를 밀어주었다.

"경찰이 오빠랑 오빠 친구들을 데려다 한참이나 취조를 했어." 이윽고 그녀의 입이 다시 열렸다. "어떻게 된 일인지 아는 사람이 아무도 없더라고. 그런데 갑자기 토비가 범인이라는 말이 나돈 거야. 경찰이 토비의 자동차 안에서 로라의 피를, 방 침대 밑에서는 스테파니의 물건을 찾아냈다면서. 게다가 자토리우스 농장 분뇨 구덩이에서 스테파니를 때려죽인 무기가 나왔지. 왜 그거 있잖아, 자동차 들어 올리는 거."

"사장님은 로라랑 스테파니를 알았어요?"

"로라는 알았지. 다들 같은 패거리였어. 우리 오빠랑 펠릭스, 미하엘, 토비, 나탈리, 라르스."

"나탈리? 라르스는 또 누구예요?"

"라르스는 테를린덴가의 아들이야. 나탈리 웅거는 아주 유명한 배우가 됐지. 지금은 나디야 폰 브레도프라고 부르더라. 아마 텔레비전에서 한 번쯤 봤을걸." 제니가 잠시 허공을 응시했다. "그 둘은 크게 성공했지. 라르스는 어디 큰 은행에서 일한다던데, 자세한 건 몰라. 그 일이 있은 뒤로 아예 알텐하인을 떠났거든. 흠, 나도 옛날엔 넓은 세계로 나가겠다는 꿈이 있었는데…… 세상이 내 뜻대로만 되는 건 아니더라고."

아멜리는 뚱뚱하고 연중 내내 저기압인 제니가 한때 날씬하고 쾌활한 열다섯 살짜리 소녀였다는 사실이 도무지 믿기지 않았다. 제니는 그래서 이렇게 심술과 짜증을 부리는 걸까? 촌구석에 눌러앉아 애들 뒤치다꺼리나 하고, 남편이라는 사람은 남들 앞에서 대놓고 '미쉐린'이라고 부르며 뚱뚱한 자신을 놀려대기 때문에?

"스테파니는요?" 아멜리는 얼른 질문을 던져 다른 생각으로 빠지려는 제니를 붙잡았다. "스테파니는 어땠어요?"

"으음." 제니는 잠시 생각에 잠겼다. "예뻤지. 눈처럼 희고 피처럼 붉고 흑단처럼 검고……."

제니의 시선이 아멜리에게 고정되었다. 색이 엷은 눈동자와 속눈썹이 돼지의 눈을 연상케 했다. "너랑 좀 비슷했어." 칭찬으로 하는 말 같지는 않았다.

"어, 정말이요?" 아멜리가 손길을 멈추고 제니를 쳐다보았다.

"스테파니는 우리 마을 언니들하고는 좀 달랐어. 이런 촌 동네에는 어울리지 않았지. 여기로 이사를 오자마자 토비가 바로 스테파니한테 반해서 로라와 헤어졌어." 제니는 경멸 섞인 웃음소리를 냈다. "우리 오빠는 자기한테 기회가 왔다며 좋아했지. 로라한테 홀딱 반해 있었거든. 동네 오빠들 모두 로라라면 사족을 못 썼어. 로라는 성격은 지랄맞았지만 진짜 예뻤거든. 축제에서 스테파니한테 퀸 자리를 뺏기고는 분통이 터져서 어쩔 줄 몰라 했지."

"슈네베르거 가족은 왜 이사 갔어요?"

"딸이 그런 일을 당했는데 너 같으면 계속 여기 살고 싶겠니? 한 3개월 살고는 딴 데로 가더라."

"음, 그럼 토비는요? 어떤 타입이었어요?"

"여자들이 줄줄 따랐지. 토비한테 반하지 않은 여자가 하나도 없을 정도였어. 나도 좋아했고." 그녀는 잠시 젊고 날씬하고 꿈 많던 소녀 시절을 떠올리며 서글픈 미소를 지었다. "훤칠하게 잘생겼고 또⋯⋯. 그냥 무지 멋있었어. 그렇다고 해서 다른 남자들처럼 거만하지도 않았지. 언니 오빠들끼리 수영장에 갈 때 내가 따라가려고 하면 다들 껍딱지 동생 데려오지 말라면서 화를 냈는데 토비는 항상 데려가자고 말해줬어. 진짜 괜찮았지. 거기다 공부도 잘했어. 어른들도 나중에 크게 될 인물이라고 했어. 흠, 그런데 갑자기 그런 일이 일어난 거야. 정말 술에 당할 사람은 없나 봐. 토비도 술 마시면 완전히 딴사람 같았지⋯⋯."

그때 문이 열리며 남자 둘이 들어왔다. 제니가 얼른 담배를 비벼 껐다. 아멜리는 다 썻은 유리컵을 치운 뒤 손님들에게 메뉴판을 가져다주었다. 그리고 돌아오는 길에 탁자 위에 있던 신문을 집어 왔다. 지역 난에 경찰이 토비아스의 어머니를 육교에서 밀어 떨어뜨린 사람을 찾는다는 기사와 함께 용의자의 사진이 실려 있었다.

"어? 이건……."

아멜리는 눈을 동그랗게 뜨고 중얼거렸다. 사진은 흐릿했지만 누군지 금방 알아볼 수 있었다.

*

보덴슈타인은 코지마를 어떻게 대해야 할지 몰라 그저 사무실에 멍하니 앉아 더 이상 미룰 수 없다는 생각이 들 때까지 버티다가 퇴근했다.

코지마는 2층 욕실에 있었다. 물이 첨벙거리는 소리로 보아 목욕을 하는 것 같았다. 어깨를 축 늘어뜨린 채 부엌으로 간 그는 의자 등받이에 걸린 코지마의 가방을 발견했다. 보덴슈타인은 지금껏 아내의 가방을 뒤진 적이 단 한 번도 없었다. 물론 책상 서랍을 뒤지거나 한 적도 없다. 언제나 코지마가 자신에게 숨기는 것 하나 없이 솔직하다고 굳게 믿었기 때문이다. 그러나 지금은 사정이 달랐다. 그는 잠시 양심의 가책을 느꼈지만 이내 아내의 가방을 낚아채 뒤지기 시작했다. 휴대전화가 있었다. 폴더를 여는데 심장이 터질 것만 같았다. 자신의 행동이 신뢰를 저버리는 짓이라는 것을 잘 알고 있었지만 달리 어쩔 도리가 없었다. 그는 문자메시지를 차례대로 훑어나갔다. 어제 오후 9시 48분에 모르는 번호로부터 메시지가 와 있었다.

내일 9시 30분? 같은 장소에서 볼까요?

아내는 1분 뒤에 답장을 보냈다. 자신은 이때 어디서 뭘 하고 있었던 것일까? 왜 코지마가 메시지를 보내는 걸 보지 못했을까?

좋아요, 기대돼요!!!

느낌표가 세 개였다. 머리가 멍해졌다. 설마설마하던 일이 사실이 되어가고 있었다. 병원이나 미용실 예약을 확인하면서 느낌표를 세 개나 찍는 사람은 없으리라. 그리고 월요일 오후 10시가 다 된 시간에 온 예약 확인 문자를 보고 그렇게 기뻐할 코지마도 아니다.

보덴슈타인은 2층에서 나는 소리에 귀를 기울이며 배반의 증거를 찾아 계속 아내의 휴대전화를 뒤졌다. 그러나 막 기록을 지웠는지 다른 증거는 나오지 않았다. 그는 자신의 휴대전화를 꺼내 오늘 오전 9시 반에, 몇 번째인지는 모르지만 자신의 아내와 다시 만난 인물의 전화번호를 입력했다. 그런 다음 코지마의 휴대전화를 다시 가방에 집어넣었다. 속이 울렁거렸다. 아내가 자신을 속였다는 사실을 받아들이기가 너무나 힘들었다.

보덴슈타인은 26년이 넘게 결혼 생활을 하면서 단 한 번도 아내를 속인 적이 없다. 항상 정직하고 솔직해서 불리할 때도 많았지만 체질상 헛된 약속이나 거짓말을 견디지 못했다. 그가 받은 엄격한 교육 때문이기도 했다.

지금 2층으로 올라가 증거를 들이대며 코지마에게 따져야 하는 걸까? 왜 자기를 속였는지 물어야 하는 걸까? 그는 머리를 손가락으로 빗어 넘기며 한숨을 푹 내쉬었다. 아니, 그러지 말자. 그는 속으로 결단을 내렸다. 평온한 가정의 환상을 조금이라도 더 유지하고 싶다. 비겁한 짓일 수도 있지만 도저히 자신의 인생을 스스로 바닥에 내동댕이칠 자신이 없었다. 피치 못할 사정이 있는지도 모른다.

*

사람들이 모여들기 시작했다. 둘씩 혹은 서넛씩 무리 지어 도착한 사람들은 교회 뒷문에서 암호를 대고 안으로 들어왔다. 관계자들만 모이는 회합이라 철저히 보안이 유지됐고 연락은 구두로 이루어졌다. 11년 전에도 이런 비밀 회합이 있었다. 이번에도 상황이 더 악화되기 전에 조치를 취해야 한다고 판단한 남자가 비상소집령을 내린 것이다.

2층 파이프오르간 옆에 서 있는 남자의 모습은 서까래에 가려 잘 보이지 않았다. 남자는 긴장이 고조되는 가운데 아래층 긴 의자의 빈자리가 속속 채워지는 것을 지켜보았다. 제단에 켜진 촛불 몇 개가 아치형의 교회 내부에 기괴한 그림자를 드리웠다. 전깃불은 교회 창문을 환히 밝혔을 것이고, 이내 짙은 안개를 뚫고 밖으로 퍼져 나가 쓸데없이 주변의 관심을 끌었을 것이다. 남자는 헛기침을 하면서 땀이 난 손을 마주 대고 문지른 뒤 손목시계를 힐끗 쳐다보았다. 회합을 시작할 시간이다.

남자는 좁은 나선계단을 내려왔다. 걸을 때마다 나무 계단이 삐걱거렸다. 남자가 어둠 속에서 나와 어스름한 촛불 빛에 모습을 드러내자 소곤거리던 소리가 뚝 그쳤다. 교회 종탑에서 오후 11시를 알리는 종소리가 들렸다. 완벽한 연출이었다. 그는 제단을 등진 채 중앙 복도 앞으로 걸어가 낯익은 얼굴들을 둘러보았다. 그때와 마찬가지로 사람들의 표정은 결연했고, 다들 여기 왜 모였는지 아는 눈빛이었다. 그 눈빛을 보니 용기가 났다.

"먼저 오늘 이 자리에 와주신 여러분께 감사드립니다."

남자는 머릿속에서 오랫동안 다듬어온 연설을 시작했다. 그의 목소리는 나지막했지만 맨 뒷자리 구석진 곳까지 또렷하게 들렸다. 역시 교회는 소리가 잘 퍼진다. 성가대인 그는 물론 이 사실을 잘 알고 있었다.

"그가 돌아온 뒤 상황이 걷잡을 수 없이 커졌습니다. 그래서 앞으로 어떻게 할지 결정하기 위해 오늘 이렇게 모인 것입니다."

남자는 노련한 연설가는 아니었다. 여느 때와 다름없이 사람들 앞에 서자 긴장되고 떨렸다. 그러나 지금 마을 공동체에 필요한 것이 무엇인지 요점을 잘 정리했다는 생각이 들었다.

참석한 사람들은 회합의 목적을 충분히 알고 있었다. 그래서 남자가 향후 행동 지침을 발표했을 때에도 눈썹 하나 까딱하지 않았다. 무거운 침묵이 흘렀다. 누군가가 소리 낮춰 기침했다.

남자의 등줄기를 타고 땀이 흘러내렸다. 아무리 절대적 필요에 의한 것이라고는 하지만 교회 안에서 살인을 모의했다는 사실이 꺼림칙하기만 했다. 남자는 마흔세 명의 얼굴을 찬찬히 둘러보았다. 모두 오래전부터 알고 지내온, 이 자리에서 나온 말을 무덤까지 갖고 갈 사람들이다. 그는 초조하게 지원자를 기다렸다.

"여기요."

이윽고 세 번째 줄에서 누군가가 나섰다. 다시 침묵이 흘렀다. 한 명이 더 필요하다. 적어도 셋은 돼야 한다.

"저요."

드디어 다른 한 명이 나섰다. 사람들은 그제야 안도의 한숨을 내쉬었다.

"좋습니다." 남자는 한결 마음이 놓였다. 철회하겠다는 말이 나올까 봐 잠깐 걱정했지만 기우에 불과했다.

"일단 경고하는 수준이 될 겁니다. 그런 다음에도 자발적으로 떠나지 않으면 그때는 우리가 직접 떠나보내야겠죠."

2008년 11월 12일 수요일

수가 확 줄어버린 강력계 수사반 형사들을 바라보는 엥겔 과장의 얼굴이 좋지 않았다. 오늘 조회에 모인 인원은 겨우 넷이었다. 벤케 외에 카트린 파싱거가 결근했다. 카이 오스터만이 수배 사진이 나간 뒤에도 신고 접수가 별로 없었다는 보고를 하는 사이 보덴슈타인은 멍하니 커피만 저었다. 피아는 밤을 새웠거나 잠을 설친 듯 까칠한 그의 얼굴을 보며 새삼 이상하다고 생각했다. 요즘 그는 꼭 정신이 나간 사람 같다. 아무래도 집안일 때문인 듯했다. 2년 전 5월에도 이런 적이 있었다. 그때는 코지마의 건강 때문이었는데, 결국 임신했다는 사실을 뒤늦게 알게 되면서 괜한 걱정이었음이 드러났다.

"자." 보덴슈타인이 나설 기미를 보이지 않자 엥겔 과장이 말을 꺼냈다. "비행기 격납고에서 발견된 유해는 1997년 9월 알텐하인에서 실종된 로라 바그너의 것으로 드러났죠? DNA도 일치하고 왼팔 골절이 회복된 흔적도 생전 뢴트겐 사진과 비교한 결과 일치합니다."

피아와 오스터만은 법의학적 조사 결과를 이미 알고 있었지만 인내심을 발휘해 엥겔 과장의 말을 끝까지 들었다. 엥겔 과장이 자꾸 강력계 일에 관심을 가지는 것은 자기 업무가 널널해서일까? 그녀의 전임인 니어호프는 언론에서 주목하는 자극적인 사건이 있을 때에나 행차했지 평소에는 얼굴도 보기 힘들었다.

"제가 보기에는 시간이 들어맞지 않아요." 엥겔 과장의 말이 끝나자 피아가 곧바로 문제를 제기했다. "토비아스 자토리우스가 어떻게 45분도 안 되는 짧은 시간 안에 알텐하인에서 에슈본까지 차를 몰고 가 보안이 철저한 폐쇄된 군사 지역 안에 있는 지하 탱크에 시체를 묻고 올 수 있었을까요?"

보덴슈타인을 제외한 일동이 말없이 피아를 응시했다.

"당시 법정은 자토리우스가 집에서 두 여학생을 살해했다고 했습니다. 이웃들의 증언에 의하면 그는 먼저 로라 바그녀와 함께 집에 들어갔고 그다음에 스테파니 슈네베르거에게 문을 열어줬어요. 그리고 친구들은 자정 즈음에 그와 만났다고 했습니다."

"그래서 어쨌다는 거죠?" 엥겔 과장이 물었다.

"토비아스 자토리우스가 범인이 아닐 수도 있다는 얘기를 하는 겁니다."

"범인이 아니라뇨?" 하세가 바로 반박했다. "범인이 아니면 감옥에 가지 않았겠죠."

"재판은 순전히 증거만 갖고 이뤄졌습니다. 그리고 문건을 조사하다가 이상한 점 몇 가지를 발견했어요. 이웃 사람은 10시 45분에 스테파니 슈네베르거가 자토리우스의 집으로 들어가는

걸 봤다고 했어요. 그리고 증인 두 명이 30분 뒤에 알텐하인에서
자토리우스의 자동차를 봤다고 진술했습니다."

"그게 뭐가 이상합니까?" 하세가 답답하다는 듯 말했다. "여자
들을 죽인 다음에 시체를 자동차에 싣고 갔다 버린 거잖아요. 예
전에 다 확인한 거예요."

"그때는 시체를 가까운 곳에 버렸다고 생각했으니까 말이 됐
던 거죠. 지금은 그렇지 않다는 게 밝혀졌잖아요. 그리고 폐쇄된
군사 지역에는 또 어떻게 들어갔을까요?"

"마을 청년들이 거기서 몰래 파티를 벌이곤 했다잖습니까. 비
밀 통로를 알고 있었나 보죠."

"말이 안 돼요." 피아는 고개를 설레설레 저었다. "어떻게 술에
취한 남자가 혼자서 그 일을 다 할 수 있어요? 그리고 두 번째 시
체는 어디로 간 거죠? 탱크 속에는 한 구만 들어 있었잖아요! 분명
히 말하는데 시간상의 문제가 있어요."

"키르히호프 형사." 엥겔 과장이 끼어들었다. "지금 수사하고
있는 건 그 사건이 아니에요. 경찰이 범인을 잡아서 재판에 넘겼
고, 범인은 유죄 선고를 받고 감옥에서 죗값을 치렀어요. 실종자
부모한테 가서 유해가 발견됐다는 소식이나 전하세요. 이상!"

*

"이상!" 피아가 입을 삐쭉거리며 엥겔 과장 흉내를 냈다. "이건
절대 그냥 넘어가선 안 돼요. 당시에 부실 수사를 한 게 틀림없어
요. 어떻게 그렇게 짜 맞춘 듯한 결론이 나올 수가 있어요? 이상하
지 않아요?"

보덴슈타인은 아무런 대꾸도 하지 않았다. 좁은 조수석에 긴 다리를 불편하게 구겨 넣고서는 이동하는 내내 아무 말도 않고 멍하니 있었다.

"반장님, 요즘 도대체 왜 그래요?" 피아의 목소리에서 짜증이 묻어났다. "이건 뭐, 시체를 옆에 태우고 다니는 것도 아니고……. 말 좀 해요, 말!"

보덴슈타인이 한쪽 눈만 뜨고 말했다. "어제 코지마가 나한테 거짓말을 했어."

역시 예상했던 대로 집안일이다. "그래서요? 거짓말 안 하고 사는 사람이 어디 있어요?"

"나." 그가 나머지 한쪽 눈도 뜨고 말했다. "난 이제까지 단 한 번도 코지마를 속인 적이 없어. 심지어 칼텐제 사건 때의 일도 다 말했다고."

보덴슈타인은 헛기침을 한 번 하더니 어제 무슨 일이 있었는지 이야기하기 시작했다. 그의 말에 귀를 기울이던 피아의 표정이 점점 어두워졌다. 사태가 심각한 것 같았다. 그는 그런 와중에도 귀족 집안의 후예로서 자신의 명예를 걱정하는 여유를 부리고 있었다. 몰래 아내의 휴대전화를 훔쳐봤다는 것 때문에 양심의 가책에 시달리고 있었던 것이다.

"말 못 할 사정이 있었겠죠. 별일 아닐 거예요." 말은 그렇게 했지만 피아의 속마음은 달랐다. 코지마는 적극적이고 활달한 미모의 여성이다. 영화 제작자로서 경력을 계속 쌓아가고 있는 데다 연봉도 높다. 피아가 옆에서 볼 때도 최근 몇 년 동안 둘 사이에 부쩍 마찰이 잦아졌지만 보덴슈타인은 별 신경을 쓰지 않는 듯했다. 피아는 속으로 생각했다. 내 그럴 줄 알았지. 그렇게 자신만만하더니…….

그는 혼자만의 이상향에서 사는 사람이었다. 사건 수사를 하다 보면 날이면 날마다 접하게 되는 게 치정사건인데 보덴슈타인은 사람이 그런 짓을 할 수 있다는 사실에 매번 놀라면서도 전적으로 남의 일로만 여겼다. 피아와 달리 사건에 감정적으로 집근하거나 말려드는 일이 없었다. 언제나 사건과 분명한 거리를 두었다. 피아는 그런 그에게서 독선을 엿봤다. 정말 자신이 외도 같은 세속적인 문제와는 아무 상관이 없다고 믿었던 걸까? 이제까지 그렇게 살아본 적이 없는 코지마가 집에서 아이 키우고 남편만 바라보고 사는 삶에 만족하리라 생각한 걸까?

"다른 사람 만나면서 나한테는 방송국에 있다고 거짓말하는데 그게 별일 아니라고?" 보덴슈타인이 한숨을 내쉬었다. "어떻게 해야 할지 모르겠어."

피아는 잠시 침묵했다. 그녀라면 물론 모든 걸 제치고 달려들어 진실을 캐냈을 것이다. 생각할 것도 없이 바로 상대에게 따지고 울고 소리 지르고 화냈을 것이다. 마치 아무 일도 없었다는 듯 행동하는 건 상상도 할 수 없다. "그럼 대놓고 솔직하게 물어봐요. 면상에 대고 거짓말을 하지는 않을 거 아니에요."

"안 돼." 그가 고집스럽게 말했다.

피아의 입에서 저절로 한숨이 터져 나왔다. 올리버 폰 보덴슈타인은 보통 사람들과는 생각하는 방식이 달랐다. 가정의 평화를 지키기 위해서라면 아내의 외도를 묵묵히 참아내며 혼자 괴로워할 수도 있는 사람이다. 그의 자제력은 상상을 초월했다.

"그 사람 번호, 적어놨어요?"

"응."

"나한테 줘봐요. 발신 제한 번호로 전화해볼게요."

"아니야, 그럴 필요 없어."

"어떻게 된 일인지 알고 싶지 않아요?"

보덴슈타인은 우물쭈물 망설였다.

"반장님." 피아가 답답한 듯 말했다. "어떤 상황인지도 모르고 괴로워만 하면 병나요, 병."

"빌어먹을!" 그가 갑자기 흥분해서 외쳤다. "차라리 안 봤어야 했어! 전화를 걸지 말았어야 했다고!"

"하지만 이미 봤고 전화도 걸었어요. 코지마는 거짓말을 했고요."

보덴슈타인은 크게 한숨을 내쉬며 손으로 머리를 쥐어뜯었다. 피아는 그가 이러는 걸 이제까지 단 한 번도 본 적이 없었다. 심지어 베라 칼텐제의 딸이 협박을 목적으로 환각제를 먹이고 성행위를 강요했을 때에도 이렇게까지 당황하지는 않았다.

"만약에……. 만약에 말이지, 코지마가 정말로 바람피우는 거면 어떡하지?"

"옛날에도 코지마가 이상하다면서 괜히 걱정했던 적 있잖아요." 피아는 보덴슈타인을 안심시키려 애썼다.

"이번엔 달라. 자넨 어때? 만약 애인이 바람을 피운다는 의심이 들면 진실을 알고 싶을 것 같아?"

"당연하죠."

"그럼 만약에……." 그는 말을 끝맺지 못했다.

피아도 더 이상 묻지 않고 속으로 생각했다. 남자들이란 어쩜 이렇게 다 똑같을까. 직장에서는 척척 결정을 잘도 내리면서 애정 관계나 감정의 문제 앞에서는 겁쟁이로 돌변한다니까!

차는 이윽고 만프레트 바그너의 목공소가 있는 알텐하인 공업단지에 도착했다.

*

아멜리는 새엄마가 집을 나설 때까지 기다렸다. 새엄마는 오늘 1교시 수업이 없다는 거짓말을 순순히 믿었다. 아멜리는 혼자씩 웃었다. 상대가 너무 잘 믿어서 거짓말할 맛이 안 날 정도였다. 친엄마는 완전히 반대였다. 아멜리의 말이라면 무조건 의심부터 했다. 그래서 아멜리는 엄마에게 거짓말하는 게 버릇이 됐다. 가끔은 거짓말이 진실보다 더 잘 통했다.

아멜리는 새엄마가 어린 동생들을 빨간색 미니 쿠퍼에 태우고 출발하는 것을 확인한 후 집에서 나와 자토리우스 농장으로 향했다. 아직 해가 안 떠서 어둑어둑한 거리에는 쥐 새끼 한 마리 보이지 않았다. 눈을 들어 멀리까지 살폈지만 티스의 모습도 보이지 않았다. 자토리우스 농장 마당을 가로질러 헛간과 축사를 지나는 동안 아멜리의 심장이 콩콩 뛰었다. 축사는 이미 오래전부터 가축이 살지 않아 텅 비어 있었다. 아멜리는 담을 따라 걷다가 모퉁이를 돌았다.

갑자기 복면을 한 괴한 두 명이 나타났다. 너무 놀라 심장이 멎는 것 같았다. 그녀가 소리 지를 새도 없이 괴한 중 하나가 입을 틀어막더니 팔을 뒤로 꺾어 담벼락 쪽으로 밀었다. 너무 아파서 숨도 못 쉴 지경이었다. 이러다 정말 죽는 거 아냐? 아침 7시 반에 도대체 어쩔 셈이지?

아멜리는 살면서 이미 여러 차례 위험한 상황을 극복했다. 지

금도 처음에만 놀랐지, 일단 놀라움이 사라지자 무섭다기보다는
화가 났다. 그녀는 이를 악물고 무쇠 같은 괴한의 팔에서 빠져나
오려 발버둥 쳤다. 그러면서 괴한의 복면을 벗기려 애썼다. 너 죽
고 나 죽자는 생각으로 싸우다 보니 입을 막은 손을 풀어낼 수 있
었다. 그때 장갑과 소매 사이로 드러난 하얀 살이 보였다. 그녀는
젖 먹던 힘까지 다해 그 손목을 꽉 물었다. 괴한은 낮은 비명을 지
르며 그녀를 떼어내 바닥에 내동댕이쳤다. 이 정도로 강하게 저항
할 줄 예상하지 못했는지 가쁜 숨을 내쉬며 씩씩거렸다. 괴한 하
나가 발로 그녀의 옆구리를 퍽 소리가 나게 찼다. 그녀는 고통 때
문에 소리도 나오지 않았다. 곧 주먹이 얼굴로 날아왔다. 그 즉시
죽은 듯 바닥에 널브러져 있는 게 살길이라는 것을 깨달았다. 발
소리가 서둘러 멀어져갔다. 아멜리는 자신의 거친 숨소리만이 정
적을 깨고 있다는 사실을 깨달을 때까지 꼼짝 않고 누워 있었다.

"젠장." 그녀가 욕설을 내뱉으며 힘겹게 몸을 일으켰다. 옷이
고 손이고 할 것 없이 온통 진흙투성이였다. 턱에서 흘러내린 피
가 손등 위로 뚝뚝 떨어졌다. 제대로 당했다는 생각밖에 들지 않
았다.

*

살림집이 딸린 바그너의 목공소는 돈이 모자라 짓다 만 건물
같았다. 담벼락은 회칠도 안 했고, 마당의 반은 아스팔트, 나머지
반은 벽돌이 깔려 있었다. 바닥이 틈새투성이였다. 음울하기로는
자토리우스 농장과 별반 다를 바 없었다. 여기저기 쌓여 있는 각
목과 널빤지는 수년간 방치됐던 건지 온통 이끼로 뒤덮여 있었다.

작업실 밖에는 비닐로 코팅된 문짝이 여러 개 세워져 있었다. 보이는 것마다 지저분하기 짝이 없었다.

피아는 안채 초인종도 눌러보고, 사무실 팻말이 붙은 문 앞 초인종도 눌러봤지만 아무런 대답이 없었다. 작업실 안에서 불빛이 새어 나오는 것을 본 피아는 철제문을 열고 안으로 들어갔다. 보덴슈타인도 뒤를 따랐다. 막 자른 나무 냄새가 났다.

"계세요?" 피아가 인기척을 냈다.

작업실 역시 무척 어수선했다. 안으로 깊숙이 들어가니 수북이 쌓인 널빤지 더미 뒤에서 젊은 남자 하나가 문을 등지고 서서 귀에 이어폰을 꽂고 음악에 맞춰 고개를 끄덕이고 있었다. 입에 담배를 문 채 나무에 스프레이를 뿌리는 중이었다. 보덴슈타인이 어깨를 툭 치자 그가 깜짝 놀라 뒤돌아보았다. 죄짓다 들킨 사람의 표정이었다.

"담배 꺼요."

피아의 말이 떨어지자마자 그는 곧바로 입에서 담배를 뺐다.

"바그너 씨나 바그너 부인을 만나려고 하는데 어디 계신가요?"

"저기 사무실에……. 아마 사무실에 계실 거예요."

"고마워요." 피아는 소방법에 대해 한마디 하려다가 그만두었다. 그리고 도대체가 일에는 관심이 없어 보이는 보덴슈타인을 찾아 두리번거렸다.

만프레트 바그너는 창문도 없는 비좁은 사무실에 앉아 수화기까지 내려놓고 〈빌트〉(독일의 유명한 황색신문_역주)를 읽고 있었다. 장사할 생각이 없는 모양이었다. 보덴슈타인이 인기척을 내려고 열려 있는 문을 두드렸다. 그 소리에 바그너가 반사적으로 신문에서 눈을 떼고 고개를 들었다.

"누구요?"

50대 중반 정도로 보이는 그는 이른 아침부터 술 냄새를 풍기고 있었다. 그가 입은 갈색 작업복은 세탁기 구경을 한 지 꽤 되어 보였다.

"바그너 씨인가요? 호프하임 경찰청 강력계에서 나왔습니다. 부인이 계시면 함께 드릴 말씀이 있는데요."

피아가 말하자 바그너의 얼굴에서 핏기가 가셨다. 붉게 충혈된 눈자위와 흐린 눈동자는 뱀을 보고 놀란 산토끼를 연상케 했다. 그 순간 밖에서 자동차 소리가 났다.

"저기…… 우…… 우리 마누라가 왔네요." 바그너가 더듬더듬 말했다.

바그너 부인은 또각또각 소리를 내며 안으로 들어왔다. 금발로 염색한 단발에 비쩍 마른 체구였다. 젊었을 때는 상당히 예뻤을 테지만, 당장 먹고살 걱정과 딸의 행방도 모르고 살아온 어머니로서의 좌절이 깊은 주름으로 내려앉아 얼굴이 폭삭 쪼그라들어 있었다.

"따님 로라의 유해가 발견됐다는 소식을 전하러 왔습니다."

보덴슈타인이 바그너 부인에게 신분을 밝힌 뒤 말했다. 잠시 침묵이 이어졌다. 곧이어 크게 흐느끼는 소리가 났고 바그너의 수염투성이 뺨에 눈물이 흘렀다. 그가 두 손으로 얼굴을 가렸다. 반면 그의 아내는 담담한 목소리로 차분하게 물었다.

"어디서요?"

"에슈본 군 비행장에서요."

그녀가 폐를 토해내듯 깊은 한숨을 내쉬었다. "결국은……."

이 짧은 한 마디에는 책 한 권을 써도 모자랄 정도로 복잡한 안도의 심정이 담겨 있었다. 부질없는 희망과 두려움을 앞세운 절망으로 숱한 나날을 보냈을 두 사람이다. 하루하루 과거의 그림자에 쫓겨 사는 게 얼마나 힘들었을까. 슈네베르거 가족은 마을을 떠났지만 이 가족은 가업과 대대로 이어온 생의 터전을 포기하지 못했다. 딸이 살아 돌아올지도 모른다는 희망이 점점 사라져가는데도 고향에 머물 수밖에 없었다. 노심초사하면서 보낸 11년의 세월은 그야말로 생지옥이었을 것이다. 이제 장례를 치르고 딸을 하늘나라로 보내면 조금은 나아지리라.

*

"놔둬요, 괜찮아요." 아멜리가 딱 잘라 말했다. "안 죽어요. 그냥 멍 좀 든 것뿐이에요."

그녀는 토비아스 앞에서 옷을 벗고 괴한에게 차인 곳을 보여줄 생각이 전혀 없었다. 이렇게 지저분하고 엉망인 모습을 그에게 보인다는 것만으로도 창피해 죽을 지경이었다.

"하지만 찢어진 상처는 잘 꿰매야 해."

토비아스는 막 7시 반이 지난 시각에 피와 진흙으로 범벅이 되어 자기 집 문 앞에 서 있는 아멜리를 보고 기겁했다. 게다가 자기 집 마당에서 복면을 한 괴한에게 강도를 당했다니! 그는 아멜리를 부엌 의자에 앉힌 뒤 조심스럽게 얼굴의 피를 닦아주었다. 코피는 멈췄지만 눈썹 위 찢어진 상처는 일회용 반창고로 대강 붙여놨기 때문에 얼마 못 가 다시 피가 배어 나올 것이다.

"솜씨 좋은데요?"

아멜리가 씩 웃으며 담배 연기를 빨아들였다. 몸이 떨리고 가
슴이 뛰었다. 괴한들 때문이 아니라 바로 토비아스 때문에! 밝은
빛 아래서 가까이 보니 처음 생각보다 훨씬 잘생겼다. 그의 손길
이 닿을 때마다 몸에 전기가 통하는 듯 찌릿찌릿했다. 걱정스러운
듯 쳐다보는 그의 깊고 푸른 눈을 계속 보고 있자니 긴장감에 신
경이 끊어질 것만 같았다. 여자들이 줄줄 따랐다는 말이 이해가
되고도 남았다!

"거지 같은 놈들, 여긴 대체 뭐하러 왔던 거지?" 토비아스가
커피를 준비하는 사이 아멜리는 이렇게 중얼거리며 호기심 어린
눈으로 주위를 둘러보았다. 여기서 백설공주와 로라가 죽었다는
건가?

"아마 나를 노렸을 거야. 그런데 재수 없게 네가 걸린 거지."
머그컵 두 개와 설탕통을 식탁 위에 내놓은 다음 냉장고에서 우유
를 꺼내며 토비아스가 말했다.

"남 말 하듯 하네요! 안 무서워요?"

토비아스는 싱크대에 기댄 채 팔짱을 꼈다. "내가 어떻게 해야
할 것 같니? 숨어? 도망가? 누구 좋으라고?"

"짐작 가는 놈들 없어요?"

"정확하진 않지만 짚이는 데는 있어."

아멜리는 그의 시선에 몸에서 열기가 오르는 것을 느꼈다. 왜
이러지? 이런 느낌은 처음인데!

아멜리는 그의 눈을 똑바로 쳐다볼 수가 없었다. 토비아스도
결국은 자신이 아멜리에게 어떤 감정의 혼란을 야기했는지 눈치
채고야 말았다. 커피메이커가 덜덜거리며 마구 김을 내뿜었다.

"저거 석회 좀 제거해야겠네."

아멜리의 말에 어둡던 토비아스의 얼굴이 환해졌다. 그 모습을 보자 그녀는 어떻게든 그를 지켜주고 싶다는 부질없는 생각에 빠졌다.

"커피메이커 청소는 그렇게 급하지 않아." 그가 웃음 띤 얼굴로 말했다. "먼저 집 청소부터 해야 돼."

그 순간 초인종이 날카롭게 울렸다. 창밖을 내다본 토비아스는 순식간에 얼굴에 웃음기를 거두고 굳은 표정이 되었다. "또 경찰이군. 저 사람들이 보기 전에 얼른 집에 가."

아멜리는 고개를 끄덕이며 자리에서 일어났다.

토비아스가 복도 끝에 있는 문을 가리켰다. "저기로 나가면 착유실을 지나 축사로 갈 수 있어. 혼자 갈 수 있겠니?"

"그럼요. 하나도 안 무서워요. 해가 떴으니까 놈들도 밖에서 기다리고 있지는 않을 거예요." 그녀는 대수롭지 않다는 듯 말했다. 두 사람은 서로의 눈을 바라보았다. 아멜리가 시선을 떨어뜨렸다.

"고마워." 토비아스가 나직이 말했다. "넌 정말 용감한 아이야."

아멜리는 됐다는 표시로 손사래를 친 뒤 등을 돌렸다.

그때 토비아스가 뭔가 생각난 듯 그녀를 붙잡았다. "잠깐, 아멜리."

"왜요?"

"왜 우리 집에 온 거니?"

"신문에서 당신의 어머니를 다리에서 민 사람이 누군지 봤어요." 아멜리는 잠시 망설인 다음 입을 열었다. "만프레트 바그너예요. 로라네 아버지."

*

"또 왔어요?" 토비아스는 달갑지 않은 심정을 숨김없이 드러냈다. "지금 바빠요. 무슨 용건이세요?"

피아가 코를 킁킁거렸다. 막 내린 커피 냄새가 났다. "손님이 계시나 보네?" 방금 창문 너머로 검은 머리의 여자를 본 것 같다고 한 보덴슈타인의 말을 듣고 그녀는 토비아스를 한번 떠봤다.

"아니요." 토비아스는 팔짱을 낀 채 계속 문가에 서 있었다. 비가 오기 시작했지만 들어오라는 말을 하지는 않았다. 이들이 비를 맞든 말든 그가 걱정할 바가 아니었다.

"그동안 미친 듯이 일했나 봐요?" 피아가 부드럽게 웃으며 말했다. "마당이 아주 깔끔해졌네."

그러나 그녀의 칭찬은 아무런 효과를 발휘하지 못했다. 토비아스는 그런 싸구려 전략으로는 씨알도 안 먹힌다는 듯 미동도 하지 않았다. 대신 온몸으로 거부감을 표시했다.

"우린 로라 바그너의 유해가 발견됐다는 걸 알리러 온 것뿐이야." 보덴슈타인이 말했다.

"어디서요?"

"본인이 더 잘 알고 있을 텐데?" 보덴슈타인이 차갑게 말했다. "1997년 9월 6일 저녁, 자동차 트렁크에 로라의 시체를 싣고 거기까지 갔으니 말이야."

"아니요." 토비아스가 미간을 찌푸렸다. 그러나 목소리는 차분했다. "그날 로라가 집 밖으로 뛰쳐나간 뒤 다시는 보지 못했어요. 이미 법정에서 백번도 더 한 얘기죠."

"로라의 유골은 에슈본 군 비행장 건설 현장에서 발견됐어요.

지하 기름 탱크 속에서요."

토비아스가 놀라 피아를 쳐다봤다. 정말 아무것도 모르는 사람의 눈빛이었다.

"비행장?" 토비아스가 혼잣말로 중얼거렸다. "나라면 절대 생각해내지 못했을 거야."

형사들에 대한 거부감은 연기처럼 사라지고 없었다. 정말 충격을 받은 것 같다. 하지만 이내 피아는 그에게 이런 때를 대비할 시간이 11년이나 있었음을 떠올렸다. 언젠가는 시체가 발견될 것이라고 예상했을 테고 그 상황이 닥치면 놀란 것처럼 보이기 위해 연습했을 가능성도 충분히 있다. 그러나 다시 생각해보면 토비아스는 그럴 필요가 전혀 없다. 이미 죗값을 치렀으니 시체가 발견되든 말든 아무 상관 없지 않은가. 피아는 하세의 말을 떠올렸다. 송곳으로 찔러도 피 한 방울 안 나올 놈, 재수 없는 놈, 거만한 놈. 과연 하세의 말이 옳은 걸까?

"우리가 궁금한 건 기름 탱크 안에 집어넣을 때 로라가 이미 죽어 있었는지야." 보덴슈타인이 말했다.

피아는 토비아스의 표정을 주의 깊게 살폈다. 얼굴은 새하얗게 질려 있었고 금방이라도 울음을 터뜨릴 것처럼 입가가 떨렸다.

"난 모릅니다." 그가 건조한 목소리로 말했다.

"그럼 누가 알까요?" 피아가 물었다.

"나도 그게 궁금해요. 11년째 궁금해하는 중입니다." 그는 폭발 직전의 감정을 꾹꾹 누르고 있었다. "내 말을 믿든 안 믿든 상관없어요. 괴물 취급 당하는 데는 익숙하니까."

"그때 시체를 어떻게 했는지 말했더라면 자네 어머니도 이렇게까지 되지는 않았을 거야. 안 그래?"

보덴슈타인의 말에 토비아스는 손을 청바지 주머니 속에 쑥 찔러 넣고 반문했다. "우리 어머니를 육교에서 민 놈이 누군지 알 아냈다는 뜻입니까?"

"아니. 아직 알아내지 못했어." 보덴슈타인이 솔직하게 말했 다. "하지만 마을 사람 중 하나일 거라고는 생각하고 있지."

토비아스가 코웃음을 치며 경멸 조로 말했다. "그런 대단한 발 견을 하시다니 축하드립니다. 난 범인이 누군지 압니다. 내가 도 움을 드릴 수도 있겠지만 그래야 할 이유를 모르겠네요."

"죄를 지은 자는 처벌을 받아야 하니까." 보덴슈타인이 대꾸했 다. "아는 게 있으면 경찰에게 말할 의무가 있어."

"의무 좋아하시네." 토비아스가 어이없다는 듯 고개를 저었다. "당신들은 그때 당신네 동료들보다는 나았으면 좋겠네요. 그거 알 아요? 그때 당신네 동료들이 수사를 제대로 했으면, 그래서 진짜 살인자를 찾아냈으면 우리 부모님도, 나도 이렇게까지 되지는 않 았을 겁니다."

분위기를 누그러뜨릴 필요가 있다고 판단한 피아는 토비아스 를 최대한 달래려고 했다. 그때 보덴슈타인이 선수를 쳐 마구 비 아냥거리기 시작했다.

"물론이지. 당연히 죄가 없으시겠지. 내 잘 알지. 교도소에 있 는 놈들한테 물어봐. 죄다 무죄라고 하지."

토비아스가 돌처럼 굳은 얼굴로 보덴슈타인을 노려보았다. 꾹꾹 누르고 있던 분노가 그의 눈 속에서 활활 타올랐다.

"짭새들은 다 똑같아. 지들이 세상에서 제일 잘난 줄 알지. 모 르는 게 없는 줄 알지. 흥." 낮게 깔린 그의 목소리에서 냉소가 느 껴졌다. "당신네들은 여기서 무슨 일이 일어나고 있는지 상상도 못 해. 그러니 이제 그만 꺼지시지! 제발 좀 가만 내버려두라고!"

피아나 보덴슈타인이 입을 뻥긋할 새도 없이 그는 문을 쾅 닫고 들어가버렸다.

"마지막 말은 하지 말았어야 했어요." 차 쪽으로 걸어가면서 피아가 말했다. "이제 우리를 완전히 적으로 알잖아요. 알아낸 건 하나도 없는데……."

"내가 틀린 말 했어?" 보덴슈타인이 그 자리에 멈춰 섰다. "그놈 눈빛 못 봤어? 무슨 짓이라도 할 놈이야. 자기 어머니를 육교에서 민 사람이 누군지 진짜 알고 있다면 지금 그 사람은 위험에 처해 있어."

"너무 성급한 판단이에요. 10년 넘게 감옥에 있다 나온 사람이에요. 어쩌면 저지르지도 않은 죄 때문에 갇혀 있었을 수도 있고요. 그런데 밖에 나와보니 모든 게 변해 있고 자기 어머니는 밝은 대낮에 강도를 당해 생사가 오락가락하고 이웃들은 집 담벼락에 비방 낙서를 하고……. 그런 상황에서 화 안 내는 게 더 이상하죠."

"아니, 정말 그놈이 죄가 없는데 감옥에 갔다는 허황된 생각을 하는 거야?"

"허황된 생각이 아니라 사건 파일에서 이상한 점을 발견했고 그래서 의심을 해보는 거예요."

"피도 눈물도 없는 놈이야. 사실 난 이웃 사람들이 그러는 것도 이해가 돼."

"남의 집 벽에 그런 낙서를 하고 집단적으로 범인을 숨겨주는 게 옳다는 거예요?"

피아가 기가 막힌다는 표정을 짓자 보덴슈타인이 지지 않고 대꾸했다. "옳다는 게 아니잖아."

두 사람이 농장을 빠져나가며 오래된 부부처럼 싸우는 동안 집에서 나온 토비아스는 뒷마당을 가로질러 농장 밖으로 총총히 사라졌다.

*

바그너 부인은 도통 잠을 이룰 수가 없었다. 로라의 시체가 발견됐다. 아니 로라의 잔해라고 하는 편이 정확하리라. 드디어, 드디어 불확정성의 늪에서 벗어난 기분이었다. 기적을 바라지 않은지는 이미 오래다. 그래서 죽은 딸의 소식을 듣고 처음으로 느낀 것은 끝없는 해방감이었다. 그러나 곧 슬픔이 찾아왔다. 그녀는 지난 11년간 눈물과 슬픔을 억누르며 살아왔다. 딸을 잃은 슬픔에 자포자기해버린 남편까지 건사하며 악착같이 버텨냈다. 가게 일도 돌보고 은행 빚도 갚아야 했다. 남은 어린 자식들에게도 엄마가 필요했다. 그런 그녀에게 슬픔은 허락되지 않는 사치와 마찬가지였다.

참으로 많은 것이 변했다. 남편은 삶의 활기와 기쁨을 잃고 술과 탄식으로 세월을 보냈다. 바그너 부인에게는 그런 남편이 거추장스러웠다. 특히 자토리우스 가족에 대한 증오를 통제하지 못하는 점에 있어서는 경멸스럽기까지 했다.

바그너 부인은 로라의 방 문을 열었다. 11년 전 그대로였다. 남편이 그렇게 하기를 고집했고 그녀도 동의한 일이었다. 책상 위에 놓인 딸의 사진을 들고 침대에 앉았다. 눈물이 나올 법도 하건만 한참을 기다려도 한 방울도 흐르지 않았다. 11년 전 그날이 떠올랐다. 불쑥 집에 찾아온 경찰은 정황증거에 따라 토비아스 자토리우스가 로라의 살인범으로 지목됐다고 말했다. 왜 하필이면 토비아스가? 그녀는 혼란을 느끼지 않을 수 없었다. 로라에게 앙심을 품어 죽인 거라면 그럴 사람은 토비아스 말고도 족히 열 명은 되었다.

바그너 부인은 마을 사람들이 로라에 대해 뭐라고 쑥덕거리는지 잘 알았다. 머리에 피도 안 마른 게 벌써부터 남자를 밝힌다는 말이 돌았다. 큰딸을 애지중지하며 신처럼 떠받든 남편과 달리 그녀는 딸의 성정을 잘 알았고 어른이 되면서 나아지기를 바랐다. 그러나 로라에게 그럴 기회는 주어지지 않았다. 참으로 이상한 일이다. 죽은 딸을 추억하는데 좋은 일은 좀체 떠오르지 않는다. 생생하게 기억나는 일은 모두 안 좋은 기억뿐이다.

로라는 아버지를 대놓고 무시했다. 아버지가 창피하다, 매너 좋고 권력 있는 클라우디우스 테를린덴 같은 사람이 아버지였으면 좋겠다는 말을 서슴없이 했다. 할 말, 못할 말도 가리지 못했다. 남편은 이 모든 모욕을 눈 하나 깜빡 않고 속으로 삼켰다. 큰딸에 대한 그의 사랑은 그 무엇으로도 꺾을 수 없었다. 반면 바그너 부인은 어머니로서 딸을 얼마나 몰랐는지 깨달으면서 큰 충격을 받았고, 딸을 잘못 키웠다는 사실에 죄책감을 느꼈다. 혹시라도 사장 테를린덴과의 불륜을 딸이 눈치챘다면 어떻게 해야 할지 몰라 두려웠다.

부인은 밤새 잠을 이루지 못하고 딸에 대해 생각했다. 고등학생이 된 뒤에는 문제가 더욱 심각해졌다. 허구한 날 동네 사내들과 노닥거리기만 했다. 그러다 토비아스를 사귀면서 완전히 다른 사람이 됐다. 신경질적이고 불평투성이였던 아이가 긍정적이고 쾌활해진 것이다. 토비아스는 훌륭한 청년이었다. 인물 좋고 공부

잘하고 운동도 잘하는 데다 카리스마가 있었다. 그야말로 로라가 꿈에 그리던 남자였다. 그런 남자친구를 뒀다는 것만으로도 우쭐해했다.

둘은 한 반년 정도 잘 사귀었다. 그러다 스테파니 슈네베르거가 알텐하인으로 이사를 왔다. 로라는 스테파니에게 바로 경쟁심을 느꼈고 자기편으로 만들 생각을 했다. 그러나 스테파니에게 푹 빠진 토비아스는 로라에게 이별을 선언했다.

로라는 자신의 패배를 인정하지 못했다. 그해 여름, 아이들 사이에 무슨 일이 있었는지 정확히 알지 못했지만 로라가 뭔가를 꾸몄다는 것은 충분히 짐작할 수 있었다. 다른 아이들을 부추겨 스테파니를 따돌리고 공격한 게 분명했다. 목공소 사무실 복사기 앞에서 딸은 복사 용지 한 다발을 가슴에 안고 있었다. 그녀가 내용을 들여다보려고 하자 불같이 화를 냈다. 그래서 둘은 크게 다퉜고 로라는 흥분한 나머지 복사기 속 원본에 대해 잊어버린 채 그냥 갔다. 종이에는 굵은 글씨로 단 한 문장이 적혀 있었다.

백설공주 죽어버려!

바그너 부인은 그 종이를 꼭꼭 숨겨두고 남편에게도 경찰에게도 보여주지 않았다. 자기 자식이 다른 사람의 죽음을 바랐다는 걸 생각하니 너무나 끔찍했다. 혹시 로라는 제가 친 덫에 걸린 게 아니었을까? 그녀는 그 일에 대해 한마디도 하지 않았다. 그저 흘러가는 대로 내버려두고 상관하지 않았다. 그리고 저녁마다 입에 침이 마르게 딸을 칭찬하는 남편의 연설을 들었다.

"로라……." 그녀가 손가락으로 사진 속 딸의 얼굴을 어루만지며 중얼거렸다. "대체 무슨 짓을 한 거니?"

불현듯 눈물 한 방울이 뺨을 타고 흘러내렸다. 그리고 또 한 방울이 떨어졌다. 그녀는 눈을 껌벅이며 눈물을 닦았다. 이것은 애도의 눈물이 아니었다. 딸을 사랑하지 않았다는 죄책감에서 나온 눈물이었다.

*

세 시간 동안 차를 타고 인근을 배회하던 토비아스가 나디야의 집 앞에 도착한 것은 새벽 1시 반이 넘어서였다.

너무 많은 일이 한꺼번에 일어나 도저히 집에 가만히 앉아 있을 수가 없었다. 첫 번째 이유는 아멜리였다. 아멜리는 피투성이가 된 채 갑자기 그의 앞에 나타났다. 그러나 그를 그토록 놀라게 한 것은 아멜리의 피 묻은 얼굴이 아니었다. 아멜리는 스테파니와 너무나 닮았다. 그리고 너무나 달랐다. 아멜리는 그를 꼬드기고 유혹하고 제 마음대로 주무르다가 잔인하게 차버린 스테파니와는 완전히 달랐다. 허영에 찌든 공주병 환자가 아니다. 아멜리에게는 사람을 놀라게 하는 구석이 있었다. 낯을 가리지도 않고 사람에 대한 편견도 없다.

두 번째는 경찰이었다. 그들은 갑자기 찾아와서 로라의 시체가 발견됐다고 했다.

마당을 치우기에는 비가 너무 많이 왔다. 대신 방을 치우기로 한 토비아스는 천장에 붙어 있던 유치한 포스터들을 떼버리고 옷장과 서랍 속 물건을 남김없이 대형 쓰레기봉투에 처넣었다. 그러다 CD 한 장이 손에 들어왔다.

〈타임 투 세이 굿바이〉. 세라 브라이트먼과 안드레아 보첼리의 음반이었다. 처음으로 키스한 날 이 노래가 나왔다면서 스테파니가 선물했던 것이다. 둘은 6월의 졸업 파티에서 첫 키스를 했다. 무심코 CD를 틀었다. 첫 소절이 그토록 강렬한 허무 속으로 몰아넣을 줄은 상상도 하지 못했다. 멜로디 속으로 녹아든 허무감은 하루 종일 그를 잡고 놓아주지 않았다. 이제까지 살면서 그렇게 외롭고 쓸쓸하다고 느낀 적은 없었다. 교도소에서도 이 정도는 아니었다. 거기서는 적어도 더 나은 미래에 대한 꿈을 꿀 수 있었다. 그러나 지금 그에게 인생은 지나간 버스와 같았다.

나디야는 벨이 울리고 한참 있다 문을 열었다. 집에 없는 줄 알고 돌아가려던 토비아스는 안도의 표정을 지었다. 그녀와 밤을 보내려고 온 것은 아니었다. 그런 생각은 애초에 없었다. 그러나 불빛에 눈부셔하는 졸린 얼굴과 어깨에 아무렇게나 흘러내린 머리카락을 보니 예상치 못한 강렬한 성욕이 폭풍처럼 그를 덮쳤다.

"무슨 일……."

그는 그녀의 질문을 키스로 막으며 와락 허리를 끌어안았다. 그리고 그녀가 반항하기를 기다리기라도 하듯 잠시 그대로 서 있었다. 그러나 그녀의 반응은 정반대였다. 비에 젖은 그의 가죽점퍼를 벗기고 셔츠 단추를 푼 뒤 티셔츠를 끌어 올렸다. 다음 순간 두 사람은 바닥에 누워 있었다. 그는 강하게 그녀 안으로 밀고 들어갔다. 입안에서 그녀의 혀가 느껴졌다. 그리고 더 강하고 빠르게 움직이도록 그의 엉덩이를 잡아당기는 그녀의 손길을 느꼈다. 거친 파도와 같은 강렬한 기운이 밀려들었다. 그러나 이번에는 너무 빨랐다. 온몸의 땀구멍에서 뜨거운 땀이 솟는 듯했다. 곧 절정의 순간이 왔다. 황홀경과 함께 온몸의 긴장이 스르르 녹아내렸다. 그의 거친 숨소리는 둔탁한 비명으로 바뀌었다. 마구 뛰는 심장을 느끼며 그는 잠시 그녀 위에 그대로 엎드려 있었다. 방금 자신이 한 일이 믿기지 않았다. 이윽고 그녀에게서 내려와 바닥에 등을 붙인 채 눈을 감았다. 물 밖에 나온 물고기처럼 축 늘어져 있던 그는 그녀의 낮은 웃음소리에 눈을 떴다.

"왜?" 영문을 몰라 속삭이듯 물었다.

"연습이 좀 필요한 것 같아."

이 말과 함께 그녀는 우아하게 자리에서 일어나더니 그에게 손을 내밀었다. 그는 끙 소리를 내며 일어나 신발과 바지를 벗은 뒤 그녀를 따라 침실로 갔다. 잠시 동안만이겠지만 과거의 유령은 사라지고 없었다.

2008년 11월 13일 목요일

"어제 경찰이 왔었어."

토비아스는 나디야가 따라주는 커피에 시선을 고정시킨 채 말했다. 어젯밤에는 일부러 그 이야기를 피했지만 오늘은 나디야에게도 알려야 할 것 같았다. "에슈본 비행장에서 로라의 유골을 찾았대. 지하 기름 탱크 속에 들어 있었다나 봐."

"뭐?" 막 입으로 커피 잔을 가져가던 나디야의 손이 허공에서 멈추었다.

둘은 연회색 대리석 식탁을 사이에 두고 앉아 있었다. 얼마 전 함께 저녁을 먹은 그 식탁이었다. 막 오전 7시를 지난 시각이라,

거대한 통유리 너머로 보이는 하늘은 아직 어두웠다. 나디야는 8시에 함부르크 행 비행기를 타야 한다. 그녀가 수사반장 역을 맡은 드라마의 야외촬영이 시작되는 날이다.

"언제……." 나디야가 잔을 내려놓으며 말했다. "아니……, 그게 로라라는 걸 어떻게 알았대?"

"몰라." 그가 고개를 가로저었다. "자세한 얘기는 하지 않았어. 처음엔 네가 더 잘 알지 않느냐면서 발견된 장소도 안 알려주더라고."

"세상에!" 나디야가 깜짝 놀라 외쳤다.

"나디야." 토비아스가 그녀의 손을 잡으며 말했다. "내가 사라져주기를 바란다면 언제라도 말만 해."

"왜 내가 그런 생각을 해?"

"날 무서워하는 거 알아."

"말도 안 되는 소리!"

그가 자리에서 일어나 그녀에게 등을 돌리고 섰다. 그리고 잠시 자신과의 싸움에 빠져들었다. 어젯밤 그는 그녀의 규칙적인 숨소리를 들으며 오랫동안 깨어 있었다. 언젠가는 그녀가 그에게 싫증을 느낄 때가 오리라 생각했다. 온갖 핑계를 대며 피하고 전화도 안 받고 모르는 사람인 양 무시할 것을 생각하면 벌써부터 두려웠다. 언젠가는 그런 날이 올 것이다. 그는 그녀에게 어울리지 않는 짝이다. 아무리 시간이 흘러도 그는 그녀의 세계, 그녀의 삶에 편입되지는 못하리라.

"언젠가는 해야 하는 이야기야. 난 살인죄로 감옥에 갔다 온 사람이야. 10년이나 감옥 생활을 했다고. 마치 아무 일도 없었다는 듯, 마치 우리가 아직도 스무 살이라는 듯 행동할 수는 없어."

그가 그녀를 향해 돌아섰다.

"난 누가 로라랑 스테파니를 죽였는지 몰라. 하지만 절대 내가 아니라고도 말할 수 없어. 도무지 기억이 나질 않아. 그때도 그랬고 지금도 마찬가지야. 마치…… 머리에 구멍이 뻥 뚫린 것만 같아. 그때 법정에서 심리학자가 말했어. 충격이 심하면 잠시 기억상실이 올 수도 있다고. 하지만 뭔가 흐릿하게라도 기억이 나야 할 것 아냐. 로라를 트렁크에 싣고 어딘가로 갔다면 풍경이든 뭐든 조금이라도 기억이 나야 할 것 아니냐고. 정말 모르겠어. 내가 마지막으로 기억하는 건 스테파니가 더 이상…… 더 이상…… 나를 사랑하지 않는다고 말했던 순간이야. 그러다 어느 순간 펠릭스랑 외르크가 문가에 서 있었어. 하지만 그때는 보드카 때문에 속이 너무 안 좋았던 기억밖에 없어. 그리고 갑자기 경찰이 찾아와서는 내가 로라랑 스테파니를 죽였다는 거야!"

나디야는 녹색 눈을 커다랗게 뜬 채 그를 찬찬히 쳐다보았다.

"내 말이 무슨 뜻인지 알겠니?"

그의 목소리가 애원조로 바뀌었다. 다시 찾아온 고통은 그 어느 때보다 심했다. 더 이상 실연은 견딜 수 없을 것 같았다. 그는 나디야와의 관계를 심화시키고 싶지 않았다. 어차피 이루어지지 못할 것을 알면서 관계를 시작하고 싶지는 않았다.

"그때 정말 무슨 일이 일어났는지 모른다는 게 날 끊임없이 괴롭혀. 정말 내가 죽인 걸까?"

"토비." 나디야가 낮은 목소리로 속삭였다. "사랑해. 철들고 나서부터 쭉 좋아했어. 내 마음은 변하지 않아. 설령 네가 정말 죽였다고 해도 상관없어."

그의 표정이 절망으로 일그러졌다. 그녀는 그를 이해할 생각이 없다. 그런데 그에게는 자신을 믿어줄 사람이 필요했다. 그의 말을 믿어줄 사람이 절실했다. 평생을 그렇게 억울하게 살 수는 없다. 지금은 어떻게든 버티고 있지만 언젠가는 무너지거나 폭발해버릴 것이다.

"나한테는 상관 있어." 그의 목소리는 절절하면서도 단호했다. "난 인생에서 10년을 잃었어. 더 이상 미래도 없어. 누군가가 내 인생을 망가뜨렸다고. 그런데 지나간 일이니까 잊어버리라고?"

"그러지 않으면 어떡할 건데?"

"진실을 알고 싶어. 설사 내가 진짜 살인범이라 해도!"

나디야가 의자에서 일어나 가벼운 걸음걸이로 그에게 다가왔다. 그리고 양팔로 토비아스의 허리를 감싸며 그의 눈을 올려다보았다.

"난 네 말 믿어." 그녀가 나지막하게 속삭였다. "그리고 네가 그 일을 하는 데 필요한 게 있으면 뭐든지 도와줄게. 하지만 제발 부탁이니 알텐하인으로는 돌아가지 마."

"그럼 어디로 가라고?"

"그냥 여기 있어. 아니면 테신에 있는 내 집으로 가든가. 함부르크에도 머물 곳이 있어." 그녀는 혼자 신이 나서 계획을 세우기 시작했다. "그래, 지금 같이 가는 거야! 강 바로 옆에 있는 집이야. 너도 마음에 들 거야."

토비아스가 머뭇거렸다. "아버지를 혼자 두고 갈 수는 없어. 어머니를 간호할 사람도 필요하고. 어머니 상태가 호전되면 그때 가서 생각해보자."

"여기서 15분이면 아버지 집까지 갈 수 있어." 그녀의 커다란 눈이 바로 코앞에서 그를 쳐다보고 있었다. 그는 그녀의 체취와

샴푸 냄새를 들이마셨다. 나디야 폰 브레도프에게서 자기 집에 들어와 살아달라는 말을 듣는 것은 모든 남자들의 로망이리라. 그런데 정작 그런 말을 듣고도 선뜻 대답하지 못하는 이유는 뭘까?

"토비, 제발!" 그녀가 두 손으로 그의 뺨을 감쌌다. "난 너한테 무슨 일이 생길까 봐 너무 걱정돼. 만약 그 괴한들이 그 애 말고 너를 덮쳤으면 어쩔 뻔했어?"

아멜리! 까맣게 잊고 있었다! 그녀가 알텐하인에 있다. 그 끔찍한 사건의 진실이 숨어 있는 곳에……

"조심할게. 걱정 마."

"사랑해, 토비."

"나도 사랑해." 이렇게 대답하며 토비아스는 그녀를 꼭 안아주었다.

*

"반장님?"

카이 오스터만이 사무실로 들어가려는 보덴슈타인을 불러 세웠다. 보덴슈타인이 걸음을 멈추고 뒤돌아보니 그의 손에는 종이 두 장이 들려 있었다.

"무슨 일이야?"

"방금 팩스가 왔는데요." 그가 종이를 넘겨주며 보덴슈타인의 눈치를 살폈다.

"고마워."

보덴슈타인은 짤막하게 말한 뒤 두근거리는 가슴을 애써 진정시키며 방으로 들어갔다. 그저께 그가 직접 통신사에 요청했던,

지난 2주 동안 코지마의 휴대전화 사용 기록이다. 사적인 용도로 자신의 지위를 이용한 것은 이번이 처음이다. 심술궂은 사람이라면 직권남용이라며 뒷말을 할 수도 있는 일이지만 확신을 얻고 싶은 열망이 양심의 가책보다 컸다.

책상에 앉아 마음의 준비를 하고서 기록을 훑어 나갔다. 환상이 깨지는 소리가 들리는 듯했다. 코지마는 이틀 동안만 마인츠에 있었다. 그것도 딱 한 시간씩이었다. 그리고 나머지 여드레 동안 오전에는 모두 프랑크푸르트에 있었다. 보덴슈타인은 턱을 괴고 잠시 고민하다가 수화기를 들어 코지마의 사무실 번호를 눌렀다. 두 번 신호가 간 뒤 코지마의 어시스턴트이자 매니저인 키라가 전화를 받았다. 그녀는 코지마가 잠시 자리를 비웠다며 휴대전화로 해보지 그러느냐고 말했다.

거짓말 못 하게 하려고 그러지, 이 멍청한 아줌마야. 속으로 이렇게 생각하며 막 전화를 끊으려는데 수화기 너머로 막내딸 목소리가 들렸다. 순간 그의 머릿속에 경보음이 울리기 시작했다. 아내는 어디를 가든 소피아를 떼놓는 일이 없다. 그런데 대체 어디를 갔기에 소피아를 사무실에 남겨둔 것일까? 그의 질문에 키라는 코지마가 멀리 간 것도 아니고 소피아도 여기서 잘 놀고 있다며 쓸데없는 걱정 말라고 쐐기를 박았다.

보덴슈타인은 전화를 끊고 나서도 한참을 그대로 앉아 있었다. 생각이 꼬리에 꼬리를 물고 빙빙 돌았다. 코지마의 휴대전화는 그라우부르크가를 비롯한 번화가에서 다섯 번 사용됐다. 지도상으로는 작은 점일 뿐이지만 실제로는 수백 개의 빌딩과 주택이 들어서 있는 곳이다. 제길. 코지마는 도대체 어디서 무슨 짓을 하고 돌아다니는 걸까? 그리고 누구와 함께 있는 걸까? 코지마의 외

168

도가 사실로 드러난다면 과연 어떻게 해야 할까?

그건 그렇고 왜 코지마가 바람을 피울 수도 있다는 생각을 했을까? 물론 소피아가 태어난 이후 성생활이 활발하지 못했던 것은 사실이다. 어린아이가 있으면 어쩔 수 없다. 그렇다고 코지마가 딴생각을 할 정도는 아니었……나? 보덴슈타인은 아내와 마지막으로 잠자리를 같이한 게 언제였는지 도통 기억이 나지 않았다. 기억을 더듬어 가며 날짜 계산을 했다. 그렇다! 아내가 친구 생일 파티에 갔다가 살짝 술에 취해 돌아온 날이었다.

그는 다이어리를 뒤지기 시작했다. 그런데 아무리 넘겨도 그 메모가 나오지 않았다. 다이어리가 한 장, 한 장 뒤로 넘어갈 때마다 이상한 기분이 들었다. 베른하르트의 생일을 적어놓지 않았던가? 바로 그때 메모가 눈에 들어왔다. 베른하르트는 9월 20일 라인가우의 요하니스베르크성에서 쉰 번째 생일 파티를 했다. 이럴 수가! 그는 날짜를 세어봤다. 아내와 섹스를 안 한 지 8주째다. 결국 코지마가 바람을 피운 건 그의 책임이란 말인가? 그때 노크 소리가 나더니 니콜라 엥겔 과장이 문을 열고 안으로 들어왔다.

"무슨 일입니까?" 그가 물었다.

"언제 말할 생각이었어요?" 그녀가 얼음처럼 차가운 얼굴로 되물었다. "벤케 형사가 작센하우젠의 술집에서 무허가로 부업을 한다는 거 말이에요."

이런 제길! 코지마의 일 때문에 까맣게 잊고 있었다. 그건 또 어디서 들었느냐는 질문이나 변명은 생략하기로 했다. "먼저 벤케와 얘기해볼 생각이었습니다만, 아직 그럴 기회가 없었습니다."

"오늘 오후 6시 30분에 얘기하세요. 내가 벤케를 호출했어요. 아프든 안 아프든 나오라고 했으니까 알아서 잘 해결해요."

*

검색대를 통과하자마자 다시 전화벨이 울렸다. 라르스 테를 린덴은 서류 가방을 다른 손으로 옮겨 쥐고 전화를 받았다. 하루 종일 취리히에서 이사들에게 깨지고 오는 길이었다. 몇 달 전만 해도 그를 이 거래의 최고 적임자라고 추어올리며 〈기쁘다 구주 오셨네〉라도 부를 태세였던 그들에게 말이다.

제길, 점쟁이도 아닌데 이렇게 될 줄 누가 알았나? 마르쿠스 쉰하우젠이 실제로는 마티아스 무슐러고, 포츠담 태생이 아니라 슈바벤 산골짜기 촌놈에다가 그런 어마어마한 사기꾼인지 어떻게 알 수 있었느냐는 말인가! 게다가 이번 일은 은행 조사과 녀석들 이 신원 조사를 철저히 하지 않은 탓이다. 이미 조사과 책임자가 해고됐다는 소식이 들렸다. 30억이 넘는 손실을 어떻게 보전할지 빨리 생각해내지 않으면 이제는 그의 모가지가 잘릴 차례다.

"20분 뒤에 사무실에 도착할 거야."

그가 휴대전화에 대고 비서에게 말했다. 입국장의 반투명 유 리문이 자동으로 열렸다. 몸과 마음이 완전히 지쳐 있었다. 기운 도 바닥났고 정신적으로도 무너지기 직전이었다. 앞으로 어떻게 살아야 할지 막막했다. 이제 겨우 서른인데, 수면제를 먹어야만 잠을 잘 수 있고 음식을 썹어 삼키는 일도 너무 힘들다. 대신 술은 여전히 들어갔다. 이대로라면 알코올중독자가 되는 것은 시간문 제다.

그러나 지금은 그런 걱정을 할 때가 아니다. 일단은 이 고비 를 넘겨야 한다. 그러나 고비의 끝은 어디에도 보이지 않았다. 세 계경제가 휘청거리고 있다. 미국의 큰 은행들도 연달아 부도를 냈다. 리먼 브라더스는 그저 신호탄에 불과했다. 스위스의 가장 큰 은행 중 하나인 그의 직장에서도 이미 작년에 5천 명이나 되는 직원이 해고됐다. 생존에 대한 공포가 사무실과 복도를 지배하고 있었다. 다시금 휴대전화가 울렸지만 그는 못 들은 척 주머니에 집어넣었다.

한 달 하고도 보름 전 쉰하우젠의 부동산 왕국이 망했다는 소식은 무방비 상태였던 그의 뒤통수를 쳤다. 그 소식을 듣기 불과 이틀 전만 해도 베를린에서 쉰하우젠과 점심을 먹었으니 당연했다. 알고 보니 이 빌어먹을 사기꾼은 이미 그때 지급불능 상태였다. 그는 현재 인터폴의 추적을 받고 있다.

그래도 밤잠 안 자고 코피 쏟으며 일한 끝에 금융 포트폴리오의 큰 덩어리는 건질 수 있었다. 나머지 35억 유로가 문제였다.

갑자기 한 여자가 나타나 앞을 막아섰다. 그냥 피해 가려는 그에게 그녀는 끈질기게 말을 걸었다. 그제야 라르스는 그녀가 누군지 알아보았다. 8년 만에 보는 어머니였다.

"라르스!" 그녀가 그의 이름을 거듭 부르며 애원했다. "라르스, 제발 얘기 좀 하자!"

우아하고 고급스런 옷, 완벽한 헤어스타일, 점잖은 화장, 진주 목걸이. 어머니는 8년 전과 조금도 달라지지 않았다. 그녀의 애원하는 듯한 미소는 곧장 그의 화를 돋우었다.

"어머니. 뭡니까, 이렇게 갑자기? 당신 남편이 보내던가요?" 그는 아버지라는 말이 차마 입에서 떨어지지 않았다.

"아니다, 얘야. 거기 좀 서라. 부탁이다."

그가 인상을 찌푸리며 걸음을 멈추었다. 어릴 적 그는 어머니를 사랑하고 존경했다. 두 아들을 떼어놓고 며칠씩 혹은 몇 주씩 집을 비우는 어머니가 매번 못 견디게 그리웠다. 그는 사랑을 얻기 위해 어머니의 모든 허물을 용서했다. 그러나 돌아온 것은 공허한 미소와 뻔한 거짓말, 그리고 헛된 약속뿐이었다. 나중에야 어머니가 그에게 사랑을 줄 수 없었던 것은 더 이상 사랑이 남아 있지 않기 때문이라는 것을 알았다. 크리스티네 테를린덴은 아름답지만 개성도 영혼도 없는 인형이나 다름없었다. 성공한 사업가인 클라우디우스 테를린덴의 완벽한 부인 역할을 인생의 목표로 알고 사는 여자일 뿐이었다.

"좋아 보이는구나, 얘야. 조금 마르긴 했다만……."

그녀는 이 순간에도 여전히 자신의 역할에 충실했다. 그녀가 입을 열면 언제나 뻔한 말이 먼저 튀어나왔다. 라르스는 어머니가 평생 이런 식으로 자기를 속여왔다는 사실을 안 이후 그녀를 경멸하기 시작했다.

"어머니, 원하는 게 뭐예요?" 그가 조급하게 물었다.

"토비아스가 석방돼서 집에 와 있다. 그리고 경찰이 로라의 유골을 발견했어. 에슈본 비행장에서……."

라르스는 저도 모르게 입술을 깨물었다. 기억이 엄청난 속도로 과거를 향해 달려가고 있었다. 프랑크푸르트 입국장 한가운데서 갑자기 두려움에 질린 스무 살짜리 미성숙한 청년으로 변하는 기분은 실로 끔찍했다. 로라! 평생 잊지 못할 것이다. 그 얼굴, 그웃음, 졸지에 꺼져버린 그 거침없는 생명력.

아버지는 눈 깜짝할 새 그의 인생행로를 모두 결정해버렸다. 그는 토비아스와 이야기를 나눌 시간조차 갖지 못하고 서둘러 아버지의 친구가 사는 옥스퍼드셔 시골 저택으로 보내졌다.

다 네 장래를 생각해서 이러는 거다. 넌 이 일에서 빠지고 아무 말도 입 밖에 내지 마라. 그러면 아무 일 없을 거다.

물론 그는 아버지의 말에 따랐다. 그 일에서 발을 빼고 입을 다물었다. 토비아스가 유죄 선고를 받았다는 말을 들었을 때는 이미 늦었다. 그리고 지난 11년 동안 그날 저녁에 느꼈던 끔찍한 공포와 충격을 잊기 위해 별짓을 다했다. 지난 몇 년간은 한시도 쉬지 않고 오직 일에만 열중했다. 그런데 지금, 다른 사람도 아닌 어머니가 모피 코트에 하이힐을 신고 나타나 인형 같은 미소를 지으며 그 오래된 상처를 헤집다니!

"관심 없어요. 전 그 일과 아무 상관도 없고요." 그가 날카롭게 말했다.

"하지만……."

그가 낮게 소리치며 말을 끊었다. "저 좀 그냥 내버려두세요! 아시겠어요? 어머니가 다시 연락하거나 나타나는 거 원하지 않는다고요! 평생 그러셨듯이 그냥 저 혼자 살게 내버려두란 말이에요!" 그 말을 끝으로 그는 어머니를 남겨둔 채 전철역으로 향하는 에스컬레이터를 내려갔다.

*

그들은 예전처럼 차고에서 맥주를 병째 마셨다. 토비아스는 마음이 썩 편치 않았다. 다른 친구들도 마찬가지인 것 같았다. 오후쯤에 웬일로 외르크 리히터가 전화를 걸어 펠릭스 피치와 다른 친구들 몇 명이 모인다며 차고로 놀러 오라고 했다.

토비아스와 친구들은 외르크의 삼촌네 차고에 모여서 처음에는 스쿠터를, 그다음에는 오토바이를, 나중에는 자동차를 고치며 놀곤 했다. 외르크는 타고난 자동차 기술자였고 어릴 때부터 레이싱 선수가 되는 게 꿈이었다.

차고에서는 엔진오일, 페인트, 가죽, 니스 냄새가 났다. 추억 속 그 냄새 그대로였다. 작업대와 뒤집어진 맥주 상자, 타이어 위에 앉는 것도 여전했다.

토비아스는 같이 앉아만 있을 뿐 대화에는 참여하지 않았다. 그가 있어서인지 대화 중 억지웃음이 자주 반복되었다. 모두들 악수를 하며 반가워했지만 상봉의 기쁨은 오래가지 않았다. 결국은 토비아스, 외르크, 펠릭스 셋만 남았다. 펠릭스는 아버지 회사에서 지붕 수리공으로 일한다고 했다. 어렸을 때부터 몸집 크고 힘이 좋았던 그는 고된 노동과 부지런히 마신 맥주 덕분에 거구가 돼 있었다. 웃을 때면 사람 좋아 보이는 눈이 얼굴 살에 묻혀 꼭 건포도 박힌 식빵 같았다. 반면 외르크는 벗어진 머리를 제외하면 별반 달라진 게 없었다.

"라르스는 어떻게 된 거냐?"

"꼰대가 원하는 대로 되지는 않았지. 부자들도 자식 때문에 속 썩기는 마찬가지야. 하나는 바보지, 다른 하나는 고집불통이지." 토비아스의 물음에 펠릭스가 고소하다는 듯 말했다.

"라르스 그 자식 완전히 성공했어. 우리 어머니가 걔네 어머니한테 들었는데, 영국에서 돌아온 뒤에 무슨 투자은행에 취직해서 돈도 수억 가까이 벌고 결혼해서 애도 둘이나 있대. 글라스휘텐에 큰 빌라도 지었다던데." 펠릭스와 달리 외르크는 라르스가 부러운 눈치였다.

"난 신학 공부해서 신부가 돼 있을 줄 알았는데……." 한마디 작별의 말도 없이 그렇게 갑작스럽게 자신의 인생에서 사라져버린 친구를 생각하니 토비아스는 새삼 가슴이 저려왔다.

펠릭스가 라이터로 새 맥주를 따며 말했다. "나도 지붕 수리공이 될 생각은 없었어. 그런데 군대에서도 안 받아주지, 경찰에서도 안 받아주지, 제빵 기술은 그때……. 너희도 알지? 그때 배우다 말았고……." 그가 갑자기 입을 다물고 당황스러운 듯 시선을 떨어뜨렸다.

"나는 사고 때문에 레이싱은 포기했어." 불편한 침묵이 더 이어지기 전에 외르크가 재빨리 화제를 돌렸다. "그래서 결국 F1이 아니라 흑마에 눌러앉았지. 내 동생이 자길스키네로 시집간 거 알지?"

토비아스가 고개를 끄덕였다. "응, 우리 아버지한테 들었어."

"거참." 외르크가 맥주를 한 모금 들이켠 후 말을 이었다. "그러고 보니 우리 중에 꿈을 이룬 사람은 하나도 없는 것 같다."

"나탈리 빼고." 펠릭스가 반박했다. "유명한 배우가 될 거라고 할 때마다 우리가 얼마나 비웃었냐!"

"나탈리가 목적의식이 강하긴 했지." 외르크가 말했다. "우리한테도 막 명령하고 그랬잖아! 그래도 그런 유명인이 될 줄은 몰랐어."

"그래." 토비아스의 입가에 살짝 미소가 떠올랐다. "나라고 해서 교도소에서 선반공이 되고 경영학 공부를 하게 될 줄 알았겠냐?"

친구들은 잠시 머뭇거렸지만 곧 웃음을 터뜨렸다. 술기운이 분위기를 풀어주었다.

맥주 다섯 병이 들어가자 수다스러워진 펠릭스가 토비아스의 어깨에 턱 하고 손을 올리며 말했다. "나 그때 짭새들한테 너희 집에 다시 한번 갔다고 말한 거 엄청 후회했다."

"그냥 사실을 말한 건데, 뭐." 토비아스는 어깨를 으쓱했다. "그때는 어떤 결과가 나올지 아무도 몰랐잖아. 그리고 이젠 상관 없어. 난 이렇게 돌아왔고 너희가 다른 사람들처럼 나를 피하지 않아서 고마울 뿐이야."

"쓸데없는 소리!" 외르크가 토비아스의 다른 쪽 어깨를 툭 치 며 말했다. "우린 친구잖아, 인마. 야, 그거 기억나? 우리 삼촌이 수 십 시간 들여서 재조립해놓은 오펠을 우리가 타고 나가서 완전히 망가뜨려놨잖아. 그때가 진짜 재미있었지!"

토비아스가 추억 속으로 빠져들었다. 펠릭스도 마찬가지였다. 세 친구는 곧 "야, 그거 기억나?"를 연발하기 시작했다. 테를린덴 파티에서 여자애들이 테를린덴 부인의 모피 코트 하나만 달랑 걸 친 채 알몸으로 집 안을 뛰어다니던 일, 미하엘의 생일 파티 때 경 찰이 출동했던 일, 교회 묘지에서 담력을 시험했던 일, 중학교 축 구부에서 이탈리아로 여행 갔던 일, 마르틴 축일 행렬 때 펠릭스 가 모닥불에 벤진 한 통을 다 붓는 바람에 걷잡을 수 없이 불길이 커졌던 일……. 세 친구의 얼굴에는 웃음이 끊이지 않았고, 그들 은 추억에서 빠져나올 줄 몰랐다. 외르크는 너무 웃어서 나온 눈 물을 닦았다.

"야, 그거 기억나? 내 동생이 아버지 주머니에서 열쇠 훔쳐 가 지고 비행기 격납고에서 내기 경주했던 거? 진짜 죽여줬지!"

*

책상 앞에 앉아 인터넷을 하던 아멜리는 초인종 소리에 얼른 노트북을 덮고 일어났다. 11시 15분 전이었다. 제길! 엄마 아빠는 열쇠를 놓고 가셨나? 초인종이 더 울리면 겨우 재워놓은 어린 동생들이 깰까 봐 그녀는 맨발로 정신없이 계단을 뛰어 내려갔다. 현관문 양쪽에 설치된 카메라와 연결되어 있는 모니터를 보니 부연 흑백 화면 속에 머리 색이 밝은 남자가 서 있었다.

문을 활짝 열어젖힌 그녀는 문 앞에 서 있는 티스를 보고 깜짝 놀랐다. 그녀의 집 현관까지 온 적이 없을뿐더러 그가 초인종을 누른다는 것은 상상도 하기 힘든 일이었다. 티스의 상태를 확인하는 동안 놀라움이 걱정으로 바뀌었다. 이렇게 불안해하는 모습은 이제껏 한 번도 본 적이 없었다. 그는 손을 새처럼 퍼덕거렸고 끊임없이 눈을 껌벅였다. 그리고 사시나무 떨듯 온몸을 떨었다.

"왜 그래, 티스?" 아멜리가 나직이 물었다. "무슨 일 있었니?"

대답 대신 티스는 넓은 끈으로 단단하게 묶은 종이 두루마리를 건넸다. 아멜리는 계단의 냉기 때문에 발이 얼어붙는 것 같았지만 친구가 진심으로 걱정되었다. "들어오지 않을래?"

티스는 머리를 세차게 흔들었다. 그러고는 누가 쫓아오는지 확인이라도 하듯 주위를 살핀 다음 특유의 약간 쉰 듯한 음성으로 말했다.

"이 그림 아무도 봐선 안 돼. 잘 숨겨."

"알았어. 잘 숨겨놓을게."

어둠과 안개를 뚫고 언덕을 올라오던 자동차가 전조등으로 잠시 두 사람을 비춘 뒤 라우터바흐의 집 차고 쪽으로 꺾어 들어갔다. 아멜리가 서 있는 데서 겨우 5미터 정도 더 들어간 곳이었다. 아멜리는 불현듯 계단 위에 홀로 서 있는 자신을 발견했다. 티스는 땅으로 꺼지기라도 한듯 보이지 않았다.

"안녕, 아멜리!" 다니엘라 라우터바흐 원장이 차에서 내려 상냥하게 인사를 건넸다.

"안녕하세요?" 아멜리도 인사했다.

"왜 집 앞에 그렇게 서 있니? 열쇠가 없니?"

"일 끝나고 오는 길이에요." 아멜리는 얼떨결에 거짓말했다.

"그래, 부모님께 안부 전해주럼. 안녕!"

라우터바흐 원장은 아멜리에게 손을 흔든 뒤 다시 차를 탔다. 차 두 대가 들어가는 널찍한 차고 문이 자동으로 올라갔다가 차가 들어가자 자동으로 닫혔다.

"티스?" 아멜리가 작은 소리로 티스를 불렀다. "어디 있니?"

아멜리는 현관 옆 키 큰 나무 밑에서 걸어 나오는 티스를 보고 깜짝 놀랐다.

"놀랐잖아." 아멜리가 속삭였다. "그런데 왜……."

순간 티스의 얼굴을 본 아멜리는 목이 메어 말을 잇지 못했다. 그의 눈에 끔찍한 공포가 서려 있었다. 뭘 저렇게 두려워하는 걸까? 걱정이 된 아멜리가 진정시키려고 그의 팔을 만지자 티스는 깜짝 놀라 몸을 움츠렸다.

"그림 잘 보관해야 돼." 그가 열에 들뜬 눈빛으로 한 마디, 한 마디에 힘을 주어 말했다. "아무도 그림을 봐선 안 돼. 너도 안 돼! 약속해!"

"그래, 알았어. 약속할게. 그런데 왜……."

말이 채 끝나기도 전에 티스는 안개 자욱한 어둠 속으로 사라졌다. 아멜리는 그가 왜 이렇게 행동하는지 통 영문을 알 수 없었다. 그러나 티스였기에, 그냥 그러려니 하는 수밖에 없었다.

*

보덴슈타인은 거실 소파에서 곤히 잠든 코지마의 모습을 뇌리에 새기듯 찬찬히 바라보았다. 그녀의 무릎 옆에서 웅크리고 자던 개는 고개도 들지 않고 게으르게 꼬리만 살랑살랑 흔들었다. 코지마는 아주 조용히 코를 골았다. 안경이 콧등까지 내려와 있고 가슴 위에는 읽다 만 책이 얹혀 있었다. 보통 때라면 가만히 그녀에게 다가가 키스했을 것이다. 그러나 둘 사이에 갑작스럽게 생긴 보이지 않는 벽이 그를 가로막았다. 아내를 볼 때마다 가슴속에 번지던 따스한 기운도 더 이상 느껴지지 않았다.

의심이 결혼 생활을 파탄내기 전에 어서 이 문제와 마주해야 한다. 지금 당장 그녀의 어깨를 흔들어 깨워 왜 나를 속였느냐고 따져야 옳다. 그러나 불화를 싫어하는 비겁한 마음이, 도저히 견딜 수 없을 것 같은 진실에 대한 두려움이 그를 막았다. 그가 몸을 돌려 부엌으로 향하자 배가 고팠는지 개가 소파에서 껑충 뛰어내려 뒤를 따랐다. 그 바람에 코지마도 잠에서 깼다. 그가 냉장고에서 요구르트를 꺼내고 있을 때 졸린 얼굴을 한 코지마가 부엌에 나타났다.

"일어났어?"

"깜빡 잠들었던 모양이야."

그는 요구르트를 떠먹으면서 흘깃흘깃 그녀의 얼굴을 훔쳐봤다. 갑자기 주름이 도드라져 보였다. 슬슬 처지기 시작한 목살도 눈에 띄었고 피곤한지 눈 밑에 다크서클도 보였다. 길에서 흔히 마주치는 마흔여섯 된 여자처럼 보였다. 그녀를 아름답게 보이게 하던 신뢰라는 마법이 효력을 다한 걸까?

"오늘 왜 사무실에 전화했었어? 휴대전화로 하지." 그녀가 냉장고에서 뭔가를 찾으며 지나가는 말로 물었다.

"기억이 안 나." 그는 거짓말로 둘러대고 요구르트 먹는 데 집중했다. "번호를 잘못 눌렀나 봐. 그런 다음 금방 잊어버렸어. 중요한 일 아니었어."

"그래? 잠깐 살 게 있어서 마인타우누스 백화점에 갔었어." 코지마는 냉장고 문을 닫고 하품을 했다. "키라가 소피아를 봐줬어. 혼자 가면 일을 빨리 끝낼 수 있거든."

"흠. 그렇겠지."

그는 빈 요구르트 병을 개 앞에 놓아주었다. 그리고 백화점에서 뭘 샀는지 물어봐야 하나 잠시 망설였다. 그녀의 말이 단 한 마디도 믿기지 않았다. 불현듯 다시는 그녀를 믿지 못할 거라는 생각이 들었다.

*

아멜리는 티스에게 받은 그림을 옷장 속에 숨겨놓고 다시 책상 앞에 앉았다. 그러나 집중을 할 수가 없었다. 마치 옷장 속 그림이 "우리를 봐줘! 어서! 우리를 꺼내줘!"라고 속삭이는 것만 같았다. 그녀는 의자를 뒤로 홱 돌려 옷장을 노려보았다. 그리고 양심과 싸움을 벌였다. 밖에서 자동차 문 닫히는 소리가 나더니 곧 현관문이 열렸다.

"아빠 왔다!"

아멜리는 신세 지고 있는 사람들에게 인사를 하러 잠시 얼굴을 내밀었다. 처음 이곳으로 왔을 때 바바라와 장난꾸러기들이 친절하게 맞아줬지만 그들이 '내 가족'이라는 생각은 들지 않았다. 가족이라는 말을 입 밖에 내기는 더욱 힘들었다.

그녀는 방으로 돌아와 침대에 누웠다. 벽 뒤에서 화장실 물 내리는 소리가 났다. 저 그림은 도대체 뭘까? 티스는 항상 추상화를 그렸다. 그저께 본 자신의 초상화만이 예외였다. 죽이는 그림이었다. 그나저나 티스는 왜 굳이 그림을 숨기려는 걸까? 그에게는 정말 중요한 것 같았다. 어쨌든 그녀의 집까지 찾아온 것도 그렇고, 아무에게도 보여주지 말라고 신신당부한 것도 그렇고, 뭔가 아주 수상했다.

아멜리는 일단 집 안이 조용해질 때까지 기다렸다가 옷장을 열고 그림 뭉치를 꺼냈다. 묵직한 게 한두 장이 아닌 것 같았다. 유화물감 냄새도 별로 나지 않는 게 막 그린 것 같지도 않았다. 꽁꽁 묶어놓은 여러 개의 매듭을 풀자 비교적 작은 크기의 그림 여덟 장이 나왔다. 항상 보던 티스의 화풍이 아니었다. 구상적이고 세밀한 묘사가 다른 그림들과 전혀 달랐다. 그림의 대상은……. 그녀는 별안간 표정을 굳히며 첫 번째 그림을 자세히 들여다보았다. 목덜미에 소름이 돋고 심장박동이 빨라졌다.

넓은 헛간 안. 문은 활짝 열려 있다. 남학생 둘이 바닥에 누워 있는 금발의 여학생 위로 몸을 숙이고 있다. 여학생의 머리 주변은 피로 흥건하다. 잿빛 곱슬머리의 남학생이 그 옆에 서 있고 다른 남학생은 공포에 질린 표정으로 정면을 향해 도망치고 있다. 티스다! 아멜리는 정신없이 다음 그림을 들춰보았다.

"맙소사."

그녀가 나직이 중얼거렸다. 활짝 열린 헛간 문 밖으로 나지막한 축사가 보이고 방금 전 그림 속의 네 사람이 있었다. 티스는 헛간 옆에 앉아 있다. 곱슬머리 남학생은 문 앞에 서서 안에서 벌어지는 일을 지켜보고 있다. 한 남학생이 금발의 여학생을 강간하고 있고, 다른 남학생이 그녀를 움직이지 못하게 붙들고 있다.

아멜리는 숨을 삼키며 다른 그림을 펼쳤다. 다시 그 헛간이 나왔다. 이번에는 하늘색 미니원피스 차림에 머리가 검고 긴 여학생이 한 남자와 키스를 하고 있다. 남자의 한 손은 여학생의 가슴 위에, 여학생의 한쪽 다리는 남자의 허벅지에 올라가 있다. 마치 사진처럼, 여학생의 원피스나 목걸이, 티셔츠에 새겨진 글씨 등 아주 세세한 것까지 잘 묘사되어 있었다. 어두운 헛간 뒤편으로 그 곱슬머리 남학생이 서 있는 게 보였다. 너무 생생해 눈앞에서 그 상황을 지켜보는 것만 같았다.

이건 정말 굉장한걸!

그림의 배경은 분명히 자토리우스 농장이다. 그리고 그 내용은 1997년 9월의 사건을 묘사한 것이다. 아멜리는 마지막 그림을 펼치다가 그대로 온몸이 굳어버렸다. 집 안은 무척 조용해서 맥박 뛰는 소리까지 다 들렸다. 마지막 그림은 검은 머리의 여학생과 키스하던 남자를 정면으로 그린 것이다. 아멜리가 아는 남자다. 잘 아는 사람이다.

2008년 11월 14일 금요일

"좋은 아침."

그레고어 라우터바흐는 비서실장 이네스에게 고개를 까딱해 보이고 비스바덴 루이젠 광장에 위치한 헤센주 문화교육부 빌딩의 널찍한 장관실로 들어갔다. 오늘은 일정이 아주 빡빡하다. 8시에는 차관과 미팅이 있고 10시에는 의원총회에서 내년 예산안을 발표해야 한다. 점심때에는 헤센주와 자매결연을 맺은 미국 위스콘신에서 파견된 교사 대표들과의 짧은 오찬이 예정돼 있다.

우편물을 종류별로 정리한 색색의 파일들이 중요한 순서대로 책상 위에 쌓여 있었다. 맨 위에 놓인 것은 그의 서명이 필요한 서신들이다. 라우터바흐는 슈트 단추를 풀고 책상 앞에 앉았다. 중요한 일부터 해치울 생각이다. 20분 뒤면 8시였다. 언제나 약속 시간을 정확히 지키는 차관이 오늘도 정시에 도착할 것이다.

"장관님, 커피 가져왔습니다." 이네스가 들어와 김이 모락모락 나는 커피를 책상 위에 올려놓았다.

"고마워요."

그가 그녀와 눈을 맞추며 미소 지었다. 이 여자는 이지적이고 능률적인 일꾼인 데다 시각적으로도 훌륭한 눈요깃거리다. 토실토실한 몸매에 짙은 갈색 머리, 커다란 밤색 눈에 우유와 꿀을 연상시키는 피부가 아내 다니엘라와 비슷하다. 가끔은 그녀가 주인공으로 등장하는 몽상에 빠지기도 했지만 현실에서 그의 태도는 어느 모로 보나 나무랄 데 없다고 스스로 생각했다.

2년 전 취임할 때 새 직원으로 바꿀 수도 있었지만 그는 이네스가 처음부터 마음에 들었다. 한편 그녀는 비서실에 남을 수 있게 해준 그에게 절대적인 충성심과 근면성으로 보답했다.

"오늘도 역시 예쁘군." 그가 커피를 한 모금 마시며 그녀를 추어올렸다. "초록색이 아주 잘 어울려요."

그녀는 기분 좋은 듯 미소 지었지만 이내 프로답게 회신해야 할 전화 리스트를 빠르게 읽어 내려갔다. 그는 그녀의 말을 건성으로 듣다가 이따금 고개를 젓거나 끄덕이면서 미리 작성해놓은 편지에 서명했다. 보고를 끝낸 그녀는 그가 서명한 편지들을 챙겨 방을 나갔다.

이제 우편물 차례다. 아주 사적인 편지로 분류돼 개봉하지 않은 것이 네 통이다. 그는 봉투칼로 네 통을 모두 개봉한 뒤 하나씩 읽어 나가기 시작했다. 처음 것과 두 번째 것은 죽 훑어본 후 옆으로 치웠다. 그러나 세 번째 편지를 보자마자 숨이 멎는 것 같았다.

입 다물고 있으면 아무 일 없을 거다. 허튼짓하면 헛간에서 미성년 제자를 범할 때 잃어버린 물건을 경찰에 넘기겠다.

백설공주

입안이 바싹바싹 타들어 갔다. 편지에는 열쇠 꾸러미를 찍은 사진이 동봉되어 있다. 섬뜩한 공포가 등줄기를 훑고 지나가자 저절로 식은땀이 났다. 절대 장난이 아니다. 심각하게 받아들여야 할 일이다. 그의 머릿속에서 생각이 질주하기 시작했다. 누가 이 편지를 보냈지? 그때 그 여학생과 있었던 일을 알고 있는 사람이 대체 누구야? 그리고 왜 하필 이제 와서 이런 편지를 쓴 걸까?

라우터바흐는 심장이 밖으로 튀어나올 것만 같았다. 지난 11년간 그날의 기억을 잊고 살아왔는데…… . 그런데 결국 모조리 되살아나고 말았다. 마치 어제 일처럼 생생했다. 자리에서 일어나 창가로 갔다. 창밖으로 보이는 루이젠 광장 위로 11월의 아침이 밝아오고 있었다. 천천히 심호흡을 했다. 이럴 때일수록 침착해야 해!

책상 서랍에서 손때 묻은 오래된 수첩을 꺼낸 그는 수화기를 집었다. 수화기를 든 손이 벌벌 떨리자 확 짜증이 치밀었다.

*

저택을 둘러싼 담에서 5미터도 채 떨어지지 않은 곳에 오래된 참나무 한 그루가 서 있었다. 이 나무 위에 있는 작은 오두막은 울창한 나뭇잎 때문이었는지 지난여름 내내 한 번도 그녀의 눈에 띈 적이 없었다. 짧은 스커트와 스타킹 차림으로 그다지 튼튼해 보이지 않는 썩은 사다리를 오르는 일은 생각보다 어려웠다. 더구나 요 며칠 내린 비 때문에 나무가 미끄러웠다. 티스가 화실에서 나오면 안 되는데……. 그가 지금 나오면 그녀가 뭘 하고 있는지 다 알아챌 게 뻔했다.

아멜리는 네 발로 기다시피 해서 오두막 안으로 들어갔다. 오두막은 숲속 망루처럼 튼튼했다. 그녀는 천천히 몸을 일으켜 주변을 살핀 뒤 나무 의자에 앉아 창문 아래를 내려다보았다. 빙고! 그래도 혹시나 해서 주머니에서 아이팟을 꺼내 어젯밤 사진으로 찍어서 저장해놓은 사진을 불러냈다. 그림의 시점과 100퍼센트 맞아떨어졌다. 마을의 절반이 훤히 내려다보였다. 그리고 자토리우스 농장에 있는 헛간과 축사는 바로 발밑에 있었다. 그냥 눈으로 봐도 작은 부분까지 또렷하게 보였다. 11년 전에 복숭아나무가 아직 작은 덤불이었다면 사진을 찍은 사람은 바로 이 자리에서 사건을 관찰했으리라.

아멜리는 담배를 꺼내 물었다. 누가 여기 앉아 있었던 걸까? 티스는 아니다. 그는 그림에 나와 있다. 누군가 여기서 사진을 찍었고 티스가 그걸 보고 그림으로 그렸을까? 더 궁금한 것은 그림 속 등장인물들이다. 여자 둘은 로라 바그너와 백설공주, 즉 스테파니 슈네베르거가 틀림없다. 헛간에서 백설공주와 함께 있던 남자도 아는 사람이다. 그렇다면 나머지 셋은 누구지?

아멜리는 천천히 담배를 피우며 이 엄청난 사실을 누구에게 알릴지 생각해봤다. 일단 경찰은 리스트에서 제외했다. 경찰과 좋은 인연을 맺은 적이 없을뿐더러 지난 12년간 생일과 크리스마스가 아니면 들여다보지도 않던 아버지가 있는 이곳 촌구석으로 쫓겨 온 것도 다 경찰 때문이다.

두 번째로 떠올린 것은 부모님이었다. 그러나 두 사람은 바로 경찰서로 달려갈 게 뻔하다. 즉 경찰을 직접 찾아가는 것이나 다를 바 없었다.

그때 자토리우스 농장에서 움직임이 느껴졌다. 그녀는 주의 깊게 아래를 살폈다. 토비아스가 헛간으로 들어가고 있었다. 잠시 후 낡은 빨간색 트랙터가 덜덜거리며 헛간에서 나왔다. 비가 안 오는 틈을 타 못다 한 집 청소를 할 모양이었다.

그래, 토비아스한테 말하면 어떨까?

*

11년 전 살인사건을 계속 조사할 이유가 없다고 엥겔 과장이 결정을 내렸지만, 피아는 계속해서 열여섯 개나 되는 사건 파일 속으로 파고들었다. 거기에는 도시계획과의 간결한 편지가 불러일으킨 생존 위협을 잊고자 하는 마음도 한몫했다.

그녀의 머릿속에는 이미 수리된 비르켄호프의 그림이 들어 있었고, 언제나 꿈꿔 왔던 고상하고 편안한 분위기의 인테리어도 완성된 상태였다. 크리스토프의 가구 중에는 그녀가 꿈꾸는 인테리어에 딱 들어맞는 것들이 여럿 있었다. 흠집 난 오래된 수도원 식탁에는 열두 명은 충분히 앉을 수 있다. 그의 온실에서 가져온 주름투성이 소파, 베르티코식 골동품 장, 고풍스러운 장식의 레카미에 소파……. 피아는 한숨을 푹 내쉬었다. 그리고 일이 잘돼서 허가가 나고 개축 공사에 들어갈 수 있을지도 모른다고 자신을 위로했다.

그녀는 다시 사건 파일에 집중했다. 기록을 빠르게 읽어 내린 뒤 이름 두 개를 메모했다. 지난번 토비아스 자토리우스와의 만남은 그녀로 하여금 많은 생각을 하게 했다. 그의 주장대로 그가 정말 무죄라면? 두 여학생을 죽인 진범이 따로 있다면? 그렇다면 진범이 활개를 치고 돌아다니는 것은 차치하고라도 법의 잘못된 판단으로 그의 인생 10년과 가족의 삶이 희생된 셈이다.

그녀는 메모 옆에 알텐하인 약도를 그려보았다. 누가 누구 옆에 사는가? 누가 누구와 친한가? 언뜻 보면 토비아스와 그의 가족은 마을에서 꽤 존경을 받았고 인기도 있었다. 그러나 심문받은 사람들의 진술을 면밀히 살펴보면 곳곳에서 시기와 질투가 느껴졌다. 토비아스는 뛰어난 외모에 공부면 공부, 운동이면 운동, 못하는 게 없는 청년으로 장래가 촉망됐다. 거기다 관대한 성품까지 갖춰 모든 여학생들의 관심을 한 몸에 받았다. 그런 그를 함부로 대할 수 있는 사람은 없었다.

그렇다면 그의 그늘에 가려진 여드름투성이 친구들은 기분이 어땠을까? 언제나 그와 비교당하고 예쁜 여자를 빼앗기는 기분이 어땠을까? 시샘과 질투의 씨앗은 사건 발생 훨씬 이전부터 자라고 있지 않았을까? 그런데 그 모든 자격지심과 억울함을 씻을 수 있는 기회가 왔다면…….

"……예. 평소에도 성질이 좀 급한 편이었죠." 친한 친구 하나가 한 말이다. "술이 들어가면 이따금 막 성질도 부렸어요."

전 담임은 토비아스 자토리우스를 두고 아주 월등한 학생이다, 공부 욕심도 많고 이해력도 뛰어나다, 투지를 가지고 계획성 있게 공부하는 학생이다, 라고 했다. 그 외에 반장으로서 오만하다 싶을 정도로 자의식이 강하다, 조급한 성격이다, 나이에 비해 아주 성숙한 편이다, 부모가 떠받드는 외동아들이다 등등의 진술이 있었고 경쟁자나 실패를 용납하지 못하는 성격이라는 의견도 있었다.

가만, 이걸 어디서 읽었더라? 피아는 서류를 이리저리 뒤지기 시작했다. 토비아스의 전 담임이자 실종 당시 두 여학생의 담임이었던 교사의 진술서가 감쪽같이 사라지고 없었다. 피아는 의아해하며 책상 서랍을 뒤져 지난번에 메모한 내용을 찾아내어 오늘 쓴 명단과 대조해보았다.

"이상하네." 그녀는 혼잣말로 중얼거렸다.

"왜 그래?" 오스터만이 뭔가 우물우물 씹으면서 모니터 너머로 얼굴을 내밀었다.

"토비아스 자토리우스랑 스테파니 슈네베르거에 대한 그리고 어 라우터바흐의 심문 기록이 없어졌어." 그녀는 대답하는 와중에도 끊임없이 자료를 들추며 사라진 서류를 찾았다. "어디 갔지?"

"다른 파일에 섞여 들어갔겠지." 오스터만은 다시 자기 일로 돌아가며 도넛을 한 입 크게 베어 물었다. 그는 그 달고 기름진 음식에 환장했다. 그런데도 살이 안 찌는 걸 보면 참으로 아이러니

했다. 오스터만은 매일 섭취한 칼로리를 바로바로 에너지로 태워 버리는 엄청난 신진대사 능력을 가진 게 틀림없다고 피아는 생각했다. 그녀였다면 벌써 거리를 굴러다니고 있을 것이다.

"없어!" 피아가 고개를 저으며 말했다. "아무리 찾아봐도 없어!"

"피아." 오스터만이 진득한 목소리로 말했다. "여긴 경찰서야. 경찰서에 도둑 드는 거 봤어?"

"아니. 하지만 정말로 없어졌다니까. 분명히 있었는데……."

피아는 미간에 주름을 잡으며 생각했다. 누가 이 옛날 사건에 관심을 갖는 거지? 그것 자체로서는 전혀 중요하다고 할 수 없는 서류를 훔쳐 갈 까닭이 없었다.

그때 전화벨이 울렸다. 발라우에서 트럭이 차로를 벗어나 여러 번 구른 뒤 전소됐다는 전화였다. 구조대원들이 중상을 입은 운전자와 함께 사고 차량 속에서 알아볼 수도 없게 숯덩이로 변한 사체 두 구를 발견했다고 한다. 사체가 더 나올 가능성도 있었다. 피아는 한숨을 내쉬며 파일을 덮고 통째로 책상 서랍 속에 집어넣었다. 이런 날씨에 진창 속으로 기어 들어갈 생각을 하니 저절로 기운이 빠졌다.

*

바람이 매서운 소리를 내며 헛간 주위를 맴돌았다. 곧 서까래를 스치며 휘파람 소리를 내더니 이내 울타리 문을 흔들어댔다. 마치 들어가게 해달라고 조르는 것 같았다.

토비아스는 바람 따위에는 아랑곳하지 않았다. 오후에 부동

산으로 전화해 다음 주 수요일로 약속을 잡은 터였다. 그때까지
마당, 헛간, 옛 축사들을 말끔히 치울 생각이었다. 그는 폐타이어
를 하나씩 트레일러 속에 던져 넣었다. 헛간 구석에는 아직도 열
댓 개는 되어 보이는 폐타이어가 쌓여 있었다. 밀짚이나 건초 더
미를 덮어씌운 비닐이 날아가지 않도록 고정하는 용도로 쓰려고
아버지가 모아놓은 것이다. 그러나 이젠 건초도 밀짚도 없으니 한
낱 쓰레기에 불과했다.

　희미한 기억의 그림자가 하루 종일 따라다니며 그를 미치게
만들었다. 어제저녁 차고에서 누가 한 말을 듣고 뭔가가 번쩍 떠
올랐는데 그게 뭔지 도무지 생각이 나질 않았다. 의식의 밑바닥에
가라앉아 아무리 끄집어내려 해도 수면 위로 떠오르지 않았다.

　일손을 멈추고 심호흡을 하며 팔뚝으로 이마의 땀을 훔쳤다.
찬바람이 얼굴을 스치고 지나갔다. 순간 뭔가 움직이는 게 시야
언저리에 들어왔다. 등골이 오싹했다. 검은 옷에 복면을 한 세 남
자가 헛간으로 들어서고 있었다. 그중 하나가 문에 무거운 쇠 빗
장을 걸었다. 그들은 말없이 서서 복면에 뚫린 눈구멍으로 토비아
스를 노려보았다. 장갑 낀 손에 들린 야구방망이가 그들의 목적을
말해주었다. 머리끝에서부터 발끝까지 긴장감이 빠르게 퍼져 나
갔다. 셋 중 두 사람은 아멜리를 습격했던 괴한이 틀림없다. 애초
목표, 즉 토비아스를 잡으러 다시 온 것이다.

　토비아스는 한 걸음 뒤로 물러서며 어떻게 하면 도망칠 수 있
을지 머리에 쥐가 나도록 생각했다. 헛간에는 창문도, 뒷문도 없
다. 맞다, 건초 더미에 올라갈 때 쓰는 사다리가 있다! 유일한 탈출
로였다. 그는 사다리가 있는 쪽을 보지 않으려고 무진 애를 썼다.
공포가 엄습하고 있음에도 불구하고 다행히 침착함을 잃지 않았

다. 저들에게 잡히기 전에 사다리를 타고 올라가야만 한다.

괴한들과의 거리가 채 5미터도 안 남았을 때 토비아스는 냅다 뛰기 시작했다. 순식간에 사다리에 다다라 있는 힘을 다해 올랐다. 바로 그 순간 야구방망이가 그의 왼쪽 종아리를 가격했다. 아픔이 느껴지기도 전에 왼쪽 다리가 마비됐다. 그래도 이를 악물고 올라갔다. 이번에는 누군가가 재빨리 그의 발목을 잡아 끌어내리려 했다. 그는 다른 발로 그 남자를 힘껏 찼다. 곧 비명 소리와 함께 발목을 구속하던 힘이 사라졌다. 그때 갑자기 몸이 휘청거렸다. 그는 잡을 곳이 없어 손으로 허공을 휘저었다. 사다리가 세 단이나 빠져 있었다! 토비아스는 아래를 내려다보았다. 마치 앙상한 나무 위에 올라간 고양이가 된 듯했다. 나무 아래에서는 사나운 로트바일러 세 마리가 이빨을 드러낸 채 으르렁거리고 있다. 그는 안간힘을 다해 겨우 다음 단을 잡았다. 온 힘을 다해 위로 오르려는 그에게 무감각해진 왼쪽 다리는 아무 도움이 되지 않았다.

결국 그는 건초 더미 위에 도달했다. 내려다보니 둘은 그를 따라 사다리를 오르고 있었고 나머지 하나는 보이지 않았다. 토비아스는 캄캄한 그곳에서 필사적으로 사다리를 넘어뜨릴 수 있는 방법을 찾아보았다. 하지만 불가능했다! 사다리는 서까래에 나사로 고정돼 있었다. 그는 절룩거리는 다리로 최대한 재빨리 지붕에서 가장 낮은 부분을 향해 달렸다. 그러고는 손으로 기와를 밀어 올렸다. 기왓장 두 개가 쏙 빠졌다. 그는 계속해서 기왓장을 밀어 올리며 뒤를 돌아봤다. 괴한의 머리가 건초 더미 위로 올라온 것이 보였다.

빌어먹을! 그의 몸이 빠져나가기에는 아직 구멍이 너무 작았다. 그는 지붕에 구멍을 만들어봤자 소용없다는 걸 깨닫고 재빨리 통풍구 쪽으로 향했다. 몇 미터 아래로 타이어가 쌓여 있는 게 보였다. 그는 죽기 살기로 뛰어내렸다.

그것을 본 괴한이 거대한 거미처럼 전속력으로 사다리를 내려가기 시작했다. 토비아스는 땅으로 미끄러져 내려와 트레일러 그림자 속에 몸을 숨겼다. 그리고 어둠 속에서 땅을 더듬다가 이내 그곳을 싹 다 치워버린 것을 후회했다. 무기가 될 만한 것은 고사하고 손에 잡히는 게 아무것도 없다! 심장이 터질 듯이 뛰었다. 그는 잠시 꼼짝도 않고 있다가 모든 것을 걸고 문을 향해 달리기 시작했다.

막 빗장에 손을 얹은 순간, 괴한들이 달려들었다. 어깨, 팔, 허리 할 것 없이 야구방망이가 사정없이 날아들었다. 무릎이 꺾인 그는 두 팔로 머리를 감싼 채 몸을 둥글게 말았다. 한참을 아무 말 없이 방망이로 때리고 발로 밟던 괴한들이 갑자기 그의 두 팔을 잡아 무자비하게 꺾더니 머리 위로 스웨터와 티셔츠를 벗겼다. 토비아스는 우는소리를 하거나 살려달라는 말을 하지 않기 위해 이를 악물었다. 괴한 중 하나가 빨랫줄로 고리를 만들었다. 그가 아무리 발버둥 쳐도 성인 셋의 힘을 당해낼 수는 없었다. 그들은 토비아스의 두 손과 발을 뒤로 묶은 뒤 빨랫줄로 만든 고리 속으로 그의 머리를 집어넣었다. 소포처럼 사지가 묶인 그는 거칠고 차가운 땅바닥 위를 맨살로 질질 끌려가야만 했다.

토비아스를 뒷벽으로 끌고 간 괴한들은 냄새나는 헝겊 뭉치를 그의 입에 마구 쑤셔 넣은 뒤 천으로 눈을 가렸다. 조금만 움직여도 빨랫줄이 목을 죄어 왔다. 숨을 헐떡이던 그는 소리에 귀를 기울였다. 여전히 바람이 세차게 불 뿐 다른 소리는 들리지 않았다. 이 정도로 끝내려는 걸까? 죽일 작정은 아니었나? 드디어 물러간 걸까? 팽팽했던 긴장이 약간 느슨해지면서 차차 근육이 이완되었다.

그러나 크나큰 착각이었다. 쉭 하는 소리가 나더니 유성페인트 냄새가 나는 무언가가 얼굴을 정통으로 때렸다. 딱 하는 소리와 함께 콧대가 부러졌다. 머릿속에서는 그 소리가 마치 총성처럼 크게 울렸다. 눈물이 콸콸 쏟아졌다. 코피 때문에 숨을 쉴 수가 없었다. 헝겊 때문에 입으로도 숨을 쉴 수 없는 상황이었다. 공포가 엄습했다. 적을 볼 수 없는 지금의 공포는 아까보다 백배는 더 강력했다. 발길질과 방망이질이 다시금 시작됐다. 영원처럼 느껴지는 그 순간, 그는 깨달았다. 이들은 날 죽일 생각이다!

*

흑마는 사람이 없어 한가했다. 스카트 게임(셋이 하는 독일의 대중적인 카드 게임_역주)을 할 인원도 되지 않았다. 외르크 리히터도 보이지 않았다. 오빠가 나타나지 않자 제니 자길스키의 기분은 '매우 저조'를 넘어서 연중 최저 기록을 갱신했다. 원래는 오빠에게 가게를 맡기고 유치원 자모회에 갈 생각이었던 것이다. 그가 없는 상태에서 직원들만 남겨두고 갈 수는 없었다. 게다가 로즈비타가 아파서 안 나왔기 때문에 그녀는 아멜리와 단둘이서 홀 서빙을 감당해야 했다.

외르크 리히터와 펠릭스 피치가 나타난 것은 오후 9시 반이 다 되어서였다. 두 사람은 비에 젖은 외투를 벗고 탁자에 앉았다. 곧 다른 두 사람이 합석했다. 평소에도 외르크와 곧잘 어울리던 사람들이었다. 제니가 복수의 사신처럼 성큼성큼 다가갔지만 외르크는 몇 마디 말로 그녀를 물리쳤다. 제니는 입을 꽉 다문 채 다시 바 뒤에 와 섰다. 그녀의 목이 분노로 붉어져 마치 반점이 생긴 것처럼 보였다.

"여기 맥주 네 잔 가져와!" 외르크가 아멜리에게 외쳤다.

"아무것도 주지 마!" 제니가 이를 바드득 갈며 말했다. "나쁜 놈."

"하지만 다른 사람들은 손님이잖아요." 아멜리가 별생각 없이 말했다.

"저치들이 언제 돈 내는 거 봤니?" 제니의 앙칼진 반박에 아멜리는 고개를 저었다. "손님은 무슨? 빈대 같은 놈들이지."

맥주가 오지 않자 외르크는 곧장 자리에서 일어나 바 뒤로 가서 직접 맥주를 뽑았다. 그 또한 제니만큼이나 기분이 안 좋아 보였다. 바 뒤에서 남매간의 조용한 혈전이 벌어졌다.

도대체 무슨 일일까? 도처에 공격적인 기운이 감돌았고 두 기운이 만나는 곳에서는 불꽃이 튀었다. 뚱보 펠릭스 피치는 얼굴이 벌겋게 상기되어 있었고 다른 두 사람은 표정이 어두웠다. 아멜리는 홀로 생각에 잠겨 있다가 요란하게 흑마로 들어선 스카트 멤버 세 사람이 중앙 탁자로 가면서 구운 감자와 돈가스, 홍두깨살 스테이크, 바이젠 맥주를 주문한 탓에 현실로 돌아왔다. 세 사람은 비에 젖은 외투를 벗고 자리에 앉더니 머리를 맞대고 뭔가 이야기하기 시작했다. 말하는 사람은 루츠 리히터였고 다른 사람들은 조용히 귀를 기울였다. 아멜리가 맥주를 가지고 다가가자 루츠는 말을 중단했다가 그녀가 멀어진 뒤에야 다시 이야기를 시작했다.

아멜리는 남자들의 이상한 행동에는 별로 신경 쓰지 않았다. 머릿속은 이미 티스의 그림으로 가득 차 있었다. 일단은 티스의 부탁대로 아무에게도 알리지 말고 잘 숨겨두는 게 좋겠다고 결론을 내렸다.

*

그는 집에 돌아오자마자 비에 젖은 점퍼와 신발을 벗어 던졌다. 거실로 들어가면서 순간적으로 거울 속 자신과 눈이 마주치자 얼른 고개를 숙였다. 그가 한 일은 옳지 않다. 정말 옳지 않다. 이 일이 테를린덴의 귀에 들어가는 날이면 그는 끝장이다. 다른 두 사람도 마찬가지다.

그는 부엌으로 가 냉장고 문을 열었다. 아직 맥주 한 병이 남아 있었다. 근육에 통증이 일었다. 내일이면 팔다리 여기저기에 시퍼렇게 멍이 들 것이다. 토비아스 자토리우스의 반항은 끈질겼다. 물론 이쪽이 세 사람이어서 당해낼 수는 없었지만……. 발소리가 가까워졌다.

"어떻게 됐어요?"

등 뒤에서 궁금해하는 아내의 목소리가 들렸다.

"계획한 대로." 그는 여전히 아내에게 등을 보인 채 서랍에서 병따개를 찾아 마개에 댔다. 쉭 하고 기포 올라오는 소리가 난 뒤 딱 하는 낮은 소리와 함께 마개가 열렸다. 순간 몸이 오싹했다. 토비아스의 코가 부러질 때도 같은 소리가 났다.

"그럼……."

아내는 뭔가를 물어보려다가 말끝을 흐렸다. 그는 고개를 돌려 아내의 표정을 살폈다.

"아마도." 그가 의자에 앉으며 대답했다. 부엌 의자가 그의 체중에 눌려 삐거덕거렸다. 그는 맥주를 한 모금 들이켰다. 텁텁했다. 다른 사람들은 질식해 죽으라며 그냥 나가버렸지만 그가 정신을 잃은 토비아스의 입에서 재빨리 천 조각을 빼냈다.

"어쨌든 제대로 혼쭐을 내줬어."

아내가 눈썹을 치켜세웠다. 그는 고개를 돌렸다.

"혼쭐을 내줬다고요? 잘하셨네." 아내가 비아냥거렸다.

그는 공포로 가득 차 자신을 쳐다보던 토비아스의 눈동자를 떠올렸다. 그 눈을 가리고 나서야 다른 사람들처럼 마구 방망이를 휘두를 수 있었다. 그는 심약한 자신이 싫어 야구방망이를 든 팔에 온 힘을 실었다. 지금은 그런 자신이 부끄러워 견딜 수가 없었다. 그것은 절대로 옳은 일이 아니었다.

"물러터지기는."

순간 아내의 한 마디가 그의 분노에 기름을 끼얹었다. 하지만 애써 화를 억눌렀다. 아내는 도대체 그에게 뭘 바라는 걸까? 사람을 죽이라고? 그것도 이웃을? 지금 경찰이 동네에 들어와 여기저기 헤집고 다니며 멍청한 질문을 해댄다면 그에게 득 될 게 하나도 없다. 드러나지 말아야 할 비밀이 너무 많았다.

*

하르트무트 자토리우스는 한밤중에 문득 눈을 떴다. 보는 사람 없는 텔레비전은 젊은 학생들이 괴상한 복면을 한 사이코에게 쫓겨 다니다가 도끼와 전기톱으로 살해당하는 공포 영화를 내보내고 있었다. 그는 더듬더듬 리모컨을 찾아 텔레비전을 껐다.

자리에서 일어나자 무릎이 쑤셨다. 부엌은 불을 끄지 않아 환했고, 뚜껑을 덮어놓은 프라이팬에는 고기와 구운 감자가 그대로 남아 있었다. 그는 부엌 시계로 시간을 확인했다. 복도 옷걸이에 토비아스의 점퍼가 없었다. 자동차 열쇠가 거울 밑 열쇠 걸이에 고스란히 걸려 있는 걸 보면 차를 몰고 밖에 나가지는 않은 모양이었다.

아들이 집을 치우는 데 너무 집착한다는 생각이 들었다. 토비아스는 다음 주에 오는 부동산업자에게 깨끗한 집을 보여주려는 욕심에 무리하고 있다. 일단은 하자는 대로 다 하고 있지만 부동산 매매에 관한 한 테를린덴과 이야기를 해야 한다. 토비아스의 마음에 들든 안 들든 이 농장의 유일한 소유권자는 바로 클라우디우스 테를린덴이다.

하르트무트는 오줌을 눈 뒤 부엌에 앉아 담배를 한 대 피웠다. 시간은 어느새 12시 40분을 향해 가고 있었다. 한숨을 내쉬며 자리에서 일어난 그는 낡은 카디건을 걸치고 밖으로 나갔다. 폭풍우가 부는 추운 밤이다. 토비아스가 사흘 전에 마당 구석에 설치한 센서 등이 들어오지 않자 이상하다는 생각이 들었다. 마당을 가로질러 가다 보니 헛간과 축사에도 불이 꺼져 있었다. 자동차와 트랙터는 제자리에 있는데……. 친구 집에라도 갔나?

축사의 전등 스위치를 눌러봤다. 딸깍 하는 소리만 날 뿐 불이 들어오지 않았다. 점점 불안해지기 시작했다. 자신이 태평하게 텔레비전 앞에서 잠든 사이 토비아스에게 무슨 일이 일어난 건 아니겠지? 서둘러 두꺼비집이 있는 착유실로 갔다. 그곳은 집 안 전기와 연결되어 있어 불이 들어왔다. 스위치 세 개가 내려져 있었다. 그것을 올리니 축사와 헛간 앞에 환하게 불이 들어왔다. 마당을 가로지르다 실내화를 신은 발로 빗물 웅덩이를 밟고는 낮게 욕설을 내뱉었다.

"토비아스!"

그는 아들의 이름을 부른 뒤 조용히 귀를 기울였다. 아무 소리
도 들리지 않았다. 빈 축사 어디에도 아들의 모습은 보이지 않았
다. 그는 헛간을 향해 걸었다. 차가운 바람에 머리카락이 날리고
구멍이 숭숭 뚫린 옷 사이로 한기가 파고들었다. 몸이 얼어붙는
것만 같았다. 거센 바람이 불어와 두꺼운 구름을 흩어놓자 구름
조각들이 빠르게 반달 앞을 스쳐 지나갔다. 어둠 속에서 컨테이너
세 개가 위협적인 풍채를 자랑했다.

헛간 앞까지 오자 한쪽 문이 삐걱거리며 바람에 흔들리는 게
보였다. 뭔가 심상치 않은 일이 일어난 게 분명했다. 손으로 문을
붙잡으려는데 때마침 불어온 폭풍에 문짝이 떨어져 나갈 듯이 흔
들렸다. 마치 의지가 있는 생명체 같았다. 헛간으로 들어가 있는
힘껏 문을 잡아당겼다. 문을 닫는 순간 입구의 센서 등이 꺼졌다.
그러나 농장을 자기 손바닥 들여다보듯 하는 그는 전등 스위치 정
도는 눈 감고도 찾을 수 있었다.

"토비아스!"

지직 하는 소리가 나더니 형광등이 깜빡거리며 켜졌다. 주위
가 환해지자 벽에 쓰인 빨간 글씨가 먼저 눈에 들어왔다.

말 안 듣는 새끼는 혼나봐야 안다!

맞춤법이 틀렸다. 다음 순간에야 멀찌감치 바닥에 웅크리고
있는 형체가 보였다. 너무 놀라 몸을 덜덜 떨며 헛간을 가로질렀
다. 무릎을 꿇고 아들의 상태를 확인한 그의 눈에서 눈물이 콸콸

쏟아졌다. 팔다리가 묶인 데다 목을 맨 줄이 너무 꽉 조여서 맨살
이 깊이 파여 있었다. 눈은 천으로 가려져 있고, 얼굴과 벗은 상체
는 잔혹한 폭력을 짐작게 하는 상흔으로 가득했다. 피가 굳은 것
으로 보아 당한 지 이미 몇 시간은 된 것 같았다.

"맙소사, 맙소사. 오, 토비."

그는 떨리는 손으로 포박을 풀었다. 등에 빨간 스프레이로 '살
인자!'라고 쓰여 있었다. 그는 아들의 어깨를 만져보고는 깜짝 놀
랐다. 몸이 얼음장처럼 차가웠다.

2008년 11월 15일 토요일

그레고어 라우터바흐는 가만히 있지 못하고 거실을 서성였
다. 벌써 위스키를 세 잔이나 마셨지만 진정될 기미가 보이지 않
았다.

밖에서 일하는 동안은 협박 편지에 대한 생각을 떨쳐버릴 수
있었지만 집에 들어오자마자 불안감이 엄습했다. 다니엘라는 이
미 잠자리에 든 상태였다. 그녀를 귀찮게 하고 싶지는 않았다. 애
인에게 별장에서 만나자고 할까, 그러면 그 일을 잊을 수 있을까
하는 생각을 잠시 했지만 곧 마음을 고쳐먹었다. 이번에는 어떻게
든 혼자 해결하자. 그래서 수면제를 먹고 잠이 들었는데 새벽 1시
에 울린 다니엘라의 전화벨 소리에 잠이 깨버렸던 것이다. 늦은
시간에 오는 전화는 절대 좋은 소식을 전해주지 않는다. 몸이 떨
리고 진땀이 났다. 그는 그렇게 두려움에 사로잡힌 채 침대에 누

위 있었다.

다니엘라는 방에서 전화를 받는가 싶더니 곧 밖으로 나와 그가 깨지 않도록 가만가만 복도를 지나갔다. 잠시 후 현관문 닫히는 소리를 듣고 그는 자리에서 일어나 아래층으로 내려갔다. 그녀는 급한 환자 때문에 서둘러 집을 나간 모양이었다. 다니엘라가 언제 대기 근무를 하는지 그는 알지 못했다.

어느새 시계는 새벽 3시를 향해 가고 있었다. 그는 신경쇠약에 걸리기 직전이었다. 도대체 누가 협박 편지를 보냈단 말인가? 백설공주와 그의 일을, 그리고 잃어버린 열쇠 꾸러미에 대한 일을 아는 사람이 대체 누구란 말인가? 맙소사! 그 편지가 적의 손에 들어가기라도 하는 날이면 그는 끝장이다. 정치적 성공도, 명예도, 아니 인생 전체가 끝장날 판이다. 눈에 불을 켜고 스캔들을 찾아 헤매는 기자들이 도처에 깔렸다. 그는 손에 난 땀을 목욕 가운에 문질러 닦은 다음 위스키 한 잔을 더 따랐다. 이번에는 한 잔 가득 따른 뒤 소파에 가 앉았다. 현관 앞 홀에만 불이 켜져 있을 뿐 거실은 컴컴했다.

다니엘라에게 편지 이야기를 할 수는 없었다. 그때도 말하지 말았어야 했다. 17년 된 이 집은 그녀의 돈으로 그녀가 손수 지었다. 그가 받는 쥐꼬리만 한 공무원 월급으로는 평생 가도 마련하지 못할 대저택이다. 다니엘라는 가진 것 하나 없는 고등학교 교사를 남편으로 맞아 상류사회에 입문시켰고 정치가로 키우면서 보람을 느꼈다.

다니엘라는 의사로서 명성이 자자했다. 쾨니히슈타인과 인근 지역의 유지들, 정치가들이 모두 그녀의 환자였다. 그들은 젊은 라우터바흐의 정치적 재능을 알아보고 기꺼이 후원자가 되어주었다. 즉 그는 아내 없이 절대 현재의 자리에 오를 수 없었다. 하마터면 그녀의 호의와 총애를 잃을 뻔했던 11년 전 그때 뼈저리게 깨달은 사실이다.

다니엘라는 벌써 쉰아홉이지만 여전히 아름답다. 그래서 그는 항상 불안했다. 비록 그때 이후로 잠자리를 함께한 적은 없지만 여전히 마음속 깊이 그녀를 사랑한다. 그를 스쳐 간 다른 여자들은 육체적 관계였을 뿐 다른 어떤 의미도 없었다. 다니엘라만은 잃고 싶지 않았다. 아니, 그녀를 잃어서는 안 된다! 절대 그런 일이 일어나서는 안 된다. 그녀는 그에 대해 너무 많은 것을 알고 있다. 그의 자격지심, 그리고 요즘은 좀 나아졌지만 실패에 대한 극심한 두려움도 훤히 알고 있다.

라우터바흐는 현관문 열리는 소리에 놀라 몸을 부르르 떨다가 이내 자리에서 일어나 현관 앞 홀로 걸어 나갔다.

"안 잤어?" 다니엘라가 뜻밖이라는 표정으로 물었다.

그녀는 여느 때와 다름없이 침착하고 평온해 보였다. 그는 거친 바다 한가운데서 드디어 구원의 등대를 발견한 선원처럼 평정심을 되찾았다. 그녀가 그의 얼굴을 살핀 뒤 냄새를 맡았다.

"술 마셨네? 무슨 일 있었어?"

그녀가 언제나처럼 그를 꿰뚫어보았다. 그녀에게 뭘 숨긴다는 것 자체가 불가능한 일이다. 그는 계단에 힘없이 주저앉았다.

"잠이 안 와." 그는 어떤 변명이나 핑계도 대지 않고 짤막하게 말했다. 불현듯 아내의 모성애적 사랑과 위로 그리고 따스한 품이 사무치게 그리웠다.

"안정제 하나 줄게."

"싫어!" 그가 자리에서 일어나며 외쳤다. 그러면서 잠시 휘청한 그가 그녀에게 손을 내밀었다. "약은 먹기 싫어. 약 말고……."

의아해하는 그녀와 눈길이 마주친 그는 말을 잇지 못하고 망설였다. 자신이 너무나 초라하고 한심했다.

"원하는 게 뭔데?" 그녀가 낮은 목소리로 물었다.

"오늘 밤만 그냥 옆에서 자게 해줘, 여보. 부탁이야."

*

피아는 로라의 어머니와 식탁에 마주 앉아 있었다. 법의학연구소에서 로라의 유골을 내줬다는 소식을 전하러 온 참이었다. 그녀가 의외로 침착하자 피아는 로라와 토비아스의 관계에 대해 몇 가지 질문을 해보았다.

"왜 그걸 알고 싶은 거죠?" 바그너 부인의 목소리에 약간의 의심과 적의가 담겨 있었다.

"옛날 기록을 자세히 살펴봤는데 그 당시 수사 과정에서 간과한 부분이 있는 것 같아서요. 토비아스 자토리우스한테도 로라를 발견했다고 말했는데, 정말 아무것도 모르는 표정이었어요. 이상하게 생각하지는 마시고요. 그가 무죄라는 말은 아니니까요."

바그너 부인은 한참 동안 멍한 눈으로 피아를 바라만 보다가 건조한 목소리로 말했다. "이제 생각 같은 건 안 해요. 이 마을에서 하루하루 사는 것 자체가 고통이에요. 로라의 두 동생은 그 아이 그늘에서 자랐어요. 조금이라도 평범한 어린 시절을 보내게 해주고 싶었지만 아버지라는 사람이 저 지경이니……. 지나간 일을 받아들이지 못해 매일같이 흑마에 죽치고 앉아 초주검이 될 때까지 술을 들이부어요." 한탄이나 원망이 아니었다. 그저 담담하게 사실을 풀어놓을 뿐이었다.

"나는 그때 일 얘기 안 한 지 오래됐어요. 내가 정신 안 차렸으면 우린 이미 오래전에 망했어요." 그녀는 이렇게 말하며 식탁 위에 쌓인 서류 더미를 가리켰다. "고지서랑 독촉장이에요. 난 바트 조덴의 슈퍼마켓에 나가요. 집과 가게가 경매에 넘어가지 않게 하려면 누구라도 일을 해야 하지 않겠어요? 안 그러면 우리도 벌써 자토리우스네처럼 됐겠죠. 어떻게든 살아야지요. 나는 아이들 아버지처럼 과거에 매달릴 시간이 없어요."

피아는 아무 말도 할 수 없었다. 끔찍한 사건으로 인해 한 가정이 풍비박산 나는 것을 숱하게 보아 온 그녀다. 그 어떤 희망도 없이 하루하루를 살아야 하는 삶은 얼마나 힘들까? 과연 이 여자를 기쁘게 할 수 있는 일이 세상에 아직 남아 있기는 할까?

"토비아스는 갓난아이 때부터 알았어요. 서로 친하게 지냈으니까요. 그때는 다들 친했어요. 아이들 아버지가 소방대장에다 마을 청소년 축구팀에서 코치도 했어요. 토비아스는 공격수 중에서도 에이스였어요. 그이가 참 예뻐했죠."

그녀의 지치고 앙상한 얼굴에 잠시 미소가 퍼지는 듯싶더니 금세 사라졌다. "아무도 토비아스가 그런 짓을 하리라고는 생각하지 못했어요. 나도 믿을 수가 없었어요. 하지만 열 길 물속은 알아도 한 길 사람 속은 모른다잖아요."

"네. 그 말씀이 맞아요." 피아가 고개를 끄덕였다.

바그너 가족은 끔찍한 일을 당한 사람들이다. 그녀도 더 이상 그들의 아픈 상처를 헤집을 생각은 없었다. 가족 입장에서도 이미 오래전에 종결된 사건 때문에 경찰의 질문에 대답해야 할 의무는 없었다. 근거라고 해봐야 피아의 막연한 느낌뿐이었다.

피아는 바그너 부인에게 인사를 하고 집을 나섰다. 지저분한 마당 한쪽에 있는 작업실 앞을 지나는데 안에서 전기톱 소리가 요란하게 났다. 그녀는 걸음을 옮기다 말고 작업실 쪽으로 향했다. 만프레트 바그너에게도 소식을 전하는 게 도리라는 생각이 들었다. 딸을 땅속에 묻고 나면 그도 다시 정신을 차릴지 모른다. 피아는 그가 시련의 순간을 잘 견뎌내고 새 삶을 시작하기를 간절히 바랐다.

안으로 들어서니 바그너가 등을 돌린 채 작업대 위에 널빤지를 올려놓고 자르고 있었다. 기계가 잠시 멈춘 틈을 타 피아가 인기척을 했다. 그는 귀마개를 하고 있지 않았다. 작은 야구 모자를 쓰고 입에는 다 피운 시가를 물고 있었다. 그는 그녀를 흘깃 보고는 상체를 숙여 새 널빤지를 집어 들었다. 바지가 허리 밑으로 내려가며 털이 난 납작한 엉덩이가 살짝 보였다.

"무슨 일이오?" 그가 시큰둥하게 물었다. "지금 바빠요."

지난번 만났을 때 이후로 면도도 하지 않은 것 같았다. 묵은 땀내가 코를 찔렀다. 피아는 저도 모르게 한 발짝 뒤로 물러섰다. 저렇게 지저분한 남편과 함께 살아야 하는 여자는 얼마나 끔찍할까. 갑자기 바그너 부인이 두 배는 더 불쌍하게 느껴졌다.

"방금 부인과 이야기를 하고 나왔습니다만, 아버지 되는 분께도 따로 알려드려야 할 것 같아서요."

피아의 말에 바그너가 몸을 일으켜 그녀를 돌아보았다.

"법의학……." 그녀는 문득 말을 멈추었다. 저 야구 모자! 저 수염! 틀림없다. 감시 카메라에서 본 바로 그 남자다.

"뭐요?" 그가 반은 귀찮다는 듯, 반은 공격적으로 물었다. 그러나 다음 순간 그의 얼굴에서 핏기가 싹 가셨다. 마치 피아의 생각

을 읽기라도 한 것 같았다. 그가 뒤로 한 발짝 물러섰다. 얼굴에 양
심의 가책이 그대로 드러났다.

"그…… 그건 사고였어요." 그가 말을 더듬으며 손을 내둘렀
다. "정말입니다. 해칠 생각은 없었어요. 그…… 그냥 얘기만 하려
고 한 거예요. 정말입니다!"

피아는 숨을 훅 하고 내쉬었다. 이로써 리타 크라머 사건과
1997년 가을에 발생한 살인 사건 사이의 연관 관계가 밝혀졌다.
역시 그녀의 추측은 옳았다.

"하…… 하지만 그 더…… 더러운 살인자가 감옥에서 나와 여
기 알텐하인에 산다는 말을 들으니까…… 갑자기 모든 기억이 되
살아나서 참을 수가 없었습니다. 그래서 리타한테 말할 생각이었
어요. 리타는 옛날에 우리하고 아주 친했거든요. 리타한테 말해서
토비아스를 알텐하인에서 떠나게 하려고 한 겁니다. 그런데……
리타가 도망쳤어요……. 그리고 나를 마구 차고 때렸습니다. 갑자
기…… 갑자기 너무 화가 나서……." 그는 더 이상 말을 이어 나가
지 못했다.

"부인도 이 일을 알고 있나요?" 피아가 물었다.

바그너는 말없이 고개를 저으며 어깨를 축 늘어뜨렸다. "처음
엔 몰랐다가 나중에 수배 사진을 보고 알게 된 것 같습니다."

바그너 부인은 분명히 수배 사진 속 남편을 알아봤을 것이다.
다른 사람들 모두가 알아본 것처럼. 모두가 바그너를 보호하기 위
해 입을 다물었다. 끔찍한 사건으로 딸을 잃은 불쌍한 사람이 아
닌가. 그들은 어쩌면 자토리우스 가족이 당한 불행을 당연한 복수
로 받아들였는지도 모른다.

"마을 전체가 감싸준다고 해서 무사할 줄 알았나요?" 피아의

동정심은 씻은 듯 사라졌다.

"아닙니다. 사…… 사실은 경찰에 자수하려고 했는데……." 기어드는 목소리로 대답하던 그가 갑자기 고통과 분노에 사로잡혀 주먹으로 작업대를 쾅 내리쳤다. "그 살인자 놈은 형을 살고 감옥에서 나왔는데 우리 로라는…… 우리 로라는 죽어서 오지를 못하잖아요! 리타가 내 말은 듣지도 않고 무조건 저리 가라고 소리를 지르니까 갑자기 아무것도 안 보였습니다. 그리고 난간이 너무 낮았어요."

*

바그너 부인은 무표정한 얼굴로 팔짱을 끼고 서서 경찰 둘이 남편을 체포하는 모습을 지켜봤다. 그녀의 눈에는 책 한 권을 써도 모자랄 만큼 많은 이야기가 담겨 있었다.

두 사람 사이에는 사랑은커녕 일말의 정도 남아 있지 않았다. 아이들, 하루하루 살아가는 일, 이혼 후 막막해질 생활이 그들을 하나로 묶고 있을 뿐 그 이상의 어떤 연대감도 없었다. 바그너 부인은 현실에 맞서지 않고 술로 슬픔을 잊으려는 남편을 경멸했다. 피아는 그런 고통 속에서 살아가는 그녀를 깊이 동정했다. 바그너 가족의 미래는 그들의 과거보다 나아 보이지 않았다. 피아는 경찰차가 완전히 떠날 때까지 마당에 서 있었다. 보덴슈타인에게 이미 연락을 취했기 때문에 심문은 나중에 이루어질 것이다.

피아는 차에 올라 안전벨트를 맨 후 운전대를 돌렸다. 그녀는 테를린덴의 회사들이 모여 있는 공단 방면으로 차를 몰았다. 높은 울타리 너머에 여러 개의 건물이 늘어서 있고 그 옆으로 잘 손질된 잔디밭과 주차장이 보였다. 전면을 거대한 유리로 덮은 반원 형태의 본관 건물로 가려면 검문소와 초소를 지나야 했다. 한쪽 검문소에는 여러 대의 트럭이 줄지어 서 있고 그 옆 검문소에서는 트럭을 한 대씩 세워놓고 뭔가를 검사하는 중이었다. 피아 뒤에 따라오던 트럭이 경적을 울렸다. 피아는 B519 연방도로에서 호프 하임으로 가려고 이미 왼쪽 깜빡이를 넣은 상태였지만, 곧 생각을 바꿔 운전대를 오른쪽으로 꺾었다. 잠시 자토리우스 농장에 들를 생각이었다.

아침에만 해도 자욱했던 안개가 점점 옅어지면서 해가 들기 시작했다. 11월의 한복판에서 늦여름을 맛볼 수 있는 날씨였다. 알텐하인은 고요하고 한가로웠다. 개 두 마리를 산책시키는 젊은 여자와 자기 집 울타리에 팔을 걸치고 서서 나이 지긋한 할머니와 대화를 나누는 남자 말고는 아무도 보지 못했다.

피아는 흑마의 텅 빈 주차장과 교회를 지나 오른쪽으로 커브 를 돌다가 잠시 차를 멈췄다. 뚱뚱한 회색 고양이가 우아한 걸음 걸이로 느릿느릿 좁은 도로를 건너고 있었다.

자토리우스의 레스토랑 앞에 도착하니 프랑크푸르트 번호판 을 단 은색 포르셰 카이엔이 주차되어 있었다. 피아는 그 옆에 차 를 세우고 농장으로 들어갔다. 쓰레기 더미와 고철 덩어리들이 사 라진 마당은 보기에도 휑했다. 쥐들도 좀 더 살기 좋은 곳으로 떠 났는지 한 마리도 보이지 않았다.

피아는 현관 계단을 올라가 초인종을 눌렀다. 잠시 후 하르트 무트 자토리우스가 문을 열어주었다. 그 옆에 서 있는 금발의 젊 은 여자는……, 나디야 폰 브레도프가 아닌가! 절정의 인기를 누 리고 있는 수사 드라마에서 함부르크 서의 수사반장 슈타인 역을 맡아 전국에 얼굴이 알려진 배우였다. 그녀가 왜 여기에 있는 걸까?

"제가 찾아볼게요."

그녀는 막 하르트무트에게 뭔가를 말하는 중이었다. 키가 크고 우아한 그녀 옆에 있으니 그가 더욱 초라해 보였다.

"그래, 고맙다. 그럼 나중에 보자."

그녀는 피아를 본체만체하며 휙 지나갔다. 피아는 총총 사라지는 그녀의 뒷모습을 눈으로 좇다가 하르트무트에게로 고개를 돌렸다.

"나탈리는 우리 이웃이었어요." 피아가 묻기도 전에 그가 대답했다. 피아의 표정에 나타난 놀라움을 읽은 모양이었다. "우리 토비아스랑 친남매처럼 지냈죠. 감옥에 있을 때도 끝까지 연락했던 유일한 친구기도 하고……."

"아하." 피아가 고개를 끄덕였다. 하긴 유명 배우들도 어디선가 나고 자랐을 터다. 알텐하인에서 배우가 나오지 말라는 법도 없지 않은가.

"그런데 무슨 일입니까?"

"아드님, 집에 있습니까?"

"아뇨. 산책 갔는데요. 어쨌든 좀 들어오세요."

피아는 그를 따라 부엌으로 갔다. 집 안도 지난번보다 확실히 깨끗했다. 그런데 왜 사람들은 경찰이 오면 꼭 부엌으로 데려가는 걸까?

*

아멜리는 재킷 주머니에 손을 넣고 생각에 잠긴 채 숲길을 따라 걸었다. 언제 폭우가 있었나 싶게 온화하고 조용한 날이었다. 과수원 나무들 사이로 옅은 안개가 끼기는 했지만, 햇살은 두꺼운 회색 구름을 뚫고 들어와 숲을 가을빛으로 물들였다.

젖은 흙냄새에 도토리 냄새가 섞여 났다. 누군가 과수원에서 불을 피웠는지 낙엽 타는 냄새도 났다. 아멜리는 맑고 신선한 공기를 폐부 깊숙이 들이마시며 살아 있음을 만끽했다. 대도시 출신인 그녀는 시골 생활의 좋은 점을 인정하지 않을 수 없었다. 알텐하인은 저 아래 계곡에 웅크리고 있다. 겉으로만 보면 얼마나 평화로운 풍경인가! 그때 자동차 한 대가 빨간 무당벌레처럼 숲길을 기어올라 다닥다닥 붙어 있는 집들 사이로 사라졌다. 길가의 오래된 십자가 옆 벤치에 한 남자가 앉아 있었다. 가까이 가서 보니 놀랍게도 토비아스였다.

"안녕하세요?"

아멜리가 벤치 앞으로 가 인사를 건네자 그가 고개를 들었다. 순간 아멜리의 반가움은 경악으로 바뀌었다. 그는 얼굴 왼쪽 절반에 온통 피멍이 들어 있었다. 한쪽 눈이 부었고 코는 부풀어 올라 감자만 했다. 눈썹 옆에는 찢어진 상처를 꿰맨 흔적이 있었다.

"안녕."

토비아스가 힘겹게 입을 열었다. 둘은 잠시 말없이 서로를 바라보았다. 그의 아름다운 눈이 물기로 반짝였다. 심한 통증에 시달리고 있다는 걸 한눈에 알 수 있었다.

"놈들한테 당했어. 어젯밤에 헛간에서……."

"나쁜 놈들⋯⋯." 아멜리는 이렇게 말하며 그의 옆자리에 앉았다. "경찰에 신고는 했어요?"

말은 그렇게 했지만 그녀 자신도 그다지 소용없는 일이라는 걸 알고 있었다. 토비아스가 콧방귀를 뀌었다.

"흥, 가봐야 무슨 소용이야. 담배 있니?"

아멜리는 배낭을 뒤져 찌부러진 담뱃갑과 라이터를 꺼냈다. 담배 두 개비에 불을 붙인 뒤 하나를 그에게 내밀었다.

"어제저녁에 외르크 리히터랑 뚱땡이 펠릭스 피치가 꽤 늦은 시간에 흑마에 왔어요. 다른 남자 둘이랑 같이 구석에 앉아 쑥덕거렸는데 뭔가 수상했어요." 그녀는 토비아스를 쳐다보지 않은 채 말을 이었다. "그리고 스카트 게임을 한다면서 피치, 리히터, 돔브로프스키 아저씨가 10시 45분에야 도착했고요."

"흠." 토비아스는 별 반응 없이 담배만 피웠다.

"혹시 그 사람들 중에 범인이 있을지도 몰라요."

"그럴 가능성이 크겠지." 토비아스가 시큰둥하게 대꾸했다.

"아니, 그럼⋯⋯ 누군지 알면서⋯⋯." 그녀는 무심코 고개를 돌리다가 그와 눈이 마주쳤다. 하지만 이내 얼굴을 돌렸다. 그와 눈을 마주치지 않는 편이 말하기에 편했다.

"왜 내 편을 드니?" 그가 불쑥 물었다. "난 사람을 둘이나 죽이고 교도소에 갔다 온 사람이야."

그의 목소리는 쓸쓸하다기보다는 모든 것을 체념한 듯 기운이 없었다.

"난 3주간 청소년 보호시설에 있었어요. 경찰이 친구 마약을 찾았는데 내 거라고 하고 대신 들어갔어요."

"그래서?"

"당신이 사람 죽였다는 거 안 믿는다는 뜻이에요."

"고맙구나." 그는 상체를 앞으로 내밀며 인상을 찌푸렸다. "하지만 난 재판을 받았어. 재판에서 내가 범인이라는 증거가 수도 없이 나왔고……. 그걸 모르니까 하는 소리지."

"나도 다 알아요." 아멜리는 어깨를 으쓱하고는 담배를 한 번 더 빨아들인 뒤 자갈길 건너편 들판으로 꽁초를 튕겼다. 이제 그림 이야기를 해야 한다! 그런데 어떻게 말을 꺼내지? 결국 아멜리는 조금 돌아가기로 했다.

"그레고어 라우터바흐 씨는 원래부터 여기 살았어요?"

"응." 토비아스가 의외라는 표정으로 대답했다. "그건 왜 물어?"

"나한테 그림이 한 장 있어요. 아니 한 장이 아니라 사실은 여러 장이에요. 그 그림들을 다 봤는데, 그중 세 장에 라우터바흐 씨가 그려져 있었어요."

토비아스는 무슨 말인지 모르겠다는 표정으로 아멜리를 쳐다봤다.

"내 생각엔 당시에 모든 걸 지켜본 사람이 있는 것 같아요." 그녀는 잠시 망설이다가 말했다. "티스가 나한테 그림을 줬는데 그……."

그녀가 갑자기 말을 멈췄다. 은색 지프가 좁은 숲길을 따라 빠르게 달려오고 있었다. 포르셰 카이엔이 마침내 그들 앞에 멈춰 서자 커다란 타이어 밑에서 자갈들이 빠지직 소리를 냈다. 금발의 예쁜 여자가 내리는 것을 보고 아멜리는 자리에서 튕기듯 일어나 배낭을 멨다.

"잠깐!" 토비아스가 그녀를 향해 손을 뻗으며 자리에서 일어났다. 통증에 얼굴이 일그러졌다. "그림이 어떻다는 거니? 티스가 뭘 어쨌다고? 나디야는 내 제일 친한 친구야. 말해도 괜찮아."

"아니에요. 관둘래요." 아멜리는 의심스러운 눈초리로 금발 여자를 훑어봤다. 몸에 착 달라붙는 청바지와 터틀넥 스웨터, 유명 디자이너 상표가 붙은 베이지색 오리털 조끼를 입은 그녀는 굉장히 날씬하고 우아해 보였다. 머리는 단정하게 하나로 틀어 올렸고, 조각 같은 얼굴에는 수심이 가득했다.

"토비아스!" 가까이 다가온 그녀가 의심에 찬 눈초리로 아멜리를 한번 쓱 훑어본 뒤 모든 관심을 토비아스에게 기울였다. "오, 이 일을 어째. 괜찮아, 자기야?"

그녀가 다정하게 그의 뺨에 손을 갖다 댔다. 이 갑작스러운 애정 표현이 아멜리의 가슴에 비수를 꽂았다. 그녀는 이 나디야라는 여자에게 강렬한 적의를 느꼈다.

"나 가요." 아멜리는 둘만 남겨둔 채 자리를 떴다.

*

피아는 오늘만 벌써 두 번째로 남의 집 식탁에 앉았다. 그녀는 하르트무트 자토리우스에게 만프레트 바그너의 자백과 체포 소식을 전한 뒤 정중하게 커피를 사양했다.

"부인의 병세는 좀 나아졌나요?"

"똑같아요. 의사들은 둘러대기나 하지 확답을 주질 않아요."

피아는 그의 지치고 수척한 얼굴을 바라보았다. 그 역시 바그너 가족만큼 큰 고통을 받았다. 오히려 바그너 가족은 피해자의 부모로서 동정과 위로를 받았지만 하르트무트는 가해자의 부모인

까닭에 따돌림을 당했고 마을에서 아들 대신 벌을 받았다.

침묵이 어색하게 느껴지기 시작했다. 그러나 피아도 자신이 왜 여기에 왔는지 알 수가 없었다. 그녀를 여기로 이끈 건 과연 무엇이었을까?

"마을 사람들이 이제 좀 덜 괴롭히나요?"

그녀가 질문을 하나 생각해냈다. 하르트무트는 짧은 헛웃음을 지으며 씁쓸한 표정을 지었다. 그리고 서랍에서 구겨진 종이 한 장을 꺼내 그녀에게 건넸다.

"오늘 우편함에 들어 있던 겁니다. 토비아스가 휴지통에 버린 걸 내가 다시 꺼내서 넣어놨어요."

종이에는 '살인자 새끼들 더 험한 꼴 보기 전에 여기서 꺼져!' 라고 쓰여 있었다.

"협박 편지군요. 누군지는 안 밝혔겠죠?"

"당연하죠." 그가 어깨를 한 번 으쓱한 뒤 도로 자리에 앉았다. "어젯밤에는 괴한들이 나타나 우리 애를 초주검이 될 때까지 두들겨 팼어요."

그의 목소리가 살짝 떨렸다. 감정을 자제하려 애쓰는 듯했지만 눈에는 이미 눈물이 고여 있었다.

"누가 그런 거죠?"

"마을 사람들 다요. 얼굴에 복면을 쓰고 야구방망이를 들고 있었답니다. 처음에…… 헛간에서 토비아스를 발견했을 때는 정말…… 정말 죽은 줄 알고……." 그가 입술을 깨물며 시선을 떨어뜨렸다.

"왜 경찰을 부르지 않으셨어요?"

"소용없어요. 멈추지 않을 거예요." 그가 체념과 절망이 뒤섞인 표정으로 고개를 저었다. "토비아스는 농장을 깨끗하게 치우고 서 구매자를 찾을 생각이었습니다."

"자토리우스 씨." 피아가 협박 편지를 손에 든 채 말했다. "아 드님의 사건 기록을 읽었는데, 석연치 않은 게 한둘이 아니에요. 왜 그때 변호사가 상고 신청을 안 했는지 이상할 정도더라고요."

"했죠. 하지만 법정에서 받아들이지 않았어요. 단서, 증인 모 두 너무 명백했거든요." 그가 피곤한 듯 손바닥으로 얼굴을 쓸어 내렸다. 그에게서는 어떤 희망도 느껴지지 않았다.

"하지만 지금은 로라의 유골이 발견됐잖아요." 피아는 포기하 지 않고 자신의 주장을 폈다. "어떻게 아드님이 혼자서 45분도 안 되는 짧은 시간에 시체를 자동차 트렁크에 싣고 에슈본까지 갔으 며, 폐쇄된 군사시설에는 또 어떻게 들어가 지하 탱크에 시체를 버리고 돌아올 수가 있었겠어요?"

하르트무트가 고개를 들고 그녀를 바라보았다. 흐린 눈동자 속에서 문득 한 줄기 희망의 빛이 반짝이는가 싶었지만 이내 사라 졌다. "아무 소용 없어요. 새 증거도 없고……. 설령 있다 해도 여 기 사람들한테 한번 살인자는 영원한 살인자예요."

"아드님이 잠시 알텐하인을 떠나 있는 건 어떨까요? 로라의 장례식이 끝나고 마을 분위기가 가라앉을 때까지만이라도요."

"갈 데가 어디 있어야죠. 가진 돈도 없고 토비아스도 그렇게 빨리 새 일자리를 찾지는 못할 거예요. 아무리 대학 졸업장이 있 어도 누가 전과자를 쓰려고 하겠습니까?"

"당분간 어머니 집에 가 있을 수도 있잖아요."

자토리우스가 고개를 저었다. "토비아스도 이제 서른이에요. 내가 이래라저래라 할 수 있는 나이가 아닙니다."

*

"아까 너희 둘이 앉아 있는데 정말 귀신이라도 보는 줄 알았어."

나디야의 말에 토비아스는 부어오른 코를 조심스럽게 만졌다. 어젯밤 느꼈던 죽음의 공포가 음산한 그림자처럼 그를 에워쌌다. 괴한들이 드디어 발길질과 방망이질을 멈추고 물러갔을 때 그의 목숨은 이미 끝난 것이나 다름없었다. 그중 한 사람이 돌아와 입에서 헝겊 뭉치를 꺼내주지 않았다면 그는 질식해 죽었을 것이다. 그들은 정말 그를 죽일 작정이었다.

하마터면 죽을 뻔했다는 생각에 토비아스는 온몸에 소름이 쫙 끼쳤다. 지금 상처는 무척 아프고 보기에 끔찍해도 그렇게 심각한 것은 아니었다. 아버지의 전화를 받은 라우터바흐 원장은 한밤중인데도 바로 달려와 상처를 치료해주었다. 눈썹의 상처를 꿰매고 진통제도 두고 갔다. 당시 토비아스가 그녀의 남편을 사건에 끌어들인 일에 대해 앙심을 품지는 않은 모양이었다.

"안 그래?" 나디야의 목소리가 그의 의식 속으로 파고들었다.

"뭐가?" 그가 반문했다.

나디야의 아름다운 얼굴에 수심이 가득했다. 사실 나디야는 지금쯤 함부르크의 세트장에 가 있어야 했다. 그러나 그녀에게는 그가 우선이었다. 아침에 전화를 받고 바로 달려와준 것이다. 이런 친구가 또 어디 있을까!

"아까 걔, 스테파니랑 정말 닮았잖아. 엄청나게 닮았어!"

그녀가 엄지손가락으로 그의 손바닥을 어루만졌다. 보통 때라면 야릇한 기분이 들었겠지만 지금은 정신을 사납게 만들 뿐이었다.

"응, 아멜리는 정말 엄청난 애야." 그가 생각에 잠긴 목소리로 말했다. "엄청나게 용감해. 겁도 없고."

그는 괴한의 습격을 받았을 때 아멜리가 보인 행동을 떠올렸다. 또래의 보통 여자애들이라면 아마 울고불고 난리를 치며 집으로 달려가거나 경찰에 신고했을 것이다. 그러나 아멜리는 그렇게 하지 않았다. 아멜리는 대체 무슨 이야기를 하려고 했던 걸까? 티스가 아멜리에게 한 말은 뭘까?

"걔가 마음에 드니?"

만약 그런 생각에 빠져 있지만 않았다면 그는 조금 우회적인 답변을 생각해낼 수도 있었을 것이다.

"응. 마음에 들어. 걔는 정말…… 달라."

"누구랑 달라? 나랑?"

그녀의 삐친 듯한 표정에 웃음이 나왔다. 하지만 미소를 지으려는 시도는 얼굴을 더욱 일그러뜨릴 뿐이었다.

"여기 사람들하고 다르다고." 토비아스가 나디야의 손을 잡으며 말했다. "아멜리는 이제 겨우 열여덟이야. 그냥 여동생 같은 애야."

"그래? 그럼 그 여동생이 동네 오빠한테 홀딱 반하지 않도록 조심해." 그녀가 손을 빼내면서 다리를 꼬았다. 그러고 고개를 갸우뚱한 채 그를 쳐다보았다. "넌 정말 여자들한테 네가 어떤 영향을 미치는지 모르는 것 같아, 그치?"

"아, 또 왜 그래?" 그가 그만하라는 뜻으로 손사래를 쳤다. "아멜리는 흑마에서 일해. 그래서 거기서 들은 얘기를 나한테 해주는 거야. 무엇보다도 수배 사진에서 만프레트 바그너를 알아본 장본인이고. 우리 어머니를 육교에서 민 사람이 그 아저씨였어."

"정말?"

"응. 그리고 어제 날 공격한 것도 피치, 리히터, 돔브로프스키 세 사람인 거 같아. 어제 스카트 게임에 아주 늦게 왔대."

"설마!" 나디야는 믿기지 않는다는 표정이었다.

"정말이야. 그리고 아멜리 말로는 11년 전 사건 당시에 목격자가 있었고 그 사람이 내 무죄를 입증할 만한 장면을 목격했다는 거야. 아까 너 왔을 때 티스, 라우터바흐 그리고 자세히는 모르겠지만 무슨 그림에 대해 얘기하고 있었어."

"어떻게 그…… 그런 일이……. 정말이야?" 그녀가 벌떡 일어나 자동차 쪽으로 걸음을 옮겼다가 몸을 돌려 얼떨떨한 표정으로 그를 바라보았다. "그럼 왜 그 사람은 아무 말도 안 했을까?"

"그건 나도 모르지." 토비아스는 벤치에 등을 기대며 조심스럽게 다리를 폈다. 진통제를 먹었는데도 움직이기만 하면 온몸이 다 아팠다. "어쨌든 아멜리가 뭔가 알아낸 게 틀림없어. 그때 스테파니도 나한테 라우터바흐랑 사귄다고 했거든. 라우터바흐 기억나지?"

"그럼." 그녀는 열심히 고개를 끄덕이며 그를 응시했다.

"처음엔 스테파니가 잘난 척하려고 지어낸 말인 줄 알았어. 그런데 그때, 축성일 축제 때 천막 뒤에서 둘이 있는 걸 봤어. 그래서 바로 집으로 돌아가버린 거야. 난 그때 너무……."

그는 당시 마구 격동하던 감정을 표현할 말이 생각나지 않아 말끝을 흐렸다. 그때 그 둘은 종이 한 장 들어가지 않을 정도로 딱 달라붙어 있었다. 게다가 라우터바흐의 손은 스테파니의 엉덩이를 어루만지고 있는 게 아닌가. 스테파니가 다른 남자와 놀아나는 현장을 목격한 토비아스는 갑작스러운 감정의 소용돌이 속으로 빠져들었다.

"화가 났겠지." 나디야가 불쑥 말했다.

"아니." 그가 반박했다. "난 화가 났던 게 아냐. 그냥…… 마음이 아프고 쓸쓸했어. 난 스테파니를 진심으로 사랑했거든!"

"그게 세상에 알려진다고 생각해봐!" 나디야가 심술궂게 킥킥거렸다. "신문에 뭐라고 나겠어? 문화교육부 장관, 미성년자와 성행위한 사실 뒤늦게 밝혀지다!"

"그 둘 정말 그런 관계였다고 생각하니?"

나디야가 웃음을 거뒀다. 그녀의 눈에서 그가 해독할 수 없는 기이한 빛이 떠돌았다. 나디야가 어깨를 으쓱하며 말했다. "그러고도 남을 인간이지. 스테파니한테 완전히 빠져 있었잖아. 백설공주 뒷모습만 봐도 침을 질질 흘렸다니까. 게다가 재능이라고는 눈곱만큼도 없는 애한테 백설공주 역까지 줬잖아!"

나디야와 토비아스는 그동안 조심스럽게 피해 오던 주제의 한가운데에 들어와 있었다. 사실 토비아스는 스테파니가 크리스마스 연극에서 백설공주 역을 맡았다고 했을 때 놀라지 않았다. 일단 외모 면에서는 최고의 적임자였다. 그 사실을 분명히 깨달은 날 저녁의 일이 아직도 생생하게 떠올랐다.

스테파니는 라우터바흐가 아니라 토비아스의 차에 타고 있었다. 하얀 원피스 차림에 빨간색 립스틱을 바른 그녀의 검은 머리가 바람에 휘날렸다. "눈처럼 희고 피처럼 붉고 흑단처럼 검어라!" 자신의 입으로 말하고는 멋쩍은 듯 소리 내어 웃었다.

그날 저녁 어디를 그렇게 가고 있었지? 순간 토비아스의 머릿속에 무언가가 번뜩하고 스쳤다. 며칠째 기억이 날 듯 말 듯 하며 그를 괴롭히던 바로 그 말이었다.

"······그거 기억나? 내 동생이 아버지 주머니에서 열쇠 훔쳐 가지고 비행기 격납고에서 내기 경주했던 거?"

목요일 저녁 차고에서 외르크가 한 말이었다.

물론 기억하고 있다! 그날 저녁에도 내기 경주를 하러 가고 있었다. 스테파니는 다른 사람들이 차에 타지 못하도록 일찍 출발하자고 그를 졸랐다. 외르크의 아버지인 루츠 리히터는 전기기술자로 70, 80년대에는 군 비행장에서 일했었다! 토비아스는 어렸을 때 다른 애들과 함께 외르크의 아버지를 따라가 황량한 비행장에서 놀았던 걸 아직도 기억하고 있다. 커서는 몰래 들어가 자동차 내기 경주와 파티를 벌이기도 했다. 그리고 그곳에서 로라의 유해가 발견됐다. 이게 과연 우연일까?

*

토비아스와 값비싼 차를 타고 온 여자를 남겨두고 숲을 내려온 아멜리는 한 번 더 뒤를 돌아보았다. 그리고 다시 앞을 본 순간 소스라치게 놀랐다. 땅에서 솟아나기라도 한 듯 티스가 그녀 앞에 서 있었다.

"깜짝이야!" 아멜리는 놀라 소리를 지르며 슬그머니 뺨에 흐른 눈물을 훔쳤다. "왜 이렇게 사람을 놀라게 해?"

티스가 소리 없이 나타나고 사라질 때마다 으스스한 기분이 들었던 아멜리는 핀잔을 주다가 그가 무척 아파 보인다는 걸 깨달았다. 퀭한 눈동자는 열기로 번쩍거렸고, 덜덜 떨리는 상체는 자신의 양손으로 꽉 움켜잡고 있었다. 순간 아멜리는 티스가 정말 미친 사람 같다고 생각했지만, 금세 그렇게 생각한 자신이 부끄러워졌다.

"무슨 일이야, 티스? 몸이 안 좋니?"

그는 아무런 반응도 하지 않았다. 두려운 듯 주위를 두리번거리며 100미터 달리기라도 한 사람처럼 가쁘게 숨을 몰아쉴 뿐이었다. 그러다 상체를 감싸고 있던 손을 풀어 아멜리의 손을 덥석 잡았다. 아멜리는 깜짝 놀랐다. 이제까지 티스는 그녀의 손을 잡은 적이 단 한 번도 없다. 그는 신체 접촉을 견디지 못했다. 아멜리도 그 사실을 잘 알고 있었다.

"나 백설공주를 지켜주지 못했어." 그의 쉰 목소리는 긴장한 탓에 불안정했다. "하지만 너는 내가 지킬 거야."

그가 눈알을 이리저리 굴리며 주변을 살피다가 뭔가 위협적인 존재라도 있는 것처럼 자꾸 숲길 쪽을 올려다보았다. 아멜리는 오싹한 전율을 느꼈다. 순간 머릿속의 퍼즐 조각들이 단번에 하나로 맞아떨어졌다.

"네가 봤구나. 무슨 일이 일어났는지 다 본 거지?" 아멜리가 낮은 목소리로 말했다.

티스가 몸을 홱 돌려 걸으며 그녀를 잡아끌었다. 그는 그녀의 손을 더욱 꽉 쥐고서 진창이 된 도랑으로, 무성한 잡초밭으로 마구 걸어갔다. 아무도 없는 숲속으로 들어간 뒤에는 속도를 늦췄지만 골초인 데다 운동량이 적은 아멜리에게는 그마저도 너무 힘들었다. 티스는 아멜리가 돌에 걸려 넘어져도 절대 손을 놓지 않고 무작정 앞으로 잡아끌기만 했다. 그들은 산 위로 올라가고 있었다. 발밑에서 마른 나뭇가지가 부러졌고 키 큰 전나무 위에서 까치가 울었다.

갑자기 티스가 걸음을 멈췄다. 아멜리는 숨을 헐떡거리며 주위를 둘러보았다. 언덕 아래 나무들 사이로 테를린덴 저택의 주홍빛 기와지붕이 보였다. 왜 티스는 자기 집을 산길로 한 바퀴 돌아서 왔을까? 그냥 녹지를 가로질러 갔으면 쉬웠을 텐데…….

티스가 아멜리의 손을 놓고 녹이 슨 좁은 철문을 열었다. 귀에 거슬리는 소리와 함께 철문이 열렸다. 티스를 따라 들어가며 아멜리는 자신들이 현재 온실 바로 밑에 있다는 것을 확인했다.

티스가 또다시 아멜리의 손을 잡으려 했다. 그러나 아멜리는 그 손을 뿌리치며 말했다.

"왜 미친놈처럼 주변을 헤매고 다니는 거야?"

아멜리는 갑자기 기분이 나빠졌다. 아무리 봐도 티스가 이상하다. 항상 잠자는 사람처럼 평온하던 티스는 온데간데없었다. 평소에는 눈을 맞추지도 않는 그가 정면으로 그녀의 눈을 들여다보았다. 그 눈빛이 너무 무시무시해서 아멜리는 등골이 오싹할 정도였다.

"아무한테도 말 안 한다고 약속하면 내 비밀을 보여줄게." 티스가 나지막하게 속삭였다. "이리 와."

티스는 깔개 밑에 있던 열쇠로 온실 문을 열었다. 아멜리는 잠시 이대로 도망가버릴까 고민했다. 그러나 티스는 그녀를 친구라고 믿고 있었다. 그래서 아멜리도 친구를 믿기로 했다. 아멜리가 온실 안으로 따라 들어오자 티스는 문을 단단히 잠근 뒤 주위를 살폈다.

"도대체 왜 이러는 거야? 무슨 일이라도 생겼어?"

그는 아무 대답도 않고 온실 뒤쪽의 커다란 야자수 화분을 옆으로 치운 뒤 화분이 놓여 있던 자리의 마루판을 들어 올려 벽에 세웠다. 궁금해진 아멜리가 가까이 가서 보니 아래로 통하는 작은 문이 바닥에 달려 있었다.

티스가 문을 열고 아멜리를 돌아보며 말했다. "들어가."

아멜리는 어둠 속으로 가파르게 이어지는 좁고 녹슨 철제 계단을 조심스럽게 밟으며 내려갔다. 곧이어 티스가 따라 들어오며 머리 위로 문을 닫았다. 잠시 후 희미한 백열전구가 켜졌다. 티스가 아멜리를 제치고 먼저 내려가 육중한 철문을 열었다. 문이 열리자 따뜻하고 건조한 공기가 훅 뿜어져 나왔다.

안으로 들어간 아멜리는 널찍한 지하실을 보고 깜짝 놀랐다. 바닥에는 밝은색 양탄자가 깔려 있고 벽은 경쾌한 오렌지색으로 칠해져 있었다. 책장이 벽면 한쪽을 가득 채웠고, 다른 쪽에는 푹신해 보이는 소파가 놓여 있었다. 나머지 공간은 병풍 같은 것으로 가려져 보이지 않았다. 아멜리는 가슴이 콩닥콩닥 뛰었다. 티스는 그녀에게 친구 이상의 관계를 원한다는 신호를 보낸 적이 없다. 그리고 아멜리도 티스가 돌변해 그녀에게 달려들 거라 생각하지는 않았다. 만약의 경우 계단까지 몇 걸음이면 갈 수 있다.

"이리 와."

티스가 다시 그녀를 불렀다. 그는 그녀가 다가가자 병풍을 치웠다. 병풍 뒤에는 등받이가 높고 고풍스러운 나무 침대가 놓여 있었다. 침대 옆 벽에는 액자 몇 개가 티스의 평소 방식대로 나란히 걸려 있었다.

"괜찮아, 가까이 와. 백설공주한테 네 얘기 많이 해놨어."

침대 위에 누워 있는 미라를 들여다본 순간, 아멜리는 경악과 동시에 그 기괴한 아름다움에 매혹당해버렸다.

*

"왜 그래?"

나디야가 토비아스 앞에 쭈그리고 앉아 그의 허벅지에 가만히 손을 올렸다. 그런데 그는 신경질적으로 그녀의 손을 밀어내고 벤치에서 일어났다. 그리고 절뚝거리며 몇 미터 가더니 걸음을 멈추었다. 의심하지 않을 수가 없지 않은가!

"로라의 시체는 에슈본 비행장 지하 탱크 속에서 발견됐어." 그의 목소리가 잠겨 있었다. "너도 기억나지? 우리 거기서 자주 파티하고 놀았잖아. 외르크네 아버지가 갖고 있는 정문 열쇠를 훔쳐다가."

"갑자기 무슨 소리야?" 뒤쫓아온 나디야가 영문을 모르겠다는 듯 물었다.

"로라를 지하 탱크에 버린 사람은 따로 있다고." 그는 거칠게 말을 내뱉고는 이를 갈았다. 그리고 주먹을 새하얘지도록 꽉 쥐고 소리를 버럭 질렀다. "빌어먹을, 빌어먹을, 빌어먹을! 무슨 일이 있었는지 알아내고야 말겠어! 우리 아버지는 나 때문에 완전히 망했어. 난 10년을 감옥에서 썩었고 로라네 아버지는 우리 어머니를 육교에서 밀었어! 더 이상은 못 참아!"

나디야는 그런 그를 바라보며 말없이 서 있었다. "토비, 나랑 같이 가자."

"싫어!" 그가 날카롭게 잘라 말했다. "모르겠어? 놈들이 바라는 게 바로 그거야. 이 나쁜 놈들!"

"어제는 그 정도로 끝났지만 그 사람들이 다시 오면 어쩔 거야?"

"날 죽이러 오면?"

토비아스는 이렇게 말하며 나디야를 쳐다보았다. 그녀의 아랫입술이 파르르 떨렸다. 커다란 눈에는 눈물이 그렁그렁했다. 그렇다. 나디야에게 소리 지를 일은 아니다. 그녀는 마지막까지 의리를 지킨 유일한 친구다. 그가 원했다면 교도소로 면회도 왔을 것이다. 순간 토비아스의 분노가 연기처럼 사라졌다. 그저 미안한 마음뿐이었다.

"미안해." 그가 나직하게 속삭이며 그녀를 향해 손을 뻗었다. "너한테 소리 지르려고 한 건 아니야. 이리 와."

나디야가 그의 가슴에 얼굴을 묻자, 토비아스는 그녀를 꽉 끌어안았다. 그는 그녀의 머리에 대고 속삭였다. "네 말이 맞을지도 몰라. 어차피 지나간 시간은 다시 돌아오지 않을 테니까."

그녀가 고개를 들어 수심 가득한 눈으로 그의 얼굴을 올려다봤다.

"토비, 네가 너무 걱정돼." 그녀의 목소리가 살짝 떨렸다. "이제 다시는 널 잃고 싶지 않아!"

토비아스의 얼굴이 일그러졌다. 그는 눈을 감고 그녀의 뺨에 가만히 자기 뺨을 갖다 댔다. 정말 그녀와 함께 행복해질 수만 있다면! 또다시 11년 전과 같은 상처를 받고 싶지 않았다. 그러느니 차라리 평생 혼자인 게 나았다.

*

만프레트 바그너는 초라한 모습으로 심문실에 앉아 있다가 피아와 보덴슈타인이 들어오는 것을 보고 힘겹게 고개를 들었다.

알코올중독자의 흐리멍덩한 눈이 수사관들을 바라보았다.

"다수의 범죄 행위를 하셨습니다." 보덴슈타인은 먼저 녹음기를 틀고 인적 사항을 말한 뒤 바그너에게 말했다. "상해, 도로 교통 방해, 과실치사 혹은 살인. 이건 검사의 판단에 따라 달라집니다."

바그너는 얼굴이 허옇게 질려 피아를 쳐다보다가 다시 보덴슈타인에게로 시선을 돌리고 숨을 꼴깍 삼켰다. "하…… 하지만 리타는 아직 살아 있잖습니까?"

"예, 그렇습니다. 하지만 리타 크라머 씨가 떨어진 자동차의 운전자는 심장마비로 현장에서 사망했습니다. 뭐, 사고에 연루된 차량의 기물 파손은 차치하고요. 이 일로 골치 꽤나 아플 겁니다. 경찰에 자수하셨어야죠."

"저도 자수하려고 했습니다." 바그너가 울먹이며 항변했다. "그런데 사람들이 하지 말라고 했어요."

"누가 말이죠?" 피아는 이 남자에게 더 이상 그 어떤 동정심도 느끼지 못했다. 자식을 잃고 큰 고통을 당했다고 해서 토비아스의 어머니를 공격한 행동을 정당화할 수는 없다.

바그너는 어깨를 움츠릴 뿐 그녀를 쳐다보지도 않았다. "전부요."

아까 피아가 하르트무트 자토리우스에게 협박 편지를 쓴 사람이 누구인지, 아들을 공격한 사람이 누구인지 물었을 때도 지금과 같이 분명치 않은 대답이 돌아왔다.

"아, 그래요? 사람들이 하라고 하면 다 하나 보죠?" 말이 의도보다 날카롭게 나왔다. 그러나 효과는 있었다.

"당신이 뭘 안다고 그런 소리를 해요?" 바그너가 흥분해서 외쳤다. "로라는 정말 특별한 아이였어요. 뭐가 돼도 됐을 거라고요.

그리고 얼마나 예뻤는지 알기나 해요? 가끔은 그 아이가 정말 내 자식이 맞는지 믿기지가 않았어요. 그런 자식이 죽었어요. 쓰레기처럼 버려졌단 말입니다! 우리 가족은 행복했어요. 공업단지에 막 새로 집을 짓기 시작했고 가게도 잘되고 있었어요. 사람들하고도 잘 지냈어요. 그땐 누구나 다 친하게 지냈습니다. 그러다가 로라랑 로라 친구가…… 실종됐어요. 토비아스, 그 피도 눈물도 없는 놈이 죽였다고요! 난 그놈한테 애원했어요. 왜 죽였냐고, 시체를 어디에 뒀냐고, 제발 말해달라고 빌었어요. 하지만 그놈은 한마디도 하지 않았어요."

그가 몸을 웅크리고는 하염없이 울기 시작했다. 보덴슈타인이 녹음기를 끄려는 것을 피아가 막았다. 바그너가 저렇듯 우는 것은 과연 죽은 딸 때문일까, 아니면 자기 연민 때문일까?

"연극 그만해요."

바그너는 피아의 일갈에 마치 엉덩이를 걷어차인 듯한 황당한 표정을 지었다. "난 자식을 잃었습니다." 그가 떨리는 목소리로 말했다.

"알고 있어요." 피아가 더 이상 변명할 틈을 주지 않고 딱 잘라 말했다. "그 부분은 애석하게 생각합니다. 하지만 당신한테는 다른 자식이 둘이나 있지 않던가요? 그리고 남편을 필요로 하는 부인도 있고요. 크라머 씨를 해침으로써 가족에게 무슨 짓을 저지르게 될지 생각해본 적이 있나요?"

바그너는 아무 말이 없었다. 그러나 곧 얼굴을 일그러뜨렸다. "내가 지난 11년 동안 어떻게 살았는지 당신이 알아?" 그가 분노를 이기지 못해 고함을 질렀다.

"아뇨. 하지만 부인이 어떻게 살았는지는 알아요." 피아가 차갑게 대꾸했다. "부인은 자식만 잃은 게 아니라 남편도 잃었어요. 잘난 남편은 자기 연민과 술독에 빠져서 가정을 내팽개쳤죠. 부인이 어떻게든 살아보려고 아등바등하는 동안에요. 당신이 대체 무슨 짓을 했는지 알기나 해요?"

순간 바그너의 눈에 섬광이 번뜩였다. 아픈 곳을 정통으로 찔린 모양이었다. "그게 당신하고 무슨 상관이요?"

"경찰에 자수하지 말라고 한 게 누구죠?"

"내 친구들이요."

"혹시 그 친구들 말인가요? 당신이 매일 저녁 흑마에서 인사불성이 될 때까지 술을 퍼마시면서 인생을 망치는 동안 그저 구경만 한 그 친구들이요?"

바그너는 뭔가 말을 하려고 하다가 이내 입을 다물었다. 그리고 이번에는 적의에 찬 시선이 보덴슈타인을 향했다.

"내가 이렇게 당할 줄 아쇼?" 그의 목소리는 흔들리고 있었다. "변호사가 오기 전까지는 아무 말도 안 할 겁니다."

그가 팔짱을 끼고 고개를 푹 숙였다. 마치 고집을 부리는 어린아이 같았다. 피아는 눈썹을 치켜세우며 보덴슈타인을 쳐다보았다. 그는 어깨를 으쓱하더니 녹음기의 정지 버튼을 눌렀다.

"이제 귀가하셔도 됩니다." 보덴슈타인이 말했다.

"체…… 체포된 게…… 아닙니까?" 너무나 놀란 나머지 바그너의 목소리가 뒤집혔다.

"뭐, 어디 사시는지 다 아니까요." 이 말과 함께 보덴슈타인은 자리에서 일어섰다. "검사가 기소장을 작성할 겁니다. 어쨌든 변호사는 필요하겠군요."

보덴슈타인이 문을 열자 바그너는 그 자리에 동석하고 있던 경찰의 손에 이끌려 방을 나갔다. 그의 뒷모습을 바라보고 선 보덴슈타인에게 피아가 말했다.

"딱하네. 하지만 동정심은 안 생겨요."

"그런데 왜 그렇게 심하게 했어?"

"우리 생각보다 훨씬 위험한 사람들이에요. 그 동네에서 뭔가 심상치 않은 일이 벌어지고 있어요. 그것도 11년 전 그 사건 이후로 계속이요. 장담하죠."

2008년 11월 16일 일요일

보덴슈타인은 금세 또 다른 가족 행사를 치러야 하는 게 못마땅했지만 집에서 간소하게 하는 행사라 운명에 순응하고 기꺼이 소믈리에 역할을 맡았다. 아들 로렌츠의 스물여섯 번째 생일 파티였다.

로렌츠는 어제 DJ 시절 알고 지냈던 친구의 클럽을 빌려 수많은 사람들에 둘러싸여 새벽까지 댄스파티를 벌였다. 그리고 일요일인 오늘은 식구들과 함께 조촐하게 점심을 먹기로 한 것이다. 코지마의 어머니와 보덴슈타인의 어머니, 동생 쿠엔틴, 그리고 쿠엔틴의 세 딸이 참석했다. 로렌츠의 여자친구인 토르디스와 그녀의 어머니도 자리를 함께했다. 고성 호텔을 경영하는 마리루이제는 자리를 비우지 못해 결국 불참했다.

식당에는 하얀 테이블보가 깔리고 가을 냄새가 물씬 풍기는 정성스런 식탁이 꾸며졌다. 요리 선생에게 하루 휴가를 받은 보덴슈타인의 큰딸 로잘리는 이른 아침부터 부엌을 접근 금지 구역으로 선포하고 붉어진 뺨으로 요리에 열중했다. 그 결과물은 매우 훌륭했다. 먼저 아몬드 크림과 레몬을 넣은 거위간구이, 곧이어 소스에 절인 갑각류와 메추리알이 들어간 물냉이 스프가 나왔다. 메인으로는 완두콩을 곁들인 노루 등심에 카넬로니(짧은 원통형의 파스타로 만든 요리_역주), 생강이 들어간 당근 퓌레 등 로잘리 같은 실습생에게 기대할 수 없는 훌륭한 요리가 나왔다. 그녀의 요리 선생도 그렇게 훌륭한 맛을 낼 수는 없으리라. 하객들은 멋진 요리를 준비해준 젊은 요리사에게 아낌없는 박수를 보냈고, 보덴슈타인은 요리를 하느라 기진맥진한 큰딸을 꼭 안아주었다.

"시집보내지 말고 엄마 아빠가 데리고 살아야겠는걸." 그가 농담하며 딸의 머리에 입을 맞추었다. "정말 맛있구나, 로잘리."

"고마워요, 아빠." 로잘리가 지친 목소리로 말했다. "이제 저도 슈납스(소주와 비슷한 술_역주) 한잔할래요!"

"좋은 날이니 우리 딸도 한잔해야지." 그가 웃으며 가족들을 향해 말했다. "또 슈납스 마실 사람!"

"그러지 말고 샴페인을 한 병 더 내오는 게 어떨까?"

로렌츠가 로잘리에게 윙크를 보내며 말했다. 미리 약속된 말이었는지 로잘리가 재빨리 부엌으로 사라졌고 로렌츠와 토르디스가 그 뒤를 따랐다.

보덴슈타인은 자리에 앉아 코지마와 잠시 시선을 주고받았다. 그는 오전 내내 은밀히 그녀를 관찰했다. 로잘리는 날도 좋은데 산책이나 하라며 아침부터 두 사람을 밖으로 내몰았다. 두 사람은 타우누스강 가로 나가 늦여름 같은 온화한 날씨 속에서 오랜만에 글라스코프를 산책했다. 코지마는 그가 아는 평소 모습 그대로였고, 이상한 점은 전혀 없었다. 산책 도중에 그의 손을 잡기까지 했다. 그의 마음속에 부풀어 올랐던 아내에 대한 의심이 점점 흔들렸다. 그러나 여전히 직접 물어볼 용기는 나지 않았다.

부엌으로 사라졌던 로잘리, 로렌츠, 토르디스가 샴페인 잔이 가득 놓인 쟁반을 조심조심 들고 와 손님들에게 한 잔씩 나눠주었다. 이제 막 사춘기에 접어든 쿠엔틴의 어린 딸들도 샴페인을 한 잔씩 받아 들고 좋아서 키득거렸다. 무서운 어머니가 없는 틈을 타 쿠엔틴도 한쪽 눈을 찡긋하며 특별히 눈감아주었다.

로렌츠가 엄숙한 목소리로 모두의 주의를 집중시켰다. "사랑하는 가족 여러분, 이렇게 모두 모인 자리를 빌려 발표할 게 있습니다. 토르디스와 제가 결혼하기로 했습니다!" 로렌츠가 토르디스의 어깨를 감쌌고 둘은 흐뭇한 표정으로 서로를 바라보았다.

"아버지, 걱정 마세요." 그가 보덴슈타인에게 농담을 건넸다. "그냥 결혼하고 싶어서 하는 거예요. 속도위반 딱지 안 떼셔도 돼요!"

"어라, 저놈 봐라!"

쿠엔틴의 말을 시작으로 손님들이 모두 일어나 두 사람을 축복했다. 보덴슈타인도 아들과 예비 며느리를 포옹했다. 그는 아들의 결혼 발표에 그리 놀라지 않았다. 그저 지금까지 아무 낌새도 없던 게 신기할 뿐이었다. 코지마와 눈이 마주친 보덴슈타인은 그녀에게 다가갔다. 그녀는 감동에 겨워 눈물을 흘리고 있었다.

"내 말이 맞지?" 그녀가 이렇게 말하며 눈물을 닦았다. "때 되면 하지 말라고 해도 다 한다고 했잖아."

"마음 못 잡고 부모 속 썩인 시간도 꽤 길었지." 보덴슈타인이 대꾸했다.

로렌츠는 고등학교를 졸업하고 나서 영영 잘못된 길로 빠지는 게 아닌가 싶을 정도로 오랫동안 클럽과 방송국에서 아르바이트를 하며 방황했다. 당시 보덴슈타인은 아버지의 권위로 아들을 따끔하게 혼내려 했지만 매번 코지마가 말렸다. 스스로 원하는 것을 찾을 때까지 더 시간을 주자는 것이었다. 그러던 아들이 지금은 큰 민영 방송국에서 매일 방송되는 세 시간짜리 라디오 프로그램의 진행자가 됐고, 갈라쇼나 스포츠 행사 같은 이벤트 사회자로 전국을 돌며 짭짤한 수입을 올리고 있었다.

손님들은 다시 자리에 앉아 편안하고 즐거운 분위기 속에서 담소를 나누었다. 로잘리도 부엌일을 접고 함께 어울려 샴페인을 마셨다.

"올리버." 보덴슈타인의 어머니가 그에게 몸을 기울이며 말했다. "물 좀 가져다주겠니?"

"그럼요."

그는 자리에서 일어나 부엌으로 갔다. 부지런한 로잘리가 어느 정도 정리해놓은 부엌을 지나 식품 창고로 간 그는 상자에서 생수 두 병을 꺼냈다. 그때 차고로 통하는 문 옆 옷걸이에 걸린 재킷에서 휴대전화 수신음이 들렸다. 귀에 익숙한 톤, 코지마의 휴대전화였다! 그는 잠시 양심의 가책을 느꼈지만 결국 의심이 승리했다. 들고 있던 물병을 얼른 옆구리에 끼고서 한 손으로 코지마가 아침에 입었던 옷 주머니를 뒤졌다. 재킷 안주머니에서 휴대전화가 나왔다. 재빨리 메시지 버튼을 눌렀다.

하루 종일 자기 생각만 했어. 내일 점심 어때? 거기서 그 시간에. 보고 싶어!

휴대전화 속 글자들이 흐릿해지며 눈앞에서 춤을 추었다. 그는 복부를 강타당한 권투 선수처럼 다리를 휘청였다. 배신감이 끝도 없이 밀려들었다. 어떻게 그렇게 감쪽같이 속일 수 있단 말인가. 아무 일도 없다는 듯 웃으며 손을 잡고 강가를 산책하다니!

메시지 아이콘이 사라졌으니 그녀는 누군가가 먼저 메시지를 읽었다는 사실을 눈치챌 것이다. 차라리 그녀가 먼저 말을 꺼냈으면 좋겠다는 생각이 들었다. 그는 휴대전화를 재킷 주머니에 원래대로 집어넣고 맥박이 정상으로 되돌아올 때까지 기다렸다가 식당으로 돌아왔다. 코지마는 소피아를 무릎에 앉힌 채 아무 일도 없다는 듯 웃고 떠들고 있었다. 마음 같아서는 모두가 있는 자리에서 그녀를 추궁하고 싶었다. 애인에게 문자메시지가 와 있으니 어서 가서 보라고 외치고 싶었다. 그러나 로렌츠와 토르디스, 로잘리의 얼굴을 보니 그런 생각을 하는 자신이 이기적이고 무책임하게 느껴졌다. 완전히 증명된 것도 아닌 추측만 가지고 이 좋은 날을 망칠 수는 없었다. 어쩔 수 없이 미소를 짓고 있을 수밖에.

*

토비아스는 힘겹게 눈꺼풀을 들어 올리며 신음했다. 머리가 깨질 듯이 아팠고 몸을 조금만 움직여도 속이 메슥거렸다. 상체를 기울여 누군가 침대 옆에 가져다 놓은 양동이에 토했다. 토사물의 역한 냄새가 올라왔다. 도로 베개에 머리를 파묻으며 손으로 입을 닦았다. 입안이 껄끄럽고, 어지럼증이 멈추지 않았다.

무슨 일이 있었던 거지? 집에는 어떻게 온 걸까? 멍한 가운데 몇몇 장면이 빠르게 스쳐갔다. 외르크와 펠릭스, 그리고 다른 친구들과 차고에 모여 보드카에 레드불을 섞어 마셨다. 자리를 함께 한 여자들은 그를 훔쳐보다가 저들끼리 뭐라고 속닥거리며 키득 거리기를 반복했다. 마치 동물원 원숭이가 된 기분이었다. 몇 시 까지 있었지? 지금은 몇 시고.

겨우 일어나 침대에 걸터앉았다. 방이 빙빙 돌았다. 아멜리도 그 자리에 있었나? 아니면 뭔가 혼동하는 건가? 비스듬한 천장을 손으로 짚고 일어나 문 쪽으로 휘청휘청 걸어갔다. 그리고 문을 열고 복도로 나가 벽을 의지하며 걸었다. 이렇게 심한 숙취는 처음이다! 화장실에 들어와서도 앉아서 오줌을 누어야 했다. 다리에 힘이 전혀 들어가지 않았다. 티셔츠에서 담배 냄새, 땀 냄새, 구토 냄새가 한데 섞인 역겨운 냄새가 났다. 변기에서 일어나 거울을 들여다본 그는 깜짝 놀랐다. 눈 주변의 피멍이 아래로 내려와 있었다. 안 그래도 면도를 하지 않아 까칠한 볼에 누렇고 푸르뎅뎅한 멍 자국이 생기니 꼭 좀비 같았다. 실제로도 딱 좀비가 된 기분이었다. 그때 복도에서 발소리가 나더니 누군가가 문을 두드렸다.

"토비아스, 여기 있니?" 아버지였다.

"네. 들어오세요." 그는 수도꼭지를 돌려 물을 틀었다. 차가운 물을 두 손으로 받아 몇 모금 마셨다. 물맛이 역겨웠다.

아버지가 문을 열고 걱정스러운 얼굴로 그를 들여다보았다. "좀 어떠냐?"

토비아스는 다시 변기 위에 앉았다. "죽겠어요." 머리에 쇳덩 어리가 든 것처럼 무거워 고개도 들기 힘들었다. 겨우 얼굴을 들 어 아버지를 쳐다봤다. 모든 것이 아주 가깝게 보이다가 금방 멀 어졌다.

"몇 시나 됐어요?"

"3시 반이다. 일요일 오후야."

"정말이요?" 그가 머리를 긁적였다. "술이 많이 약해졌나 봐요."

부분적이지만 기억이 났다. 숲속 벤치에 나디야와 함께 앉아 있다가 급히 공항에 가봐야 한다는 그녀의 차를 얻어 타고 집으로 돌아왔다. 그다음에 뭘 했지? 외르크, 펠릭스, 차고, 많은 양의 술, 여자들. 몸도 좋지 않은데 거긴 왜 간 걸까? 그는 컨디션이 좋지 않았다. 왜 그랬지? 도대체 거긴 왜 간 걸까?

"아멜리 프뢸리히라는 아이의 아버지한테서 전화가 왔었다."

아멜리! 그래, 아멜리와도 얘기를 했다. 맞아! 아멜리가 뭔가 중요한 얘기를 하려고 했는데 그때 나디야가 와서 도망치듯 가버렸다.

"그 아이가 어제 집에 안 들어왔다는구나." 아버지의 절박한 목소리가 그의 귀를 잡아당겼다. "그 집 부모가 걱정을 많이 하더라. 경찰에 신고를 할 모양이야."

아버지와 눈이 마주쳤다. 그리고 곧 알아차렸다. 아멜리는 집에 들어오지 않았다. 그는 술을 마셨다. 그것도 아주 많이. 모든 게 그때와 똑같다. 심장이 오그라드는 것만 같았다.

"설마…… 설마 제가 그 일과 상관이……." 그는 말을 잇지 못하고 소리 없이 숨을 삼켰다.

"어젯밤 라우터바흐 원장이 급한 환자를 보고 오다가 교회 앞 버스 정류장에서 너를 발견했다며 데리고 왔다. 새벽 1시 반이나 됐을 거다. 널 자동차에서 끄집어내 방까지 옮기느라고 고생했단다. 그러는 내내 네가 아멜리 얘기를 하는데……."

토비아스는 눈을 감고 손으로 얼굴을 감쌌다. 기억을 해내려고 애썼지만 아무것도 떠오르지 않았다. 차고에서 술을 마시는 친구들, 쑥덕거리며 웃는 여자들……

아멜리도 거기 있었나? 아니, 없었다. 아니, 있었나? 안 돼. 아니야. 제발, 제발, 안 돼!

2008년 11월 17일 월요일

하세를 제외한 수사 11반 전원이 회의실에 집합해 있었다. 오랜만에 나온 벤케는 전보다 더 심술궂은 표정이었다.

"늦어서 죄송합니다."

피아는 마지막 남은 의자에 앉아 외투를 벗었다. 엥겔 과장이 과장된 동작으로 손목시계를 들여다보았다.

"벌써 8시 20분이에요." 그녀가 서슬 퍼런 목소리로 말했다. "경찰서가 놀러 다니는 덴 줄 알아요? 앞으로는 소여물 주느라 직장에 늦는 일은 없도록 하세요!"

멍청한 년 같으니라고! 피아는 얼굴이 화끈거렸지만 주눅 들지 않고 날카롭게 받아쳤다. "감기 기운이 있어서 약국에 들렀다 오느라 늦었어요. 아니면 저도 병가를 낼걸 그랬나요?"

두 여자는 한동안 팽팽하게 서로를 노려보았다.

"자, 그럼 이제 다 온 것 같군요." 과장은 제멋대로 추측한 걸 사과할 생각은 않고 바로 본론으로 넘어갔다. "여학생이 실종됐어요. 에슈본 경찰서에서 오늘 아침에 온 연락이에요."

피아는 주위를 빙 둘러보았다. 벤케는 다리를 쩍 벌리고 앉아

질겅질겅 껌을 씹으면서 자꾸만 카트린을 노려봤고, 카트린은 입술을 꽉 다문 채 그런 그와 눈싸움을 벌였다. 피아는 지난주에 엥겔 과장의 지시로 보덴슈타인이 벤케와 면담했던 일을 떠올렸다. 그다음에 어떻게 됐을까? 벤케는 카트린이 작센하우젠 술집에서 자신을 본 사실을 상부에 보고했다고 확신하는 듯했다. 누가 봐도 두 사람 사이에 흐르는 긴장을 알 수 있었다.

보덴슈타인은 의장석에 앉아 무표정한 얼굴로 탁자 상판만 내려다보았다. 다크서클과 미간의 뚜렷한 주름으로 봐서 무슨 일이 있는 게 분명했다.

오스터만도 웬일인지 기분이 좋지 않아 보였다. 사실 그는 이러지도 저러지도 못하는 상황일 것이다. 그는 언제나 오랜 친구인 벤케의 허물을 덮어주려 노력했다. 하지만 그것도 한두 번이지 벤케가 자신의 호의를 이용한다는 생각이 들자 점차 불만이 쌓이던 터였다. 반면 카트린 파싱거와는 동료로서 손발이 잘 맞았다. 오스터만은 과연 누구의 편을 들게 될까?

"발라우 사건은 다 해결됐나요?"

엥겔 과장이 물었다. 딴생각에 빠져 있던 피아는 자신을 향한 질문임을 깨닫고 화들짝 정신이 들었다.

"네. 해결됐습니다." 그녀는 당시 감식팀과 과학수사연구소의 대대적 출동을 떠올리며 얼굴을 찡그렸다. "사체 두 구가 나왔는데 우리와는 상관없는 것이었습니다."

"무슨 소리예요?"

"파티 서비스 회사에서 배달 중이던 통구이용 돼지 두 마리였거든요. 짐칸에 부탄가스 통이 몇 개 있었는데 사고가 나면서 열을 받았나 봅니다. 그게 폭발해서 차량이 전소했습니다."

엥겔 과장은 어떤 표정의 변화도 없이 말했다.

"우리한테는 잘된 일이네요. 리타 크라머 사건은 검찰로 넘어 갔고……." 보덴슈타인을 쳐다보며 말을 이었다. "보덴슈타인 반 장이 실종된 여학생 건을 맡으세요. 아마 금방 다시 나타날 거예 요. 실종된 청소년의 98퍼센트는 몇 시간 아니면 며칠 내에 다시 나타나니까요."

보덴슈타인은 헛기침을 한 뒤 말했다. "하지만 나머지 2퍼센 트는 영영 안 나타나죠."

"학생 부모와 친구들을 만나보세요. 난 지금 연방경찰청에 일 이 있어 가봐야 해요. 중간에 보고하도록 하세요." 그녀는 자리에 서 일어나 일동을 둘러보며 고개를 끄덕인 뒤 방을 나갔다.

"실종자가 누구야?" 엥겔 과장이 나가고 문이 닫히자 보덴슈 타인이 오스터만에게 물었다.

"아멜리 프륄리히. 18세. 바트조덴 출신. 어제저녁에 부모가 실종 신고를 했습니다. 토요일 오전에 본 게 마지막이었답니다. 전에도 여러 번 집을 나간 적이 있어서 좀 기다려보다가 신고했다 는군요."

"좋아." 보덴슈타인이 고개를 끄덕이며 말했다. "나랑 피아는 부모를 만나볼 테니까 벤케하고 카트린은……."

"싫어요." 카트린 파싱거가 그의 말을 끊으며 단호하게 외쳤 다. "벤케 선배랑은 아무 데도 안 가요."

보덴슈타인이 놀란 눈으로 카트린을 쳐다봤다.

"제가 대신 가겠습니다." 오스터만이 급히 끼어들었다.

잠시 침묵이 흘렀다. 벤케는 껌을 씹으며 재미있다는 듯 허공 을 향해 히죽거렸다.

"내가 지금 여기서 친구 관계까지 고려해야 해?"

보덴슈타인이 근엄한 목소리로 말했다. 미간에 주름이 깊이 패 있었다. 드문 일이지만 정말 제대로 화가 난 것 같았다. 그런데 도 카트린은 고집스럽게 아랫입술을 내밀었다. 분명한 명령 거부 였다.

"똑바로 듣도록." 보덴슈타인의 목소리는 무서우리만치 평온 했다. "지금 누가 누구랑 사이가 안 좋은지 난 아무 관심도 없다. 우리는 해야 할 일이 있고 이 일을 하려면 모두가 내 지시를 따라 야 한다. 지금까지 너무 관대했는지 몰라도 난 허수아비가 아니 야! 벤케, 카트린은 지금 실종된 학생의 학교에 가서 교사와 학생 들 탐문하고, 그게 끝나면 이웃 사람들도 탐문해. 알겠나?"

대답 대신 고집스러운 침묵이 돌아왔다. 갑자기 보덴슈타인 이 주먹으로 책상을 꽝 내리쳤다. 모두들 처음 보는 그의 행동에 얼어붙었다.

"알겠나?" 그가 고함을 버럭 질렀다.

"네."

카트린이 마지못해 대답하며 자리에서 일어나 외투와 가방을 집어 들었고 벤케도 자리에서 일어났다. 잠시 후 두 사람이 방을 나서자 오스터만도 조용히 사무실로 돌아갔다.

보덴슈타인이 크게 숨을 들이마시며 피아를 쳐다보았다.

"와우!" 그는 다시 숨을 내쉬며 빙그레 웃었다. "이제야 숨통이 좀 트이네."

238

*

"알텐하인이요?" 피아가 놀라서 물었다. "오스터만은 바트조 덴이라고 했잖아요."

"발트가 22번지." 보덴슈타인이 내비게이션을 가리키며 말했 다. 이상한 길을 가르쳐준 적이 여러 번 있었지만 그는 자신의 내 비게이션을 철석같이 믿었다. "알텐하인 맞아. 바트조덴에 속하잖 아."

피아는 왠지 불길한 예감이 들었다. 알텐하인. 토비아스 자토 리우스. 누가 물으면 절대 인정하지 않겠지만 그녀는 그 청년에게 약간의 호감을 느끼고 있었다. 피아는 제발 그가 이번 일과 상관 없기를 바랐다. 그러나 그에게 알리바이가 있든 없든 마을 사람들 은 그를 의심할 게 뻔했다. 피아의 불길한 예감은 아멜리 프뢸리 히의 집에 도착할 즈음 더욱 강해졌다. 실종된 여학생의 집은 자 토리우스 농장 뒷문에서 몇 미터 떨어지지 않은 곳에 있었다. 보 덴슈타인의 BMW가 경사가 큰 모임지붕에 지붕창이 여러 개 달 린 예쁜 벽돌집 앞에 멈추어 섰다.

실종 여학생의 아버지 아르네 프뢸리히는 유쾌하다는 뜻의 성(姓)과는 거리가 먼 심각한 표정을 하고 있었다. 마흔 중반으로 보이는 그는 이마가 살짝 벗어졌고, 가느다란 머리카락은 연갈색 이었으며, 금속 재질의 안경을 꼈다. 어떤 특징도 찾을 수 없는 게 특징이라 할 수 있는 평범한 얼굴, 마르지도 뚱뚱하지도 않은 체 구, 평균 정도의 키. 너무나 평범한 나머지 오히려 눈에 띄는 사람 이었다.

반면 빛나는 금발에 커다란 눈, 시원한 입매, 살짝 들창코인 그의 아내는 눈에 띄게 매력적이었다. 잘해야 삼십 대 초반으로밖에 안 보였다. 이런 여자가 이 남자의 어디를 보고 결혼했는지 의아할 정도였다. 두 사람은 무척 걱정하고 있었지만 실종된 아이의 부모에게서 흔히 나타나는 히스테리 증상은 보이지 않았다.

프룅리히 부인이 피아에게 사진 한 장을 건넸다. 어머니와 같은 의미에서는 아니지만, 아멜리의 외모도 평범하지는 않았다. 크고 검은 눈은 아이라이너와 펜슬로 진하게 강조했고 눈썹, 아랫입술, 턱에는 피어싱이 주렁주렁 달려 있었다. 검은 머리는 마치 널빤지를 얹은 듯한 모양으로 고정시켰는데, 그렇게 하기 위해 무척 오랜 시간 공을 들였을 것 같았다. 이 모든 치장 뒤에 상당히 예쁜 얼굴이 숨어 있었다.

"집을 나간 게 이번이 처음이 아니거든요." 비교적 늦게 실종 신고를 한 이유가 있냐는 보덴슈타인의 질문에 아이 아버지가 대답했다. "아멜리는 첫 번째 아내와의 사이에서 낳은 딸인데, 좀…… 음…… 까다로워요. 반년 전부터 여기서 함께 살고 있습니다. 여기 오기 전에는 제 엄마랑 베를린에서 살았는데 거기서도……, 경찰과 문제가 있었습니다."

"뭐 때문이었습니까?"

보덴슈타인의 질문에 그가 무척 난감한 표정을 지었다. "절도, 마약, 주거침입, 부랑. 집을 나가서 몇 주씩 안 들어온 적도 있었어요. 그러다 결국 제 엄마가 지쳐서 저한테 좀 맡아달라고 한 겁니다. 이번에도 그럴 수 있다 싶어 여기저기 전화만 해보고 일단 기다렸습니다."

"그런데 옷장을 보니까 옷이 그대로인 거예요." 프룅리히 부인이 남편의 말을 받았다. "아르바이트해서 번 돈도 고스란히 있고요. 그래서 이상하다 싶었죠. 게다가 신분증도 안 챙겨 갔어요."

"누구와 싸우거나 하지는 않았습니까? 선생님이나 친구들과 문제는 없었나요?" 보덴슈타인이 늘 하는 질문을 주워섬겼다.

"아니요. 그 반대예요. 요즘 들어 착해졌다고 생각하고 있었어요. 머리도 얌전하게 하고 다니고 제 옷도 가끔 빌려 입었어요. 원래는 머리끝부터 발끝까지 검은색만 걸치는데 최근엔 밝은색 블라우스에 스커트도 입고……." 그녀가 말끝을 흐리며 한숨을 내쉬었다.

"혹시 남자친구가 생긴 건 아닐까요? 인터넷에서 사귄 누군가를 만나러 갔을 수도 있잖아요."

피아가 던진 질문에 부부는 어리둥절한 표정으로 서로를 마주 보며 어깨를 으쓱했다. 아이 아버지가 입을 열었다.

"저희는 그리 엄격한 편이 아닙니다. 최근에는 아멜리도 무척 성실하게 생활했고요. 스스로 용돈을 벌고 싶어 해서 우리 회사 사장님이 흑마에 일자리를 소개해주셨어요. 거기서 죽 일했습니다."

"학교생활에 문제는 없었나요?"

"친구가 별로 없었어요." 이번에는 부인이 말했다. "혼자 있는 걸 좋아하는 아이예요. 학교 이야기는 거의 안 했고요. 9월부터니까 이 학교에 다닌 지는 얼마 되지 않아요. 자주 만나는 친구라면 티스뿐인데……. 티스 테를린덴이라고 옆집 아들이에요."

순간 아이 아버지가 입술을 꽉 다무는 모습이 피아의 눈에 띄었다. 그 교제를 탐탁지 않게 여기는 게 분명했다.

"어떤 사이죠? 둘이 사귀는 건가요?"

"그렇진 않아요. 티스는…… 그러니까…… 좀 달라요. 자폐증이 있는데, 부모님 집에 살면서 정원을 가꿔요."

방을 보여달라는 보덴슈타인의 부탁에 프룔리히 부인은 두 사람을 아멜리의 방으로 안내했다. 크고 환한 방이었다. 두 개의 창문 중 하나는 길 쪽으로 나 있었다. 그런데 다른 십 대의 방과 달리 벽이 휑했다. 팝 스타의 포스터 같은 것도 붙어 있지 않았다. 부인은 아멜리가 이곳을 '잠시 머무는 곳'으로 생각하기 때문인 것 같다고 설명했다.

"내년에 열아홉 살 생일이 되면 바로 베를린으로 돌아가고 싶어 해요." 그녀의 말투에서 진한 서운함이 묻어났다.

"따님과의 관계는 어땠나요?" 피아가 방을 가로질러 가 책상 서랍을 열어보며 말했다.

"좋았어요. 저는 아이의 자율에 맡기려고 노력하는 편이에요. 아멜리는 엄격하게 대하면 대놓고 반항하기보다는 속으로 숨는 타입이거든요. 저와는 어느 정도 신뢰가 쌓인 상태였어요. 동생들한테도 아주 상냥하게 대하는 건 아니지만, 동생들은 아멜리를 잘 따랐어요. 제가 없을 때는 아이들하고 몇 시간씩 놀기도 하고 책도 읽어줬어요."

피아가 고개를 끄덕였다. "저희 동료들이 컴퓨터를 가져갈 거예요. 아멜리는 일기를 썼나요?" 그렇게 말하며 책상 위의 노트북을 들어 올렸다. 그 순간 그녀는 자신의 불길한 예감이 적중했음을 깨달았다. 고무 깔개 위에 하트가 그려져 있고 그 안에 예쁘게 꾸민 글씨체로 '토비아스'라고 쓰여 있었다.

*

"티스가 걱정돼요." 회의하는 사람을 집으로 불러낼 정도로 급한 일이 도대체 뭐냐며 화를 내는 남편에게 테를린덴 부인이 말했다. "티스가…… 아주 이상해요."

테를린덴은 머리를 설레설레 흔들며 티스의 반지하 방으로 갔다. 문을 열고 나서야 '이상하다'고 한 아내의 말이 아주 미약한 표현이었음을 깨달았다.

티스는 실오라기 하나 걸치지 않은 맨몸에 초점 없는 눈을 하고 방 한가운데에 무릎을 꿇고 앉아 주먹으로 계속 자신의 얼굴을 치고 있었다. 그 주변으로 장난감들이 줄을 맞춰 둥그렇게 늘어서 있었다. 코피가 턱을 따라 흘러내렸고 오줌 냄새가 진동했다.

테를린덴은 이 충격적인 장면 앞에서 그토록 잊으려 노력했던 기억을 떠올릴 수밖에 없었다. 그는 오랫동안 장남이 병을 앓는다는 사실을 인정하지 않았다. 자폐증이라는 말은 들으려고 하지도 않았다.

티스의 병은 끔찍했다. 보이는 건 무조건 찢어발기고 똥오줌을 사방에 칠하는 병증은 심각해져만 갔다. 테를린덴 부부는 아들의 병 앞에서 어찌할 바를 몰랐다. 그들이 할 수 있는 일이라곤 아이를 방에 가둬 외부와의 접촉을 단절하는 것뿐이었다. 특히 남동생 라르스는 근처에도 가지 못하게 했다. 그러나 아이가 커갈수록 발작의 정도가 심해졌고 공격적인 성향까지 띠었다. 테를린덴은 어쩔 수 없이 의사와 정신요법 치료사들을 찾아가 상담했고, 아들의 병이 불치병이라는 사실을 알았다.

라우터바흐 원장은 티스가 자신의 병과 공존하며 그나마 잘 살아갈 수 있는 방법을 일러주었다. 우선은 친숙한 공간이 필요했다. 되도록 변화가 없고 돌발 상황이 적은 환경이어야 했다. 두 번째로 중요한 것은 티스가 주변의 방해 없이 혼자 있을 수 있고 엄격하게 패턴화한 그만의 세계를 가질 수 있도록 허용하는 것이었다. 그렇게 하니 얼마간은 평온하게 지낼 수 있었다. 그러다 아이들이 열세 살 되던 해, 무슨 일인가가 터졌고 티스는 심한 발작을 일으켰다. 하마터면 동생을 죽일 뻔했고 자신도 크게 다쳤다. 더 이상 참을 수 없었던 테를린덴은 울고 소리 지르는 티스를 어린이 정신병원에 입원시켰다. 그곳에서 티스는 3년을 살았고, 상태는 호전되었다.

테스트 결과 티스는 평균 이상의 지능을 가진 것으로 판명됐다. 그러나 자기만의 세계에 갇혀 주위 환경과 사람들로부터 완전히 고립된 삶을 살아가야 하는 그에게 높은 지능은 있으나마나였다. 3년 만에 집으로 돌아온 티스는 고요하고 평온한 듯했지만 마치 귀머거리처럼 행동했다. 집에 오자마자 그가 제일 먼저 한 일은 자신의 반지하 방으로 가서 오래된 장난감들을 줄지어 세우는 것이었다. 몇 시간이고 그러고 앉은 티스의 모습에 사람들은 두려움을 느꼈다.

약물을 복용하는 동안에는 한 번도 그런 종류의 발작을 일으키지 않았었다. 심지어 조금은 자신의 속마음을 내보이기까지 했다. 티스는 정원사의 일을 도왔고 그림을 그렸다. 식사를 할 때는 여전히 어린이 식기와 테디베어 접시만을 고집했지만 잘 먹고 잘 자고 조용히 잘 지냈다. 의사들은 티스의 그런 발전에 무척 만족해 퇴원을 허락한 것이었다.

그로부터 15년의 세월이 흘렀지만 티스는 별 사고 없이 잘 지냈다. 혼자서 동네를 돌아다니는 시간을 제외하면 대부분의 시간을 정원을 가꾸며 보냈다. 그는 누구의 도움도 받지 않고 회양목 울타리와 화단, 지중해성 식물로 가득 찬 반듯한 대칭형의 정원을 만들어냈다.

가끔은 지쳐 쓰러질 때까지 그림을 그렸다. 그의 그림은 상당히 인상적이었다. 대형 캔버스를 가득 메운 혼란스러울 정도로 우울하고 음산한 이미지 사이로 자폐적 내면세계의 심연에서 끌어올린 독자적인 화풍이 엿보였다. 티스는 그림을 전시한다고 할 때에도 거부하지 않았다. 두 번인가는 부모를 따라 오프닝 행사에 참석하기도 했다. 그림과 떨어져야 할 때에도 테를린덴의 걱정과 달리 별 문제를 일으키지 않았다.

그는 그렇게 그림을 그리고 정원을 돌보며 조용히 생활했다. 모든 게 제자리를 찾아가는 듯했다. 외부와 접촉하는 일도 별 문제 없이 해냈고 몇 마디에 불과했지만 가끔은 말도 했다. 그렇게 세상을 향해 마음의 문을 조금씩 열어 가던 중에 이런 일이 일어난 것이다. 재발이라니!

테를린덴은 깊이 상심해 말없이 티스를 바라보았다. 아들의 모습을 보고 있자니 억장이 무너지는 것만 같았다. "티스!" 그가 부드럽게 아들의 이름을 불렀다. 그리고 목소리를 높여 다시 한번 불렀다. "티스!"

"약을 안 먹은 것 같아요." 부인이 등 뒤에서 말했다. "이멜다가 변기 속에서 약을 찾았어요."

테를린덴은 장난감으로 만들어놓은 원 밖에 무릎을 꿇고 앉았다. "티스! 왜 그러니?"

"왜 그러니……." 티스가 단조로운 억양으로 아버지의 말을 그대로 따라하며 기계처럼 규칙적으로 자기 얼굴을 때렸다. "왜 그러니, 왜 그러니, 왜 그러니……."

그때 티스의 주먹이 눈에 띄었다. 뭔가를 쥐고 있는 듯했다.

테를린덴이 손을 잡자 티스가 느닷없이 달려들어 주먹질에 발길
질을 해댔다. 갑작스러운 공격에 놀란 테를린덴은 본능적으로 방
어했다. 그러나 티스는 더 이상 예전의 어린아이가 아니었다. 고
된 정원 일에 단련된 탄탄한 근육을 가진 성인 남자였다. 성난 눈
빛으로 달려드는 그의 입에서 침과 피가 섞여 흘러내렸다. 테를린
덴은 숨을 헐떡거리며 아들과 몸싸움을 벌였다. 아내가 지르는 비
명이 아득하게 들렸다. 결국 그는 완력으로 티스가 쥐고 있던 것
을 빼앗아 네 발로 기듯이 방 밖으로 도망쳐 나왔다. 티스는 그를
쫓아오는 대신 무시무시한 괴성을 지른 뒤 방바닥에 드러누웠다.

"아멜리." 그의 입에서 억양 없는 단어들이 새어 나왔다. "아멜
리아멜리아멜리아멜리. 왜그래왜그래왜그래, 아빠아빠아빠……."

가쁜 숨을 몰아쉬며 일어선 테를린덴의 몸이 덜덜 떨렸다. 부
인은 손으로 자신의 입을 틀어막은 채 남편을 응시했다. 눈에 눈
물이 흥건했다. 테를린덴은 접힌 종이를 폈다. 순간 몽둥이로 뒤
통수를 얻어맞은 듯했다. 구겨진 사진 속에서 그를 향해 환히 웃
고 있는 것은 바로 스테파니 슈네베르거였다.

*

토요일 오전 프뢸리히 부부는 어린 남매를 데리고 라인가우
에 사는 친구 집에 갔다가 저녁 늦게야 돌아왔다. 아멜리가 아르
바이트를 하고 있다고 생각한 부부는 별 걱정 않다가 자정이 넘
어도 딸이 돌아오지 않자 흑마에 전화를 걸었다. 사장은 아멜리가
온다 간다 말도 없이 10시가 되자마자 사라져버렸다며 화를 냈다.
부부는 학교 친구들에게 모조리 전화를 돌렸다. 그러나 헛수고였

다. 아멜리의 행방을 아는 사람이 아무도 없었다.

보덴슈타인과 피아는 흑마의 사장 제니 자길스키를 만나 아멜리의 행방을 탐문했다. 그러나 아이 아버지에게 들은 말을 재확인했을 뿐이었다. 아멜리는 저녁 내내 정신이 나간 듯 멍한 모습이었고, 주방에서 계속 어딘가로 전화를 하다가 10시쯤 전화 한 통을 받더니 갑자기 뛰쳐나갔다고 했다. 일요일 낮에도 무단결근을 했다. 누구의 전화를 받고 그렇게 뛰쳐나갔는지는 알지 못했고, 그것은 다른 직원들도 마찬가지였다. 그날 흑마 사람들은 눈코 뜰 새 없이 바빴다고 했다.

"가게 앞에 세워보세요." 차가 다시 큰길로 나오자 피아가 보덴슈타인에게 말했다. "여기서부터 수소문해보는 게 좋을 것 같아요."

'수소문'을 하기에는 타이밍이 아주 절묘했다. 월요일 오전 마고트 리히터네 구멍가게는 알텐하인 여자들의 만남의 광장인 모양이었다. 마을 여자들은 지난번과 달리 아주 수다스러웠다.

"그때도 꼭 이렇게 시작됐다니까요." 미용사 잉게 돔브로프스키가 말하자 다른 여자들이 하나같이 고개를 끄덕였다. "내가 뭘 본 건 아녜요. 그런데 파슈케 빌리가 글쎄 자토리우스 농장에서 아멜리를 봤다잖아요."

"저도 아멜리가 거기 들어가는 거 봤어요." 다른 여자가 말했다. 그리고 자기 집이 자토리우스 농장 대각선 상에 있어서 누가 드나드는지 아주 잘 보인다고 덧붙였다.

"우리 동네 바보랑 죽고 못 사는 사이잖아?" 과일 코너에 서 있던 뚱뚱한 여자가 말했다.

"그래그래." 여자 서넛이 서둘러 맞장구를 쳤다.

"그게 누구죠?"

"티스 테를린덴이요." 미용사가 대답했다. "정신이 이상한 애예요. 한밤중에 동네로 숲으로 막 헤매고 다녀요. 실종된 애한테 무슨 짓을 하고도 남아요."

다른 여자들이 서둘러 고개를 주억거렸다. 알텐하인에서는 언제나 이렇게 일사천리로 의심이 퍼져 나가는 걸까? 피아와 보덴슈타인은 여자들이 말하도록 내버려두고 그냥 듣기만 했다. 그들은 소문에 굶주린 하이에나처럼 경찰의 존재도 잊은 채 실컷 수다를 떨었다.

"진즉에 정신병원에 집어넣었어야지." 한 여자가 침을 튀기며 말했다.

"그런데 이 마을에서 누가 테를린덴한테 그런 말을 해? 일언반구도 못 하지."

"직장에서 잘리고 싶은 사람은 없으니까."

"테를린덴한테 마지막으로 대들었던 사람이 누구야? 알베르트 슈네베르거였잖아. 그 사람 어떻게 됐어? 딸 실종됐지, 그다음엔 가족이 다 떠났잖아."

"그래, 그러고 보면 테를린덴이 자토리우스네를 도와준 것도 참 이상해. 그 집 아들들이 사건에 연루된 게 아닐까?"

"게다가 라르스도 그때 바로 사라졌잖아."

"그거 들었어? 세상에, 테를린덴이 그 살인자한테 자기 회사에서 일하라고 했대! 그게 말이 돼? 어서 마을에서 쫓아낼 생각은 않고!"

순간 수상한 침묵이 흘렀다. 모두들 방금 나온 말이 뭘 의미하는지 마음속으로 되새겨보는 것 같았다. 그리고 갑자기 모두 한꺼번에 입을 여는 바람에 가게는 시장 바닥이 되었다.

피아가 아무것도 모르는 척 끼어들었다. "그 테를린덴이라는 사람이 누군데요?"

그제야 여자들은 가게에 자기들만 있는 게 아니라는 사실을 깨닫고 온갖 핑계를 대며 하나둘씩 자리를 뜨기 시작했다. 대부분은 빈 장바구니 그대로 가게를 나섰다. 남은 사람은 계산대 뒤에 있는 마고트 리히터뿐이었다. 그녀는 점잖은 가게 주인들이 그러하듯이 손님들의 대화에 끼어들지 않았다. 그저 귀만 열어놓고 있었을 뿐이다.

"손님을 쫓아낼 생각은 아니었는데……." 피아가 미안한 듯 말했다.

가게 주인은 여유로운 모습을 보였다. "괜찮아요. 어차피 다시 올 거예요. 클라우디우스 테를린덴은 테를린덴 회사의 사장이에요. 저기 공단에 있는 큰 회사 있죠? 그게 다 그 사람 거예요. 테를린덴 집안은 수백 년 전부터 여기 살았어요. 그 집안이 아니면 이 마을에서 제대로 돌아가는 게 하나도 없을걸요."

"그게 무슨 뜻이죠?"

"테를린덴 사람들은 마을에 돈을 많이 써요. 청년회, 부녀회, 소방대, 교회, 초등학교, 도서관 모두 그 집안 후원을 받아요. 옛날부터 그랬어요. 가문의 전통이죠. 그리고 아까 '동네 바보'라고 불린 그 아들 있죠? 이름이 티스인데 아주 착한 청년이에요. 파리 한마리 못 죽인다고요. 그 여학생한테 티스가 뭘 어떻게 했다는 건 상상도 할 수 없어요."

"말이 나온 김에 물어볼게요. 아멜리 프뢸리히를 아시나요?"

"그럼요." 그녀가 약간 쓸쓸한 미소를 지었다. "여기서 개 모르면 간첩이죠. 화장을 그렇게 요란하게 하고 다니는데! 그리고 내 딸이 운영하는 흑마에서 일하니까, 잘 알죠."

피아는 고개를 끄덕이며 메모를 했다. 이번에도 반장은 도와줄 생각이 없는 듯 멍하니 서서 아무 말이 없었다. "그 학생이 어떻게 됐다고 생각하세요?"

마고트는 잠시 머뭇거렸다. 그러나 곧 눈동자가 오른쪽으로 움직였다. 피아는 즉시 무슨 뜻인지 알아챘다. 그녀가 서 있는 자리에서 황금 수탉이 아주 잘 보였기 때문이다. 테를린덴의 아들에 대한 수다는 의도된 것이었다. 사실은 모두가 하르트무트 자토리우스의 아들을 의심하고 있었다. 한번 그런 짓을 한 사람이 두 번은 못하겠는가 하는 논리리라.

"무슨 일이 있었는지 나는 모르죠. 뭐, 곧 다시 나타날지도 모르고."

*

"토비아스 자토리우스는 집단 폭행을 당할 위험에 처해 있어요." 사무실에 도착한 피아가 진심으로 걱정스러운 듯 말했다. "금요일 밤에 자기 집 헛간에서 괴한들한테 죽도록 얻어맞았어요. 집으로 계속해서 협박 편지도 오고 있고요. 담벼락의 비방 낙서는 말할 것도 없어요."

오스터만이 이미 아멜리의 노트북과 일기장 조사에 착수했지만, 노트북에는 패스워드가 걸려 있고 일기장 역시 암호로 되어 있어 무슨 내용이 있는지조차 알아내지 못하고 있었다.

보덴슈타인, 피아 팀과 동시에 도착한 프랑크, 카트린 팀은 쏠

만한 정보를 거의 얻지 못했다. 아멜리는 항시 겉돌아 학교에 친구가 거의 없고, 스쿨버스에서도 알텐하인에 사는 여학생 둘하고만 얘기한다는 것이다. 그중 한 명의 말에 의하면 최근 토비아스 자토리우스에게 큰 관심을 보이며 11년 전 사건에 대해 꼬치꼬치 캐물었다고 한다. 그리고 그와 이야기도 여러 번 한 것 같다고 말했다.

오스터만이 팩스 한 장을 들고 회의실로 들어와 큰 소리로 말했다. "아멜리의 휴대전화 통화 기록이 나왔습니다. 토요일 오후 10시 11분에 마지막으로 통화했습니다. 수신지는 알텐하인, 수신자는……."

"자토리우스?" 보덴슈타인이 말했다.

"예, 맞습니다. 통화가 길지는 않았습니다. 통화 시간이 7초밖에 안 됩니다. 그 전에 열두 번 이 번호로 전화를 했다가 바로 끊었습니다. 10시 11분 이후 휴대전화가 꺼졌고 이동 프로필은 잡히지 않습니다."

"걸려 오는 전화는 잡을 수 없나?" 보덴슈타인의 질문에 오스터만이 고개를 저었다. "컴퓨터는 어떻게 됐어?"

"아직 패스워드도 못 깼습니다." 오스터만이 울상을 지었다. "하지만 일기장에서 해독이 되는 부분만 찾아서 대충 훑어봤습니다. 토비아스 자토리우스, 그리고 티스와 클라우디우스라는 이름이 자주 언급됐습니다."

"어떤 맥락에서?"

"최근 토비아스 자토리우스와 클라우디우스라는 사람에 대해 조사를 해왔던 것 같습니다. 정확히 어떤 맥락인지는 아직 모르겠습니다."

"좋아." 보덴슈타인은 결단력 있는 예전의 모습으로 돌아와 있
었다. "아멜리는 현재 40시간째 실종 상태다. 총력전으로 간다. 적
어도 200명 출동 대기시키고 탐지견, 적외선 카메라가 탑재된 헬
리콥터 준비시킬 것. 벤케가 특별 기동대를 맡는다. 지역 경찰관
다 동원해서 전체 주민을 대상으로 탐문을 실시해. 카트린은 버스
와 택시 회사를 샅샅이 조사하고. 사건 시각은 오후 10시에서 새
벽 2시 사이다. 질문 있나?"

"그 티스라는 청년과 티스의 아버지도 만나봐야 해요. 토비아
스 자토리우스도요." 피아가 말했다.

"그건 우리가 하면 돼." 그가 일동을 죽 둘러보았다. "아, 오스
터만. 신문, 라디오, 텔레비전 맡아서 처리해. 그리고 실종자 데이
터에도 올려. 그럼 오후 6시에 이 자리에서 다시 모인다. 이상!"

*

그로부터 한 시간 후 알텐하인에는 경찰이 쫙 깔렸다. 탐지견
부대는 한 달 된 냄새도 좇을 수 있도록 훈련된 '추적자'들을 앞세
워 수색을 시작했고, 100여 명의 기동 경찰대가 마을 근처의 숲과
들판을 구역별로 나눠 이 잡듯이 뒤졌다. 적외선 카메라가 탑재된
헬리콥터는 나무 꼭대기를 스칠 듯 날아다니며 숲 사이사이를 수
색했고 특별 기동대는 집집마다 찾아다니며 탐문을 했다. 대원 하
나하나가 조금이라도 빨리 아멜리를 찾아내겠다는 희망과 의지로
불탔다. 그러나 빠른 시간 내에 성과를 내야 한다는 부담감 또한
컸다.

보덴슈타인은 운전대를 피아에게 맡기고 끊임없이 울려대는

휴대전화에 일일이 지시를 내렸다. 집 앞 도로에 차단막을 쳐서 아멜리의 부모를 구경꾼과 언론으로부터 보호할 것, 탐지견 부대는 아멜리가 마지막으로 목격된 흑마 주변부터 수색을 시작할 것, 마을 어귀의 감시 카메라를 조사할 것, 민간인은 수색 작업에 끼어들지 못하도록 조치할 것 등등.

차가 막 황금 수탉 앞에 도착했을 때 엥겔 과장에게서 전화가 왔다. "뭔가 발견되면 과장님께 제일 먼저 보고 드리겠습니다." 보덴슈타인은 전화를 끊은 후 벨소리를 진동으로 바꾸었다.

초인종을 누르자 하르트무트 자토리우스가 문을 다 열지 않고 안전 체인을 걸어놓은 채 얼굴만 쏙 내밀었다.

"자토리우스 씨, 아드님과 할 말이 있어서 왔습니다. 문 좀 열어주십시오."

"이제 집에 늦게 들어오는 여학생이 있으면 무조건 우리 애를 의심할 참이오?" 하르트무트가 다소 공격적으로 나왔다.

"소식 들으셨습니까?"

"그럼요. 발 없는 말이 천 리를 간다잖소?"

"저희는 아드님을 의심하는 게 아닙니다." 하르트무트가 긴장해서 떨고 있는 것을 본 보덴슈타인은 더욱 평정을 유지하려 애썼다. "아멜리는 사라지기 전날 저녁 이 집에 열세 번이나 전화를 했습니다. 알고 계셨습니까?"

문이 닫혔다가 잠시 체인이 딸그락거리는 소리가 나더니 다시 문이 열렸다. 하르트무트는 어깨를 쫙 펴고 최대한 당당하게 보이려고 노력했다. 반면 그의 아들은 가련하기 짝이 없는 모습이었다. 거실 소파에 웅크리고 앉아 있던 토비아스는 형사들이 들어서자 살짝 고개만 끄덕였다. 그의 얼굴은 피멍이 들어 흉측했다.

"토요일 오후 10시부터 일요일 아침까지 어디 있었지?"

"내 이럴 줄 알았지! 그날 우리 아들은 하루 종일 집에 있었소. 그 전날 어떤 놈들이 사람을 이 지경이 되도록 패고 가서."

질문이 떨어지자마자 하르트무트가 흥분해서 외쳤지만, 보덴슈타인은 아랑곳 않고 꿋꿋하게 자기 할 말만 했다.

"아멜리는 토요일 오후 10시 11분에 여기로 전화를 걸었어. 그리고 바로 끊었지. 대화를 한 것 같지는 않아. 그 전에도 여러 번 전화를 걸었고……."

"우리 전화는 바로 자동 응답기가 받도록 돼 있어요." 하르트무트가 또 끼어들었다. "누군지 말도 안 하고 욕하고 협박하는 놈들이 어찌나 많은지!"

피아는 토비아스의 얼굴을 살폈다. 시선을 허공에 고정시킨 모습이 질문을 제대로 듣는 것 같지도 않았다. 밖에서 어떤 소문이 돌고 있는지는 그도 잘 알 터였다.

"아멜리가 여기로 전화할 만한 이유가 있었나요?"

피아가 직설적으로 물었다. 토비아스는 어깨만 으쓱하고 말았다.

"토비아스 자토리우스 씨." 피아는 감정을 넣어 절박한 목소리로 말했다. "알고 지내던 이웃 여학생이 행방불명됐어요. 원하든 원치 않든 사람들은 당신과 이 일을 연관 지으려 할 거예요. 저희는 그렇게 되지 않도록 도우려는 거예요."

"당연히 그러시겠지." 하르트무트가 쓴웃음을 지었다. "그때도 당신네 동료들이 똑같은 말을 했지. 우린 널 도우려는 거다, 시체를 어디다 숨겼는지 어서 말해라! 하지만 정작 내 아들 말을 믿어준 사람은 단 한 사람도 없었어. 이제 돌아가요. 토비아스는 토요일 저녁 내내 나랑 같이 집에 있었으니까!"

"됐어요, 아버지." 갑자기 토비아스가 입을 열었다. 그는 통증 때문에 얼굴을 찡그리면서 힘들게 일어섰다. "나쁜 뜻에서 하는 말이 아니잖아요."

그가 피아와 눈을 맞추었다. 눈자위가 붉게 충혈돼 있었다.

"토요일 낮에 산책길에서 우연히 마주쳤습니다. 아멜리는 옛날 사건에 대해 뭔가 알아낸 것 같았어요. 중요한 얘기를 하려던 참에 나디야가 왔어요. 아멜리는 바로 가버렸고요. 아마 그것 때문에 전화했을 겁니다. 나한테 휴대전화가 없으니까 집으로 한 거고요."

피아는 토요일에 은색 카이엔을 본 일, 나디야 폰 브레도프와 마주친 일을 떠올리고는 그의 말이 사실일 거라 짐작했다.

"아멜리가 무슨 얘기를 했지?" 보덴슈타인이 말했다.

"별 얘기 없었어요. 그냥 그때 모든 걸 지켜본 누군가가 있는 것 같다고 했어요. 그리고 티스 얘기를 하면서 라우터바흐가 그려진 그림이 있다고 했어요."

"누구?"

"그레고어 라우터바흐요."

"문화교육부 장관?"

"네. 아멜리네 옆집에 살거든요. 옛날에 로라랑 스테파니의 담임이기도 했고요."

"당신을 가르친 선생님이기도 했죠?" 피아가 사라져버린 심문 기록 내용을 떠올렸다.

"네, 고등부 국어 담당이었어요."

"아멜리가 그 사람에 대해 뭘 알아냈죠?"

"모르겠어요. 나디야가 오니까 입을 다물었어요. 그냥 나중에 얘기해준다고만 했어요."

"아멜리가 간 뒤에는 뭘 했죠?"

"한참 동안 나디야랑 얘기하다가 집으로 왔어요. 그리고 한 30분 정도 부엌에 앉아 있었나. 갑자기 나디야가 공항에 가야 한다며 일어섰어요. 함부르크 행 비행기를 타야 한다고요." 토비아스가 인상을 찌푸리며 헝클어진 머리를 쓸어 넘겼다. "그다음에 친구들과 술을 마셨어요. 꽤 많이 마신 것 같아요."

토비아스가 허공을 올려다보았다. 그의 얼굴에서 표정이 사라졌다. "그런데 언제 어떻게 집에 왔는지 전혀 기억이 안 나요. 만 하루, 24시간이 백지 상태예요."

하르트무트가 절망스럽게 고개를 저었다. 금방이라도 울음을 터뜨릴 것 같았다. 그때 보덴슈타인의 휴대전화가 요동치며 침묵을 깼다. 그는 휴대전화를 귀에 대고 가만히 듣기만 하다가 고맙다고 말한 뒤 전화를 끊었다. 그러고는 피아에게 눈빛으로 신호를 보냈다.

"아드님이 집에 도착한 게 몇 시였습니까?"

보덴슈타인이 하르트무트에게로 질문을 돌렸다. 그는 대답하지 못하고 머뭇거렸다.

"아버지, 사실대로 말하세요."

토비아스가 지친 목소리로 말했다. 결국 하르트무트는 사실을 털어놓았다.

"일요일 새벽 1시 반쯤이었어요. 라우터바흐 원장이 급한 환자를 보러 갔다 오는 길에 봤다며 데리고 왔습니다."

"어디서요?"

"교회 앞 버스 정류장에서요."

"어제 차를 타고 나갔었나?" 보덴슈타인이 토비아스에게 곧바로 물었다.

"아니요. 걸어서 갔습니다."

"토요일에 함께 있었던 친구들 이름이 뭐지?"

피아가 볼펜을 꺼내 토비아스가 불러주는 이름을 메모했다.

"일단 그 사람들 얘기를 들어보겠네." 보덴슈타인이 정색을 하고 말했다. "하지만 동네를 떠나진 말게."

*

수색대장이 흑마와 교회 사이에 있는 나무 덤불 속에서 아멜리의 배낭을 발견했다고 보고했다. 라우터바흐 원장이 토비아스를 발견한 지점에서 멀지 않은 곳이었다.

"그때도 똑같은 상황이었어요." 피아가 배낭이 발견된 곳으로 차를 몰며 심각하게 말했다. "토비아스는 술을 많이 마시고 필름이 끊겼어요. 검사와 법정은 그 말을 믿지 않았고요."

"지금 그 자식 말을 믿는 거야?"

보덴슈타인의 물음에 피아는 잠시 생각을 정리했다. 방금 토비아스는 진실을 말한 것 같다. 그는 이웃집 여학생을 좋아한다. 하지만 로라와 스테파니는 싫어해서 죽였단 말인가. 그때는 질투와 상처받은 자존심이 중요한 동기로 작용했다. 이번 실종 사건에서는 그런 문제가 보이지 않는다. 아멜리는 정말 당시 사건의 비밀을 알아낸 걸까? 아니면 토비아스가 그냥 지어낸 말일까?

"그때 일을 지금 제가 판단하기는 힘들죠. 하지만 방금 토비아스의 말은 거짓이 아니었어요. 정말 기억이 안 나는 거였어요."

보덴슈타인은 아무런 대꾸도 하지 않았다. 아무래도 피아는 토비아스의 결백을 믿는 듯했다. 그녀의 직관이 그동안 수사를 올바른 방향으로 이끌어왔다는 것은 그도 잘 안다. 반면 그의 직관은 수사를 이상한 방향으로 끌고 가 미궁에 빠뜨린 적도 있다. 그래도 그는 여전히 11년 전 사건이든 이번 사건이든 토비아스가 무죄라는 생각이 들지 않았다.

아멜리의 배낭에는 지갑, 아이팟, 화장품, 그 밖의 온갖 잡동사니가 들어 있었다. 그러나 휴대전화만은 발견되지 않았다. 분명한 것은 아멜리가 스스로 집을 나간 게 아니라 변을 당했다는 사실이었다.

주차장에서 아멜리의 냄새를 놓친 후 다음 명령을 기다리고 있는 탐지견은 어서 이 흥미진진한 놀이를 다시 시작하고 싶은지 조급하게 숨을 헐떡거렸다. 피아는 마을 약도를 그렸던 경험을 밑천 삼아 하나둘씩 주차장으로 모여드는 경찰들과 이야기를 나누었다. 탐문 수사는 별 성과가 없는 듯했다.

보덴슈타인은 수색대장의 보고를 받고 있었다.

"탐지견이 실종 학생의 집 주변과 이웃집 온실에서 많은 흔적을 발견했습니다."

"이웃집이 어딥니까?"

"테를린덴 저택입니다. 그 집 안주인 말로는 실종 학생이 아들에게 자주 놀러 왔다고 합니다. 별 대단한 단서는 되지 못할 것 같습니다."

보덴슈타인의 얼굴에 실망한 기색이 역력했다. 아무 성과도 없이 대대적인 수색 작전을 끝마치는 것만큼 허망한 일도 없다.

*

아멜리의 노트북을 담당했던 오스터만은 드디어 패스워드를 알아내는 데 성공했다. 그는 즉시 사이트 방문 기록을 훑어봤다. 아멜리는 청소년들이 많이 찾는 페이스북이나 마이스페이스 같은 커뮤니티 사이트에는 거의 가지 않았다. 여러 곳에 회원 가입이 되어 있지만 활동은 전무했다. 접촉하는 사람도 거의 없었다. 그 대신 1997년의 살인사건과 토비아스 자토리우스 재판에 대해 자세히 찾아본 흔적이 보였다. 알텐하인 주민들에 대해서도 관심이 많았는지 여러 사이트에 마을 사람들의 이름을 검색한 흔적이 있었다. 특히 테를린덴 가족에 대한 관심이 컸다. 채팅 파트너나 데이트 사이트에서 만난 친구 같은, 수사를 구체적으로 진전시킬 수 있는 단서를 기대했던 오스터만은 크게 실망했다.

보덴슈타인은 즉석에서 회의를 소집했다. 스물다섯 명이나 되는 사람이 수사 11반 회의실에 모여 상황을 보고했지만 별 성과는 없었다. 날이 어두워지자 수색 작전은 아무 소득 없이 중단됐고, 헬리콥터의 적외선카메라가 찾아낸 것은 후미진 숲속 주차장에서 연애하는 커플과 사냥꾼의 총을 맞고 죽어 가는 노루가 전부였다. 아멜리의 흔적은 어디에도 없었다.

바트조덴에서 출발해 오후 10시 16분에 알텐하인 교회 앞에 정차한 쾨니히슈타인 행 803번 버스와 잠시 후 반대 방향으로 지나갔던 버스 기사도 검은 머리의 여학생은 보지 못했다고 말했다. 택시회사에도 알아봤지만 아멜리를 태웠다는 기사는 없었다. 대신 수사 23반의 동료 경찰이 토요일 밤늦게 개를 데리고 산책하다가 교회 앞 버스 정류장에 앉아 있는 남자를 목격했다는 사람을 찾아냈다.

"자토리우스의 집과 농장을 압수 수색 해야 합니다."

"왜요? 그럴 만한 증거는 없어요."

벤케의 제안에 피아가 즉시 반박했다. 하지만 자기 말에 설득력이 없다는 건 알고 있었다. 상황이 토비아스 자토리우스에게 불리하게 돌아가고 있다. 친구들은 그가 외르크 리히터의 전화를 받고 토요일 오후 7시에 차고에 나타났다고 증언했다. 술을 마시기는 했지만 필름이 끊길 정도로 과음하지는 않았다고도 했다. 오후 10시경 그가 갑자기 안 보였지만 다들 화장실에 갔다고 생각했다. 그런데 끝내 돌아오지 않았다는 것이다.

"이봐, 여고생 살인 전과범과 접촉이 있던 열여덟 살짜리가 사라졌어." 벤케가 흥분해서 말했다. "나도 그 또래 딸이 있어. 부모 마음이 어떨지 상상이 되고도 남는다고."

"그럼 딸 없는 사람은 그 부모의 심정을 이해할 수 없다는 거예요?" 피아가 쏘아붙였다. "그리고 수색영장 청구할 거면 왜 테를린덴 집은 안 해요? 거기서 실종자 흔적이 얼마나 많이 나왔는데!"

"그 말도 맞긴 한데……." 여러 대원들 앞에서 말다툼이 벌어질까 염려한 보덴슈타인이 끼어들었다. "아멜리의 어머니도 말했듯이 옆집에 자주 놀러 갔다고 하니까 그 흔적이 꼭 이 사건과 연관이 있다고는 할 수 없지."

피아는 입을 다물었다. 토비아스는 곤란한 상황에 처하게 될 것을 알면서도 자기 아버지에게 진실을 말하라고 했다. 아버지가 기꺼이 알리바이가 돼주겠다고 하는데도 거절한 이유가 뭘까? 그냥 가만히 있어도 됐을 텐데……. 이미 한 번 그런 일이 있었고, 그때도 아무 소용이 없었기 때문일까?

"제 생각엔 아멜리가 11년 전 토비아스 사건과 관련된 어떤 비밀을 알아냈던 것 같아요." 잠시 후 피아가 말했다. "그리고 그 비밀이 드러나는 걸 원치 않는 사람이 있었던 거죠."

"헛소리!" 벤케가 말도 안 된다는 듯이 말했다. "그놈은 그냥 술만 마셨다 하면 정신이 나가는 거야. 술 먹고 돌아오다가 아멜리가 지나가는 걸 봤겠지. 그리고 그냥 바로 덮친 거야!"

피아의 눈썹이 한쪽으로 올라갔다. 벤케는 항상 사건을 쉽게 생각하는 경향이 있다. "그럼 시체는 어떻게 처리했죠? 차도 안 가지고 갔다는데?"

"다 거짓말이지. 저 애 얼굴을 한번 잘 보라고!" 벤케가 칠판에 붙은 아멜리의 사진을 가리켰다. 사람들의 시선이 자동으로 칠판을 향했다. "그때 죽은 여학생이랑 똑같이 생겼잖아. 그놈 사이코야."

"좋아." 보덴슈타인이 결론을 내렸다. "카트린은 자토리우스 집, 차량, 토지에 대한 수색영장 청구하고, 오스터만은 일기장 계속 분석해. 다른 사람들은 내일 아침 8시에 범위 넓혀서 다시 수색 시작할 거니까 그렇게 알도록."

덜그럭거리는 의자 소리와 함께 모임은 해산됐다. 대원들 대부분이 벤케와 같은 생각이었고 가택수색에서 성과가 나오기를 기대했다. 피아는 보덴슈타인에게 항의하려고 사람들이 회의실을 다 빠져나갈 때까지 기다렸다. 그러나 말도 꺼내보기 전에 양복 차림의 남자 둘을 대동한 엥겔 과장이 나타났다.

"잠깐." 과장이 막 나가려던 벤케를 막아섰다. 피아의 눈이 카트린 파싱거와 마주쳤다. 둘이 함께 회의실을 나가자 과장이 문을 닫으며 말했다. "파싱거 씨는 밖에서 잠깐 기다려요."

"흥. 어디 두고 보라지." 복도에 서서 카트린이 말했다.

"저 사람들 뭐야?"

피아가 의아해하자 카트린은 흐뭇한 표정을 지으며 말했다. "감사과 직원들이에요. 이번에 한번 제대로 혼나보라지, 나쁜 자식!"

피아는 그제야 카트린이 술집에서 벤케를 목격한 일과 그와 함께 탐문하러 나가지 않겠다고 버티던 일이 생각났다. "오늘 일 하면서는 어땠는데?"

피아의 물음에 카트린이 눈썹을 치켜세우며 말했다. "피아 선배야 말 안 해도 알잖아요. 사람 많은 데서 무슨 종 부리듯이 막말을 하더라고요. 전 한마디도 안 하고 꾹 참았어요. 맹세하는데 이번에도 그냥 넘어가면 전근 신청할 거예요. 이제 더 이상은 못 참아요."

피아는 카트린을 충분히 이해했다. 벤케도 이번에는 무사히 빠져나가지 못할 것 같았다. 프랑크푸르트 수사 11반에서 함께 일할 때 무슨 일이 있었는지 몰라도 엥겔 과장은 오래전부터 벤케를 탐탁지 않아 했다. '재수 덩어리' 동료 형사의 미래는 어두웠다. 그러나 그가 불쌍하다는 생각은 들지 않았다.

2008년 11월 18일 화요일

그의 책상 위에 오늘 자 신문이 펼쳐져 있었다. 알텐하인에서 또다시 여고생이 실종됐다. 로라 바그너의 유해가 발견된 게 바로 엊그제인데 또 다른 사건이 일어난 것이다. 라르스 테를린덴은 두 손으로 얼굴을 감싸고 싶은 충동을 억눌렀다. 통유리로 된 사무실은 트레이딩 룸과 로비에서 훤히 들여다보였기 때문이다.

독일로 돌아오는 게 아니었다! 높은 연봉을 받으며 금융파생상품 영업자로 일하던 그는 2년 전 더 높은 연봉에 혹해 다니던 직장을 그만두고 스위스의 거대 은행 경영자로 프랑크푸르트에 왔다. 당시 그 일은 금융업계에 큰 화제를 불러일으켰다. 〈월스트리트저널〉은 겨우 스물여덟 살 난 그를 '못하는 게 없는 독일 신동'으로 치켜세웠다. 그러나 가파른 성공 가도를 달려온 그는 눈 깜짝할 새에 추락해버렸다.

게다가 알텐하인 사건까지 터지자 그토록 잊고 싶었던 비겁한 자신의 과거와 대면해야 했다. 당시 그가 저지른 유일한 잘못은 축성일 축제 때 몰래 로라의 뒤를 따라간 것뿐이다. 사랑 고백 따위는 잊고 그냥 축제만 즐겼더라면! 그때 만약…….

그는 머리를 세차게 흔들었다. 그리고 신문을 구겨 휴지통에 던져버렸다. 지금 와서 후회한들 소용없다. 당면한 문제를 해결하는 데 온 힘을 쏟아야 한다. 너무 많은 게 걸려 있다. 이런 사소한 일에 정신을 빼앗길 때가 아니다. 그에게는 부양해야 할 가족이 있고 경제 위기가 닥치면서 처리하기 힘들어진 재정적 의무도 한두 가지가 아니었다. 타우누스의 대형 빌라는 아직 원금을 갚지 못했고, 마요르카의 별장은 원금은커녕 이자 내기도 빠듯했다. 또한 그의 페라리와 아내의 지프 할부금도 매달 통장에서 빠져나가야 한다.

거대한 용수철 속에 갇힌 것 같았다. 그때처럼! 거대한 용수철은 엄청난 속도로 추락하고 있다. 빌어먹을 알텐하인!

*

그는 카르펜베크의 오피스텔 앞에 앉아 방파제 너머 바다를 하염없이 바라보았다. 벌써 세 시간째다. 건물 안으로 들어가는 사람들이 피멍으로 얼룩진 얼굴을 흘끔거리며 의심의 눈초리를 보냈지만 그는 상관하지 않았다. 냉동고 같은 추위에도 아랑곳하지 않았다. 집에서는 도저히 버틸 수가 없었다. 누군가 말 상대가 필요했고 생각나는 사람은 나디야뿐이었다. 말이라도 하지 않으면 가슴이 터질 것만 같았다.

아멜리가 사라졌다. 대대적인 수색에 돌입한 경찰이 인근 산과 들을 잇 잡듯 뒤지고 있다. 그때와 똑같다. 그는 그때와 똑같이 결백하다고 생각하지만, 의심이라는 작은 벌레들이 날카로운 이빨로 그의 뇌를 갉아먹고 있었다. 빌어먹을 술! 다시는 절대로 한 방울도 입에 대지 않으리라 맹세했다. 그때 등 뒤에서 또각또각 구두 소리가 났다. 고개를 돌려보니 나디야가 전화를 하며 걸어오고 있었다.

불현듯 그녀가 자신을 귀찮아하지 않을까 하는 생각이 들었다. 그녀와 있을 때 항상 느꼈던 자격지심이 되살아났다. 만신창이 낯짝에 닳고 닳은 싸구려 가죽점퍼를 걸친 자신이 마치 부랑자 같았다. 그냥 갈까? 그리고 다시는 나타나지 말아야 하는 게 아닐까?

"토비!" 나디야가 휴대전화를 주머니에 넣으며 놀란 얼굴로 달려왔다. "추운데 여기서 뭐 하고 있어?"

"아멜리가 없어졌어. 경찰이 집에 왔었어." 그가 힘겹게 몸을 일으켰다. 발이 얼음장이었고 등은 부서질 듯 아팠다.

"경찰이 왜?"

그는 입김을 불어 손을 녹인 뒤 마주 대고 비볐다. "한번 살인범은 영원한 살인범이라는 거겠지. 그리고 아멜리가 사라진 날 저녁에 난 알리바이가 없어."

나디야가 그를 빤히 쳐다봤다. "일단 들어가자."

열쇠로 현관문을 열고 들어가는 그녀의 뒤를 토비아스가 추위에 뻣뻣해진 걸음걸이로 따랐다.

"어디 갔었어?" 펜트하우스로 올라가는 엘리베이터 속에서 그가 물었다. "기다린 지 몇 시간 됐어."

"함부르크에 간다고 했잖아." 그녀가 머리를 설레설레 흔들었다. 그리고 안타까운 표정을 지으며 그의 손을 잡았다. "휴대전화 사야지 안 되겠다."

그러고 보니 나디야는 토요일에 촬영 때문에 함부르크에 갔었다.

그녀가 그의 점퍼를 벗긴 뒤 부엌 쪽으로 등을 밀었다. "앉아. 먼저 커피 한잔 마시고 몸부터 녹여. 몸이 얼음장이야!" 그녀는 코트를 벗어 의자 등받이에 걸쳐놓고 에스프레소 머신을 작동시켰다. 휴대전화가 울렸지만 들은 척도 하지 않았다.

"아멜리가 걱정돼. 정말 그 사건에 대해 뭔가 알고 있는지, 그 얘기를 또 누구한테 했는지는 모르겠지만 날 도우려다 무슨 일을 당했기라도 한 거면 다 내 책임이야."

"네가 개한테 과거를 쑤시고 다니라고 부탁한 것도 아니잖아."

식탁에 커피 두 잔을 내려놓은 그녀가 냉장고에서 우유를 꺼내 와 그의 맞은편에 앉았다. 화장기 없는 얼굴에 눈 밑이 보라색으로 그늘진 그녀는 무척 피로해 보였다.

"자, 커피 마셔." 나디야가 토비아스의 손 위에 잔을 올려놓으며 말했다. "그러고 나서 뜨거운 물로 목욕하면 기분이 좀 나아질 거야."

왜 나디야는 이해하지 못하는 걸까? 그는 커피를 마시러 온 것도, 목욕을 하러 온 것도 아니다. 그녀가 자신의 결백을 믿어주고 아멜리가 무사하길 함께 빌어주기를 바랐다. 그러나 그녀는 커피와 목욕에만 관심이 있었다. 마치 그것이 아주 중요한 일이라도 되는 듯!

나디야의 휴대전화가 다시 울렸다. 이번에는 유선전화도 번갈아 가면서 울렸다. 나디야는 한숨을 푹 내쉬더니 결국 수화기를 들었다. 토비아스는 말없이 식탁을 내려다보았다. 경찰의 의심을 받는 처지였지만, 자신보다도 아멜리가 걱정돼 견딜 수가 없었다.

통화를 마치고 돌아온 나디야가 뒤에서 그의 목에 팔을 둘렀다. 그리고 까칠한 볼과 귀에 입을 맞추었다. 그는 그녀를 밀쳐버리고 싶은 것을 억지로 참았다. 지금 애정 표현이나 하고 있을 상황이 아니었다. 나디야는 전혀 눈치를 못 채는 걸까? 그녀의 손가락이 그의 목에 난 상처를 따라 움직이자 온몸에 소름이 쫙 끼쳤다. 빨랫줄이 남긴 상처였다. 토비아스는 그녀가 그렇게 하지 못하게 할 양으로 손목을 잡아끌어 무릎에 앉혔다.

"토요일 저녁에 외르크네 삼촌 차고에 갔었어." 그가 나직하게 말했다. "외르크, 펠릭스 그리고 다른 친구들과 함께 술을 마셨지. 처음에는 맥주를 마시다가 나중에 레드불에 보드카를 섞어 마셨어. 그걸 마시니까 훅 가더라고. 그러고 나서 일요일 오후에 일어났는데 머리가 깨질 것처럼 아프고 필름이 완전히 끊겨 있었어."

나디야가 얼굴을 바짝 들이대고 토비아스의 얼굴을 찬찬히 들여다보았다. "흠." 그녀가 짧은 한숨을 토해냈다. 그뿐이었다.

그녀가 어떻게 생각하는지 알 것 같았다. 토비아스는 화가 나 그녀를 밀어냈다. "날 의심하는 거지? 내가 아멜리를…… 죽였다고 생각하는 거지? 그리고 로라와 스테파니를 죽인 것도 나라고 생각하는 거야! 맞지?"

"아니야! 그렇지 않아!" 나디야가 강하게 부정했다. "네가 왜 아멜리를 죽이겠어? 아멜리는 널 도우려고 했는데……."

"그래, 맞아. 네 말이 옳아." 그가 의자에서 일어나 냉장고에 기대서서 머리를 쥐어뜯었다. "문제는 내가 토요일 오후 10시부터 일요일 오후 3시 반까지의 일을 기억하지 못한다는 거야. 그렇게 술을 많이 마신 것도 아닌데 말이야. 그러니까 경찰도 이상하게 여기는 거지. 그리고 아멜리가 우리 집에 열 번도 넘게 전화를 했다는 거야. 아버지 말로는 새벽 1시 반쯤 라우터바흐 원장님이 날 데리고 왔대. 교회 앞 버스 정류장에 취해 쓰러져 있었다는데……."

"제기랄!" 나디야가 자리에 앉으며 나지막이 욕을 내뱉었다.

"내 말이 그 말이야." 토비아스는 약간 긴장이 가신 표정으로 식탁 위에 있는 담뱃갑을 집어 한 개비를 꺼내 물었다. "경찰이 아무 데도 가지 말라고 하더라고."

"왜?"

"날 의심하니까 그렇지."

"하지만…… 그렇게 경찰 마음대로 할 수는 없어."

"있어." 토비아스가 말을 끊었다. "이미 그런 일이 한 번 있었잖아. 그때 내 인생의 10년이 한꺼번에 날아갔어."

그는 담배 연기를 내뿜으며 나디야의 등 뒤로 보이는 스산한 창밖 풍경을 바라보았다. 잠시 맑았던 날씨는 어느새 전형적인 11월의 날씨로 변해 있었다. 낮게 드리운 검은 구름 아래로 비가 내렸다. 굵은 빗방울이 유리창을 때리는 소리도 났다. 평화의 다리는 검은 실루엣만 알아볼 수 있을 정도였다.

"진실을 알고 있는 사람이 있는 것 같아." 토비아스는 생각에 잠긴 표정으로 커피 잔에 손을 가져갔다.

"무슨 소리야?" 그녀가 고개를 갸우뚱하며 물었다.

그는 나디야를 올려다보았다. 그렇게 태연하게 반응하는 게 도무지 마음에 들지 않았다.

"아멜리 얘기를 하는 거잖아." 그는 그녀의 눈썹이 살짝 올라가는 것을 놓치지 않았다. "아멜리가 뭔가 위험한 사실을 알아낸 게 틀림없어. 몇 장인지는 모르겠지만 티스한테 그림을 받았다고 했는데 거기에 뭐가 그려져 있는지는 말하지 않았어. 하지만 누군가가 그 일 때문에 위협을 느끼고 있는 것만은 분명해."

*

위쪽을 뾰족하게 금으로 장식한 테를린덴 저택의 높은 정문은 굳게 닫혀 있었다. 초인종을 몇 번이나 눌렀지만 대답하는 사람이 없었다. 감시 카메라만이 빨간 램프를 깜박이며 그녀의 일거수일투족을 내려다보았다. 피아는 자동차 안에서 통화를 하고 있는 보덴슈타인에게 어깨를 들어 올려 보이며 안 되겠다는 신호를 보냈다. 조금 전, 두 사람은 클라우디우스 테를린덴을 만나러 그의 회사에 갔다가 허탕 치고 곧장 집으로 왔다. 테를린덴의 비서는 그가 사적인 일이 있어 회사에 나오지 않았다고 말했다.

"자토리우스한테 가자." 보덴슈타인이 차를 돌리기 위해 후진하며 중얼거렸다. "클라우디우스 테를린덴, 그렇게 쉽게 빠져나가지는 못할걸……."

차가 자토리우스 농장 후문을 지나쳤다. 농장 뒷마당은 경찰로 득시글거렸다. 수색영장이 나왔기 때문이다.

어제저녁 카트린이 그 사실을 알려줘야 할 것 같다며 피아에게 전화를 걸어왔었다. 하지만 실은 프랑크 벤케의 감사 건에 대해 수다를 떨려는 심산인 게 분명했다. 그동안 특권을 누려 오던 벤케가 이번에는 호되게 당한 것 같다. 보덴슈타인이 중재를 시도했지만 결과를 바꾸지는 못했다. 벤케는 무허가로 부업을 한 죄로 견책을 받아 경력에 오점을 남기게 됐으며 아마 좌천까지 당할 거라고 했다.

그리고 엥겔 과장은 카트린에게 앞으로 부적절한 행동을 하거나 협박을 할 경우 바로 직무 정지 조치를 취하겠다고 경고한 모양이었다. 피아라면 절대로 공식 항의서를 제출할 생각은 못 했을 것이다. 비겁해서인지 아니면 동료에 대한 의리 때문인지는 정확히 알 수 없었다. 사실 피아는 선배를 감사원에 고발한 카트린의 배짱에 은근히 감탄하고 있었다. 그 일 이후 카트린을 보는 사람들의 시선이 달라졌다.

평소에는 휑하던 황금 수탉 주차장이 오늘은 경찰차로 만원이었다. 건너편 길가에는 비가 추적추적 내리는데도 딱히 할 일 없는 노인들이 모여 서 있었다. 하르트무트 자토리우스는 소용없는 짓인 줄 알면서도 낙서로 더러워진 가게 벽을 솔로 문지르고 있었다.

살인자 조심! 여학생 살인자네 집!

"비눗물로 백날 닦아봐야 안 지워집니다." 보덴슈타인이 그에게 말했다.

하르트무트의 눈에 눈물이 홍건했다. 비에 젖은 후줄근한 파란색 작업복을 입고 서 있는 그의 모습이 딱하기 그지없었다.

"왜 우릴 가만 놔두지 않는 거요?" 그가 절망적인 목소리로 외쳤다. "예전엔 모두가 행복하게 살았어요. 우리 아이들은 함께 뛰놀며 자랐습니다. 그런데 지금 남은 거라곤 증오뿐이란 말입니다!"

"집으로 들어가시죠." 피아가 달래듯 말했다. "이건 저희가 사람을 따로 보내서 지우라고 할게요."

하르트무트는 솔을 양동이에 힘없이 떨어뜨리며 푸념 조로 말했다. "당신네 부하들이 와서 집을 완전히 뒤집어엎었어요. 그래서 동네에 난리가 난 겁니다. 도대체 내 아들한테 왜 이러는 겁니까?"

"아드님은 집에 있습니까?"

"아니요." 그가 어깨를 으쓱해 보였다. "어디 갔는지 나도 몰라요. 난 이제 아무것도 모르겠어요."

그는 흔들리는 시선으로 보덴슈타인과 피아를 번갈아 보다가 갑자기 어디서 기운이 났는지 분노를 폭발시키며 양동이를 들고 주차장으로 달려갔다. 잠시 동안이었지만 예전의 강인한 모습을 되찾은 것 같았다.

"꺼져버려, 이 나쁜 놈들!" 그가 길 건너로 양동이에 담긴 물을 끼얹으며 소리쳤다. "여기서 꺼지란 말이다! 우릴 가만 놔둬!"

구경꾼들에게 달려들 기세였다. 보덴슈타인이 잽싸게 그의 팔을 붙잡았다. 분노는 찾아올 때와 마찬가지로 순식간에 사그라졌다. 하르트무트는 보덴슈타인의 팔에 매달려 바람 빠진 풍선처럼 힘없이 주저앉았다.

"미안합니다." 그의 입가에 잠시 경련 같은 미소가 떠올랐다. "진즉에 한번 이럴걸 그랬어요."

*

경찰이 집을 수색하고 있었기 때문에 하르트무트는 피아와 보덴슈타인을 레스토랑으로 안내했다. 내부는 마치 영업시간 직전의 가게처럼 말끔했다. 의자들은 탁자 위에 올려져 있고 바닥은 먼지 하나 없이 깨끗했다. 인조가죽 끈으로 맨 메뉴판은 계산대 옆에 가지런히 쌓여 있었다. 바는 윤이 났고 맥주 뽑는 기계는 반짝반짝 빛을 발했다. 스툴도 줄을 맞추어 질서 정연하게 서 있었다. 피아는 가게 안을 둘러보다 왠지 소름이 돋았다. 시간이 정지된 곳에 와 있는 기분이었다.

"난 아직도 매일 여기 옵니다. 아버지와 할아버지도 이 농장을 가꾸고 이 가게를 운영했습니다. 나한테는 목숨과도 같은 곳입니다." 하르트무트가 바 근처의 둥근 탁자로 가 의자를 하나 빼며 피아와 보덴슈타인에게 앉으라고 손짓했다. "뭐 마실 것 좀 드릴까요? 커피 하시겠습니까?"

"네, 좋습니다." 보덴슈타인이 미소를 지었다.

하르트무트가 바 뒤로 가서 분주히 움직이기 시작했다. 찬장에서 잔을 꺼내고 기계에 커피를 채워 넣었다. 수백 번 반복하면서 몸에 밴 안정적이고 익숙한 손놀림이었다. 그는 쉬지 않고 손을 놀리며, 직접 도축한 가축으로 요리하고 사과주를 담그던 옛일을 활기찬 음성으로 들려주었다.

"손님들이 프랑크푸르트에서도 찾아왔었죠." 그의 목소리에는 흘려들을 수 없는 자긍심이 깃들어 있었다. "우리 가게 사과주를 마시려고 그 먼 길을 왔던 겁니다. 유명한 사람들도 어찌나 많이 오던지! 저기 위쪽 대연회장에서는 매주 큰 파티가 벌어졌어요. 뭐, 우리 아버지 때에는 영화 상영도 하고 권투 경기도 벌일 정도로 아주 큰 파티를 열었습니다. 그때는 자동차가 없어서 사람들이 외식하러 멀리 나가거나 하지를 않았거든요."

보덴슈타인과 피아는 말없이 눈빛을 교환했다. 그의 왕국에서만큼은 하르트무트는 운명의 장난에 모욕당해 노상 어깨를 움츠리는 노인네가 아니었다. 손님을 위해 지극 정성으로 요리하는 황금 수탉의 주인장이었다. 피아는 이 남자가 인생에서 얼마나 많은 것을 잃었는지 그제야 실감했다. 그를 진심으로 동정하는 마음이 생겼다. 그녀는 더 이상 그가 왜 사건 이후 마을을 떠나지 않았는지 궁금하지 않았다. 하르트무트는 조상 대대로 살아온 이 마을을 떠날 수가 없었던 것이다. 그는 마당의 마로니에처럼 이 땅에 뿌리를 내리고 있었다.

"마당이 아주 깨끗해졌던데요." 보덴슈타인이 대화를 시작했다. "치우느라 힘드셨겠습니다."

"그건 다 우리 토비가 한 겁니다. 그 애는 집이고 땅이고 다 팔자고 해요. 사실 그 말이 맞죠. 우리 식구가 여기서 다시 좋은 날을 맞을 가능성은 없으니까요. 그런데 문제는 땅도 가게도 더 이상 내 소유가 아니라는 겁니다."

"그럼 누구 소유죠?"

"토비아스의 변호사를 선임하느라 돈이 많이 들었어요." 하르트무트가 기다렸다는 듯 대답했다. "우리 힘만으로는 감당이 안 됐죠. 거기다 가게 주방을 새로 단장하고 트랙터랑 다른 물건들을 장만하느라 이미 빚이 많았거든요. 3년 정도는 어떻게든 버틸 수가 있었습니다. 하지만…… 곧 손님이 끊겼고 가게 문을 닫아야 했습니다. 클라우디우스가 아니었으면 정말 길거리에 나앉을 뻔했죠."

"클라우디우스 테를린덴 말인가요?" 피아가 수첩을 꺼내며 물었다. 죽은 로라의 어머니인 안드레아 바그너가 하르트무트와 같은 처지가 되고 싶지 않다고 한 말이 무슨 뜻인지 이제야 알 것 같았다. 테를린덴에게 얽매이느니 차라리 허드렛일이라도 하겠다는 뜻이었으리라.

"예. 클라우디우스가 유일하게 우리를 도와줬죠. 토비아스에게 변호사를 소개시켜주고 나중에 면회도 여러 번 갔어요."

"아, 그랬군요."

"테를린덴 집안은 우리 집안만큼이나 오래됐습니다. 클라우디우스의 증조할아버지는 마을 대장장이였는데 무슨 기술을 개발해서 번 돈으로 주물공장을 차렸어요. 클라우디우스의 할아버지가 가업을 물려받아 테를린덴 회사로 발전시키고 산 밑에 저택도 지었죠. 그 집안은 대대로 사회봉사를 많이 했어요. 클라우디우스도 마을과 직원들을 위해 좋은 일을 많이 했습니다. 그럴 필요까지 없는데도 누구든 어려움에 처한 사람이 있으면 기꺼이 도왔어요. 테를린덴가의 후원 없이는 마을의 각종 조직들도 돌아가지 않습니다. 몇 년 전에는 소방서에 살수차도 기증했고 청소년 축구팀 회장으로서 1, 2군 선수단을 모두 후원하고 있어요. 아, 참. 인조 잔디도 그가 기증한 겁니다."

하르트무트는 잠시 허공을 응시하며 생각에 잠겼으나 피아와 보덴슈타인은 느긋하게 기다렸다.

"클라우디우스는 우리 토비한테 일자리도 제안했어요. 당분간이라도 일할 곳이 필요하면 찾아오라고요. 하긴 라르스는 토비의 가장 친한 친구기도 했으니까요. 우리 집에서 아주 살다시피 했죠. 우리 부부에겐 아들이나 다름없었어요. 토비도 라르스 집을 자기 집처럼 드나들었고요."

"라르스? 그 정신병에 걸린 청년 말인가요?"

"아뇨. 라르스는 정상이에요." 하르트무트가 크게 고개를 저었다. "걔는 티스입니다. 라르스의 형이요. 그리고 티스도 정신병은 아니에요. 자폐증일 뿐이에요."

"제 기억이 맞는다면 당시 아드님이 클라우디우스 테를린덴에게 불리한 진술을 한 것 같던데요?" 그동안 피아의 도움으로 토비아스 사건을 어느 정도 공부해둔 보덴슈타인이 말했다. "테를린덴이 로라와 내연 관계라고 주장하지 않았나요? 그렇다면 그가 아드님에게 좋은 감정을 가지고 있지 않았을 텐데 말입니다."

"클라우디우스와 로라 사이에 무슨 일이 있었다고는 생각하지 않습니다." 하르트무트는 잠시 생각한 뒤 말을 이었다. "로라는 얼굴은 예뻤지만 좀 새침한 데가 있었어요. 테를린덴 집안 가사도우미로 일하는 어머니를 보러 자주 그 집에 드나들었죠. 그런데 어느 날 로라가 우리 애한테 클라우디우스가 자기를 쫓아다닌다고 했답니다. 아마 질투하게 만들려고 그런 거겠죠. 우리 애가 헤어지자고 해서 아주 자존심이 상해 있었거든요. 하지만 당시 토비는 스테파니한테 푹 빠져 있었기 때문에 로라는 안중에도 없었어요. 흠, 그 스테파니라는 애는 여기 애들과는 수준이 달랐습니다. 얼굴도 예쁘거니와 아주 조숙했어요. 자신감도 대단했고."

"백설공주로군요." 피아가 덧붙였다.

"네. 연극에서 백설공주 역을 딴 뒤로는 모두들 그렇게 불렀죠."

"무슨 연극이었는데요?" 보덴슈타인이 물었다.

"아, 뭐, 학교 연극이었어요. 다른 여학생들이 샘을 많이 냈습니다. 전학생 주제에 주인공 역을 따냈으니까요."

"그런데 로라와 스테파니는 친구가 아니었나요?" 이번에는 피아가 물었다.

"맞습니다. 로라랑 스테파니는 나탈리하고 같은 반이었습니다. 다들 친했어요. 같은 패거리기도 했고요." 하르트무트는 평화로웠던 과거의 기억 속으로 점차 빠져드는 듯했다.

"누구누구가 같은 패거리였나요?"

"로라, 나탈리, 그리고 남학생들이요. 토비아스, 외르크, 펠릭스, 미하엘. 이름은 기억나지 않지만 그 밖에도 몇 명 더 있었죠. 스테파니는 전학 오고 얼마 안 돼서 바로 그 패거리에 들어갔어요."

"그러고 나서 토비아스가 스테파니 때문에 로라와 헤어졌다, 이 말씀이죠?"

"네."

"그런데 스테파니는 왜 토비아스한테 헤어지자고 한 거죠?"

"그건 몰라요." 하르트무트는 어깨를 으쓱했다. "젊은 사람들이 무슨 생각을 하는지 제가 어떻게 알겠습니까? 사람들 말로는 개가 선생님을 좋아했다는군요."

"그레고어 라우터바흐요?"

"예." 하르트무트의 표정이 어두워졌다. "법정에서도 그걸 빌미로 동기를 짜 맞추려고 했습니다. 토비아스가 선생님을 질투해서 스테파니를……, 죽였다고요. 말도 안 되는 소립니다."

"스테파니가 연극을 할 수 없게 되고 나서 백설공주 역은 누가 맡았나요?"

"제 기억으로는 나탈리였습니다."

피아가 보덴슈타인에게 시선을 던지며 말했다. "나탈리, 그러니까 나디야 말이네요. 나디야는 아드님에게 오늘날까지 변함없이 의리를 지키고 있다고 하셨죠. 그 이유가 뭘까요?"

"나탈리는 바로 옆집에 살았습니다. 그래서 우리 애한테는 여동생이나 마찬가지였지요. 커서는 제일 친한 친구였고요. 나탈리는 꼭 남자애 같았죠. 새침 떠는 법도 없고 남자애들이 하는 건 다 따라 했고요. 그래서 남자애들도 나탈리를 항상 남자처럼 대했어요. 스쿠터도 타고 나무에도 기어 오르고 더 어려서는 뒤엉켜서 싸움도 했죠. 남자애보다 더 사내다웠어요."

"다시 클라우디우스 테를린덴 이야기로 돌아……."

보덴슈타인이 막 말을 하려는 순간 가게 뒷문이 열렸다. 벤케가 경찰 둘을 데리고 성큼성큼 들어와 탁자 앞에 떡 버티고 섰다. 뒤따라온 경찰들은 그 양쪽에 나란히 자리를 잡았다. 아침에 보덴슈타인이 그에게 가택수색을 맡겼던 것이다.

"자토리우스 씨. 아드님 방에서 아주 재미있는 물건이 발견됐습니다."

피아는 벤케의 눈에 어린 승리감과 입가에 떠도는 거만한 미소를 의심적은 눈으로 바라보았다. 그는 지금 공무원이라는 신분이 주는 우월감을 만끽하고 있었다. 피아가 지독히 싫어하는 공무원 유형이다. 마술 지팡이로 건드리기라도 한 듯 하르트무트가 갑자기 기가 팍 죽었다.

"이거 봐요. 이게 아드님 방에 있던 청바지 뒷주머니에서 나왔습니다." 그가 승리감에 도취해 콧구멍을 벌름거리며 자신만만하게 말했다. "이게 아드님 소유일까요? 아니죠. 그럴 리가 없죠. 여기 뒤에 보면 매직펜으로 이니셜이 쓰여 있거든요. 한번 자세히 보시죠."

보덴슈타인이 과장되게 헛기침을 하더니 벤케에게 검지를 까딱까딱해 보였다. 피아는 삐져나오는 웃음을 가까스로 틀어막았다. 보덴슈타인에게 키스라도 날리고 싶은 심정이었다. 입 한번 뻥긋 안 하고도 벤케의 지나친 행동을 제어할 줄 아는 보덴슈타인에게서 진정한 카리스마가 느껴졌다. 그것도 감식팀 사람들이 보는 앞에서 말이다. 보덴슈타인에게 증거물 봉투를 건네는 벤케의 표정을 보니 이 갈리는 소리가 들리는 듯했다.

"수고했네." 보덴슈타인은 벤케에게 눈길 한 번 주지 않은 채 말했다. "나가서 하던 일 계속해."

벤케의 뾰족한 얼굴이 순간 새하얗게 질렸다가 이내 시뻘게졌다. 불쌍한 벤케, 하필이면 이런 때에 보덴슈타인의 심기를 건드리다니! 잠시 벤케와 시선이 마주쳤지만 피아는 애써 모르겠다는 표정을 지어 보였을 뿐 어떤 내색도 하지 않았다. 한편 비닐봉지에 담긴 증거물을 자세히 살펴보던 보덴슈타인은 이마를 찌푸렸다.

"이건 아멜리 프뢸리히의 휴대전화인 것 같은데?" 벤케와 경찰들이 사라진 뒤 보덴슈타인이 심각하게 말했다. "이게 어떻게 아드님 바지 주머니에 들어가 있는 겁니까?"

하르트무트는 얼굴이 하얗게 질려서는 고개를 세차게 저으며 작은 목소리로 겨우 말했다. "나…… 난 모르겠습니다. 정말 몰라요."

*

나디야의 휴대전화가 요란하게 울렸다. 그녀는 수신 번호를 확인하고 그냥 내려놓았다.

"받지그래? 안 받으면 계속 전화할 것 같은데."

토비아스가 말했다. 슬슬 착신벨 소리가 지겨워지던 참이었다. 그때 갑자기 나디야가 휴대전화를 집어 통화 버튼을 눌렀다.

"어머, 아저씨!"

나디야는 이렇게 말하며 토비아스를 쳐다봤고, 토비아스는 자동으로 자세를 고쳐 앉았다. 아버지가 왜 나디야한테 전화한 거지?

"네? 아……, 네……. 알겠어요." 그녀는 계속 그를 쳐다보며 통화를 했다. "아뇨……. 토비 여기 안 왔는데요. 아니요, 어디 갔는지 모르겠어요. 전 함부르크에서 지금 막 돌아왔어요……. 네, 그럼요. 토비한테 전화 오면 그렇게 전할게요."

그녀가 전화를 끊었다. 잠시 침묵이 흘렀다.

"왜 거짓말했어?"

나디야는 토비아스의 질문에 대답은 하지 않고 한숨을 내쉬며 고개를 떨어뜨렸다. 다시 고개를 든 그녀는 애써 눈물을 참고 있었다.

"경찰이 지금 너희 집을 수색하고 있대." 그녀는 감정을 억누르느라 목이 멨다. "경찰이 널 찾나 봐."

수색? 도대체 왜? 그는 자리에서 벌떡 일어났다. 아버지를 그런 상황에 혼자 내버려둘 수는 없다. 아버지가 감당할 수 있는 한계는 이미 오래전에 넘었다.

"토비, 제발!" 나디야가 애원했다. "제발 가지 마. 난……, 난 네가 다시 잡혀 들어가는 꼴은 못 봐!"

"누가 그래, 내가 다시 잡혀 들어간다고? 그냥 몇 가지 물어보려는 걸 거야."

"안 돼!" 나디야가 의자를 박차고 일어섰다. 의자가 요란한 소리를 내며 대리석 바닥을 긁었다. 그녀의 얼굴은 절망으로 일그러졌고 눈에서는 눈물이 하염없이 흘렀다.

"도대체 왜 그래?"

그녀가 그의 목에 팔을 두르며 거칠게 품속으로 파고들었다. 토비아스는 그녀의 행동을 이해할 수 없었다. 그저 그녀의 등을 쓸어내리며 다독일 뿐이었다.

"네 청바지 주머니에서 아멜리의 휴대전화가 나왔대." 토비아스의 품에서 나디야가 말했다.

깜짝 놀란 그는 급히 그녀의 팔을 풀었다. 분명히 뭔가가 단단히 잘못됐다! 어째서 아멜리의 휴대전화가 자기 바지에 들어가 있단 말인가.

"가지 마." 나디야가 매달렸다. "우리 떠나자! 아주 멀리 가는 거야. 여기 일이 잠잠해질 때까지!"

토비아스는 말없이 허공을 응시한 채 정신을 차리려고 애썼다. 그가 기억하지 못하는 그 시간 동안 도대체 무슨 일이 일어났던 걸까?

"가면 경찰이 체포할 거야!" 어느 정도 진정된 나디야가 손등으로 뺨의 눈물을 닦았다. "빤하잖아. 일단 잡히면 더 이상 희망은 없어."

그녀의 말이 옳다. 그도 안다. 끔찍한 과거가 반복되고 있었다. 그때도 착유실 세면대 밑에서 발견된 로라의 목걸이가 증거로 사용됐었다. 토비아스는 모골이 송연해지는 것을 느끼며 의자에 털썩 주저앉았다. 경찰에게 있어 자신보다 이상적인 범인은 없다. 그들은 아멜리의 휴대전화가 그의 바지 주머니에서 발견됐다는 사실만으로 그가 나타나자마자 목을 죄어 올 게 틀림없다. 문득 오래전에 느꼈던 고통이 되살아났다. 오래된 상처가 다시 곪아터지고 있었다. 상처의 고름 같은 회의가 핏줄을 타고 온몸으로 퍼져 뇌의 고랑 사이사이로 파고들었다. 살인자! 살인자! 살인자! 그들은 그가 스스로를 살인자라고 믿을 때까지 끊임없이 그 말을 주입시켰다. 그는 나디야를 쳐다보았다.

"나 안 갈 거야." 나직하게 속삭였다. "하지만…… 정말 내가 한 일이면 어쩌지?"

*

"언론이든 누구든 휴대전화에 대해서는 철저히 함구할 것!"

자토리우스 농장 정문 앞에 서서 보덴슈타인은 수색에 참여

한 경찰들에게 함구령을 내렸다. 제법 굵은 빗줄기가 쏟아지고 있었다. 거기다 지난 24시간 사이에 기온이 10도나 떨어져 눈도 비에 섞여 내렸다. 올해 들어 처음 내리는 눈이었다.

"왜 그래야 합니까?" 벤케가 항의했다. "그놈이 조용히 도망가는 꼴을 병신같이 쳐다만 보고 있으라는 겁니까?"

"마을 사람들의 마녀사냥이 걷잡을 수 없이 커지는 걸 막으려는 거다. 마을 분위기는 현재로서도 충분히 위험하다. 내가 토비아스 자토리우스를 직접 만나 얘기하기 전까지 정보가 새는 일이 없도록 한다. 알겠나?"

다른 경찰들은 모두 고개를 끄덕이는데 벤케만 팔짱을 끼고서 고개를 절레절레 흔들었다. 조금 전에 당한 모욕 때문에 아직도 심기가 뒤틀리는 모양이었다. 게다가 그는 수색 작업에 동원된 것 자체가 처벌을 의미한다는 것을 잘 알았다.

보덴슈타인은 따로 벤케를 불러 믿는 도끼에 발등 찍히는 기분이 어떤지 아느냐며 깊은 실망감을 드러냈다. 지난 12년간 벤케가 욱해서 사고를 칠 때마다 말없이 뒤를 봐준 사람이 바로 보덴슈타인이었다. 직접 대놓고 얘기했듯이 이제 그럴 일은 없으리라. 그의 사적인 문제도 이번의 규정 위반을 정당화할 수는 없었다.

보덴슈타인은 벤케가 자신의 명령을 어기지 않기를 바랐다. 명령을 어길 경우 정직을 면하기 힘들다. 말을 마친 그는 피아를 앞세우고 빠른 걸음으로 주차장으로 향했다.

"토비아스 자토리우스를 수배해." 보덴슈타인이 시동을 걸며 말했다. "제길, 농장에서 아멜리의 흔적이 하나 정도는 나올 거라고 생각했는데!"

"토비아스가 범인이라고 생각하는군요. 그렇죠?"

피아가 오스터만에게 전화를 걸었다. 와이퍼가 거친 마찰음을 내며 움직였고 히터에서도 요란한 소리가 났다. 보덴슈타인은 입술을 지그시 깨물었다. 솔직히 그는 사건에 집중할 수가 없었다. 자꾸만 알몸으로 낯선 남자와 침대에서 뒹구는 코지마만 떠올랐다. 어제도 그를 만났을까?

어제 집에 들어갔을 때 코지마는 이미 잠든 후였다. 보덴슈타인은 그 기회를 틈타 코지마의 휴대전화를 확인했다. 문자메시지는 모두 지워지고 없었다. 이번에는 양심의 가책마저 느끼지 않았다. 가방과 코트 주머니를 뒤졌으나 아무것도 나오지 않았다. 그런데 거의 안심하려는 찰나 지갑에서 신용카드 사이에 끼워진 콘돔 두 개를 발견했다.

"반장님!"

피아가 부르는 소리에 보덴슈타인은 정신이 번뜩 들었다.

"오스터만이 아멜리의 일기장에서 이웃집 남자가 매일 아침 버스 정류장까지 태워다 주려고 자신을 기다리는 것 같다는 구절을 발견했다는데요?"

"그런데?"

"그 이웃집 남자가 바로 클라우디우스 테를린덴이에요."

보덴슈타인은 피아의 말뜻을 알아채지 못했다. 머릿속이 어수선해서 수사를 제대로 지휘할 수 있는 상태가 아니었다.

"테를린덴을 만나봐야 해요." 피아가 조급하게 말했다. "토비아스 자토리우스를 유일한 용의자로 보기에는 우리가 아멜리 주변 인물을 너무 몰라요."

"맞는 말이야." 보덴슈타인이 후진 기어를 넣고 차를 길가로 뺐다.

"조심해요, 버스!"

그러나 때는 이미 늦었다. 끼익하는 브레이크 소리와 함께 쇠끼리 부딪치는 소리가 났고 차체가 크게 흔들렸다. 보덴슈타인은 창에 머리를 세게 박았다.

"끝내주네." 피아가 안전벨트를 풀고 차에서 내렸다.

보덴슈타인은 멍한 상태로 뒤를 돌아보았다. 비에 젖은 유리창 너머로 버스 윤곽이 흐릿하게 보였다. 따뜻한 무언가가 이마에서 뺨으로 흘러내렸다. 손으로 얼굴을 닦았다. 피였다. 그제야 무슨 일이 일어났는지 파악이 됐다. 이렇게 비가 오는데 밖으로 나가 성난 버스 기사와 말다툼할 생각을 하니 벌써부터 머리가 지끈거렸다. 모든 게 지겨웠다. 그때 피아가 돌아왔다.

"어머나, 피 나잖아요!"

놀라 소리치던 그녀가 갑자기 웃음을 터뜨렸다. 그녀 뒤로 사람들이 비를 맞으며 서 있었다. 농장에 있던 경찰들이 버스와 BMW의 손상 정도를 보기 위해 우르르 몰려든 것이다.

"뭐가 그렇게 우스워?" 보덴슈타인이 기분이 상해 물었다.

"죄송해요." 발작적으로 웃는 동안 수사하면서 쌓였던 스트레스가 전부 날아가는 것 같았다. "전 항상 반장님 피는 빨간색이 아니라 파란색일 거라고 생각했거든요."

*

두 사람은 해가 저물고 나서야 자토리우스 농장을 빠져나갈 수 있었다. BMW는 다소 찌부러지기는 했어도 달리는 데는 문제가 없었다.

　사고 현장에서 라우터바흐 원장을 만난 것은 순전히 우연이었다. 그녀는 원래 수요일 오후에만 분점에서 진료를 하는데, 마침 왕진 환자의 진료부를 가지러 왔다가 자토리우스 농장 앞을 지나게 됐던 것이다. 원장은 알텐하인 옛 시청 근처에 위치한 병원을 '분점'이라고 말했다. 그녀는 솜씨 좋은 의사답게 보덴슈타인의 찢어진 이마를 신속하게 치료하고, 뇌진탕의 염려가 있으니 오늘은 누워서 안정을 취하라고 충고했다. 그러나 보덴슈타인은 한사코 거부했다.

　피아의 웃음 발작은 그리 오래가지 않았다. 말은 안 해도 그가 무엇 때문에 괴로워하는지 그녀는 잘 알고 있었다.

　자동차는 정원 한쪽으로 키 작은 가로등이 죽 세워진 구불구불한 길을 올라갔다. 거대한 정원은 잘 손질된 고목들, 회양목 울타리, 겨울 느낌이 물씬 풍기는 화단으로 꾸며져 있었다. 모퉁이를 돌자 저녁 어스름의 부연 안개 사이로 오래된 저택이 모습을 드러냈다. 전통적인 벽돌 건물로 돌출창과 여러 개의 탑이 있고 지붕은 뾰족한 맞배지붕 양식이었다. 창문마다 불이 켜져 있어 아늑한 느낌이 들었다.

　피아는 차를 현관 바로 앞에 세웠다. 굵직한 목재 기둥이 떠받치고 있는 처마 밑에서 할로윈 호박이 두 사람을 향해 웃고 있었다. 차에서 내려 문고리를 두드리자 곧 안에서 개 짖는 소리가 시끄럽게 들렸다. 현관문의 고풍스러운 반투명 유리를 통해 정신없이 뛰어오르는 개들이 보였다. 가장 높이 뛰어오르는 녀석은 잭러셀테리어였다. 부슬비가 바람에 실려 처마 밑으로 불어왔다. 비가 조금씩 눈으로 변해 가고 있었다. 피아가 다시 문을 두드렸다. 그러자 개들이 한층 더 큰 소리로 짖어댔다.

재킷 옷깃을 세우며 그녀가 말했다. "추운데 빨리 좀 열지."

"언젠가는 열겠지."

목재 난간에 기대서서 무덤덤하게 말하는 보덴슈타인에게 피아가 눈을 흘겼다. 이윽고 발소리가 들렸다. 개들은 더 이상 짖지 않고 마법처럼 집 안으로 사라졌다. 소녀처럼 자그마한 체구의 금발 여자가 문을 열었다. 위는 터틀넥 풀오버에 털 장식이 들어간 조끼, 아래는 무릎까지 오는 체크무늬 치마 차림에다 멋진 부츠를 신고 있어서 언뜻 보면 20대 중반으로 착각할 듯했다. 나이를 가늠할 수 없을 정도로 얼굴이 팽팽한 그녀가 인형같이 파랗고 큰 눈으로 두 사람을 번갈아 보았다. 정중하면서도 경계를 늦추지 않는 모습이었다.

"테를린덴 부인이신가요?" 피아는 오리털 조끼 주머니를 뒤져도 공무원증이 나오지 않자 그 안에 입은 청재킷 주머니를 살폈다. 보덴슈타인은 옆에서 그저 꿀 먹은 벙어리처럼 가만히 서 있기만 했다. "호프하임 경찰서 강력계의 피아 키르히호프라고 합니다. 이쪽은 동료인 보덴슈타인입니다. 테를린덴 씨는 집에 계신가요?"

"아니요. 지금 안 계시는데 어쩌죠?" 부인이 이렇게 말하며 손을 내밀어 악수를 청했다. 손은 그녀의 원래 나이를 말해주었다. 쉰을 넘은 지 몇 년은 된 것 같았다. 젊은 옷차림이 갑자기 변장처럼 느껴졌다. "제가 도와드릴 일이라도 있나요?"

부인은 안으로 안내할 생각이 전혀 없는 듯했다. 피아는 열린 문틈으로 집 안 풍경을 재빨리 훑어보았다. 난간 없는 계단에는 붉은 융단이, 넓은 로비 바닥은 대리석이 체스판 무늬로 깔려 있었다. 천장은 높았고, 노란 사프란 색 벽지 위에는 음울한 색조의 그림이 걸려 있었다.

"이웃 여학생이 토요일 저녁에 실종된 건 알고 계시죠? 탐지견들이 계속 이 집 주위를 서성거려서요."

"이상할 것도 없죠. 우리 집에 자주 왔으니까요." 부인의 목소리는 새가 지저귀는 소리를 연상시켰다. 그녀의 시선이 피아에서 보덴슈타인에게로, 다시 피아에게로 이동했다. "우리 티스랑 친해요."

그 말을 하면서 부인은 버릇인 듯 완벽하게 스타일링된 보브컷을 살짝 매만졌다. 그리고 피아 뒤에 말없이 서 있는 보덴슈타인을 의아한 표정으로 잠깐 쳐다보았다. 그의 이마에 붙은 반창고가 어스름 속에서 하얗게 빛났다.

"친하다는 건 아멜리가 티스의 여자친구라는 뜻인가요?"

"아뇨. 그냥 서로 마음이 맞는 친구예요." 그녀는 시종일관 말을 자제했다. "아멜리는 사람을 가리지 않아서 우리 애가…… 남들과 다르다는 느낌을 받지 않게 해줬어요."

부인은 피아와 얘기를 나누는 동안에도 자꾸만 뒤에 있는 보덴슈타인을 쳐다봤다. 마치 도움이라도 청하는 듯했다. 피아는 이렇게 약한 척하면서 남자들의 보호 본능을 자극하는 청순가련형 여자를 두 부류로 구분할 줄 알았다. 천성적인 경우는 극소수였고 대부분은 나이를 먹으면서 필요에 의해 연기하는 경우였다.

"아드님과 얘기 좀 할 수 있을까요?" 피아가 물었다. "아멜리에 대해 할 말이 있을 것 같은데……."

"미안하지만 안 돼요." 부인은 털 조끼 목 언저리를 만지작거리다가 다시 금빛 투구 같은 머리를 매만졌다. "몸이 좋지 않아요. 어제 발작을 일으켜서 의사를 불렀어요."

"무슨 발작이요?" 피아가 캐물었다. 형사들이 두루뭉술한 대답에 만족할 줄 안다면 큰 오산이다.

부인이 탐탁지 않은 표정을 지었다. "티스는 정서적으로 불안할 때가 있어요. 주위 환경이 조금만 바뀌어도 완전히 혼란에 빠지곤 해요."

마치 책을 읽는 듯한 말투였다. 목소리에서 이상할 정도로 감정이 느껴지지 않았다. 이웃집 딸에게 무슨 일이 있어났는지는 테를린덴 부인의 관심 밖인 것 같았다. 예의로라도 정황을 물어볼 수 있을 텐데 그녀는 한마디도 언급하지 않았다. 이상했다. 티스가 밤중에 돌아다니다 아멜리에게 무슨 짓을 했을 수도 있다는 어느 동네 여자의 말이 떠올랐다.

"아드님은 하루 종일 뭘 하죠? 직장에 다니나요?"

"아뇨. 낯선 사람을 견디지 못해요. 대신 우리 집이랑 이웃집 정원을 가꿔요. 아주 훌륭한 정원사죠."

피아는 자기도 모르게 '범인은 항상 정원사'라는 라인하르트 마이의 노랫말을 떠올렸다. 이 사건 역시 알고 보면 단순한 게 아닐까. 테를린덴 집안사람들은 뭔가 알고 있지만 장애가 있는 아들을 보호하려고 입을 다물고 있는 게 아닐까.

*

비는 완전히 눈으로 바뀌어 아스팔트 도로를 뒤덮었다. 피아는 테를린덴 회사 정문 앞에서 스노타이어로 갈지 않은 육중한 BMW를 세우느라 애를 먹었다.

"타이어 갈아야겠네요. '시옷에서 시옷'까지 스노타이어 사용하는 거 아시죠?"

"뭐?" 보덴슈타인이 이마에 주름을 잡으며 말했다. 그는 생각
이 딴 데 가 있다. 모르긴 몰라도 아무튼 사건에서 멀찌감치 떨어
져 있다. 그때 그의 휴대전화가 울렸다. 그가 수신 번호를 흘깃 본
후 전화를 받았다. "네, 과장님⋯⋯."

"시월에서 삼월까지⋯⋯." 피아가 혼자 중얼거리며 차창을 내
리고 경비에게 공무원증을 내밀었다. "테를린덴 씨와 약속이 돼
있어요."

거짓말이었지만 경비는 고개를 끄덕인 뒤 얼른 따뜻한 초소
안으로 사라졌고, 곧 차단기가 올라갔다. 피아는 미끄러지지 않도
록 액셀을 살살 밟으며 빈 주차장을 지나쳐 전면이 유리로 된 본
관 앞으로 차를 몰았다. 본관 정문 바로 앞에 메르세데스 벤츠 S클
래스가 서 있었다. 피아는 그 뒤에 차를 세우고 밖으로 나왔다. 보
덴슈타인은 아직도 과장과 통화 중이었다. 발이 얼음장 같았다.
계속해서 알텐하인 여기저기로 짧은 거리만 이동해 히터를 충분
히 틀지 못한 탓이었다.

가늘던 눈발은 점차 함박눈으로 변해 갔다. 길가 도랑에 빠지
지 않고 눈 쌓인 길을 무사히 지나갈 수 있을까? 호프하임까지 차
를 몰고 갈 생각을 하니 까마득했다. 메르세데스는 오른쪽 흙받기
가 보기 싫게 움푹 패어 있었다. 녹이 슬지 않은 것으로 보아 최근
에 그렇게 된 게 분명했다. 차 문 닫히는 소리에 뒤를 돌아보았다.
보덴슈타인이 다가와 피아에게 건물 정문을 열어주었다.

로비로 들어서자 윤이 나는 호두나무 데스크에 젊은 남자가
앉아 있었다. 뒤쪽의 높고 흰 벽에 'TERLINDEN'이라는 글자가
금색으로 휘황찬란하게 박혀 있었다. 피아는 단순하지만 효과적

인 인테리어라고 느꼈다. 찾아온 이유를 말하자 데스크의 남자는 전화를 해보더니 두 사람을 건물 안쪽 엘리베이터까지 안내했다. 둘 다 올라가는 내내 말이 없었다. 5층에서 내리니 얼굴이 고운 중년 여성이 대기하고 있었다. 막 퇴근하려던 참이었는지 이미 코트와 목도리를 걸치고 가방까지 멘 상태였지만, 성실한 비서답게 손님들을 사장실로 안내했다.

그동안 들은 게 있어 호탕한 마초 스타일의 남자를 상상했던 피아는 서류가 높이 쌓인 책상 뒤에 앉아 있는 정장 차림의 평범한 남자를 보고 흠칫 놀랐다. 그가 자리에서 일어나 상의 단추를 잠그며 다가왔다.

"안녕하십니까, 테를린덴 씨." 어느새 정신을 차린 보덴슈타인이 말했다. "이렇게 늦은 시간에 찾아와서 죄송합니다. 오늘 여러 번 전화했는데 안 받으시더군요."

"어서 오십시오." 테를린덴이 미소를 지었다. "제 비서에게 들었습니다. 내일 아침에 바로 연락할 생각이었습니다만."

오십 대 중반에서 후반 사이로 보였다. 숱 많은 잿빛 머리가 귀밑에서부터 하얗게 세어 가고 있었다. 가까이서 보니 전혀 평범하지 않았다. 지나치게 큰 코와 심하게 각진 턱, 남자치고는 너무 두터운 입술을 가진 클라우디우스 테를린덴은 미남이라고는 할 수 없지만, 피아를 사로잡는 어떤 매력이 있었다.

"아이고, 손이 얼음장이네요." 그가 따뜻하고 건조한 손을 내밀어 피아와 악수하다가 안타깝다는 듯 말했다. 그리고 잠시 다른 손까지 내밀어 그녀의 손을 감쌌다. 순간 피아는 몸을 부르르 떨었다. 마치 전기에 감전된 것처럼 찌릿했다. 테를린덴의 얼굴에 놀라움이 스쳤다. "몸을 녹일 수 있게 뜨거운 커피나 코코아를 드시겠습니까?"

"아뇨. 괜찮아요." 그의 시선에 자기도 모르게 얼굴을 붉힌 피아가 서둘러 거절했다. 두 사람은 좀 이상하다 싶을 정도로 오랫동안 서로를 쳐다보았다. 방금 그게 뭐였지? 물리로 설명할 수 있는 단순한 정전기? 아니면 그것과 다른 어떤 것?

두 사람이 질문을 던지기 전에 테를린덴이 먼저 아멜리에 대해 물었다. "아주 걱정이 많이 됩니다. 아멜리는 우리 회사 직무대리의 딸이거든요. 나도 잘 압니다."

피아는 그제야, 아멜리에게 사심을 품지 않았느냐며 테를린덴을 호되게 윽박지를 계획이었다는 게 어렴풋하게 기억났다. 그런데 웬일인지 지금은 전혀 그럴 마음이 생기지 않았다.

"아직까지는 별로 알아낸 게 없습니다." 보덴슈타인이 사설 없이 단도직입적으로 물었다. "토비아스 자토리우스가 감옥에 있을 때 면회를 여러 번 가셨다고 들었는데 왜였습니까? 그리고 하르트무트 자토리우스 씨의 빚을 떠안은 이유는 뭐죠?"

피아는 조끼 주머니에 손을 깊숙이 찔러 넣고 테를린덴에게 뭘 물어볼 작정이었는지 기억해내려 애썼다. 그러나 새로 포맷한 컴퓨터 하드디스크처럼 머릿속이 텅 비어 아무것도 생각나지 않았다.

"하르트무트와 리타는 그 일 이후 마을에서 심한 따돌림을 당했습니다. 난 그렇게 따돌리는 게 옳지 않다고 생각했습니다. 아들이 무슨 짓을 했건 부모한테 그래선 안 되죠."

"당시 토비아스 자토리우스는 테를린덴 씨가 두 여학생 중 한 명이 실종된 일과 관계가 있을지도 모른다고 했습니다. 그 때문에 상당히 곤란하셨을 텐데요."

테를린덴은 바지 주머니에 손을 찔러 넣고는 고개를 갸우뚱하며 보덴슈타인을 쳐다봤다. 보덴슈타인이 머리 하나는 더 커서 올려다봐야 했지만 그는 전혀 주눅 들지 않았다.

"그 말은 마음에 두지 않았습니다. 토비아스는 당시 절망적인 상황이었고 지푸라기라도 잡고 싶은 심정이었을 테니까요. 그리고 로라가 절 곤혹스럽게 한 일이 두 번이나 있었던 것도 사실입니다. 로라의 어머니가 우리 집 일을 도왔기 때문에 로라도 우리 집에 자주 드나들었는데, 그러다 저한테 이상한 감정을 가졌던 모양입니다."

"구체적으로 무슨 일이 있었습니까?" 보덴슈타인이 물었다.

"한번은 샤워를 하고 나와 보니 제 침대에 누워 있었습니다." 테를린덴이 사무적으로 말했다. "그다음에는 거실에서 옷을 모두 벗었습니다. 바로 제 앞에서요. 아내는 그때 여행 중이었고 로라도 그걸 알고 있었습니다. 저랑 자고 싶다고 분명하게 말하더군요."

이유는 알 수 없지만 피아는 테를린덴의 말에 신경이 곤두섰다. 그녀는 차마 그의 얼굴을 똑바로 쳐다볼 수가 없어 가구들을 관찰하는 중이었다. 옆 부분이 독특하게 장식된 육중한 원목 책상의 다리는 사자의 다리 모양을 하고 있었다. 분명히 비싸고 귀한 물건일 테지만 피아는 이제까지 그렇게 추한 것을 본 적이 없었다. 책상 옆에는 고풍스러운 느낌의 지구본이 놓여 있고 벽에는 음울한 색이 칠해진 커다란 그림이 심플한 금색 액자에 걸려 있었다. 아까 테를린덴의 집을 찾아갔을 때 부인의 어깨너머로 엿본 그림과 느낌이 비슷했다.

"그래서 어떻게 됐습니까?" 보덴슈타인이 물었다.

"제가 거부하자 울면서 뛰쳐나갔는데, 공교롭게 그때 제 아들이 들어왔습니다."

피아가 헛기침을 했다. 이제 안정을 되찾았다. "아멜리 프뢸리히를 자주 차에 태워주셨죠? 아멜리의 일기장에 써 있더군요. 테를린덴 씨가 등교 시간에 맞춰서 일부러 자기를 태우러 온다고 생각했어요."

"일부러 시간을 맞춘 적은 없습니다." 그가 웃으며 대답했다. "지나는 길에 눈에 띄어서 버스 정류장까지 태워다 준 적은 몇 번 있습니다만. 마을에서 집으로 올라가는 길에도요."

그의 목소리는 평온하고 침착했다. 양심에 거리끼는 것이 전혀 없는 듯했다.

"일자리를 소개해주셨죠? 그건 어떻게 된 건가요?"

"아멜리는 일을 하고 싶어 했고 흑마 주인은 일할 사람을 구하고 있었습니다." 그가 어깨를 으쓱했다. "전 동네 사람들의 사정을 다 압니다. 그리고 도움이 필요한 사람이 있으면 기꺼이 도우려 노력합니다."

피아가 그의 얼굴을 응시했다. 그도 찬찬히 그녀의 얼굴을 뜯어봤다. 그녀는 시선을 피하지 않고 그의 눈을 정면으로 마주했다. 지금, 두 사람 사이에 질문을 주고받는 것 말고 뭔가 다른 일이 일어나고 있다. 과연 뭘까? 그가 풍기는 이 강한 인상은 도대체 어디서 오는 걸까? 진갈색 눈동자? 부드럽고 낭랑한 목소리? 몸에 밴 자신감에서 나오는 아우라? 성인인 피아도 이렇게 꼼짝 못 하게 만드는 것을 보면 아멜리 같은 소녀가 그에게 반하는 것도 무리는 아닌 것 같았다.

"아멜리를 마지막으로 본 게 언제입니까?" 다시 보덴슈타인이 물었다.

"잘 기억이 안 나는군요."

"그럼 지난 토요일 저녁에 뭘 했는지는 기억납니까? 정확히 밤 10시에서 새벽 2시 사이에 어디 있었습니까?"

테를린덴이 바지 주머니에서 손을 빼 팔짱을 꼈다. 왼쪽 손등에 최근에 생긴 것으로 보이는 긁힌 상처가 나 있었다. 그는 잠시 생각한 뒤 말했다. "아내와 함께 프랑크푸르트에서 저녁을 먹었습니다. 아내가 머리가 아프다고 해서 집에 데려다 주고 저는 회사에 와서 보석을 금고에 넣었습니다."

"언제 알텐하인에 도착하셨죠?" 피아가 물었다.

"10시 반쯤입니다."

"그럼 흑마 앞을 두 번 지나가셨겠군요."

"네." 테를린덴이 마지막 문제를 기다리는 퀴즈 쇼 출연자처럼 피아의 얼굴을 쳐다보았다. 보덴슈타인의 질문에는 건성으로 대답하던 그가 갑자기 그녀의 질문에 엄청난 집중력을 보이자 피아는 살짝 당황했다. 보덴슈타인도 그것을 눈치챈 모양이었다.

"뭔가 눈에 띄는 게 없었습니까?" 보덴슈타인이 끼어들었다. "본 사람은요? 늦은 시간에 산책 나온 사람이라든가……."

"아뇨. 없었습니다." 그가 생각에 잠긴 채 대답했다. "하지만 전 그 길을 하루에도 몇 번씩 지나다니기 때문에 뭐가 있는지 별로 신경 쓰지 않습니다."

"손등의 상처는 어쩌다 생긴 거죠?"

피아가 던진 질문에 테를린덴의 얼굴에서 미소가 사라지고 대신 그늘이 졌다. "아들과 몸싸움을 하다가 생긴 겁니다."

티스! 그렇다. 하마터면 여기 온 이유를 잊어버릴 뻔했다. 보덴슈타인도 티스를 잊고 있었던 건 마찬가지였지만, 당황하지 않고 능숙하게 화제를 돌렸다.

"아, 맞아요. 조금 전에 부인께 들었습니다. 어제 아드님이 발작을 일으켰다죠?"

테를린덴은 잠시 망설였으나 곧 고개를 끄덕였다.

"어떤 발작이죠? 간질입니까?"

"아뇨. 티스는 자폐증을 앓고 있습니다. 자기만의 세계에 살아서 조금만 환경이 변해도 위협으로 간주하고 공격적으로 돌변합니다." 테를린덴이 한숨을 내쉬었다. "아마도 아멜리의 실종이 원인인 것 같습니다."

"마을에서 티스가 이번 사건과 관계가 있다는 소문이 돌던데요?" 피아가 말했다.

"말도 안 됩니다. 티스는 아멜리를 아주 좋아했어요." 이미 소문을 들어 알고 있는지 그는 전혀 흥분하지 않고 차분히 대답했다. "티스를 정신병원에 보내야 한다고 생각하는 동네 사람들이 있기는 하죠. 내 앞에서 대놓고 말은 안 하지만……."

"티스와 얘기를 좀 나누고 싶은데요."

"미안하지만 지금은 불가능합니다." 그가 천천히 고개를 저었다. "정신병원에 입원 중입니다."

"거기서 뭘 하죠?" 피아는 환자에게 전기 충격을 가하는 끔찍한 장면을 상상하며 물었다.

"안정을 취하고 있습니다."

"언제쯤 아드님을 만나볼 수 있을까요?"

테를린덴은 어깨를 으쓱했다. "글쎄요. 이렇게 심한 발작은 아주 오랫동안 일으킨 적이 없습니다. 이번 일로 예전에 안 좋았던 상태로 돌아가는 건 아닌지 걱정됩니다. 그렇게 되면 티스에게나 우리에게나 큰일이죠."

그는 티스의 상태가 호전되고 의사들이 대화를 허락하면 연락을 주겠다고 약속했다. 엘리베이터까지 두 사람을 배웅하는 테를린덴의 얼굴에는 다시 미소가 자리하고 있었다.

"만나서 반가웠습니다."

테를린덴이 손을 내밀며 말했다. 이번에는 찌릿한 느낌이 없었다. 그러나 엘리베이터 문이 닫히자 왠지 몽롱했다. 엘리베이터가 내려가는 동안 피아는 진정하려 애썼다.

보덴슈타인이 불쑥 비꼬듯 말했다. "그 사람 자네한테 완전히 반한 것 같던데? 자네도 그런 것 아냐?"

"말도 안 돼요!" 피아가 거세게 반박하며 재킷 지퍼를 턱까지 올렸다. "그냥 어떤 사람인지 떠본 거예요."

"그래서? 결과는 어떤데?"

"정직한 것 같았어요."

"어, 그래? 난 완전히 반대인데."

"왜요? 질문에 바로바로 대답했잖아요. 난감한 질문도 피하지 않았고……. 사실 로라가 두 번이나 난감한 상황을 연출했다는 말은 우리한테 하지 않아도 됐던 거잖아요."

"그게 바로 트릭이야. 실종 사건이 터지자마자 아들이 사라졌다는 게 우연치고는 너무 잘 맞아떨어지지 않아?"

1층에 도착한 엘리베이터의 문이 열렸다.

"진전이 전혀 없네요." 피아가 실망한 목소리로 말했다. "실종된 여학생을 본 사람이 아무도 없어요."

"아무도 말을 안 하는 걸 수도 있지." 보덴슈타인이 말했다.

두 사람은 안내 데스크의 젊은 남자에게 고개를 끄덕여 인사한 뒤 로비를 가로질러 밖으로 나갔다. 차가운 바람이 두 사람에게 달려들었다. 피아가 리모컨을 누르자 BMW의 잠금장치가 풀렸다.

"테를린덴 부인과 다시 한번 얘기해봐야겠어." 조수석 문 앞에 선 보덴슈타인이 차 지붕 너머로 피아와 눈을 맞추며 말했다.

"티스와 테를린덴 사장을 의심하고 있군요."

"머리에 그려지지 않아? 티스가 일을 저지르자 아버지가 아들을 보호하려고 정신병원에 집어넣었다!"

두 사람은 차를 몰고 주차장을 빠져나왔다. 건물 현관 지붕을 벗어나자 앞 유리창이 금방 하얀 눈으로 덮였다. 다행히 차의 감지 기능 덕분에 와이퍼가 바로 작동했다.

"티스를 진찰한 의사가 누군지, 토요일 저녁에 테를린덴 부부가 정말 프랑크푸르트에 갔는지 알아내야겠어."

피아는 그저 고개만 끄덕였다. 주체할 수 없을 정도로 감정이 요동치고 있었다. 평소 그녀는 이렇게 쉽게 타인의 영향을 받지 않는다. 그런데 테를린덴은 그녀의 마음을 뿌리째 흔들어놨고, 그녀는 도대체 그 이유가 뭔지 곰곰이 생각해보지 않을 수 없었다.

*

피아는 오후 9시 반경 지방경찰청에 도착했다. 켈크하임으로 올라오는 도중에 눈은 다시 비로 바뀌었다. 보덴슈타인은 머리에 난 상처에도 불구하고 굳이 자기가 운전을 하겠다며 혼자 집으로 돌아갔다.

원래는 피아도 일찍 집에 갈 생각이었다. 크리스토프도 집에 와 있을 터였다. 그런데 클라우디우스 테를린덴 때문에 마음이 어지러웠다. 게다가 크리스토프는 피아가 이따금 일 때문에 늦는다고 해서 타박하지는 않는다.

텅 빈 복도와 계단을 지나 사무실에 도착한 그녀는 불을 켜고 자기 자리에 앉았다. 테를린덴 부인이 오랫동안 티스를 치료해 온 의사의 이름을 말해줬다. 그 의사가 다니엘라 라우터바흐라는 사실에는 전혀 이상한 점이 없다. 라우터바흐 원장은 테를린덴 집안의 오랜 이웃이니, 위급할 때 바로 달려올 수 있다.

피아는 컴퓨터에 패스워드를 입력했다. 테를린덴의 사무실을 나온 이후 그녀는 그와 나눈 말 한 마디, 문장 하나, 미묘한 암시까지 모두 되새김질하고 있었다. 어째서 보덴슈타인은 테를린덴이 아멜리의 실종과 관련이 있다고 그렇게 철석같이 믿는 걸까? 그리고 그녀 자신은 왜 전혀 믿지 않는 걸까? 그가 그녀에게 어떤 영향력을 미쳐서 판단력을 흐리게 만든 걸까?

컴퓨터로 테를린덴의 이름을 검색하니 수천 개의 결과가 나왔다. 30분 정도 읽자 그의 회사와 가족에 대해 어느 정도 파악이 됐다. 테를린덴은 다방면으로 자선 활동을 펼치고 있었다. 수많은 마을 자치회와 조직의 감사 혹은 이사로 이름이 올라 있고 가정 형편이 어려운 청소년들에게 장학금도 주고 있었다. 대체로 테를린덴은 젊은 사람들에게 관심이 많아 보였다. 왜일까? 공식적인 대답은 운이 좋아 부유하게 자랐으니 사회에 환원하고 싶어서라고 돼 있다. 흠잡을 데 없는 훌륭한 동기다.

그 이면에 뭔가 다른 게 숨어 있는 건 아닐까? 그는 로라 바그너의 유혹을 두 번 거절했다고 했다. 과연 사실일까? 피아는 검색

엔진이 찾아낸 사진을 클릭했다. 그리고 그녀의 가슴을 요동치게 한 장본인의 얼굴을 들여다봤다. 테를린덴 부인은 남편이 소녀들에게 관심이 많다는 걸 알고 그렇게 젊어 보이려고 애쓰는 게 아닐까? 아멜리에게 거부당한 테를린덴이 무슨 짓을 저지른 것은 아닐까? 피아는 아랫입술을 지그시 깨물었다. 그런 일은 믿고 싶지도 않았다.

인터넷 창을 닫고 경찰청 수배 시스템에 테를린덴의 이름을 입력했다. 깨끗했다. 전과도 없고 법에 저촉되는 일을 한 적도 없다. 막 창을 닫으려는 순간 문득 오른쪽 하단 링크에 시선이 갔다. 다음 순간, 그녀는 흥분한 나머지 자리에서 벌떡 일어섰다.

2008년 11월 16일 일요일 오전 1시 15분에 테를린덴을 고발한 사람이 있었다. 피아는 링크를 클릭했다. 고발 내용을 읽는 그녀의 심장이 쿵쿵 뛰기 시작했다.

"어쩐지 수상쩍다 했지." 그녀가 나직이 중얼거렸다.

2008년 11월 19일 수요일

6시 30분이 되자 여느 때와 다름없이 자명종이 울렸다. 그러나 오늘 그에게는 자명종이 필요 없었다. 그레고어 라우터바흐는 이미 한참 전에 깨어 있었다. 다니엘라가 질문을 해올까 겁이 나어젯밤 다시 잠들지 못한 것이다. 그는 상체를 일으켜 침대 끄트머리에 앉았다. 온몸이 땀투성이에 마라톤이라도 한 것처럼 피곤했다. 하루 종일 빡빡한 일정에 시달릴 것을 생각하니 기운이 쭉 빠졌다. 그놈의 협박 편지가 뒤통수에서 시한폭탄처럼 똑딱거리고 있는데 어떻게 일에 집중할 수 있단 말인가.

어제 사무실 우편물 더미 속에 두 번째 협박 편지가 들어 있었다. 내용이 첫 번째 것보다 더 무시무시했다.

**분뇨 구덩이에 버린 책에 네 지문이 아직도 묻어 있다면? 경찰이
진실을 알아낼 테고 넌 끝장이다!**

누가 그 일을 이렇게 자세히 알고 있는 걸까? 도대체 누가, 왜 하필이면 11년이나 지난 지금에 와서 이런 편지를 쓰는 걸까?

라우터바흐는 방에 딸린 욕실로 들어가 세면대에 손을 짚고 서서 거울에 비친 자기 얼굴을 들여다봤다. 밤을 지새운 흔적이 역력했다. 병가를 내고 폭풍이 지나갈 때까지 잠수를 탈까? 안 돼, 그럴 순 없다. 지금까지 살아온 대로 살아야 한다. 겁먹은 모습을 보여서는 안 된다. 겨우 문화교육부 장관에서 끝날 수는 없다. 과거의 그림자에 겁먹지만 않는다면 그의 정치적 미래는 아직 창창하다. 단 한 번의 실수 때문에, 그것도 11년이나 지난 일 때문에 인생 전체를 망가뜨릴 순 없다.

라우터바흐는 어깨를 쫙 펴고 거울 속 자신을 향해 결연한 표정을 지어 보였다. 그는 예전의 그가 아니다. 지금 그에게는 예전에 꿈도 꾸지 못했던 권력이 있다. 그는 수단과 방법을 가리지 않을 생각이었다.

*

아직 어둑어둑한 가운데 피아가 테를린덴 저택 초인종을 눌렀다. 이른 시간이었지만 얼마 지나지 않아 테를린덴 부인의 목소리가 스피커에서 흘러나왔다. 곧 정문이 양쪽으로 스르르 열렸다. 피아가 수사 차량 조수석으로 돌아와 앉자 보덴슈타인이 차를 움직였다. 두 사람이 탄 차가 아직 아무도 밟지 않은 새하얀 눈밭을 지나 저택까지 이어진 오르막길로 들어섰다. 순찰차와 견인차가 두 사람을 뒤따랐다.

테를린덴 부인은 상냥한 미소를 짓고 현관문 앞에서 기다리고 있었다. 지금 이 상황과 전혀 어울리지 않는 행동이었다. 피아는 상황을 고려해 정중한 인사를 생략했다. 적어도 테를린덴 집안 사람들에게는 좋은 아침이 아니었다.

"테를린덴 씨와 할 말이 있습니다."

"이미 말씀드렸어요. 곧 내려오실 거예요. 안으로 들어와서 기다리시겠어요?"

피아는 고개만 끄덕였다. 보덴슈타인 역시 대꾸하지 않았다.

피아는 어제 보덴슈타인과 통화한 뒤 다시 담당 검사에게 전화를 걸어 30분가량 실랑이를 벌였다. 결국 체포영장은 거부됐지만 테를린덴의 자동차에 대한 수색영장은 허가가 났다.

안주인이 사라지고 형사들은 웅장한 로비에서 기다렸다. 어디선가 개들이 컹컹 짖는 소리가 들렸다.

"좋은 아침입니다!"

피아와 보덴슈타인은 소리 나는 쪽을 올려다봤다. 2층에서 테를린덴이 내려오고 있었다. 양복에 넥타이를 맨 흠잡을 데 없는 모습이었다. 피아는 테를린덴과 눈이 마주쳤지만 이번에는 어떤 감정의 동요도 느끼지 못했다.

"아침 일찍부터 바쁘시군요." 그가 미소 띤 얼굴로 두 사람 앞에 섰다. 그러나 악수를 청하지는 않았다.

"테를린덴 씨, 차 흙받기가 찌그러졌던데 어디서 그런 거죠?" 피아가 단도직입적으로 물었다.

"네? 뭐요?" 테를린덴이 의아한 표정을 지으며 눈썹을 치켜세웠다. "무슨 말씀인지 모르겠습니다."

"그럼 제가 알아듣게 설명해드리죠." 피아가 그의 얼굴에서 눈을 떼지 않고 말했다. "일요일에 펠트가에 사는 한 주민이 밤중에 자기 차를 들이받고 도망간 뺑소니 차량을 고발했어요. 차주는 11시 50분에 그곳에 차를 세웠습니다. 그리고 하필이면 12시 33분에 담배를 피우러 발코니에 나왔다가 우당탕 하는 소리를 들었답니다. 그는 사고 책임 차량을 목격했을 뿐 아니라 번호판까지 확인했어요. MTK-T801."

테를린덴은 아무 말이 없었다. 대신 얼굴의 미소가 싹 가시고 목에서부터 시작해 얼굴로 점점 붉은 기가 올라오고 있었다.

"그리고 다음 날 아침 차주는 한 통의 전화를 받았죠." 피아는 제대로 짚었다는 걸 눈치채고 인정사정없이 몰아붙였다. "전화를 한 사람은 다름 아닌 테를린덴 씨, 당신이었습니다. 당신은 조용히 합의하자고 제안했고, 차주는 실제로 고발을 철회했습니다. 하지만 고발 기록은 그대로 남았죠."

테를린덴이 무표정한 얼굴로 피아를 응시했다. 이성을 유지하느라 애쓰는 듯했다. "나한테 원하는 게 뭡니까?"

"어제 거짓말하셨죠?" 피아가 이렇게 대꾸하며 한껏 미소를

지어 보였다. "펠트가가 어디 있는지 모르시지는 않을 테니 다시
한번 묻죠. 회사에서 집으로 오는 길에 흑마를 지나왔나요, 아니
면 인적 없는 들판을 가로질러 펠트가를 지나왔나요?"

"뭐 하자는 겁니까?" 그가 보덴슈타인을 향해 소리쳤다. 그러
나 보덴슈타인은 묵묵부답이었다. "지금 날 의심하는 겁니까?"

"아멜리 프륄리히는 지난 토요일 밤 흑마에서 마지막으로 목
격된 후 실종됐어요." 피아가 보덴슈타인 대신 말했다. "회사로 향
하던 당신이 흑마를 지나간 시각, 바로 10시 반경이었죠. 그리고
주장과는 달리 당신은 12시 반, 즉 두 시간 후에야 다른 방향에서
알텐하인으로 돌아왔어요."

그가 아랫입술을 쑥 내민 채 실눈을 뜨고 그녀를 쳐다보았다.
"그래서 내가 우리 회사 직원 딸을 기다렸다가 차에 강제로 태워
서 살해했다는 겁니까?"

"방금 그거 자백인가요?" 피아가 냉정하게 물었다. 테를린덴
은 재미있다는 듯 얼굴 가득 미소를 지었다. 그녀는 약이 올랐다.

"절대 아닙니다." 그가 어림없다는 듯 말했다.

"그럼 10시 반에서 12시 반 사이에 뭘 했는지 말씀해보시죠.
아니면 10시 반이 아니었던가요?"

"10시 반이었습니다. 난 그때 사무실에 있었습니다."

"부인의 보석을 금고에 넣는 데 두 시간이나 걸렸다는 건가
요? 지금 우릴 바보로 아는 겁니까, 뭡니까?"

상황은 180도 달라졌다. 테를린덴은 지금 궁지에 몰렸고, 그
자신도 이를 잘 안다. 그러나 그는 평정을 잃지 않았다.

"누구랑 식사하셨죠? 식사한 데가 어디였나요?" 그는 고집스
럽게 침묵을 지켰다. 순간 피아는 죽은 로라 바그너의 집에 갔다

오는 길에 봤던 테를린덴 회사 정문 앞 감시 카메라가 생각났다. "당신 회사 정문 앞에 있는 감시 카메라 녹화 기록을 볼 수도 있어요. 그걸 보면 당신이 진실을 말했는지 알 수 있겠죠."

"머리가 비상하시군요." 테를린덴이 인정한다는 듯 고개를 끄덕였다. "마음에 듭니다. 하지만 애석하게도 감시 카메라는 한 달 전에 고장 난 상태라서요."

"여기 들어오는 입구에 있는 감시 카메라는요?"

"그건 원래 녹화가 안 됩니다."

"뭐, 그럼 테를린덴 씨에게는 아주 안된 일이네요." 피아가 안됐다는 듯 과장되게 머리를 흔들었다. "아멜리 프뢸리히가 사라진 시간에 알리바이도 없고 손등에는 누구랑 싸운 흔적까지 있고……."

"아, 그런가요?" 테를린덴은 눈썹만 까딱할 뿐 여전히 평정을 잃지 않았다. "그래서 이제 날 체포할 겁니까? 다른 길로 집에 왔다는 죄로?"

피아는 그의 도전적인 시선을 외면하지 않고 그대로 맞받았다. 이 사람은 지금 거짓말을 하고 있다. 어쩌면 정말 아멜리를 납치했을지도 모른다. 그러나 그는 피아의 추측만으로는 구속영장을 받을 수 없다는 걸 잘 알고 있었다.

"체포하지는 않겠어요. 단, 잠시 함께 가주셔야겠네요." 피아가 억지 웃음을 지으며 애써 여유를 부렸다. "다른 길로 집에 가서가 아닙니다. 저희에게 거짓말을 하셨기 때문이에요. 문제의 시간에 어디서 뭘 하셨는지 증명할 수 있는 분명한 알리바이가 나오면 풀어드리겠습니다."

"좋습니다." 테를린덴은 태연한 표정으로 어깨만 으쓱했다.

"하지만 수갑은 좀 자제해주시죠. 니켈 알레르기가 있어서요."

"도주 의사가 있는 걸로 보이진 않네요." 피아가 건조하게 대꾸했다. "그리고 우리 수갑은 니켈이 아니라 스테인리스 스틸이에요."

*

라르스 테를린덴이 막 가방을 들고 사무실을 나서려는 찰나 책상 위에서 전화기가 울렸다. 마침 사기꾼 무슬러의 금융 포트폴리오 판매를 성사시키는 데 큰 공을 세운 금융파생상품 담당자의 전화를 기다리던 참이었다. 라르스는 서류 가방을 내려놓고 수화기를 들었다.

"라르스, 엄마다."

그냥 끊어버리고 싶은 마음을 꾹 누르고 말했다. "어머니, 제발. 제발 저 좀 내버려두세요. 지금 시간 없어요."

"경찰이 오늘 아침에 네 아버지를 잡아갔다."

순간 등골이 오싹했지만, 이내 머리에 열이 뻗쳤다. 라르스는 쓰디쓴 목소리로 말했다. "죗값을 치를 때가 된 거죠. 다른 사람보다 돈이 많다고 해서 신이라도 되는 양 마음대로 마을을 다스릴 수는 없는 거잖아요. 이제까지 아무 일 없이 무사했던 게 더 이상하죠." 그는 책상을 돌아 의자에 앉았다.

"하지만 얘야! 다 너를 위해서 하신 일이야!"

"아뇨." 그의 목소리는 냉정하기 그지없었다. "자기 자신과 회사를 위한 거였죠. 그때도 상황을 이용했어요. 언제나처럼 자기 이익만 챙겼다고요. 그리고 내가 그렇게 싫다는데도 이 직업을 강요했어요. 어머니, 정말이지 전 그 사람이 어떻게 되든 전혀 관심 없어요."

갑자기 모든 기억이 어제 일처럼 생생하게 떠올랐다. 아버지가 또다시 자신의 인생을 망치고 있다. 그것도 직장과 미래를 위해 온 힘을 집중시켜야 할 이 중요한 때에! 분노가 끓어올랐다. 왜 부모라는 작자들은 자식을 가만 놔두지 않는 걸까? 잊은 지 오래된 기억들이 머릿속에서 생생하게 되살아났다. 불러낸 적도 없고 불러내고 싶지도 않은 기억들이 말이다. 물밀 듯 밀려드는 기억과 그것에 휩쓸려 오는 옛 감정 앞에서 그는 무기력할 뿐이었다.

아버지는 어머니가 집을 비울 때면 당시 가사를 돌보던 로라의 어머니를 지붕 밑 손님방으로 데려갔다. 그런데 그것으로 만족하지 못하고, 그 딸까지 자기 침대로 끌어들였다. 그는 알텐하인 사람 모두를 자신의 종으로 여겼다. 마치 중세 영주라도 된다는 듯이!

자기 연민에 가득 찬 어머니의 푸념을 흘려들으며 라르스는 그날 저녁 일을 떠올렸다. 견진성사 교리를 듣고 집으로 돌아온 그는 복도에서 하마터면 로라와 부딪칠 뻔했다. 로라는 눈물범벅이 된 얼굴로 그를 지나쳐 밖으로 뛰쳐나갔다. 곧 거실에서 헝클어진 머리와 벌건 얼굴을 한 아버지가 셔츠 자락을 바지에 집어넣으며 급히 뒤따라 나왔다. 아버지는 그가 봤다는 것을 눈치채지 못했다. 나쁜 자식! 당시 로라는 겨우 열다섯 살이었다.

그로부터 몇 년이 지나서야 그는 로라 일을 두고 아버지를 비난했다. 그런데 아버지는 모든 사실을 부인했다. 로라가 먼저 접근한 거고, 자신은 거부했을 뿐이라고 말했다. 처음에는 라르스도 그 말을 믿었다. 아버지를 나쁘게 생각하고 싶은 열여덟 살짜리 아들이 어디 있겠는가? 그러나 시간이 가면서 아버지의 주장이 의심스러워졌다. 아버지는 그에게 너무 많은 거짓말을 했다.

"라르스?" 어머니가 이름을 불렀다. "듣고 있니?"

"그때 경찰한테 사실대로 말했어야 해요." 그는 겨우 평정을 유지하며 말했다. "하지만 내 아버지라는 사람이 나한테 거짓말을 시켰어요. 자기 얼굴에 먹칠하는 게 싫어서! 왜요, 무슨 일이 있었는데요? 이번에 실종된 여학생도 아버지가 따먹었나요?"

"너 어떻게 그런 천벌받을 소리를 할 수 있니?"

어머니가 깜짝 놀라 외쳤다. 그녀는 스스로를 속이는 데 선수였다. 듣거나 보고 싶지 않은 일은 모조리 외면했다.

"어머니, 제발 정신 좀 차려요." 라르스가 날카롭게 외쳤다. "더 할 말이 많지만 저한테는 다 끝난 일이에요. 아시겠어요? 이제 다 잊었다고요. 끊을게요. 더 이상 전화하지 마세요."

*

클라우디우스 테를린덴이 토요일 저녁 부부 동반으로 친구들과 함께 저녁을 먹었다는 레스토랑은 줄레트가에 있었다. 유리로된 도이치뱅크 쌍둥이 타워가 정면으로 보이는 곳이었다. 피아는 그 정보를 전날 저녁 테를린덴 부인에게서 들었다.

"난 여기서 내릴 테니까 적당한 데에 주차해놓고 오라고."

보덴슈타인이 말했다. 두 사람은 타우누스 성벽과 줄레트가를 벌써 세 번째 도는 중이었다. 고급 레스토랑인 '에보니클럽' 앞은 주차하기가 힘들었다. 그래서 고풍스러운 유니폼을 입은 주차요원들이 입구에 서 있다가 손님들이 열쇠를 건네면 차를 지하 주차장으로 가져갔다.

피아가 인도에 바짝 붙여 차를 세웠다. 보덴슈타인은 차에서 내려 목을 움츠린 채 빗속을 걸어 클럽 입구로 갔다. '자리를 안내해드릴 테니 기다려주십시오'라고 적힌 팻말을 그냥 지나쳤지만 아무도 그를 붙잡지 않았다. 어떤 유명 인사가 예약도 않고 측근과 함께 들이닥쳐서 홀 책임자를 비롯해 전 직원이 급히 자리를 만들어내느라 한바탕 소동이 벌어지고 있었다.

점심시간을 맞은 레스토랑은 무척 붐볐다. 경제 위기도 인근 은행 경영자들의 사치스러운 식사 습관을 망치지는 못한 모양이었다. 보덴슈타인은 호기심 가득한 눈으로 주위를 둘러보았다. 말로만 많이 들었지 에보니클럽에 직접 와본 것은 처음이었다. 식민지 시대의 인도 스타일로 꾸민 이 레스토랑은 시내에서도 가장 비싸고 사람들이 많이 찾는 곳이었다.

식당을 둘러보던 그의 시선이 2층 안쪽 2인용 테이블에 앉은 남녀에게서 멈추었다. 순간 숨이 멎는 것 같았다. 코지마. 그녀가 앞에 앉은 느끼하게 생긴 미남의 말에 귀를 기울이고 있었다. 남자가 과장된 몸짓으로 뭔가를 설명하는 중이었다. 코지마는 상체를 살짝 앞으로 기울인 채 탁자에 팔꿈치를 대고 깍지 낀 손 위에 턱을 받치고 있었다. 그 모습을 본 보덴슈타인의 머릿속에서 즉시 날카로운 비상경보가 울렸다. 그녀가 얼굴에 흘러내린 머리카락을 쓸어 넘기다가 남자의 말을 듣고 미소를 지었다. 그러더니 남자의 손 위에 자기 손을 얹었다. 보덴슈타인은 종업원들이 정신없이 자신을 지나치는 것도 아랑곳 않고 동상처럼 서 있었다.

아침에 코지마는 지나가는 말처럼 오늘도 하루 종일 마인츠 편집실에 가 있어야 한다고 했다. 그런데 갑자기 일정이 바뀐 걸까, 아니면 또다시 계획적으로 그를 속인 걸까? 하긴 하필 오늘, 이 시각에, 프랑크푸르트의 수많은 레스토랑 중 하필 이곳에 남편이 수사를 하러 나올 줄 그녀가 어떻게 알았겠는가.

"예약하셨나요?"

통통한 몸집의 여종업원이 살짝 신경질적인 미소를 띠며 물었다. 보덴슈타인의 심장이 힘차게 내리치는 대장간 망치처럼 다시 뛰기 시작했다. 온몸이 떨리고 금방이라도 토할 것같이 메스꺼웠다.

"아니요."

그가 코지마와 그녀의 동행에게서 눈을 떼지 않은 채 대답했다. 여종업원이 의심스러운 눈초리로 쳐다봤지만, 지금 남들이 어떻게 생각하는지에 신경 쓸 여유가 없었다. 채 20미터도 떨어지지 않은 곳에 코지마가 다른 남자와 앉아 있다. 그녀가 느낌표 세 개만큼이나 만나고 싶어 했던 바로 그 남자다. 보덴슈타인은 숨 쉬는 데 집중하려 애썼다. 당장 그 남자에게 달려가 다짜고짜 낯짝을 후려칠 수만 있다면 얼마나 좋을까 하는 생각이 들었지만 엄격한 자기 절제와 정중한 예절을 교육받은 그에게는 불가능한 일이었다. 그는 그 자리에 가만히 서 있기만 할 뿐 아무런 행동도 취하지 못했다. 그러는 동안에도 내면의 관찰자는 날카로운 눈으로 두 남녀가 얼마나 가까운 사이인지 파악하느라 바빴다. 두 사람은 머리를 맞대고 깊은 눈빛을 주고받는 등 드러내놓고 친근감을 표시했다.

보덴슈타인은 곁눈질로 여종업원이 홀 책임자에게 가 자신을 가리키며 뭐라고 수군거리는 것을 보았다. 코지마의 탁자로 가거나 밖으로 나가거나 둘 중 하나를 택해야 한다. 뜻밖의 만남을 기뻐하는 척할 수 없다고 판단한 그는 뒤돌아 붐비는 레스토랑을 나왔다. 그러고는 잠시 길 건너 공사장 울타리를 넋 놓고 바라보다가 멍하니 줄레트가를 따라 걷기 시작했다. 100미터 달리기라도 한 사람처럼 심장이 거칠게 뛰고 속이 메슥거렸다. 코지마와 그 남자의 잔영이 망막에 박히기라도 한 듯 눈앞에서 사라지지 않았다. 그렇게 두려워하던 일이 드디어 현실이 됐다. 이제 코지마의 외도는 의심할 수 없는 사실이다.

갑자기 한 여자가 그의 앞을 가로막았다. 피해 가려 했지만 우산을 든 그녀는 다시 앞을 막아섰다.

"벌써 끝났어요?" 피아의 목소리가 그를 벽처럼 둘러싸고 있던 안개를 뚫고 들려왔다. 그 즉시 정신이 돌아왔다. "토요일에 정말 테를린덴이 왔었대요?"

테를린덴! 까맣게 잊고 있었다. "그건…… 그건 아직 안 물어봤어."

"괜찮아요?" 피아가 그의 얼굴을 들여다보며 말했다. "반장님, 귀신이라도 본 사람 같아요."

"코지마가 있었어. 다른 남자랑 같이. 오늘 아침에 분명 나한테는……" 그는 더 이상 말을 잇지 못했다. 후들거리는 다리로 근처 주택까지 겨우 걸어간 그는 빗물에도 아랑곳하지 않고 모르는 문 앞 계단에 털썩 주저앉았다. 피아가 말없이 그를 내려다보고 있었다. 동정의 눈길 같았다. 그가 시선을 떨어뜨리고 "담배 하나 줘" 하고 착 가라앉은 목소리로 말했다. 피아가 재킷 주머니를 뒤져 담뱃갑과 라이터를 건넸다. 15년 전에 담배를 끊은 뒤 다시 피운 적도 없고, 피우고 싶다고 생각한 적도 없는 그였지만, 지금 이 순간만큼은 니코틴에 대한 욕구가 내면 깊은 곳에 아직 살아 있음을 느꼈다.

"차는 케텐호프베크에 세워놨어요. 브렌타노가랑 만나는 코
너예요." 그녀가 자동차 열쇠를 내밀었다. "차에 가 있어요. 여기
이러고 있다간 얼어죽어요."

그는 꼼짝도 않았다. 지금 그에게는 무엇이 어찌 되든 아무 상
관없었다. 비에 머리가 젖든 행인들이 이상한 눈초리로 쳐다보든
상관없었다. 이미 오래전부터 눈치채고 있었지만 그는 그녀의 거
짓말과 문자메시지에 말 못 할 사정이 있을 거라고 간절하게 바랐
다. 다른 남자와 함께 있는 코지마를 대할 준비는 전혀 되어 있지
않았다.

그는 폐부 깊숙이 담배 연기를 빨아들였다. 금방 어지럼증이
밀려왔다. 말보로가 아니라 조인트를 피우는 느낌이었다. 이윽고
미친 듯이 머릿속을 돌아다니던 생각이 천천히 움직임을 멈추었
고 공허한 침묵이 그를 감쌌다. 그는 프랑크푸르트 시내 한가운데
앉아서 낭떠러지 끝에 선 듯한 외로움을 느꼈다.

*

라르스 테를린덴은 거칠게 수화기를 내려놓고 그대로 몇 분
동안 꼼짝도 않고 앉아 있었다. 위에서 중역들이 그를 기다리고
있다. 한 방에 날려버린 35억을 어떻게 다시 벌어들일 건지 물어
보러 일부러 취리히에서 날아온 사람들이 말이다. 그러나 그에게
는 어떤 해결책도 없다. 중역들은 해명할 기회를 준 뒤 가식적인
미소를 지으며 그를 갈기갈기 찢어발길 것이다. 재수 없는 늙은이
들 같으니라고! 엊그제만 해도 어마어마한 거래를 성사시켰다며

어깨를 토닥이고 격려하더니…….

다시 전화벨이 울렸다. 이번에는 내선전화였다. 그는 전화를 무시하고 첫 번째 책상 서랍을 열어 종이 한 장과 몽블랑 만년필을 꺼냈다. 잘나갈 때 상사에게 받은 선물로, 계약서에 서명할 때만 쓰던 것이었다. 잠시 크림색의 종이를 바라보다가 빈 공간을 채워 나가기 시작했다. 글을 다 쓰고서는 다시 읽어보지도 않고 접어서 이중 봉투에 넣었다. 봉투에 주소를 적어 넣은 그는 자리에서 일어나 서류 가방을 들고 방을 나섰다.

"이거 오늘 안에 보내야 해." 비서의 책상에 편지를 던지듯 내려놓으며 말했다.

"잘 알겠습니다." 비서가 살짝 비꼬듯 대답했다. 중역급의 어시스턴트로 일했던 그녀는 일개 과장의 비서로 일하는 데 불만이 많았다. "약속 잊지 않으셨죠?"

"물론." 이미 저만치 걸어가면서 그가 뒤도 돌아보지 않고 말했다.

"벌써 7분 지각이에요!"

그는 복도로 나왔다. 엘리베이터까지 스물네 걸음. 엘리베이터 문이 그를 기다렸다는 듯 활짝 열렸다. 12층에는 중역들이 7분 전부터 그의 모가지를 치려고 모여 앉아 있다. 안면이 있는 여자 직원 둘이 엘리베이터를 향해 걸어가고 있었다. 그는 그들을 제대로 쳐다보지도 않은 채 인사 대신 고개만 까딱했다. 직원들은 킥킥거리며 수군대다가 그를 향해 가볍게 고개를 끄덕였다. 엘리베이터 문이 소리 없이 닫혔다. 문득 그는 퀭한 눈의 거울 속 자신을 보고 깜짝 놀랐다. 볼품없이 마르고 지친 모습이었다. 실제로도 그는 지쳤다. 피로감이 끝없이 몰려왔다.

"몇 층이세요?" 동그란 눈의 갈색 머리 여자가 물었다. "위요, 아래요?"

인조 손톱을 붙인 그녀의 긴 손가락이 숫자판 위에서 초조하게 대답을 기다렸다. 하지만 라르스는 여전히 거울 속 자신에게서 눈을 떼지 못했다.

"아래로 갑니다." 그가 대답했다. "맨 밑바닥으로요."

*

피아는 문을 활짝 열어준 에보니클럽 종업원에게 고맙다는 뜻으로 고개를 살짝 숙이고서 안으로 들어갔다. 최근에 크리스토프, 헤닝, 미리엄과 함께 식사를 하러 온 곳이다. 헤닝은 그날 500유로를 썼다. 피아의 눈에는 낭비 그 자체로 보였다. 그녀는 이름을 읽기조차 힘든 음식에, 와인 한 병이 천 단위까지 올라가는 허영 넘치는 레스토랑을 좋아하지 않는다. 와인은 상표보다는 맛이 중요하기 때문에 식사를 풍성하게 하는 데는 동네 피자집에서 파는 바르돌리노나 키안티 정도면 충분하다.

높은 의자에 앉아 있던 홀 책임자가 환한 미소를 지으며 다가왔다. 피아는 말없이 공무원증을 그의 코앞에 들이밀었다. 특선 메뉴 손님이 아니라 불청객임을 깨닫자 미소로 환하던 그의 얼굴이 빠르게 어두워졌다. 강력계 형사는 어딜 가도 환영받지 못한다. 한창 점심 장사 중인 고급 레스토랑에서는 더더욱 반갑지 않은 존재다.

"무슨 일인지 좀 여쭤봐도 되겠습니까?" 홀 책임자가 살살거리며 물었다.

"안 돼요." 피아가 건조하게 대꾸했다. "매니저 어디 있어요?"

그가 얼굴에서 미소를 싹 거두었다. 그와 함께 정중한 태도도 사라졌다. "여기서 기다려요."

그가 사라진 뒤 피아는 살짝 홀을 둘러봤다. 정말이다! 코지마 폰 보덴슈타인이 열 살은 어려 보이는 남자와 다정하게 앉아 있다. 남자는 넥타이가 필요 없는 캐주얼 스타일 양복에 셔츠 단추를 풀어헤치고 있었다. 여유로운 태도에서는 자신감이 느껴졌고 어깨까지 오는 짙은 금발은 헝클어진 상태다. 각진 얼굴, 무겁게 튀어나온 주걱턱, 닷새는 안 깎은 듯한 수염, 윤곽이 뚜렷한 매부리코. 코는 혹한에 야외에서 일하는 사람처럼 많이 상해 있었다. 피아는 속으로 '술 때문일 수도 있지'라고 심술궂게 생각했다.

웃으며 코지마의 얘기를 듣는 남자의 얼굴에 감탄의 표정이 역력했다. 분명 업무적 만남은 아니다. 어쩌다 만난 친구 사이도 아니다. 두 사람 사이에 감도는 에로틱한 분위기는 모르는 사람 눈에도 훤히 보일 정도였다. 그들은 막 침대에서 나왔거나 기대감을 고조시키려고 간단한 점심을 먹으며 침대로 가는 시간을 일부러 늦추는 중이리라. 피아는 보덴슈타인이 정말 가여웠다. 그러나 동시에 25년이나 틀에 박힌 결혼 생활을 하며 저런 모험을 동경했을 코지마도 이해가 됐다.

매니저가 나타나자 그녀는 관찰을 중단했다. 매니저는 잘해야 서른 중반일 것 같았지만 숱이 적은 황토색 머리와 부은 얼굴 때문에 나이보다 늙어 보였다.

"오래 성가시게 하지는 않을 거예요. 성함이……?"

피아가 이렇게 말하며 육중한 체구의 남자를 훑어봤다. 그는 예의라고는 찾아볼 수 없는 태도로 악수를 청하지도 않고 자기소개도 하지 않았다.

"안드레아 자길스키입니다." 이렇게 말하며 그가 거만한 손짓으로 홀 책임자를 원래 자리로 쫓아냈다. "무슨 일입니까? 지금 점심시간이라 아주 바쁩니다."

자길스키. 왠지 귀에 익다.

"아, 요리를 직접 하시나 보죠?" 그녀가 비꼬는 말투로 그의 말을 받아쳤다.

"아뇨." 그의 표정이 일그러졌다. 그는 끊임없이 홀 이곳저곳을 둘러보며 지켜보고 있는 사람을 불안하게 했다. 그러다 갑자기 젊은 여종업원을 불러 세우더니 호되게 야단쳤다. 나직한 목소리와는 달리 어찌나 몰아붙였던지 결국 그녀는 얼굴을 붉히며 물러갔다.

"요즘 종업원들은 아주 막돼먹었어요." 그가 웃음기가 전혀 없는 얼굴로 말했다. "어린 것들이 아주 엉망이에요. 생각이 없어요, 생각이."

두 사람이 길을 막고 선 가운데 새로운 손님들이 들어왔다. 그 순간 피아는 자길스키라는 이름을 어디서 들었는지 생각해냈다. 알텐하인의 레스토랑 흑마의 사장 이름도 자길스키였다! 피아의 질문에 그는 흑마와 에보니클럽 그리고 프랑크푸르트에 있는 다른 레스토랑 모두 자기 소유라고 대답했다.

"그래서 용건이 뭡니까?" 정말 예의라는 걸 모르는 인간이다. 친절이나 정중함과도 거리가 멀다. 두 사람은 여전히 입구 한가운데에 선 채였다.

"지난주 토요일 저녁에 클라우디우스 테를린덴이라는 사람이 부인과 함께 여기서 식사를 했는지 알고 싶은데요."

자길스키의 한쪽 눈썹이 꿈틀거렸다. "왜 경찰이 그런 걸 알아야 됩니까?"

"알 필요가 있어서요." 피아는 그의 오만방자한 태도가 신경에 거슬리기 시작했다. "여기 왔어요, 안 왔어요?"

잠시 망설이던 그가 고개를 한 번 까딱였다. "왔습니다."

"동행은 부인뿐이었나요?"

"그건 기억 안 납니다."

"홀 책임자가 알지 않을까요? 예약 장부가 있을 텐데."

자길스키가 못마땅한 표정으로 아까 쫓아낸 홀 책임자에게 손짓했다. 그가 가까이 오자 예약 장부를 가져오라고 시킨 뒤 다시 의자로 기어 올라갔다가 내려와 돌아올 때까지 허공에 손을 내밀고 기다렸다. 장부를 받아 든 자길스키는 손가락에 침을 묻혀 가죽끈으로 맨 족보처럼 두꺼운 장부를 한 장씩 넘겼다.

"아, 여기 있네. 네 명이었어요. 이제 기억이 납니다."

"또 누가 있었죠? 이름도 적혀 있나요?" 피아가 재촉했다. 한 무리의 손님들이 나갈 채비를 했다. 그제야 자길스키는 피아를 바쪽으로 안내했다.

"경찰이 무슨 상관인지 모르겠군요." 그가 잔뜩 목소리를 낮춰 말했다.

"이봐요." 피아는 초조해지기 시작했다. "지금 경찰이 수사하는 건 당신네 종업원 아멜리의 실종 사건이에요. 아멜리는 토요일 저녁에 흑마에서 마지막으로 목격됐어요. 그 이후에 본 사람이 있는지 찾고 있는 거라고요."

자길스키가 피아를 빤히 쳐다봤다. 그리고 잠시 생각하더니 이내 사실을 털어놓았다. 이름 정도는 말해도 상관없다는 결론을 내린 것 같았다. "라우터바흐 부부가 동석했습니다."

피아는 의아하기 짝이 없었다. 테를린덴은 왜 이웃집 부부와 함께 있었다고 사실대로 말하지 않았을까? 어제 회사에 찾아갔을 때 그는 왜 부인하고만 있었다는 듯이 말했을까? 참으로 이상한 일이었다.

코지마의 동행이 막 계산을 하고 있었다. 종업원의 얼굴이 환해지는 걸 보니 팁을 후하게 받은 모양이다. 자리에서 일어난 남자가 테이블을 돌아 코지마의 의자를 뒤로 빼줬다. 외양은 보덴슈타인과 영 딴판이지만 매너 좋은 거 하나만은 닮은 꼴이었다.

"저기 빨간 머리 여자랑 같이 있는 남자 누군지 혹시 아세요?"

피아가 불쑥 물었다. 자길스키는 그녀가 누구를 말하는지 안다는 듯 고개도 돌리지 않았다. 피아는 코지마가 혹시라도 알아볼까 싶어 슬쩍 몸을 돌렸다.

"그럼요." 세상에 저 남자를 모르는 사람도 다 있다니 이해가 안 된다는 표정으로 자길스키가 말했다. "알렉산더 가브릴로프잖아요. 혹시 저 사람도 수사 대상입니까?"

"왜 아니겠어요!" 피아는 이렇게 대꾸하며 미소 지었다. "협조해주셔서 감사합니다."

*

보덴슈타인은 아직도 계단에 앉아 담배를 피우는 중이었다. 발밑으로 담배꽁초 네 개가 뒹굴었다. 피아는 상사의 낯선 모습에 적응하느라 잠시 서 있었다.

"어때 보여?" 피아를 올려다보는 그의 얼굴이 창백했다.

"세상에, 테를린덴 부부는 그날 라우터바흐 부부와 함께 있었어요. 그리고 에보니클럽 매니저가 알텐하인의 흑마 주인이더라고요. 우연치고는 너무 기묘하지 않아요?"

"그거 말고."

"그거 말고 뭐요?" 피아는 그의 말을 못 알아듣는 척했다.

"그…… 우리 와이프 봤어?"

"네. 봤어요." 피아는 보덴슈타인이 계단에 던져놓은 담뱃갑을 집어 담배 하나를 꺼내 물었다. "빨리 가요. 여기 더 있다간 얼어 죽겠어요."

보덴슈타인이 뻣뻣해진 몸을 일으키며 물고 있던 담배를 마지막으로 한 번 더 빨고는 비 내리는 길 위에 버렸다. 걸으면서 피아는 곁눈질로 보덴슈타인의 눈치를 살폈다. 설마 아직도 자기 부인과 매력적인 낯선 남자의 밀회를 단순한 오해라고 믿는 건 아니겠지?

"알렉산더 가브릴로프." 피아가 갑자기 걸음을 멈추며 말했다. "극지 탐험가이자 등반가."

"무슨 소리야?" 보덴슈타인이 영문을 모르겠다는 듯 물었다.

"코지마랑 함께 있던 남자 이름이에요." 그녀는 이렇게 말하며 속으로 '둘은 분명히 함께 밤을 보낸 사이예요'라고 덧붙였다.

보덴슈타인이 머리를 쓸어 넘기며 혼잣말처럼 말했다. "그래, 맞아. 어쩐지 낯익다 했어. 코지마가 소개해서 인사한 적이 있어. 영화 시사회 때였나? 몇 년 전에 함께 프로젝트를 계획했다가 무산됐다고 했어."

"일 때문에 만났을 수도 있겠네요." 피아가 마음에도 없는 말로 그를 위로했다. "프로젝트 때문에 만난 걸 수도 있잖아요. 반장님이 알아서는 안 되는 일이었나 보죠. 사서 걱정하시는 걸 수도 있어요."

보덴슈타인이 눈썹을 치켜세우며 피아의 얼굴을 위아래로 훑었다. 그의 눈에 잠시 조소의 빛이 떠올랐으나 금세 사라졌다. "나도 눈을 장식으로 달고 다니는 건 아냐. 코지마가 그놈이랑 자는 사이라는 거 다 알아봤다고. 언제부터 그런 사이였는지는 모르겠지만 말이야. 어쩌면 더 잘됐어. 이젠 나 자신에게 핑계 댈 수도 없게 됐으니까."

그가 무슨 결심이라도 한 듯 빠르게 걷기 시작했다. 그 보조를 맞추려고 피아는 거의 달리다시피 했다.

*

티스는 모든 걸 알고 있다. 그리고 경찰은 이 일에 아주 관심이 많다. 어떻게든 사태를 해결해야 할 거다. 그러지 않으면 넌 모든 걸 잃게 될 테니까!

모니터 속 글자들이 춤을 추는 듯했다. 문화교육부의 공식 주소로 온 이메일이었다! 맙소사, 만약 비서가 메일을 읽기라도 했더라면! 보통 때는 비서가 모든 이메일을 인쇄해서 그의 책상에 갖다 놓는다. 오늘 그가 비서보다 일찍 나온 게 천만다행이었다. 그레고어 라우터바흐는 아랫입술을 지그시 깨물며 발신자를 확인했다.

snowwhite1997@hotmail.com

저 뒤에 숨어 있는 사람은 누굴까? 도대체 누구, 누구, 누구란 말인가? 첫 번째 편지 이후 밤낮으로 그를 쫓아다니는 질문이었다. 다른 생각은 할 수도 없었다. 오한 같은 공포가 온몸으로 스멀스멀 기어들었다.

노크 소리가 나고 이어서 문이 열렸다. 그는 물벼락이라도 맞은 사람처럼 소스라치게 놀라며 벌떡 일어났다. 밝은 목소리로 아침 인사를 하려던 비서 이네스는 그 모습에 말문이 막혔다.

"괜찮으세요, 장관님?" 그녀가 걱정스럽게 물었다.

"아니." 그가 목소리를 쥐어짜 대답하며 다시 자리에 앉았다. "독감에 걸린 것 같아."

"오늘 일정 취소할까요?"

"중요한 일정이 있나?"

"아뇨. 아주 급한 건 없습니다. 차 대기시키라고 할게요."

"고마워, 이네스."

라우터바흐는 비서에게 고개를 끄덕이고는 두어 번 기침하는 시늉을 했다. 비서가 나가자마자 다시 이메일을 뚫어지게 쳐다봤다. snowwhite. 백설공주. 그의 머릿속에서 생각들이 질주하기 시작했다. 마우스 오른쪽 버튼을 눌러 발신자를 차단했다. 그리고 수신자 불명을 눌러 편지를 돌려보냈다.

*

바바라 프뢸리히는 식탁에 앉아 십자말 풀이에 집중하려고 했지만 잘 되지 않았다. 아멜리가 실종된 지 꼬박 사흘이 지났다. 무슨 일이 일어났을지도 모른다는 불안감에 심신이 지칠 대로 지

쳐 있었다. 그녀는 일요일에 두 아이를 호프하임의 부모님께 맡겼
다. 남편은 사장이 나오지 않아도 된다는데도 월요일 아침부터 출
근했다. 하긴 집에 있어봐야 할 일도 없었다.

시간이 참을 수 없이 천천히 흘렀다. 아멜리가 갑자기 사라져
집에 돌아오지 않고 있다. 살아 있다는 단서는 어디에도 없다. 베
를린에 사는 친모에게서 세 번 전화가 왔지만 진심으로 걱정돼서
라기보다는 의무적인 것이었다. 이틀째까지는 마을 여자들이 위
로 겸 도움을 주겠다며 찾아왔다. 하지만 평소 왕래가 없던 터라
부엌에 불편하게 앉아서 이야깃거리를 찾다가 돌아갔다.

거기다 어제저녁에는 남편과 크게 다퉜다. 그렇게 심하게 다
투기는 처음이었다. 그녀는 큰딸이 실종됐는데 왜 그렇게 관심이
없냐며 남편을 몰아붙였고, 돌아오지 않아서 오히려 기뻐하고 있
는 거 아니냐며 홧김에 마음에 없는 말까지 하고 말았다.

정확히 말하자면 싸움은 아니었다. 남편은 언제나처럼 침묵
으로 일관하며 그녀를 쳐다보기만 했으니까. "경찰이 찾아낼 거
야." 그는 이 말만 남기고 욕실로 사라졌다. 부엌에 혼자 남겨진 그
녀는 황당해 어쩔 줄 몰랐다. 갑자기 남편이 다른 사람처럼 보였
다. 그는 비겁하게 일상의 쳇바퀴 속으로 도망쳤다. 아멜리가 아
니라 다른 두 아이에게 그런 일이 생겼다면 다르게 행동했을까?
남편의 유일한 걱정은 이번 일로 사람들 눈에 띄는 것이었다. 그
렇게 싸우고 나서 두 사람은 단 한마디도 나누지 않았다. 침대에
나란히 누워서도 침묵으로 일관했다. 10분도 지나지 않아 남편은
잠들었다. 마치 아무 일도 없다는 듯 규칙적으로 나지막하게 코를
골았다. 그녀는 살면서 그렇게 외로웠던 적이 없었다. 길고 끔찍
한 밤이었다.

그때 갑자기 초인종이 울리는 바람에 바바라는 소스라치게 놀랐다. 그리고 속으로는 이야깃거리를 찾으러 온 동네 여자가 아니기를 바랐다. 여자들은 동정심을 가장한 얼굴로 찾아와 새 소식을 물어다 동네 가게에 퍼뜨리곤 했다.

문 앞에 모르는 여자가 서 있었다. "안녕하세요, 프뢸리히 부인." 여자는 짙은 잿빛의 커트 머리에 안색이 창백했다. 각진 안경을 썼는데 그 밑으로는 심한 다크서클이 보였고 표정이 무척 진지했다.

"호프하임 강력계 형사 마렌 쾨니히입니다." 그러면서 경찰공무원증을 들어 보였다. "잠시 들어가도 될까요?"

"네, 그럼요. 들어오세요." 바바라는 가슴이 쿵쿵 뛰었다. 형사의 표정이 너무 심각해서 무슨 안 좋은 소식을 전하러 온 것만 같았다. "아멜리에 대해 새로 알아낸 게 있나요?"

"아뇨. 아직 없습니다. 하지만 제 동료들이 알아낸 바로는 아멜리가 친구 티스에게 그림을 받았다고 합니다. 그게 지난번에는 발견되지 않았거든요."

"그림에 대한 건 잘 모르겠는데요." 그녀는 새로운 소식이 없다는 말에 실망해 고개를 저었다.

"혹시 아멜리의 방을 다시 한번 수색해도 될까요? 그 그림들이 실제로 어딘가에 존재한다면 수사에 매우 중요한 단서가 될 수 있습니다."

"네, 그럼요. 이쪽으로 오세요."

그녀는 층계를 올라가 아멜리의 방 문을 열어줬다. 그리고 문가에 서서 형사가 방을 뒤지는 걸 지켜봤다. 형사는 벽장을 샅샅이 뒤진 다음 무릎을 꿇고 침대와 책상 밑을 들여다봤다. 그리고 결국은 비더마이어 양식의 서랍장을 옆으로 치웠다.

"비밀 문이 있군요." 마렌 쾨니히가 뒤돌아보며 말했다. "열어도 될까요?"

"네. 전 그런 문이 있는 줄도 몰랐어요."

"지붕이 비스듬한 집에서는 지붕 가장자리 부분을 창고처럼 사용하곤 하죠." 마렌 쾨니히는 그렇게 설명하며 처음으로 살짝 웃어 보였다. "특히 따로 창고가 없을 때는요."

그녀가 몸을 구부려 벽과 지붕 사이의 좁은 공간으로 들어갔다. 차가운 공기가 방 안으로 흘러들었다. 잠시 후 그녀가 굵은 종이 두루마리를 들고 나타났다. 두루마리는 빨간 끈으로 꽁꽁 묶여 있었다.

"어머나." 바바라가 외쳤다. "정말 찾아내셨네요."

마렌 쾨니히는 몸을 일으키고서 바지에 묻은 먼지를 털었다. "이건 제가 가지고 가겠습니다. 원하시면 확인증을 써드리죠."

"아뇨. 그러실 필요 없어요." 바바라가 서둘러 말했다. "그 그림이 아멜리를 찾는 데 도움이 된다면 얼마든지 가지고 가세요."

"고맙습니다." 마렌 쾨니히가 그녀의 어깨를 다독이며 말했다. "너무 걱정 마세요. 저희는 아멜리를 찾기 위해 정말 최선의 최선을 다하고 있어요. 맹세할 수 있어요."

그녀의 말이 너무 마음에 와 닿아 바바라는 터져 나오는 울음을 가까스로 참아야만 했다. 그녀는 감사의 눈빛으로 말없이 고개를 끄덕였다. 잠시 남편에게 전화를 걸어 그림에 대해 이야기할까 했으나 아직 화가 풀리지 않은 터라 그만두었다. 그리고 한참 뒤에 차를 우리면서 그림을 보지도 않고 줘버린 것이 뒤늦게 마음에 걸렸다.

*

토비아스는 나디야의 집 거실에서 끊임없이 서성댔다. 벽에 걸린 대형 텔레비전에서는 소리 없이 화면만 바뀌었다. 경찰이 실종된 18세 소녀 아멜리 F.를 찾고 있다는 자막이 나왔다.

어제 토비아스와 나디야는 밤늦도록 앞으로의 일을 의논했다. 나디야는 일단 그림을 찾아야 한다고 주장했다. 그녀는 자정쯤 잠이 들었으나 그는 잠들지 못하고 뜬눈으로 밤을 지새우며 사라진 기억을 되살리려 애썼다. 한 가지만은 분명했다. 그가 만약 경찰에 연락한다면 경찰은 즉시 그를 체포할 것이다. 토비아스는 아멜리의 휴대전화가 어째서 자신의 바지 주머니에 들어가 있는지 설명할 길이 없었다. 토요일 저녁부터 일요일 오후까지의 일도 여전히 기억해내지 못했다.

아멜리는 1997년 사건에 대해 뭔가 중요한 사실을 알아낸 게 분명하다. 그리고 그 비밀이 드러나면 곤란해지는 사람이 있다. 과연 누굴까? 토비아스의 머릿속에 자꾸 클라우디우스 테를린덴의 얼굴이 떠올랐다.

테를린덴은 지난 11년간 토비아스의 유일한 후원자인 양 행세했다. 토비아스는 테를린덴의 면회를 기다렸고 그와 오랫동안 얘기하는 시간이 좋았다. 지금 생각하면 바보 같은 일이다. 정작 테를린덴은 자기 이익에만 관심이 있었는데 말이다. 토비아스는 차마 로라와 스테파니의 실종에 대한 책임이 테를린덴에게 있다는 말까지는 못했다. 그런데 테를린덴은 원하는 걸 얻기 위해 곤경에 처한 토비아스의 부모를 인정사정없이 이용했다. 그 결과, 실링에는 지금 테를린덴 회사의 새 건물이 들어서 있다.

토비아스는 담배에 불을 붙였다. 응접탁자 위의 재떨이는 이미 담배꽁초로 넘쳐났다. 창가로 가 마인강의 검은 물줄기를 내려다봤다. 시간이 고통스러울 정도로 천천히 흘렀다. 나디야가 나간 지 얼마나 됐지? 세 시간? 네 시간? 제발 성공해야 할 텐데! 지금 그에게는 그녀의 계획이 유일한 희망이다. 아멜리가 토요일에 말한 그 그림들이 정말로 존재한다면 그것으로 자신의 무죄를 증명하고 아멜리를 납치한 사람이 누군지 알아낼 수 있을지도 모른다.

아멜리는 아직 살아 있을까? 만약……. 그는 세차게 머리를 흔들었다. 그러나 한번 든 생각은 쉽게 떨쳐지지 않았다. 만약 당시 심리학자, 정신감정가, 법정의 판단이 옳았다면? 선정적 기사에 목말라 있던 언론의 표현처럼, 자신은 정말 술만 먹으면 괴물로 변하는 그런 사이코일까?

옛날에 그는 승부욕이 상당했었다. 그래서 남에게 지는 걸 참지 못했다. 공부든 운동이든 여자든 언제나 승자여야 했고 1등이어야 했다. 그렇게 주변 사람을 고려하지 않았는데도 인기가 많았다. 친구들 사이에서도 항상 중심에 있었다. 아니면 그가 너무 자기중심적이어서 착각 속에 살았던 걸까?

외르크, 펠릭스 그리고 다른 친구들을 만나면서 이미 오래전에 잊은 옛일들이 새록새록 떠올랐다. 로라는 원래 미하엘 돔브로프스키의 여자친구였다. 토비아스는 친구의 여자친구를 가로채면서 어떤 양심의 가책도 느끼지 않았다. 그에게 여자는 허영을 채우기 위한 트로피에 불과했다. 그런 식으로 생각 없이 남의 감정을 다치게 하고 분노와 상심을 준 적이 얼마나 많았던가!

그가 처음으로 그런 생각을 하게 된 것은 스테파니가 헤어지자고 했을 때였다. 그는 그 이별을 받아들일 수 없었다. 심지어 무룹까지 꿇고 사정했지만 그녀는 그를 비웃을 뿐이었다.

그래서 스테파니를 어떻게 한 거지? 아멜리는 어떻게 한 거지? 아멜리의 휴대전화가 왜 내 호주머니에 들어 있지?

토비아스는 쓰러지듯 소파에 주저앉았다. 그리고 관자놀이를 누르며 기억의 파편들 사이에서 논리적 연관성을 만들어보려 애썼다. 그러나 생각하려고 하면 할수록 머릿속이 하얘졌다. 미칠 노릇이었다.

＊

병원은 사람으로 미어터졌다. 그러나 라우터바흐 원장은 피아와 보덴슈타인을 오래 기다리게 하지 않았다.

"머리는 어떠세요?"

"아, 괜찮습니다." 자상한 그녀의 질문에 보덴슈타인은 반사적으로 이마에 붙인 반창고에 손을 갖다 댔다. "가끔 머리가 아프지만 다른 문제는 없습니다."

"지금 한번 봐드릴까요?"

"아뇨. 정말 괜찮습니다. 바쁘신데 오래 붙잡고 있을 생각은 없습니다."

"그러면 필요하실 때 병원으로 찾아오세요."

보덴슈타인이 웃으며 고개를 끄덕였다. 그는 정말로 주치의를 바꿀까 하고 속으로 생각했다. 라우터바흐 원장은 간호사가 접수 데스크에 올려놓은 서류에 얼른 사인한 뒤 피아와 보덴슈타인을 방으로 안내했다. 복도를 걸어가자 마루를 깐 바닥이 삐걱거렸다. 그녀가 형사들에게 손짓으로 의자를 권했다.

"티스 테를린덴 때문에 왔습니다."

보덴슈타인은 의자에 앉았지만 피아는 그의 뒤에 섰다.

라우터바흐 원장이 책상에 앉아 진지하고 차분한 표정으로 그를 바라봤다. "티스에 대해 뭘 알고 싶으신가요?"

"테를린덴 부인 말로는 발작을 일으켜서 정신병원에 있다고 하던데요."

"네, 맞아요." 그녀는 의사로서 그 말이 사실임을 확인시켜줬다. "하지만 저도 그 이상 말할 수 있는 게 많지는 않아요. 잘 아실 테지만 묵비의무가 있어서요. 티스는 제 환자거든요."

"들리는 말에 의하면 티스가 아멜리를 쫓아다녔다고 하던데요?"

"쫓아다닌 게 아니라 같이 다닌 거죠." 라우터바흐 원장이 피아의 말을 바로잡았다. "티스는 아멜리를 아주 좋아했어요. 같이 다니는 게 티스가 호감을 표현하는 방법이죠. 아멜리는 처음부터 그 의미를 잘 알았어요. 겉모습은 좀 특이하지만 감성이 아주 예민한 아이예요. 티스에게는 더없이 좋은 친구죠."

"티스의 아버지는 티스와 다투다가 손에 상처를 입었더군요. 원래 공격적인 성향이 강한가요?"

라우터바흐 원장이 약간 쓸쓸하게 웃었다. "원래는 이런 얘기도 해선 안 되는데……. 두 분은 티스를 의심하고 계신 것 같네요. 티스가 아멜리에게 무슨 짓을 했다고 생각하신다면 큰 오산이에요. 전 그럴 가능성이 전혀 없다고 봐요. 티스는 자폐증 환자예요. 생각하고 행동하는 게 '보통' 사람들과 다르죠. 자폐증 환자들은 감정을 드러내거나 표현할 줄 몰라요. 그저 가끔씩 그렇게…… 분출할 뿐이에요. 그것도 아주 드물고요. 티스의 부모님이 잘 돌보고 있고 수년간 복용해온 약도 잘 듣고 있어요."

"티스에게 정신장애가 있다고 보시나요?"

라우터바흐 원장이 세차게 머리를 흔들었다. "절대 아니에요! 티스는 지능이 아주 뛰어나고 그림에도 남다른 재능이 있어요." 그러면서 벽에 걸린 추상화를 가리켰다. 테를린덴의 집과 회사에 걸려 있던 그림과 비슷했다.

"저걸 티스가 그렸나요?" 피아가 놀라 그림을 쳐다봤다. 처음에는 알아보지 못했지만 자세히 보니 사람 얼굴이었다. 절망에 찌들고 고통과 공포와 경악에 뒤틀린 얼굴을 알아보고 머리칼이 쭈뼛 섰다. 그림에 드러난 감정의 밀도가 정말 엄청났다. 어떻게 저런 그림을 매일 볼 수 있단 말인가.

"작년 여름에는 제 남편의 주선으로 비스바덴에서 전시회를 열었어요. 대성공이었죠. 그림 마흔세 점이 다 팔렸으니까요."

그녀의 말에서 자랑스러움이 느껴졌다. 이웃집 아들을 개인적으로 좋아하고 대견스럽게 생각하지만, 동시에 전문가로서 객관적인 판단을 내릴 수 있도록 거리를 두는 것 같았다.

"클라우디우스 테를린덴은 토비아스 자토리우스가 10년형을 선고받은 뒤 수년간 가족들의 뒤를 봐줬습니다." 이번에는 보덴슈타인이 말을 꺼냈다. "재판 당시에는 변호사도 선임해줬고요. 그것도 최고로요. 테를린덴이 그렇게 행동한 데는 일종의 죄책감이 작용했기 때문이라고도 할 수 있지 않을까요? 어떻게 생각하십니까?"

"무슨 죄책감이요?" 라우터바흐 원장이 얼굴에서 미소를 거두며 물었다.

"당시 실종 사건에 티스가 연루됐다는 것을 알았을 수도 있죠."

잠시 침묵이 이어졌다. 닫힌 문 너머로 나지막한 전화벨 소리
가 끊임없이 들려왔다. 라우터바흐 원장이 미간을 찌푸렸다.

"그렇게 생각해본 적은 한 번도 없어요." 그녀가 곧 상념에 잠
긴 목소리로 덧붙였다. "티스가 스테파니한테 홀딱 반해 있었던
건 사실이에요. 지금 아멜리처럼 스테파니와 많은 시간을 함께 보
냈……."

그녀는 의문에 찬 눈빛으로 보덴슈타인을 바라보다가 그가
무슨 말을 하려는지 눈치채고 크게 놀라 외쳤다. "맙소사! 아니에
요. 절대 그럴 리 없어요!"

"하루라도 빨리 티스를 만나야 돼요." 피아가 간절하게 말했
다. "아멜리의 행방을 찾아낼 단서를 가지고 있을 거예요."

"이해해요. 하지만 아주 어려운 부탁이네요. 티스가 자해할 염
려가 있어서 정신병원에 인계할 수밖에 없었어요." 라우터바흐 원
장이 손바닥을 마주한 뒤 손가락으로 꽉 다문 입술을 톡톡 두드렸
다. "제게는 티스를 만나게 해드릴 권한이 없어요."

"하지만 티스가 아멜리를 어딘가에 감금했을 수도 있어요." 피
아가 계속해서 그녀를 설득했다. "아멜리가 혼자 힘으로 빠져나오
지 못하고 있다면요?"

피아를 쳐다보는 원장의 눈빛이 금세 걱정으로 어두워졌다.
마침내 원장이 결심한 듯 말했다. "그럴 수도 있겠네요. 바트조덴
정신병원장에게 전화를 넣어드리죠."

"아, 또 하나 있어요." 피아가 이제야 생각났다는 듯 말했다.
"토비아스 자토리우스 말로는 아멜리가 1997년 사건과 관련해서
남편 되시는 분을 언급했다고 하던데요. 그때 그런 소문이 돌았다
죠? 스테파니가 연극에서 주인공 역을 맡은 건 당시 담임이었던

남편분이 총애해서라고요."

라우터바흐 원장은 막 전화기를 향해 뻗던 손을 피아의 말에 도로 거두었다. "토비아스는 그때 모든 사람을 의심했어요. 목에 칼이 들어온 상태에서 목숨을 구하려고 발버둥 치는 건 당연해요. 하지만 이후 재판 과정에서 제삼자에 대한 의심은 남김없이 해명됐어요. 제 기억에 남편은 연극 담당 교사로서 스테파니 슈네베르거의 재능에 감탄했어요. 그리고 외모도 백설공주에 잘 어울렸죠." 그녀가 다시 수화기를 집으려 손을 뻗었다.

"토요일 저녁 프랑크푸르트 에보니클럽에서 나온 게 몇 시였죠?" 이번에는 보덴슈타인의 질문이 그녀를 붙잡았다. "기억나십니까?"

그녀의 얼굴 위로 당황한 기색이 스쳤다. "네. 아주 정확하게 기억해요. 오후 9시 반이었어요."

"클라우디우스 테를린덴도 포함해 모두 함께 알텐하인으로 돌아왔나요?"

"아뇨. 그날 전 대기 근무였어요. 그래서 제 차를 몰고 갔죠. 9시 반에 쾨니히슈타인에 위급 환자가 있다는 연락을 받았어요."

"그럼 테를린덴 부부와 남편분은 언제 출발했습니까?"

"크리스티네는 저랑 함께 나왔어요. 티스가 독감에 걸려서 누워 있다는 말을 듣고 무척 걱정했거든요. 버스 정류장에 내려주고 전 곧장 쾨니히슈타인으로 갔어요. 새벽 2시에 집에 도착했는데 남편은 이미 자고 있었어요."

피아와 보덴슈타인은 얼굴을 마주 보았다. 테를린덴은 토요일 저녁 일에 대해 거짓말을 했다. 도대체 왜 그랬을까?

"위급 환자를 치료하고 나서 바로 집으로 가신 건 아니었죠?"

보덴슈타인이 떠보듯 물었다. 그녀는 그의 질문에 전혀 놀라지 않았다.

"네. 쾨니히슈타인에서 알텐하인에 도착한 건 새벽 1시 조금 넘어서였어요." 그녀가 한숨을 내쉬었다. "버스 정류장 벤치에 사람이 누워 있는 걸 보고 차를 세웠어요. 자세히 보니 아는 사람이었어요." 그녀가 천천히 고개를 저었다. 어두운 눈동자에 동정심이 넘쳤다. "토비아스는 인사불성이었고 이미 체온이 많이 떨어진 상태였어요. 구토한 흔적에 의식도 없었어요. 제 차에 태우는 데만 10분이 걸렸죠. 그리고 집에 데리고 가서 하르트무트랑 같이 방에 데려다 눕혔어요."

"토비아스가 뭐라고 하던가요?" 피아가 물었다.

"말을 할 수 있는 상태가 아니었어요. 처음에는 구급차를 불러서 종합병원으로 데려갈까도 생각했지만 그건 토비아스가 절대 원하지 않는다는 걸 알고 있었어요."

"어떻게 아셨죠?"

"며칠 전에 헛간에서 맞은 상처를 제가 치료했거든요." 그녀가 상체를 약간 숙여 보덴슈타인을 뚫어져라 쳐다봤다. 보덴슈타인은 자기도 모르게 얼굴이 달아올랐다. "정말 딱해요. 과거에 무슨 짓을 했든지 간에 너무 안됐어요. 10년형으로는 부족하다고 말하는 사람도 있는데, 전 토비아스가 평생 동안 벌을 받는 거나 다름없다고 생각해요."

"토비아스가 아멜리의 실종과 연관이 있다는 단서가 있습니다." 보덴슈타인이 말했다. "다른 사람들보다 토비아스를 잘 아시는 것 같은데, 그럴 가능성이 있다고 보십니까?"

라우터바흐 원장은 의자에 등을 기대더니 보덴슈타인에게서 눈을 떼지 않은 채 한참을 생각했다.

"마음 같아서는……." 이윽고 그녀가 입을 열었다. "100퍼센트 확신을 가지고 아니라고 말하고 싶어요. 하지만 안타깝게도 그럴 수가 없네요."

*

그녀는 짧은 가발을 벗어 아무렇게나 던져버렸다. 손가락이 너무 심하게 떨려 그림을 묶은 빨간 끈을 풀 수가 없자, 신경질을 내며 가위를 가져와 잘라버렸다. 책상 위에 그림을 펼치는데 마구 심장이 뛰었다. 모두 여덟 장이었다. 그림 내용이 뭔지 확인한 그녀는 아연실색했다. 1997년 9월 6일의 사건을 마치 사진처럼 정확하게 캔버스에 옮겨놓았다. 멍청한 자식! 바보 같은 놈!

아주 작은 부분까지 빠짐없이 정확하게 묘사돼 있었다. 심지어 진한 녹색 티셔츠에 프린트된 식상한 문구와 돼지 캐릭터까지 알아볼 수 있었다. 그녀는 입술을 깨물었다. 피가 거꾸로 솟는 것 같았다. 순식간에 기억이 되살아났다. 당시 느꼈던 패배감과 로라가 당하는 걸 보면서 느꼈던 통쾌함도 다시 생생하게 떠올랐다. 여우 같은 년! 거만하게 굴더니 결국은 죗값을 받았지.

다른 그림을 위로 올려 양손으로 편평하게 폈다. 그 그림을 보자 당시 엄습했던 무시무시한 공포가 생생하게 되살아났다. 믿기지 않는 현실에 당황한 와중에도 냉엄한 분노가 치솟았던 기억이 났다. 그녀는 자리에서 일어나 크게 심호흡을 했다. 두 번, 세 번, 네 번. 좋아, 침착하자. 그리고 어떻게 해야 할지 생각해보자.

정말 큰일 날 뻔했다는 생각이 들어 기가 막혔다. 만약 이 그림들이 경찰 손에 들어갔더라면 어쩔 뻔했는가! 이 그림들은 그녀의 면밀한 계획을 단번에 산산조각 낼 수도 있다. 그런 일이 있어서는 절대 안 된다! 그녀는 떨리는 손으로 담배를 피워 물었다. 창자가 꼬이는 느낌이었다. 이제 어떻게 하지? 그림은 이것뿐일까? 더 있는 건 아닐까? 어떤 위험 요소도 간과해선 안 된다. 너무 많은 게 걸려 있다. 그녀는 필터가 타들어 갈 때까지 조급하게 담배를 피웠다. 순간 어떻게 해야 할지 알 것 같았다. 이제까지 모든 결정을 혼자 내려 온 그녀다.

그녀는 독기가 서린 표정으로 가위를 들고 그림을 자르기 시작했다. 한 장씩, 한 장씩 잘게 잘라 몽땅 서류 분쇄기에 넣었다. 그리고 국수처럼 변한 그림을 봉지에 담아 들고 다른 손에는 가방을 들었다.

그녀는 밖으로 나오면서 생각했다. 지금 와서 약해지면 안 돼. 다 잘될 거야.

*

카이 오스터만 형사는 여전히 아멜리의 일기장에 사용된 암호를 풀지 못하고 있었다. 처음에는 간단할 거라 생각했는데 아무리 봐도 적용할 수 있는 체계가 없었다. 그래서 지금은 거의 포기 단계였다. 아멜리는 하나의 알파벳을 여러 개의 기호로 사용한 것 같았다. 그렇다면 암호를 깨는 건 거의 불가능하다. 그때 문이 열리고 벤케 프랑크가 들어왔다.

"어떻게 됐어?" 오스터만이 물었다. 보덴슈타인이 벤케에게 오늘 아침 유치장에 들어온 테를린덴의 심문을 맡긴 터였다.

"아예 한마디도 안 해. 독한 놈." 벤케가 지겹다는 듯 자기 의자에 털썩 주저앉아 머리 뒤로 깍지를 꼈다. "반장은 명령만 내리면 되니까 모르지! 어떻게 저런 놈한테 자백을 받아내라는 거야? 약도 올려보고, 친절하게도 해보고, 무섭게도 해보고 다 해봤어. 그런데 어떤지 알아? 그냥 웃기만 해. 그냥 낯짝을 한 대 후려치면 시원할 텐데!"

"아주 골로 갈 작정이구만."

오스터만은 그렇게 말하고 나서 흘깃 그의 눈치를 살폈다. 아니나 다를까 벤케는 말이 떨어지기가 무섭게 불같이 화를 냈다.

"말 안 해도 알아!" 그가 으르렁거리며 주먹으로 책상을 꽝 내리쳤다. 어찌나 세게 쳤는지 책상 위에 있던 키보드가 다 들썩였다. "반장 자식, 날 따돌려서 알아서 기어 나가게 할 생각인 거야!"

"헛소리 마. 그리고 반장님이 언제 자백을 받아내라고 했어? 그냥 좀 나긋나긋하게 만들어보라고 했지."

"그래, 자기는 공주마마 모시고 산책이나 다니면서 떵까떵까 놀고!" 벤케가 열이 올라 벌게진 얼굴로 말했다. "나한테는 항상 더럽게 힘든 일만 시키지."

오스터만은 그런 친구의 모습이 안타깝기 그지없었다. 두 사람은 경찰학교 동기였다. 순찰도 함께 돌았고 오스터만이 현장에서 사고를 당해 무릎 아래를 절단할 때까지는 특별 기동대에서 함께 일했다. 벤케는 그 후로도 특별 기동대에서 몇 년 더 있다가 프랑크푸르트 서 강력계로 옮겼고 거기서 바로 강력계 특급열차인 수사 11반으로 갈아탔다. 벤케는 훌륭한 경찰이었다. 그런데 사생활이 힘들어지자 직장 일도 타격을 받았다. 그는 지금도 머리를 비스듬히 괴고 뭔지 모를 고민에 빠져 있었다. 그때 카트린 파싱거가 문을 벌컥 열고 씩씩거리며 들어왔다. 그러고는 벤케에게 큰 소리로 따졌다.

"지금 정신이 있는 거예요, 없는 거예요? 심문하다 말고 혼자 나가버리면 어떡해요?"

"뭐든지 알아서 척척 잘하는 카트린이 못하는 것도 있으셔?"

벤케가 빈정거렸다. 오스터만은 잡아먹을 듯이 서로를 노려보는 두 사람을 번갈아 쳐다봤다.

"함께 전략을 세웠잖아요. 그런데 그거 알아요? 나하고는 말을 하더라고요." 그녀의 목소리는 도취감으로 가득했다.

"잘됐네! 그럼 이제 얼른 반장한테 가서 알랑방귀 뀔 차례 아냐? 나쁜 년!"

"방금 뭐라고 했어요?" 카트린이 벤케 앞에 버티고 서서 허리춤에 손을 얹었다.

"나쁜 년이라고 했다, 왜? 더 자세히 말해줄까? 아니꼽고 더럽고 메스껍고 치사하고 유치한 년! 감히 선배를 중상모략해? 어디두고 보자고!"

"프랑크!" 오스터만이 말리려고 일어섰다.

"지금 날 협박하는 거예요?" 카트린도 지지 않고 맞섰다. 경멸 섞인 표정으로 콧방귀를 뀌었다. "흥, 겁 하나도 안 나거든요. 입만 살아 가지고! 선배가 선배다운 데가 있어야지. 소리나 버럭버럭 지르면서 일은 딴 사람들한테 다 미루고! 부인이 도망간 것도 다 이해가 돼요. 저런 사람을 누가 버텨?"

벤케가 붉으락푸르락한 얼굴로 주먹을 꽉 쥐었다.

"이봐, 그만들 해!" 오스터만이 걱정스러운 듯 언성을 높였다. "진정하라고!"

그러나 이미 뚜껑이 열린 벤케는 그동안 꾹꾹 눌러 온 분노를 순식간에 폭발시켰다. 앉아 있던 의자를 쓰러뜨리며 벌떡 일어나 카트린을 세게 밀친 것이다. 카트린은 뒤에 있던 캐비닛에 심하게 부딪혔고, 그 바람에 끼고 있던 안경이 바닥에 떨어졌다. 그러자 벤케가 보란 듯이 구둣발로 안경을 짓밟았다. 빠지직 하고 안경알 깨지는 소리가 났다.

바닥에 쓰러졌던 카트린이 몸을 일으켰다. 그러고는 차갑게 웃으며 말했다. "벤케 씨. 이제 여기서 더 볼 일 없겠네."

그 말에 벤케가 이성을 잃었다. 오스터만이 미처 손을 쓰기도 전에 카트린에게 달려들어 주먹으로 얼굴을 쳤고 카트린은 반사적으로 무릎을 들어 온 힘을 다해 그의 사타구니를 가격했다. 벤케는 고통에 비명도 못 지르고 바닥에 나뒹굴었다. 바로 그때 문가에 보덴슈타인이 나타났다. 그의 시선이 카트린에게서 벤케로 옮겨 갔다.

"어떻게 된 일인지 누가 설명 좀 해봐." 보덴슈타인이 화를 억누르며 말했다.

"저한테 달려들어서 얼굴을 쳤어요. 그리고 안경까지 부쉈다고요." 카트린이 짓밟힌 안경을 가리키며 말했다. "전 방어한 것뿐이에요."

"그래?" 보덴슈타인이 양손을 들고 어쩔 줄 몰라 하는 오스터만에게 물었다. 그는 바닥에 주저앉아 있는 벤케를 한번 쳐다본 후 고개를 끄덕였다.

"알았어. 이제 나도 유치원장 노릇하기 지겨워. 벤케, 일어나."

벤케는 순순히 반장의 말에 따랐다. 그의 얼굴은 증오와 고통으로 심하게 일그러져 있었다. 무슨 말을 하려고 입을 뻥긋했지만 보덴슈타인이 바로 제지했다.

"과장님이랑 내가 그렇게 얘기했는데도 이러기야?" 보덴슈타인의 목소리는 너무나 차가웠다. "지금 이 순간부터 정직 조치한다!"

벤케는 말없이 보덴슈타인을 응시하다가 자기 책상으로 가 의자 등받이에 걸쳐놓은 점퍼를 집어 들었다.

"공무원증이랑 권총은 두고 가."

보덴슈타인의 명령에 벤케는 허리에서 권총을 풀어 공무원증과 함께 책상 위에 던졌다. "니들끼리 잘 먹고 잘 살아라." 이렇게 내뱉은 뒤 그는 어깨로 보덴슈타인을 툭 치고 방을 나갔다. 사무실 안에 침묵이 흘렀다. 바늘 떨어지는 소리조차 들릴 듯했다.

"테를린덴은 어떻게 됐어? 뭐 좀 알아냈나?" 보덴슈타인이 마치 아무 일도 없었다는 듯 카트린에게 물었다.

"프랑크푸르트의 에보니클럽이 테를린덴의 소유라는 걸 알아냈습니다. 안드레아스 자길스키가 운영하는 흑마와 프랑크푸르트에 있는 다른 레스토랑도 모두 테를린덴 소유입니다."

"그리고 또 다른 건?"

"그것뿐입니다. 하지만 제 생각엔 그 사실에서 몇 가지를 유추해낼 수 있습니다."

"그래? 그게 뭐지?"

"만약 클라우디우스 테를린덴이 흑마를 개업하지 않았다면 하르트무트 자토리우스도 생업을 위협받지 않았을 거고, 테를린덴한테 재정적인 도움을 받을 필요도 없었습니다. 제 생각에 테를린덴은 절대 선행을 베푸는 게 아닙니다. 먼저 하르트무트 자토리우스를 망하게 한 다음 왜인지는 모르지만 농장을 떠나지 못하게 만들었고, 그럼으로써 알텐하인을 떠나지 못하게 한 거예요. 마을에는 분명히 자길스키 같은 테를린덴의 앞잡이들이 더 있을 겁니다. 마치 마피아 마을처럼 테를린덴의 보호를 받는 대신 입을 다무는 거죠."

보덴슈타인이 막내 형사를 물끄러미 쳐다보며 이마에 주름을 잡다가 이내 고개를 끄덕였다. "좋아. 아주 잘했어."

＊

문소리에 토비아스는 전기 충격이라도 받은 사람처럼 자리에서 벌떡 일어났다. 안으로 들어온 나디야가 한 손에 비닐봉지를 든 채 다른 한 손으로 코트를 벗었다.

"어떻게 됐어?" 토비아스가 뒤에서 나디야의 코트를 벗겨주며 물었다. "그림 찾았어?" 몇 시간 동안 초조하게 기다렸던 터라 궁금증을 참을 수가 없었다.

나디야는 부엌으로 가 비닐봉지를 식탁 위에 놓고 앉았다. "아니." 그녀가 피곤한 표정으로 고개를 저었다. 그러고는 하나로 묶었던 머리를 풀어 손가락으로 쓸어 넘겼다.

"그놈의 집을 샅샅이 뒤졌는데 아무것도 나오지 않았어. 내 생각엔 처음부터 그림 같은 건 없었던 것 같아. 그냥 아멜리가 지어낸 말이 아닐까?"

토비아스가 그녀를 빤히 쳐다보았다. 실망이 너무 컸다. "아니야. 그럴 리 없어! 아멜리가 그런 거짓말을 왜 해?"

"몰라. 관심받고 싶었던 모양이지." 어깨를 으쓱하는 그녀의 눈밑에 시커멓게 그늘이 져 있었다. 무척 지치고 피로해 보이는 게, 그녀에게도 이 일은 무척 중요한 듯했다.

"일단 배 좀 채우자." 그녀가 이렇게 말하며 비닐봉지 쪽으로 손을 뻗었다. "중국 음식 좀 사 왔어."

토비아스는 하루 종일 아무것도 먹지 못했다. 그런데도 종이 상자에서 풍겨 나오는 고소한 냄새는 그의 식욕을 전혀 자극하지 못했다. 음식을 먹어도 넘어갈 것 같지가 않았다. 아멜리는 관심을 끌려고 있지도 않은 그림 얘기를 지어내는 그런 아이가 아니다. 절대 그럴 리 없다! 나디야는 뭔가 한참 잘못 생각하고 있다.

나디야가 포장된 상자를 하나 가져다 열고 나무젓가락을 둘로 쪼개 음식을 떠먹기 시작했다. 그는 말없이 그 모습을 지켜보기만 했다.

"경찰이 날 찾고 있어."

"나도 알아." 그녀가 음식을 우물우물 씹으며 말했다. "그래서 지금 어떻게든 도와주려고 애쓰고 있잖아."

토비아스가 아랫입술을 지그시 깨물었다. 제길! 그는 나디야에게 뭐라 할 수 있는 처지가 아니었다. 그러나 아무것도 하지 않은 채 이렇게 가만히 앉아 있어야 하는 상황이 너무 힘들었다. 마음 같아서는 직접 아멜리를 찾아 나서고 싶었지만 문밖으로 나가자마자 경찰에 붙잡힐 게 뻔했다. 그저 나디야를 믿고 기다리는 수밖에 다른 방법이 없었다.

*

보덴슈타인은 집 건너편에 차를 세운 뒤 그대로 가만히 앉아 있었다. 여기서는 부엌이 잘 보인다. 불이 환히 켜진 부엌 창 안쪽으로 분주히 돌아다니는 코지마가 보였다.

그는 벤케 프랑크의 일로 엥겔 과장과 미팅을 하고 오는 길이었다. 오늘 사건에 대한 소문은 순식간에 동료 형사들 사이에서 들불 번지듯 퍼졌다. 과장 귀에 안 들어갔을 리가 없었다. 엥겔 과장은 벤케의 정직 처분에 긍정적이었다. 그러나 보덴슈타인에게는 큰 문제였다. 벤케뿐 아니라 하세도 없기 때문에 일할 사람이 부족했다.

집으로 오는 동안 그는 코지마를 어떻게 대해야 할지를 두고 고민했다. 그냥 말없이 짐을 싸서 나올까? 아니다. 코지마의 입으로 직접 들어야 한다. 이상하게 화는 나지 않았다. 그저 밑도 끝도 없는 실망감에 견딜 수 없이 우울할 뿐이었다. 한참을 망설이던 그는 차에서 내려 비에 젖은 도로를 건넜다.

20년 전에 코지마와 함께 지은 집, 오랫동안 행복하게 살던 집, 구석구석 손때 묻지 않은 곳이 없는 정든 집이 갑자기 낯설게 느껴졌다. 매일매일 귀가 시간을 기다렸고, 집에서 맞아주는 코지마와 아이들과 개가 반가웠다. 여름이면 화단을 가꾸고 잔디 깎는 일이 즐거웠다. 그러나 지금 그는 열쇠로 대문을 여는 것조차 두려웠다.

코지마는 언제부터 자신 옆에 누워 다른 남자를 꿈꿨을까? 그녀를 만지고 그녀에게 입 맞추고 그녀와 함께 잔 남자. 오늘 거기서 그녀를 보지 못했더라면! 그러나 그는 그녀를 보았다. 그의 머릿속은 '왜? 도대체 언제부터? 어디서? 어떻게?'라는 질문들로 복잡했다.

자신이 이런 상황에 처하게 되리라고는 상상도 못했다. 코지마와의 결혼 생활은 행복했다. 그런데 언제부턴가……. 그렇다. 소피아가 태어난 후 그녀는 변했다. 코지마는 원래부터 매우 활동적이었지만 이따금씩 먼 나라로 촬영을 다녀오는 것으로 자유와 모험에 대한 갈망을 충족시켰고, 나머지 날들은 그럭저럭 조용히 지냈다. 그걸 알았기에 오랫동안 떨어져 있는 게 싫었어도 보덴슈타인은 그녀의 긴 여행을 불평 없이 받아들였다.

그런 코지마는 소피아가 태어난 후, 즉 2년 전부터는 계속 집에 있었다. 한 번도 불만스러운 기색을 내비치지 않았지만, 찬찬히 돌이켜보면 무시 못 할 변화가 있었다. 옛날에는 말다툼 한 번 안 했는데 최근 들어 자주 싸웠다. 언제나 지극히 사소한 일 때문이었다. 서로에게 책임을 미뤘고 언제부턴가는 각자의 버릇을 놓고 다퉜다.

주머니에서 열쇠를 꺼내는데 갑자기 분노가 치밀었다. 소피아를 임신했을 때, 코지마는 몇 주 동안이나 그 사실을 숨겼다. 자기 혼자서 결정을 다 내린 뒤에 그에게 통보했다. 그렇다면 적어도 당분간은 세계를 떠돌며 방랑자 생활을 할 수 없다는 것쯤은 생각했어야 하는 거 아닌가.

문을 열고 들어가자 개가 바구니에서 껑충 뛰어나오며 반갑게 그를 맞았다. 코지마가 부엌 문가에 모습을 드러낸 순간 그의 가슴이 철렁 내려앉았다.

"어서 와." 그녀는 웃고 있었다. "오늘 늦었네. 저녁은 먹었어?"

그녀는 오늘 낮에 에보니클럽에서 입고 있던 연두색 캐시미어 스웨터를 입고 여느 때와 다름없는 모습으로 서 있었다.

"안 먹었어. 배 안 고파."

"혹시 배고프면 냉장고에 닭고기 스프하고 마카로니 샐러드 있으니까 먹어."

도로 부엌으로 들어가려고 돌아선 그녀의 등에 대고 그가 말했다. "당신 오늘 마인츠에 없었지?"

그녀가 다시 몸을 돌렸다.

보덴슈타인은 그녀가 거짓말을 못 하도록 대답할 틈을 주지 않았다. "오늘 낮에 에보니클럽에서 알렉산더 가브릴로프와 함께 있는 거 봤어. 부탁이야. 아니라고 하지 마."

코지마가 팔짱을 끼고 서서 그를 바라봤다. 개는 갑작스러운 긴장감을 눈치챘는지 소리 없이 바구니로 돌아갔다.

"당신 최근 들어 마인츠에 있던 적 거의 없어. 며칠 전에 법의학연구소에 갔다 오다가 우연히 당신 차를 뒤따라갔어. 당신이 내 전화를 받는 게 보였어. 그리고 아직 마인츠에 있다고 하더군."

그는 말을 멈췄다. 마음 한구석에서는 여전히 그녀가 웃음을 터뜨리며 이 모든 게 엉뚱한 오해라고 설명해주길 바랐다. 그러나 그녀는 웃음을 터뜨리지 않았다. 그 어떤 부인도, 설명도 하지 않았다. 그저 팔짱을 낀 채 서 있었다. 죄의식 같은 건 전혀 느끼지 않는 듯했다.

"솔직히 말해줘, 코지마." 자신의 목소리가 불쌍하기 짝이 없었다. "당신……, 당신……, 가브릴로프랑 그런 사이야?"

"응."

그녀의 목소리는 차분했다. 순간 그는 세상이 무너지는 것 같았다. 그러나 겉으로는 코지마와 마찬가지로 태연함을 유지했다.

"왜?" 그 자신을 괴롭히려는 것 외에 그 어떤 목적도 없는 질문이었다.

"올리버, 이제 와서 나한테 무슨 소릴 듣고 싶은 거야?"

"진실을 듣고 싶어."

"여름에 우연히 비스바덴의 한 개막식에서 만났어. 프랑크푸르트에 사무실을 차려놓고 프로젝트를 후원할 스폰서를 찾고 있더라고. 전화를 몇 번 주고받았는데, 자기 탐험을 소재로 내가 영화를 찍으면 좋겠다고 해왔어. 당신이 싫어할 거 알고 있었어. 그래도 일단 뭔지 들어보기나 하자고 생각했어. 그래서 당신한테 그 사람 만났다는 말, 안 한 거야. 그리고 그냥 어떻게 하다 보니……, 그렇게 됐어. 처음엔 그냥 실수라고 생각했어. 그런데……." 그녀가 말을 중단하고 머리를 세차게 흔들었다.

그가 아무것도 모르는 사이 그녀가 다른 남자를 만나고, 그 남자와 바람을 피우다니 도저히 믿기지 않았다. 자신이 엄청나게 멍청한 건가? 지나치게 사람을 잘 믿는 건가? 아니면 너무 자기 일에만 빠져 있었나? 갑자기 철 지난 유행가 가사가 생각났다. 로잘리가 심하게 사춘기를 겪을 때 온 집 안이 쾅쾅 울리도록 틀어놨던 노래였다. 식상하기 그지없는 가사가 갑자기 너무나 절실하게 다가왔다.

내가 뭐가 모자란 거니?

나에겐 없고 그에게만 있는 그게 뭔데?

솔직하게 말해줘.

너무 늦어버렸지만 내게 뭐가 부족했던 거야?

보덴슈타인은 그녀를 남겨두고 2층 침실로 올라갔다. 1초만 더 늦었어도 그는 폭발했을 것이다. 코지마처럼 어린 자녀를 둔 어머니와 내연 관계를 시작한 가브릴로프 같은 탐험가들에 대해 그가 어떻게 생각하는지 그녀의 면상에 대고 고래고래 소리를 지를 뻔했다.

분명 전 세계 곳곳에 그런 애인들을 만들어뒀겠지. 흥, 정신 빠진 놈!

그는 옷장을 있는 대로 다 열어젖히고 여행 가방을 꺼내 속옷, 셔츠, 넥타이를 닥치는 대로 집어넣었다. 그리고 맨 위에 양복 두 벌을 얹었다. 마지막으로 욕실로 가 목욕 주머니에 개인 물품을 챙긴 뒤 가방을 들고 계단을 내려왔다. 짐을 싸는 데 10분밖에 걸리지 않았다. 그녀는 여전히 그 자리에 서 있었다.

"어디 가?" 그녀가 조용히 물었다.

"밖에." 그는 그녀를 쳐다보지 않은 채 현관문을 열고 어둠 속으로 나갔다.

2008년 11월 20일 목요일

아침 6시 15분. 보덴슈타인은 시끄러운 전화벨 소리에 깊은 잠에서 깨어났다. 잠에 취해 전등 스위치를 찾던 그는 문득 자기가 제집 침대에 누워 있는 게 아니라는 사실을 깨달았다. 정신 사나운 꿈을 꾸느라 밤새 뒤척였다. 매트리스는 너무 물렁물렁했고 오리털 이불은 너무 더웠다. 더워서 이불을 발로 찼다가 추워서 다시 끌어당기기를 반복했다.

전화벨이 끈질기게 울렸다. 이윽고 끊겼지만 곧 다시 울리기 시작했다. 보덴슈타인은 이불 위를 굴러 자리에서 일어났다. 그리고 전등 스위치를 찾아 어둠 속에서 낯선 방 벽을 더듬었다. 그러다 책상 다리에 엄지발가락을 찧고는 둔탁한 비명을 질렀다. 드디어 문 옆에서 스위치를 찾아 불을 켠 그는 어젯밤 의자에 던져둔 양복 재킷 안주머니에서 얼른 휴대전화를 꺼냈다.

루퍼츠하인에서 쾨니히슈타인으로 가는 길목, 아이히코프산 어귀 숲의 주차장에서 산지기가 젊은 남자의 시체를 발견했다는 소식이었다. 감식팀은 이미 출발했다며 잠시 나와서 보겠느냐고 했다. 그럼 당연히 가지, 안 갈까 봐? 그는 아파서 잔뜩 찌푸린 얼굴로 다리를 절뚝이며 침대로 돌아와 앉았다. 어제 일이 악몽처럼 뇌리를 스치고 지나갔다.

거의 한 시간 동안 자동차로 근처를 배회하던 그는 자기도 모르게 보덴슈타인 영지로 들어섰다. 자정이 다 되어 가는 시각에 나타나 하룻밤만 재워달라는 아들에게 아버지도 어머니도 아무 말이 없었다. 어머니는 방 하나에 이부자리를 마련해주고는 아무것도 캐묻지 않았다. 그의 표정에서 사태의 심각성을 읽은 것이다. 부모의 배려가 너무나 고마웠다. 그 늦은 시간에 부모님께 아내가 바람 피웠다는 이야기를 한다는 것은 생각만으로도 끔찍했다.

그는 한숨을 푹 내쉬며 가방에서 목욕 주머니를 꺼내 들고 복도 끝 욕실로 갔다. 욕실은 비좁고 냉장고 안처럼 추웠다. 사치와는 거리가 먼, 불편했던 어릴 적 삶이 새록새록 되살아났다. 항상 돈에 쪼들렸던 부모님은 최대한 절약했다. 어릴 때 살았던 고성에서는 겨울이 되면 방 두 개에만 불을 넣었다. 다른 방들은 어머니의 표현을 빌리면 '미지근하게' 유지했다. 어머니는 실내 온도 18도를 그렇게 불렀다.

보덴슈타인은 티셔츠 냄새를 맡아보고는 얼굴을 찡그렸다. 샤워를 안 할 수 없었다. 제집의 따뜻한 난방과 향기롭고 부드러운 수건이 눈물 나게 그리웠다. 그는 기네스에 오를 만큼 재빨리 샤워를 마치고 올이 나간 거친 수건으로 몸을 닦았다. 그리고 창백한 네온등 아래서 오들오들 떨며 수염을 깎았다. 벽에는 골동품이 다 된 거울 달린 수납함이 아직도 걸려 있었다.

아래층으로 내려가니 아버지가 흠집투성이 탁자에 앉아 커피를 마시며 〈프랑크푸르터 알게마이네〉(프랑크푸르트 지역에서 발행되는 권위 있는 일간지_역주)를 읽고 있었다.

"잘 잤냐?" 아버지가 신문 위로 얼굴을 들며 웃었다. "커피 마실 테냐?"

"네. 한잔 주세요."

그가 의자에 앉자 아버지는 찬장에서 잔을 가져다 커피를 따라주었다. 그러는 동안 왜 한밤중에 나타나 객실에서 잠을 잤는지 한마디도 묻지 않았다. 부모님은 돈만큼이나 말도 아꼈다. 그리고 그도 아침 6시 45분이라는 이른 시각에 자신의 실패한 결혼 생활에 대해 말하고 싶지는 않았다.

부자는 사이좋게 앉아 말없이 커피를 마셨다. 보덴슈타인 집 안에서는 먹거나 마실 때 언제나 마이센 도자기를 사용했다. 그것도 절약의 한 방편이었다. 어차피 집안 대대로 물려 내려오는 것이니, 새 잔을 살 바에 있는 도자기를 활용하는 것이다. 시가로 치면 엄청나지만 거의 모든 그릇에 적어도 한 번 이상 본드로 붙인 흔적이 있어 실제 가치는 그렇게 높지 않았다. 보덴슈타인이 지금 들고 있는 잔도 이가 나가고 손잡이를 다시 붙인 흔적이 있었다. 이윽고 그는 자리에서 일어나 커피 잔을 개수대에 넣고 잘 마셨다고 정중하게 인사했다. 아버지는 고개를 끄덕인 뒤 예의상 옆에 치워뒀던 신문을 들고 다시 읽기 시작했다.

"열쇠 하나 가지고 가거라." 아버지가 신문에서 눈을 떼지 않은 채 말했다. "문 옆 열쇠함에 빨간색 열쇠고리가 달린 게 있을 거다."

"고맙습니다." 그가 열쇠함에서 열쇠를 꺼냈다. "다녀올게요."

아버지는 아들이 저녁이 되면 다시 돌아오리라는 것을 알고 있었다.

*

아이히코프산 어귀 숲 주차장에서는 전조등과 경광등 불빛이 을씨년스러운 11월의 아침을 환히 밝히고 있었다. 보덴슈타인은 순찰차 옆에 차를 세운 뒤 걸어서 현장으로 갔다. 젖은 흙냄새와 썩어 가는 낙엽 냄새가 코를 찔렀다. 문득 시 한 편이 떠올랐다.

지금 혼자인 사람은 오랫동안 혼자일 것이다. 낙엽이 흩날릴 때면
어수선한 마음을 부여잡고 나무들 사이를 거닐 것이다.

홀로 버려졌다는 느낌이 사나운 개떼처럼 달려들었다. 그는 안간힘을 쓰며 앞으로 나아갔다. 어딘가로 숨고 싶은 마음이 간절했지만 할 일은 해야 했다.

"오랜만이야, 크뢰거." 막 가방에서 카메라를 꺼내는 감식팀 직원 크리스티안 크뢰거에게 인사를 건넸다. "저 위는 왜 저래?"

"경찰 무전으로 소문이 퍼진 모양입니다." 그가 웃으며 머리를 설레설레 흔들었다. "어린애들하고 똑같으니 원!"

"무슨 소문이 퍼져?"

보덴슈타인은 여전히 영문을 모르겠다는 표정으로 사람들이 몰려든 쪽을 바라봤다. 아직 이른 시간인데도 지원 대기 차량이 다섯 대나 와 있었다. 여섯 번째 차가 막 주차장으로 들어오고 있었다. 멀리서도 사람들이 수군거리는 소리가 들렸다. 제복 경찰들과 흰색 오버올 차림의 감식팀 직원들 모두 뭔가에 한창 들떠 있었다.

"페라리예요!" 경찰 하나가 눈을 빛내며 말했다. "그것도 599 GTB 피오라노! 전 자동차 전시회에서 딱 한 번 봤거든요!"

보덴슈타인이 사람들 틈으로 끼어들었다. 진짜였다. 주차장 맨 끝에 새빨간 페라리가 전조등 불빛을 받으며 서 있었다. 그리고 열다섯 명쯤 되는 경찰들이 경외심 가득한 얼굴로 차를 둘러싸고 있었다. 다들 고급 스포츠카의 배기량, 마력, 타이어, 휠, 토크, 가속도에만 열을 올릴 뿐 그 안의 시체에는 아무런 관심이 없었다. 사람 팔뚝만 한 배기통에서 창문까지 호스가 연결되어 있고 창문은 절연테이프로 꼼꼼하게 막은 상태였다.

"이거 25만 유로는 줘야 사요." 젊은 경찰 하나가 말했다. "엄청나죠?"

"하룻밤 새에 가격이 엄청나게 떨어졌겠군." 보덴슈타인이 건조한 음성으로 말했다.

"왜요?"

"운전석에 시체 누워 있는 거 안 보여?" 보덴슈타인은 새빨간 스포츠카 앞에서 이성을 잃는 부류의 남자가 아니었다. "번호판 조회해본 사람 없어?"

"있습니다." 뒤에서 한 여자 경관의 목소리가 들렸다. 그녀 또한 주변의 남자 동료들이 난리 치는 걸 이해 못 하는 것 같았다.

"프랑크푸르트의 한 은행 소유로 돼 있습니다."

"음." 보덴슈타인은 사진을 다 찍은 크뢰거가 다른 동료들과 함께 운전석 쪽 문을 여는 모습을 지켜봤다.

"경제 위기의 첫 번째 희생양이로군." 누군가가 비아냥거렸다. 그러다 곧 페라리 피오라노의 할부금을 내려면 한 달에 얼마를 벌어야 하는가를 두고 열띤 토론이 벌어졌다. 순찰차 한 대와 민간 차량 두 대가 주차장으로 들어오는 것이 보였다.

"주차장 주변을 넓게 봉쇄해." 보덴슈타인이 젊은 여자 경관에게 명령했다. "이 일과 상관없는 사람들은 모두 돌려보내고."

명령을 받은 경찰은 힘찬 발걸음으로 동료들이 모여 있는 곳으로 향했다. 얼마 후 주차장은 봉쇄됐다. 보덴슈타인은 운전석 옆에 쭈그리고 앉아 시체를 들여다봤다. 삼십 대 중반으로 보이는 금발 머리 남자였다. 정장 차림에 값비싼 시계를 차고 있었다. 고개가 옆으로 기울어져 있어 언뜻 보면 꼭 자는 것 같았다.

"안녕하십니까, 반장님?"

귀에 익은 목소리가 들려 뒤돌아보니 법의학 박사 키르히호프가 서 있었다. "어서 오게." 그가 몸을 일으키며 키르히호프를 맞았다.

"피아는 안 왔습니까?"

"응, 안 왔어. 오늘은 특별히 나 혼자 차지하기로 했네." 보덴슈타인이 비꼬는 투로 대꾸하며 농을 걸었다. "왜? 갑자기 피아가 필요해졌나?"

키르히호프는 힘없이 미소를 지을 뿐 농담에는 응하지 않았다. 오늘은 웬일로 농담할 기분이 아닌 모양이었다. 안경 너머로 벌겋게 충혈된 눈동자가 보였다. 그도 잠을 못 잔 모양이었다. 보덴슈타인은 키르히호프에게 자리를 내주고 건너편에 있는 크뢰거에게 갔다. 그는 막 조수석에 있던 서류 가방을 조사하려던 참이었다.

"누구야?" 보덴슈타인의 물음에 크뢰거가 말없이 지갑을 건넸다. 신분증을 꺼내 본 보덴슈타인의 얼굴이 굳어졌다. 그리고 신분증의 이름을 다시 한번 확인했다. 과연 우연일까?

*

정신병원 의사는 묵비의무를 넘지 않는 한도 내에서 피아에게 티스 테를린덴의 상태를 상세히 설명해줬다. 설명을 듣고 난 피아는 더욱 그를 만나고 싶어졌다. 너무 많은 것을 기대해선 안 된다는 것은 잘 안다. 의사의 말대로라면 그는 질문에 전혀 반응하지 않을 수도 있었다.

피아는 문에 난 창을 통해 한참 동안 티스 테를린덴을 지켜봤다. 그는 풍성한 금발에 섬세한 입술을 가진 미청년이었다. 외모만으로는 그의 마음속에 괴물이 산다고 짐작할 수 없었다. 오직 그림만이 그의 내적 고통을 드러냈다. 그는 환하게 칠한 방에 앉아 그림을 그리고 있었다. 약을 먹고 다시 진정된 상태였지만 병원에서는 연필이나 붓 같은 날카로운 화구를 금지시켰다. 그래서 그는 크레용을 사용했다. 크레용을 특별히 싫어하는 것 같지는 않았다.

피아가 의사와 남자 간호사를 따라 방으로 들어섰지만 티스는 그림에서 고개를 들지 않았다. 의사는 피아가 누군지, 왜 왔는지 설명한 뒤 몇 가지 질문을 할 것이라고 말했다. 티스는 그림 위로 고개를 푹 숙였다. 그러다 잠시 후 머리를 번쩍 들더니 크레용을 내려놓았다. 그의 주위에는 색색의 크레용들이 점호하는 병정들처럼 줄 맞춰 놓여 있었다. 피아는 책상 맞은편에 앉아 그의 얼굴을 들여다보았다.

"난 아멜리한테 아무 짓도 안 했어." 티스는 피아가 말을 꺼내기도 전에 단조로운 억양으로 말했다. "정말이야. 난 아멜리한테 아무 짓도 안 했어. 아무 짓도 안 했어."

"그렇다고 말하는 사람도 없어요." 피아가 친절하게 대꾸했다. 티스가 그림에 시선을 고정시킨 채 손을 파닥거리며 상체를 앞뒤로 흔들었다. "아멜리랑 친했죠? 집에도 자주 왔었고. 그렇죠?"

그가 세차게 고개를 끄덕였다. "아멜리를 지켰어. 아멜리를 지켰어."

피아는 멀찌감치 떨어져 앉은 의사와 시선을 교환했다. 티스가 크레용을 하나 집어 들더니 다시 그림을 그리기 시작했다. 침묵이 흘렀다. 피아는 다음에 어떤 질문을 할지 고민했다. 의사는 어린아이 대하듯이 하지 말고 아주 평범하게 이야기하라고 했지만 막상 하려니 생각만큼 쉽지 않았다.

"아멜리를 마지막으로 본 게 언제죠?"

티스는 대답 없이 크레용을 바꿔 가며 그림 그리는 데만 열중했다.

"아멜리랑 무슨 이야기를 했어요?"

여타 심문과는 너무 달랐다. 티스의 얼굴에서는 어떤 표정도 읽어낼 수 없었다. 마치 무표정한 대리석 조각을 보는 듯했다. 그는 질문에 대답할 생각조차 하지 않았다. 피아도 더 이상 질문하지 않았다. 그렇게 몇 분이 흘렀다. 의사는 자기만의 세계에 사는 자폐증 환자들에게 시간은 아무 의미도 없다고 했다. 인내심이 필요한 상황이었지만, 11시에 시작되는 로라 바그너의 장례식에서 보덴슈타인과 만나기로 돼 있었다. 피아가 실망해 돌아가려 할 때 갑자기 티스가 말문을 열었다.

"그날 저녁 독수리 둥지에서 다 봤어요." 그가 또박또박 말했다. 문법도 맞다. 그저 억양이 전혀 없는 탓에 마치 로봇이 말하는 것만 같았다. "그녀가 헛간 옆 마당에 서 있었어요. 저는 그녀를 부르려 했어요. 그런데 그때……, 그 남자가 왔어요. 둘은 웃으며 이야기를 했어요. 그리고 다른 사람들이 보지 못하도록 헛간으로 들어갔어요. 하지만 난 다 봤어요."

당황한 피아가 의사 쪽을 쳐다봤다. 의사는 어깨만 으쓱할 뿐이었다. 헛간? 독수리 둥지? 대체 티스가 본 남자는 누굴까?

"하지만 그 이야기는 아무한테도 하면 안 돼요. 그러면 날 정신병원에 집어넣을 거예요. 그러면 거기서 죽을 때까지 살아야 돼요."

티스가 갑자기 고개를 들어 밝은 파란색 눈으로 피아를 바라봤다. 그녀는 그 절망스러운 눈빛을 보는 순간 라우터바흐 원장의 방에서 본 그림 속 얼굴이 떠올랐다.

"그 얘기 아무한테도 하면 안 돼. 아무한테도 하면 안 돼. 정신병원에 집어넣을 거야." 티스가 같은 말을 반복하더니 그때까지 그리고 있던 그림을 피아 쪽으로 밀었다. "말하면 안 돼. 말하면 안 돼."

그림을 들여다본 피아는 등골이 오싹했다. 검고 긴 머리의 여자, 도망치는 남자 그리고 십자가로 그녀의 머리를 내리치는 또 다른 남자가 그려져 있었다.

"이건 아멜리가 아니죠?" 피아가 속삭이듯이 물었다.

"말하면 안 돼." 그가 잠긴 목소리로 말했다. "말은 안 돼. 그림만 그려."

가슴이 두방망이질 쳤다. 피아는 티스가 하려는 말이 뭔지 깨달았다. 본 걸 말하지 말라고 누군가가 그를 윽박지른 것이다. 그림 속 여자는 아멜리가 아니다. 바로 스테파니 슈네베르거와 그녀를 해친 살인범이다!

티스는 다시 크레용을 들고 그림 그리는 데 열중했다. 완전히 자기만의 세계 속으로 숨어든 것 같았다. 여전히 긴장된 표정이었지만 더 이상 몸을 앞뒤로 흔들지는 않았다. 피아는 그가 그동안 무슨 일을 겪었는지, 또 어떻게 살았는지 알 것 같았다. 11년 전에 본 걸 말하지 못하도록 누군가에게 협박받으며 살아 온 것이다. 과연 누가? 불현듯 피아의 머릿속에 무언가가 분명해졌다.

이 그림을 경찰이 봤다는 사실이 알려지면 티스는 크나큰 위험에 처하게 될 것이다. 그녀는 그를 보호하기 위해 그림에 별 관심이 없는 척 행동했다. "어쨌든 고마워요." 피아가 이렇게 말하며 일어나자 의사와 간호사도 따라서 일어섰다.

"백설공주, 죽어야 한다고 했어요." 그 순간 티스가 불쑥 말했다. "하지만 이제 아무도 건드리지 못해요. 내가 지키고 있으니까."

*

추적추적 내리는 비에 안개도 심했지만 알텐하인 사람들은 로라 바그너의 마지막 가는 길을 지켜보기 위해 묘지로 모여들었다. 흑마 주차장은 만원이었다. 피아는 차를 길가에 주차해놓고 종소리가 나는 교회 쪽으로 빠르게 걸음을 옮겼다. 교회 앞 처마 밑에 서 있는 보덴슈타인이 보였다.

"티스 테를린덴이 11년 전 사건의 목격자였어요." 피아가 급히 말문을 열었다. "그리고 아멜리가 토비아스한테 말했다는 그 그림도 실제로 있어요. 누군가가 정신병원에 처넣겠다고 윽박질러서 그때 본 걸 발설하지 못하게 한 것 같아요."

"아멜리에 대해서는 뭐라고 했어?" 보덴슈타인이 초조하게 물었다. 그도 뭔가 할 얘기가 있어 입이 근질근질한 것 같았다.

"아무 말도요. 그냥 아멜리한테 아무 짓도 안 했다는 말만 했어요. 대신 스테파니 얘길 했어요. 그림까지 그렸고요."

피아가 가방에서 여러 번 접은 종이를 꺼내 보덴슈타인에게 건넸다. 그는 그림을 들여다보며 이마에 주름을 잡았다. 그리고 그림 속 십자가를 가리키며 고개를 두어 번 끄덕거렸다.

"그래, 이건 살해 도구인 자동차용 잭이로군."

피아가 상기된 표정으로 함께 고개를 끄덕였다. "누가 티스를 협박했을까요? 테를린덴일까요?"

"그럴 수도 있지. 자기 아들이 이런 사건에 휘말리는 걸 원치 않았을 테니까."

"티스는 사건에 휘말리지 않았어요. 그저 목격자였을 뿐이라고요."

"티스 얘길 하는 게 아냐." 보덴슈타인이 대꾸했다. 순간 교회 종소리가 그쳤다. "오늘 아침에 자살사건 현장에 갔었어. 아이히코프산 어귀 주차장에서 젊은 남자 시체가 발견됐는데 그게 누구였는지 알아? 티스 동생, 라르스 테를린덴이었어."

"정말요?" 피아가 영문을 모르겠다는 표정을 지었다.

"그렇다니까." 보덴슈타인이 고개를 끄덕이며 말했다. "라르스 테를린덴이 스테파니를 죽였고 티스 테를린덴이 그 모든 걸 목격했을 수도 있다는 거지."

"라르스 테를린덴은 그 여학생들이 실종된 뒤에 바로 영국으로 유학 갔잖아요." 피아는 1997년 9월에 일어난 사건들을 시간순대로 맞춰봤다. 티스 동생의 이름은 옛날 사건 파일에서도 언급되지 않았다.

"테를린덴이 그런 식으로 아들을 수사망에서 빼냈겠지. 남은 아들은 정신병원에 보내겠다고 겁을 줘서 입을 다물게 하고." 보덴슈타인이 그동안의 자료를 가지고 나름대로 추리를 폈다.

"백설공주는 자기가 지키고 있으니까 아무도 건드릴 수 없다고 하던데, 그건 무슨 뜻일까요?"

보덴슈타인은 어깨를 으쓱해 보였다. 사건이 풀리기는커녕 점점 복잡해지고 있었다. 두 형사는 교회를 돌아 묘지를 향해 걸었다. 손님들의 우산이 인부들이 미리 파놓은 무덤 자리를 둥글게 에워싸고 있었다. 하얀 카네이션 꽃다발로 장식된 흰색 관이 막 구덩이 속으로 내려갔다. 장례회사 인부들이 뒤로 물러서자 목사가 설교를 시작했다.

구치소에 있다가 딸의 장례식에 참석하기 위해 특별 외출을 허락받은 만프레트 바그너가 돌같이 군은 표정으로 맨 앞줄에 서 있었다. 그 옆에는 아내와 성인이 되어 가는 두 자녀가 자리했다. 바그너를 호송해 온 교도관 두 명은 몇 발짝 뒤에 서 있었다. 그때 한 젊은 여자가 굽이 연필같이 가는 하이힐을 신고 피아와 보덴슈타인 곁을 지나갔다. 빛나는 금빛 머리채를 하나로 틀어 올리고 몸에 달라붙는 검정색 투피스를 입고 있었다. 안개 낀 흐린 날인

데도 짙은 색의 커다란 선글라스를 쓰고 있었다.

"나디야 폰 브레도프예요." 피아가 보덴슈타인에게 설명했다. "여기 알텐하인 출신이고 로라 바그너랑 친구였대요."

"아, 그래?" 그러나 보덴슈타인은 생각이 딴 데 가 있었다. "그 건 그렇고, 그레고어 라우터바흐는 엥겔 과장이 맡아주기로 했어. 장관이든 뭐든 토요일에 테를린덴과 함께 있었으니 조사를 해봐 야지."

그때 피아의 휴대전화가 울렸다. 그녀는 사람들의 따가운 눈 총을 피해 얼른 저만치 걸어가 전화를 받았다.

"피아, 나야." 오스터만이었다. "지난번에 심문 기록이 없어졌 다고 했지?"

"응."

"이런 말 하는 게 좀 내키진 않지만 하세가 그 기록에 상당히 큰 관심을 보였던 게 생각났어. 언젠가 병가를 내고 쉬는 날이었 는데 저녁 늦게 사무실에 왔더라고. 그래서⋯⋯."

나머지 말은 느닷없는 사이렌 소리에 묻혀 들리지 않았다. 흑 마 지붕에 설치된 사이렌에서 나는 소리였다. 피아는 한쪽 귀를 막으며 더 크게 말하라고 휴대전화에 대고 외쳤다. 그때 남자 셋 이 무리에서 빠져나와 급히 주차장으로 달려갔다.

"⋯⋯이상하다고 생각했지. ⋯⋯처방전을⋯⋯, 사무실에 있 다고⋯⋯." 오스터만의 말이 띄엄띄엄 들렸다. "⋯⋯모르겠어. ⋯⋯물어봐야⋯⋯, ⋯⋯소리야?"

"사이렌 소리야." 피아는 휴대전화를 귀에 바짝 대고 상대의 말에 집중했다. "어디서 불이 난 모양이야. 그래서 하세가 뭘 어쨌 다고?"

오스터만이 방금 한 말을 되풀이했다. 피아는 자신의 귀를 의심했다. "정말 미치겠네. 나중에 사무실에서 봐." 그녀가 전화기를 집어넣고 생각에 잠긴 채 걸음을 옮겼다.

*

토비아스 자토리우스는 헛간을 지나 옛 축사 안으로 들어갔다. 마을 사람들이 모두 장례식에 갔기 때문에 들킬 염려는 없었다. 옆집의 늙은 프락치 파슈케도 오늘은 집에 없을 것이다. 나디야는 농장 후문에 그를 내려주고 로라의 장례식에 갔다. 토비아스는 착유실 문을 닫고 집 안으로 들어갔다. 숨어 다녀야 한다는 사실이 끔찍했다. 이런 삶은 그의 체질에 맞지 않다. 막 2층으로 올라가려는데 부엌 문가에 아버지가 그림자처럼 소리도 없이 나타났다.

"토비아스! 아무 일 없었구나!" 그가 탄성을 지르며 반가워했다. "내가 얼마나 걱정했는지 아니? 그동안 어디 있었니?"

"아버지." 토비아스가 아버지를 얼싸안았다. "나디야 집에 있었어요. 경찰은 어차피 제 말은 듣지도 않고 잡아넣기부터 할 테니까요."

하르트무트가 고개를 끄덕였다.

"옷 좀 가지러 왔어요. 나디야가 장례식에 들렀다가 다시 데리러 올 거예요." 그제야 토비아스는 평일 오전인데도 아버지가 일하러 가지 않고 집에 있다는 사실을 깨달았다.

"쫓겨났다." 하르트무트가 어깨를 으쓱해 보였다. "말도 안 되는 사소한 트집을 잡아서 그만두라고 하더라. 우리 사장이 돔브로프스키 사위거든."

토비아스는 그게 무슨 말인지 바로 알아챘다. 목이 콱 멨다. 아버지가 해고당한 건 물론 그의 탓이다.

"어차피 그만둘 생각이었는데 오히려 잘됐다. 나도 냉동식품 녹여서 접시에 담는 거 그만하고 진짜 요릴 하고 싶었거든." 하르트무트가 홀가분하다는 듯이 말했다. 그러더니 갑자기 뭔가 생각났다는 표정을 지었다. "오늘 네 앞으로 편지가 한 통 왔다."

토비아스는 몸을 돌려 부엌으로 향하는 아버지의 뒤를 따랐다. 발신인 불명의 편지였다. 마음 같아서는 그냥 쓰레기통에 던져버리고 싶었다. 욕설과 비방으로 가득한 편지일 게 뻔했다. 그러나 그는 식탁에 앉아 봉투를 뜯고 담황색의 고급 편지지를 펼쳤다. 맨 위에 찍혀 있는 스위스 은행 로고가 언뜻 이해가 되지 않았다. 첫 문장을 읽은 토비아스는 가슴이 철렁 내려앉았다.

"누구한테 온 거냐?" 하르트무트가 물었다. 소방차가 요란하게 사이렌을 울리며 지나가는 통에 창문이 덜컹거렸다. 토비아스는 초조한 듯 숨을 삼켰다. 그리고 아버지를 올려다봤다.

"라르스요." 목소리가 잠겨 있었다. "라르스 테를린덴이요."

*

테를린덴 저택 정문은 활짝 열려 있었다. 매운 연기가 닫힌 차창을 뚫고 들어왔다. 늦지성 잔디밭 위로 소방차 바큇자국이 선명했다. 화재가 난 곳은 집이 아니라 정원 뒤쪽으로 한참 떨어진 건물이었다. 피아와 보덴슈타인은 집 앞에 차를 세운 뒤 걸어서 화재 현장으로 갔다. 매캐한 연기에 눈물이 났다. 불길은 다 잡혔는지 검은 연기만 창문 밖으로 뿜어져 나오고 있었다.

테를린덴 부인은 위아래 모두 검은색 옷을 입고 있었다. 장례식에 참석하고 있었거나 가려고 준비 중일 때 불이 난 것을 안 모양이었다. 그녀는 충격이 채 가시지 않은 듯한 얼굴을 하고 소방관들이 호스를 들고 이리저리 뛰어다니면서 화단을 짓밟고 잔디를 망치는 모습을 지켜보고 있었다. 그 옆에는 이웃인 라우터바흐 원장이 서 있었다. 그녀를 보자 보덴슈타인은 자기도 모르게 어수선했던 어젯밤 꿈이 떠올랐다. 그의 생각을 읽기라도 한 듯 원장이 피아와 보덴슈타인에게 다가왔다.

"안녕하세요?" 그녀가 웃음기 없는 차가운 얼굴로 인사를 건넸다. 헤이즐넛 색의 동그란 눈이 오늘따라 냉동 초콜릿처럼 차가워 보였다. "티스와 얘기는 잘됐나요?"

"아뇨. 그런데 무슨 일입니까? 어디서 불이 난 거죠?"

"온실이요. 티스의 화실이 있어요. 크리스티네는 그림이 다 불타버린 걸 알면 티스가 어떻게 반응할지 몰라서 걱정하고 있어요."

"테를린덴 부인에게 안 좋은 소식이 하나 더 있습니다."

보덴슈타인이 말했다. 라우터바흐 원장의 둥근 눈썹 하나가 위로 올라갔다.

"여기서 더 안 좋은 일이 있다고요?" 그녀가 날카롭게 말했다. "클라우디우스를 아직도 잡아놓고 있다던데, 왜 그런 거죠?"

순간 보덴슈타인은 양해를 부탁한다고 말하려 했으나 피아가 선수를 쳤다. "그건 경찰 소관입니다. 저희는 테를린덴 부인에게 아들의 사망 소식을 전하러 왔습니다."

"뭐라고요? 티스가 죽어요?" 라우터바흐 원장의 얼굴에 경악

의 표정이 번지기 직전, 아주 잠시였지만 놀랍게도 안도하는 기색
이 머무는 게 아닌가. 정말 이상한 일이었다.

"티스가 아니라 라르스요."

보덴슈타인은 피아에게 대화를 맡겨두고 가만히 있었다. 라
우터바흐 원장에게 호감을 얻고 싶어하는 게 자기가 생각해도 이
상했다. 그녀의 인자하고 따뜻한 미소 때문일까? 정신적으로 힘든
그에게 그 미소가 실제보다 큰 의미로 다가온 걸까? 그는 그녀의
얼굴에서 눈을 떼지 못했다. 속으로는 바보처럼 그녀가 그를 향해
웃어주기를 바랐다.

"차에서 배기가스에 중독됐어요. 시체는 오늘 아침에 발견됐
고요."

"라르스가요? 어떻게 그런 일이!" 친구 크리스티네에게 나쁜
일이 하나 더 생겼다는 사실을 알자 그녀의 눈에서 차가움이 사라
졌다. 그녀는 안타깝고 걱정스러워 어쩔 줄 몰라 했지만 이내 어
깨를 쭉 폈다. 그리고 단호하게 말했다. "그 소식은 제가 전할게요.
그게 더 나을 것 같아요. 제가 옆에 남아서 돌보겠어요. 궁금하시
면 나중에 저한테 전화하세요."

그녀가 몸을 돌려 친구에게 다가갔다. 테를린덴 부인은 불이
난 곳에서 눈을 떼지 못했다. 라우터바흐 원장이 그런 그녀의 어
깨에 두 손을 얹고 가만히 뭐라고 속삭였다. 부인이 낮은 비명을
지르더니 휘청거렸다. 라우터바흐 원장이 쓰러지지 않도록 그녀
를 붙잡아야 했다.

"가요. 괜찮을 거예요." 피아가 말했다.

보덴슈타인은 두 여자에게서 시선을 거두고 피아를 따라 엉
망진창이 된 잔디밭을 가로질러 갔다. 차 있는 곳에 다다랐을 때

한 여자가 그들에게 다가왔다. 보덴슈타인이 그녀가 누군지 알아보지 못하고 있는데 피아가 아멜리의 새엄마라는 걸 먼저 알아차렸다.

"안녕하세요, 프뢸리히 부인."

"네. 안녕하세요." 그녀의 얼굴은 창백했지만 결연한 표정이 깃들어 있었다. "테를린덴 부인에게 무슨 일인지 물어보러 왔다가 형사님들 차를 봤어요. 새로 알아낸 건 없나요? 가져가신 그림은 도움이 됐나요?"

"무슨 그림이요?" 피아가 놀라서 물었다.

프뢸리히 부인은 어리둥절해서 보덴슈타인과 피아를 번갈아 쳐다봤다. "어……, 어제 경찰이 저희 집에 왔었어요. 두……, 두 분이 보냈다고 했는데……. 티스가 아멜리에게 줬다는 그림 때문에요."

보덴슈타인과 피아가 재빨리 서로를 쳐다봤다.

"저희는 아무도 안 보냈는데요." 피아가 인상을 쓰며 말했다. 사건이 자꾸 엉뚱한 방향으로 흘러가고 있다!

"하지만 그 경찰이……." 프뢸리히 부인은 혼란스러운 표정을 지으며 말끝을 흐렸다.

"부인께서도 그…… 그림을 보셨나요?" 보덴슈타인이 물었다.

"아뇨……. 그 여자가 온 방 안을 뒤지다가 서랍장 뒤쪽 벽에 난 비밀 문을 발견했어요. 그 안쪽에서 두루마리를 찾아냈죠. 아멜리가 거기 숨겨놓았던 모양이에요……. 그림을 보지는 못했어요. 그 여자가 가지고 갔어요. 확인증까지 써준다고 했는데……."

"어떻게 생긴 여자였나요?"

피아가 물었다. 프뢸리히 부인은 그제야 자기가 뭔가 잘못했다는 걸 깨달은 모양이었다. 어깨를 축 늘어뜨리고 차체에 몸을 의지한 채 주먹으로 입을 막았다. 피아가 다가가 그녀의 어깨에 손을 얹었다.

"겨……, 경찰 배지까지 있었어요." 그녀가 눈물을 참으며 말했다. "저……, 정말 친절하게 위로도 해줬는데. 그……, 그 그림으로 아멜리를 찾을 수 있다고 했어요. 전 그렇게만 되면 좋겠다는 생각에!"

"너무 걱정 마세요." 피아가 그녀를 위로했다. "그 여자가 어떻게 생겼는지 기억나세요?"

"검은 커트 머리에 안경을 썼고 날씬했어요." 더는 기억 안 난다는 듯 어깨를 으쓱하는 그녀의 눈에 공포가 서려 있었다. "아멜리가 아직 살아 있을까요?"

"그럼요." 피아는 속마음을 숨기고 말했다. "저희가 찾고 있으니까 너무 걱정하지 마세요."

*

"티스가 그린 그림에 진범이 나와 있는 게 틀림없어요. 이제 확실히 알겠어요." 노이엔하인으로 가는 차 안에서 피아가 말했다. "티스는 그걸 아멜리에게 맡겼고 아멜리는 누군가에게 그림에 대해 말하는 실수를 저지른 거죠."

"맞아. 그리고 그 누군가는 당연히 토비아스 자토리우스겠지. 다른 사람을 시켜 아멜리의 집에서 그림을 찾아오게 한 거야. 그림은 벌써 없애버렸겠군."

"아닐 거예요. 그림에 자기가 나온다 해도 토비아스는 문제될

게 없잖아요. 형을 살고 나온 사람이 뭐가 두렵겠어요? 누군가 다른 사람이 있어요. 그 그림을 반드시 없애야 하는 사람이요."

"그게 누군데?"

피아는 의심스러운 사람이 있기는 했지만 입 밖에 내기가 두려웠다. 그 사람을 처음 봤을 때에도 완전히 잘못된 판단을 내리지 않았던가.

"테를린덴. 티스의 아버지요."

"그럴 수도 있겠지. 하지만 우리가 모르는 인물일 수도 있어. 여기서 왼쪽으로 꺾어야 돼."

"그런데 우리 지금 어디 가는 거예요?" 피아가 왼쪽 깜빡이를 넣고 반대 차로의 차를 보낸 뒤 운전대를 크게 꺾었다.

"하세한테. 저기 숲 들어가기 전에 보이는 왼쪽 마지막 집이야."

보덴슈타인은 아까 피아가 오스터만의 이야기를 보고할 때 건성으로 듣는 척했지만, 곧장 문제의 진상을 파헤칠 작정이었다. 잠시 후 차는 작은 정원이 딸린 집 앞에 도착했다. 하세는 정년퇴직하는 그날까지 일해야 집 대출금을 다 갚게 될 거라며 공무원 월급이 적다고 불평하곤 했다. 두 사람은 차에서 내려 하세의 집 앞에 섰다. 초인종을 누르자 그가 직접 문을 열었다. 두 사람을 본 그의 얼굴이 허옇게 질렸다. 그는 당황한 표정을 감추지 못해 고개를 숙였다. 오스터만의 추측이 옳았다. 믿기지가 않았다.

"들어가도 되겠나?"

하세가 낡은 리놀륨 장판이 깔린 어두운 복도로 두 사람을 안내했다. 복도에는 음식 냄새와 담배 냄새가 뒤섞여 꽉 차 있었다. 부엌에서 라디오 소리가 들려왔다. 하세가 부엌문을 닫았다. 그러고는 부인하지 않고 즉시 모든 것을 털어놓았다.

"친구가 부탁을 했습니다." 그가 난감한 표정을 지었다. "그렇게 나쁜 일은 아니라고 생각했습니다."

"하세, 미쳤어? 사건 기록을 빼돌리게!"

"그런 옛날 기록이 그렇게 중요할까 싶었어." 그가 힘없이 대꾸했다. "내 말은……, 그러니까 이미 오래된 사건이잖아. 종결된 게 언젠데……." 하세가 말을 하다 말고 입을 다물었다.

"지금 이게 뭘 뜻하는지는 알고 있겠지?" 보덴슈타인이 심각하게 물었다. "정직 처리하고 문책을 해야 할 판이라고! 기록은 어디 있나?"

"제가 없앴습니다."

"왜?" 피아는 그를 이해할 수가 없었다. 그런 짓을 해놓고도 사람들이 모를 거라 생각했나?

"그놈은 여자친구 둘을 살해하고 친구들한테 죄를 뒤집어씌웠어. 심지어 선생님까지 끌어들였고! 난 그때 수사에 참여했기 때문에 처음부터 다 봤다고. 그놈이 얼마나 냉정하고 질긴 줄 알아? 그런 놈이 다시 나타나서 마을을 발칵 뒤집어놓고 있잖아!"

"그렇지 않아!" 피아가 거세게 반박했다. "난 그렇게 생각 안 해. 토비아스 자토리우스는 그 사건과 아무 관련이 없어!"

"그런 이상한 부탁을 한 친구가 대체 누구야?" 보덴슈타인이 물었다.

하세는 우물쭈물하다가 고개를 푹 숙이며 털어놓았다.

"그레고어 라우터바흐."

*

흑마는 장례식 손님으로 발 디딜 틈도 없었다. 그런데 커피와 샌드위치가 차려진 장례식 만찬에 모인 사람들의 관심은 로라 바 그녀가 아닌 테를린덴 저택 화재에 가 있었다. 별의별 추측과 궤변이 난무했다. 알텐하인 자율 소방대 대장인 미하엘 돔브로프스키가 작전을 지휘하고 나서 차고로 돌아가던 도중 흑마에 들렀다. 옷과 머리에 그을음이 그대로 묻어 있었고 연기 냄새도 대단했다.

미하엘이 시큰둥하게 구석 자리에 앉아 있는 펠릭스 피치와 외르크 리히터에게 말했다. "경찰은 방화로 보고 있어. 온실에 왜 불을 질렀는지 알 수가 없네." 그는 그제야 친구들의 표정이 어둡다는 것을 깨달았다. "왜들 그러냐?"

"토비를 찾아야 돼." 외르크가 말했다. "그래서 이 일에 종지부를 찍어야 해."

펠릭스도 고개를 끄덕였다.

"무슨 소리야?" 미하엘이 눈치 없이 물었다.

"모르겠냐? 그때랑 똑같잖아. 모든 게 다시 시작되고 있어." 외르크가 한입 베어 문 치즈 샌드위치를 내려놓으며 역겹다는 듯 고개를 내둘렀다. "난 그거 두 번은 못 해."

"나도 마찬가지야." 펠릭스가 동의했다. "다른 방법이 없어."

"정말이야?" 미하엘은 불안한 눈빛으로 두 친구의 얼굴을 번갈아 쳐다보았다. "그게 뭘 뜻하는지 알아? 우리 셋 모두에게 해당된다는 것도?"

펠릭스와 외르크가 함께 고개를 끄덕였다. 자신들의 계획이 어떤 심각한 결과를 불러올지 잘 알고 있었다.

"나디야는 뭐래?"

"나디야는 더 이상 신경 쓸 수가 없어." 외르크가 그렇게 말하고 나서 숨을 깊이 들이마셨다. "더 이상 기다릴 수 없어. 또 다른 불행이 닥칠지 몰라."

"싫어도 끝을 내야지. 싫은 일을 계속 되풀이할 순 없잖아." 펠릭스가 말했다.

"제길!" 미하엘이 양손으로 얼굴을 비볐다. "난 못해! 내……, 내 말은……, 이미 오래된 일이잖아. 그냥 잊어버리면 안 될까?"

외르크가 그를 빤히 쳐다봤다. 그리고 조용히 고개를 저었다. "그건 아닌 것 같다. 아까 묘지에서 나디야가 말했어. 토비가 지금 집에 와 있다. 가서 일을 마무리하자."

"그래, 가자." 펠릭스도 동의했다.

미하엘은 머뭇거리며 어떻게든 빠져나갈 길을 찾았다. "이따가 화재 현장에 다시 가봐야 하는데……."

"좀 늦게 가면 되잖아. 그렇게 오래 걸리진 않을 거야. 자, 가자." 외르크가 딱 잘라 말했다.

*

라우터바흐 원장은 팔짱을 끼고 기가 막힌다는 듯 남편을 쳐다봤다. 얼굴에는 경멸의 빛이 역력했다.

테를린덴 저택에서 돌아오니 남편이 부엌 식탁에 앉아 있었다. 얼굴에 드리워진 음울한 그림자 때문에 열 살은 더 늙어 보였다. 그는 그녀가 외투를 다 벗기도 전에 협박 편지와 이메일, 사진에 대해 털어놓았다. 그의 입에서 폭포수처럼 회의와 절망, 자기 연민과 두려움에 찬 말들이 끊임없이 쏟아져 나왔다. 그녀는 침묵한 채 점점 감당하기 힘들어지는 이야기를 끝까지 들었다. 그러나 남편이 부탁이라며 마지막으로 한 말을 들으니 기가 막혀 입이 떨어지지 않았다. 넓은 부엌에 침묵이 흘렀다.

"나한테 지금 뭘 바라는 거야?" 그녀가 차갑게 물었다. "그때 내가 충분히 도와주지 않았어?"

"차라리 그때 도와주지 말았어야 했어."

남편의 시큰둥한 대꾸에 수년간 그녀의 내면에서 잠자고 있던 뜨거운 분노가 깨어났다. 줏대라고는 없는 이 약해빠진 남자를 위해서 그녀가 마다한 일이 있던가! 말만 번드르르하게 하면서 위대한 척하는 허수아비 주제에, 문제만 생기면 쪼르르 달려와 치맛자락에 매달려 징징거리는 꼴이라니!

예전에는 그가 그녀에게 조언과 도움을 구하는 게 좋았고 그를 정치가로 키우는 데 보람도 느꼈다. 그는 그녀의 미남 수제자였고 젊음의 원천이었다. 그녀의 작품이었다.

그를 처음 만난 건 20년도 더 이전의 일이다. 스물두 살의 그를 보자마자 그녀는 그의 재능을 알아봤다. 당시 그녀는 잘나가는 의사였고 많은 유산을 물려받아 재정적으로도 탄탄했다. 스무 살 연하의 그를 처음에는 잠자리 파트너로 여겼지만, 곧 가진 것 없는 노동자 집안의 아들이었던 그를 대학에 보내주고 문화, 예술, 정치에 대해서도 가르치기 시작했다. 지인을 통해 고등학교 교사로 취직시켰고 정치 입문의 길을 닦아줬다. 지금 그가 앉아 있는 문화교육부 장관 자리는 그러한 작업의 결실이다. 그러나 그녀는, 11년 전 그를 내쳤어야 옳았다. 그는 그녀의 후원을 받을 자격이 없다. 그간 그녀가 기울인 노고와 투자를 오늘날까지도 제대로 파악하지 못한 배은망덕한 인간이다.

"그때 내 말대로 잭을 산에 갖다 묻었으면 아무 일도 없었을 거야. 왜 그걸 맨손으로 집어서 자토리우스네 분뇨 구덩이에 넣어 가지고 문제를 만들어? 당신이 똑똑한 척하려던 것 때문에 토비아스가 감옥에 간 거잖아. 나 때문이 아니라고!"

그는 그녀의 한 마디, 한 마디가 채찍이라도 되는 양 몸을 움츠렸다. "내가 잘못했어, 다니엘라. 그땐 너무 당황해서 그만!"

"당신은 미성년 제자와 놀아났어." 그녀가 차디찬 목소리로 과거의 일을 상기시켰다. "그런데 지금 나더러 증인을 없애달라고? 내 환자를? 친구 아들을? 당신, 도대체 제정신이야?"

"그런 말이 아니야." 그레고어 라우터바흐가 기어드는 목소리로 말했다. "난 그저 티스를 만나서 얘길 하고 싶은 것뿐이야. 계속 입을 다물게 하려는 것뿐이라고. 그 이상은 아냐. 당신은 티스 주치의니까 들여보내줄 거 아냐."

"아니." 라우터바흐 원장이 단호하게 고개를 저었다. "난 못해. 걔는 그냥 둬. 안 그래도 삶이 힘든 애야. 당신이나 잠시 다른 데 가 있어. 여기 일이 잠잠해질 때까지 도빌 집에 가 있으라고."

"경찰이 클라우디우스를 잡아갔어!" 그가 답답하다는 듯이 말했다.

"나도 알아. 왜 잡아갔는지 궁금하던 참이야. 토요일 저녁에 둘이서 대체 무슨 짓을 하고 돌아다닌 거야?"

"제발, 다니……." 그가 의자에서 내려와 그녀 앞에 무릎을 꿇고 애원했다. "제발 티스를 만나게 해줘."

"당신이랑 얘기 안 할걸."

"당신이 옆에 있으면 할지도 몰라."

"그럼 더 안 할걸."

라우터바흐 원장은 겁먹은 어린아이처럼 웅크리고 있는 남편을 내려다봤다. 그는 그녀를 속이고 바람을 피웠다. 그녀의 친구들은 그와 결혼한다고 할 때부터 언젠가는 이렇게 될 거라며 말렸었다. 그레고어는 스무 살 연하의 미끈한 미남에 말이 청산유수 같았다. 나이를 불문하고 어디서나 여자들에게 인기가 많았다.

그러나 그녀들은 그의 본모습을 알지 못했다. 오직 다니엘라만이 남편의 나약함을 꿰뚫어보고 있었다. 그리고 의존해 오는 그에게서 힘을 얻었다. 그녀는 앞으로 다시는 그런 일을 저지르지 않겠다는 다짐을 받고 그를 용서해줬다. 미성년자와의 성관계는 금지다. 그 밖에 남편이 만나는 숱한 여자들에 대해서는 아무런 관심도 없었다. 그 여자들이 라우터바흐 원장을 조롱할 정도였다. 그러나 남편의 비밀, 두려움, 콤플렉스는 오직 그녀만이 안다. 오히려 그 자신보다 그를 더 잘 아는 사람이 바로 그녀다.

"부탁이야." 그가 애원하며 커다란 눈으로 그녀를 바라봤다. "나 좀 도와줘, 다니! 얼마나 많은 게 걸려 있는지 당신도 잘 알잖아!"

라우터바흐 원장은 깊이 한숨을 내쉬었다. 이번만은 그를 돕지 않겠다는 결심이 눈 녹듯 사라졌다. 언제나 그렇다. 그에게는 오랫동안 화를 낼 수가 없다. 그리고 이번에는 정말 큰 게 걸려 있다. 그의 말이 옳다. 그녀가 몸을 숙여 그의 머리를 쓰다듬으며 손가락으로 풍성하고 부드러운 머리카락을 쓸어 넘겼다.

"좋아. 할 수 있는 일이 있는지 한번 볼게. 대신 당신은 당장 짐 싸서 조용해질 때까지 며칠 프랑스에 가 있어. 알겠지?"

그가 그녀를 올려다보며 손에 입을 맞추었다. "고마워. 정말 고마워, 다니. 정말 당신이 없으면 어떻게 살지 모르겠어."

그녀는 미소를 지었다. 그에 대한 분노가 썰물처럼 빠져나가고, 대신 평온한 기쁨이 솟아올랐다. 다시 조화가 찾아왔다. 이제 그녀는 외부에서 닥쳐오는 어떤 풍파와 시련도 가뿐히 이겨낼 수 있으리라. 남편이 그녀의 노고를 알아주기만 한다면…….

*

"문화교육부 장관?" 피아는 뜻밖의 대답에 황당함을 감추지 못했다. "문화교육부 장관이랑 아는 사이야?"

"우리 아내가 장관 부인의 사촌 동생이야." 하세가 설명했다. "가족 행사 같은 데서 여러 번 봤거든. 그리고 우리 둘 다 알텐하인 남성 합창단 단원이고."

"대단하군. 하세, 내가 얼마나 실망했는지 알기나 해?"

하세가 고집스럽게 턱을 쳐들고 말했다. "정말이요? 저 같은 거한테는 관심도 없으신 줄 알았는데 어떻게 실망을 하실 수 있는지 궁금하네요."

"뭐라고?" 보덴슈타인이 눈썹을 치켜세웠다.

하세는 어차피 잘리는 거 할 말이나 다해야겠다는 심산인 것 같았다. "언제 저한테 세 문장 이상 말한 적 있습니까? 반장님이 오기 전까지는 제가 반장 후보였어요. 그런데 반장님은 프랑크푸르트에서 오자마자 어떻게 하셨습니까? 오만방자하고 시건방지게 모든 걸 다 뒤집었죠. 마치 '너희 시골 경찰들은 일도 이렇게 후지게 하냐' 하는 식이었다고요. 반장님한테 우린 그냥 시골 촌놈들이었죠. 하나같이 다요! 위대하신 폰 보덴슈타인 님께서 우월감을 느낄 수 있는 배경에 지나지 않았죠. 그냥 멍청한 짭새들 말이에요!" 하세가 콧방귀를 뀌었다. "두고 보십쇼. 지금 반장님 모가지도 간당간당하니까."

보덴슈타인은 마치 하세가 얼굴에 침이라도 뱉은 것처럼 어이없는 표정으로 그를 쳐다봤다. 피아가 먼저 정신을 차렸다.

"정말 미쳤어?"

그러자 하세가 쓸쓸하게 웃었다. "너도 조심해. 반장하고 그렇고 그런 사이라는 거 알 사람은 다 알아. 벤케가 부업한 거랑 똑같이 무거운 죄질이라고. 벤케가 아부만 잘했어도 안 걸리는 건데!"

"그만두지 못해!" 피아가 날카롭게 소리쳤다.

하지만 하세는 능글맞은 웃음만 흘렸다. "난 처음부터 어떤 사이인지 알았지. 다른 사람들은 두 사람이 말 편하게 하는 거 보고 알았던 모양이지만."

보덴슈타인이 말없이 뒤돌아서서 밖으로 나갔다. 피아는 몇 마디 욕설을 퍼부어주고 나서야 그 뒤를 따랐다. 반장은 차 안에 없었다. 피아는 길을 따라 올라가며 그를 찾았다. 보덴슈타인은 산으로 올라가는 길목 벤치에 앉아서 얼굴을 손바닥에 파묻고 있었다. 안개에 젖은 벤치가 반짝 빛을 발했다. 피아는 잠시 어떡할까 생각하다가 조용히 옆에 가서 앉았다.

"저런 패배주의자가 하는 헛소리에 신경 쓰지 마요."

그는 아무 대꾸가 없었다. 그저 우두커니 앉아 있기만 했다.

"난 왜 이 모양이지? 하세는 사건 기록이나 빼돌리면서 문화교육부 장관과 짜고 나를 밀어낼 계략이나 꾸미고, 벤케는 나 모르게 몇 년이나 술집에서 부업을 하고, 내 아내는 벌써 몇 달째 웬 놈이랑 놀아나고……."

보덴슈타인이 고개를 들었다. 그의 얼굴 가득한 깊은 절망을 보고 피아는 흠칫 놀랐다.

"왜 내가 이 모든 걸 몰랐던 거지? 내가 정말 그렇게 오만방자한가? 하긴 아내도 제대로 간수 못 하는 내가 직장 일인들 제대로 하겠어?"

피아는 그가 진심으로 안됐다고 느꼈다. 하세나 다른 동료들이 오만방자하다고 비판하는 건 보덴슈타인 특유의 스타일이다. 그는 절대 남의 일에 간섭하지 않고 마음대로 권력을 휘두르지도 않는다. 아무리 궁금해도 부하 직원의 사생활을 캐묻지 않는다. 그건 무관심이 아니라 배려였다.

"벤케가 부업하는 건 나도 몰랐어요. 하세가 사건 기록 빼돌린 것도 몰랐고요. 그리고 우리의 불륜에 대해서도 전혀 몰랐는걸요."

피아가 보덴슈타인을 향해 씨익 웃어 보였다. 보덴슈타인이 웃음 같기도 하고 한숨 같기도 한 탄식을 내뱉었다. 그리고 곧 힘없이 고개를 저었다.

"내 인생 전체가 무너지는 느낌이야." 그가 허공을 응시하며 말을 이었다. "다른 생각은 할 수가 없어. 코지마가 다른 남자랑 바람피운 이유가 대체 뭘까? 왜? 내가 어디가 부족했나? 아니면 뭘 잘못했나?"

그가 무릎 위에 고개를 처박고 양손으로 머리를 감쌌다. 피아는 입술을 깨물었다. 무슨 말을 해줘야 할지 알 수가 없었다. 이런 상황에서 위로라는 게 가능하기는 한가? 잠시 망설이던 그녀가 그의 팔에 손을 올리고 다독였다.

"반장님이 뭔가 잘못했을 수도 있겠죠. 하지만 두 사람 사이에 문제가 생기면 언제나 두 사람 모두에게 책임이 있는 거예요. 왜 그런지만 생각하지 말고 앞으로 어떻게 할지를 생각해보세요."

보덴슈타인이 뒷목을 문지르며 자리에서 일어났다. 그러더니 갑자기 씁쓸한 목소리로 말했다. "마지막으로 잠자리를 함께한 게 언제인지 몰라서 달력을 뒤져야 했어. 하지만 어린애가 있는 집에 서는 어쩔 수 없어. 금방 쪼르르 달려오곤 하니까."

피아는 이런 이야기가 나오자 좀 불편해졌다. 처음에 비하면 많이 편해지기는 했지만 상사와 이런 사적인 이야기를 나누는 건 여전히 어색했다. 그녀가 담뱃갑을 꺼내 내밀자 보덴슈타인은 한 개비를 꺼내 몇 모금 빨아들인 뒤 말을 이었다.

"도대체 언제부터였을까? 딴 남자를 생각하는 코지마 옆에서 며칠이나 잠을 잤던 걸까? 병신같이! 그런 생각을 하면 미칠 것 같 아!"

절망이 분노로 바뀌고 있다. 좋은 징조다! 피아도 담배 한 개 비를 피워 물었다.

"코지마한테 물어보세요. 지금 바로 물어보는 게 가장 좋겠어 요. 그러면 더 이상 그것 때문에 괴로워하지 않아도 되잖아요."

"그런 다음엔? 코지마가 진실을 말하면? 에이, 제길! 생각 같 아서는 그냥……." 그가 말을 멈추고 담배꽁초를 밟아 껐다.

"생각대로 하세요. 그러면 기분이 나아질 거예요."

"무슨 조언이 그래?" 보덴슈타인이 이상하다는 표정을 지으며 말을 받았다. 그의 입가에 미소가 살짝 비치고 있었다.

"다른 사람은 이런 조언 안 해주잖아요. 고등학교 땐가, 남자 친구가 헤어지자고 했어요. 난 그냥 죽고만 싶었죠. 정말 너무너 무 슬펐거든요. 그런데 미리엄이라는 친구가 같이 파티에 가자는 거예요. 강제로 끌려가다시피 했는데 거기서 어떤 남자를 만났어요. 그런데 그 남자가 계속 나를 칭찬하는 거예요. 뭐, 그러니까 괜찮아지더라고요. 세상에 멋진 아들 둔 어머니가 얼마나 많은데요. 딸도 마찬가지고요."

보덴슈타인의 휴대전화가 울렸다. 그는 처음에는 무시하려고 했지만 곧 한숨을 내쉬며 주머니에서 휴대전화를 꺼냈다.

"카트린이야." 통화를 끝낸 그가 벤치에서 일어서며 피아에게 말했다. "하르트무트 자토리우스가 전화를 했다. 토비아스가 집에 돌아왔다는군. 늦지 않아야 할 텐데……. 하르트무트가 연락한 지 두 시간이나 지났는데 본부에서 지금 막 연락을 해왔다나 봐."

*

자토리우스 농장 문은 활짝 열려 있었다. 마당을 가로질러 가 초인종을 눌렀지만 아무런 기척도 없었다.

"열려 있는데요." 피아가 문을 밀며 안쪽을 향해 외쳤다. "계세요? 자토리우스 씨?" 아무 대답이 없다. 복도로 몇 발짝 들어가 다시 한번 하르트무트 자토리우스를 불렀다. 그러고는 뒤돌아서 밖에서 기다리는 보덴슈타인에게로 갔다. "눈치채고 튄 모양인데요. 자토리우스 씨도 보이지 않고요. 제길!"

"뒷마당으로 가보자고." 보덴슈타인이 이렇게 말한 뒤 휴대전화를 꺼냈다. "지원 요청 해야겠어."

피아는 집을 돌아 뒷마당으로 갔다. 토비아스 자토리우스가 로라 바그너의 장례식 날에 알텐하인으로 돌아왔다. 물론 묘지에 나타나지는 않았다. 그리고 장례가 치러지는 동안 티스 테를린덴의 화실에서 불이 났다. 소방서와 화재 감식팀 동료들이 확인한 결과, 착화 물질을 사용한 방화였다. 토비아스가 불을 내고 도망 갔다고 추리하기에 안성맞춤인 상황이었다.

"……사이렌 울리지 말고. 알겠나?"

보덴슈타인이 휴대전화에 대고 말하는 소리가 들렸다. 피아 는 그가 어서 전화를 끊기 기다렸다.

"토비아스 자토리우스는 마을 사람들이 모두 장례식에 갈 거 란 걸 알았어요. 눈에 띄지 않게 불을 지를 수 있는 기회로 삼은 거 죠. 이상한 건 토비아스의 아버지가 왜 신고했는가 하는 거예요."

"나도 그게 이상해."

보덴슈타인은 뒷마당을 자세히 둘러봤다. 이상했다. 평소 자 토리우스 농장은 언제나 문단속에 철저했다. 토비아스가 습격당 한 일도 있고 협박하는 사람도 많으니 당연한 처사다. 그런데 오 늘은 모든 문이 조금씩 열려 있었다. 두 사람이 막 집을 돌아 나올 때였다. 멀리 마당 위쪽에서 재빨리 움직이는 물체가 보였다. 남 자 둘이 문 쪽으로 사라졌고 다음 순간 차 문 닫는 소리와 함께 시 동 거는 소리가 요란하게 났다.

"방금 저 사람들, 자토리우스 부자가 아니에요. 뭔가 잘못됐어 요."

그녀가 재킷 안에서 권총을 꺼내 들고 조심스럽게 착유실 문 을 열어 가만히 안을 들여다봤다. 다음은 축사였다. 열린 문 앞에 서 두 사람은 눈짓으로 신호를 주고받았다. 피아가 권총을 세우고 축사로 들어갔다. 안을 둘러보던 그녀는 놀란 나머지 그 자리에 굳어버렸다. 축사 한구석, 등받이 없는 의자에 토비아스가 앉아 있었다. 눈이 감겨 있는 데다 머리는 벽에 기댄 상태였다.

"제길." 피아가 중얼거렸다. "한발 늦은 것 같아요."

*

문에서 맞은편 벽까지는 여덟 걸음, 문에서 이웃한 벽 쪽 책장까지는 네 걸음. 그녀의 눈은 이미 어둠에 익숙했고 코는 곰팡내 같은 퀴퀴한 냄새에 둔감했다. 낮에는 천장 아래 난 좁은 창으로 가느다란 빛이 들어왔다. 그나마 널빤지 같은 것으로 막혀 있어서 겨우 새어 들어오는 수준이었다. 어쨌든 그 덕분에 밤인지 낮인지는 분간이 갔다. 두 개 있던 초는 다 써버린 지 오래다. 물론 책장 상자 속에 남은 게 있기는 하다. 물은 이제 네 병밖에 없어서 아껴 마셔야 한다. 언제까지 여기에 있어야 할지 모른다. 비스킷과 소시지 통조림, 초콜릿도 이제 얼마 남지 않았다. 그게 전부다. 아멜리는 여기가 어디든 나가고 나면 몇 킬로그램은 빠져 있을 거라고 속으로 생각했다.

대부분의 시간은 잠을 잤다. 너무 피곤해서 어느새 잠이 들어버렸다. 잠에서 깨면 절망감이 엄습했다. 문을 쾅쾅 치고 울면서 소리를 질렀다. 그러다 지치면 멍하니 누워 있었다. 냄새 나는 매트리스 위에 누워서 몇 시간이고 티스와 토비아스의 얼굴을 떠올리다가 바깥세상이 어떻게 돌아가고 있을지를 상상했다. 시를 소리 내어 외고 팔굽혀펴기를 하고 태극권 동작을 연습하기도 했다. 칠흑 같은 어둠 속에서 균형을 잡는 일은 생각보다 무척 어려웠다. 그러고도 지쳐 잠이 오지 않으면 아는 노래를 모두 불렀다. 그렇게라도 하지 않으면 이 습한 지하 감옥 속에서 미쳐버릴 것만 같았다.

언젠가는 구원의 손길이 닿을 것이다. 분명히 닿을 것이다. 아 멜리는 그렇게 굳게 믿었다. 아직 열아홉 생일도 안 지났는데 죽 을 순 없다. 매트리스 위에 몸을 둥글게 말고 누워 어둠을 응시했 다. 입속에는 초콜릿 한 조각이 들어 있다. 이제 초콜릿은 정말 몇 조각 안 남았다. 씹거나 삼키는 건 절대 안 된다.

피로감이 천천히 몰려오기 시작했다. 거대한 블랙홀이 모든 기억과 생각을 빨아들이는 것 같았다. 어쩌다 이런 끔찍한 곳에 오게 됐는지 생각을 하고 또 했지만 아무 기억도 나지 않았다. 마 지막으로 기억나는 건 토비아스와 통화를 하려고 무진 애를 썼다 는 거다. 그런데 왜 그렇게 급하게 통화를 해야만 했는지 아무리 생각해도 이유가 생각나지 않았다.

*

토비아스 자토리우스가 눈을 뜨자 피아가 깜짝 놀랐다. 그는 꼼짝도 하지 않았다. 그저 말없이 그녀를 쳐다보기만 했다. 얼굴 의 멍은 많이 없어졌지만 여전히 병들고 지쳐 보였다.

"이게 어떻게 된 거예요?" 피아가 권총을 치우며 물었다. "그 동안 어디 있었어요?"

토비아스는 대답하지 않았다. 그의 눈 밑에는 짙은 그늘이 드 리워져 있었다. 지난번 봤을 때와 비교하면 몸도 많이 말랐다. 그 가 힘겹게 팔을 들어 여러 번 접은 종이 한 장을 내밀었다.

"이게 뭐예요?"

그는 여전히 아무 말도 하지 않았다. 그녀는 종이를 받아 펼쳤 다. 그리고 가까이 온 보덴슈타인과 함께 친필로 쓴 편지를 읽어

내려갔다.

토비, 이렇게 오랜 세월이 지난 뒤에 내가 편지를 써서 놀랐지.

지난 11년간 네 생각을 하지 않은 날이 단 하루도 없었다. 그리고 죄의식을 느끼지 않은 날도 없었다. 너는 내 벌을 대신 받았고 나는 그렇게 되도록 내버려두었다. 그동안 나는 내가 그토록 경멸하던 부류의 표본이 되어버렸다. 신을 모시고자 했지만 결국 우상의 노예가 되었다. 11년 동안 나는 도망치기에 바빴다. 소돔과 고모라를 돌아보지 않으려고 안간힘을 썼다. 그러나 이제 나는 되돌아본다. 도망치는 시간은 끝났다. 나는 실패했다. 내 아버지의 권유로 처음 거짓말을 하던 날, 나는 내가 소중하게 여기던 모든 가치를 배반하고 악마와 계약을 맺었다. 내 가장 친한 친구인 너를 배반하고 팔아넘겼다. 그 대가는 끊임없는 고통이었다. 거울을 볼 때마다 네 얼굴이 보였다. 나는 얼마나 비겁한 겁쟁이였던가! 내가 로라를 죽였다. 고의가 아닌 어처구니없는 사고였지만 로라가 죽어버렸다. 나는 아버지가 시키는 대로 입을 다물었다. 네가 죄를 뒤집어쓰게 됐다는 사실을 알았을 때도 마찬가지였다. 난 그때 지옥으로 가는 지름길로 들어선 것이다. 그 이후 난 단 한 번도 행복했던 적이 없다.

토비, 나를 용서할 수 있겠니? 나를 용서해다오. 나는 나를 용서할 수가 없다. 신의 처벌을 기다릴 뿐이다.

라르스

편지를 든 피아의 손이 툭 떨어졌다. 라르스 테를린덴이 자신이 일하던 은행 편지지에 적어 내려간 유서 말미에는 자살하기 전날의 날짜가 적혀 있었다. 그가 갑자기 이런 유서를 남기고 자살하게 된 동기는 뭘까?

"라르스 테를린덴은 어제 자살했네." 보덴슈타인이 이렇게 말한 뒤 헛기침을 했다. "오늘 아침에 시체가 발견됐어."

토비아스의 시선은 허공에 꽂힌 채 움직일 줄 몰랐다.

"어쨌든." 보덴슈타인이 피아의 손에서 편지를 가져가며 말했다. "테를린덴이 왜 빚을 갚아주고 감옥에 면회를 갔는지는 밝혀졌군."

"일어나요." 피아가 토비아스의 팔을 잡아끌었다. 청바지와 티셔츠만 입고 있는 그는 온몸이 얼음장처럼 차가웠다. "이러다 얼어 죽겠어요. 어서 안으로 들어가요."

"로라는 우리 집에서 나온 뒤에 강간당했어요." 그가 정신이 나간 사람처럼 아무 억양도 없이 말했다. "바로 여기 축사에서요."

보덴슈타인과 피아는 놀라서 얼굴을 마주 봤다.

"누구한테?" 보덴슈타인이 물었다.

"펠릭스, 외르크, 미하엘. 내 친구들한테요. 모두 술에 취했던데다 로라는 저녁 내내 남자들을 유혹했었어요. 그 뒤에 도망치던 로라가 라르스와 마주쳤고, 뭔가에 걸려 넘어지면서 그대로 죽었어요." 그의 목소리에는 어떤 감정도 담겨 있지 않았다. 절제되고 건조한 음성이었다.

"어떻게 그걸 알았지?"

"방금 와서 다 말하고 가더군요."

"11년이나 늦게 말했군요."

토비아스가 깊은 한숨을 내쉬었다. "로라의 시체를 내 자동차 트렁크에 실어서 비행장에 갖다 버렸대요. 라르스는 그대로 도망쳤고요. 그 뒤로 한 번도 못 봤어요. 가장 친한 친구였는데……. 그리고 오늘 이 편지가 온 거예요."

그의 푸른 눈동자가 피아를 올려다봤다. 그녀는 스스로 비이성적이라고 여겨지기도 했던, 토비아스가 무죄라는 자신의 추측이 옳았다는 걸 새삼스럽게 떠올렸다.

"스테파니는 어떻게 된 거죠? 아멜리는 어디 있어요?"

토비아스가 숨을 크게 들이마시며 고개를 저었다. "몰라요. 정말로 몰라요. 전 아무것도 모릅니다."

누군가가 축사로 들어섰다. 피아와 보덴슈타인이 뒤를 돌아보았다. 하르트무트 자토리우스였다. 그는 얼굴이 시체처럼 창백했고 극심한 불안감에 몸을 떨었다.

"라르스가 죽었어요, 아버지." 토비아스가 나직이 말했다.

하르트무트는 상체를 숙여 어정쩡하게 아들을 껴안았다. 토비아스는 눈을 감고 아버지의 어깨에 얼굴을 기댔다. 피아는 그 모습을 보고 있자니 눈물이 핑 돌았다. 이 부자의 고통이 끝날 날이 있을까?

보덴슈타인의 휴대전화가 울리며 침묵을 깼다. 그는 마당으로 나가 전화를 받았다.

"이제…… 토비아스를 체포할 거요?" 하르트무트가 피아를 올려다보며 불안한 목소리로 물었다.

"몇 가지 물어볼 게 있어요." 피아가 안타까워하며 대답했다. "그리고 아멜리 프뢸리히의 실종에 관련됐다는 의심은 아직 풀리지 않았기 때문에……."

"피아!" 보덴슈타인이 마당에 서서 그녀를 불렀다. 피아는 뒤를 돌아본 뒤 마당으로 나갔다. 그새 지원 나온 차량이 도착해 있었다. 순경 둘이 차에서 내렸다.

"오스터만이 전화를 했어." 그가 휴대전화에 번호를 찍으며 말했다. "일기장을 해독했대. 마지막으로 쓴 일기에 티스가 화실 지하에 있는 백설공주의 미라를 보여줬다고 쓰여 있다는데……. 여보세요, 나 보덴슈타인인데……. 크뢰거, 알텐하인 테를린덴 저택으로 사람들 데리고 와. 오늘 불난 곳 알지? 응, 바로 출발해!"

통화를 마친 그가 피아를 쳐다봤다. 피아는 그가 무슨 생각을 하는지 알고 있었다.

"아멜리도 거기 있을 거라고 생각하는 거죠?"

그가 상기된 표정으로 고개를 끄덕였다. 그리고 턱을 만지며 생각에 잠겼다. 그의 이마에 주름이 잡혔다.

"벤케한테 전화해. 사람 몇 명 데리고 가서 그 세 친구들, 경찰서로 데려오라고 해." 보덴슈타인의 명령이 이어졌다. "그레고어 라우터바흐한테도 차 한 대 보내. 집에도 가보고 사무실에도 가보라고 해. 오늘 안으로 꼭 데려오라고 하고. 테를린덴하고도 얘길 해야 돼. 아직 아들이 자살한 줄 모르니까. 그리고 정말 지하실이 있을 경우에는 법의학자도 필요해."

"벤케는 정직시켰잖아요. 그건 카트린이 하면 돼요. 토비아스는 어떻게 할까요?"

"지원 나온 사람한테 데려가라고 할게. 우리가 갈 때까지 기다리라고 해야지, 뭐."

피아는 명령을 전달하기 위해 휴대전화를 빼 들었다. 카트린에게 펠릭스 피치, 미하엘 돔브로프스키, 외르크 리히터의 이름을 정확히 불러주고 축사로 돌아갔다. 토비아스가 아버지의 부축을 받으며 힘겹게 일어나고 있었다.

"우리 동료가 호프하임으로 데려갈 거예요. 밖에서 기다리고 있을 테니 준비하세요."

토비아스는 고개만 끄덕였다.

"피아! 빨리!" 보덴슈타인이 밖에서 재촉했다.

"그럼, 나중에 봐요." 피아는 자토리우스 부자에게 인사한 뒤 밖으로 뛰어나갔다.

*

보덴슈타인과 피아는 지나가면서 그레고어 라우터바흐의 집 앞에 순찰차가 서 있는 것을 확인했다. 두 사람은 몇 미터 더 가서 테를린덴 저택으로 꺾어 들어갔다. 그리고 차에서 내려 잔디밭을 가로질렀다. 폐허가 된 온실에서는 아직도 연기가 났다. 측벽은 시꺼멓게 탔고, 지붕은 절반 가까이 무너져 내린 상태였다.

"수사 때문에 지금 바로 들어가봐야 합니다." 보덴슈타인이 화재 현장을 지키고 있는 소방대원에게 말했다.

"절대 안 됩니다. 벽이 언제 무너질지 모르고 지붕도 불안해요. 당분간은 아무도 못 들어갑니다."

"들어가야 합니다." 보덴슈타인이 고집을 피웠다. "저 안에 지하실이 있다는 정보를 입수했어요. 거기에 실종된 여학생이 있을 가능성이 높습니다."

그 말에 상황이 180도 바뀌었다. 소방대원은 동료와 상의하더니 어딘가로 전화를 걸었다. 보덴슈타인도 휴대전화를 귀에 댄 채 불에 탄 건물 주위를 서성였다. 도저히 가만히 서 있을 수가 없었다. 이렇게 기다리기만 해야 할 때의 초조감이란!

드디어 현장 감식팀이 도착했다. 뒤따라 소방차 한 대가 들어왔고 소방재난본부에서 나온 남색 차량이 그 뒤를 이었다.

피아는 라우터바흐의 집에 아무도 없다는 보고를 받고 오스터만에게 전화해 비스바덴 문화교육부 장관 비서실 전화번호를 알아냈다. 그러나 장관은 몸이 안 좋아 사흘째 결근했다는 대답만 들었다. 그럼 장관은 대체 어디에 있단 말인가?

피아는 자동차에 기대서서 잠시 담배를 피우며 보덴슈타인의 전화 릴레이가 끝나기를 기다렸다. 그동안 소방대원들과 소방재난본부 사람들은 타다 남은 지붕과 벽을 조사했다. 중장비를 동원해 아직 연기가 나는 잔해를 옆으로 치우고 조명을 설치했다. 벌써 날이 어두워지고 있었다.

그때 카트린에게 전화가 왔다. 펠릭스 피치, 외르크 리히터, 미하엘 돔브로프스키가 경찰서에 와 있다는 소식이었다. 세 사람 모두 순순히 체포에 응했다고 했다. 또 다른 소식을 전달받자마자 피아는 바로 흥분에 빠졌다. 오스터만이 아멜리 프뢸리히의 아이팟에 있는 500여 장의 사진을 훑어보다가 티스가 아멜리에게 준 것으로 보이는 그림 사진을 발견했다는 것이다.

피아는 트럭이 지나가 진창이 돼버린 잔디밭을 돌아다니며 보덴슈타인을 찾았다. 그는 무표정한 얼굴로 온실 앞에 서서 담배를 피우고 있었다. 피아가 막 아이팟에 저장된 사진에 대한 이야기를 하려 할 때 안에서 일하던 사람들이 두 사람에게 손짓을 했다. 장승처럼 서 있던 보덴슈타인이 담배를 내던지고 급히 온실로 향했다. 피아도 부지런히 그 뒤를 따랐다. 온실 안은 몇 시간 전에 불이 난 건데도 아직까지 더웠다.

"여기 뭔가 있습니다!" 나타나지 않는 소방대장 대신 임시로 대장을 맡은 대원이 말했다. "비밀 문입니다!"

*

이제야 도로가 뻥 뚫렸다. A5 고속도로의 정체는 프랑크푸르트 교차로를 지나기 전까지 계속된 터였다. 나디야는 속도제한 구역을 벗어나자마자 속력을 시속 200킬로미터까지 올렸다.

조수석에서는 토비아스가 눈을 감고 앉아 있었다. 차가 출발한 뒤 지금까지 한마디도 하지 않았다. 너무 많은 일이 한꺼번에 일어나 아직도 감당이 되지 않았다.

오늘 낮에 알게 된 사실이 계속 머릿속에서 맴돌았다. 펠릭스, 외르크, 미하엘. 그들이 친구란 말인가! 그리고 라르스! 형제나 다름없었는데……. 그런데 그들이 로라를 죽여 비행장 기름 탱크 속에 버렸다. 그리고 아무 말도 하지 않았다. 그에게 그 험난한 가시밭길을 걷게 하면서 11년 동안이나 침묵했다. 그런데 왜 이제 와서 갑자기 진실을 말했을까? 왜 이렇게 뒤늦게. 밑도 끝도 없는 실망감이 밀려들었다. 며칠 전만 해도 함께 술 마시고 웃고 옛 추억을 이야기하며 떠들던 친구들이다. 그때도 그들은 알고 있었다. 자신들이 무슨 짓을 했는지, 그리고 그에게 무슨 몹쓸 짓을 저질렀는지!

깊은 한숨을 내쉬었다. 나디야가 그의 손을 꼭 잡았다.

토비아스가 눈을 뜨고 중얼거렸다. "라르스가 죽었다는 게 믿기지 않아." 목이 칼칼해 여러 번 기침을 했다.

"세상엔 정말 이해 안 되는 일이 많아. 하지만 난 항상 네가 무죄라는 걸 믿었어."

그는 미소 지으려 애썼다. 엄청난 실망과 분노에도 불구하고 한 줄기 희망이 솟아오르는 느낌이었다. 어쩌면 나디야와 행복해질 수 있을지도 모른다. 과거의 그림자가 물러가고 모든 진실이 온 세상에 드러나면 두 사람에게 기회가 찾아올지도 모른다.

"형사들이 가만있지 않을 텐데."

토비아스의 걱정에 나디야가 눈을 찡긋해 보였다. "에이, 괜찮아. 며칠 뒤에 돌아올 거잖아. 그리고 아저씨가 내 번호를 아니까 급한 일이 생기면 전화하실 거고. 지금 너한테 잠시 쉴 시간이 필요하다는 건 그 사람들도 알 거야."

토비아스는 고개를 끄덕였다. 긴장이 풀리는 것 같았다. 한시도 떠나지 않고 뇌를 갉아먹는 것 같았던 고통도 서서히 가라앉고 있었다.

"네가 옆에 있어서 정말 좋다. 진심이야. 넌 정말 대단해."

그녀가 시선은 정면을 향한 채 미소를 지었다. 이윽고 그녀는 말했다. "우린 천생연분이야. 난 처음부터 알고 있었어."

토비아스는 그녀의 손을 입으로 가져가 부드럽게 키스했다. 며칠간의 휴가가 그들을 기다리고 있다. 나디야는 이 휴가를 떠나려고 모든 일정을 취소했다. 그녀는 귀찮은 전화를 안 받아도 되고 그는 그 누구도 두려워할 필요가 없다. 나직한 음악 소리와 따스한 공기, 안락한 가죽 시트에 둘러싸여 있으니 스르르 눈이 감겼다. 그는 한 번 숨을 크게 내쉰 후 깊은 잠 속으로 빠져들었다.

*

지하로 통하는 녹슨 철제 계단은 폭이 좁고 경사가 급했다. 보덴슈타인은 전등 스위치를 찾아 벽을 더듬었다. 잠시 후 희끄무레한 25와트짜리 백열등 불빛이 작은 공간을 가득 채웠다. 그의 심장이 마구 뛰었다.

혹시 남아 있을지 모르는 위험 요소를 제거하는 데 몇 시간이
걸렸다. 그러고 나서 소방재난본부에서 가져온 불도저가 타다 남
은 잔해들을 모두 옆으로 치운 다음 남자들이 힘을 모아 바닥의
철문을 열었다. 안전복을 입은 남자가 먼저 계단을 내려가 위험한
지 확인했다. 다행히 지하실까지는 불길이 미치지 않았다. 보덴슈
타인, 피아, 크뢰거, 헤닝 키르히호프까지 모두 내려와 손바닥만
한 공간이 발 디딜 틈 없이 빽빽해졌다. 보덴슈타인이 육중한 철
문 손잡이를 돌렸다. 의외로 문은 소리도 없이 열렸다. 따뜻한 공
기와 함께 시든 꽃의 단내가 그들을 맞았다.

"아멜리!"

보덴슈타인이 허공에 대고 외쳤다. 누군가 뒤에서 손전등을
비췄다. 놀랍게도 무척 넓은 직사각형 공간이 드러났다.

"옛날 벙커네요." 크뢰거가 그렇게 말하며 벽의 스위치를 딸각
하고 누르자 형광등이 몇 번 깜박이다가 지잉 하는 소리와 함께
켜졌다. "전기 배선이 따로 돼 있어요. 그러면 밖에서 전기가 끊겨
도 안에서는 사용할 수 있죠."

지하실에는 가구가 별로 없었다. 소파와 스테레오 장치가 달
린 책장이 전부였다. 안쪽은 고풍스러운 병풍으로 가려져 있었다.
아멜리는 어디에도 보이지 않았다. 한발 늦은 걸까?

"휴우." 크뢰거가 중얼거렸다. "무지 덥네."

보덴슈타인이 공간을 대각선으로 가로질렀다. 그의 이마에서
도 땀이 났다. "아멜리!"

병풍을 옆으로 치우자 좁은 철제 침대가 시야에 들어왔다. 그
는 숨을 삼켰다. 소녀의 시체가 침대에 누워 있었다. 흰색 원피스

를 입은 그녀의 길고 검은 머리는 하얀 베개 위에 마치 부채처럼 펼쳐져 있고 손은 배 위에 가지런히 놓여 있었다. 메마른 미라의 입술에 칠해진 빨간 립스틱이 그로테스크한 느낌을 주었다. 침대 아래에는 신발 한 켤레가, 그 옆 협탁 위에는 시든 꽃이 꽂힌 화병과 콜라 한 병이 놓여 있었다. 보덴슈타인은 침대 위의 소녀가 아멜리가 아닐 수도 있다는 걸 깨닫는 데 약간의 시간이 걸렸다.

"백설공주!" 보덴슈타인 옆에 서 있던 피아가 조용히 말했다. "드디어 만났구나!"

*

경찰청에 도착하니 오후 9시가 조금 넘어 있었다. 유치장 앞에서 만취한 남녀가 소동을 피우는 데 사람이 셋이나 달려들었는데도 어쩌지를 못하고 있었다.

피아는 자판기에서 콜라 라이트를 하나 뽑아 들고 2층 회의실로 향했다. 보덴슈타인이 책상 앞에 서서 고개를 푹 숙이고 카트린이 인쇄해놓은 사진을 들여다보고 있었다. 오스터만과 카트린은 그 맞은편에 앉아 있었다. 피아가 들어서자 보덴슈타인이 고개를 들었다. 그의 얼굴은 피로에 찌들어 있었다. 그러나 사건 해결이 눈앞에 있는데 쉴 사람이 아니었다. 게다가 사적인 문제를 잊기 위해서라도 그는 미친 듯이 일에 달려들 것이다.

"셋을 동시에 심문해야겠어." 보덴슈타인이 시계를 보며 말했다. "클라우디우스 테를린덴과 토비아스 자토리우스도 심문해야 해."

"그런데 토비아스 자토리우스는 어디 있어요?" 카트린이 의아한 표정으로 물었다.

"유치장에 있는 거 아냐?"

"전 못 봤는데요."

"저도 못 봤습니다."

카트린과 오스터만이 동시에 말했다.

보덴슈타인이 피아를 쳐다봤다. 그녀는 눈썹을 치켜세웠다.

"오늘 낮에 자토리우스 농장에서 현장 출동한 사람들한테 지시해서 경찰서로 데려가겠다고 했잖아요."

"아니, 난 라우터바흐한테 가라고 했는데……. 자네가 다른 경찰을 부른 거 아니었어?"

"전 반장님이 이미 부른 줄 알았어요."

"오스터만, 토비아스 자토리우스한테 전화해서 지금 바로 이리로 오라고 해."

보덴슈타인이 사진을 집어 들고 회의실을 나섰다. 피아가 혼자 눈을 흘기며 그 뒤를 따랐다.

"들어가기 전에 사진 좀 봐도 돼요?"

피아가 부탁하자, 보덴슈타인은 걷는 속도를 전혀 늦추지 않은 채 말없이 사진을 건넸다. 그는 자신이 저지른 실수 때문에 스스로에게 화가 나 있었다. 수사 상황이 급변할 때면 흔히 생기곤 하는 오해였다. 심문실에는 아직 아무도 없었다. 보덴슈타인이 방에서 나가더니 잠시 후 다시 돌아왔다.

"되는 일이 하나도 없군." 그가 짜증을 냈다.

피아는 침묵했다. 11년 동안 스테파니 슈네베르거의 시체를 지켜온 티스 테를린덴에 대해 생각하는 중이었다. 왜 그런 짓을 했을까? 아버지가 시켰나? 라르스 테를린덴은 왜 하필이면 이 시점에 그런 편지를 쓰고 자살했을까? 화실은 왜 불탄 거지? 누가 백설공주에 대해 알고 있었던 걸까? 아니면 티스의 그림을 노렸나? 만약 그렇다면 지난번 바바라 프릴리히에게 가짜 경찰을 보낸 사람과 동일 인물일 것이다. 아멜리는 대체 어디 있는 거야? 티스는 아멜리에게 백설공주의 미라를 보여준 뒤 고이 돌려보냈다. 그러지 않았다면 아멜리가 일기를 쓸 수도 없었을 테니까. 아멜리는 왜 사라진 걸까? 혹시 아멜리의 실종이 토비아스 사건과 상관없는 건 아닐까? 셀 수 없이 많은 정보들이 뇌혈관 속을 흘러 다니는 느낌이었다. 그녀는 아직 이 정보들을 일목요연하게 정리해줄 단서를 찾아내지 못했다.

보덴슈타인은 또다시 통화 중이었다. 이번에는 엥겔 과장인 것 같다. 그는 잔뜩 인상을 쓴 채 주로 듣기만 하고 가끔씩 "예", "아니요"만 되풀이했다. 피아는 한숨을 푹 내쉬었다. 사건은 제멋대로 커져서 거의 악몽이 되어 가는 중이다. 일을 못해서라기보다는 수사 상황이 급변한 탓이다. 그녀는 보덴슈타인의 시선이 자신을 향해 있다는 걸 알아차리고 고개를 들었다.

"과장님이 사건 끝나면 우리 팀 손 한번 보시겠다는데. 거의 협박이었어." 그가 고개를 갸우뚱하는가 싶더니 큰 소리로 웃기 시작했다. 재미있어서가 아니다. 어이가 없어서다. "오늘 익명의 제보가 들어왔다는군."

"아, 그래요?" 피아는 제보 따위에는 관심 없었다. 그녀는 이제 클라우디우스 테를린덴을 어떻게 심문할지 궁리하고 있었다. 안 그래도 생각할 게 많은데 상관없는 추가 정보는 정신을 어지럽힐 뿐이다.

"누가 과장한테 전화해서 우리가 사귄다고 했다는데?" 그가 열 손가락으로 머리카락을 쓸어 넘겼다. "둘이 같이 있는 걸 봤대."

"대단한 능력은 아닌데요." 피아가 시큰둥하게 대꾸했다. "하루 종일 붙어 다니는데, 같이 있는 걸 못 보는 게 이상하죠."

노크 소리에 대화가 중단됐다. 펠릭스 피치, 미하엘 돔브로프스키, 외르크 리히터가 들어와 나란히 앉았다. 피아도 맞은편에 자리를 잡았다. 보덴슈타인은 책상 앞에 서서 세 남자의 얼굴을 차례대로 뜯어봤다. 11년이나 지난 지금에 와서야 마음을 고쳐먹은 이유가 과연 뭘까? 그는 가만히 서서 심문에 필요한 절차를 피아가 모두 녹음하기를 기다렸다가 책상 위에 여덟 장의 그림을 늘어놓았다. 그것을 본 세 친구의 얼굴이 하얗게 질렸다.

"이 그림들 본 적 있어?" 셋이 동시에 고개를 저었다.

"무슨 그림인지는 알겠지?" 이번에는 셋이 동시에 고개를 끄덕였다.

보덴슈타인은 바로 서서 팔짱을 꼈다. 여느 때와 같이 차분하고 안정적인 모습이었다. 피아는 그의 자제력에 감탄하지 않을 수 없었다. 그를 잘 모르는 사람은 지금 이 모습만 보고 그의 머릿속이 얼마나 복잡한지 절대 알아채지 못할 것이다.

"그림에서 보이는 게 뭐야?"

세 남자 모두 말이 없었다. 이윽고 외르크 리히터가 입을 열어 로라, 펠릭스, 미하엘, 라르스, 자신의 순으로 그림 속 인물들의 이름을 열거했다.

"여기 녹색 티셔츠를 입은 남잔 누구죠?" 피아가 물었다.

세 남자는 머뭇거리며 서로 눈치를 살폈다. 이윽고 리히터가 말했다. "남자가 아닙니다. 나탈리예요. 지금은 나디야죠. 옛날엔 머리가 아주 짧았어요."

피아가 스테파니 슈네베르거의 살해 장면을 그린 네 장의 그림을 뽑아냈다. "그럼 이 사람은 누구죠?" 스테파니를 안고 있는 남자를 손으로 짚으며 물었다.

리히터가 잠시 망설이다 대답했다. "라우터바흐인 것 같은데요. 스테파니를 뒤따라갔었나 봐요."

"그날 저녁에 정확히 무슨 일이 일어났나?" 보덴슈타인이 물었다.

"교회 축성일이었습니다." 리히터가 말했다. "우린 하루 종일 축제를 구경하고 다녔죠. 술도 많이 마셨고요. 로라는 스테파니한테 퀸 자리까지 뺏기고 잔뜩 약이 올라 있었습니다. 토비의 질투심을 자극하려고 했는지 종일 우리한테 꼬리를 쳤어요. 아니지, 아주 노골적이었죠. 그런데 천막에서 나디아랑 음료수를 팔던 토비가 갑자기 뛰쳐나가는 거예요. 아마 스테파니랑 싸웠을 거예요. 로라는 토비를 따라갔고 우린 로라를 따라갔습니다."

그가 잠시 말을 멈추었다.

"우리는 큰길로 가지 않고 산 옆길로 돌아갔어요. 그리고 토비네 농장 뒷마당에서 놀고 있는데 로라가 착유실을 지나 축사로 나왔습니다. 울고 있었어요. 코에서는 피가 흘렀고요. 그걸 보고 좀 놀렸는데 갑자기 로라가 펠릭스의 뺨을 때렸어요. 그리고……. 저도 어쩌다 그렇게 됐는지 모르겠어요. 상황이 급변했습니다."

"로라를 강간했죠?" 피아가 담담하게 물었다.

"하지만 로라는 끊임없이 우리를 자극했습니다."

"로라와의 성관계가 상호간의 합의에 의한 거였나요, 아니었나요?"

"그건……." 그가 아랫입술을 깨물었다. "합의는 아니었다고

봐야지요."

"로라와 성관계를 가진 사람이 누구누구였죠?"

"저하고……, 저하고 펠릭스요."

"그다음엔 어떻게 됐어요?"

"로라가 발로 차고 때리고 하다가 도망쳤어요. 제가 로라를 따라갔는데, 갑자기 라르스가 나타났습니다. 로라는 바닥에 쓰러져 있었고요. 주변이 온통 피투성이였습니다. 우리랑 한패라고 생각했는지, 라르스를 피하려다 문을 받쳐놓은 돌에 머리를 찧은 겁니다. 라르스는 얼굴이 새파랗게 질려서 뭐라고 중얼거리더니 그대로 내뺐어요. 우린……, 우린 너무 무서웠어요. 그래서 도망가려는데 나디야가 평소처럼 태연하게 말했어요. 로라의 시체를 없애야 한다고요. 그러면 아무 흔적도 남지 않을 거라고요."

"갑자기 나디야가 어디서 나타난 거지?" 보덴슈타인이 물었다.

"나디야는……, 나디야는 계속 우리랑 같이 있었어요."

"로라 바그너가 강간당하는 걸 보고 있었단 말이야?"

"예."

"로라 바그너는 사고로 죽은 건데 왜 시체를 없앨 생각을 했나?"

"어쨌든 우린 로라를…… 강간했고, 로라가 바닥에 쓰러져 있고, 피도 흥건하고 하니까……. 왜 그랬는지 잘 모르겠습니다."

"그다음에 어떻게 했는지 자세히 말해봐."

"토비의 골프가 보였습니다. 토비는 항상 차 열쇠를 꽂아뒀거든요. 펠릭스가 로라를 트렁크에 집어넣었습니다. 그때 문득 에슈본 비행장이 좋겠다는 생각이 들었어요. 그 며칠 전에 거기서 자동차 경주를 하고 나서 열쇠를 계속 갖고 있었거든요. 비행장에 가서 구멍 속에 로라를 던지고 다시 마을로 돌아왔어요. 나디야만 우릴 기다리고 있을 뿐 다른 사람들은 정신없이 취해서 우리가 없어진 줄도 몰랐습니다. 우린 조금 있다가 토비한테 가서 축성일 나무 지키러 가는 데 함께 가자고 했어요. 토비는 싫다고 했고요."

"그럼 스테파니 슈네베르거는 어떻게 된 거지?"

스테파니에 대해서는 셋 다 아는 게 없었다. 그림에는 나디야가 잭으로 스테파니를 죽인 것처럼 묘사되어 있었다.

"나디야는 스테파니를 지독히 싫어했습니다." 펠릭스가 말했다. "스테파니가 나타난 뒤로는 토비가 우리랑 놀지를 않았거든요. 스테파니한테 완전히 미쳐버려서요. 게다가 연극에서 주인공 역까지 빼앗겼으니까요."

"그러고 보니 그날 저녁에 스테파니는 라우터바흐랑 딱 붙어 다녔습니다." 리히터가 기억났다는 듯 말했다. "라우터바흐는 스테파니한테 홀딱 반해 있었거든요. 눈 달린 사람이면 누구나 알 수 있었습니다. 토비는 천막 앞에서 둘이 키스하는 걸 보고 뛰쳐나가서 그냥 집에 가버렸어요. 제가 마지막으로 봤을 때 스테파니는 천막 앞에서 라우터바흐와 함께 있었습니다."

옆에 있던 펠릭스가 고개를 끄덕였다. 미하엘은 아무 반응이 없었다. 그는 이제까지 한마디도 하지 않고 창백한 얼굴로 허공만 응시하고 있었다.

"나디야가 이 그림들에 대해 알았나요?" 피아가 물었다.

"아마 알았을 겁니다. 지난 토요일에 만났을 때 토비가 라우터바흐가 그려진 그림 이야기를 했어요. 아마 나디야한테도 말했을 겁니다."

피아의 휴대전화가 진동했다. 오스터만이었다.

"방해해서 미안해. 그런데 문제가 하나 생겼어. 토비아스 자토리우스가 잠적한 것 같아."

*

보덴슈타인은 심문을 중단하고 방을 나갔다. 피아도 사진들을 모아 파일에 넣은 뒤 뒤따랐다. 보덴슈타인이 복도 벽에 기대서서 눈을 감은 채 그녀를 기다리고 있었다.

"나디야는 그림 내용이 뭔지 알았던 게 분명해. 나디야가 오늘 로라의 장례식에 나타났고, 동시에 티스의 화실에 불이 났어."

"바바라 프뢸리히의 집을 찾아가 경찰이라고 속인 여자도 나디야일 거예요."

"응, 내 생각도 그래." 보덴슈타인이 눈을 떴다. "그리고 마을 사람들이 전부 장례식에 간 사이 온실에 불을 내서 혹시 있을지 모르는 다른 그림들을 전부 없애려 한 거지."

그가 반동으로 벽을 튕기며 일어나 복도 끝 층계를 올랐다.

"죽은 두 아이에 대한 비밀을 알아낸 아멜리가 나디야한테는 눈엣가시였겠죠. 뭔가 그럴 듯한 핑계를 대면서 차로 유인했을 거예요. 아멜리는 나디야를 알았으니까 의심하지 않았을 거고요."

보덴슈타인이 진지한 표정으로 고개를 끄덕였다. 스테파니 슈네베르거를 죽인 사람이 나디야 폰 브레도프고 11년이 지난 지금 그 사실이 드러날까 봐 아멜리를 납치해 살해했을 수도 있다는 추측이 점점 신빙성을 얻어 가고 있었다. 사무실에 들어가니 오스터만이 막 전화를 끊는 참이었다.

"방금 토비아스의 아버지와 통화하고 나서 바로 순찰차를 보냈습니다. 아버지 말로는 오늘 낮에 여자친구와 함께 나갔다고 합니다. 여자친구가 토비아스를 경찰서에 데려다 주겠다고 했다는데 지금까지 안 온 걸 보면 어디 딴 데로 샌 것 같습니다."

보덴슈타인이 인상을 찌푸렸다. 재빨리 상황을 파악한 피아가 되물었다.

"여자친구랑 나갔다고 했다고?"

오스터만이 고개를 끄덕였다.

"자토리우스 집 전화번호 좀 줘봐."

"응."

피아가 불길한 예감에 휩싸인 채 수화기를 집어 들고 오스터만이 보여주는 번호를 눌렀다. 그리고 스피커 버튼을 눌렀다. 세 번 신호가 간 뒤 하르트무트 자토리우스가 전화를 받았다. 그녀는 상대가 말할 틈도 주지 않고 물었다.

"토비아스 여자친구 이름이 뭐죠?"

"나디야요. 하지만 나디야는……."

역시 짐작대로다. "나디야 휴대전화 번호 아세요? 아니면 차 번호도 좋고요."

"그럼요. 그런데 대체 무슨……."

"급합니다. 나디야 전화번호 좀 불러주세요."

그녀의 시선이 보덴슈타인과 마주쳤다. 토비아스 자토리우스는 지금 나디야 폰 브레도프와 함께 있다. 그리고 그녀가 무슨 짓을 했는지, 그리고 앞으로 무슨 짓을 할지 전혀 모를 가능성이 높다. 번호를 받아쓰자마자 피아는 전화를 끊었다. 그리고 나디야 폰 브레도프의 휴대전화 번호를 눌렀다.

"방금 거신 번호는 고객님의 사정으로 당분간 전화를 받을 수 없습니다……."

"이제 어쩌죠?" 피아는 보덴슈타인의 실수를 탓하지 않았다. 이미 일어난 일이고 지난 일은 어쩔 수 없다.

"즉시 수배령을 내려야지. 그리고 휴대전화 전원이 들어오면 곧장 위치 추적을 하도록. 그 여자가 사는 데가 어디지?"

"곧 알아내겠습니다." 오스터만이 다시 자기 책상으로 의자를 굴려 간 뒤 수화기를 집어 들었다.

"클라우디우스 테를린덴은요?" 피아가 물었다.

"그 사람은 좀 기다려도 돼." 보덴슈타인은 커피 주전자에 커피가 남아 있는지 흔들어보더니 잔에 따랐다. 그리고 비어 있는 벤케의 자리에 앉았다. "지금 급한 건 테를린덴이 아니라 라우터바흐야."

그레고어 라우터바흐는 1997년 9월 6일 이웃집 딸인 스테파니 슈네베르거와 축제에서 키스를 했고 나중에 자토리우스의 헛간에서도 함께 있었다. 여덟 장의 그림 중 하나는 뒤엉켜 싸우는 나디야와 스테파니가 아니라 성관계를 맺고 있는 스테파니와 라우터바흐를 그린 건지도 모른다. 이 사실을 눈치챈 나디야가 기회를 노렸다가 얄미운 경쟁자를 잭으로 내리쳐 죽였을 가능성도 있다. 티스 테를린덴은 이 모든 걸 목격했다. 티스가 두 살인사건의 목격자라는 사실을 아는 사람이 또 있을까?

그때 피아의 휴대전화가 진동했다. 헤닝이었다. 그는 스테파니 슈네베르거의 미라를 조사 중이었다.

"살해 도구가 필요해." 지치고 힘든 목소리였다.

피아는 벽시계를 쳐다봤다. 10시 반이다. 이 시간까지 연구실에 남아 있었단 말인가? 헤닝은 과연 미리엄에게 진실을 고백했을까?

"보내줄게. 그런데 미라에서 타인의 DNA를 찾아낼 수도 있어? 죽기 직전에 성관계를 가진 것 같은데."

"시도는 해볼 수 있지. 보존 상태가 아주 좋아. 내 생각엔 그동안 죽 그 온도를 유지한 것 같아. 시체가 전혀 안 썩었거든."

"결과가 언제쯤 나올 것 같아? 여기 상황이 아주 빡빡해." 이건 아주 약하게 표현한 거다. 모든 수단을 동원해서 아멜리를 찾고 있을 뿐 아니라 11년이나 묵은 살인사건을 다시 파헤치고 있었다. 게다가 옛날 사건은 고작 넷이서 감당해내고 있다.

"왜 그 동네는 항상 빡빡해?" 헤닝이 말했다. "서둘러볼게."

그러는 동안 커피를 다 마신 보덴슈타인이 말했다.

"자, 다시 시작하지!"

*

보덴슈타인은 부모님 집 앞 주차장에 차를 세우고 한참 동안 차 안에 앉아 있었다. 막 자정이 넘은 시각이었다. 완전히 녹초가 됐지만 동시에 너무 신경이 곤두서 있어서 영 잠이 올 것 같지 않았다.

그는 원래 펠릭스 피치, 외르크 리히터, 미하엘 돔브로프스키를 심문한 뒤 집으로 돌려보낼 생각이었다. 그런데 불현듯 아주 중요한 질문 하나가 떠올랐다. 기름 탱크에 던져졌을 때 과연 로라 바그너는 죽은 상태였을까?

세 남자는 한참이나 침묵을 지켰다. 그 순간 그들도 이 문제가 강간이나 구조 의무 위반 따위가 아니라 훨씬 더 심각한 차원의 문제라는 것을 깨달은 것이다. 피아는 그들의 죄를 '중죄를 은폐하기 위해 한 인간의 죽음을 방관한 죄'라는 말로 명료하게 정리했다. 그 말에 미하엘 돔브로프스키가 울음을 터뜨렸다. 그 반응을 자백이나 다름없다고 간주한 보덴슈타인이 오스터만에게 체포 절차를 밟으라고 지시했다.

어쨌거나 그들의 진술은 엄청난 수확이었다. 나디야 폰 브레도프는 아예 연락을 끊고 지내다가 토비아스가 출소할 즈음 갑자기 알텐하인에 나타나 당시 사건에 대해 함구하도록 옛 친구들에게 압력을 넣었다. 그들 또한 옛날에 한 짓이 드러나면 하등 좋을게 없었으므로 또 다른 실종 사건이 생기지 않았다면 계속해서 침묵했을 것이다. 친구의 인생을 망쳤다는 생각에 그들은 오랫동안 양심의 가책을 받아왔다. 그런데 엎친 데 덮친 격으로 마을 사람들이 토비아스를 표적으로 마녀사냥까지 시작하자 피할 수 없는 벌이 두려워져 자수하게 된 것이다.

지난 토요일 외르크가 전화로 토비아스를 불러낸 것은 친구가 보고 싶어서가 아니었다. 나디야가 토비아스를 불러내 술을 먹이라고 부탁했기 때문이다. 보덴슈타인이 걱정한 그대로였다. 그러나 그는 왜 다 큰 남자 셋이 나디야의 말 한마디에 꼼짝 못하는지 이해할 수가 없었다.

외르크 리히터는 이렇게 대답했다. "나디야는 어릴 때부터 사람을 꼼짝 못 하게 만드는 능력이 있었습니다." 다른 두 사람도 옆에서 부지런히 고개를 끄덕였다. "나디야가 지금 그 자리까지 오른 데에는 다 이유가 있어요. 얻고 싶은 게 있으면 어떤 희생을 치르더라도 반드시 가지고야 마는 성미거든요."

나디야 폰 브레도프는 아멜리를 위험 요소로 간주하고, 순진

한 어린아이에게 뭔가 못 할 짓을 한 게 분명하다. 그녀가 살인도 두려워하지 않는다면 실로 걱정스러운 일이었다.

보덴슈타인은 차에 앉아 깊은 생각에 잠겼다. 오늘 하루는 정말 굉장했다! 라르스 테를린덴의 시체 발견으로 시작해 티스의 화실 방화, 하세의 말도 안 되는 비방, 다니엘라 라우터바흐를 만난 일…….

그러고 보니 그녀가 테를린덴 부인에게 라르스의 자살 소식을 전할 테니 나중에 전화하라던 기억이 났다. 그는 재킷 안주머니에서 그녀의 명함을 꺼내 전화를 걸었다. 그녀의 목소리를 기다리는 내내 가슴이 두근거렸다. 그러나 그녀는 전화를 받지 않았다. 음성 사서함으로 연결된다는 기계음이 흘러나왔다. 그는 아무리 늦어도 좋으니 전화해달라고 메시지를 남겼다.

밤새 차 안에 앉아 있을 생각이었으나 저녁에 마신 커피 때문에 방광이 터질 것만 같았다. 어차피 집에 들어가야 할 시간이기도 했다. 그때 밖에서 뭔가가 움직였다. 그러다 차창 두드리는 소리가 났고, 그는 화들짝 놀랐다.

"아빠?" 큰딸 로잘리였다.

"로지!" 그가 문을 열고 차에서 내렸다. "여기서 뭐 하는 거니? 여태 집에 안 간 거야?"

"방금 퇴근했어요." 로잘리가 말했다. "그런데 아빠는 왜 여기 있어요? 집에 안 가세요?"

보덴슈타인은 한숨을 내쉬며 차에 기댔다. 피곤해 죽을 지경이었고, 딸과 집안 문제에 대해 얘기할 기분도 아니었다. 하루 종일 잊고 있던 코지마에 대한 기억과 견딜 수 없는 패배감이 순식간에 되살아났다.

"할머니한테 들었어요. 어제도 여기서 주무셨다면서요? 무슨 일 있어요?"

로잘리가 걱정스럽다는 듯 물었다. 단 하나뿐인 가로등에 비친 그녀의 얼굴이 유령처럼 창백해 보였다. 딸에게 진실을 말하지 못할 이유는 없다. 이제 그런 문제도 이해할 수 있는 나이다. 그리고 언젠가는 알게 될 일이다.

"어제 네 엄마가 다른 남자와 연애를 하고 있다고 말했단다. 그래서 잠시 따로 지내는 게 좋겠다는 결론을 내렸어."

"네?"로잘리가 못 믿겠다는 듯 얼굴을 찡그렸다. "그게 무슨……. 설마 그럴 리가요."

로잘리는 너무나 놀랐고, 또 당황해하고 있었다. 그는 그런 모습을 보며 딸이 공범이 아니었다는 사실에 안도했다.

"흠." 그가 어깨를 으쓱해 보였다. "나도 처음엔 믿을 수가 없었단다. 그런데 한참 된 것 같더구나."

로잘리가 난감한 듯 한숨을 내쉬며 고개를 저었다. 그런데 다음 순간 성인 로잘리는 사라지고 대신 뜻밖의 진실 앞에서 당황스러워하는 어린 로잘리가 서 있었다. 받아들이기 힘들기는 딸도 마찬가지였으리라. 보덴슈타인은 딸에게 모든 게 잘될 거라고 말하기 싫었다. 예전으로 돌아가기에는 코지마가 그에게 준 상처가 너무 컸다.

"그럼 이제 어떻게 되는 거예요? 제 말은……, 그러니까……."

로잘리가 말끝을 흐렸다. 당장이라도 울음을 터트릴 것 같은 표정이었다. 이내 로잘리의 뺨에 눈물이 흘렀다. 그는 흐느끼는 딸을 안고 머리카락에 입을 맞췄다. 그리고 눈을 감으며 한숨을 내쉬었다. 그도 로잘리처럼 울어버릴 수 있다면 얼마나 좋을까.

코지마와 함께한 세월을 눈물과 같이 모두 흘려보내버릴 수만 있다면!

"곧 해결책이 생길 거다." 이렇게 말하며 딸의 머리를 쓰다듬었다. "아빠도 일단 적응을 해야 하니까."

"엄만 왜 그러는 건데요?" 로잘리가 흐느끼며 물었다. "이해가 안 돼요."

부녀는 한참을 그렇게 서 있었다. 그러다 보덴슈타인이 로잘리의 눈물 젖은 얼굴을 두 손으로 감싸며 나지막하게 속삭였다.

"얘야, 이제 집에 가거라. 너무 걱정 말고. 엄마, 아빠가 어떻게든 해결할 테니까, 응?"

"하지만 어떻게 아빠를 여기 혼자 두고 가요? 그리고…… 조금 있으면 크리스마스잖아요. 아빠가 없으면 어떻게 해요?"

로잘리의 목소리가 애절했다. 참으로 그녀다운 말이었다. 딸은 어렸을 때부터 가족이나 친구들에게 문제가 생기면 자기 일처럼 아파했고 때로는 스스로 감당할 수 있는 것보다 더 많은 것을 떠안으려 했다.

"크리스마스까지는 아직 몇 주 더 남았고 여기 나 혼자 있는 건 아니잖니." 그가 딸을 달랬다. "할머니, 할아버지도 계시고 쿠엔틴 삼촌이랑 마리루이제 숙모도 있으니까 괜찮아."

"그래도 슬프잖아요."

그 말에는 그도 뭐라고 대꾸할 말이 없었다. "지금 일이 너무 바빠서 제대로 슬퍼할 시간도 없어."

"정말이요?" 로잘리가 다시 울어버릴 것처럼 입술을 떨었다. "아빠가 혼자서 슬퍼하고 있다고 생각하면 견딜 수가 없어요."

"그런 걱정 마. 전화도 하고 문자도 남기면 되잖아. 자, 너무 늦었다. 어서 집에 가렴. 아빠도 이제 자야겠다. 내일 다시 얘기하자, 알았지?"

로잘리가 슬픈 표정으로 고개를 끄덕이며 코를 연신 훌쩍거렸다. 젖은 얼굴로 그의 뺨에 입을 맞춘 뒤 다시 한번 그를 꼭 껴안아주고 나서 자기 차에 올라타 시동을 걸었다. 그는 주차장에 서서 자동차 불빛이 보이지 않을 때까지 로잘리가 가는 방향을 바라보다가 몸을 돌렸다. 코지마와 헤어지게 되더라도 아이들과의 애정 어린 관계는 여전할 거라 생각하니 위로가 되면서 안심할 수 있었다.

2008년 11월 21일 금요일

아멜리는 자리에서 벌떡 일어났다. 방금 무슨 소리가 들린 것 같았다. 심장이 쿵쿵 뛰었다. 눈을 크게 뜨고 주변을 둘러봤지만 여전히 암흑뿐이다. 뭐 때문에 깬 거지? 정말 무슨 소리가 들렸나? 아니면 꿈에서 들은 건가?

아멜리는 어둠 속을 뚫어져라 쳐다보며 작은 소리 하나까지 놓치지 않으려 귀를 기울였다. 하지만 아무 소리도 들리지 않았다. 착각인가? 그녀는 한숨을 내쉬고 축축한 매트리스에 앉아 차가워진 발을 주물렀다. 누군가 분명히 구하러 올 거라고, 언젠가는 이 악몽이 끝날 거라고 끊임없이 스스로를 다독였지만 시간이 흐를수록 절망은 깊어만 갔다.

그녀를 여기 가둔 사람이 누군지는 몰라도 다시 풀어주러 올 생각은 없는 것 같았다. 주기적으로 엄습하는 공포감을 그럭저럭 이겨내고는 있지만 점점 자신이 없어져 이제는 죽을 날만 기다리고 싶은 심정이었다. 툭하면 엄마에게 "죽어버릴 거야!"라고 말했던 것이 얼마나 철없는 행동이었는지 지금에야 절실히 깨달았다. 멋모르고 반항했던 일도 뼈에 사무치게 후회됐다. 만약 여기서 살아 나간다면 지금까지와는 다르게 살리라. 뭐든 더 잘할 수 있을 것 같았다. 부모님 말도 잘 듣고 다시는 가출 같은 철없는 짓도 안 할 것이다.

결말은 해피엔드여야 한다. 해피엔드는 항상 있지 않은가. 물론 없는 경우도 있다. 아멜리는 신문 기사와 텔레비전 보도에서 봤던 죽은 소녀들이 떠올라 등골이 오싹해졌다. 아무도 모르게 숲에 매장당하고 궤짝에 갇히고 강간당하고 고문당하다 죽은 소녀들. 빌어먹을, 빌어먹을, 빌어먹을! 그녀는 죽고 싶지 않았다. 이렇게 냄새나고 더러운 곳에서, 이런 암흑 속에서 외롭고 쓸쓸하게 죽기는 싫었다. 굶어 죽기 전에 탈수증으로 죽을 것 같았다. 물이 많이 부족했다. 이제는 정해놓고 한 모금씩만 마시는 상황이었다.

갑자기 그녀는 소스라치게 놀랐다. 무슨 소리가 들렸다! 이번에는 착각이 아니다. 발소리가 났다! 그 소리는 점점 가까워지더니 문 앞에서 멈췄다. 철커덕 하고 열쇠 돌리는 소리가 났다. 아멜리는 일어서려 했지만 지하의 습한 추위가 뼛속까지 스며들어 다리가 말을 듣지 않았다. 갑자기 환한 빛이 쏟아져 들어와 잠시 방 안을 비췄다. 하지만 그녀는 눈이 부셔 아무것도 알아볼 수 없었다. 그녀가 눈을 껌벅이는 동안 문은 다시 닫혔고 요란하게 열쇠 돌리는 소리가 난 뒤 발소리가 멀어져갔다. 절망이 온몸을 파고들었다. 물이 필요해!

불현듯 아멜리의 몸이 빳빳하게 굳었다. 숨소리가 들렸다. 이 방에 그녀 말고 다른 누군가가 있다. 모골이 송연해지고 심장이 미친 듯이 뛰었다. 누구지? 사람? 짐승? 두려움에 숨이 막혀 왔다.

그녀는 축축한 벽에 몸을 붙이고 용기를 짜냈다. "누구세요?" 꽉 잠긴 목소리가 나왔다.

"아멜리?"

아멜리가 숨을 헉 하고 들이마셨다. 믿기지가 않았다. 반가움에 가슴이 뛰었다. "티스?"

그녀는 벽을 짚고 일어섰다. 그동안 이 방 구석구석을 잘 알고 있다고 생각했는데 암흑 속에서 균형을 잡는 건 역시 어려웠다. 허공에 대고 팔을 휘저으며 두 걸음을 걷자 손에 사람의 온기가 닿았다. 순간 몸을 움찔했다. 긴장된 숨소리가 들렸다. 그녀는 티스의 팔을 더듬었다. 그는 뜻밖에도 뒤로 물러나지 않고 그녀의 손을 꽉 잡았다.

"오, 티스!" 갑자기 울음이 터져 나왔다. "여기서 뭐 하는 거야? 아냐, 아냐. 오, 티스, 티스, 정말 반가워! 너무 기뻐!"

그녀는 티스를 얼싸안고 엉엉 울었다. 드디어, 드디어 더 이상 혼자가 아니다. 안도와 함께 긴장이 풀려 다리가 휘청였다. 티스는 아멜리의 포옹을 거부하지 않고 가만히 있었다. 그뿐이 아니었다. 그도 어색하나마 가만히 아멜리를 포옹했다. 곧 꼭 마주 안으며 그녀의 머리에 뺨을 댔다. 이제 아멜리는 아무것도 두렵지 않았다.

*

보덴슈타인은 오늘도 휴대전화 벨 소리에 잠이 깼다. 이번에는 피아였다. 아침잠이 없는 그녀는 6시 20분에 전화를 해 티스 테를린덴이 어젯밤 정신병원에서 사라졌다는 소식을 전했다.

"정신병원장한테 전화가 왔었어요. 바로 가서 의사랑 당직 간호사 말을 들어봤더니 오후 11시 27분에 순찰을 돌 때는 자고 있었대요. 그런데 오전 5시 12분에 다시 돌아와보니 사라지고 없더래요."

"병원에서는 뭐래?"

보덴슈타인은 힘들게 상체를 일으켰다. 세 시간도 못 잔 터라 몸이 찌뿌드드했다. 막 잠이 들 무렵 로렌츠에게 전화가 왔었다. 그다음엔 로잘리가 전화해서 당장 오겠다는 걸 겨우 말렸다. 그가 끙 소리와 함께 자리에서 일어났다. 그새 익숙해졌는지 오늘은 아무 데에도 찧지 않고 바로 전등 스위치를 찾았다.

"모르겠대요. 다른 병실도 다 뒤져봤는데 어디에도 없어요. 티스의 병실도 잠겨 있었고요. 실종된 여학생들처럼 감쪽같이 사라졌어요. 정말 난감해요."

그레고어 라우터바흐, 나디야 폰 브레도프, 토비아스 자토리우스는 신문, 라디오, 텔레비전을 통해 전국에 수배된 상태였지만 제보는 전혀 들어오지 않았다.

보덴슈타인은 휘청휘청 욕실로 향했다. 간밤에 창문을 닫고 히터를 틀어놓은 덕에 어제 아침처럼 춥지는 않았다. 거울에 비친 몰골은 스스로도 봐주기 힘들었다. 그동안에도 피아는 계속 상황을 보고했다. 그는 정신을 집중했다. 티스는 정신병원에 있으니 안전할 거라 생각한 게 잘못이었다. 티스가 얼마나 큰 위험에 노출돼 있는지 생각했어야 했다. 감시를 하나 붙였어야 했다! 24시간 사이에 벌써 두 번이나 실수를 저질렀다. 이런 식으로 계속 간다면 자신이 직무 정지를 당할 판이다. 그는 전화를 끊은 뒤 땀내 나는 티셔츠와 팬티를 벗고 바쁜 와중에도 시간을 들여 샤워했다. 사건이 그의 손에서 빠져나가려 하고 있다. 자, 뭘 우선해야 하지? 어디서부터 시작해야 할까? 그래, 이 비극적 드라마의 핵심 인물은 나디야 폰 브레도프와 그레고어 라우터바흐임이 틀림없다. 그들을 찾아내야 한다.

*

클라우디우스 테를린덴은 아들의 자살 소식을 듣고도 동요하지 않았다. 유치장에서 2박 3일을 지내는 동안 미소를 잃은 그는 고집스럽게 침묵으로 일관했다. 이미 목요일에 그의 변호사가 이의신청을 냈지만 오스터만은 은폐 의혹을 제기하며 판사를 설득하는 데 성공했다. 그렇다고 해도 언제까지 붙잡아둘 수는 없었다. 더 붙잡아두기 위해서는 아멜리가 실종된 시간에 알리바이가 없다는 것 말고 더 그럴듯한 이유가 필요하다.

"그 녀석은 천성이 유약했어요." 그가 한 유일한 말이었다.

풀어헤친 와이셔츠에 면도를 하지 않아 꺼칠한 얼굴, 기름진 머리의 그에게서 카리스마는 눈을 씻고도 찾아볼 수 없었다. 피아는 이전에 뭣 때문에 그에게 빠져들었었는지 이해할 수 없었다.

"하지만 테를린덴 씨는 강하잖아요?" 그녀가 비꼬았다. "자신의 거짓말과 은폐 조작이 어떤 결과를 초래하든 아무 상관 안 할 정도로 강하죠. 라르스는 양심의 가책을 이기지 못해서 결국 자살했어요. 토비아스 자토리우스는 인생의 10년을 빼앗겼고요. 또 티스는 얼마나 겁을 먹었으면 죽은 여자아이를 11년 동안이나 지켰겠어요?"

"난 티스를 겁준 적 없습니다." 충혈된 눈이 갑자기 예리하게 빛났다. 그가 오늘 들어 처음으로 피아의 눈을 똑바로 쳐다보고 말했다. "그리고 죽은 여자아이라니 누구 말입니까?"

"에이, 이러지 마세요!" 피아는 짜증 난다는 듯 머리를 설레설레 흔들었다. "지금 당신 집 온실 밑에 누가 누워 있었는지 모른다고 할 참이에요?"

"몰라요. 온실에는 20년 넘게 들어간 적이 없습니다."

피아가 책상 밑에서 의자를 하나 꺼내 그를 마주 보고 앉았다. "어제 티스의 화실 밑 지하실에서 스테파니 슈네베르거의 미라가 발견됐어요."

"뭐요?" 그의 눈이 처음으로 불안한 기색을 드러냈다. 철통같은 자제력에 금이 가는 순간이었다.

"당시 티스는 두 여학생이 살해되는 순간을 목격했어요." 피아가 그에게서 눈을 떼지 않고 말을 이었다. "누군가 그걸 알고 티스를 협박했고요. 한마디라도 뻥긋하면 정신병원에 처넣겠다고요. 당신이 그런 거 아닌가요?"

테를린덴이 고개를 저었다.

"티스는 나한테 그때 뭘 봤는지 얘기한 뒤 어젯밤 정신병원에서 사라졌어요."

"거짓말 말아요. 티스가 말을 했을 리 없습니다."

"그래요. 말로 진술을 한 건 아니었어요. 그림을 그려서 보여쳤죠. 사건의 경위를 사진처럼 자세히 그려서요."

테를린덴이 드디어 동요하기 시작했다. 눈동자가 불안하게 움직였고 손을 가만히 두지 못했다. 피아는 속으로 쾌재를 불렀다. 이 대화가 과연 수사의 숨통을 틔워줄 수 있을까?

"아멜리 프뢸리히는 어디 있죠?"

"누구요?"

"이봐요! 지금 집에 못 가고 여기 이렇게 앉아 있는 이유가 뭐라고 생각해요? 이웃이자 부하 직원인 아르네 프뢸리히의 딸이 사라졌기 때문 아닙니까?"

"아, 그렇군요. 잠시 깜박했습니다. 난 아멜리가 어디 있는지 모릅니다. 내가 왜 그 애를 납치하겠습니까?"

"티스는 아멜리한테 스테파니의 미라를 보여줬어요. 그리고 당시의 전말을 그린 그림도 줬습니다. 아멜리가 그 사건의 내막을 막 밝혀내려는 찰나였다고요. 그게 당신 마음에 안 들었던 거 아닙니까!"

"그게 다 무슨 소립니까? 내막이라니!" 그가 그녀에게 조소를 날렸다. "드라마를 너무 많이 본 거 아닙니까? 그리고 물증도 없이 사람을 마냥 이렇게 붙잡아두지는 못할걸요? 확실한 증거가 있어 보이지는 않는데."

피아는 그의 조롱에 아랑곳하지 않았다. "당시 라르스한테 로라 바그너의 죽음에 연관됐다는 사실을 말하지 말라고 하셨죠? 그저 사고였는데도 말이에요. 우린 지금 그게 구금 연장 사유가 되는지 알아보는 중이에요."

"내가 내 아들을 보호한 게 죄가 됩니까?"

"아뇨. 공무 집행 방해와 위증에 해당됩니다. 마음에 드는 걸로 고르시죠."

"이미 공소시효가 끝난 사건일 텐데요?"

정말 만만하게 볼 인물이 아니었다. 피아는 잠시 확신이 흔들렸다.

"그레고어 라우터바흐와 에보니클럽을 나온 뒤 뭘 했죠?"

"경찰이 상관할 바 아닙니다. 우린 실종된 여학생은 보지 못했어요."

"어디 갔었죠? 왜 남의 차를 들이받고 뺑소니를 친 겁니까!" 피아의 목소리가 날카로워졌다. "아무도 고발 못 할 거라고 생각했어요?"

테를린덴은 아무 대답도 하지 않았다. 자신에게 불리할 수 있는 대답은 아예 하지 않을 작정인 것 같았다. 아니면 정말 무죄일까? 온갖 기술을 동원해 그의 자동차를 수색했지만 아멜리의 흔적은 나오지 않았다. 뺑소니 사고로는 그를 붙잡아둘 수 없다. 그리고 공소시효가 지났다는 그의 말도 맞다. 빌어먹을!

*

보덴슈타인은 그동안 하도 다녀서 익숙해진 알텐하인 거리로 차를 몰았다. 거리에 가로등이 켜져 있었다. 좀처럼 해가 나지 않는 우중충한 날이었다. 리히터의 가게와 황금 수탉을 지나 놀이터에서 왼쪽으로 돌아 발트가로 들어섰다. 금요일 아침 일찍 찾아가면 만날 수 있으리라는 계산으로 그레고어 라우터바흐를 찾아가는 중이었다. 그는 왜 하세한테 옛날 기록을 없애달라고 했을까? 그는 과연 1997년 사건과 어떤 관련이 있을까?

라우터바흐의 집 앞에 도착한 보덴슈타인은 순찰차와 위장 순찰차를 대기시키라는 명령이 지켜지지 않았다는 걸 알고 짜증이 치밀었다. 본부에 전화를 걸어 호통을 치려는 순간, 차고 문이 스르르 올라갔다. 브레이크 등을 깜박이고 있는 진회색 메르세데스 운전석에 다니엘라 라우터바흐가 앉아 있는 것을 본 보덴슈타인의 가슴이 두근거렸다. 그녀가 보덴슈타인 옆에 차를 세우고 밖으로 나왔다. 잠을 못 잔 얼굴이었다.

"안녕하세요? 이렇게 일찍 웬일이세요?"

"테를린덴 부인이 어떠신지 물어보려고 왔습니다."

새빨간 거짓말이었지만 친구가 걱정돼서 왔다는 말을 그녀는 마음에 들어 할 것 같았다. 예상은 적중했다. 라우터바흐 원장은 눈을 반짝이며 피로한 얼굴 위로 한 줄기 엷은 미소를 띠었다.

"상태가 안 좋아요. 아들을 그렇게 잃은 어머니의 마음이 오죽하겠어요. 거기다 화실이 불타고 온실 지하에서는 시체가 나오고……. 감당하기 힘든 일이죠." 그녀가 안타까워하며 고개를 저었다. "조금 전까지 거기 있다가 크리스티네의 동생이 와서 교대하고 오는 길이에요."

"이웃과 환자들에게 하시는 걸 보면 정말 대단하십니다. 말은 쉬워도 직접 실천하는 사람은 흔치 않거든요."

그의 칭찬에 그녀는 한결 기분이 나아진 듯했다. 얼굴에 미소가 돌아왔다. 품에 안겨 위로받고 싶은 충동을 불러일으키는 따뜻하고 자상한 미소였다.

"가끔은 남 일에 너무 신경을 많이 쓰나 싶기도 해요." 그녀가 한숨을 내쉬었다. "그런데 달리 어쩔 수가 없어요. 힘들어하는 사람을 보면 도와줘야 직성이 풀리거든요."

보덴슈타인은 싸늘한 아침 공기에 심한 오한을 느꼈다. 그녀가 금방 알아채고 말했다.

"추우신가 봐요. 더 할 말이 있으시면 안으로 들어가시죠."

그는 그녀를 따라 집 안으로 들어갔다. 차고를 지나 계단을 오르니 큰 로비가 나타났다. 실용성보다는 외관을 우선으로 한 전형적인 80년대식 건물이었다.

"남편께서는 집에 계신가요?" 보덴슈타인이 주위를 둘러보며 건성으로 물었다.

"아뇨." 그녀의 얼굴에 망설임이 깃들었다. "출장 중이에요."

보덴슈타인은 그녀의 말이 거짓일 수도 있으니 그저 믿는 척만 하기로 했다. 아니면 남편이 무슨 짓을 하고 다니는지 정말 모르나?

"급히 장관님께 물어볼 게 있습니다. 수사를 하다 보니 당시 스테파니 슈네베르거와 내연 관계였다는 사실이 드러났습니다."

순간 그녀가 미소를 거두며 보덴슈타인에게서 시선을 돌렸다. "알아요. 남편이 털어놓더군요. 그 여학생이 사라진 뒤였지만요." 남편의 외도를 얘기하는 게 영 불편한 모양이었다.

"자토리우스네 헛간에서 그 학생과…… 함께 있는 걸 본 사람들이 있어서 범인으로 의심받을까 봐 걱정했었어요."

그녀가 씁쓸하게 말했다. 표정이 어두웠다. 그때 받은 상처가 되살아나는 모양이었다. 보덴슈타인은 자신이 처한 상황과 비교하지 않을 수 없었다. 라우터바흐 원장은 11년이라는 세월이 흐르는 동안 남편을 용서할 수 있었는지는 몰라도 분명 그때의 굴욕감은 잊지 못했을 것이다.

"이제 와서 그게 왜 중요하죠?" 그녀가 이해가 안 된다는 표정으로 물었다.

"아멜리 프륄리히가 장관님과 그 학생의 관계를 알아낸 것 같습니다. 장관님께서 그 사실을 아셨다면 아멜리를 위협적으로 여겼을 가능성도 있지요."

그녀가 기가 막힌다는 표정으로 보덴슈타인을 쳐다봤다. "설마 우리 남편이 아멜리 실종에 관련됐다고 생각하시는 건가요?"

"아뇨. 장관님을 의심하지는 않습니다." 보덴슈타인이 달래듯 말했다. "하지만 급히 장관님께 들어야 할 얘기가 있습니다. 법에 위배되는 행동을 하셨거든요."

"무슨 일인지 물어봐도 될까요?"

"저희 직원을 시켜서 1997년 사건 기록 하나를 없앴습니다."

그녀는 충격을 받았는지 얼굴이 창백해졌지만, 이내 단호하게 고개를 저었다. "설마. 설마요. 그럴 리가 없어요. 그럴 이유가 없잖아요."

"네. 그래서 저도 그 이유를 물어보려는 겁니다. 어딜 가야 만날 수 있죠? 저희에게 곧 연락을 주시지 않으면 수배를 해야 합니다. 관직에 계시니 그런 방법은 피하는 게 좋을 듯합니다만."

그녀가 고개를 끄덕인 뒤 숨을 크게 들이마셨다. 철통같은 자제력으로 감정의 동요를 감추고 있었다. 다시 보덴슈타인을 쳐다보는 그녀의 눈에는 다른 표정이 서려 있었다. 두려움 같기도 하고 분노처럼 보이기도 했다. 아니면 둘 다일까?

"제가 직접 남편한테 연락하겠어요." 그녀가 애써 아무렇지도 않은 척 말했다. "아마 무슨 오해가 있을 거예요. 분명해요."

"저도 같은 생각입니다. 하지만 이런 문제는 빨리 해결할수록 좋죠."

*

이렇게 오랫동안 꿈꾸지 않고 편히 잔 게 대체 얼마 만인가. 토비아스는 잠이 깬 뒤에도 침대에서 한참을 뒹굴다가 늘어지게 하품을 하며 일어났다. 두 사람은 어젯밤 늦게 이곳에 도착했다. 나디야는 폭설에도 아랑곳하지 않고 인터라켄에서 고속도로를 벗어났다. 그리고 한참을 달리다가 스노체인을 끼운 뒤 전혀 힘들지 않다는 듯이 다시 달렸다. 꼬불꼬불한 고갯길을 오르고 또 올랐다. 숙소에 도착했을 즈음에는 너무 지쳐서 오두막이 어떻게 생겼는지 둘러볼 힘도 없었다. 허기도 느껴지지 않았다. 그저 나디야를 따라 사다리를 올랐고 전체가 침대로 되어 있는 2층에서 베개에 머리가 닿자마자 잠이 들어버렸다. 푹 자고 난 그는 몸과 마음이 가뿐해져 있었다.

"나디야?"

대답이 없었다. 토비아스는 무릎을 꿇고 침대 위 조그마한 창문을 통해 밖을 내다봤다. 파란 하늘과 눈밭, 그 뒤로 끝없이 이어지는 산맥이 만들어낸 장관에 숨이 막힐 것 같았다. 고산은 처음이다. 그가 어렸을 때는 고산이나 바다로 여행 가는 사람이 드물었다. 갑자기 눈을 만지고 싶은 충동에 휩싸인 그는 서둘러 사다리를 내려왔다.

자그마한 오두막은 아기자기했다. 벽과 천장은 나무 패널로 장식되어 있고 구석의 식탁에는 아침 식사가 차려져 있었다. 커피 향이 솔솔 풍겼다. 벽난로에서는 타닥타닥 장작 타는 소리도 났다. 토비아스의 얼굴에 미소가 번졌다. 외투를 입고 신발을 신은 그는 문을 활짝 열어젖혔다. 눈앞에 펼쳐진 순백의 빛에 시각이

마비되는 듯해서 한 발자국도 움직일 수 없었다. 맑고 차가운 공기를 폐부 깊숙이 들이마시는데 작은 눈덩이 하나가 그의 얼굴로 날아들었다.

"잘 잤어?"

얼마 떨어지지 않은 곳에서 나디야가 웃으며 손을 흔들었다. 환한 미소에 눈이 부셨다. 그는 씩 웃으며 계단을 뛰어 내려가 눈밭으로 걸어 들어갔다. 무릎까지 눈에 빠졌다. 그녀가 다가왔다. 붉게 상기된 뺨, 모자에 달린 털에 둘러싸인 얼굴이 그 어느 때보다도 아름다웠다.

"와! 여기 정말 죽이는데!" 그가 감탄했다.

"맘에 들어?"

"그럼! 텔레비전에서나 보던 건데."

그가 신나게 눈을 밟으며 오두막을 한 바퀴 빙 돌았다. 오두막은 가파른 언덕에 등을 기대고 있었다. 발밑에서 뽀드득뽀드득 눈 밟는 소리가 났다. 나디야가 그의 손을 잡았다.

"저기 봐. 저게 바로 그 유명한 베른 알프스야. 저 산은 융프라우, 저건 아이거, 저건 묀흐. 아, 정말 아름답다. 그렇지?"

그녀가 까마득한 산 아래 계곡을 가리켰다. 육안으로는 잘 보이지 않는 곳에 집들이 다닥다닥 붙어 있었다. 그리고 그 너머로 푸른 호수가 햇빛에 반사돼 반짝였다.

"여기 해발 몇 미터나 돼?" 그가 눈을 빛냈다.

"1,800미터. 우리보다 높은 데에는 얼음산이랑 산양 말고는 아무것도 없어."

그녀가 소리 내어 웃었다. 그리고 양팔로 그의 목을 감싸며 차고 부드러운 입술로 입을 맞추었다. 그도 그녀를 꼭 껴안고 키스에 응했다. 날아갈 듯 홀가분했다. 그동안 마음에 품고 살던 근심을 저 아래 계곡에 두고 온 것만 같았다.

*

온 정신을 사건에만 집중하느라 보덴슈타인은 자신의 처지를 비관할 시간도 없었다. 오히려 잘됐다. 그는 수년간 매일같이 인간의 타락을 접해 왔지만 한 번도 자기 일로 생각한 적이 없다. 언제나 남의 일로만 여기며 크게 신경 쓰지 않았다. 그러나 이번에는 달랐다.

그가 코지마에 대해 몰랐던 것처럼 라우터바흐 원장도 남편에 대해 아무것도 모르는 것 같았다. 생각해보면 참으로 끔찍한일이다. 한 침대에서 자고 아이들을 키우며 25년을 함께 살았는데, 배우자에 대해 그렇게까지 몰랐다니! 사실 그리 놀라운 일은아니다. 아무것도 모르고 살인자, 아동 성범죄자, 강간범과 수십년을 함께 살다가, 무서운 진실 앞에 놀라 자빠지는 가족들이 얼마나 많은가!

보덴슈타인은 아멜리 프뢸리히의 집과 자토리우스 농장 후문을 지나 차를 돌릴 수 있는 공간이 있는 발트가 끝까지 간 뒤 테를린덴 저택으로 향하는 오르막길로 꺾어 들어갔다. 처음 보는 여자가 문을 열어주었다. 테를린덴 부인의 여동생임이 분명했지만 보덴슈타인은 둘 사이에 닮은 점을 찾아볼 수 없었다. 그녀는 키가크고 날씬했다. 그리고 그를 훑어보는 눈빛에서 강한 자의식이 느껴졌다.

"어떻게 오셨죠?"

녹색 눈을 가진 그녀의 시선은 직선적이면서도 조심스러웠다. 보덴슈타인은 자기소개를 한 뒤 테를린덴 부인을 찾아왔다고 공손히 말했다.

"들어오세요. 전 동생 하이디 브뤼크너예요."

그녀는 전혀 꾸미지 않았는데도 언니보다 10년은 어려 보였다. 윤기가 흐르는 밤색 머리는 하나로 땋아 내렸고 튀어나온 광대뼈에 이목구비가 뚜렷하며 팽팽한 얼굴에는 화장기가 전혀 없었다. 보덴슈타인을 집 안으로 들인 그녀는 여기서 기다리라는 말을 남긴 채 안쪽으로 들어가서는 한참이 지나도 돌아오지 않았다. 보덴슈타인은 벽에 걸린 그림들을 자세히 살폈다. 모두 티스가 그린 그림임이 분명했다. 라우터바흐 원장 사무실에서 본 그림처럼 뒤틀린 얼굴과 절규하는 입, 두려움과 고통이 가득한 눈이 세기말적인 음울함을 자아냈다. 그때 등 뒤에서 발소리가 났다. 뒤돌아보니 테를린덴 부인이 완벽하게 손질된 금발과 주름 없는 얼굴, 마네킹 같은 미소까지 그가 기억하는 모습 그대로 서 있었다.

"고인의 명복을 빕니다." 보덴슈타인이 악수를 청했다.

"신경 써주셔서 고맙습니다."

그녀는 남편을 며칠째 잡아놓고 있는데도 그에게 별 나쁜 감정이 없는 모양이었다. 아들의 자살도, 화재도, 지하실에서 발견된 미라도 관심을 끌지 못한 것 같았다. 과연 그녀는 슬픔과 진실을 외면하는 일에 전문가일까, 아니면 무슨 일이 일어났는지 제대로 파악도 못 할 정도로 바보인 걸까?

"어젯밤 티스가 사라졌다고 정신병원에서 연락이 왔습니다. 혹시 집에 오지 않았습니까?"

"아뇨." 근심이 서리기는 했지만 그리 걱정하는 목소리는 아니었다. 집에 연락도 안 해주다니 이상했다. 보덴슈타인은 티스에 대해 더 알고 싶다며 반지하에 있는 그의 방을 보여달라고 부탁했다. 테를린덴 부인은 별 고민 없이 반지하로 향했고, 그녀의 동생이 약간 거리를 두고 따라왔다. 그녀는 말없이 두 사람의 대화에 귀를 기울이는 듯했다.

티스의 방은 밝고 깨끗했다. 언덕배기에 집이 있어서 큰 창문으로 마을이 훤히 내려다보였다. 책은 책장에 꽂혀 있고 소파에는 인형들이 나란히 앉아 있었다. 침대도 깔끔하게 정돈된 상태고, 방바닥에 어질러져 있는 물건도 전혀 없다. 서른 살짜리 청년의 방이 아니라 열 살짜리 남자아이의 방 같았다. 벽에 걸린 그림만이 방 주인의 나이를 짐작게 해주었다.

벽에 걸린 그림은 티스가 그린 가족 초상화로, 그가 얼마나 위대한 화가인지를 잘 보여주었다. 가족들의 외적 특징뿐 아니라 성격까지 예리하게 드러나 있었다. 클라우디우스 테를린덴은 언뜻보면 친절하게 웃는 것 같지만 자세, 눈빛, 배경 색 때문에 어딘지모르게 위협적이었다. 분홍색 등 밝은 계열로 색칠된 테를린덴 부인은 평면적이고 밋밋했다. 깊이감 없는 묘사는 실제로도 아무 개성 없는 부인의 모습을 생생하게 드러냈다. 세 번째 인물을 보고보덴슈타인은 티스 자신의 자화상인가 했으나, 자세히 보니 쌍둥이 동생 라르스였다. 그는 앞의 두 인물과 달랐다. 흐릿해서 거의못 알아볼 정도였는데, 미완성처럼 보이는 얼굴에 불안한 눈빛이가득했다.

"그 아이는 도움이 필요해요." 티스에 대해 묻자 테를린덴 부인이 말했다. "혼자서 살아갈 수 없는 아이예요. 돈을 가지고 다니지도 않고 자동차 운전도 못해요. 병 때문에 운전면허를 딸 수 없죠. 오히려 잘된 일이기는 해요. 티스는 위험을 판단할 줄 모르니까요."

"그럼 사람은요?" 보덴슈타인이 그녀의 얼굴을 넌지시 바라보며 물었다.

"그게 무슨 말씀이세요?" 부인이 당황하여 어색한 미소를 지었다.

"사람은 판단할 수 있습니까? 이 사람이 나에게 좋은 뜻을 가졌는지 나쁜 의도로 접근하는지 판단할 줄 아느냐고요."

"그건……, 저도 알 수가 없어요. 티스는 말을 안 하니까요. 그애는 타인과의 접촉을 기피해요."

"아주 정확한 판단력을 가졌습니다. 호의를 가진 사람인지 악의를 품은 사람인지 금방 알아채요." 문가에서 하이디가 말했다. "티스는 장애아가 아니에요. 언니랑 형부는 티스가 정말 어떤 잠재력을 가졌는지 전혀 몰라요."

보덴슈타인은 깜짝 놀랐다. 그러나 테를린덴 부인은 아무 대꾸도 않은 채 창가 쪽으로 등을 돌리고 서서 11월의 음산한 풍경을 바라볼 뿐이었다.

"자폐는 경계를 알 수 없는 병이에요." 하이디가 말을 이었다. "언니는 언젠가부터 티스의 교육을 포기했어요. 재능을 더 키워주려는 노력은 않고, 문제 일으키지 말고 조용히 있으라고 약만 먹였죠."

테를린덴 부인이 몸을 돌려 동생을 쳐다봤다. 그렇지 않아도 무표정한 그녀의 얼굴이 더욱 딱딱하게 굳어 있었다. "미안합니다. 개를 산책시킬 시간이라. 벌써 9시 반이네요." 그녀는 그 말과 함께 방을 나갔다. 잠시 후 또각또각 층계를 오르는 소리가 나다가 점점 멀어졌다.

"일상으로 회피하는 거예요." 하이디의 목소리에는 체념이 담겨 있었다. "언니는 항상 그랬어요. 앞으로도 변할 것 같지가 않고요."

보덴슈타인은 하이디를 바라보았다. 자매간에 정은 별로 없나 보다. 그렇다면 왜 여기 와 있는 걸까?

"이리 와보세요. 보여드릴 게 있어요."

하이디는 층계를 올라 로비로 가더니 잠시 멈춰 서서 가까이에 언니가 있는지 살핀 후 재빨리 옷걸이 쪽으로 다가갔다. 그리고 옷걸이에 걸려 있던 가방 하나에서 뭔가를 꺼내 와 보덴슈타인에게 내밀며 속삭였다.

"원래는 제가 아는 약사한테 보여줄 생각이었어요. 그런데 생각해보니 경찰이 가져가는 게 더 나을 것 같네요."

"이게 뭡니까?" 보덴슈타인이 호기심 어린 목소리로 물었다.

"처방전이에요." 그녀가 반으로 접힌 종이를 펴서 보여주며 말했다. "티스가 몇 년째 먹고 있는 약이에요."

*

피아는 어두운 표정으로 책상에 앉아 피치, 돔브로프스키, 리히터의 심문에 관한 보고서를 쓰고 있었다. 클라우디우스 테를린덴을 더 잡아둘 수 있는 확실한 증거가 없다는 게 짜증 나 견딜 수가 없었다. 오늘도 그의 변호사가 찾아와 자기 의뢰인을 당장 내보내라고 한바탕 항의를 하고 갔다. 엥겔 과장과 상담을 한 뒤에는 어쩔 수 없이 그를 내보내야 하는 상황이다. 그때 휴대전화가 울렸다.

"자동차용 잭으로 머리를 정통으로 맞은 게 분명해." 헤닝이 인사도 없이 다 죽어 가는 목소리로 말했다. "그리고 질에서 정말 다른 사람 DNA가 나왔어. 하지만 좀 더 조사를 해봐야 정확한 걸 알 수 있을 것 같아."

"좋았어." 피아가 대꾸했다. "잭은 어때? 옛날 흔적을 다시 채취할 수 있을 것 같아?"

"실험실에 물어볼게." 그가 잠시 뜸을 들였다. "피아……."

"왜?"

"혹시 미리엄한테서 무슨 전화 못 받았어?"

"아니, 왜? 무슨 일 있었어?"

"그 병신 같은 검사가 어제 미리엄한테 전화해서 내 아이를 가졌다고 말했어."

"이런 젠장! 그래서 어떻게 됐어?"

"아, 뭐……." 그가 한숨을 푹 내쉬었다. "화도 안 내더라고. 나한테 사실이냐고 묻기에 그렇다고 하니까 아무 말도 없이 짐 싸서 집을 나갔어."

피아는 그의 목소리가 너무 안 좋아서 믿음과 배반에 대한 연설은 삼가기로 했다. 자신과는 아무 상관없는 일이지만 왠지 전남편이 딱하다는 생각이 들었다.

"혹시 그 여자가 거짓말하는 건 아닌지 생각해봤어? 나라면 진짜 임신을 했는지, 진짜라면 혹시 다른 남자의 아이일 가능성은 없는지 알아보겠어."

"그런 문제가 아니야." 그가 힘없이 대꾸했다.

"그럼 뭔데?"

그가 잠시 망설이다 대답했다. "바람을 피웠잖아. 미리엄은 절대 용서 안 할 거야."

*

보덴슈타인은 라우터바흐 원장이 처방한 약 목록을 훑어봤다. 리탈린, 드로페리돌, 플루페나진, 펜타닐, 로라제팜…… 의학에 문외한인 그도 자폐증이 우울증 약이나 진정제로 다루는 병이 아니라는 것쯤은 안다.

"힘들고 많은 시간이 필요한 제대로 된 치료법을 택하지 않고 약을 쏟아부었어요." 하이디가 나지막하게 속삭였다. 그러나 그녀의 목소리에 깃든 분노는 흘려들을 수 없었다. "언니는 평생 힘든 길을 피해서 살아왔어요. 쌍둥이들이 어렸을 때도 애들을 돌보지 않고 남편을 따라다녔어요. 엄마가 필요한 시기에 어린것들을 방치한 거죠. 우리말을 한마디도 못하는 가사 도우미가 엄마를 대신할 수 있었겠어요?"

"무슨 얘기를 하시는 겁니까?"

하이디가 콧구멍을 벌름거렸다. "언니 부부가 티스를 그렇게 만든 거나 다름없다고 말하는 거예요. 티스는 처음부터 이상했어요. 공격적이고 화를 참지 못해 폭발하기 일쑤였어요. 남의 말도 잘 안 들었고요. 대여섯 살이 될 때까지 말을 한마디도 못했어요. 부모가 집에 없는데 누구랑 말을 하겠어요? 언니랑 형부는 티스한테 제대로 된 치료를 받게 할 생각은 하지도 않았어요. 처음부터 약만 먹였죠. 몇 주일이고 진정제를 먹여서 조용히 시켰어요. 티스는 약을 먹으면 멍하니 앉아 있기만 했죠. 그러다 약을 끊으면 바로 난리가 났어요. 결국은 정신병원에 집어넣고 몇 년이나 방치했죠. 그렇게 섬세한 감성에 재능이 뛰어난 아이가 정신병자들 사이에서 살아야 했으니!"

"왜 아무도 뭐라고 하지 않았죠?" 보덴슈타인이 이해가 안 돼 물었다.

"누가 해요?" 그녀가 냉소적으로 반문했다. "티스는 정상적인 사람과 접촉할 수 있는 기회가 없었어요. 선생도 없었고……. 그 애한테 일어나는 일을 눈치챌 사람이 있었어야죠."

"그러면 티스가 자폐증이 아니라는 말씀인가요?"

"아뇨. 자폐증이 맞아요. 하지만 자폐증의 범위는 아주 넓어서 분명하게 경계를 그을 수가 없어요. 아주 심한 정신병에서부터 가벼운 아스퍼거 증후군(대인관계에 어려움을 겪지만 언어지체나 인지발달 지연은 나타나지 않는다_역주)까지 다양하죠. 증상이 가벼운 사람은 한계가 있기는 하지만 독립적인 삶을 꾸릴 수도 있어요. 성인이 된 자폐증 환자들은 자기 병을 끌어안고 사는 나름의 방법을 배우기도 해요." 그녀가 머리를 절레절레 흔들었다. "티스는 이기적인 부모의 희생양이에요. 그리고 라르스도 결국은 그렇게 됐죠."

"그건 또 왜요?"

"라르스는 어려서부터 유달리 수줍음이 많았어요. 말수도 적었죠. 하지만 신앙심이 깊었어요. 성직자가 꿈이었습니다." 하이디가 담담하게 이야기를 이어갔다. "하지만 티스가 회사를 물려받지 못할 게 확실하니까 형부는 라르스한테 모든 걸 걸었어요. 신학 공부 대신에 영국에서 경영학을 공부하게 했죠. 라르스는 진정으로 행복했던 적이 없는 아이예요. 결국은 그렇게 죽어버렸죠."

"왜 모든 걸 다 알고 있으면서 막지 않으셨습니까?"

"아주 오래전에 시도한 적이 있어요." 그녀가 어깨를 으쓱했다. "언니하고는 말이 안 통하니까 형부한테 말했죠. 정확히 기억나요. 1994년이었어요. 전 그때 동남아시아에서 자원봉사 요원으로 일하다가 돌아왔는데, 많은 게 변해 있었어요. 형부의 형인 빌헬름이 죽고 나서 형부가 회사를 물려받은 지 몇 년 된 때였죠. 언니네 가족이 여기 이 저택으로 이사 온 다음이라, 전 얼마간 머물면서 언니를 도와줄 생각이었죠."

그녀가 코웃음을 쳤다.

"하지만 형부가 싫어했어요. 형부는 처음부터 절 좋아하지 않았어요. 겁도 없고 권위에 복종할 줄도 모르니까요. 전 2주간 여기 머물면서 집안 꼴이 어떻게 돌아가는지 다 봤어요. 언니는 애들을 동네 여자 하나랑 다니엘라한테 모두 맡기고 자기는 골프장으로, 또 다른 어딘가로 싸돌아다녔어요. 한번은 형부랑 심하게 싸운 적이 있어요. 언니는 그날도 마요르카에 가고 없었어요. 집을 꾸민다고요." 그녀가 차가운 미소를 지었다. "흥, 그게 두 아들보다 더 중요했던 거죠. 전 산책을 나갔다가 반지하층을 통해 아무도 모르게 집으로 들어왔어요. 그리고 거실에서 형부가 일하는 여자의 딸과 함께 있는 걸 목격했죠. 정말 기가 막히더라고요. 잘해야 열다섯, 열여섯으로밖에 안 돼 보이는 애를……."

그녀가 말을 중단하고 생각만 해도 역겹다는 듯 고개를 저었다. 보텐슈타인은 그녀의 말에 집중했다. 결정적인 부분만 빼면 테를린덴의 진술과 일치했다.

"제가 거실로 들어가 막 소리를 지르자 형부는 얼이 빠졌죠. 그 아이는 도망치고 형부는 얼굴이 벌게져서 바지를 다시 입지도 못하고 그대로 서 있었어요. 아니라고 부인할 수도 없는 상황이었죠. 거기다 어느새 라르스까지 와 있었어요. 그때 라르스의 표정은 평생 잊지 못할 거예요. 그날 이후 제가 불청객이 된 건 이해가 되시죠? 언니는 형부한테 따질 용기 같은 건 내지도 못했어요. 제가 바로 전화해서 급하게 소식을 전했지만 제 말을 믿으려고도 안 했어요. 오히려 제가 시기심에 눈이 멀어 거짓말을 한다고 하더라고요. 오늘 15년 만에 처음 본 거예요. 그리고 솔직히 말하면 이 집구석에 오래 있을 생각도 없어요."

그녀가 한숨을 내쉬었다. 그러고는 한참 동안 말이 없다가 다시 입을 열었다. "전 항상 언니를 용서하려고 노력했어요. 언젠가는 이 집에 큰일이 날 거라고 생각했고 그러면 저도 죄책감을 느껴야 하니까요. 하지만 이렇게 크게 터질 줄은 몰랐어요."

"지금은 어떤데요?"

하이디는 보덴슈타인이 무슨 말을 하는지 알아들었다.

"오늘 아침에 확실히 깨달았어요. 가족이라는 소속감만으로 반드시 그 사람을 감싸줄 수 있는 건 아니라는 걸요. 언니는 그때나 지금이나 그 다니엘라라는 여자한테 모든 걸 맡기고 있어요. 그런데 제가 여기서 뭘 하겠어요?"

"라우터바흐 원장을 안 좋아하십니까?"

"안 좋아해요. 옛날부터 미심쩍은 데가 있었어요. 누구든 돌봐 줘야 하는 그 과장된 배려! 거기다 또 남편은 얼마나 끔찍하게 챙기는지⋯⋯. 제가 보기엔 거의 병이에요."

그녀가 얼굴로 흘러내린 가느다란 머리카락을 쓸어 넘겼다. 왼손에 결혼반지를 끼고 있었다. 순간 보덴슈타인은 실망했고, 갑자기 왜 이런 말도 안 되는 감정이 드는지 스스로도 의아했다. 처음 보는 여자인 데다 수사가 끝나면 볼 일도 없었다.

"이 처방전을 보고 나니 언니가 더 마음에 안 들어요. 전 티스의 병증에 대해 자세히 공부했어요. 그 여자의 말도 안 되는 궤변에 속아 넘어가지는 않는다고요."

"오늘 아침에도 만났습니까?"

"네. 언니가 어떤지 들여다본다고 잠깐 들렀더라고요."

"언제 여기에 도착하셨죠?"

"어젯밤 9시 반쯤이요. 언니가 전화를 했어요. 무슨 일이 일어났는지 듣고는 바로 출발했는데, 쇼텐에서 여기까지 오는 데 한 시간 정도 걸리거든요."

"그럼 라우터바흐 원장이 밤새 여기 있었던 게 아닙니까?" 그가 놀라 물었다.

"아뇨. 아까 7시 반쯤 와서 커피 한잔 마시고 갔어요. 왜요?"

그녀가 녹색 눈에 의문을 가득 담은 채 물었다. 그러나 보덴슈타인은 그 질문에 대답할 정신이 없었다. 사방에 흩어져 있던 퍼즐 조각들이 이제야 제자리를 찾아가는 느낌이었다. 다니엘라 라우터바흐는 그를 속였다. 그리고 그것은 이번이 처음이 아니다.

"여기 제 번호입니다." 그가 그녀에게 명함 한 장을 내밀었다. "솔직하게 말씀해주셔서 정말 감사합니다. 아주 도움이 많이 됐습니다."

"도움이 되었다니 다행이네요." 하이디가 고개를 끄덕인 뒤 손을 내밀어 악수를 청했다. 따뜻하고 힘 있는 손이었다.

"아, 더 물어볼 게 생기면 어떻게 연락을 드려야 하죠?"

그녀의 진지한 표정 위로 희미한 미소가 떠올랐다. 그녀가 지갑에서 명함을 꺼내 내밀었다. "여기 아주 오래 있진 않을 거예요. 형부가 돌아오면 바로 쫓겨날 테니까요."

*

　아침을 먹은 뒤 두 사람은 높이 쌓인 눈을 헤집고 다니며 알프스의 풍광을 즐겼다. 두 시간이나 지났을까, 갑자기 날씨가 변덕을 부렸다. 고산에서는 흔히 있는 일이었다. 푸르게 빛나던 하늘이 삽시간에 구름으로 뒤덮였고 곧이어 함박눈이 쏟아졌다. 그들은 손을 잡고 급히 오두막으로 돌아갔다. 그리고 숨을 헐떡거리며 젖은 옷을 모두 벗어버리고 침대로 기어 올라갔다. 벽난로가 뿜어내는 온기가 지붕 밑에 모여 있었다. 두 사람은 서로를 꼭 껴안고 침대에 누워서 오두막 주변을 맴도는 거센 바람 소리와 창문이 흔들리는 소리를 들었다.

　두 사람은 바짝 다가붙어 서로의 눈을 들여다보았다. 그녀의 숨결이 느껴졌다. 토비아스는 그녀의 얼굴 위로 흘러내린 머리카락을 뒤로 넘겼다. 그리고 그녀의 손길이 그의 맨살 위로 미끄러지자 가만히 눈을 감았다. 그녀가 혀로 그의 몸을 간질였다. 온몸에서 땀이 솟았다. 그가 거칠게 숨을 몰아쉬었다. 근육이 금방이라도 터질 것처럼 팽팽해졌다. 그는 신음을 내뱉으며 그녀를 위에 앉혔다. 욕망으로 일그러진 그녀의 얼굴이 보였다. 그녀의 움직임이 점점 빨라지면서 그의 몸 위로 땀방울이 떨어졌다. 그녀는 그를 간절히 원하고 있었다. 그는 거친 파도처럼 밀려오는 황홀감에 도취되었다. 이윽고 황홀감은 엄청난 힘으로 분출되었다. 벽이 무너지고 지축이 흔들리는 듯했다. 그들은 행복에 겨워 한참을 그대로 누워 있었다. 그리고 헐떡이며 심장박동이 정상으로 돌아오기를 기다렸다.

　토비아스가 두 손으로 그녀의 얼굴을 감싸고 오랫동안 부드럽게 키스했다. "정말 좋았어." 그가 나지막하게 속삭였다.

"응, 이렇게 영원히 함께하는 거야. 우리 둘이서만." 그녀가 숨을 고르며 이렇게 속삭이더니 그의 어깨에 키스했다. 그리고 웃으며 그의 품속으로 파고들었다.

그는 이불을 끌어당겨 함께 덮은 뒤 눈을 감았다. 그래, 이렇게 영원히……. 근육이 이완되면서 피로가 밀려들었다. 그 순간 눈앞에 아멜리의 얼굴이 떠올랐다. 주먹으로 한 대 얻어맞은 것처럼 갑자기 정신이 번쩍 들었다. 아멜리가 사라졌는데, 어디선가 죽어 가고 있을지도 모르는데, 여기서 이렇게 편하게 노닥거려도 된단 말인가.

"왜 그래?" 나디야가 졸린 목소리로 중얼거렸다.

잠자리에서 다른 여자 얘기를 해선 안 된다. 그러나 나디야도 아멜리를 걱정하고 있지 않은가.

"아멜리 생각이 났어." 그가 솔직하게 대답했다. "어디 있는 걸까? 아무 일도 없어야 할 텐데……."

그런데 나디야가 전혀 예상치 못한 반응을 보였다. 그의 품 안에서 돌처럼 굳더니 벌떡 일어나 그를 확 밀쳤다. 아름다운 얼굴은 분노로 일그러져 있었다. "미쳤어? 나랑 자면서 다른 여자 얘기를 해? 나 하나만으로는 부족해?"

그녀가 소리를 지르며 어디서 그런 힘이 났을까 싶을 정도로 거세게 그의 가슴을 마구 쳤다. 토비아스는 겨우 공격을 막아낸 뒤 숨을 헐떡이며 놀란 표정으로 그녀를 바라보았다.

"나쁜 자식!" 나디야의 눈에서 샘솟듯 눈물이 흘렀다. "왜 항상 다른 여자 생각을 하는 거야? 옛날부터 그랬어. 이 여자하고 뭘 했네, 무슨 얘기를 했네 하는 소리, 지겹게 들었어! 그게 나한테 얼마나 상처가 되는지 생각해본 적 있어? 그런데 지금 여기 나랑 누워서까지 그……, 그 여우 같은 년 생각을 해?"

*

축축하고 짙은 안개가 점점 옅어지더니 타우누스에 이르러서는 완전히 걷혔다. 글라스휘텐을 넘어 B8 연방도로와 이웃한 숲을 지나자 밝은 햇빛이 쏟아졌다. 보덴슈타인은 한 손으로 햇빛 가리개를 내렸다.

"그레고어 라우터바흐가 곧 출두할 거야. 정치인들은 평판이 목숨처럼 소중하니까 라우터바흐 원장이 이미 연락을 취했을 거야."

"그렇게 되기를 바라야지요." 피아는 보덴슈타인처럼 낙관적이지 않았다. "클라우디우스 테를린덴을 철저히 감시해야 해요."

외르크 리히터의 자백 이후 수사 11반, 검사실, 법원 사이에는 전화가 끊일 새가 없었다. 외르크 리히터는 그들이 지하 탱크에 던졌을 때 로라가 아직 살아 있었다고 진술했다. 뚜껑을 굴려 닫을 때까지도 로라는 살려달라고 애원하며 울부짖었다고 했다. 상황이 이렇게 되고 보니 토비아스 사건의 소송 재개는 불가피해 보였다. 토비아스는 그 과정에서 분명 무죄로 판명되리라. 만약 다시 나타난다면 말이다. 그의 행방은 여전히 묘연했다.

보덴슈타인은 운전대를 왼쪽으로 꺾어 크뢰프텔이라는 작은 마을을 지나 헤프트리히 방향으로 달렸다. 스테파니 슈네베르거의 부모가 10년 전에 사서 이사 온 목장이 헤프트리히로 빠지는 길목 바로 앞에 있었다. 목장에서 직접 키운 재료로 만든 유기농

제품을 판매한다는 내용의 대형 간판이 눈에 들어왔다.

이윽고 차가 깨끗한 마당으로 들어섰다. 두 사람은 차에서 내려 주변을 둘러보았다. 60년대에 우후죽순으로 생겨난 이주 농가를 현대적으로 개축한 듯했다. 건물 앞 매대에 가을 정취가 물씬 나는 화환들이 예쁘게 진열되어 있었다. 지붕은 모두 태양열 전지로 되어 있었고 현관 앞 계단에는 고양이 두 마리가 기지개를 켜며 오랜만에 나온 햇볕 아래서 일광욕을 즐기고 있었다.

가게는 점심시간이라 문을 닫았고 안에도 사람이 없는 듯했다. 피아와 보덴슈타인은 햇볕이 잘 드는 외양간으로 들어갔다. 무릎까지 닿는 건초 더미에 파묻혀 눕거나 서서 게으르게 되새김질을 하는 어미 소와 송아지의 모습이 보기 좋았다. 좁은 칸막이에 갇혀 집단 사육되는 소들과는 비교할 수 없었다.

뒷마당에서는 아홉 살이나 열 살 정도 되어 보이는 여자아이 둘이 말을 씻기고 있었다. 말은 아이들의 정성스러운 손길에 몸을 맡긴 채 얌전히 서 있었다.

"안녕!" 피아가 두 소녀에게 인사를 건넸다.

구분이 안 갈 정도로 똑같이 생긴 쌍둥이 자매였다. 죽은 스테파니의 동생들이라는 것을 한눈에 알 수 있었다. 검은 머리 색도 똑같았고, 커다란 밤색 눈도 영락없이 스테파니였다.

"엄마 아빠 집에 계시니?"

"엄마는 저기 축사에 계세요." 한 아이가 외양간 뒤로 길게 뻗은 건물을 가리켰다. "아빠는 트랙터에 퇴비 싣고 나가셨어요."

"아, 그래? 고맙다."

피아와 보덴슈타인이 축사에 들어섰을 때 베아테 슈네베르거는 통로를 청소하고 있었다. 빈 칸막이 속에서 쥐를 찾던 잭러셀

테리어가 두 사람을 보고 짖어대자 그녀가 고개를 들었다.

"안녕하십니까!" 보덴슈타인은 인사만 하고 그 자리에서 꼼짝도 하지 않았다. 몸집이 작은 테리어였지만 만만히 봐서는 안 될 것 같았다.

"그냥 들어오셔도 돼요." 슈네베르거 부인은 일손을 놓지 않은 채 웃는 얼굴로 친절하게 말했다. "보비는 소리만 크지 순해요. 무슨 일이시죠?"

보덴슈타인이 피아와 자신을 소개했다. 순간 그녀의 표정이 딱딱하게 굳었다. 원래는 상당한 미인이었을 텐데, 그간의 근심과 상처에 얼굴이 많이 상한 듯했다.

"따님 스테파니의 시체가 발견됐다는 소식을 전하러 왔습니다."

슈네베르거 부인은 크고 검은 눈으로 조용히 보덴슈타인을 바라보며 고개를 끄덕였다. 로라의 어머니와 마찬가지로 각오하고 있었던 듯 차분했다.

"집으로 들어가시죠. 남편한테 연락할게요. 금방 올 거예요." 그녀는 빗자루를 칸막이 문에 기대놓고 오리털 조끼 주머니에서 휴대전화를 꺼내 남편에게 전화를 걸었다.

"알베르트. 집으로 좀 와요. 경찰이 왔어요. 스테파니를 찾았대요."

*

아멜리는 잠결에 물소리를 듣고 눈을 떴다. 심한 갈증이 느껴졌다. 끔찍하게 고통스러운 갈증이었다. 혀는 입천장에 달라붙었고 목은 바싹바싹 타들어 갔다. 티스와 함께 마지막 남은 비스킷을 먹고 마지막 물을 마신 게 몇 시간 전의 일이다. 이제 아무것도 남아 있지 않다. 아멜리는 죽어 가는 사람들이 자기 오줌을 마시고 살아났다는 이야기를 떠올렸다. 창틈으로 가느다란 햇살이 비쳤다. 이 감옥 밖은 낮이라는 뜻이다. 방 저쪽에 있는 책장이 희미하게 보였다.

티스는 그녀의 무릎을 베고 몸을 웅크린 채 깊은 잠에 빠져 있었다. 티스는 어떻게 여기 들어오게 된 거지? 누가 우릴 여기에 가둔 걸까? 도대체 여긴 어디야?

아멜리에게 절망이 엄습했다. 마구 울어버리고 싶었지만 티스를 깨우고 싶지 않았다. 티스의 머리 무게 때문에 다리에 감각이 없었다. 그녀는 종잇장 같은 혀로 마른 입술을 핥았다. 저 소리! 수도꼭지를 틀어놓은 것처럼 콸콸콸 물 흐르는 소리가 나는 것 같았다. 그녀는 여기서 나가면 다시는 물을 낭비하지 않겠다고 맹세했다. 전에는 반이나 남은 콜라를 김이 빠졌다며 쏟아버리곤 했다. 지금 여기에 김빠진 콜라 한 모금만 있다면!

방 안을 두리번거리던 아멜리의 시선이 문 앞에 가닿았다. 순간 그녀는 자기 눈을 의심했다. 문틈으로 정말 물이 흘러들고 있었다! 흥분한 아멜리는 티스를 밀어내고 일어나려 했지만 다리가 말을 듣지 않았다. 그녀는 나직하게 욕설을 내뱉으며 네 발로 기어서 문가로 갔다. 바닥이 축축하게 젖어 있었다. 그녀는 개처럼 물을 핥아 먹으며 기뻐했다. 얼굴에 물을 끼얹으며 소리 내어 웃었다. 절망에 찬 그녀의 기도가 기적을 일으킨 것이다. 그녀가 목말라 죽지 않도록 신이 지켜주신 것이다! 그런데 점점 더 많은 물이 문틈으로 흘러들어 왔다. 문에서 이어지는 세 개의 계단 위로 작은 폭포처럼 자꾸만 흘러내렸다. 아멜리는 웃음을 거두고 일어나 앉았다.

"이제 물은 그만 주셔도 돼요."

그녀가 중얼거렸다. 그러나 신은 그녀의 말을 들어주지 않았다. 물은 점점 불어나 시멘트 바닥에 시내를 이루었다. 아멜리는 두려움에 온몸을 떨었다. 그토록 원했던 물이지만 이렇게 많이는 아니다! 잠에서 깬 티스가 양팔로 무릎을 감싸고 앉아 몸을 앞뒤로 흔들기 시작했다. 어떻게 해야 할지 궁리하던 아멜리는 다급한 마음에 책장을 흔들어봤다. 녹이 슬긴 했지만 움직이지는 않았다.

그들을 이곳에 가둔 누군가가 물을 틀어놓은 게 분명했다. 이 방은 지하에서도 가장 낮은 곳에 위치할 것이다. 바닥에는 배수구도 없고 가느다란 빛줄기가 흘러들어 오는 곳은 천장 바로 밑이다. 이런 식으로 계속 물이 들어온다면 방은 금세 범람할 게 뻔했다. 들쥐처럼 물에 빠져 죽으라는 소리다!

아멜리는 서둘러 주위를 두리번거렸다. 젠장! 미치지 않고 잘 버텼는데, 굶어 죽지도 않고 목말라 죽지도 않고 지금까지 잘 버텨 왔는데 이제 와서 물에 빠져 죽으라니! 그녀가 티스의 팔을 거칠게 흔들었다. 그리고 날카롭게 외쳤다.

"일어나, 티스! 어서 날 도와달라고! 매트리스를 저 책장 위로 올려야 돼!"

뜻밖에도 그는 상체를 앞뒤로 흔들던 동작을 멈추고 자리에서 일어났다. 둘이 힘을 합쳐 무거운 매트리스를 책장 위로 올렸다. 물이 책장 높이까지 차지 않는다면 안전하게 있을 수 있다. 그리고 사람들이 그들을 발견할 가능성도 더 커질 것이다. 물이 계속 흘러넘치면 이웃이든 수도회사든 누군가는 이상하게 여기고 들여다볼 게 아닌가!

아멜리가 먼저 조심스럽게 책장 위로 기어 올라갔다. 책장이 넘어지기라도 하면 말짱 도루묵이다. 아멜리가 티스에게 손을 내밀었다. 녹슨 철제 책장이 과연 둘의 무게를 감당할 수 있을까? 잠시 후 티스도 무사히 위로 올라왔다. 그동안에도 물은 끊임없이 흘러들어 와 이내 지하실 바닥에 찰랑거리는 정도가 되었다. 이제는 기다리는 수밖에 없다. 아멜리는 조심조심 몸을 움직여 매트리스 위에 누웠다.

"어쨌든 소원은 이뤘네." 그녀는 죽음을 각오한 사람처럼 여유롭게 농담을 했다. "어렸을 때 이층 침대를 갖는 게 꿈이었거든. 봐, 이제 이층 침대가 생겼잖아!"

*

슈네베르거 부인은 피아와 보덴슈타인을 식당으로 안내했다. 엄청나게 무거워 보이는 식탁 옆에는 타일을 바른 난로가 따뜻한 온기를 내뿜고 있었다. 2층의 작은 방들을 서까래만 남기고 모두 헐어서 천장을 높인 식당은 현대적이면서도 아늑했다.

"남편이 올 때까지 잠시만 기다려주세요. 전 차를 내올게요."

이렇게 말하며 슈네베르거 부인은 부엌으로 갔다. 부엌도 사면이 시원하게 뚫려 있었다. 피아와 보덴슈타인은 서로 얼굴을 마주 보았다. 바그너 집안이 딸의 실종 뒤에 풍비박산 난 것과 달리 스테파니의 부모는 딸을 잃은 상처를 딛고 새 삶을 일구는 데 성공한 것 같았다. 쌍둥이 동생들은 아마도 그 후에 태어났으리라.

5분도 안 되어 큰 키에 비쩍 마른 남자가 들어왔다. 흰머리의 그 남자는 체크무늬 셔츠와 파란색 작업복 바지를 입고 있었다. 알베르트 슈네베르거가 피아와 보덴슈타인에게 차례로 손을 내밀어 악수를 청했다. 그의 표정 또한 담담하면서도 진지했다. 보덴슈타인은 차가 나올 때까지 잠시 기다렸다가 조심스럽게 자세한 상황을 설명했다. 슈네베르거는 아내의 어깨에 손을 올린 채 그 뒤에 서서 이야기를 들었다. 그들은 슬픈 한편으로 드디어 딸의 행방을 알게 됐다는 사실에 안도하는 듯했다.

"누가 그랬는지 알아내셨나요?" 슈네베르거 부인이 물었다.

"아뇨. 아직 확실하게 밝혀내지는 못했습니다." 보덴슈타인이 대답했다. "하지만 토비아스 자토리우스가 범인이 아니라는 건 거의 확실합니다."

"그럼 억울하게 감옥살이를 한 건가요?"

"네. 그런 것 같습니다."

한동안 침묵이 흘렀다. 슈네베르거는 생각에 잠긴 채 큰 창 너머로 쌍둥이를 바라보았다. 자매는 사이좋게 또 다른 말을 씻기고 있었다.

"테를린덴이 알텐하인으로 들어오라고 했을 때 절대 안 간다고 했어야 하는 건데……." 그가 불쑥 입을 열었다. "우린 그때 프랑크푸르트에 살고 있었습니다. 그런데 스테파니가 도시 아이들과 어울리면서 자꾸 나쁜 길로 빠지려고 하는 거예요. 그래서 시골로 이사를 갈까 하고 있었습니다."

"클라우디우스 테를린덴과는 어떻게 아는 사이였습니까?"

"원래는 형 빌헬름과 아는 사이였습니다. 우리는 대학 동창이었는데, 나중에 사업 파트너가 된 거죠. 그 친구가 죽고 클라우디우스를 알게 됐습니다. 우리 회사가 그쪽 회사에 자재를 납품했거든요. 그러다 보니 친해졌는데 전 그게 우정이라고 착각해버렸어요. 그가 자기 집 바로 옆집이 비었으니 그리로 이사 오라고 했습니다. 자기 소유라고요." 슈네베르거가 깊은 한숨을 내쉬더니 아내 옆자리로 와 앉았다. "전 클라우디우스가 우리 회사를 탐낸다는 걸 알고 있었습니다. 그는 회사를 상장시키고 싶어했는데, 우리가 가진 노하우와 특허가 그의 기업 이념과 잘 맞았거든요."

그가 잠시 말을 멈추고 차를 한 모금 마셨다.

"그때 우리 딸이 없어졌습니다." 비록 목소리는 담담했지만 옛 기억을 불러내는 게 그에게 얼마나 힘든 일인지 알 수 있었다. "테를린덴 부부는 우리에게 아주 잘해줬어요. 진정한 친구라는 생각이 들었죠. 처음에는 그렇게 믿었습니다. 저는 회사 일을 돌볼 수 있는 상태가 아니었습니다. 온갖 수단을 동원해서 스테파니를 찾았어요. 텔레비전, 라디오, 수많은 사회 기관들…… 오직 스테파니를 찾아야 한다는 생각뿐이었습니다. 언젠가는 살아 돌아오리라는 희망을 품고 있었거든요."

그는 헛기침을 하며 감정을 다스리려 애썼다. 슈네베르거 부인이 남편의 손을 지그시 잡아주었다.

"우리는 협상을 했습니다. 저는 구조조정을 하지 않고 직원들도 그대로 인계한다는 조건으로 테를린덴에게 회사를 넘겼습니다." 슈네베르거는 한참 뒤에 다시 말을 이었다. "그런데 정반대의 일이 일어났어요. 테를린덴은 계약서의 허점을 발견했고 주식을 상장하면서 우리 회사를 산산조각 냈습니다. 자기한테 필요하지 않은 부분은 다 팔아치웠고 백삼십 명의 직원 중 여든 명을 해고했습니다. 저는 항의할 수 있는 입장이 아니었습니다. 정말…… 끔찍했습니다. 오랫동안 한솥밥을 먹던 사람들이 하루아침에 일

자리를 잃은 겁니다. 그때 내가 그렇게 정신을 놓지 않았다면 그런 일은 절대 일어나지 않았을 겁니다."

그가 손으로 길게 얼굴을 쓸어내렸다.

"아내와 전 알텐하인을 떠나기로 결심했습니다. 그런……, 그런 인간 옆에 살면서 그 위선적이고 가식적인 모습을 보는 게 너무나 견디기 힘들었어요. 회사 사람들이든 마을 사람들이든 다 그렇게 대했어요. 겉으로는 위하는 척하면서 자기가 원하는 대로 움직이게끔 조작하고 압력을 가했습니다."

"테를린덴이 회사를 탐내서 따님에게 해를 가했다고 생각하시나요?" 피아가 물었다.

"스테파니의…… 시체가 그 집에서 발견됐다고 하니 그럴 가능성이 크겠죠." 목소리가 흔들렸다. 그가 결심한 듯 입을 앙다물었다. "솔직히 말해서 저희 부부는 토비아스가 우리 딸에게 무슨 짓을 했을 거라고 생각하지 않았습니다. 그런데 증거들이 나오고 증언이 뒤따르고 하니까……, 나중엔 뭘 믿어야 할지 모르겠더라고요. 처음에 저희는 티스를 의심했습니다. 티스는 스테파니를 그림자처럼 졸졸 따라다녔고……."

그가 난감하다는 듯 어깨를 으쓱하더니 말을 이었다.

"사실 저도 테를린덴이 그렇게까지 했을지 의문이 가기는 합니다. 하지만 눈썹 하나 까딱 안 하고 우리 상황을 이용했어요. 저질 투기꾼에 사기꾼입니다. 양심이라고는 털끝만큼도 없는 인간입니다. 말 그대로 원하는 걸 위해서는 사람이 죽어도 상관하지 않을 사람이라고요."

*

　보덴슈타인의 휴대전화가 울렸다. 피아에게 운전을 맡기고 조수석에 앉아 있던 그는 발신 번호를 확인하지도 않고 곧바로 전화를 받았다. 뜻밖에도 코지마의 목소리가 들렸고 그는 몸을 움찔했다.

　"우리 차분하게 얘기 좀 해."

　"지금은 곤란해. 심문 중이야. 나중에 전화할게."

　보덴슈타인은 인사 한마디 없이 전화를 끊었다. 피아는 그런 그가 낯설었다. 계곡을 벗어나자 따뜻하게 내리쬐던 햇볕이 순식간에 사라졌다. 차는 다시 암울한 회색 안개를 뚫고 글라스휘텐을 지났다. 정적이 흘렀다.

　"자네가 내 입장이라면 어떻게 하겠어?"

　보덴슈타인이 불쑥 물었다. 피아는 대답을 망설였다. 헤닝이 발레리 뢰블리히 검사와 바람을 피운다는 사실을 알았을 때의 실망감이 생생하게 되살아났다. 피아와 헤닝은 당시 1년 넘게 별거 중이었다. 그리고 헤닝은 피아에게 현장을 들키기 전까지 계속해서 외도 사실을 부인했다. 만약 두 사람의 결혼 생활이 이미 어긋난 상태가 아니었다면, 그 일이 결정적 계기가 됐을 것이다.

　보덴슈타인의 경우 다시 코지마를 신뢰하기는 힘들 것이다. 코지마가 너무 심했다. 한 번의 실수라면 경우에 따라 용서할 수도 있지만 지속적으로 관계를 이어 왔다면 이야기가 전혀 다르다.

　"코지마랑 대화를 해보는 게 어때요? 애도 아직 어리고 25년이라는 결혼 생활을 헌신짝 버리듯 할 순 없잖아요."

　"훌륭한 조언이야." 보덴슈타인이 비꼬듯 말했다. "조언 고마워. 이제 진짜 속마음을 말해봐."

"정말 알고 싶어요?"

"알고 싶으니까 물어보지."

피아가 크게 숨을 들이마셨다. "한번 깨진 건 깨진 거예요. 다시 붙인다고 해도 원래처럼 되지는 않아요. 이게 내 속마음이에요. 다른 말을 듣고 싶었다면 미안해요."

"아니야. 미안할 거 없어." 뜻밖에도 그의 입가에 희미한 미소가 떠올랐다. 물론 행복한 미소와는 거리가 멀었지만…… "피아는 솔직한 게 장점이야."

그의 휴대전화가 다시 울렸다. 조금 전 전화로 놀랐던 그가 이번에는 발신 번호를 확인했다.

"오스터만이네." 그가 이렇게 말한 뒤 전화를 받았다. 잠시 이야기를 듣더니 고개를 끄덕였다. "과장님한테 전화해서 심문할 때 옆에 계셨으면 좋겠다고 해."

"토비아스?"

"아니. 잠수 탔던 문화교육부 장관님께서 변호사를 대동하고 나타나셨다는군. 지금 우릴 기다리고 있대."

*

그레고어 라우터바흐와 변호사가 기다리고 있는 방 앞에서 형사들은 말을 맞췄다. 보덴슈타인은 친절하고 부드러운 분위기는 안 된다는 입장이었다. 라우터바흐로 하여금 특별 대우를 받는다는 생각이 들게 해선 안 된다.

엥겔 과장이 보덴슈타인에게 물었다. "어떻게 할 생각이에요?"

"인정사정없이 몰아붙일 겁니다. 시간이 없습니다. 아멜리가 실종된 지 벌써 일주일째예요. 죽기 전에 찾으려면 누구든 봐줘서는 안 됩니다."

엥겔 과장이 고개를 끄덕이는 것을 끝으로, 그들은 싸늘한 심문실로 들어갔다. 문화교육부 장관과 그의 변호사가 한쪽 벽면을 가득 채운 반사거울을 마주하고 앉아 있었다. 변호사는 피아와 보덴슈타인도 아는 얼굴이었다. 절대 호감 가는 사람이 아니었다. 안더스 변호사는 유명인이 얽힌 살인이나 치사 사건의 변호를 도맡다시피 했는데, 승소보다는 연방 법원까지 소송을 끌고 가 언론에 이름을 알리는 데 주력하는 사람이었다.

라우터바흐는 사태의 심각성을 깨닫고 협조적으로 굴었다. 얼굴은 창백했고 눈에 띄게 기가 죽은 모습이었다. 그는 기어드는 목소리로 1997년 9월 6일에 무슨 일이 있었는지 진술했다. 그날 저녁 자토리우스의 헛간에서 제자 스테파니 슈네베르거를 만나 그녀와 연애할 생각이 없다는 뜻을 분명히 밝힌 뒤 집으로 돌아갔다고 했다.

"다음 날 스테파니랑 로라가 사라졌다는 말을 들었습니다." 라우터바흐가 말했다. "누군가 우리 집에 전화를 해서 알려줬습니다. 경찰이 스테파니의 남자친구인 토비아스 자토리우스를 스테파니와 로라의 살인범으로 지목했다고요. 그런데 아내가 우리 집 앞 쓰레기통에서 피 묻은 잭을 발견했습니다. 저는 축제에서 스테파니가 하도 귀찮게 쫓아다녀서 조용한 곳으로 데려가 알아듣게 타일렀다고 아내에게 말했습니다. 그래서 우리는 토비아스가 홧김에 스테파니를 죽이고 우리 집 쓰레기통에 잭을 집어넣은 게 틀림없다고 생각했습니다. 아내는 안 좋은 소문이 날까 싶어 잭을 어딘가에 파묻자고 했습니다. 그런데 저도 왜 그랬는지 모르겠습니다만, 그 잭을 가져다 자토리우스네 분뇨 구덩이에 던졌습니다. 아마 당황해서 그랬던 것 같습니다.”

보덴슈타인, 피아, 엥겔은 말없이 진술을 들었다. 안더스 변호사도 입을 꾹 다물고 팔짱을 낀 채 마치 자기랑은 상관없는 일이라는 듯 거울만 쳐다봤다. 라우터바흐가 말을 이었다.

“저는……, 저는 분명히 토비아스가 스테파니를 죽였다고 생각했습니다. 우리가 함께 있는 걸 봤고 거기다 스테파니는 토비아스를 차버렸으니까요. 그래서 저를 범인으로 몰려고 우리 집 쓰레기통에 잭을 갖다 놨다고 생각한 겁니다. 복수하려고요.”

보덴슈타인이 날카롭게 그를 노려봤다. “거짓말 마세요.”

“아니에요. 거짓말 아닙니다.”

라우터바흐가 숨을 꿀꺽 삼켰다. 그리고 변호사를 쳐다봤다. 그러나 안더스는 여전히 거울에 비친 자기 모습에 빠져 있었다.

“토비아스 자토리우스가 로라 바그너 살해와 아무 상관 없다는 사실이 밝혀졌습니다.” 보덴슈타인의 목소리는 평소 심문할 때보다 한층 더 과격했다. “스테파니 슈네베르거의 미라가 발견됐고 살해 도구인 잭도 증거물보관소에서 가져다 실험실에 맡긴 상태입니다. 지문 채취가 아직도 가능하다더군요. 그리고 시체의 질속에서 다른 사람의 DNA가 발견됐어요. 정액 말입니다. 그게 당신 걸로 밝혀지는 날에는 각오해야 할 겁니다, 라우터바흐 씨.”

라우터바흐는 어쩔 줄 몰라 하며 자꾸 혀로 입술을 핥았다.

“당시 스테파니는 몇 살이었죠?” 보덴슈타인이 물었다.

“열여덟 살이었습니다.”

"라우터바흐 씨는 몇 살이었습니까?"

"스물여덟이었습니다." 라우터바흐가 기어드는 목소리로 말했다. 그리고 얼굴을 붉히며 고개를 떨어뜨렸다.

"1997년 9월 6일 스테파니 슈네베르거와 성관계를 가진 사실이 있습니까, 없습니까?"

이 질문에 라우터바흐는 그만 얼어버렸다.

"근거도 없으면서 넘겨짚지 마세요." 드디어 안더스 변호사가 지원사격에 나섰다. "그 여학생이 누구랑 잤는지 알 게 뭡니까?"

"1997년 9월 6일에 무슨 옷을 입었습니까?" 보덴슈타인은 안더스의 방해 공작을 무시하고 라우터바흐를 뚫어져라 쳐다봤다. 라우터바흐는 당황스러운 표정으로 어깨를 으쓱할 뿐이었다.

"제가 말씀드리죠. 그날 당신은 청바지에 하늘색 남방, 그 밑에 녹색 축제 위원회 티셔츠를 입었어요. 밤색 신발을 신었고요."

"그게 지금 무슨 상관이 있습니까?" 라우터바흐의 변호사가 물었다.

"이거 봐요." 보덴슈타인이 안더스에게는 눈길도 주지 않고 인쇄된 티스의 그림을 한 장씩 라우터바흐 앞에 내놓았다. "이 그림들은 티스 테를린덴이 그린 겁니다. 두 여학생이 살해되는 걸 목격한 사람이죠. 목격한 걸 이런 방식으로 나타낸 겁니다."

보덴슈타인이 인물 하나를 손가락으로 짚은 뒤 물었다. "이게 누군 것 같아요?"

그림을 쳐다보던 라우터바흐가 어깨를 으쓱했다.

"라우터바흐 씨, 바로 당신입니다. 헛간 앞에서 스테파니 슈네베르거와 키스한 뒤 같이 잤잖아요!"

"아닙니다." 라우터바흐가 기어드는 목소리로 중얼거렸다. 얼굴이 하얗게 질려 있었다. "아니에요. 아니라니까요. 믿어주세요!"

"당신은 스테파니의 선생이었어요." 보덴슈타인이 계속해서 그를 몰아붙였다. "스테파니 슈네베르거는 당신이 돌보고 이끌어 줘야 할 학생이었단 말입니다. 당신은 위법 행동을 저지른 거예요. 갑자기 잘못했다는 생각이 들었죠? 스테파니가 소문을 낼지도 모른다는 생각이 뒤늦게 들었을 테고. 미성년 제자와 성관계를 가진 선생은 끝장난 거나 다름없죠."

라우터바흐가 고개를 저었다.

"당신은 스테파니를 죽이고 잭을 분뇨 구덩이에 버린 뒤 집에 갔습니다. 그리고 부인에게 모든 걸 고백했어요. 부인은 절대 아무한테도 말하지 말라고 했겠죠. 그리고 원했던 그대로는 아니지만 당신 계획대로 됐죠. 예상했던 대로 경찰은 토비아스를 의심했고 그는 감옥에 갔어요. 문제는 스테파니의 시체가 없어졌다는 거였죠. 누군가 당신과 스테파니를 지켜봤다는 뜻이니까 말입니다."

라우터바흐는 여전히 쉬지 않고 머리를 저어댔다.

"당신은 그 목격자가 티스 테를린덴일 거라고 생각했습니다. 그래서 티스의 주치의인 부인으로 하여금 마약을 처방하게 하고 입을 다물도록 종용했죠. 그렇게 11년이 순탄하게 지나갔어요. 토비아스가 출소하기 전까지 말입니다. 당신은 안면이 있는 안드레아스 하세에게서 경찰이 옛날 사건에 관심을 보이고 있고 사건 기록까지 신청했다는 말을 들었겠죠. 그래서 그를 사주해서 문제의 심문 기록을 빼돌렸습니다."

"사실이 아닙니다." 라우터바흐가 꽉 잠긴 목소리로 중얼거렸다. 이마에 땀이 송골송골 맺혀 있었다.

"사실이 아니긴요." 피아가 끼어들었다. "하세는 모든 걸 자백하고 정직당했어요. 그 기록을 빼돌리지 않았다면 당신이 지금 여기에 앉아 있을 이유도 없다고요."

"지금 뭐 하자는 겁니까?" 안더스 변호사가 끼어들었다. "설령 우리 의뢰인이 제자와 잠을 잤다고 쳐도 성폭행에 대한 공소시효는 벌써 지났습니다."

"살인에 대한 공소시효는 지나지 않았죠."

"전 스테파니를 죽이지 않았습니다!"

"그럼 왜 하세를 시켜서 심문 기록을 없앴죠?"

"그건……, 그건 제가……. 제 이름이 빠지는 게 좋을 것 같아서 그랬습니다." 라우터바흐가 순순히 자백했다. 그의 얼굴은 땀으로 범벅이 되어 있었다. "물 좀 마실 수 있을까요?"

엥겔 과장이 아무 말 없이 자리에서 일어나 밖으로 나갔다가 물병과 유리컵을 가져와 라우터바흐 앞에 놓은 뒤 다시 자리에 앉았다. 라우터바흐는 병뚜껑을 열어 컵에 물을 따른 뒤 단숨에 벌컥벌컥 들이켰다.

"아멜리 프뢸리히는 어디 있어요? 티스 테를린덴은요?" 피아가 물었다.

"그걸 제가 어떻게 알겠습니까?" 라우터바흐가 반문했다.

"당신은 티스가 모든 걸 목격했다는 사실을 알았어요. 그리고 아멜리가 1997년 사건에 관심이 많다는 것도 알았죠. 둘 다 당신한테 큰 위협이었어요. 그런데 그 두 사람이 사라진 겁니다. 누구라도 당신을 의심하지 않겠어요? 당신은 아멜리가 실종되던 날 바로 그 시간에 아멜리가 마지막으로 목격된 바로 그 장소에 클라우디우스 테를린덴과 함께 있었어요."

라우터바흐는 흡사 좀비처럼 괴이하게 움직였다. 계속해서

땀에 젖은 손바닥을 허벅지에 문지르다가 변호사가 옆에서 팔을
붙잡은 다음에야 그만두었다. 얼굴도 땀으로 번들거렸다.

"라우터바흐 씨." 보덴슈타인이 자리에서 일어나 책상에 손을
짚고 상체를 앞으로 기울였다. "우리는 스테파니 슈네베르거의 질
에서 나온 DNA를 당신 것과 비교할 겁니다. 만약 DNA가 일치하
면 당신 변호사가 아무리 공소시효를 외쳐대도 미성년 제자를 성
폭행한 것에 대한 처벌을 받게 돼요. 아마 그 일로 가장 오랫동안
기억에 남는 문화교육부 장관이 되겠죠. 난 모든 수단을 동원해서
당신을 법정에 세울 겁니다. 이 자리에서 약속할 수 있어요. 당신
이 입을 다물었기 때문에 전도유망한 청년이 10년이나 감옥살이
를 했다는 사실이 언론에 알려지면 어떻게 될지 생각해봤습니까?
게다가 그 청년은 당신 제자였어요. 내가 그런 것까지 말해줘야
합니까, 지금!"

보덴슈타인은 잠시 숨을 고르며 윽박지른 효과가 나타나기를
기다렸다. 라우터바흐는 온몸을 덜덜 떨었다. 법의 처벌과 언론의
칼 끝에서 만신창이가 되는 일 중 그는 어느 쪽을 더 두려워할까?

"기회를 드리겠습니다." 보덴슈타인이 다시 차분하게 말했다.
"만약 아멜리와 티스를 찾는 데 협조하신다면 고소하지 않을 수도
있습니다. 변호사와 한번 잘 상의해보십시오. 지금부터 10분간 시
간을 드리겠습니다."

*

"더러운 놈." 피아는 눈을 가늘게 뜨고 유리창 너머를 바라보
며 말했다. "저 자식이 틀림없어요. 스테파니를 죽이고 이번에는

아멜리한테까지 마수를 뻗은 거예요. 분명해요."

라우터바흐와 변호사가 하는 말은 들리지 않았다. 안더스 변호사가 마이크를 꺼달라고 요청했기 때문이다.

"테를린덴과 함께했겠지." 보덴슈타인이 물을 한 모금 마신 뒤 말했다. "하지만 아멜리가 비밀을 알고 있다는 걸 어떻게 알았을까?"

"글쎄요. 혹시 아멜리가 테를린덴한테 그림에 대해 얘기했을까요? 아니, 그런 것 같지는 않아요."

"내 생각도 그래. 뭔가 하나가 부족해. 라우터바흐가 겁을 집어먹은 이유가 있었을 텐데 말이야."

"하세?" 엥겔 과장이 뒤에서 말했다.

"하세는 아니에요. 그림에 대한 건 우리도 하세가 나간 다음에 알았잖아요."

"음, 그렇다면 정말 연결 고리가 하나 부족하네."

"가만." 보덴슈타인이 말했다. "나디야 폰 브레도프는 어때? 토비아스의 친구들이 로라를 강간할 때도 그 자리에 있었고 라우터바흐와 스테파니를 그린 그림의 배경에도 나와 있잖아."

피아와 엥겔 과장이 동시에 의아한 눈초리로 그를 쳐다봤다.

"계속 자토리우스 농장에 있었던 거야. 남자들이 로라를 싣고 비행장으로 갈 때 나디야는 함께 가지 않았어. 그리고 그림에 대해서도 알고 있었고. 토비아스가 직접 얘기했으니까!"

피아와 엥겔 과장은 보덴슈타인이 무슨 말을 하려는지 동시에 알아챘다. 나디야 폰 브레도프는 자기가 알고 있는 정보로 라우터바흐를 협박했고 라우터바흐는 그 협박에 떠밀려 행동을 개시한 것이다.

"자, 다시 들어갑시다." 보덴슈타인이 종이컵을 쓰레기통에 던지며 말했다. "이번엔 끝장을 내자고!"

*

물은 계속해서 차올라 조금씩 방을 채워 갔다. 해가 완전히 저물기 직전, 마지막으로 봤을 때 이미 세 번째 계단까지 차 있었다. 아멜리가 담요로 문틈을 막아보기도 했지만 얼마 안 있어 수압 때문에 휩쓸려 나왔다.

다시 암흑이 찾아왔다. 물소리는 어둠 속에서도 끊이지 않고 들렸다. 아멜리는 물이 언제쯤 책장 위에까지 차오를까 하는 의미 없는 계산을 했다.

티스는 바로 옆에 누워 있었다. 가슴팍이 위아래로 움직이는 게 느껴졌다. 가끔씩 기침을 심하게 했고 열 때문에 몸이 뜨거웠다. 이 지하 동굴의 습기가 그에게 치명적으로 작용했으리라. 그는 얼마 전에 만났을 때도 많이 아파 보였다. 과연 티스가 이 위기를 이겨낼 수 있을까? 그토록 예민한 티스가! 아멜리는 티스와 대화를 해보려고 몇 번이나 그의 이름을 불렀지만 아무 대답도 돌아오지 않았다.

"티스." 아멜리가 속삭였다. 추위에 이가 딱딱 부딪혀서 말하기조차 힘들었다. "티스, 말 좀 해!"

아무 말도 없는 티스. 순간 그녀에게서 모든 용기가 빠져나갔다. 암흑 속에서 미치지 않고 버티게 해준 오기도 여기가 끝이었다. 울음이 터져 나왔다. 더 이상 희망이 없다. 우리는 여기서 죽을 것이다. 물귀신이 되는 거다! 11년 전에 실종됐던 백설공주도 끝

끝내 발견되지 않았다. 아멜리라고 해서 운 좋게 구조될 리 없다. 공포가 입을 벌리고 달려들었다.

갑자기 그녀가 몸을 움찔했다. 등에 뭔가 닿는 느낌이 들었다. 티스가 아멜리의 어깨에 팔을 두르고 온몸으로 그녀를 감싸 안았다. 그의 몸에서 나는 열기가 아멜리의 얼음장 같은 몸을 덥혀주었다.

"울지 마." 그가 아멜리의 귀에 대고 속삭였다. "울지 마, 아멜리. 내가 있잖아."

*

"그림의 존재를 어떻게 알게 됐죠?"

보덴슈타인이 거두절미하고 물었다. 노련한 수사반장의 눈은 그레고어 라우터바흐의 상태를 순식간에 파악했다. 장관은 강단이 없다. 계속 압력을 넣으면 무너지게 돼 있다. 그동안 받은 스트레스가 있을 테니 그리 오래 버티지는 못하리라.

"익명의 편지와 이메일을 받았습니다." 라우터바흐가 끼어들려는 변호사를 힘없는 손짓으로 제지하며 말했다. "저는 그날 헛간에서 열쇠 꾸러미를 잃어버렸습니다. 그런데 편지에 그 열쇠 꾸러미 사진이 동봉돼 있었어요. 누군가가 저와 스테파니를 훔쳐봤다는 사실을 그때 분명히 알았습니다."

"뭘 훔쳐봐요?"

"아시지 않습니까." 라우터바흐가 고개를 들어 보덴슈타인의 눈을 쳐다봤다. 그의 눈에는 자기 연민이 가득했다. "스테파니는 그전부터 계속 저를 도발했습니다. 저는……, 저는 정말 스테파니와…… 잘 생각은 없었습니다. 그런데 스테파니가 하도 꼬드기는 바람에…… 어쩔 수 없이…….”

라우터바흐가 울상을 지었다. 보덴슈타인은 조용히 다음 말을 기다렸다.

“열쇠 꾸러미가 없어졌다는 걸 알고…… 전 정신없이 찾았습니다. 그 꾸러미에는 아내의 병원 열쇠도 달려 있어서 아내가 알면 난리가 날 테니까요!”

보덴슈타인은 라우터바흐를 향한 경멸을 무표정 뒤로 감추느라 무진 애를 써야만 했다.

“그런데 스테파니가 자기가 찾아서 나중에 줄 테니 먼저 가라고 했습니다.”

“그래서 그렇게 했습니까?”

“네. 바로 집에 갔습니다.”

보덴슈타인은 우선 다른 이야기로 넘어가야겠다고 생각했다. “이메일과 편지를 받으셨다고 했는데, 무슨 말이 적혀 있던가요?”

“티스가 모든 걸 알고 있다고 적혀 있었습니다. 그리고 계속 입 다물고 있으면 경찰이 알아내지 못할 거라는 말도 있었습니다.”

“뭐에 대해서 입을 다물라는 말입니까?”

라우터바흐는 어깨를 으쓱하며 고개를 저었다.

“누가 그런 편지를 썼는지 의심 가는 사람 없습니까?”

그는 전혀 모르겠다는 표정으로 다시 어깨를 으쓱했다.

“그래도 의심스러운 사람이 하나쯤은 있을 거 아닙니까!” 보덴슈타인이 다시 몸을 앞으로 기울이며 공격적인 자세를 취했다. “지금 입을 다무는 게 가장 멍청한 선택이라는 거 모르겠습니까?”

"정말 모르겠다니까요!" 라우터바흐가 절망적인 목소리로 외쳤다. 전혀 꾸미지 않은 그의 본얼굴이었다. 구석에 몰리자 그의 본성이 드러난 것이다. 그는 아내의 품을 벗어나면 한없이 나약하고 초라해지는 미숙한 남자였다. "정말 아무것도 모르겠어요! 그런 그림이 있다고 아내가 한 번 얘기한 적은 있지만, 티스가 그런 이메일이랑 편지를 썼을 리는 없잖아요."

"부인이 그 얘기를 한 게 언제죠?"

"모르겠어요." 그가 손바닥으로 이마를 짚으며 머리를 좌우로 흔들었다. "잘 기억이 안 납니다."

"기억을 해보세요." 보덴슈타인이 그를 닦달했다. "아멜리가 사라지기 전입니까, 아니면 후입니까? 그리고 부인은 그 사실을 어떻게 알았답니까? 부인한테 그 얘기를 한 사람이 누굽니까?"

"몰라요." 라우터바흐가 짜증을 내며 울상을 지었다. "정말 모른다니까요!"

"생각을 좀 해봐요!" 보덴슈타인은 다시 의자에 등을 대고 앉았다. "아멜리가 사라진 토요일 저녁에 테를린덴 부부와 함께 프랑크푸르트 에보니클럽에서 식사를 했죠? 라우터바흐 원장과 테를린덴 부인은 9시 반에 먼저 나갔습니다. 그리고 당신은 클라우디우스 테를린덴과 둘이서 알텐하인으로 돌아왔어요. 에보니클럽을 나와 집으로 돌아오기 전까지 어디서 뭘 했습니까?"

라우터바흐는 기억을 해내려 애쓰는 와중에도 경찰이 생각보다 많이 안다는 사실에 놀라는 기색이었다.

"네. 제 기억엔 프랑크푸르트로 가는 차 안에서 아내가 그 얘기를 한 것 같습니다. 티스가 옆집 여자애한테 무슨 그림을 줬다고 했어요. 그리고 그 그림에 저도 나온다고요." 라우터바흐는 궁지에 몰려 어쩔 수 없이 사실을 털어놨다. "낮에 이름을 밝히지 않은 누군가가 전화를 해줬다고요. 그러고는 아내와 다시 얘기할 기회가 없었습니다. 제 아내랑 크리스티네가 9시 반에 돌아가고 나서, 저는 자길스키에게 아멜리에 대해 물었습니다. 그 아이가 흑마에서 일한다는 걸 알았으니까요. 자길스키는 자기 아내한테 전화해서 아멜리가 아직 일하는 중이라는 걸 알아냈습니다. 그래서 저는 클라우디우스와 알텐하인으로 돌아와 흑마 주차장에서 아멜리를 기다렸습니다. 하지만 만나지 못했습니다."

"왜 아멜리를 기다렸죠?"

"저한테 그 익명의 편지와 이메일을 보냈는지 물어볼 생각이었습니다."

"그래, 보냈다고 하던가요?"

"만나질 못했다니까요. 우리는 차 안에서 기다렸습니다. 11시나 11시 반쯤 됐나. 나탈리가 나타났습니다. 아, 나디야요. 지금은 나디야 폰 브레도프라고 이름을 바꿨더군요."

보덴슈타인이 잠시 눈을 들어 피아와 시선을 주고받았다.

"나디야가 주차장 나무 덤불 주위를 살폈습니다. 그리고 길을 건너서 버스 정류장 있는 데로 갔습니다. 자세히 보니 거기에 웬 남자가 앉아 있었어요. 나디야는 그 남자를 흔들어 깨우다가 안 일어나니까 그냥 차를 타고 가버렸습니다. 테를린덴은 자길스키 부인한테 전화해서 아멜리가 아직도 가게에 있냐고 물었습니다. 그런데 벌써 나가고 없다는 겁니다. 그러고 나서 테를린덴 회사로 갔습니다. 그 친구는 곧 경찰이 여기저기 쑤시고 다닐 거라며 걱정했습니다. 압수 수색이라도 당하면 귀찮아진다면서 발견되면 곤란한 서류들을 다른 데로 옮긴다고 했어요."

"그게 무슨 서류들이죠?" 보덴슈타인이 물었다.

라우터바흐는 머뭇거리며 대답을 회피했지만 곧 다 털어놓았다. 원래도 부자였지만, 테를린덴이 정말 큰돈을 만지게 된 것은 90년대 후반, 회사를 키워서 주식 상장을 하고 난 다음부터였다. 그 후로 그는 부와 권력을 유지하기 위해 높은 사람들에게 거액의 뇌물을 바쳐 왔던 것이다. 게다가 그의 알짜배기 수입원은 이란이나 북한 같은 통상 금지국들과의 교역이었다.

"테를린덴은 그날 밤 안으로 서류들을 처분하고 싶어 했습니다." 직접적인 표적에서 벗어난 그는 자신감을 되찾은 듯했다. "그런데 서류를 아예 없애는 건 안 된다고 하기에 이트슈타인에 있는 제 아파트로 가져갔습니다."

"음……."

"전 아멜리나 티스의 실종과는 아무런 관련이 없습니다. 그리고 아무도 죽이지 않았어요."

"그건 곧 밝혀지겠죠." 보덴슈타인이 그림들을 한데 모아 파일에 집어넣었다. "이제 집에 가져도 됩니다. 하지만 감시도 하고 전화도 도청할 겁니다. 그리고 무엇보다 언제라도 경찰에 출두할 각오하십시오. 외출할 일 있으면 반드시 먼저 연락하시고요."

라우터바흐가 참담한 표정으로 고개를 끄덕였다. "당분간 언론에 이름이 나가지 않게 해주실 수 없겠습니까?"

"그건 약속드릴 수 없습니다." 보덴슈타인이 그에게 손을 내밀었다. "이트슈타인 아파트 열쇠 주시죠."

2008년 11월 22일 토요일

피아는 밤새 잠을 이루지 못했기 때문에, 새벽 5시 15분에 감시팀으로부터 전화가 왔을 때 깨어 있었다. 나디야 폰 브레도프가 프랑크푸르트 베스트하펜 자택에 도착했다는 소식이었다. 그런데 돌아온 사람은 나디야 하나뿐이었다.

"금방 갈 테니까 기다려."

그녀는 옆구리에 끼고 있던 건초를 말우리 칸막이 너머로 던지고 휴대전화를 주머니에 집어넣었다. 사건 때문에 잠을 못 잔 건 아니었다. 내일 오후 3시 30분에 프랑크푸르트 시청 직원들이 피아의 비르켄호프로 현장 시찰을 나오기로 돼 있었다. 시청에서 철거령을 철회하지 않으면 피아는 크리스토프와 동물들을 데리고 길거리에 나앉게 될 처지였다.

지난 몇 주 동안 여기저기 알아보고 다닌 크리스토프는 자신의 생각이 너무 안이했다는 걸 깨달았다. 땅 주인의 아버지가 전쟁이 끝나고 나서 헛간을 하나 지었다가 무허가로 계속 증축했는데, 알고 보니 고압선 때문에 집을 지어서는 안 되는 곳이었다. 땅 주인은 그 사실을 숨겼고, 비르켄호프가 무허가 주택이라는 사실은 60년간 그 누구에게도 알려지지 않았다. 그런데 아무것도 모르는 피아가 개축 신청서를 제출한 것이다.

그녀는 재빨리 닭에게 모이를 준 뒤 보덴슈타인에게 전화를 걸었으나 연결되지 않았다. 일단 문자메시지를 보내놓고 심각한 고민에 빠져 집으로 향했다. 집이 갑자기 낯설어 보였다. 그녀는 살금살금 침실로 들어갔다.

"나가야 돼?" 크리스토프가 물었다.

"응. 나 때문에 깼어?" 그녀가 전등을 켰다.

"아니. 나도 잠이 안 오네." 그가 턱을 괸 채 그녀를 바라봤다. "정말 철거하게 되면 어떻게 할지 밤새 생각했어."

"나도." 피아가 침대 끄트머리에 앉아 말했다. "일단은 나한테 이 집을 판 놈들 다 고소할 거야. 다 알면서 사기 친 게 틀림없어!"

"하지만 증거가 있어야지." 크리스토프가 말했다. "내 친구 중에 그쪽 분야를 잘 아는 사람이 있으니까 오늘 상의해볼게. 그 전엔 아무것도 하지 마."

피아는 한숨을 내쉬었다. 그리고 가만히 속삭였다. "당신이 있어서 얼마나 다행인지 모르겠어. 나 혼자였다면 어쩔 뻔했어?"

"내가 없었으면 개축 신청서를 내지도 않았겠지. 그럼 아무 일도 안 일어났을 거야." 크리스토프가 빙긋 웃었다. "그렇다고 기죽지 말고 일이나 열심히 해. 이 일은 내가 알아볼 테니까. 알았지?"

"알았어." 애써 미소를 지으며 피아는 허리를 굽혀 그에게 입을 맞추었다. "미안하지만 오늘은 집에 몇 시에나 올지 모르겠어."

"내 걱정은 하지 마." 크리스토프가 웃는 얼굴로 말했다. "나도 오늘 할 일 많아."

*

멀리 떨어져 있었지만 그는 한눈에 그녀를 알아보았다. 그녀는 가로등 불빛을 받으며 그의 차 옆에 서 있었다. 온통 무채색인 주차장에서 그녀의 빨간 머리만이 유일하게 색채를 발했다. 보덴슈타인은 잠시 망설인 뒤, 결심한 듯 그녀를 향해 걸었다. 코지마는 상대가 마음대로 전화를 끊어버리게 놔두는 여자가 아니다. 가만있지 않을 거라고 충분히 예상했어야 하는데 수사에 몰입하다 보니 미처 생각하지 못했다. 준비가 안 된 보덴슈타인은 왠지 불리하다고 느꼈다.

"왜 왔어?" 그가 퉁명스럽게 내뱉었다. "나 지금 바빠."

"전화한다더니 안 해서…… . 할 얘기가 있어."

"아, 갑자기 할 말이 생겼어?" 그는 창백하지만 결연한 표정을 하고 선 그녀 앞으로 다가갔다. 심장이 벌렁거렸다. 소리 지르고 싶은 걸 꾹 참고 말했다. "지난 몇 달 동안은 할 얘기가 없어서 안 했나 보지? 얘기가 하고 싶으면 그 러시아 친구한테나 가서 하라고."

그가 차 열쇠를 다른 손으로 옮겨 쥐었다. 그러나 그녀는 차 문 앞에 서서 꼼짝도 하지 않았다.

"설명할 게 있어…… ."

"듣고 싶지 않아." 보덴슈타인은 그녀가 말하게 놔두지 않았다. 밤새 한숨도 못 잤고 지금 당장 가봐야 할 곳도 있다. 이런 중요한 대화를 하기에는 때가 좋지 않다. "그리고 지금은 정말 시간이 없어."

"올리버, 제발 믿어줘. 난 정말 당신한테 상처 줄 생각 없었어."

그녀가 그를 향해 손을 뻗었다. 그러나 그가 한 발 물러서자 도로 손을 내렸다. 그녀의 입김이 차가운 아침 공기 속에 하얀 구름처럼 떠다녔다.

"이렇게까지 될 줄은 몰랐어. 하지만…… ."

"그만!" 갑자기 그가 소리를 버럭 질렀다. "어떻게 나한테 이럴 수가 있어? 여태껏 나한테 이렇게까지 상처 준 사람은 아무도 없었어! 용서해달라는 말도 듣기 싫고 핑계도 듣기 싫어! 무슨 말을 해도 소용없어. 왠지 알아? 당신이 모든 걸 망쳤으니까! 다 망쳤다고!"

코지마는 침묵했다.

"언제부터 그렇게 계획적으로 날 속여 왔는지 알 게 뭐야!" 그가 이를 바드득 갈았다. "그 오랜 촬영 여행에서 뭘 하고 돌아다녔는지 누가 아느냐고! 의심할 줄 모르는 멍청이 남편이 애들하고 집에 앉아서 엄마 오기만 기다릴 때 당신은 어떤 놈하고 놀아났느냐고! 당신을 철석같이 믿는 멍청한 나를 비웃었어?"

화산이 마그마를 토해내듯 그는 독기 서린 말들을 쉬지 않고 내뱉었다. 그동안 억눌려 있던 좌절감이 한순간에 터져 나왔다. 코지마는 표정 하나 변하지 않고 말없이 듣기만 했다.

"소피아도 진짜 내 앤지 어떻게 알아? 당신이 죽고 못 사는 그 천박한 영화판 날라리 놈들 중 하나가 아빠인지 누가 아느냐고!" 그는 순간 입을 다물었다. 아무리 화가 났어도 이 말은 하지 말았어야 했다. 그러나 이미 내뱉은 말을 도로 주워 담을 수는 없었다.

"난 우리 가정을 지키기 위해 무슨 짓이라도 했을 거야." 그는 한 마디, 한 마디를 입에서 찍어내듯 힘들게 내뱉었다. "그런데 당신은 나를 속이고 바람을 피웠어. 난 다시는 당신을 믿을 수 없을 거야."

코지마가 어깨를 쫙 폈다. 그리고 냉정하게 말했다. "당신이 이렇게 나올 줄 알았어. 오로지 당신만 옳지. 타협이라는 걸 몰라. 자기중심적이고 이기적인 관점으로만 문제를 봐."

"그럼 누구 관점에서 봐야 하는데? 당신 애인 관점?" 그가 콧방귀를 뀌었다. "이기주의자는 내가 아니라 바로 당신이야! 지난 20년간 당신은 나한테 상의 한마디 없이 몇 주씩 촬영 여행을 다녔어. 난 마음에 안 들었지만 참았어. 당신 직업도 당신의 일부분이니까. 그러다가 임신을 했지. 당신, 나한테 일언반구도 없었어. 셋째를 갖고 싶은지 물어보지도 않고 당신 혼자 결정해서 나한테 통보했다고. 그렇게 하면서 이런 생각 안 했어? 애 딸린 엄마로서 여기저기 빨빨거리고 돌아다닐 수 없을 거라는 거? 못 돌아다니니까 지루해서 바람피운 주제에 이제 와서 날더러 이기주의자라고? 기가 막혀서 웃음도 안 나오는군!"

"로렌츠랑 로잘리가 어렸을 때는 일을 할 수 있었어. 그때는 당신도 육아를 분담했으니까." 코지마가 반박했다. "지금에 와서 이런 얘기 하고 싶지 않아. 이미 엎질러진 물이야. 그래, 내가 큰 실수를 저질렀어. 하지만 난 당신이 용서해줄 마음이 생길 때까지 무릎 꿇고 빌고 싶은 마음은 없어."

"그럼 여긴 왜 온 거야?" 그의 주머니에서 휴대전화가 요동쳤다. 그러나 그는 신경 쓰지 않았다.

"크리스마스가 지나고 4주간 가브릴로프의 북극 항로 탐험에 참가할 거야. 그동안 소피아를 맡아줘야겠어." 그녀가 통보했다.

보덴슈타인은 마치 코지마가 얼굴을 때리기라도 한 듯 그녀의 얼굴을 쳐다봤다. 그녀는 그에게 용서를 빌러 온 게 아니었다. 그녀는 이미 자신의 미래를 결정했고, 그 미래에서 보덴슈타인의 역할은 베이비시터였다. 다리가 크게 휘청거렸다.

"그거 지금 진심으로 하는 말이야?" 그가 속삭이듯 작은 목소리로 물었다.

"진심이야. 이미 몇 주 전에 계약했어. 당신이 싫어하리란 건 예상했어." 그녀가 어깨를 으쓱했다. "일이 이렇게 된 건 미안해. 정말이야. 하지만 나 그동안 생각 많이 했어. 이 영화 안 하면 죽을 때까지 후회할 거야……."

그녀의 말이 이어졌지만 그의 귀에는 아무 소리도 들리지 않았다. 중요한 건 이미 다 나왔다. 그녀의 마음은 오래전에 그를 떠났다. 그들이 함께한 오랜 세월을 깨끗이 털어버린 것이다.

사실 그는 마음 한구석으로 그녀와 이 문제를 극복할 수 있을지도 모른다고 생각해 왔다. 지난 세월, 그는 판이하게 다른 성격이 둘 사이를 더욱 특별하게 만든다고 믿었다. 마치 수프에 넣는 소금처럼. 그러나 이제는 서로가 너무나 다르다는 사실을 직시할수밖에 없었다. 심장이 오그라드는 것처럼 아팠다.

그녀는 지금도 그녀의 방식대로 일을 처리하고 있다. 항상 그랬듯이 이미 결정된 사항을 통보하면 그는 그 결정에 따라야 했다. 방향을 제시하는 사람은 언제나 그녀였다. 켈크하임의 땅을 사고 집을 지은 돈도 그녀한테서 나왔다. 그는 꿈도 못 꿨을 호사였다.

마음이 찢어지게 아팠지만 그는 이 우중충한 11월의 아침에 난생처음으로 코지마를 다른 눈으로 보게 되었다. 그가 마주하고 있는 이 여자는 더 이상 자신감과 활기가 넘치는 아름다운 인생의 동반자가 아니라, 자기 뜻을 이루기 위해서라면 물불 가리지 않는 무자비한 여자일 뿐이다. 그는 오랜 세월 동안 멍청하게도 미몽 속에서 살았던 것이다! 피가 거꾸로 치솟는 것만 같았다.

그녀는 할 말을 마치고 대답이라도 기다리듯 그를 빤히 쳐다보고 있었다. 그는 눈을 껌벅였다. 그녀의 얼굴, 자동차, 주차장. 그 모든 게 한데 뒤섞여 눈앞에서 어른거렸다. 그녀는 다른 남자

와 함께 자신의 길을 갈 것이다. 그녀의 미래에 더 이상 그의 자리
는 없다. 갑자기 질투와 증오심이 끓어올랐다. 그는 그녀에게 한
걸음 다가가 손목을 낚아챘다. 놀란 그녀가 뒤로 물러서려 했지만
그는 손을 꽉 잡고 놓아주지 않았다. 그녀에게서 냉담하고 우월감
에 찬 태도가 순식간에 사라졌다. 두려움으로 가득한 눈을 치켜떴
고 소리를 지르려 입을 벌렸다.

*

6시 반이 돼도 보덴슈타인에게 연락이 없자 피아는 혼자서 나
디야 폰 브레도프의 집을 찾아가기로 마음먹었다. 보덴슈타인은
전화도 받지 않고 문자메시지에도 응답하지 않았다. 피아가 막 초
인종을 누르려는데 한 남자가 문을 열고 나왔다. 그리고 집을 감
시하던 사복 경찰 둘과 함께 오피스텔 안으로 들어가려는 피아를
막아섰다. 흰머리가 듬성듬성한 50대 중반으로, 둥근 뿔테 안경을
쓰고 있었다.

"잠깐만요! 여긴 이렇게 막 들어가시면 안 됩니다. 누굴 찾아
왔습니까?"

"댁이 무슨 상관이죠?" 피아가 퉁명스럽게 대꾸했다.

"아주 상관이 많지요." 그가 문 앞에 떡 버티고 서서 팔짱을 낀
채 거만한 표정으로 피아를 노려봤다. "난 이 오피스텔 소유주 협
회 회장입니다. 그리고 여긴 아무나 막 들어갈 수 있는 데가 아닙
니다."

"경찰청에서 나왔습니다."

"아, 그래요? 신분증 있어요?"

속에서 화가 부글부글 끓어올랐다. 그녀는 공무원증을 꺼내 남자의 코앞에 들이댄 뒤 곧장 계단 쪽으로 걸어갔다. "한 사람은 여기 남아 있어." 그러고는 동행한 사복 경찰 중 한 명에게 말했다. "우리 둘만 올라가자고."

그들이 펜트하우스 앞에 도착하자마자 문이 열리고 나디야가 나타났다. 순간 나디야는 소스라치게 놀랐지만 이내 평정을 되찾고 퉁명스럽게 말했다. "밑에서 기다리라고 했잖아요. 어차피 올라온 거 거기 있는 가방이나 들고 내려가세요." 나디야는 피아를 택시 기사로 착각하는 듯했다.

피아가 물었다. "여행 가시나요? 온 지 얼마나 됐다고 또 집을 비우시게요?"

"무슨 상관이에요?" 나디야가 짜증 섞인 목소리로 반문했다.

"상관이 아주 많죠." 피아가 공무원증을 꺼내 들었다. "호프하임 경찰청 소속 피아 키르히호프입니다."

나디야가 피아를 위아래로 훑어보며 입술을 삐죽 내밀었다. 그녀는 옷깃에 털이 달린 진갈색의 유명 브랜드 점퍼에 청바지, 부츠 차림이었다. 머리는 한 가닥도 빠짐없이 깔끔하게 뒤로 틀어 올렸다. 화장이 짙었지만, 충혈된 눈 밑의 다크서클은 감추지 못했다. "시간을 잘못 맞춰 오셨네요. 전 지금 급히 공항에 가야 해요."

"그렇다면 다른 비행기를 타셔야 할 것 같네요. 몇 가지 대답해주셔야 할 게 있거든요."

"지금 그럴 시간이 없어요." 나디야가 무시하고 엘리베이터 버튼을 눌렀다.

"어디 갔다 오셨죠?"

"여행이요."

"아, 그래요? 그런데 토비아스 자토리우스는 어디 있죠?"

나디야가 의아한 표정으로 피아를 쳐다봤다. "그걸 제가 어떻게 알겠어요?" 정말 아무것도 모르는 것 같았다. 그러나 그녀가 현재 독일에서 가장 잘나가는 배우 중 하나가 된 데는 다 이유가 있을 것이다.

"로라 바그너의 장례식 뒤에 토비아스 자토리우스를 경찰에 데려다 준다고 해놓고 딴 데로 빼돌리지 않았나요?"

"누가 그런 소리를 해요?"

"토비아스 자토리우스의 아버지요. 자, 토비아스는 어디다 떼놓고 왔어요?"

엘리베이터가 멈추고 문이 스르륵 열렸다. 나디야가 피아를 향해 돌아선 뒤 입가에 조소를 머금었다. "그 노인네가 하는 말을 다 믿어요?" 그러고는 피아 뒤에 서 있는 사복 경찰에게 말했다. "민중의 지팡이인 경찰 아저씨, 저 가방 좀 엘리베이터로 옮겨주시겠어요?"

동료가 정말 가방을 집으려 하자 피아는 화가 나서 복장이 터질 것만 같았다. "아멜리 어디 있어요? 그 애한테 무슨 짓을 한 거예요!"

"내가요?" 나디야가 눈을 휘둥그렇게 떴다. "아무 짓도 안 했어요. 내가 개한테 무슨 짓을 할 이유가 없잖아요."

"티스가 아멜리한테 그림을 줬으니까요. 그 그림에 다 나와 있더군요. 당신은 로라 바그너가 강간당할 때도 그 옆에 있었고, 자토리우스네 헛간에서 그레고어 라우터바흐가 스테파니 슈네베르거와 섹스를 하는 것도 지켜봤죠. 그리고 나중에 스테파니를 잭으로 때려죽였어요."

피아의 예상과 달리 나디야는 소리 내어 웃기 시작했다. "어디서 그런 헛소리를 들었어요?"

피아는 화를 가라앉히려 애썼다. 마음 같아서는 그녀의 멱살을 잡고 따귀라도 때리고 싶었다. "외르크, 펠릭스, 미하엘. 당신 친구들이 다 자백했어요. 당신이 친구들한테 갖다 버리라고 했을 때 로라는 아직 살아 있었다고요. 아멜리가 티스의 그림을 통해 비밀을 알아냈다는 사실은 당신에게 절대 반가운 소식이 아니었겠죠. 그러니 아멜리가 없어지는 게 당신한테는 이익 아니겠어요?"

"기가 막히네." 그녀는 전혀 동요하지 않았다. "그런 말도 안되는 스토리는 시나리오 작가들도 못 만들어내겠어요. 그 아멜리라는 애는 딱 한 번 봤어요. 걔가 지금 어디 있는지 난 몰라요."

"거짓말 말아요. 토요일 저녁에 흑마 주차장에 있었잖아요. 그리고 아멜리의 배낭을 덤불 속에 버렸잖아요."

"어머, 그래요?" 나디야가 눈썹을 치켜뜨고 지루해 죽겠다는 표정으로 피아를 바라봤다. "누가 그런 소리를 해요?"

"본 사람이 있어요."

"내가 할 줄 아는 게 많긴 해요." 그녀가 비꼬듯 말했다. "그런데 같은 시간에 다른 두 장소에 있지는 못하거든요. 전 토요일에 함부르크에 있었어요. 증인도 있어요."

"누구요?"

"이름이랑 전화번호를 줄 테니 전화해봐요."

"함부르크에서 뭘 했죠?"

"일했어요."

"거짓말 말아요. 당신 매니저한테 이미 물어봤어요. 그날은 촬영이 없었잖아요."

나디야가 값비싼 손목시계를 들여다보며 얼굴을 찡그렸다. 마치 이렇게 시간을 낭비하는 것 자체가 지겹다는 표정이었다. "난 그날 함부르크에서 400명도 넘는 관객이 지켜보는 가운데 토르스텐 고트발트와 함께 갈라쇼를 진행했어요. 북독일 텔레비전에서 녹화했으니 찾아봐요. 400명의 전화번호를 다 댈 수는 없지만 연출, 토르스텐 고트발트, 그 밖에 다른 몇몇의 전화번호는 줄수 있어요. 이 정도면 내가 그 시간에 알텐하인의 주차장 같은 데 있지 않았다는 게 증명이 되겠어요?"

"그렇게 배배 꼴 필요 없어요." 피아가 퉁명스럽게 맞받아쳤다. "이 가방들 가운데 하나만 골라요. 경찰 아저씨가 친절하게 경찰차에 실어줄 테니까."

"어머, 친절도 하셔라. 이제 경찰이 운송 서비스도 하나 보죠?"

"기꺼이 교도소로 모셔다드리죠." 피아가 싸늘하게 대꾸했다.

"정말 기가 막혀서!" 나디야는 차차 사태의 심각성을 깨달아 가는 것 같았다. 잘 손질된 눈썹 사이에 깊은 주름이 잡혔다. "함부르크에 중요한 일정이 있어요."

"잊어버려요. 지금 체포할 거니까."

"무슨 근거로요?"

"로라 바그너가 살해당하는 걸 보고만 있었기 때문이에요." 피아가 냉소적으로 말했다. "대본에서 봐서 잘 알죠? 살해 방조죄!"

*

　동료들에게 나디야를 인도한 뒤 피아는 다시 보덴슈타인에게 전화를 걸었다. 드디어 전화가 연결됐다.

　"어디예요?" 짜증 섞인 목소리로 물으면서 휴대전화를 귀와 어깨 사이에 끼우고 안전벨트를 맸다. "한 시간 반 동안이나 통화가 안 되면 어떡해요? 프랑크푸르트에 올 필요 없어요. 나디야 폰 브레도프는 방금 체포해서 경찰청으로 보냈어요."

　그가 뭐라고 대답했지만 잘 들리지 않았다.

　"잘 안 들려요." 피아가 신경질적으로 말했다. "무슨 일 있어요?"

　"……사고가 나서……, 견인차를 기다리고……. 박람회장 방향으로 나와서……, 주유소……."

　"하필이면 이런 때에! 거기서 기다려요. 내가 데리러 갈게요."

　피아는 구시렁대며 전화를 끊고 차를 출발시켰다. 큰일을 앞두고 혼자 남겨진 것 같은 느낌이 들었다. 절대 실수가 용납되지 않는 중요한 시점이다. 아주 작은 실수가 이제까지의 수사를 모조리 망칠 수도 있다.

　그녀는 속도를 올렸다. 토요일 이른 아침이라 도로는 텅 비어 있었다. 보덴슈타인이 말한 곳으로 가려면 이 부자 동네를 가로질러 중앙역까지 가서 박람회장 쪽으로 꺾으면 된다. 평일 같으면 30분 걸리는 거리를 피아는 10분 만에 끊었다. 라디오에서 에이미 맥도널드의 노래가 흘러나왔다. 처음 들었을 때는 정말 좋다고 생각했는데 하도 여기저기서 틀어대는 바람에 지금은 완전히 질려버렸다.

피아가 반대 차로에서 주홍색 경광등을 번쩍이는 견인차를 발견했을 때 시간은 막 오전 8시가 되어 가고 있었다. 우중충한 하늘 위로 아침 해가 떠오르는 가운데 견인차가 BMW의 잔해를 실었다. 피아는 베스트크로이츠에서 반대 차선으로 들어섰고 몇 분 뒤 견인차와 순찰차 앞에 도착했다. 보덴슈타인은 창백한 얼굴로 가드레일에 앉아 무릎 위에 팔꿈치를 괸 채 멍하니 허공을 응시하고 있었다.

"무슨 일이에요?" 피아가 신분을 밝힌 뒤 순경에게 물었다. 그러면서 곁눈질로 보덴슈타인을 살폈다.

"동물을 피하려다 그랬답니다. 차는 크게 파손됐지만 운전자는 다치지 않은 것 같습니다. 병원에는 절대 안 가겠다고 하시네요."

"내가 알아서 할게요. 수고했어요." 그녀가 몸을 돌려 보덴슈타인에게 갔다. 견인차가 막 출발하고 있었지만 그는 얼굴조차 들지 않았다. "반장님."

그에게 과연 무슨 말을 해야 할까? 집에 가라고? 지금 어디서 먹고 자는지는 잘 모르지만, 그는 분명 그곳으로 가려 하지는 않을 것이다. 게다가 오늘 보덴슈타인이 없으면 안 된다. 그가 깊은 한숨을 내쉬었다. 얼굴에는 좌절감이 짙게 드리워져 있었다.

"그 남자랑 4주간 세계 여행을 떠난다는군. 크리스마스 직후에." 그가 억양 없는 목소리로 말했다. "나나 애들보다 일이 더 중요한 거야. 이미 9월에 계약서에 서명을 했대."

피아는 망설였다. '곧 괜찮아질 거예요'나 '기운 내요' 같은 말은 결코 적절하지 않았다. 보덴슈타인이 너무 딱했다. 그러나 시간이 없다. 지금 경찰청에서 두 사람을 기다리는 건 나디야만이 아니다. 지원 가능한 모든 경찰이 대기 중이다.

"반장님, 일어나세요." 당장 그의 팔을 붙잡고 자동차로 끌고 가도 모자랄 판이었지만 피아는 최대한 인내심을 발휘했다. "갓길에서 계속 이러고 있을 순 없잖아요."

보덴슈타인은 눈을 감은 채 손가락으로 미간을 문질렀다. 이윽고 쉰 목소리가 흘러나왔다.

"난 26년간 매일같이 살인범들을 상대하면서 살았어. 하지만 어떻게 다른 사람을 죽이고 싶다는 생각이 드는지 이해할 수 없었어. 근데 그게 어떤 느낌인지 오늘 아침에 처음으로 알았어. 아버지랑 동생이 말리지 않았다면 난 아마 주차장에서 코지마를 목 졸라 죽였을 거야." 그가 추운 듯 양팔로 자신의 몸을 감쌌다. 그리고 벌겋게 충혈된 눈으로 피아를 올려다봤다. "이렇게 더러운 기분은 정말 처음이야."

＊

지방경찰청 회의실은 오스터만이 소집한 경찰들로 꽉 차 있었다. 사고를 당한 보덴슈타인의 상태가 좋지 않았으므로 피아가 대신 회의를 진행했다. 그녀는 정숙하라고 외친 뒤 수사 현황과 지금까지 밝혀진 사실을 정리하고 아멜리 프뢸리히와 티스 테를린덴을 찾는 게 우선 과제임을 강조했다. 모두가 그녀의 말에 귀를 기울였다. 벤케가 없으니 그녀의 권위를 문제 삼는 사람도 없었다.

피아는 맨 뒷줄에 앉은 엥겔 과장과 그 바로 옆 벽에 기대서 있는 보덴슈타인에게 시선을 주었다. 함께 경찰청으로 오던 길에

주유소에 들른 그녀는 커피에 코냑을 부어 보덴슈타인에게 건넸
었다. 그는 순순히 받아 마셨고, 지금은 아까보다 훨씬 나아 보였
다. 그러나 여전히 충격으로부터 헤어나지 못한 상태였다.

"주요 용의자는 그레고어 라우터바흐, 클라우디우스 테를린
덴, 나디야 폰 브레도프입니다." 피아가 이렇게 말하며 오스터만
이 준비해놓은 스크린 쪽으로 다가갔다. 알텐하인과 인근 지역의
지도가 떠 있었다.

"당시 알텐하인에서 무슨 일이 일어났는지, 그 진실이 알려지
면 이 세 사람이 가장 곤란해집니다. 테를린덴과 라우터바흐는 아
멜리 프륄리히가 실종되던 날 밤, 이 방향에서 차를 타고 왔습니
다." 그녀가 발트가를 가리키며 말했다. "그 전에 그들은 이트슈타
인에 있었습니다. 그쪽 아파트는 이미 수색을 마쳤습니다. 현재는
흑마에 수사력을 집중시킨 상태입니다. 흑마의 주인 부부는 클라
우디우스 테를린덴과 한통속이기 때문에 그의 사주를 받았을 가
능성이 큽니다. 어쩌면 아멜리는 애초에 그 레스토랑에서 나오지
도 못했을지 모릅니다. 그래서 흑마의 주차장 근처에 사는 주민들
을 하나도 빼놓지 않고 다시 한번 탐문할 계획입니다. 오스터만,
구속영장은 나왔어?"

오스터만이 고개를 끄덕였다.

"자, 그럼 외르크 리히터, 펠릭스 피치, 미하엘 돔브로프스키
를 데려와야 하는데, 이건 카트린이 순경들과 함께 맡도록 해. 클
라우디우스 테를린덴과 그레고어 라우터바흐의 구속영장도 나왔
으니까 2인 1조 팀이 두 사람을 동시에 찾아가서 심문하는 걸로
합시다."

"라우터바흐와 테를린덴 집에는 누가 갑니까?" 경찰 중 누군

가가 물었다.

"보덴슈타인 반장님과 엥겔 과장님이 라우터바흐를 맡으시고 테를린덴한테는 제가 가겠습니다."

"누구랑요?" 좋은 질문이다. 벤케와 하세가 없으니 같이 갈 사람이 없었다. 피아는 좌중을 한번 죽 둘러본 뒤 결정을 내렸다.

"스벤하고 함께 가죠."

자르브뤼켄 경찰서의 스벤이 눈을 동그랗게 뜨고 손가락으로 자신을 가리켰다. 피아는 고개를 끄덕였다.

"질문 있습니까?"

더 이상의 질문은 없었다. 회의에 참석했던 사람들은 웅성거리는 소리, 의자 삐거덕거리는 소리와 함께 해산했다. 피아가 사람들을 헤치고 보덴슈타인과 엥겔 과장에게로 갔다.

"과장님한테도 일 배분한 거 괜찮나요?"

"그럼. 괜찮아." 과장이 고개를 끄덕인 뒤 피아를 자기 옆으로 끌어당기며 물었다. "그런데 왜 얀센 경장을 택한 거지?"

"그냥 직관적으로요." 피아는 어깨를 으쓱했다. "스벤이 일 잘한다고 그 사람 상관이 칭찬하는 소리를 많이 들었거든요."

엥겔 과장이 고개를 끄덕였다. 의미를 해석하기 힘든 그녀의 눈빛은, 보통 때라면 뭘 잘못했나 하는 생각이 들게끔 했겠지만 지금은 그럴 여유가 없었다. 그때 스벤 얀센이 다가왔다. 피아는 계단을 내려가며 나머지 세 사람에게 동시 심문을 어떻게 할 것인지 자세히 설명했다. 두 팀은 주차장에서 헤어졌다. 보덴슈타인이 잠시 피아를 붙잡았다.

"잘했어." 그가 말했다. "그리고 고마워."

*

보덴슈타인과 엥겔 과장은 차 안에서 말없이 전화를 기다리다가, 피아에게서 얀센과 함께 테를린덴의 집 앞에 도착했다는 연락을 받고 차에서 내렸다. 그리고 피아와 얀센이 테를린덴 집 초인종을 누르는 것과 동시에 라우터바흐 집 초인종을 눌렀다. 한참뒤에 그레고어 라우터바흐가 문을 열었다. 가슴팍에 유명 호텔 로고가 새겨진 면 소재의 목욕 가운을 입고 있었다.

"무슨 일입니까?" 그가 퉁퉁 부은 눈으로 두 사람의 눈치를 살폈다. "아는 건 이미 다 말했습니다."

"저희는 여러 번 질문하는 걸 좋아합니다." 보덴슈타인이 정중하게 말했다. "부인은 집에 계신가요?"

"아뇨. 회의가 있어서 뮌헨에 갔습니다. 그건 왜 묻는 겁니까?"

"아, 뭐 그냥 물어봤습니다."

엥겔 과장이 휴대전화를 계속 귀에 대고 있다가 보덴슈타인에게 고갯짓으로 신호를 보냈다. 피아와 얀센이 테를린덴의 집 안으로 들어갔다는 뜻이었다. 보덴슈타인은 피아의 각본대로 그제야 라우터바흐에게 첫 번째 질문을 던졌다.

"라우터바흐 씨, 다시 그날 저녁에 대한 질문입니다. 테를린덴과 함께 흑마 주차장에서 아멜리를 기다렸던 날 말입니다."

라우터바흐가 불안한 표정으로 고개를 끄덕였다. 그의 시선이 엥겔 과장에게로 미끄러져 갔다. 그녀가 계속 전화를 하는 게 이상한 모양이었다.

"거기서 나디아 폰 브레도프를 봤다고 하셨죠?"

라우터바흐가 다시 고개를 끄덕였다.

"확실합니까?"

"예, 분명히 봤습니다."

"뭘 보고 나디야 폰 브레도프인지 아셨죠?"

"그거야······. 그냥 알았습니다. 어떻게 생겼는지 아니까요."

엥겔 과장이 휴대전화를 보덴슈타인에게 건네자 라우터바흐는 잔뜩 긴장한 표정을 지었다. 보덴슈타인은 얀센이 보낸 문자메시지를 빠르게 훑었다. 클라우디우스 테를린덴은 라우터바흐와 달리 토요일 밤 흑마 주차장에서 특별히 알아본 사람이 없으며, 많은 사람들이 흑마에 들락거렸고, 버스 정류장에 사람이 앉아 있는 걸 보기는 했지만 누군지 알아보지는 못했다고 진술했다는 내용이었다.

"흠." 보덴슈타인이 숨을 깊이 들이마셨다. "친구분과 말을 좀 더 잘 맞추셨으면 좋을 뻔했습니다. 장관님과 달리 테를린덴은 흑마 앞에서 아무도 알아보지 못했다는군요."

라우터바흐가 얼굴을 붉힌 채 한참 더듬거리더니 나디야 폰 브레도프를 분명히 봤다고 강조했다. 맹세까지 할 태세였다.

"나디야 폰 브레도프는 그날 함부르크에 있었습니다." 보덴슈타인이 그의 말을 잘랐다.

라우터바흐는 아멜리의 실종과 분명히 관계가 있다. 보덴슈타인은 그렇게 확신하면서도 한편으로는 회의가 들었다. 나디야가 거짓말을 할 수도 있지 않은가. 혹시 이 두 사람이 짜고 언제 입을 열지 모르는 아멜리를 제거한 게 아닐까? 아니면 테를린덴이 거짓말을 한 걸까? 생각이 머릿속에서 빙빙 돌았다. 그러다 어느 순간, 뭔가 결정적인 걸 놓치고 있다는 생각이 들었다. 분명 뭔가 아주 중요한 것을 못 보고 지나쳤다.

그는 엥겔 과장의 얼굴을 쳐다봤다. 방금 분명히 무슨 말을 하려고 했는데 그게 뭐였지? 의아해하며 보덴슈타인을 마주 보던 그녀는 그의 눈에서 불안한 기색을 감지하고 바로 끼어들었다.

"당신은 지금 거짓말을 하고 있어요." 그녀가 싸늘하게 말했다. "왜 주차장에서 나디야 폰 브레도프를 봤다고 주장하는 거죠?"

"지금부터 변호사 없이는 한마디도 않겠습니다." 라우터바흐는 얼굴을 붉히며 어쩔 줄 몰라 했다.

"그럴 권리가 있으니 행사하셔야죠." 엥겔 과장이 고개를 끄덕였다. "호프하임으로 바로 오라고 하세요. 당신은 저희가 지금 체포할 거니까요."

"날 그냥 이렇게 체포할 수 있다고 생각합니까?" 라우터바흐가 소리 높이며 반항했다. "난 불가침권의 적용을 받는 사람이에요."

그때 보덴슈타인의 휴대전화가 울렸다. 카트린 파싱거가 발작 직전의 히스테리 환자처럼 소리를 질러댔다.

"……어떻게 해야 할지 모르겠어요! 갑자기 총을 들고 오더니 머리에 대고 쐈어요! 어떡해, 어떡해, 어떡해! 이 집 사람들 다 미친 거 같아요!"

"카트린, 진정해." 엥겔 과장이 라우터바흐에게 구속영장을 보여주는 동안 보덴슈타인은 뒤로 돌아 전화를 받았다. 휴대전화 너머로 여러 사람의 고함 소리가 들렸다. "지금 어디야?"

"외르크 리히터를 체포하러 왔는데……." 카트린의 목소리가 심하게 떨렸다. 상황이 걷잡을 수 없이 커져 어쩔 줄 몰라 하고 있었다. "그 부모한테 구속영장을 보여줬어요. 그런데 갑자기 외르크 리히터의 아버지란 사람이 서랍을 열고 총을 꺼내더니 자기 머리에 대고 쐈어요! 그리고 지금은 그 어머니가 총을 겨누고 아들을 데려가지 못하게 막고 있어요! 뭘 어떻게 해야 하죠?"

보덴슈타인이 느끼던 혼란은 막내 형사의 공포에 질린 목소리에 싹 사라져버렸다. 머리가 다시 돌아가기 시작했다.

"카트린, 거기 가만히 있어. 지금 바로 갈게."

*

알텐하인 중심가는 경찰에 의해 봉쇄됐고, 리히터의 가게 바로 앞 도로는 경광등을 번쩍대는 구급차 두 대와 경찰차 여러 대에 점령당한 상태였다. 경찰 통제선 주변으로 구경꾼이 새까맣게 몰려들었다.

카트린 파싱거는 살림집 문 앞 계단에 앉아 있었다. 충격을 받아 얼이 빠진 듯했다. 보덴슈타인은 카트린의 어깨를 다독거리며 다친 데가 없는지 물어본 다음 집으로 들어갔다. 집 안도 바깥 못지 않게 정신이 없었다. 의사와 구급 요원들이 루츠 리히터에게 응급처치를 하고 있었다. 타일을 깐 현관 복도는 그의 피로 흥건했다.

"어떻게 된 거야?" 보덴슈타인이 물었다. "총은 어디 있나?"

"여기 있습니다." 순경 하나가 비닐에 담긴 총을 내밀었다. "공기총입니다. 남자는 아직 살아 있고 여자는 쇼크 상태입니다."

"외르크 리히터는?"

"호프하임으로 가는 중입니다."

보덴슈타인은 주위를 둘러보았다. 문에 달린 장식 유리 위로 주황색과 흰색이 섞인 구급 요원들의 유니폼이 어른거렸다. 문을 연 그는 눈앞에 펼쳐진 풍경에 당황하지 않을 수 없었다. 거실은 바닥이고 천장이고 할 것 없이 온통 전쟁과 관련된 물건들로 가득했다. 박제해 걸어놓은 동물의 흉상과 장검, 구식 총포, 투구 등의 무기들에 가려 벽은 보이지도 않을 정도였고, 진열대와 작은 탁자 둘, 책장, 소파 탁자 위에는 주석으로 만든 그릇, 사과주를 담가놓은 항아리, 그 밖의 잡동사니들이 산더미처럼 쌓여 있었다. 보덴슈타인은 뜻밖의 풍경에 숨이 막혔다.

마고트 리히터는 팔에 주삿바늘을 꽂은 채 안락의자에 앉아 있었다. 구급 요원이 그 옆에 수액 주머니를 들고 서 있었고, 의사가 뭔가 말하고 있었다.

"대화가 가능할까요?" 보덴슈타인의 질문에 의사가 고개를 끄덕였다.

"리히터 부인." 보덴슈타인이 그녀 앞에 쭈그리고 앉았다. 주변에 물건들이 많아서 앉기조차 힘들었다. "어떻게 된 겁니까? 남편분이 왜 그런 행동을 한 거죠?"

"내 아들, 잡아가지 말아요." 마고트 리히터가 힘없이 중얼거렸다. 비쩍 마른 몸에는 더 이상 그 어떤 기력도 남아 있지 않은 듯했다. 그녀의 눈동자가 멍하니 허공을 향했다. "우리 아들은 아무 짓도 안 했어요."

"그럼 누가 했죠?"

"다 남편 잘못이에요." 그녀의 시선은 보덴슈타인에게 잠시 머물렀다가 다시 허공을 향해 불안하게 움직였다. "외르크는 로라를 다시 꺼내주려고 했어요. 그런데 남편이 그냥 두라고 했어요. 그게 훨씬 낫다고요. 그리고 비행장에 가서 뚜껑을 덮고 그 위에 흙을 부었어요."

"그렇게까지 할 필요가 있었습니까?"

"일을 조용히 마무리한 거죠. 로라는 애들 장래를 망쳤을 거예요. 무슨 큰일이 난 것도 아닌데 말이에요. 그냥 재미로 그런 건데……"

보덴슈타인은 자기 귀를 의심했다.

"걔는 자기 친구들을 경찰에 고발했을 거예요. 다 제 잘못이면서 말이야. 남자들을 그렇게 달궈놓고……" 그녀가 갑자기 과거와 현재를 오락가락했다. "아무 일 없을 거였는데 순해빠진 외르크가 다 떠벌렸지! 멍청하긴!"

"아드님은 양심이 있었던 거겠죠." 그가 몸을 일으키며 차갑게 말했다. 그녀에게 더 이상 그 어떤 동정심도 느낄 수 없었다. "아무 일 없을 거였다고요? 애들끼리 소꿉장난하다 싸운 겁니까? 강간과 살해 방조죄는 중죄 중의 중죄란 말입니다."

"흥!" 마고트 리히터가 헛소리 말라는 듯 손을 허공에 내저으며 머리를 설레설레 흔들었다.

"아무도 옛날 일을 입에 올리지 않았다고요." 그녀의 목소리에서 씁쓸함이 묻어났다. "그러다 토비아스가 나타나니까 졸지에 겁을 집어먹은 거지. 입만 다물고 있었어도 아무 일 없었을 텐데. 멍청한 것들!"

*

나디야는 자신의 토요일 저녁 알리바이가 사실로 증명됐다는 피아의 이야기를 듣고 가볍게 고개만 까닥였다. 그리고 손목시계를 들여다보며 말했다. "그래요? 그럼 이제 가도 되는 거죠?"

"아뇨. 아직 안 돼요." 피아가 고개를 저었다. "질문이 더 있어요."

"그럼 빨리 물어봐요." 나디야는 지루해 죽겠다는 표정으로 피아를 쳐다봤다. 언뜻 보면 전혀 긴장하지 않은 것 같았지만, 피아의 눈에는 그녀가 연기를 하는 것으로만 비쳤다. 나디야 폰 브레도프라는 가공인물의 저 완벽한 가면 뒤에는 무엇이 숨어 있을까? 진짜 나탈리는 과연 어떤 모습일까? 저 안에 남아 있기는 한 걸까?

"왜 외르크 리히터한테 토비아스를 초대해서 오랫동안 붙잡아두라고 했죠?"

"토비가 걱정돼서 그랬어요." 그녀가 눈 하나 깜짝 않고 거짓말을 했다. "자기 집 헛간에서 몰매를 맞았는데도 별로 심각하게 생각하지 않는 것 같아서요. 친구들이랑 함께 있으면 안전하잖아요."

"어디 그게 정말인지 한번 볼까요?" 피아가 파일을 펼쳐 오스터만이 해독해놓은 아멜리의 일기를 뒤적였다. "아멜리가 마지막으로 쓴 일기에서 당신에 대해 뭐라고 했는지 알아요?"

"지금 바로 읽으려는 거 아니에요?" 나디야가 가소롭다는 표정을 지으며 긴 다리를 꼬았다.

"맞아요." 피아가 미소 지었다. "……그 금발 여자는 토비아스한테 엄청 친한 척을 했다. 그리고 질투심에 가득 찬 눈빛으로 나를 잡아먹을 듯이 노려보았다. 정말 별꼴이다! 티스는 내가 '나디야'라는 이름을 입에 올리자 완전히 공포에 사로잡혔다. 그 '나디야'라는 여자, 느낌이 안 좋다……."

피아가 파일에서 눈을 들었다. "아멜리가 토비아스와 친하게 지내는 게 마음에 안 들었죠? 그래서 외르크 리히터에게 토비아스를 감시하라고 한 다음 사람을 시켜 아멜리를 납치한 거죠?"

"말도 안 돼요!" 나디야의 얼굴에서 갑자기 지루해 죽겠다는 표정이 사라지고 대신 분노의 불꽃이 튀었다. 피아는 나디야가 어릴 때부터 상대를 제압하는 카리스마를 발휘했다고 한 외르크 리히터의 말을 떠올렸다. 그의 표현을 빌리면 나디야는 무자비했다.

"질투가 났죠?" 피아가 아멜리의 일기를 근거로 추론을 폈다. "아마 토비아스가 가끔씩 아멜리를 만났다고 말했을 겁니다. 처음에는 아멜리와 토비아스가 가까워질까 봐 두려웠겠죠. 솔직히 아멜리는 스테파니 슈네베르거와 너무 많이 닮았잖아요? 토비아스의 첫사랑 말이에요."

"당신이 첫사랑에 대해 알긴 해요?" 나디야가 상체를 살짝 앞으로 숙이며 말했다. 마치 연출자의 지시를 따르는 배우처럼 과장되게 목소리를 낮추고 눈을 치켜떴다. "난 아주 어렸을 때부터 토비아스를 좋아했어요. 그리고 걔가 감옥에 갔을 때도 10년간이나 기다렸고요. 감옥에서 나온 토비가 새 삶을 시작하기 위해서는 내 사랑과 보살핌이 필요했어요."

"자신을 속이고 있는 거 아닌가요? 당신 마음속 한구석에서는 그렇게 생각하지 않는 거 같은데……." 피아가 살살 약을 올렸다. 그리고 자신의 말이 효과를 발휘하는 것을 보고 속으로 만족스러운 미소를 지었다. "잠시라도 곁에 없으면 그렇게 불안해하면서……."

나디야의 아름다운 얼굴이 순식간에 분노로 일그러졌다. "나랑 토비의 일에 당신이 무슨 상관이에요? 그리고 토요일 저녁에 어디 있었는지 왜 그딴 걸 끝없이 묻는 거예요? 난 거기 없었고 아멜리가 어디 있는지도 몰라요. 알겠어요?"

"그럼 브레도프 씨의 첫사랑은 지금 어디 있죠?" 피아가 집요하게 파고들었다.

"몰라요." 그녀의 녹색 눈동자가 미동도 않고 피아를 노려보았다. "난 토비를 사랑하지만 베이비시터는 아니에요. 이제 가도 되죠?"

피아는 점차 초조해졌다. 나디야가 아멜리의 실종에 관여했다는 사실을 증명할 길이 없었다. 그때 뒤에서 보덴슈타인의 목소리가 들렸다.

"아멜리 프뢸리히의 집에 가서 경찰 행세를 했죠? 그런 걸 두고 직권남용이라고 하는 겁니다. 그리고 티스가 아멜리에게 준 그림을 훔쳤죠. 그림이 더 있을 걸 염려해서 티스의 화실도 불태웠고요."

나디야는 보덴슈타인에게 눈길도 주지 않고 말했다. "그림을 찾으려고 분장실에서 경찰공무원증과 가발을 빌린 건 인정해요. 하지만 화실은 불태우지 않았어요."

"그림은 어떻게 했습니까?"

"조각조각 잘라서 서류 분쇄기에 넣었어요."

"그림에 당신이 범인이라는 게 다 나와 있으니까요?" 피아가 서류철에서 그림을 꺼내 책상 위에 펼쳤다.

"아니요. 정반대예요." 나디야가 의자 등받이에 몸을 기대며 차갑게 웃었다. "그림은 내가 무죄라고 말하고 있어요. 티스의 관찰력은 정말 대단해요. 형사 나리들하고는 딴판이죠."

"무슨 소립니까?"

"당신 눈엔 녹색이 다 같은 녹색으로 보이죠? 커트 머리는 다 똑같은 커트 머리고요. 스테파니를 잭으로 내려치는 사람을 한번 자세히 봐요. 그리고 로라가 강간당하는 걸 지켜보는 사람과 비교 해봐요." 그녀는 고개를 숙여 그림을 들여다보더니 인물 중 하나 를 손가락으로 짚었다. "스테파니 옆에 있는 이 사람은 머리카락 이 아주 검은 편이에요. 여기 로라 옆에 있는 이 사람은 훨씬 밝은 색의 곱슬머리고요. 그리고 이날 알텐하인 사람들 대부분이 축제 위원회의 녹색 티셔츠를 입었어요. 내 기억엔 거기에 뭐라고 문구 도 적혀 있었죠."

보덴슈타인은 그림을 자세히 들여다보고 나서 그녀의 말이 맞는다는 것을 인정했다. "그렇군요. 그럼 이 사람은 누구죠?"

"라우터바흐." 나디야는 보덴슈타인이 예상하고 있던 바를 사 실로 확인시켜주었다. "전 헛간 앞에서 스테파니를 기다렸어요. 백설공주 역할 때문에 꼭 할 말이 있었거든요. 사실 스테파니한테 연극은 전혀 중요하지 않았어요. 그냥 남 눈치 안 보고 라우터바 흐랑 같이 있을 수 있으니까 한다고 했던 거예요."

"잠깐." 보덴슈타인이 말했다. "라우터바흐는 스테파니와 성관 계를 가진 건 그날 저녁 딱 한 번뿐이라고 했어요."

"거짓말이에요." 나디야가 코웃음을 쳤다. "여름 내내 둘이 붙 어 지냈어요. 그때 스테파니는 공식적으로는 토비아스의 여자친 구였는데도요. 라우터바흐는 스테파니라면 간이라도 빼줄 것처럼 했고 갠 그걸 즐겼죠. 어쨌든 헛간 앞에서 기다리는데 스테파니가 토비아스 집에서 나왔어요. 그리고 내가 막 부르려는 찰나 어디선 가 라우터바흐가 튀어나왔죠. 난 헛간으로 숨었어요. 그런데 둘이 함께 헛간으로 들어와서 뒹구는 거예요. 내가 숨은 곳에서 채 1미 터도 떨어지지 않은 데에서요. 난 꼼짝없이 30분 동안 그걸 지켜봐야 했죠. 그런데 그 사람들이 내 욕을 하기 시작했어요."

"그래서 화가 나서 스테파니를 잭으로 때려죽인 겁니까?"

"아뇨. 난 한마디도 하지 않았어요. 갑자기 라우터바흐가 열쇠 꾸러미가 없어진 것 같다고 했어요. 그리고 완전히 정신이 나가서는 네 발로 기어 다니며 헛간을 뒤졌어요. 나중에는 거의 울다시피 했죠. 그런데 스테파니가 그 모습을 보고 비웃으니까 라우터바흐가 갑자기 돌아버린 거예요." 나디야가 심술궂게 웃었다. "라우터바흐는 아내 말이라면 벌벌 떨었어요. 돈도 집도 다 아내 소유였으니까요. 학생들 앞에서나 큰소리 뻥뻥 치지, 사실은 여자나 밝히는 병신 쫄다였어요. 집에서는 찍소리도 못 했죠!"

보덴슈타인은 침을 꼴깍 삼켰다. 코지마가 경제력을 쥐고 있고 자기는 결정권이 없는 상황과 똑같다는 생각이 들었기 때문이다. 그도 오늘 아침 그 사실을 깨달았을 때 그녀를 죽이고 싶다고 생각했다.

"스테파니도 덩달아 막 화를 냈어요. 뭔가 더 로맨틱한 걸 원했는데 애인의 실체가 위대한 기사가 아니라 한낱 겁쟁이인 걸 알고 실망한 거죠. 스테파니는 부인을 불러서 같이 열쇠를 찾자고 말했어요. 물론 농담이었는데, 라우터바흐는 농담을 농담으로 받아들일 수 있는 상태가 아니었어요. 스테파니는 그것도 모르고 계속해서 놀려대며 둘의 관계를 폭로하겠다고 협박했어요. 라우터바흐는 거의 제정신이 아니었죠. 스테파니가 헛간을 나가려 하자 라우터바흐가 붙잡았고, 둘이 싸우기 시작했어요. 스테파니가 라우터바흐에게 침을 뱉었고, 라우터바흐는 스테파니의 뺨을 때렸어요. 그러자 스테파니는 머리 꼭대기까지 화가 나서 당장이라도 부인에게 달려갈 기세였죠. 라우터바흐는 당황한 나머지 아무거나 손에 잡히는 걸로 스테파니를 내리쳤어요. 세 번이었어요."

피아가 고개를 끄덕였다. 스테파니 미라의 두개골에도 둔기로 찍힌 흔적이 정확히 세 군데 나 있었다. 그러나 이것으로 나디야의 무죄가 증명된 건 아니다. 아직 범인 은닉 혐의가 남았다.

"라우터바흐는 독거미에 물리기라도 한 것처럼 쏜살같이 도망쳤어요. 녹색 티셔츠 차림으로요. 그 멋진 데님 셔츠는 섹스할 때 벗어버렸거든요. 난 그 열쇠 꾸러미를 찾아서 헛간 밖으로 나왔죠. 티스가 죽은 스테파니 옆에 웅크리고 앉아 있었어요. 난 '백설공주님 잘 지켜라'라는 말만 남기고 나왔어요. 그리고 라우터바흐 집 앞 쓰레기통에 잭을 버렸어요. 이게 진실이에요. 거짓말 하나 안 보태고 제가 본 것 그대로 말했다고요."

"토비아스가 로라와 스테파니, 둘 다 죽이지 않았다는 걸 알고 있었군요." 피아가 말했다. "토비아스를 사랑했다면서 어떻게 아무 죄도 없는데 감옥에 가게 내버려둘 수가 있었죠?"

나디야는 바로 대답하지 않았다. 고집스러운 표정으로 사진 한 장을 만지작거릴 뿐이었다. 이윽고 나지막한 말소리가 흘러나왔다.

"난 그때 토비아스한테 화가 많이 나 있었어요. 허구한 날 다른 여자 얘기를 들어야 했으니까요. 어떤 여자를 만나서 뭘 했고, 누구를 좋아하게 됐고, 누구랑 헤어졌고……. 그리고 여자를 침대로 끌어들이는 법, 떼어내는 법, 이런 걸 나한테 물었어요. 난 토비의 단짝일 뿐이었거든요." 그녀가 씁쓸하게 웃었다. "토비는 날 여자로 보지 않았어요. 그저 항상 옆에 있는 존재에 불과했죠. 그러다 여자친구가 로라로 바뀌었어요. 로라는 영화관이나 수영장에 갈 때, 아니면 축제 같은 데 갈 때도 내가 함께 있으니까 싫은 티를 냈어요. 결국 난 꿔다놓은 보릿자루 신세가 됐는데도 토비는 신경도 안 썼어요!"

그녀가 입을 앙다물었다. 눈에는 눈물이 그렁그렁했다. 나디야는 옛날의 나탈리로 돌아가 있었다. 동네에서 가장 잘나가는 남학생의 단짝이지만 그의 여자친구가 될 가능성은 전혀 없는 선머슴 같은 소녀. 상처 입은 자존심과 질투를 끌어안고 언제나 그의 곁을 서성거릴 수밖에 없었던 소녀는 어른이 되어 여배우로 큰 성공을 거둔 뒤에도 여전히 그 아픈 기억을 가슴에 안고 살아갈 수밖에 없었다.

"그러다 어느 날 스테파니가 나타났어요." 그녀의 목소리는 억양 없이 건조했지만 사진 귀퉁이를 조각조각 찢는 모습에서 심정이 엿보였다. "스테파니는 우리 그룹에 끼어들더니 토비를 독차지했어요. 모든 게 변했어요. 그러더니 라우터바흐까지 꼬셔 가지고 원래 내가 하기로 돼 있던 백설공주 역을 빼앗았어요. 토비하고는 더 이상 말이 안 통했어요. 오직 스테파니, 스테파니, 스테파니한테만 관심이 있었으니까!"

나디야의 얼굴이 증오로 일그러졌다. 그녀가 고개를 좌우로 흔들었다.

"우린 경찰이 토비를 잡아넣을 정도로 멍청하리라고는 생각도 못했어요. 몇 주 정도 유치장 신세를 지고 나오면 토비도 정신을 차릴 거라고 생각했죠. 그런데 정말 재판을 받게 됐다는 말을 들었을 땐…… 이미 너무 늦었어요. 우린 너무 많은 거짓말을 했고 너무 오랫동안 침묵했어요. 그래도 난 토비한테 완전히 등지진 않았어요. 꼬박꼬박 편지도 쓰고 아주 오랫동안 토비만 생각하면서 기다렸어요. 토비가 나오면 용서를 비는 마음으로 모든 걸 다

해줄 생각이었어요. 그래서 알텐하인으로 돌아가지 말라고 한 건데, 토비는 고집만 부리고 제 말은 안 들었어요!"

"토비아스를 위해서가 아니라 당신 자신을 위해서였겠죠." 보덴슈타인이 말했다. "이 비극적인 드라마에서 당신은 의리 있는 친구를 연기해야만 했는데, 토비아스가 알텐하인으로 돌아가면 모든 진실을 알게 될 테니까!"

나디야는 아무 말도 하지 않고 그저 싸늘한 미소만 지었다.

"결국 토비아스는 아버지 집으로 갔죠." 보덴슈타인은 말을 이었다. "당신은 그를 말릴 수 없었습니다. 거기다 엎친 데 덮친 격으로 하필이면 죽은 스테파니와 꼭 닮은 아멜리 프뢸리히까지 나타났습니다."

"걔가 자기랑 상관도 없는 일을 들쑤시고 다녔어요." 나디야가 이를 바득바득 갈았다. "토비랑 난 어디에서든 새 인생을 시작할 수 있었어요. 돈은 충분했어요. 언젠가는 알텐하인의 나쁜 기억을 모두 잊고 행복하게 살 수 있었는데……."

"그리고 토비아스에게 평생 동안 진실을 말하지 않았겠죠." 피아가 머리를 설레설레 흔들었다. "가정을 꾸리기에 아주 이상적인 조건이네요."

나디야는 피아에게 눈길조차 주지 않았다.

"어쨌든 당신은 아멜리를 가만두면 안 되겠다고 생각했습니다. 그래서 라우터바흐한테 익명으로 편지와 이메일을 보냈죠. 그가 스스로를 보호하기 위해 뭔가 행동을 개시하리라는 계산에서."

보덴슈타인의 말에 나디야는 어깨를 으쓱했다.

"그 계산이 끔찍한 결과를 낳았어요. 알겠습니까?"

"난 토비가 다시 상처받는 게 싫었어요." 그녀가 변명했다. "이미 너무 많은 고통을 겪었고⋯⋯."

"시끄러워요!"보덴슈타인이 말을 끊었다. 그리고 책상으로 다가가 그녀가 그의 얼굴을 보지 않을 수 없도록 바로 맞은편에 앉았다. "토비아스가 당신이 무슨 짓을 했는지, 아니 하지 않았는지 알게 될까 봐 미리 손을 쓴 거 아닙니까! 당신은 감옥행이 정해진 토비아스를 구할 수 있는 유일한 사람이었어요. 하지만 내버려 뒀죠. 그 잘난 자존심 때문에, 철부지 같은 허영심 때문에! 토비아스의 가족이 마을에서 어떤 모욕을 당하고 어떻게 몰락하는지 몰랐어요? 당신은 그 소중한 첫사랑을 10년씩이나 감옥에서 썩게 만들었습니다. 언젠가는 당신이 독차지할 수 있다는 이기심 때문에! 정말 형사 생활 오래 했지만 이렇게 어이없는 동기는 처음입니다!"

"함부로 말하지 말아요!" 갑자기 나디야가 울분을 터뜨렸다. "끊임없이 거부당하는 느낌이 어떤 건지 알지도 못하면서 함부로 떠들지 말라고요!"

"왜요, 이번에도 거부당했습니까?"보덴슈타인은 증오에서 자기 연민으로, 자기 연민에서 오기로 변해 가는 그녀의 표정을 날카로운 눈빛으로 읽어냈다. "토비아스는 당신에게 무척 고마워하고 있지만 그게 사랑은 아닙니다. 그때나 지금이나 그의 감정은 똑같아요. 언제나 누군가가 나타나 연적을 제거해주는 건 아니지 않습니까!"

나디야는 증오가 일렁이는 눈빛으로 보덴슈타인을 노려봤다. 잠시 침묵이 흘렀다.

"토비아스 자토리우스를 어떻게 했습니까?"보덴슈타인이 다시 물었다.

"뿌린 대로 거둔 거예요. 내 차지가 될 수 없다면 다른 사람 차지도 될 수 없어요."

*

"완전히 미쳤군."

나디야가 경찰들에게 끌려 나가자 피아는 기가 막힌 듯 고개를 저었다. 나디야는 경찰이 자기를 풀어주지 않을 작정이라는 것을 깨닫고 악을 쓰며 난동을 부렸다. 그녀가 세계 각지에 거처를 둬서 도주 위험이 크다는 이유를 제시해, 보덴슈타인이 이미 구속 영장을 얻어낸 터였다.

"사이코야." 보덴슈타인이 말했다. "자기가 그렇게까지 했는데도 토비아스의 사랑을 얻지 못했다는 사실을 알고 죽인 게 틀림없어."

"정말 죽였을까요?"

"적어도 내 느낌엔 그래."

보덴슈타인이 경찰 한 명에 이끌려 취조실로 들어오는 라우터바흐를 보고 자리에서 일어났다. 그의 변호사도 바로 뒤따라 들어왔다.

"먼저 제 의뢰인과 상의를 하고 싶습니다." 안더스 변호사가 말했다.

"나중에 하세요." 보덴슈타인이 그의 요청을 일축한 뒤 플라스틱 의자에 처량하게 앉아 있는 라우터바흐의 표정을 살폈다. "자, 라우터바흐 씨. 우리 한번 속 시원하게 터놓고 얘기해봅시다. 방금 나디야 폰 브레도프가 당신에게 아주 불리한 증언을 했어요.

1997년 9월 6일 저녁, 당신은 자토리우스의 헛간에서 스테파니 슈네베르거를 자동차용 잭으로 살해했습니다. 스테파니가 당신 부인에게 외도 사실을 알리겠다고 협박했기 때문이죠. 할 말 있습니까?"

"우리 의뢰인은 그 질문에 대답하지 않을 겁니다." 안더스가 대신 나섰다.

"티스 테를린덴이 살해 현장을 목격했다는 의심을 품고 그가 입을 다물도록 압력을 행사했죠?"

그때 피아의 휴대전화가 진동했다. 그녀는 발신 번호를 확인한 뒤 멀찍이 떨어져 전화를 받았다. 헤닝이었다. 그는 라우터바흐 원장이 티스에게 몇 년에 걸쳐 처방했다는 약물을 분석하는 중이었다.

"순환기학을 전문으로 하는 정신과 동료한테 물어봤어. 자폐에 대해 잘 아는 사람인데 팩스로 처방전을 보내줬더니 깜짝 놀라더라고. 아스퍼거 환자한테 부작용을 일으키는 약이라던데?"

"어떤 부작용?" 피아는 휴대전화를 귀에 바짝 갖다 대며 손가락으로 다른 쪽 귀를 틀어막았다. 보덴슈타인이 계속 고함을 질렀고, 라우터바흐의 변호사는 기자들 앞에 서 있다는 착각이라도 하는지 연신 '노 코멘트!'로 대응했다.

"신경안정제인 벤조디아제핀을 노이로렙틱이나 세다티브처럼 중추신경계에 작용하는 다른 항정신성 혹은 항불안성 약물과 조합하면 상호 간에 효과가 증진돼. 그 처방전에 있던 노이로렙틱은 환상이나 환청 같은 급성 정신장애에 사용하고 세다티브는 신경안정, 벤조디아제핀은 정신 불안 해소에 사용하는 거야. 그런데 마지막 약물이 좀 특이해. 아마 그쪽에서 관심 있어 할 것 같은데,

앰니지어 효과가 있어. 다시 말하면 약효가 남아 있는 동안에는 기억이 없어지는 거야. 자폐증 환자에게 이 약물을 장기적으로 처방한 의사는 바로 면허 취소야. 중증 상해죄 정도는 해당될걸.”

“그 동료가 진단서 써줄까?”

“그럼. 분명히 써줄 거야.”

헤닝이 해준 말의 의미를 되새겨보니 가슴이 뛰었다. 라우터바흐 원장은 티스에게 11년간이나 정신병 약을 먹여 왔다. 티스의 부모는 그 약들이 아들의 병을 낫게 한다고 믿었을 것이다. 라우터바흐 원장이 왜 그런 짓을 했는지는 뻔하다. 남편을 위해서다. 그런데 갑자기 아멜리가 나타나면서 티스가 약을 끊었던 것이다.

그때 보덴슈타인이 문을 열고 나갔다. 라우터바흐는 손으로 얼굴을 가린 채 아이처럼 울었고, 안더스는 그 옆에서 서류를 가방에 집어넣었다. 이내 순경이 들어와 꺼이꺼이 우는 라우터바흐를 데리고 나갔다.

“자백했어.” 보덴슈타인은 무척 만족스러워했다. “충동적 살인이든 계획적 살인이든 그건 일단 중요하지 않아. 라우터바흐가 스테파니를 잭으로 죽인 게 확실해졌으니 토비아스는 무죄로군.”

“전 처음부터 알고 있었어요. 문제는 아직 아멜리와 티스가 어디 있는지 모른다는 거예요. 하지만 이젠 누가 그 두 사람을 제거하려 하는지 분명히 알겠어요. 그동안 엉뚱한 데서 헤매고 다녔어요.”

*

그는 살이 에는 듯한 추위 속에서 걷고 또 걸었다. 찬바람이

귓가에 윙윙거렸고 눈송이 하나하나가 작은 바늘이 되어 얼굴로 날아들었다. 보이는 것이라고는 새하얀 눈뿐이었고 그나마 흐르는 눈물 때문에 한 치 앞도 보이지 않았다. 코, 귀, 손, 발 할 것 없이 온몸에 감각이 없었다.

토비아스는 눈보라를 뚫고 한 발, 한 발 앞으로 나아갔다. 방향을 잃지 않으려고 야간 반사경을 따라 걸은 지 얼마나 됐을까? 시간 감각을 잃은 지 오래였다. 지나가는 눈썰매에 구조될 수도 있다는 희망은 예전에 접었다. 그렇다면 왜 계속 걷고 있을까? 어디로 가는 걸까? 얇은 운동화만 신은 발은 예전에 얼음장으로 변해 눈 속에서 발을 빼내는 것 자체가 고역이었다. 그렇게 겨우겨우 발을 떼며 토비아스는 하얀 지옥과 싸웠다. 또다시 균형을 잃고 앞으로 넘어졌다. 뺨을 따라 흐르는 눈물이 얼굴 위에서 얼어붙었다. 그대로 눈 위로 엎어져 가만히 있었다. 온몸의 세포 하나하나가 다 아팠다.

나디야가 부지깽이로 때린 왼 팔뚝은 아예 감각이 없었다. 그녀는 마치 미친 사람처럼 그에게 달려들었다. 증오와 분노를 폭발시키며 때리고 짓밟고 침을 뱉었다. 그러고 오두막을 나가 그냥 차를 몰고 떠나버렸다. 산짐승 하나 보이지 않는 외딴 알프스에 그를 버리고 간 것이다. 그는 몇 시간 동안이나 벌거벗은 채 바닥에 누워 있었다. 충격과 아픔에 몸을 움직일 수 없었다. 나디야가 자신을 데리러 다시 오지 않을까 기대했지만, 동시에 진짜 다시 올까 봐 두려웠다. 결국 그녀는 돌아오지 않았다.

대체 어떻게 된 거지? 푸른 하늘 아래서 하얀 눈을 밟으며 즐거운 시간을 보내고, 함께 음식을 만들어 먹었고, 정열적인 사랑을 나누지 않았던가? 멀쩡하던 그녀가 마른하늘 날벼락처럼 순식간에 돌변해 다 뒤엎고 떠나버렸다. 도대체 왜? 그녀는 그의 연인이고, 세상에 둘도 없는 단짝이며, 어릴 때부터 늘 곁을 지키며 한 번도 그를 배신한 적이 없는 친구다. 불현듯 뇌리를 스치고 지나가는 이름이 있었다.

"아멜리." 그가 얼어붙은 입으로 중얼거렸다.

그가 아멜리의 이름을 입에 올리며 아무 일도 없었으면 좋겠다고 말했다. 그 소리를 듣고 나디야가 돌변해 그 난리를 친 것이다. 토비아스는 주먹으로 머리를 감싸고 생각을 정리하려 애썼다. 드디어 머릿속에서 안개가 걷히며 이제까지 한 번도 생각해본 적 없는 연결 고리를 떠올렸다. 나디야는 옛날부터 그를 좋아했다. 하지만 그는 그녀의 감정을 받아주지 않았다. 그가 연애담을 낱낱이 떠벌릴 때마다 나디야는 얼마나 괴로웠을까! 그러나 그녀는 한 번도 그런 내색을 한 적이 없다. 그저 동성 친구처럼 조언이나 충고를 했을 뿐이다.

토비아스는 몽롱한 머리를 들어 앞을 보았다. 눈보라가 약해지고 있었다. 그대로 눈밭에 누워 있고 싶은 유혹을 뿌리치고 딱딱하게 굳은 무릎을 억지로 펴 겨우 일어섰다. 순간 그는 자신의 눈을 의심했다. 저 아래 골짜기에 불빛이 보였다!

그는 꾸역꾸역 앞으로 나아가며 생각을 정리했다. 나디야는 그의 여자친구들을 질투했다. 로라와 스테파니도 미워했다. 얼마 전 숲에서 아멜리가 마음에 드는지 슬쩍 물어 왔을 때 그는 아무 생각 없이 그렇다고 대답했다. 나디야 같은 유명 여배우가 열여덟 살짜리 소녀를 질투하리라고 그 누가 생각이나 했겠는가!

나디야가 아멜리에게 뭔가 나쁜 짓을 한 걸까? 그렇다면 큰일이다! 절망스러운 마음을 안고 산 아래로 걸음을 재촉했다. 나디야는 하루 먼저 산을 내려갔다. 만약 아멜리에게 무슨 일이 생긴다면 그건 모두 그의 책임이다. 그가 나디야에게 티스의 그림에 대해 이야기했고, 아멜리가 자신을 도우려 한다는 말도 했다.

토비아스는 갑자기 걸음을 멈추고 허공을 향해 소리를 질렀다. 분노에 찬 거친 포효가 메아리가 되어 돌아왔다. 그는 목이 아파 더 이상 소리가 안 나올 때까지 산이 쩌렁쩌렁 울리도록 고함을 질렀다.

*

라우터바흐 원장은 땅으로 꺼지기라도 한 듯 행방이 묘연했다. 병원에서는 뮌헨에서 열리는 학회에 간 것으로 알고 있었지만 알아보니 그녀는 뮌헨에 가지도 않았다. 휴대전화도 꺼져 있고 자동차도 찾을 수 없었다. 미칠 노릇이었다.

정신병원에서는 그녀가 티스를 데려갔을 가능성이 크다고 말했다. 그 병원에서 특근 의사로 근무해서 사람들 모르게 병동을 드나들 수 있다는 것이다. 또 문제의 토요일에 대기 근무를 하지도 않았다. 전화가 온 척하고 흑마 앞에서 아멜리를 기다렸으리라. 아멜리는 그녀를 알고 있었기에 의심 없이 차에 탔을 것이다. 그리고 토비아스에게로 의심을 돌리기 위해 라우터바흐 원장은 그를 집에 데려다 줄 때 청바지 주머니에 아멜리의 휴대전화를 집어넣었을 것이다. 완벽한 계획이었고 운도 따랐다. 지금 이 상황에서 아멜리 프뢸리히나 티스 테를린덴을 무사히 구조할 가능성은 거의 없었다.

보덴슈타인과 피아는 오후 10시에 회의실에 앉아 헤센 뉴스를 시청했다. 다니엘라 라우터바흐가 수배됐다는 뉴스, 경찰이 나디야 폰 브레도프를 체포했다는 뉴스가 나왔다. 밖에서는 방송사 두 곳에서 나온 기자들이 나디야에 대한 정보를 얻으려고 진을 치고 있었다.

"전 이제 집에 갈래요." 피아가 하품을 하며 기지개를 켰다. "태워다 줄까요?"

"아니. 먼저 가. 순찰차 타고 가지, 뭐."

"좀 괜찮아요?"

"응. 괜찮아." 보덴슈타인이 어깨를 으쓱해 보였다. "어떻게든 되겠지."

피아는 걱정스러운 눈길로 그를 한 번 쳐다본 뒤 가방과 외투를 챙겨 회의실을 나갔다. 보덴슈타인은 자리에서 일어나 텔레비전을 껐다. 하루 종일 너무 바빠서 잊고 있었지만 혼자가 되니 걷잡을 수 없는 쓸쓸함과 함께 아침의 기억이 되살아났다. 어떻게 그렇게까지 자제력을 잃을 수가 있었을까?

불을 끄고 복도로 나와 방으로 향했다. 부모님 집 손님방으로 돌아가고 싶은 마음은 없었다. 차라리 술집에 가거나 사무실에서 밤을 지새우는 게 나을 듯했다. 사무실로 들어가 문을 닫았다. 밖에서 새어 들어오는 가로등 불빛이 방 안을 희미하게 비췄다.

그는 방 한가운데 서서 잠시 그대로 있었다. 남자로서도, 경찰로서도 실패했다는 생각이 들었다. 코지마는 서른여섯 살짜리 남자 때문에 그를 버렸다. 아멜리, 티스, 토비아스는 지금쯤 죽었을지도 모른다. 경찰이 빨리 찾아내지 못했기 때문에. 과거는 폐허가 됐고 다가올 미래도 그리 밝아 보이지 않았다.

*

　허리를 숙여 팔을 뻗으니 손가락에 물이 닿았다. 생각보다 빨리 차올랐다. 배수구가 전혀 없는 모양이었다. 그들이 지금 앉아 있는 이곳도 곧 물에 잠길 것이다. 만약 물이 창틈으로 빠진다 해도 너무 추워서 얼어 죽을 게 분명했다. 게다가 티스의 상태가 너무 안 좋았다. 몸이 불덩이 같았고 덜덜 떨며 식은땀을 흘렸다. 그는 팔을 아멜리에게 얹은 채 계속해서 잠만 잤다. 이따금 잠에서 깨면 이야기를 했다. 그가 들려주는 이야기는 너무나 끔찍하고 무서워서 아멜리는 마구 울어버리고 싶었다.

　이제 아멜리는 어떻게 이 지하실에 갇히게 됐는지 선명하게 기억해냈다. 마치 머릿속에서 검은 장막이 걷힌 것 같았다. 라우터바흐 원장이 물과 비스킷에 무슨 약을 탄 게 분명했다. 그래서 비스킷을 먹거나 물을 마신 후에는 항상 잠이 들었던 것이다. 그러나 지금은 모든 게 분명히 기억났다.

　라우터바흐 원장이 주차장에서 전화를 걸어 아멜리를 불러냈다. 특유의 자상하고 걱정스러운 목소리로 티스의 상태가 좋지 않으니 함께 가보자고 했다. 아멜리는 즉시 라우터바흐 원장의 차에 올라탔다. 그리고 눈을 떠보니 이 지하실이었다.

　아멜리는 철거촌과 부랑자 숙소, 베를린의 뒷골목에서 세상의 모든 악을 봤다고 생각했었다. 그러나 인간이 얼마나 잔인할 수 있는지 그녀는 전혀 몰랐다. 평화롭게만 보이던 알텐하인에, 그렇게 지루하고 심심하게만 느껴지던 촌구석에 이렇듯 잔인하고 무자비한 인간들이 선량한 시민의 가면을 쓰고 살고 있었다니!

　아멜리는 만약 이곳에서 나가게 된다면 평생 동안 절대 사람을 믿지 않겠다고 다짐했다. 어떻게 인간의 탈을 쓰고 이렇게 잔인한 짓을 할 수 있단 말인가. 티스의 부모는 상냥한 이웃집 의사 선생님이 자기 자식에게 무슨 짓을 하는지 전혀 눈치를 못 챘단 말인가. 어떻게 죄 없는 청년이 10년씩이나 감옥에서 썩고 진범들은 거리를 활보하는데도 마을 전체가 침묵할 수 있단 말인가.

어둠 속에서 티스는 그동안 알텐하인에서 일어난 끔찍한 일들을 하나하나 들려줬다. 그는 아주 많은 것을 알고 있었다. 라우터바흐 원장이 티스를 죽이고 싶어하는 이유를 알 것 같았다. 그리고 얼마 안 있어 원장이 바라는 대로 될 거라는 데 생각이 미쳤다. 그녀는 멍청한 사람이 아니다. 분명히 아무도 찾아내지 못하도록 조치를 취했을 것이다. 혹 찾아낸다 해도 제때 찾지는 못하리라.

*

보덴슈타인은 턱을 괴고 앉아 멍하니 빈 코냑 잔을 바라봤다. 사람을 그렇게까지 잘못 보다니! 다니엘라 라우터바흐는 충동적으로 살인을 저지른 남편을 지켜내느라 남들에게 못할 짓을 한 비정한 여자였다. 티스 테를린덴에게 수년간 이상한 약물을 먹여 입을 다물게 했고, 토비아스 자토리우스가 감옥에 가는 걸 그저 지켜보았다. 토비아스의 부모가 마을에서 수모를 당하든 말든 상관하지 않았다.

그가 손을 뻗어 레미마르탱 병을 잡았다. 누군가에게 선물 받아 1년 넘게 안 뜯고 캐비닛 속에 처박아둔 것이었다. 싫어하는 술이지만, 오늘은 뭐든 상관없었다. 하루 종일 아무것도 안 먹고 커피만 마셨다. 술을 딴 지 약 45분 만에 그는 벌써 세 번째 잔을 입에 털어 넣으며 얼굴을 찡그렸다. 식도를 타고 내려간 코냑이 작은 불덩이처럼 기분 좋게 온몸으로 퍼져 나갔다. 알코올이 혈관을 타고 흐르자 긴장이 풀리는 듯했다.

전화기 옆 액자 속에서 언제나처럼 코지마가 웃고 있었다. 아침부터 주차장에 매복해 있다가 그런 끔찍한 언행을 하도록 유도한 그녀가 생각할수록 괘씸했다. 그녀의 도발에 넘어가 자제력을 잃다니 생각할수록 후회스러웠다. 정작 가정을 깨뜨린 사람은 코지마인데 그가 나쁜 사람이 돼버렸다. 거기다 완벽한 결혼 생활을 하고 있다고 자신만만했던 자신의 오만함을 생각하면 더욱 화가 치밀었다.

코지마는 젊은 남자를 택했다. 그는 그녀에게 부족한 남자였다. 재미없는 남편 옆에서 지루해하던 코지마는 결국 자신과 비슷한 모험가를 만났다. 보덴슈타인은 스스로가 생각하는 자신의 가치가 이렇게까지 떨어지리라고는 생각도 해본 적이 없었다. 네 번째 잔을 비웠을 때 노크 소리가 났다.

"네?"

니콜라 엥겔 과장이 문틈으로 머리를 쪽 내밀었다. "방해돼?"

"아니. 들어와." 그는 손가락으로 미간을 문질렀다.

과장이 문을 닫고 그에게 다가왔다. "방금 연락이 왔는데 라우터바흐의 면책특권이 해제됐어. 법원이 나디야 폰 브레도프에 대한 구속영장도 인정했고." 그녀가 책상 앞에 서서 그를 물끄러미 쳐다봤다. "사건 때문에 많이 힘든 거야?"

그는 뭐라고 대답해야 할지 알 수가 없었다. 너무 지쳐서 적당히 둘러댈 예의 바른 대답을 생각해낼 수가 없었다. 그는 아직도 니콜라를 이해 못 할 때가 많았다. 지금도 정말 안쓰러워서 이러는지, 아니면 그의 실수를 탓하며 반장 자리에서 밀어내려고 마지막 한 방을 준비하는 건지 알 수가 없었다.

"주변 상황이 힘들어서 그래." 그가 솔직하게 대답했다. "벤케, 하세, 거기다 피아랑 나에 대한 비방까지."

"사실이 아니잖아. 그렇지?"

"말하면 입만 아파."

그가 의자 깊숙이 몸을 밀어 넣었다. 목이 뻐근해 얼굴이 저절로 찡그려졌다. 그녀의 시선이 술병에 가닿았다.

"잔 하나 더 있어?"

"캐비닛 왼쪽 아래."

그녀가 캐비닛을 열어 잔을 하나 꺼낸 뒤 책상 앞 의자에 앉았다. 그는 술병을 들어 그녀의 잔에는 손가락 한 마디만큼만 따르고 자기 잔은 넘칠 만큼 가득 채웠다. 그녀는 눈썹을 치켜세웠지만 아무 말도 하지 않았다. 그가 술잔을 들어 맞은편 잔에 부딪친 후 단번에 입안에 털어 넣었다.

"진짜 이유가 뭐야?"

그녀는 날카로운 관찰력의 소유자였고, 보덴슈타인을 잘 알았다. 사실 둘은 오래전부터 아는 사이였다. 코지마를 만나 서둘러 결혼하기 전 그는 니콜라와 2년간 사귀었다. 그녀에게 거짓말할 필요는 없다. 어차피 조금 있으면 모두가 알게 될 일이다. 아무리 숨기려 해도 새 주소가 생기면 알려지게 돼 있다.

"코지마한테 다른 남자가 생겼어." 그가 최대한 침착하게 말했다. "계속 의심하고 있었는데 며칠 전에 털어놓더라고."

"저런." 그녀는 그의 불행을 고소해하지는 않았지만 그렇다고 위로하지도 않았다. 차라리 그쪽이 편했다.

보덴슈타인은 다시 잔을 채웠다. 빈속에 술기운이 퍼지기 시작했다. 왜 사람들이 알코올중독자가 되는지 알 것 같았다. 코지마는 어느새 그의 의식 저편으로 사라지고 없었다. 그리고 아멜리, 티스, 라우터바흐 원장도 함께 사라져 갔다.

"난 훌륭한 경찰은 못 되나 봐. 훌륭한 상관도 아니고……. 나 말고 일 잘하는 사람을 한번 찾아봐."

"그럴 일 없어." 그녀가 어림도 없다는 듯 말했다. "작년에 이리로 옮겨 온 건 내가 원해서였어. 지난 1년간 당신이 아랫사람을 어떻게 대하고 일을 어떻게 하는지 쭉 지켜봤어. 우리에겐 당신 같은 사람이 필요해."

그는 아무 대꾸도 하지 않았다. 다시 술을 따르려는데 술병이 비어 있었다. 술병을 아무렇게나 쓰레기통에 던졌다. 코지마의 사진도 바로 그 뒤를 따라 날아갔다. 보덴슈타인은 고개를 들어 자신을 관찰하고 있는 니콜라의 시선과 마주했다.

"오늘은 그만 퇴근하지그래?" 그녀가 시계를 보며 말했다. "벌써 12시야. 내가 집에 태워다 줄게."

"나 이제 집 같은 거 없어." 그가 대꾸했다. "다시 부모님 집으로 들어갔어. 우습지, 안 그래?"

"호텔보다는 낫지, 뭘. 자, 어서 일어나."

보덴슈타인은 꼼짝도 하지 않았다. 시선은 그녀에게서 떨어질 줄 몰랐다. 갑자기 27년 전 대학 동창의 파티에서 그녀를 처음 봤던 순간이 떠올랐다.

그는 친구들과 함께 비좁은 부엌에 서서 저녁 내내 맥주를 마셨다. 파티에 온 여자들은 눈에 보이지도 않았다. 첫사랑 잉카를 잃은 실연의 아픔이 너무 커서 다른 여자를 만나고 싶은 생각이 전혀 없었다. 그런 그가 화장실 앞에서 니콜라와 마주쳤다. 그녀는 머리끝에서 발끝까지 그를 죽 훑어보더니 누구도 따라 할 수 없는 그녀 특유의 직설법으로 한마디 했다. 그 한마디에 그는 파티에 초대해준 친구에게 인사도 하지 않고 그대로 그녀와 함께 자리를 떠났다.

오늘 그는 그날만큼 취했고 그날만큼 마음이 아팠다. 갑자기 열기가 온몸을 훑고 아래쪽에서 뜨거운 무언가가 솟구쳐 올랐다.

"너 마음에 든다." 그가 쉰 목소리로 그날 그녀가 했던 말을 그대로 따라 했다. "나랑 자고 싶은 생각 없어?"

니콜라가 놀라서 그를 쳐다봤다. 입가에 미소가 번졌다. "안 될 것도 없지." 그녀 또한 그와 맨 처음 나누었던 대화를 정확히 기억하고 있었다.

"잠깐만 기다려. 화장실 갔다 올게."

2008년 11월 23일 일요일

"셔츠랑 넥타이가 그대로네요." 아무도 없는 회의실에 혼자 앉아 있던 피아가 방으로 들어서는 보덴슈타인을 보고 말했다. "면도도 안 했고요."

"피아는 관찰의 천재야." 그가 덤덤하게 대꾸한 뒤 커피 머신 쪽으로 갔다. "갑자기 이사를 나오다 보니 옷장 정리할 시간이 없네."

"아, 그래요?" 피아가 알겠다는 듯 빙긋 웃었다. "전 반장님이 전쟁터에 나가서도 매일 옷 갈아입을 사람인 줄 알았는데. 아니면 제 금쪽같은 조언을 받아들이신 건가요?"

"섣불리 판단하지 말 것."

그가 해독하기 힘든 표정을 지으며 커피에 우유를 조금 부었다. 피아가 막 대꾸하려고 할 때 오스터만이 나타났다.

"오스터만 경사가 오늘은 어떤 나쁜 소식을 들고 왔을까?"

보덴슈타인이 말했다. 오스터만은 영문을 모르겠다는 표정으로 반장을 보다가 다시 피아를 쳐다봤다. 피아는 어깨를 으쓱할 뿐이었다.

"토비아스 자토리우스가 아버지 집으로 연락을 해왔습니다. 지금 스위스의 병원에 입원해 있답니다. 아멜리, 티스, 라우터바흐 원장에 관한 소식은 아직 없습니다."

오스터만 뒤로 카트린 파싱거가 모습을 드러냈다. 그 뒤에는 니콜라 엥겔 과장과 스벤 얀센이 서 있었다.

"좋은 아침입니다." 수사과장이 말했다. "약속한 대로 지원 인력을 데려왔어요. 얀센 경장이 당분간 이 팀에서 일할 겁니다. 보덴슈타인 반장이 동의한다면요."

"예, 동의합니다."

보덴슈타인은 어제 피아와 함께 테를린덴 저택에 갔던 절도범 전문 동료에게 고개를 끄덕여 보인 뒤 자리에 앉았다. 이어 엥겔 과장을 제외한 모두가 자리에 앉았다. 회의실을 나가던 그녀가 문가에 서서 보덴슈타인을 불렀다.

"잠깐 얘기 좀 할까요?"

보덴슈타인이 자리에서 일어나 복도로 나가 문을 닫자 그녀가 소리 낮춰 말했다.

"벤케가 정직에 대한 가처분 조치를 얻어낸 뒤에 바로 병가를 냈어. 변호사가 안더스 사무실 사람이던데, 무슨 돈으로 그런 거지?"

"안더스는 그런 일은 돈 안 받고도 해. 언론에 노출되는 게 목적인 사람이니까."

"어떻게 될지 좀 더 두고 보자고." 엥겔 과장이 그의 얼굴을 찬찬히 들여다보았다. "그리고 방금 전 새로운 소식을 들었어. 원래는 더 있다가 얘기하려고 했는데 그새 말이 샐 수도 있으니까……."

보덴슈타인이 긴장해서 그녀의 얼굴을 쳐다봤다. 지금 그녀의 입에서 나올 수 있는 말은 여러 가지다. 그가 정직당했다는 말일 수도 있고, 그녀가 연방범죄수사국 국장으로 가게 됐다는 말일 수도 있다. 절대 속마음을 보여주지 않는 게 그녀 성격이다.

"승진 축하해." 그녀의 말에 그는 적잖이 놀랐다. "올리버 폰 보덴슈타인 계장. 호봉도 올랐어. 어때, 놀랐지?" 그녀가 기대에 찬 얼굴로 그를 바라보았다.

"어젯밤에 아부를 잘한 덕분인가?" 그가 능청을 떨었다.

수사과장이 미소 띤 얼굴로 눈을 흘겼다. 그러나 곧 진지한 표정으로 돌아왔다. "어젯밤 일 후회해?"

그는 고개를 갸우뚱해 보였다. "그렇게 말할 수는 없지. 당신은?"

"원래 찬밥은 싫어하는데 이번은 괜찮았어."

보덴슈타인이 씩 웃었다. 그리고 막 뒤돌아 가려는 그녀를 불러 세웠다. "저, 과장님……."

그녀가 멈춰 섰다.

"앞으로……, 자주 뵈었으면 좋겠습니다."

그녀의 얼굴에 미소가 떠올랐다. "생각해보지, 보텐슈타인 계
장. 수고!"

그는 그녀가 복도를 돌아 사라질 때까지 그 자리에 서 있었
다. 그리고 문을 열기 위해 손잡이를 잡았다. 순간 그는 예상치 못
한 짜릿한 행복감에 젖었다. 맞바람을 피움으로써, 그것도 코지마
가 그토록 싫어하는 그의 상관과 잠자리를 같이함으로써 드디어
복수했다는 사실 때문만은 아니었다. 무한한 자유를 느꼈기 때문
이다. 살면서 이렇게 자유롭다고 느낀 적은 없었다. 몇 주 동안 깊
은 상처와 슬픔을 끌어안고 자기 연민에 시달렸던 그는 어젯밤 자
신의 미래를 생생하게 느낄 수 있었다. 가정에 매인 유부남은 꿈
도 꾸지 못할 엄청난 가능성이 그를 기다리고 있었다. 코지마에게
매여 있다고 생각한 적은 없지만 결혼 생활의 실패가 인생의 끝을
의미하지는 않는다는 사실을 깨달은 것이다. 오히려 정반대였다.
쉰이 다 되어 가는 나이에 새로운 삶을 시작할 수 있다니……. 그
는 그것을 행운이라 여겼다.

*

다리가 얼음장처럼 차가웠지만 아멜리는 온몸에서 땀을 비
오듯 흘렸다. 티스의 머리가 물에 잠기지 않게 하려고 안간힘을
쓰는 중이었기 때문이다. 물은 이미 책장 꼭대기에서 40센티미터
는 더 높게 차올랐다. 티스가 계속 앉아 있게 지탱할 수 있었던 것
도 다 물살 덕분이었다. 다행히 책장은 벽에 단단히 고정돼 있었
다. 그렇지 않았다면 벌써 쓰러졌으리라. 아멜리는 가쁜 숨을 몰

아쉬며 쥐가 난 팔을 털었다. 오른손은 티스가 쓰러지지 않도록 받치고 왼손은 천장을 짚느라 위로 뻗고 있었던 것이다. 이제 천장까지는 50센티미터 정도밖에 남지 않았다.

"티스!" 그녀가 나지막이 이름을 부르며 가볍게 그의 몸을 흔들었다. "일어나, 티스!"

반응이 없다. 티스를 더 높이 들어 올릴 수는 없다. 그녀에게는 역부족이었다. 이제 몇 시간 후면 그의 머리는 물속에 잠기고 말 것이다.

아멜리는 거의 자포자기 상태였다. 지독히도 추웠다. 그리고 물에 빠져 죽는 것도 너무 두려웠다. 자꾸 〈타이타닉〉의 장면들이 떠올랐다. 열 번도 넘게 본 영화지만 레오나르도 디카프리오가 물에 빠지는 장면만 나오면 매번 눈물과 콧물로 범벅이 되어 울곤 했다. 북대서양의 물이 이 빌어먹을 구정물보다 더 차가웠을까!

그녀는 덜덜 떨리는 입술로 계속해서 티스에게 말을 걸었다. 제발 눈을 뜨라고 애원하면서 어깨를 흔들고 팔을 꼬집었다. 이제는 정말 일어나야만 한다!

"난 죽기 싫어." 그녀는 지쳐서 흐느끼며 벽에 머리를 기댔다. "난 죽기 싫단 말이야!"

극심한 한기가 몸과 정신을 마비시키고 있었다. 물에 잠긴 다리를 계속해서 움직이고 있었지만 어느 순간부터는 그것마저도 힘들었다. 잠들어서는 안 된다. 티스를 놓치면 안 된다. 그러면 둘 다 죽는다!

*

클라우디우스 테를린덴은 비서가 보덴슈타인과 피아를 방으로 들여보내자 서류에서 눈을 떼고 고개를 들었다.

"내 아들은 찾았소?" 그는 의자에서 일어날 생각도 않고 못마땅한 표정을 숨기려고 노력하지도 않았다. 겉으로는 태연한 척했지만 그동안의 사건이 그에게 타격을 주긴 준 모양이었다. 가까이서 보니 안색도 안 좋고 눈 밑으로는 심한 그늘이 져 있었다.

"아니요. 하지만 정신병원에서 납치한 사람이 누군지는 알아냈습니다."

테를린덴이 의문에 찬 눈빛으로 보덴슈타인을 쳐다봤다.

"그레고어 라우터바흐가 스테파니 슈네베르거를 죽였다고 자백했습니다." 보덴슈타인이 계속 말을 이었다. "라우터바흐 원장은 남편의 정치생명을 지키기 위해 그 사실을 은폐했고, 티스가 사건을 목격했다는 걸 알고 치료에 도움이 전혀 안 되는 위험한 약을 수년간 처방하면서 그에게 압력을 넣었습니다. 그리고 아멜리와 티스가 위협적인 존재라는 것을 알게 되자 더 적극적으로 대처한 것 같습니다. 경찰에서는 라우터바흐 박사가 두 사람을 납치했다고 보고 있습니다."

테를린덴의 표정이 굳어졌다.

"스테파니를 죽인 사람이 누구라고 생각하셨나요?" 피아가 물었다.

테를린덴이 안경을 벗고 손바닥으로 얼굴을 문질렀다. 그리고 크게 숨을 들이마셨다. 한참 뒤에 그가 말했다. "난 정말 토비아스가 범인이라고 생각했습니다. 그레고어와 함께 있는 스테파니를 보고 정신이 나가서 범죄를 저질렀다고요. 티스가 뭔가 봤다는 건 눈치챘습니다만, 말을 안 하니 알 수가 있어야죠. 그러고 보니 라우터바흐 원장이 그렇게 티스를 걱정했던 것도, 티스가 라우터바흐 원장을 끔찍하게 무서워했던 것도 다 이해가 되는군요."

"라우터바흐 원장은 티스한테 한마디라도 하면 정신병원에 처넣겠다고 위협했어요." 피아가 설명했다. "하지만 그가 온실 지하에 스테파니의 시체를 숨겨놨다는 건 몰랐던 모양입니다. 아마 아멜리를 통해 알아냈겠죠. 그래서 온실에 불을 지른 겁니다. 그림을 없애려던 게 아니라 백설공주의 미라를 없애려던 거였어요."

"맙소사!" 그가 의자에서 일어나 창가로 갔다.

그는 과연 자신이 지금 얼마나 얇은 살얼음판 위에 서 있는지 알까? 피아와 보덴슈타인은 그의 등 뒤에서 얼굴을 마주 보았다. 그레고어 라우터바흐가 혼자 살고 보자고 발설한 거액의 뇌물 수수를 비롯해 셀 수 없이 많은 죄목이 그를 얽어매고 있었다. 테를린덴은 아직 이 사실을 모르지만, 그가 수년간 고수해 온 침묵과 은폐의 정치가 어떤 심각한 결과를 낳았는지 차츰 깨달아 가고 있을 것이다.

"어제 경찰이 외르크 리히터를 체포하려고 하자 루츠 리히터가 자살을 시도했습니다." 보덴슈타인이 침묵을 깨고 말했다. "사건 당시 루츠 리히터는 진실을 은폐하기 위해 일종의 시민 방위대를 조직했었죠. 자신의 아들과 그 친구들이 로라 바그너를 산 채로 지하 탱크에 던져 넣었다는 걸 알고 리히터가 그 위에 흙을 덮었습니다."

"그리고 토비아스가 감옥에서 나오자 다시 사람들을 모아 그를 습격했어요." 피아가 덧붙여 말했다. "테를린덴 씨가 그렇게 하라고 시켰나요?"

테를린덴이 뒤돌아섰다. "아뇨. 난 그러지 말라고 분명히 말했습니다." 그에게서 쉰 목소리가 흘러나왔다.

"만프레트 바그너는 토비아스의 어머니를 육교에서 밀어 다치게 했어요." 피아가 말을 이었다. "그때 라르스한테 진실을 말하게 했다면 이 모든 일은 일어나지 않았을 겁니다. 라르스도 살아 있겠죠. 자토리우스 집안이 그렇게 망하지도 않았을 테고 바그너도 언젠가는 정신을 차렸겠죠. 이 두 가족이 그런 고통을 당해야 했던 건 모두 당신 책임이에요. 비겁한 가장 때문에 지옥 같은 삶을 살아야 했던 당신 가족들은 말할 것도 없고요!"

"내가 뭘 어쨌다고 이러는 겁니까?" 테를린덴이 가당치도 않다는 듯 머리를 절레절레 흔들었다. "난 손해를 최대한 줄여보려고 했을 뿐이에요!"

피아는 기가 막혔다. 테를린덴은 자신이 하거나 또는 하지 않은 행동에 대해 나름의 이유를 만들어 스스로를 속여 온 게 분명했다. 그야말로 눈 가리고 아웅이 아닌가!

"무슨 손해를 그렇게 줄여보려고 하셨는데요?" 피아가 비꼬는 투로 물었다.

"마을이 붕괴되기 직전이었어요. 우리 집안은 수십 년, 아니 수백 년 전부터 이 마을을 책임져 왔고, 난 그 책임에 합당하게 행동해야 했단 말입니다. 그래, 그 청년들이 못할 짓을 했다 칩시다. 하지만 술에 취한 상태였고 그 여학생이 부추긴 일이었소." 불안정했던 그의 목소리가 점차 웅변조로 변해 갔다. "난 정말이지, 토비아스가 스테파니를 죽였다고 생각했습니다. 어차피 감옥에 갈 거라면 죄가 하나든 둘이든 상관없지 않겠습니까? 다른 네 친구가 사건에 말려들지 않아도 됐단 말입니다. 대신 난 자토리우스 가족 뒤를 봐줬고……."

"이제 그만 좀 하시죠!" 보덴슈타인이 그의 말을 가로막았다. "당신은 오로지 아들을 빼내려고 했던 것뿐이잖습니까! 만약 라르스가 사건에 휘말리게 되면 테를린덴이라는 이름이 살인 사건과 관련해서 언론에 오르내릴 테니까요. 청년들이나 마을이 어떻게 되건 당신은 아무 상관도 없었어요. 그리고 그렇게 자토리우스 가족을 생각했다면 왜 흑마를 개업하고 자토리우스의 주방장을 대리 사장으로 앉혀서 황금 수탉과 경쟁했습니까?"

"그리고 피해자 가족들의 상황을 교묘하게 이용했죠." 피아가 말을 받았다. "알베르트 슈네베르거는 당신한테 회사를 팔 생각이 없었어요. 그런데 당신은 그 사람이 힘들고 고통스러워하는 상황을 이용해 회사를 팔지 않을 수 없게 만들었죠. 그다음엔 약속을 어기고 직원들을 해고하고 회사를 공중분해시켰어요. 그때 이득을 본 사람은 테를린덴 당신뿐이에요. 그것도 아주 막대한 이득을 봤죠!"

테를린덴이 입을 비죽 내밀며 적대감에 가득 찬 눈으로 피아를 노려봤다. 하지만 피아는 전혀 기죽지 않았다.

"그런데 사태가 예기치 못한 방향으로 흘러갔어요. 마을 사람들이 당신 명령을 기다리지 않고 자발적으로 행동하기 시작한 겁니다. 아멜리까지 나타나서 사건을 들추고 다녔어요. 그 아이가 의도한 건 아니었겠지만, 마을 사람들은 뭔가 조치를 취해야 한다는 압박감을 느꼈죠. 이렇게 토비아스의 귀향과 더불어 사태가 눈덩이처럼 커져 갔지만 당신은 이미 마을 사람들에 대한 통제력을 상실한 상태였어요."

테를린덴의 얼굴에 어두운 그림자가 드리워졌다. 피아는 팔짱을 끼고 매섭게 자신을 쏘아보는 테를린덴과 한판 눈싸움을 벌였다. 그녀의 말이 그의 아픈 곳을 찌른 것이다.

"만약 티스랑 아멜리가 죽으면 테를린덴 당신이 책임지게 될 줄 알아요!" 피아의 목소리가 위협적으로 변했다.

"그 두 사람이 어디에 있을지 짐작 가는 곳 없습니까?" 보덴슈타인이 물었다. "그리고 라우터바흐 원장은 대체 어디 있습니까?"

"모릅니다." 테를린덴이 앙다문 입술 사이로 내뱉었다. "난 정말 모른다고!"

*

타우누스강 위로 낮게 걸린 짙은 회색 구름이 곧 눈이 올 거라고 말해주었다. 지난 24시간 동안 기온은 무려 10도나 떨어졌다. 이번 눈은 녹지 않고 쌓일 것이다. 피아는 행인들의 못마땅한 시선을 못 본 척하고 쾨니히슈타인의 한적한 보행자 거리로 차를 몰았다. 잠시 후 보석상 앞에 차를 세운 그녀는 보덴슈타인과 함께 2층에 있는 다니엘라 라우터바흐의 병원으로 올라갔다. 끊임없이 전화벨이 울리고 예약 손님들의 성난 항의가 빗발쳤지만 중년의 간호사는 용감하게 자리를 지키고 있었다.

"원장님은 지금 안 계십니다." 보덴슈타인의 질문에 간호사가 대답했다. "원장님과 연락이 안 돼요."

"하지만 뮌헨 회의에도 안 가셨던데요?"

"네. 그 회의는 주말에만 열린 거라서요." 다시 전화벨이 울리자 그녀는 양손을 들어 올리며 어쩔 줄 몰라 했다. "원래는 오늘 오셔야 돼요. 여기 환자들 보이시죠!"

"도주한 것 같은데 말입니다." 보덴슈타인이 말했다. "라우터 바흐 원장은 두 건의 실종 사건에 책임이 있습니다. 그리고 그 때문에 경찰이 쫓고 있다는 것도 알고 있습니다."

간호사가 눈을 휘둥그렇게 뜨고 고개를 저었다. "그럴 리가요. 전 원장님과 10년 넘게 일했습니다. 절대 남에게 해를 끼칠 분이 아니에요. 제 말은……, 그러니까 전 그분을 알아요."

"마지막으로 라우터바흐 원장을 보거나 통화한 게 언제죠? 요즘 이상한 행동을 하거나 자주 자리를 비우거나 하지는 않았습니까?" 보덴슈타인이 풀 먹인 하얀 유니폼 윗주머니에 달린 이름표를 들여다봤다. "비스마이어 씨, 잘 생각해보세요! 원장님은 좋은 뜻으로 했는데, 실수를 한 걸 수도 있어요. 더 큰 일이 벌어지는 걸막는 게 원장님을 돕는 길입니다."

감정을 자극하며 절박하게 설득하자 곧 효과가 나타났다. 비스마이어 간호사는 미간에 주름을 잡아가며 기억을 되새겼다.

"지난주에 샤이트하우어 부인이 물려준 빌라를 보러 가기로 한 약속을 취소한 게 좀 이상하긴 했어요." 한참 뒤에 그녀가 말했다. "몇 달 동안 구매자를 찾으려고 애쓰셨거든요. 드디어 관심 있는 사람이 나타나서 목요일에 같이 집을 보러 가기로 돼 있었어요. 그런데 갑자기 취소하라고 하셔서 제가 구매자랑 부동산업자한테 전화를 했어요. 그때 좀 이상하다고 생각했죠."

"어떤 집이죠?"

"그뤼넨베크에 있는 낡은 빌라예요. 우크탈이 내려다보이는 곳이죠. 샤이트하우어 부인은 원장님의 오랜 환자였어요. 지난 4월에 돌아가셨는데 상속할 사람이 없어서 재산은 사회 재단에 기부하고 빌라는 원장님한테 물려줬어요." 그녀가 혼자 멋쩍게 웃었다. "원장님한테야 그 반대가 더 좋았겠지만요."

*

"……문화교육부 대변인은 오늘 아침 기자회견을 열고 그레고어 라우터바흐 문화교육부 장관이 개인적인 이유로 갑자기 사임하게 되었음을 밝혔습니다……."

라디오에서 뉴스가 흘러나왔다. 피아는 윌뮐렌베크에서 그뤼넨베크로 방향을 꺾었다. 차는 천천히 신축 건물들을 지나 막다른 골목으로 접어들었고 크고 육중한 철제 대문 앞에서 멈춰 섰다.

"수상청에서는 아직 공식 성명을 발표하지 않은 상태입니다. 정부 대변인은……."

"이 집인 거 같은데!"

보덴슈타인이 차가 완전히 서기도 전에 안전벨트를 풀고 차에서 내렸다. 대문에는 사슬 자물쇠 외에도 새것으로 보이는 맹꽁이자물쇠가 하나 더 걸려 있었다. 밖에서는 빌라 지붕밖에 보이지 않았다. 피아는 철창을 흔들어본 뒤 좌우를 살폈다. 담은 2미터 정도 높이에 끝이 뾰족했다.

"열쇠 수리공을 부르고 지원 요청을 해야겠군."

보덴슈타인이 주머니에서 휴대전화를 꺼냈다. 만약 라우터바흐 원장이 이 빌라 안에 숨어 있다면 순순히 항복할 것 같지 않았다. 피아는 보덴슈타인이 지원 요청을 하는 동안 담을 따라 걸어가봤지만 가시덩굴에 뒤덮인 작은 쪽문 하나를 발견했을 뿐이었다. 잠시 후 열쇠 수리공과 순찰차 두 대가 도착했다. 쾨니히슈타인 경찰서에서 지원 나온 경찰들이 골목 어귀에 차를 세우고 걸어 왔다.

"이거 몇 년째 비어 있는 집이에요." 한 경찰이 말했다. "샤이 트하우어 부인은 크론베르크 로젠호프에 살았죠, 아마? 지난 4월 에 죽었는데, 나이가 아흔이 넘었어요."

"그리고 이 집을 주치의한테 물려줬죠?" 피아가 말했다. "어떤 사람들은 참 복도 많아."

열쇠 수리공이 자물쇠를 열고 바로 돌아가려 하자 보덴슈타 인이 조금 더 있어보라며 붙잡았다. 차들이 저택을 향해 줄지어 내려갔다. 맞은편에 건너다보이는 성터는 짙은 구름으로 덮여 있 고 하늘에서는 희끗희끗 눈발이 날리기 시작했다. 마치 세상이 숨 을 멈춘 것 같았다. 순찰차 한 대가 피아와 보덴슈타인이 탄 차를 천천히 앞질러가더니 저택 입구에 멈춰 섰다. 현관문에도 역시 자 물쇠가 채워져 있었다. 열쇠 수리공이 다시 동원됐다.

"무슨 소리, 안 들려요?"

피아가 귀를 쫑긋 세우고 경계하는 눈빛으로 말했다. 보덴슈 타인도 따라서 귀를 기울여봤지만 건물 앞 전나무 사이로 부는 바 람 소리만 들렸다. 현관문을 열고 들어가자 거대한 홀이 나왔다. 귀신이 나올 것만 같은 음산한 분위기에 오랫동안 사람이 살지 않 아 퀴퀴한 냄새가 났다.

"아무도 없군."

보덴슈타인이 실망한 목소리로 말했다. 피아는 그를 지나 전 등 스위치를 켰다. 펑 하는 소리와 함께 스위치에서 불꽃이 튀었 다. 쾨니히슈타인 경찰서 사람들은 순간적으로 허리춤의 권총을 움켜쥐었다. 심장이 멈추는 줄 알았던 보덴슈타인은 안도의 한숨을 내쉬었다.

"합선됐나 봐요. 죄송해요."

계속해서 안으로 들어가자 흰 천으로 덮인 가구들이 보였다. 길쭉한 겉창은 모두 내려진 채였다. 보덴슈타인은 홀 왼쪽에 있는 큰 방을 가로질러 창가로 갔다. 걸을 때마다 마루가 삐걱거렸다. 좀이 슬어 눅눅한 벨벳 커튼을 걷었지만 어둡기는 마찬가지였다.

"무슨 소리가 나는 것 같아요." 문가에서 피아가 말했다. "다들 조용히 해봐요!"

모두 잠자코 귀를 기울였다. 이번에는 보덴슈타인도 확실히 들었다. 지하에서 물소리가 났다. 모두 방을 나가 소리가 나는 곳으로 향했다. 나선계단을 내려가니 다시 문이 나왔다.

"손전등 가진 사람 있어요?" 피아가 물었다. 온몸에 힘을 실어 밀어도 문은 꿈쩍도 하지 않았다. 경찰 한 명이 그녀에게 손전등을 내밀었다.

"잠겨 있지도 않은데 안 열리네." 피아가 상체를 숙여 손전등으로 바닥을 비췄다. "여기 좀 봐요! 누가 문틈에 실리콘을 발라났어요. 왜 그랬지?"

지원 나온 경찰이 무릎을 꿇고 앉아 주머니칼로 실리콘을 뜯어냈다. 그런 다음에 피아가 문을 마구 흔들어 열자 물소리가 한층 크게 들렸다. 작은 그림자 대여섯 개가 재빠르게 피아 곁을 지나 달려갔다.

"쥐다!" 깜짝 놀란 보덴슈타인은 뒤로 한 걸음 물러선다는 게 그만 펄쩍 뛰어올라서 뒤따라오던 경찰을 들이받아버렸다.

"불만 있으면 말로 하세요." 하마터면 바닥에 나뒹굴 뻔한 경찰이 불평했다. "제 발, 아직 밟고 계신 건 아시죠?"

피아의 귀에는 그들의 말이 들리지 않았다. 정신이 온통 딴 데가 있었다. "지하실 문을 왜 실리콘으로 막아놨을까?" 그녀는 혼잣말을 하며 손전등으로 계단을 비췄다. 열 계단쯤 내려가던 그녀가 갑자기 그 자리에서 돌처럼 굳었다. "빌어먹을!" 발목까지 물이 찼다. 얼음처럼 차가웠다. "수도관이 터졌나 봐요! 그래서 합선이 됐구나. 두꺼비집이 지하에 있는 모양이에요."

"수도국에 연락해야겠네." 뒤따라오던 경찰이 말했다. "중앙 수도관을 잠그라고 해야겠어요."

"그리고 소방서에도 바로 연락하는 게 좋겠습니다." 보덴슈타인은 잔뜩 긴장한 표정으로 혹시 또 쥐가 없는지 주위를 살폈다. "피아, 이제 그만 나가지. 라우터바흐 원장은 여기 없는 것 같아."

피아의 귀에는 그의 말이 들리지 않았다. 머릿속에서 사이렌이 울리고 있었다. 이 집은 비어 있고 다니엘라 라우터바흐의 소유다. 오랫동안 기다렸던 구매자가 나타났지만 그녀는 갑자기 집을 보러 가기로 한 약속을 취소했다. 스스로 이 집에 숨으려고 한 것은 아니다. 그렇다면? 어차피 발이 젖은 김에 피아는 물을 첨벙거리며 몇 계단 더 내려가봤다. 한기 때문에 뼛속까지 얼어붙는 듯했다.

"피아, 지금 뭐 하는 거야?" 보덴슈타인이 외쳤다. "어서 나와!"

그녀가 허리를 굽혀 아래쪽으로 손전등을 비췄다. 물이 지하실 천장부터 약 25센티미터만 남기고 차 있었다. 한 손으로 난간을 꽉 잡고 한 걸음 더 아래로 내려갔다. 이제 물은 허벅지까지 올라왔다.

"아멜리!" 그녀가 덜덜 떨며 외쳤다. "아멜리? 거기 있니?"

그녀는 숨을 멈추고 주위의 소리에 온 신경을 집중시켰다. 너무 추워서 눈물이 쏟아졌다. 순간 그녀는 숨을 헉 들이켰다. 마치 전기에 감전된 것처럼 온몸이 찌릿했다.

"살려주세요!" 규칙적인 물소리 사이로 희미하게 사람 목소리가 들렸다. "살려주세요! 우리 여기 있어요!"

*

피아는 담배를 뻑뻑 피우며 불안하게 홀을 서성거렸다. 옷과 신발이 젖은 것도 다 잊어버릴 정도로 무척 긴장해 있었다. 보덴슈타인은 지하실의 물을 뺄 때까지 현관 앞에서 기다리는 쪽을 택했다. 쥐가 득시글거리는 집에 있느니 차라리 밖에서 눈을 맞는 편이 낫다는 생각에서였다.

수도국에서는 중앙 수도관을 잠갔고, 연락을 받고 출동한 쾨니히슈타인 자율 소방대가 호스를 있는 대로 동원해 물을 빼내고 있었다. 보조 동력 장치 덕분에 불도 켤 수 있었다. 구급차 세 대가 출동했고 빌라 근처는 이미 봉쇄된 상태였다.

"채광창을 비롯해 조금이라도 물이 새어 나갈 수 있는 곳은 죄다 실리콘으로 틀어막아놨습니다." 소방대장이 보고했다. "실제로 이런 짓을 하는 사람이 있다니 정말 믿기지가 않네요!"

실제로 그런 짓을 하는 사람이 있다. 그리고 피아와 보덴슈타인은 그게 누구인지도 안다.

"이제 들어가도 됩니다!" 소방대원 하나가 말했다. 그는 다른 두 동료들처럼 배꼽까지 오는 방수 바지를 입고 있었다.

"나도 갈게요." 피아가 담배꽁초를 마룻바닥에 던지고 나섰다.

"안 돼. 그냥 여기 있어!" 문가에서 보덴슈타인이 외쳤다. "그러다 얼어 죽어!"

"고무장화라도 신으세요." 한 소방대원이 뒤돌아보며 말했다. "금방 가져오겠습니다."

5분 뒤 피아는 세 소방대원을 따라 아직도 무릎까지 물이 차 있는 지하실로 들어갔다. 그들은 휴대용 헤드라이트를 들고 다니며 방을 차례로 조사했다.

피아가 열쇠 구멍에 열쇠를 꽂아 돌리면서 문을 밀었다. 날카로운 쇳소리와 함께 안으로 문이 열렸다. 심장이 두근두근 뛰었다. 그리고 헤드라이트의 동그란 불빛 속에 지저분하고 창백한 여자아이의 얼굴이 나타나자 안도감에 다리가 휘청였다. 아멜리 프뢸리히는 강한 불빛에 눈을 제대로 뜨지 못했다. 피아가 휘청거리는 다리로 두 계단을 더 내려가 아멜리에게 다가갔다. 그리고 양팔을 벌려 히스테릭하게 흐느껴 우는 소녀를 껴안았다.

"괜찮아." 그녀가 떡이 된 소녀의 머리를 쓰다듬었다. "괜찮아, 아멜리. 이제 무서워할 필요 없단다."

"하지만…… 티스……." 아멜리가 힘겹게 말을 이었다. "티스가……, 죽은 것 같아요!"

*

아멜리와 티스의 구출 소식에 지방경찰청 직원들은 모두 안도의 한숨을 내쉬었다. 아멜리 프뢸리히는 쾨니히슈타인의 낡은 빌라에서 열흘을 버티고 살아남았다. 탈진과 탈수, 체중 급감을 빼면 큰 상처도 없었다. 열흘간의 생지옥에서 크게 다치지 않고 무사히 탈출한 것이다. 구출 직후 아멜리와 함께 병원으로 옮겨진 티스는 상태가 좋지 않았다. 생명이 위태로울 만큼 극심한 금단증세에 시달리고 있었다.

피아와 보덴슈타인은 회의를 마치고 바트조덴의 병원으로 향했다. 병원에 도착한 두 사람은 로비에서 하르트무트와 토비아스 부자를 보고 깜짝 놀랐다.

"아내가 깨어났습니다." 하르트무트가 말했다. "방금 면회하고 오는 길입니다. 그 정도면 상태가 아주 좋대요."

"어머, 잘됐네요." 피아가 환하게 웃었다. 그녀의 시선은 이내 몇 년은 늙어버린 것 같은 토비아스에게로 향했다. 그는 아파 보였고 눈 밑에는 짙은 그늘이 져 있었다.

"그동안 어디 있었어?" 보덴슈타인이 토비아스에게 물었다. "걱정 많이 했다고."

"나디야가 스위스의 산장에 버리고 온 모양이에요." 하르트무트가 아들의 어깨에 손을 얹으며 대신 말했다. "눈보라 속에서 산어귀 마을까지 걸어서 내려왔답니다. 나디야가 그럴 줄은 정말 몰랐습니다."

"나디야는 구속됐어." 보덴슈타인이 말했다. "그리고 라우터바흐는 스테파니 슈네베르거를 살해했다고 자백했네. 곧 자네 사건에 대한 소송 재개를 신청할 생각이야. 그때는 무죄판결이 날 거야."

토비아스는 어깨를 으쓱할 뿐이었다. 아무 상관 없다는 태도였다. 무죄판결이 난다고 해서 잃어버린 10년이 돌아오는 것도 아니고, 망해버린 집안을 다시 일으킬 수 있는 것도 아니었다.

"그 세 사람의 손에 지하 탱크로 던져졌을 때 로라는 아직 살아 있었어." 보덴슈타인이 설명을 계속했다. "양심에 찔려서 다시 가서 꺼내주려고 했는데 루츠 리히터가 못하게 막고, 그 위에 흙을 덮어버렸지. 그런 다음 알텐하인에 시민 방위대를 조직해서 모두 입을 다물도록 한 거야."

토비아스는 멍하니 듣고만 있었다.

반면 하르트무트는 얼굴이 허옇게 질렸다. "루츠가요?"

"예. 헛간에서 아드님을 습격한 것도 그가 주동한 일이고, 담벼락 낙서와 협박 편지도 리히터 부부가 선동했답니다. 무슨 수를 써서라도 진실이 밝혀지는 걸 막으려고 한 거죠. 경찰이 그 아들을 체포하러 갔을 때 리히터가 자기 머리에 총을 쐈습니다. 지금 혼수상태지만 아마 살아날 겁니다. 그런 뒤 죗값을 받을 겁니다."

"나디야는요?" 하르트무트가 자신 없는 목소리로 물었다. "걔가 설마 이 모든 걸 알고 있었던 겁니까?"

"물론입니다. 라우터바흐가 스테파니를 죽이는 장면도 목격했고, 로라를 지하 탱크에 숨기라고 시킨 것도 나디야였습니다. 토비아스의 재판을 뒤엎을 수도 있었는데 11년간이나 침묵으로 일관했던 거죠. 토비아스가 출옥했을 때 절대 알텐하인으로 돌아가지 못하게 할 생각이었나 봅니다."

토비아스가 잠긴 목소리로 물었다. "하지만 왜요? 나디야는 편지도 계속 보냈고……. 그렇게 오랫동안 날 기다렸는데……." 그러고는 더 이상 말을 잇지 못하고 머리를 흔들었다.

"나디야는 사랑에 빠져 있었어요." 피아가 차분하게 설명했다. "그런데 사랑하는 사람에게 계속해서 거절당했죠. 로라랑 스테파니가 사라지기를 바랐을 거예요. 그리고 당신이 정말 형을 받게 될 거라고는 생각 못 했을 거고요. 그런데 정말 그런 일이 일어나자 몇 년이고 기다리기로 결심한 것 같아요. 그렇게 해서라도 사랑을 얻고 싶었던 거예요. 그런데 아멜리가 나타났어요. 그렇지 않아도 처음부터 경쟁자로 느끼고 있었는데, 아멜리가 뭔가 알아냈다는 사실을 알게 되자 위협을 느낀 거죠. 그래서 경찰로 변장하고 아멜리의 집에 그림을 찾으러 가기도 했어요."

"그건 저도 알아요. 하지만 그림은 못 찾았는걸요."

"아니, 찾았어." 보덴슈타인이 말했다. "하지만 바로 없애버렸지. 그걸 보면 자기가 거짓말했다는 사실을 자네가 다 알게 될 테니까."

토비아스는 넋이 나간 채 보덴슈타인을 응시했다. 나디야가 그렇게까지 철저하게 자신을 속였다는 게 도저히 믿기지 않는 모양이었다. 그에게는 감당하기 힘든 진실이리라.

"알텐하인 사람들 모두가 그 사실을 알고 있었어요." 피아가 말을 이었다. "클라우디우스 테를린덴도 라르스와 가문을 살린다는 핑계로 진실을 은폐했고요. 그게 양심에 찔려서 재정적인 지원을……."

"그것뿐이 아니에요." 토비아스가 뭔가 생각났다는 듯 눈을 반짝이며 아버지를 쳐다봤다. "어쨌든 이제 알 것 같아요. 테를린덴한테 중요한 건 언제나 권력과……."

"권력과 또 뭐요?"

피아가 물었지만 토비아스는 말없이 고개만 저었다.

하르트무트는 쓰러질 것처럼 휘청거렸다. 이웃이자 예전에는 친구였던 사람들의 본색을 알고 나자 발밑의 땅이 무너지는 것만 같았다. 마을 전체가 각자의 이기적인 이유를 핑계로 진실을 은폐하고 그를 기만했다. 그의 가게가 망하고 가정이 깨지고 인생이 망가지는 것을 냉정하게 지켜보고만 있었다니! 그는 한쪽에 놓인 플라스틱 의자에 털썩 주저앉아 두 손에 얼굴을 파묻었다. 토비아스가 그런 아버지 옆에 앉아 어깨에 가만히 손을 얹었다.

"하지만 좋은 소식도 하나 있습니다." 보덴슈타인은 그제야 병원에 온 이유가 생각났다. "지금 아멜리 프뢸리히와 티스 테를린덴한테 가던 중이었습니다. 오늘 낮에 쾨니히슈타인의 한 주택에서 찾아냈어요. 라우터바흐 원장이 납치해서 거기 가둬놨던 겁니다."

"아멜리가 살아 있어요?" 토비아스가 고개를 번쩍 들었다. "다치진 않았어요?"

"무사해. 같이 가지그래? 자네를 보면 좋아할 텐데."

토비아스는 잠시 망설이다가 자리에서 일어났다. 하르트무트도 고개를 들어 미소를 지어 보였다. 그러나 다음 순간 얼굴을 증오와 분노로 일그러뜨리더니, 옆에 있던 피아가 깜짝 놀랄 정도로 벌떡 일어나 막 병원 로비로 들어서는 한 남자를 향해 재빨리 달려들었다.

"안 돼요, 아버지! 안 돼!"

토비아스의 다급한 외침이 들렸다. 그제야 피아는 그 남자가 클라우디우스 테를린덴이라는 걸 알아보았다. 프뢸리히 부부와 테를린덴 부인이 그 옆에 서 있었다. 두 부부가 함께 아이들을 보러 온 모양이었다. 하르트무트가 멱살을 잡고 테를린덴의 목을 조르기 시작했다. 테를린덴 부인과 프뢸리히 부부는 놀란 나머지 말리지도 못하고 장승처럼 옆에 서 있었다.

"이 나쁜 놈아!" 하르트무트가 이를 바득바득 갈며 분노를 토해냈다. "이 천하에 몹쓸 놈! 네가 감히 우리 집안을 망쳐?"

얼굴이 벌게진 테를린덴이 팔을 허공에 휘저으며 발로 하르트무트를 걷어찼다. 사태를 파악한 보덴슈타인이 재빨리 움직였다. 피아가 따라 달려가는데 토비아스가 그녀를 옆으로 밀치며 뛰쳐나갔다. 바바라 프륄리히에게 가 부딪친 피아는 몸의 중심을 잃고 바닥에 쓰러졌다. 모여든 사람들은 한데 뒤엉켜 싸우는 두 사람을 멍청히 바라만 보았다. 토비아스가 막 아버지를 뜯어말리려 할 때 테를린덴이 초인적인 힘으로 하르트무트의 손아귀에서 벗어났다. 죽음에 대한 공포가 만들어낸 힘이었으리라.

테를린덴이 하르트무트를 힘껏 밀쳤다. 그러자 하르트무트가 뒤로 나자빠지면서 유리 비상문에 가 부딪쳤다. 바닥에서 일어나던 피아는 마치 슬로모션을 보듯 이 광경을 목격했다. 토비아스가 고래고래 소리를 지르며 아버지에게 달려갔다. 순식간에 바닥이 피로 물들었다. 정신이 번쩍 든 피아가 바바라 프륄리히의 목도리를 뺏어 들고 자토리우스에게 달려갔다. 그리고 점점 퍼져 나가는 피에도 아랑곳 않고 무릎을 꿇고 앉아 하르트무트의 뒤통수를 눌렀다. 그의 다리가 경련을 일으키듯 떨렸다. 꼴딱거리며 숨이 넘어가는 소리가 났다.

"의사 불러! 빨리!" 보덴슈타인이 소리쳤다. "병원에 의사 있을 거 아냐, 어서!"

테를린덴은 손으로 목을 감싸 쥔 채 심하게 콜록거리며 한구석으로 기어갔다. 그리고 금방이라도 튀어나올 듯한 눈을 하고 두려운 듯 그 광경을 지켜봤다.

"내가 한 게 아냐." 그는 끊임없이 중얼거렸다. "내가……, 내가 그런 게 아냐. 이건……, 이건 그냥 사고야."

피아에게는 사람들의 발소리와 외침이 아득하게만 들렸다.

그녀의 바지, 손, 재킷은 온통 피투성이였다. 하얀 신발과 바지통들이 그녀의 시야 속으로 들어왔다.

"옆으로 비켜요!"

누군가의 외침에 그녀는 옆으로 물러났다. 그리고 눈을 들어 보덴슈타인의 얼굴을 보았다. 너무 늦었다. 하르트무트 자토리우스는 그렇게 죽고 말았다.

*

"어떻게 할 수가 없었어요." 피아는 충격이 채 가시지 않은 얼굴로 머리를 흔들었다. "모든 게 너무 순식간에 일어났어요."

그녀는 아직도 온몸을 떨고 있었다. 보덴슈타인이 피 묻은 손에 쥐어준 콜라 캔도 제대로 잡을 수가 없었다.

"자책하지 마."

"자책이 되는 걸 어떡해요. 토비아스는 어디 있어요?"

"금방 여기 있었는데……." 보덴슈타인이 주위를 둘러봤다.

로비는 출입이 통제된 상태였지만 여기저기 돌아다니는 사람이 많았다. 경찰, 심각한 얼굴을 한 의사, 흰색 오버올을 입은 감식팀 직원이 막 운구용 가방에 실려 나가는 하르트무트의 시체를 지켜보고 있었다. 정말 눈 깜짝할 사이에 일어난 일이었다. 하르트무트는 테를린덴에게 떠밀려 유리문에 부딪쳤고, 운 나쁘게도 그 충격으로 두개골이 산산조각 나버렸다. 그 누구도 그를 살릴 수 없었다.

"여기 좀 앉아 있어." 보덴슈타인이 피아의 어깨를 다독인 뒤 일어섰다. "토비아스를 찾아봐야겠어. 위로라도 해줘야지."

피아가 고개를 끄덕였다. 그리고 자신의 손에 달라붙어 끈적하게 굳어가는 피를 내려다봤다. 자리에서 일어나 천천히 심호흡을 했다. 심장이 제 박자를 찾으면서 서서히 정신이 들었다. 힘없이 의자에 앉아 허공을 응시하고 있는 테를린덴의 모습이 눈에 들어왔다. 경찰이 그 옆에 앉아 진술서를 작성하고 있었다. 하르트무트의 죽음은 의심의 여지가 없는 사고다. 테를린덴의 행위는 정당방위였고 살해 의도는 전혀 없었다. 그렇지만 테를린덴은 자신이 어떤 죄를 지었는지 차츰 깨달아 가고 있는 것 같았다. 걱정스러운 표정을 한 젊은 여자 의사가 피아 앞으로 다가와 눈을 맞추며 물었다.

"진정제라도 놔드릴까요?"

"아뇨. 괜찮아요. 어디서 손 좀 씻을 수 있을까요?"

"그럼요. 따라오세요."

피아는 휘청이는 걸음걸이로 의사를 따라갔다. 걸으면서 토비아스를 찾아 두리번거렸지만 그의 모습은 어디에도 보이지 않았다. 어디에 있을까? 아버지가 그렇게 죽어 가는 모습을 봤으니 그 심정이 어떨까? 과연 그는 이 끔찍한 사건을 감당해낼 수 있을까? 원래 피아는 아무리 위급한 상황에서도 어느 정도 거리를 둘 줄 알았고 쉽게 이성을 잃지도 않았다. 그러나 인간이 잃을 수 있는 모든 것을 잃은 토비아스의 끔찍한 운명은 그녀의 마음을 크게 흔들어놓았다.

*

"토비!" 아멜리는 침대에서 몸을 일으키며 죽은 사람을 다시 보기라도 한 듯 반가워했다. 그 무시무시한 암흑 속에서 아멜리는 그를 떠올렸다. 마음속으로 그와 이야기를 나누었고 그와 재회하는 장면을 상상했다. 그의 푸른 바다색 눈동자 속 따스함을 생각하며 미치지 않고 버틸 수 있었다. 그런데 그가 이렇게 눈앞에 서 있다니…… 아멜리는 행복에 겨워 가슴이 두근거렸다.

"다시 봐서 정말 기뻐요! 나 진짜 많이……."

그런데 자세히 뜯어보니 어스름 속에 서 있는 그는 정신이 반쯤 나가 있었다. 그녀의 얼굴에서 미소가 사라졌다. 그가 병실 문을 닫고 쭈뼛쭈뼛 다가와 아멜리의 침대 발치에 섰다. 얼굴은 시체처럼 창백했고 눈에는 붉은 핏줄이 도드라져 있었다. 뭔가 끔찍한 일이 일어난 것이 분명했다.

"무슨 일이에요?"

"아버지가 돌아가셨어." 그가 꽉 잠긴 목소리로 말했다. "방금 전…… 아래 로비에서…… 돌아가셨어. 테를린덴이 들어오니까…… 아버지가……. 그런데 그 사람이……."

그가 말을 잇지 못하고 불규칙하게 숨을 내쉬었다. 주먹을 입에 대고 울음을 참으려 했지만 허사였다.

"오, 맙소사!" 아멜리는 놀라서 토비아스를 빤히 쳐다봤다. "하지만 어쩌다……. 아니, 왜 그런 일이……."

토비아스가 얼굴을 일그러뜨리며 몸을 웅크렸다. 그러고 나서 파르르 떨리는 입술과는 정반대의 건조한 음성으로 말했다. "아버지가 그……, 그 사기꾼한테 달려들었어. 그리고 테를린덴이 아버지를……. 유리문에 부딪쳐서……."

그가 결국 울음을 터뜨렸다. 깡마른 얼굴 위로 하염없이 눈물이 흘러내렸다. 아멜리는 이불을 젖히고 그에게 손을 내밀었다.

그는 침대 가장자리에 주저앉아 아멜리가 자신을 끌어당기는 대로 내버려두었다. 그리고 그녀의 어깨에 얼굴을 묻은 채 온몸을 들썩이며 서럽게 울었다. 아멜리는 그의 어깨를 꼭 안아주었다. 토비아스가 이렇게 큰 슬픔을 안고서 찾아갈 수 있는 사람이 이 세상에 자신밖에 없다고 생각하니 목이 멨다.

*

토비아스가 흔적도 없이 사라졌다. 보덴슈타인이 그의 집으로 사람을 보냈지만 아직 집에 돌아오지 않았다는 보고만 들어왔다. 테를린덴은 아내와 함께 집으로 돌아갔다. 하르트무트의 죽음은 사고였기 때문에 그에게 직접적인 책임은 없었다. 비극적인 결과를 초래한 우발적인 사고였다.

보덴슈타인은 손목시계를 들여다봤다. 일요일이니 코지마는 친정에 가 있을 것이다. 그 집안의 일요일 브리지 게임은 수십 년간 이어져 온 전통으로, 하늘이 두 쪽 나도 참석해야만 했다. 즉 지금 경찰청에 들어가기 전에 집에 들른다면 코지마와 마주치지 않고 옷을 챙겨 갈 수 있다. 땀내 나는 더러운 옷도 갈아입어야 하고, 무엇보다 따뜻한 샤워 생각이 간절했다.

다행히 집에는 불이 꺼져 있었다. 복도 장식장 위에 놓인 스탠드만이 희미하게 빛났다. 개가 정신없이 달려와 그를 반겼다. 그는 개를 쓰다듬으며 집 안을 둘러봤다. 아무 일도 없었다는 듯 모든 게 그대로였다. 너무나 익숙한 풍경에 마음이 저렸다. 그러나 이 집은 더 이상 그의 집이 아니다. 그는 더 감상적으로 변하기 전에 마음을 다잡고 2층 침실로 올라갔다. 불을 켜자 창가 안락의자에 앉아 있는 코지마의 모습이 눈에 들어왔다. 그는 소스라치게 놀랐다.

"왜 불도 안 켜고 그러고 있었어?" 그는 딱히 할 말이 생각나지 않아 그렇게 물었다.

"조용히 생각 좀 하려고." 그녀가 밝은 불빛에 눈을 껌벅였다. 그리고 자리에서 일어나 그를 경계하듯 의자 뒤로 가서 섰다.

"오늘 아침에는 미안했어. 순간적으로 자제력을 잃었어." 잠시 머뭇거리던 그가 말했다. "나한테는 좀……, 감당하기가 힘들었어."

"괜찮아. 자초한 일인걸."

두 사람은 한참 동안 말없이 서로를 쳐다보았다. 어색한 침묵이 흘렀다.

"옷 좀 챙겨 가려고 왔어." 그가 먼저 침묵을 깨며 침실을 나갔다. 25년간 오직 좋은 감정밖에 없던 사람인데 갑자기 이렇게 아무것도 느끼지 않게 되다니……. 놀라웠다. 스스로를 속이고 있었거나 심리적 방어기제거나 아니면 코지마에 대한 감정이 이미 오래전부터 습관으로 굳어진 것인지도 모른다. 아니면 최근 몇 달간의 잦은 불화에 두 사람의 애정이 조금씩 침식되어 떨어져 나간 걸까? 보덴슈타인은 지금 상황을 이렇게 담담하게 정리할 수 있는 자신이 내심 놀라웠다.

그는 복도 붙박이장을 열고 신중하게 여행 가방을 골랐다. 코지마가 세계 여러 곳으로 들고 돌아다닌 가방은 피하고 싶었다. 결국 먼지를 뒤집어쓴 새 가방을 골랐다. 코지마가 너무 무겁다며 싫어하던 하드 셸 트렁크였다.

소피아의 방 앞을 지나던 그가 걸음을 멈추었다. 잠시 딸을 들여다보고 갈 시간은 있을 것 같았다. 그는 가방을 세워놓고 방 안으로 들어갔다. 침대 옆에 작은 전등이 켜져 있고 아이는 인형에 둘러싸여 잠들어 있었다. 손가락을 빨다가 잠든 모양이었다. 한숨이 절로 나왔다. 그가 상체를 숙여 막내딸의 얼굴을 들여다보다가 따스한 뺨을 가만히 어루만졌다.

"애야, 미안하다." 그가 속삭였다. "하지만 널 위해서라도 아무 일도 없었던 듯 살 수는 없어."

*

토비아스는 피아가 피 웅덩이 속에 앉아 있던 모습이 아직도 눈에 선했다. 사람들이 말해주지 않아도 아버지가 죽었다는 사실을 바로 알 수 있었다. 의사, 구조대원, 경찰이 스쳐 지나갔지만 그는 미동도 않고 서 있었다. 아무것도 느껴지지 않았다. 끔찍한 소식을 너무 많이 들어서 마음속에 더 이상 감정이 들어설 자리가 없었다. 물이 가득 새어 들어온 배를 가라앉히지 않으려고 마지막 방수 분리벽을 닫아놓는 것과 같은 이치였다.

그는 병원을 나섰다. 아무도 그를 붙잡지 않았다. 찬 공기를 쐬며 상수리나무 숲을 하염없이 걷다 보니 정신이 맑아지면서 생각이 정리됐다. 나디야, 외르크, 펠릭스, 아버지……. 아버지는 그를 두고 세상을 떠났고 친구들은 그를 기만하고 실망시켰다. 이제 그가 찾아갈 곳은 어디에도 없다. 무기력과 분노가 앞을 가려 시야는 흐리기만 했고, 한 걸음 한 걸음 내디딜 때마다 그의 삶을 망친 사람들에 대한 분노가 커져만 갔다. 걷잡을 수 없는 분노에 제대로 숨을 쉴 수가 없어 걷다 쉬다를 반복했다. 그와 그의 가족에게 해를 가한 사람들에게 복수하고 싶었다. 끝없는 복수심이 불타올랐다. 그는 이제 더 이상 잃을 것이 없었다. 머릿속에 사건의 조각들이 하나씩 떠올랐고, 어느 순간 그 조각들은 하나의 퍼즐로 맞춰졌다. 돌이켜 생각해보니 모든 행동에 다 의미가 있었다.

문득 토비아스는 미처 생각하지 못했던 사실을 깨달았다. 이제 아버지가 죽었으니 클라우디우스 테를린덴과 다니엘라 라우터바흐의 비밀을 아는 사람은 자신뿐이다. 그는 20년 전 아버지가 그 두 사람의 비밀이 새어 나가지 않도록 도왔던 일을 기억해내고 주먹을 움켜쥐었다.

여덟아홉 살쯤 되던 해의 일이다. 그는 여느 때와 마찬가지로 가게 안쪽 방에 있었다. 그날은 어머니가 집에 없었기 때문에 잘 시간이라고 방으로 올려 보내는 사람도 없었다. 소파에서 졸다가 한밤중에 잠이 깬 그는 어른들의 말소리를 들었다. 이해가 안 되는 내용들뿐이었다. 바에는 클라우디우스 테를린덴과 매일 황금 수탉에서 저녁을 먹는 푹스베르거 노인뿐이었다. 토비아스는 술 취한 사람들을 많이 봐왔기 때문에 존경받는 공증인 헤르베르트 푹스베르거가 머리끝까지 술에 취했다는 것을 바로 알 수 있었다.

"에이, 뭐 어때요?" 테를린덴이 아버지에게 푹스베르거의 잔을 채우라고 눈짓하며 말했다. "형님은 이미 돌아가셨는데 뭐라고 하실 리가 없잖아요."

"아유, 들통나봐." 푹스베르거가 꼬인 혀로 중얼거렸다. "큰일 나!"

"왜 들통이 나요? 형님이 유언장 고쳤다는 걸 누가 알겠어요?"

"안 돼, 안 돼, 안 돼! 난 그런 거 못해." 푹스베르거가 외쳤다.

"그럼 액수를 늘리죠. 아니, 두 배로 드릴게요. 10만! 이게 적다고는 말씀 못 하시겠죠?"

토비아스는 테를린덴이 아버지에게 눈을 찡긋해 보이는 것을 놓치지 않았다. 그런 식으로 한참 실랑이를 하다가 푹스베르거 노인이 어느 순간 제안을 받아들였다. "좋아. 하지만 자네는 여기 있어. 내 사무실에 같이 있는 걸 누가 보기라도 하면 안 되니까."

푹스베르거는 곧 아버지와 함께 밖으로 나갔다. 테를린덴은 꼼짝도 않고 자리를 지켰다.

토비아스는 나중에 자동차보험증서를 찾으려고 아버지 사무실을 뒤지다가 금고에서 유언장을 발견했다. 그것을 발견하지 않았더라면 그날의 일이 무슨 의미를 가지는지 전혀 모르고 지나갔을 것이다. 왜 아버지의 금고에 빌헬름 테를린덴의 유언장이 들어 있는지 이해가 되지 않았지만, 당시 그에게는 생애 첫 번째 차를 등록하는 일이 세상에서 가장 중요했다. 그 후로 세월과 함께 까맣게 잊고 지냈던 일이 갑자기 생생하게 떠오른 것은 아마도 아버지의 죽음이 불러온 충격이 그의 머릿속 비밀의 문을 열었기 때문일 것이다.

"어디 가요?"

아멜리의 목소리에 토비아스는 우중충한 옛 기억에서 깨어났다. 그는 아멜리의 손을 잡았다. 마음이 따뜻해지는 듯했다. 그녀의 검은 눈에는 진심으로 그를 걱정하는 빛이 담겨 있었다. 피어싱을 빼고 머리도 자연스럽게 놔두니 참으로 아름다운 얼굴이었다. 스테파니보다 백배는 더 아름다웠다.

아멜리는 그가 아직 해치워야 할 일이 있다고 하자 즉각 그를 따라나섰고, 둘은 함께 병원을 빠져나왔다. 아멜리는 괜히 겉으로만 무례하고 까칠하게 굴었을 뿐이었다. 크나큰 실망과 배반을 겪은 토비아스는 그녀의 곧고 솔직한 성품을 대할 때마다 놀라움을 금치 못했다.

"집에 잠깐 들렀다가 테를린덴한테 가서 할 말이 있어. 넌 그 동안 차에 있는 게 좋겠다. 또 무슨 일이 생기면 안 되잖아."

"내가 혼자 가게 놔둘 줄 알아요? 우리 둘이 같이 가면 함부로 어쩌지 못할 거예요."

심각한 상황에도 불구하고 토비아스는 웃음이 나왔다. 용감 하기까지 한 아가씨다. 그의 마음속에 작은 희망의 불꽃이 일었 다. 안개와 어둠 속을 비추는 작은 촛불과도 같은 희망이었다. 이 모든 게 지나가면 그에게도 미래가 생길지 모른다는 희망이었다.

*

코지마는 여전히 안락의자 뒤에 서 있었다. 그러고는 보덴슈 타인이 가방에 옷장 속 물건을 집어넣는 모습을 지켜봤다.

"여긴 당신 집이야." 한참 뒤에 그녀가 말했다. "나갈 필요 없 어."

"내가 나가고 싶어." 그가 계속 가방을 싸며 말했다. "우리 집 이었지. 하지만 더 이상 여기서 살고 싶지 않아. 부모님 농장에 마 부가 살던 행랑채가 비어 있어. 그게 가장 좋은 방법이야. 당신이 떠나면 소피아는 어머니나 쿠엔틴네가 맡아줄 거야."

"빠르기도 하네." 코지마가 비꼬듯 말했다. "벌써 결정을 내렸 단 말이야?"

보덴슈타인은 한숨을 내쉬었다. "지금 이게 내가 만든 일이 야? 결정을 내린 건 당신이야. 난 언제나처럼 당신 결정에 따랐고,

지금 새로운 상황에 적응하려고 노력 중이야. 당신은 다른 남자를 선택했어. 그건 내가 어떻게 할 수 있는 게 아냐. 하지만 그것과 상관없이 난 어떻게든 계속 살아야 하지 않겠어?"

잠시 그는 니콜라 이야기를 할까 망설였다. 그가 옛 애인과 함께 일한다는 사실을 안 이후 코지마는 니콜라에 대해 싫은 소리를 여러 번 했었다. 그러나 지금 그 이야기를 꺼낸다면, 그건 너무 유치하고 저급한 짓이다.

"난 알렉산더와 일을 하는 거야. 그 사람을…… 선택한 게 아냐!"

보덴슈타인이 가방 속에 셔츠를 차곡차곡 담으며 말했다. "하지만 당신한테는 그 사람이 훨씬 잘 어울릴 거야. 나하고는 다르겠지." 그가 얼굴을 들어 그녀를 바라봤다. "코지마, 도대체 왜 그런 거야? 모험이 그렇게도 그리웠어?"

"아니, 그건 아냐." 그녀는 어깨를 으쓱했다. "뭐라고 설명하기 힘들어. 그냥 딱 힘들었을 때 그 사람과 마주친 거야. 마요르카 일 때문에 당신한테 화가 나 있었거든."

"나한테 화가 나서 바로 다른 남자랑 잤다고?" 보덴슈타인은 머리를 절레절레 흔들며 가방을 닫았다. "성격 한번 화끈하네."

"올리버, 제발 모든 걸 한꺼번에 버리려고 하지 마." 코지마가 애원했다. "내가 실수했어. 진심으로 미안해. 하지만 우리 사이를 연결하고 있는 게 너무 많잖아."

"우리 사이를 끊는 것도 많아. 코지마, 난 당신 다시는 못 믿겠어. 그런데 난 신뢰 없이는 살 수 없고, 그렇게 살고 싶지도 않아."

보덴슈타인은 그녀를 남겨두고 욕실로 들어갔다. 문을 잠그고 옷을 벗은 뒤 샤워기 앞에 섰다. 뜨거운 물로 씻으니 굳었던 근육과 함께 긴장이 풀리는 듯했다. 그는 어젯밤을 떠올렸다. 그리고 앞으로 찾아올 수많은 밤들을 떠올렸다. 이제 침대에 누워 지구 저편에서 코지마가 뭘 하는지, 잘 지내는지, 위험하지는 않은지, 사고가 나지는 않았는지 아니면 다른 남자와 침대에 누워 있는 것은 아닌지 걱정할 필요가 없다. 그는 이런 상상을 해도 전혀 마음이 아프지 않고 오히려 홀가분하다는 사실에 놀랐다. 이제 그는 코지마가 정한 규칙에 따라 살 필요가 없다. 아니, 이제부터는 그 누구의 규칙도 따르지 않을 것이다. 오직 자신만의 규칙을 따르겠다고 그는 속으로 다짐했다.

*

토비아스는 너무 늦지 않았기를 빌며 차 안에 앉아 있었다. 45분 정도 기다리자 검은색 메르세데스가 테를린덴 공단 정문 앞에 와 섰다. 철문이 스르르 열리자 메르세데스의 브레이크 등이 꺼지고 차가 출발했다.

"지금이야!"

토비아스가 나직하게 외쳤다. 둘은 차에서 튀어나와 문을 향해 달리기 시작했다. 그리고 문이 닫히기 직전 공단 안으로 들어갈 수 있었다. 경비 초소는 비어 있었다. 밤에는 감시 카메라만이 공장을 지킨다. 이제 예전처럼 공장 시설물 보호 같은 건 안 한다고 미하엘 돔브로프스키가 말했었다. 미하엘은 테를린덴 공장에서 일한다. 아니, 일했다. 토비아스는 속으로 시제를 고치며 지금쯤 감옥에 있을 친구들을 떠올렸다.

눈발이 날리기 시작했다. 두 사람은 메르세데스의 타이어 자

국을 따라 걸었다. 토비아스가 걷는 속도를 줄였다. 아멜리의 손
이 얼음장이었다. 지하실에 갇혀 있는 동안 무척 쇠약해졌기 때문
에 사실 이런 모험은 그녀에게 무리였다. 그러나 아멜리는 같이
가겠다고 끝까지 우겼다. 둘은 말없이 공장들을 지나쳤다. 모퉁이
를 도는 순간, 정면으로 보이는 건물 꼭대기 층의 방 하나에 불이
들어왔다. 건물 앞에는 검은색 메르세데스가 주황색 야간등 불빛
을 받으며 서 있었다. 토비아스와 아멜리는 재빨리 어두운 주차장
을 통과해 건물 입구로 갔다.

"문이 열려 있어요." 아멜리가 속삭였다.

"넌 여기서 기다리는 게 어때?" 토비아스가 그녀를 바라보며
말했다.

아멜리는 단호하게 고개를 저었다. 창백하고 뾰족한 얼굴에
자리한 눈이 왕방울처럼 빛났다. "싫어요. 나도 갈 거예요."

"알았어." 그가 크게 숨을 들이마신 후 짧게, 그러나 강하게 아
멜리를 끌어안았다. "아멜리, 고마워. 정말 고마워."

"헛소리 말고 빨리 가기나 해요."

아멜리가 툴툴거리자 그는 미소를 지으며 고개를 끄덕였다.

두 사람은 거대한 로비를 가로지른 뒤 엘리베이터를 지나 계
단 쪽으로 갔다. 비상계단 입구도 잠겨 있지 않았다. 테를린덴은
도둑 걱정도 안 하는 모양이었다. 5층까지 올라가자 아멜리가 헉
헉거리며 난간에 기대 잠시 숨을 골랐다. 토비아스가 육중한 유
리문을 열자 끼익하는 소리가 났다. 그는 발치에만 희미한 조명
이 늘어서 있는 어두운 복도를 살피며 귀를 기울였다. 아무 소리
도 들리지 않았다. 둘은 손을 잡고 복도를 따라 걸었다. 그는 너무
긴장해서 심장이 널을 뛰는 것만 같았다. 그러다 문이 반쯤 열린

방에서 테를린덴의 목소리가 새어 나오자 두 사람은 흠칫 놀라 그 자리에 멈춰 섰다.

"……서둘러. 눈이 더 오면 비행기가 못 뜰 수도 있으니까."

토비아스와 아멜리는 시선을 주고받았다. 테를린덴이 통화를 하는 모양이었다. 비행기를 타고 어딘가로 도망칠 속셈인 듯했다. 시간을 딱 맞춰 온 셈이다. 두 사람이 계속 걸음을 옮기려는데 갑자기 다른 사람의 목소리가 들렸다. 그 목소리를 들은 아멜리가 소스라치게 놀라며 토비아스의 손을 꽉 쥐었다.

"왜 그래?" 라우터바흐 원장의 목소리였다. "왜 그러고 서 있어?"

문이 활짝 열리면서 환한 불빛이 복도로 쏟아져 나왔다. 토비아스는 재빨리 등 뒤의 문을 열고 아멜리를 어두운 방 안으로 밀어 넣은 뒤 두근거리는 가슴을 진정시키며 문 뒤에 섰다.

"저 여자가 여기 왜 있어?" 아멜리가 황당해하며 중얼거렸다. "저 여자가 나랑 티스를 죽이려고 했어요! 테를린덴도 그걸 알 텐데!"

토비아스는 긴장된 표정으로 고개를 끄덕였다. 그러면서 어떻게 하면 두 사람을 제압할 수 있을지 머리에 쥐가 나게 생각했다. 어떻게든 그들이 도망치는 것을 막아야 한다. 만약 혼자였다면 두 사람 앞을 가로막고 말을 걸었겠지만, 아멜리가 있는 이상 절대 불가능했다. 그녀를 위험에 처하게 할 순 없다. 그는 방 안을 둘러보다 책상을 가리켰다.

"저 밑에 숨어!"

아멜리는 반항하려고 했지만 토비아스도 더 이상 양보할 수 없었다. 아멜리가 책상 밑으로 기어 들어가자 그는 수화기를 집어

들었다. 조명이 희미해서 전화기의 형체를 구분하기도 힘들었다. 외선이라고 생각되는 단추를 눌렀다. 신호가 갔다! 그는 떨리는 손가락으로 범죄 신고 번호를 눌렀다.

*

그는 목에 난 상처를 어루만지며 금고 앞에 멍하니 서 있었다. 조금 전 사고가 있은 뒤로 무엇에도 집중할 수가 없었다. 자꾸만 심장이 멈출 것같이 덜컥거렸다. 사고 때 잠시 산소 부족을 겪었기 때문일까?

자토리우스는 사나운 맹수처럼 달려들어 예상치 못한 힘으로 그의 목을 졸랐다. 눈앞에 별이 보일 정도였다. 몇 초 동안은 이게 끝이구나 하는 생각까지 들었다. 이제껏 살면서 그런 육체적 공격을 받은 것은 처음이었다. 죽음의 공포라는 말도 그에게는 그저 공허한 낱말에 불과했었다. 그러나 아까 저승사자의 얼굴을 봤을 때 그는 그것이 어떤 느낌인지 절실하게 깨달았다. 어떻게 하르트무트의 악착같은 손아귀에서 벗어났는지 그도 이해가 안 됐다. 그러고 나서 정신을 차리고 보니 하르트무트가 바닥에 쓰러져 있었다. 온통 피바다였다. 끔찍했다. 너무 끔찍했다! 테를린덴은 아직도 충격에서 벗어나지 못하고 있는 자신을 발견했다.

책상 아래에 들어가 컴퓨터 케이스를 원래대로 조립하는 데 열중하고 있는 다니엘라를 바라봤다. 그녀가 바꿔치기한 하드디스크는 이미 트렁크 속에 들어 있다. 그는 하드디스크를 챙길 필요까지는 없다고 했지만, 그녀가 꼭 그렇게 해야 한다고 고집을 피웠다. 사실 그의 컴퓨터에는 경찰이 관심 가질 만한 데이터가 전혀 없었다. 이건 애초에 그가 세운 계획과는 거리가 멀었다.

테를린덴은 아들 라르스를 로라 바그너 살인사건에 휘말리지 않게 하려고 내렸던 자신의 결정이 크게 잘못된 것이었음을 인정하지 않을 수 없었다. 그는 사실 라르스를 빼돌렸을 때 일어날 파장에 대해서는 충분히 고려하지 않았다. 언뜻 사소해 보이는 이 잘못된 판단이 다른 심각한 오판들을 초래했다. 거짓말의 그물은 점점 촘촘해져 갔고 복잡하게 뒤얽혔다. 그에 따른 부수적 피해도 엄청났다. 이게 다 마을 사람들이 그의 말을 안 듣고 제멋대로 행동한 탓이다. 멍청한 촌놈들 같으니라고!

어쨌든 토비아스의 귀환으로 벌어진 작은 틈새는 걷잡을 수 없이 커졌고, 이제는 거대한 절벽으로 변해 검은 아가리를 벌리고 있었다. 그의 생활, 그의 원칙, 그의 삶에 안정감을 부여하던 모든 습관들 또한 일련의 흉악한 사건들에 휩쓸려 사라졌다.

"왜 그래? 왜 그러고 서 있어?"

다니엘라의 목소리에 그는 정신이 번뜩 들었다. 그녀가 끙 소리를 내며 일어섰다. 그리고 경멸 가득한 눈초리로 그를 바라봤다. 테를린덴은 여전히 손으로 목을 감싸고 있는 자신을 깨닫고는 시선을 돌렸다.

다니엘라는 오래전부터 이렇게 될 것을 예상하고 있었는지 아주 세세한 부분까지 다 계산해놓은 상태였다. 그녀의 계획은 완벽했다. 하지만 그에게는 황당하기 짝이 없는 계획이었다. 뉴질랜드라니! 뉴질랜드에서 뭘 하란 말인가. 그의 삶의 무대는 여기다. 여기 이 마을, 이 건물, 이 방이다! 혹시 몇 년 감옥에서 썩는다고 해도 독일을 떠나고 싶지는 않았다. 가짜 신분으로 아는 사람 하나 없는 외국에서 살아야 한다고 생각하니 앞이 깜깜했다. 아니,

두려움이 앞섰다. 여기서는 사람들이 시늉만이라도 자신을 떠받들어주지만, 뉴질랜드에 가면 그는 아무것도 아니다. 영원히 이름 없는 난민으로 살아야 한다. 게다가 이 일도 언젠가는 잠잠해질 것이다.

그는 다시 한번 널찍한 사장실을 둘러봤다. 여기도 오늘로 마지막이란 말인가. 집에도 다시는 가지 못하고, 부모님과 조부모님의 무덤에도 찾아가지 못하고, 타우누스강의 정겨운 풍경도 다시는 보지 못한단 말인가. 그런 생각을 하니 코끝이 시큰하고 눈물이 왈칵 쏟아질 것만 같았다. 그는 조상에게 물려받은 재산을 불리고 집안을 더 크게 일으키는 데 평생을 바쳤다. 그런데 이제 와서 이 모든 것을 두고 떠나야 한단 말인가.

"클라우디우스, 서두르지 않고 뭐하는 거야?" 다니엘라의 목소리가 칼날처럼 날카로웠다. "눈이 점점 많이 오고 있어! 어서 가야 돼!"

그는 두고 가기로 한 서류를 금고 안에 집어넣었다. 그때 권총이 든 상자가 손끝에 스쳤다. 떠나기 싫다. 차라리 여기서 자살할까? 그 순간, 그는 돌이 된 듯 꿈쩍도 하지 못했다. 어쩌다 이런 생각을 하게 됐지? 이제까지 다른 노력도 해보지 않고 자살을 택하는 사람들을 겁쟁이라고 하지 않았던가. 그러나 저승 문 앞까지 갔다 온 지금은 상황이 달랐다.

"우리 말고 이 건물에 또 누가 있어?" 다니엘라가 물었다.

"아니." 테를린덴이 쉰 소리로 대답하며 권총이 든 상자를 꺼냈다.

"외선 하나가 통화 중인데?" 그녀가 책상 한가운데 놓인 전화기를 들여다봤다. "23번이야."

"회계부야. 거긴 아무도 없어."

"아까 들어올 때 문 잠갔어?"

"아니." 그는 정신이 번뜩 들었다. 그리고 상자를 열어 그 안에 든 베레타를 바라봤다.

*

피아는 크리스토프와 함께 오펠 동물원 레스토랑 창가 자리에 앉아 있었다. 조명은 어둡고 공기는 따뜻하고 시장 바닥처럼 시끄러웠다. 지금의 그녀에게는 이 분위기가 제격이었다. 크리스토프가 오늘 시청 사람들이 다녀간 일에 대해 이야기하고 있었지만 하나도 귀에 들어오지 않았다. 크론베르크의 조명이나 멀리 보이는 프랑크푸르트의 야경도 눈에 들어오지 않았다. 탁자 위에는 완벽하게 조리된 쇠고기 스테이크가 놓여 있었지만 위장이 쪼그라든 것처럼 입맛이 없었다.

그녀는 아까 병원에서 바로 집으로 갔다. 피 묻은 옷을 벗어 세탁기에 집어넣고 따뜻한 물이 바닥을 드러낼 때까지 샤워를 했지만 더럽혀진 기분은 사라지지 않았다. 하도 봐서 시체에는 익숙했지만 누군가가 자기 품 안에서 죽은 적은 한 번도 없었다. 게다가 그녀가 잘 아는, 죽기 직전까지 이야기를 나누며 진심으로 딱하게 여기던 사람이 자신의 품에서 죽었다. 그녀가 몸을 부르르 떨었다.

"차라리 집에 갈까?"

크리스토프의 걱정 어린 눈길에 피아는 겨우 현실로 돌아왔다. 갑자기 눈물이 왈칵 쏟아지려 했다. 토비아스는 어디로 간 걸까? 설마 스스로에게 무슨 짓을 하거나 하지는 않았겠지?

"아니, 괜찮아." 그녀는 가까스로 미소를 지었지만 고기에서 흘러내린 육즙을 보자 구역질이 났다. 접시를 한쪽으로 밀며 말했다. "미안해. 오늘 영 기분이 아니야. 자꾸 낮에 있었던 일이 떠올라."

"이해해. 하지만 당신도 어쩔 수 없었잖아." 그가 탁자에 다가앉으며 손을 뻗어 그녀의 뺨을 어루만졌다. "순식간에 일어난 일이라며."

"맞아. 정말 그랬어. 내가 할 수 있는 건 하나도 없었어. 그래도……." 그녀는 깊은 한숨을 내쉬었다. "이럴 때는 정말 이 직업이 죽도록 싫어."

"자, 얼른 여기서 나가자. 집에 가서 와인 한 병 따고, 그다음에……."

그때 피아의 휴대전화가 울렸다. 피아는 대기 근무 중이었다.

"'그다음'이 궁금한데?"

피아가 희미하게 웃으며 말하자 크리스토프는 장난스럽게 눈썹을 치켜세웠다.

"토비아스 자토리우스라는 사람이 7분 전에 신고를 했습니다." 본부 직원이 알려왔다. "알텐하인에 있는 테를린덴 회사에 있다고 합니다. 라우터바흐라는 여자도 함께 있답니다. 순찰차는 이미 한 대 보냈는데……."

"빌어먹을!" 피아가 상대방의 말을 끊고 외쳤다. 머릿속에서 여러 가지 생각들이 마구 춤을 취댔다. 왜 라우터바흐 원장이 거기 있는 거지? 토비아스는 왜 갔고? 많은 일을 겪은 토비아스는 움직이는 시한폭탄과도 같았다. 그녀는 자리에서 벌떡 일어서며 지시를 내렸다. "순찰 나간 차에 연락해요. 경광등 절대 켜지 말고 사이렌도 울리지 말라고 해요. 그리고 반장님이랑 내가 갈 때까지 기다리라고 해요!"

"무슨 일이야?" 크리스토프가 물었다.

피아는 보덴슈타인의 번호를 누르며 짧게 설명했다. 다행히 신호가 가자마자 보덴슈타인이 전화를 받았다. 그동안 크리스토프는 레스토랑 주인을 불러 나중에 와서 계산하겠다고 말했다. 그는 주인과 잘 아는 사이였다.

"내가 태워다 줄게. 외투 가져올 테니까 잠깐만 기다려."

그녀는 고개를 끄덕였다. 그리고 서둘러 밖으로 나가 마구 흩날리는 눈을 맞으며 초조하게 기다렸다. 왜 토비아스는 범죄 신고 회선을 사용했을까? 무슨 일일까? 제발 늦지 않아야 할 텐데!

*

"젠장!" 토비아스가 나지막하게 욕설을 내뱉었다.

테를린덴과 라우터바흐 원장이 트렁크와 서류 가방을 들고 사장실을 나와 엘리베이터 쪽으로 걸어가고 있었다. 어떻게 하면 그들을 막을 수 있을까? 경찰은 언제 오는 거지? 빌어먹을! 그는 책상 밖으로 머리를 내미는 아멜리를 향해 말했다. "넌 여기 있어." 긴장 탓에 목소리가 갈라졌다.

"어디 가요?"

"경찰이 올 때까지 붙잡고 있어야 해."

"안 돼요. 가지 말아요!" 아멜리가 책상 밑에서 기어 나왔다. 빛이 거의 없어 희미한데도 그녀의 눈이 정말 커 보였다. "그냥 가게 내버려둬요. 나 무서워요!"

"그런 짓을 한 사람들을 어떻게 그냥 놔둬? 난 못 해! 이해 못 하겠어?" 그가 언성을 높였다. "아멜리, 넌 여기 있어. 절대 나오면 안 돼. 알겠지?"

그녀가 침을 꼴깍 삼켰다. 그리고 추운 듯 어깨를 감싸며 겨우 알아차릴 정도로 살짝 고개를 끄덕였다. 토비아스는 심호흡을 한 뒤 문고리에 손을 올렸다.

"토비!"

"응?"

그녀가 다가와 손바닥으로 그의 뺨을 감쌌다. "조심해요."

낮게 속삭이는 그녀의 눈에서 눈물이 주르륵 흘렀다. 그 모습에 토비아스는 일순 그녀를 끌어당겨 키스하고 싶은 충동에 사로잡혔다. 그냥 그녀와 함께 여기 남고 싶다. 그러나 충동은 여기까지 그를 채찍질해 온 거친 복수심에 압도당했다. 저 두 사람을 도망치게 둘 수는 없다. 절대로!

"금방 올게."

그는 더 마음이 약해지기 전에 문을 열고 마구 달렸다. 엘리베이터는 이미 아래로 내려가는 중이었다. 비상문을 열어젖히고 계단을 뛰어 내려갔다. 서너 계단을 한꺼번에 뛰어내려 1층 홀에 도착하니 테를린덴과 라우터바흐 원장이 막 엘리베이터에서 내리는 참이었다.

"거기 서!"

토비아스의 목소리가 홀에 울려 퍼졌다. 두 사람은 소스라치게 놀라 뒤를 돌아봤다. 테를린덴은 그를 보더니 손에 들고 있던 가방을 떨어뜨렸다. 온몸을 덜덜 떨고 있었다. 토비아스는 그들에게 달려들어 마구 두들겨 패고 싶은 심정을 힘들게 억눌렀다.

"토비아스!" 먼저 정신을 차린 테를린덴이 입을 열었다. "아버지 일은…… 정말…… 정말 미안하다. 내 말을 믿어주렴. 정말이지, 나는……."

"입 닥쳐!" 토비아스는 그들에게서 눈을 떼지 않은 채 반원을 그리며 그 주변을 돌았다. "그런 거짓말 더 이상 듣고 싶지 않아! 다 당신 책임이야! 그리고…… 이 가증스러운 마녀! 겉으로는 그렇게 이해심 많은 척하더니! 진실을 다 알고 있었으면서 내가 감옥에 가는 걸 구경만 했지? 그리고 이제 상황이 불리해지니까 몰래 도망가려고? 흥, 먹고 튀려는 속셈인가? 하지만 그렇게는 안 될걸. 이제 곧 경찰이 곧 도착할 거야."

테를린덴과 라우터바흐 원장이 재빨리 시선을 주고받았다.

"당신들 비밀, 죄다 말해버릴 거야. 난 당신들이 생각하는 것보다 훨씬 많은 걸 알고 있어! 아버지는 이제 돌아가셔서 아무 말도 못 하시지만 그때 당신들이 무슨 짓을 했는지 나도 다 알아!"

"좀 진정하지 그러니?" 라우터바흐 원장이 말했다. 그리고 온 세상을 속여 넘긴 그 미소를 지었다. "도대체 무슨 소릴 하는 거니?"

"당신 전남편 얘기야!" 토비아스가 그녀 바로 앞으로 다가섰다. 차가운 밤색 눈이 잡아먹을 듯이 그를 노려봤다. "빌헬름 테를린덴. 클라우디우스의 형, 빌리 아저씨 얘기를 하는 거야. 그리고 빌리 아저씨의 유언장!"

"아, 그거?" 라우터바흐 원장이 그에게서 눈을 떼지 않은 채 말했다. "왜 경찰이 그 얘기에 관심 있어 할 거라고 생각하니?"

"왜냐하면 그건 가짜 유언장이니까. 진짜 유언장은 푹스베르거 할아버지가 우리 아버지한테 줬거든. 테를린덴, 저 인간이 할아버지한테 술을 먹여서 10만 마르크를 주겠다고 약속한 다음에 말이야."

그 말을 들은 라우터바흐 원장의 얼굴이 굳어졌다.

"당신 전남편은 병이 깊어서 오늘내일하고 있었어. 하지만 시동생과 바람피운 아내, 형수를 넘본 동생이 마음에 들었을 리는 없었겠지. 빌리 아저씨는 죽기 2주 전에 당신들의 이름을 유언장에서 빼버렸어. 그리고 운전수의 딸을 유일한 상속인으로 만들었지. 저 인간이 1976년 5월에 임신시켰다가 낙태하게 한 일을 알고 있었거든."

"네 아버지가 그런 말도 안 되는 소릴 하든?" 테를린덴이 끼어들었다.

"아니." 토비아스는 원장에게서 눈을 떼지 않고 말했다. "아버지는 그런 말 하실 필요도 없었어. 푹스베르거 할아버지가 우리 아버지한테 유언장을 줬으니까. 할아버지는 그걸 없애라고 준 거였지만 아버지는 없애지 않고 금고에 보관했지. 물론 지금도 있어."

그는 시선을 테를린덴에게로 돌렸다. "그래서 아버지가 알텐하인을 떠나지 못하게 막은 거지? 아버지가 그 사실을 다 알고 있어. 안 그래? 진짜 유언장대로라면 이 회사도 집도 당신 게 아냐. 다니엘라 당신도 집과 그 많은 돈을 상속받지 못했을 테고. 원래는 빌리 아저씨의 운전수였던 쿠르트 크라머의 딸, 그 딸의 몫이지." 토비아스는 스스로 말을 하면서도 기가 막혔다. "용기 없는 우리 아버지는 그 유언장을 폭로할 생각은 하지 못했어. 정말 안타까운 일이지……."

"그래, 안타까운 일이야." 라우터바흐 원장이 대꾸했다. "그런데 그 얘기를 들으니 생각나는 게 있네."

비상계단을 등지고 서 있던 테를린덴과 라우터바흐 원장은 비상문을 열고 걸어나오는 아멜리를 보지 못했다. 토비아스만이 그쪽으로 시선을 돌렸고 라우터바흐 원장은 그 순간을 놓치지 않았다. 재빨리 테를린덴이 옆구리에 끼고 있던 상자를 뺏어 연 것이다. 다음 순간 토비아스의 눈앞에는 총구가 버티고 있었다.

"네가 방금 말해주지 않았다면 아마 난 그날의 기억을 계속 잊고 있었을 거야. 생각나, 클라우디우스? 갑자기 침실 문이 열렸을 때 빌헬름이 바로 이 총으로 우릴 겨누고 있었잖아……." 그녀가 토비아스를 향해 미소를 지었다. "고맙다, 애송이. 네 말을 들으니 좋은 생각이 났어."

그녀는 단 1초의 망설임도 없이 방아쇠를 당겼다. 탕 하는 소리가 홀에 울려 퍼졌다. 토비아스는 뭔가 거센 힘에 떠밀리며 가슴이 폭발하는 듯한 느낌을 받았다. 방금 벌어진 일이 믿기지 않아 라우터바흐 원장을 바라봤다. 그녀는 이미 몸을 돌려 건물을 빠져나가고 있었다. 아멜리가 그의 이름을 부르며 절규하는 소리가 날카롭게 귓전을 때렸다. 뭐라고 말을 하려 했으나 숨을 쉴 수가 없었다. 다리가 휘청거리며 화강암 바닥에 쓰러졌지만 아무런 느낌도 없었다. 그저 고요와 암흑뿐이었다.

*

경찰들이 어떻게 하면 요새처럼 단단한 공단 안으로 들어갈 수 있을지 머리를 맞대고 고민하고 있을 때 전조등을 켠 검은 리

무진이 빠른 속도로 회사 정문을 향해 달려왔다. 리무진이 가까이 오자 정문이 스르르 열렸다.

"저거야!"

피아가 큰 소리로 동료들에게 신호를 보냈다. 순찰차 두 대가 앞을 가로막자 운전석에 있던 테를린덴이 급히 차를 세웠다.

"차에는 테를린덴 혼자뿐이야." 보덴슈타인이 말했다.

피아는 총을 들고 테를린덴 옆으로 다가가 창문을 내리라는 신호를 보냈다. 경찰 둘이 차를 에워싸며 총을 겨누었다.

"왜 그러십니까?" 테를린덴이 물었다. 그는 마네킹처럼 뻣뻣하게 굳어 있었다. 두 손은 핸들을 꽉 붙잡고 있었고 엄청난 추위에도 불구하고 얼굴이 땀으로 번들거렸다.

"차에서 내려요. 차 문 모두 열고 트렁크도 여십시오." 보덴슈타인이 명령했다. "토비아스 자토리우스는 어디 있습니까?"

"그걸 내가 어떻게 압니까?"

"다니엘라 라우터바흐는 어디 있습니까? 자, 어서 내려요!"

테를린덴은 꼼짝도 하지 않았다. 크게 벌어진 그의 눈에 공포가 가득했다.

"그 사람 안 내릴 거예요." 선팅 유리에 가려 보이지 않던 차 안쪽에서 목소리가 들려왔다. 몸을 숙여 차 내부를 들여다본 보덴슈타인이 뒷좌석에 앉은 라우터바흐 원장을 발견했다. 그녀는 테를린덴의 뒤통수에 총을 들이대고 있었다.

"어서 비켜요. 안 그러면 이 남자를 쏘겠어요." 그녀가 거침없이 협박했다.

보덴슈타인 또한 진땀이 나기 시작했다. 그녀의 결단력이 얼마나 대단한지 충분히 알고 있었다. 게다가 그녀는 더 이상 잃을

게 없다. 지극히 위험한 조합이었다. 메르세데스는 몇 미터만 달리면 저절로 모든 문이 잠기기 때문에 보덴슈타인도, 맞은편의 경찰도 차 문을 열어서 그녀를 제압할 수 없는 상황이었다.

"진심인 것 같습니다." 테를린덴이 쉰 목소리로 말했다. 그의 아랫입술이 부들부들 떨렸다. 쇼크 상태에 빠진 게 분명했다.

보덴슈타인은 재빨리 두뇌를 회전시켰다. 이런 날씨에 경찰을 따돌리고 도주하는 건 불가능하다. 아무리 스노타이어를 장착한 S클래스 메르세데스라고 해도 시속 120킬로미터 이상은 속도를 내기 힘들다.

"보내드리죠. 하지만 그 전에 토비아스 자토리우스가 어디 있는지 말해주시죠."

"아버지랑 같이 하늘나라에 있겠죠." 라우터바흐 원장이 테를린덴 대신 대답하며 차갑게 웃었다.

*

보덴슈타인은 순찰차 한 대와 함께 검은 메르세데스에 따라붙었다. 그의 옆에 앉은 피아가 전화로 지원 요청을 하면서 테를린덴 회사로 구급차를 보내도록 지시했다. 공단을 빠져나간 메르세데스가 B8 연방도로 쪽으로 방향을 잡았다. 바트조덴에서 순찰차 두 대가 더 따라붙었다. 몇 킬로미터 못 가서 다시 세 대의 순찰차가 추격전에 가세했다. 일요일이라 다행히 도로는 한산했다. 평일 러시아워였다면 일이 커질 수도 있었다. 어쨌든 차를 타고 가는 동안은 운전수를 쏘지 못할 것이다. 보덴슈타인은 룸미러로 뒤를 보았다. 이제 따라오는 순찰차가 열 대도 넘는 것 같았다. 순찰차들은 경광등을 번쩍이며 세 개의 차선을 점령해 뒤에 오는 차량을 통제하고 있었다.

"시내로 들어가려나 봐요." 메르세데스가 에슈본 삼거리에서 오른쪽으로 붙는 것을 보고 피아가 외쳤다. 그녀는 작전 차량 내에서의 절대 금연 규칙을 어기고 담배에 불을 붙였다. 무전기에서 여러 사람의 소리가 한데 뒤섞여 잡음처럼 들렸다. 프랑크푸르트 경찰서에서 테를린덴이 프랑크푸르트 시내로 들어갈 것에 대비해 최대한 도로를 비워놓겠다고 전해 왔다.

"공항으로 가려는 게 아닐까?"

"그렇게 놔두지 않을 거예요." 피아가 대꾸했다. 그녀는 자토리우스가 어떻게 됐는지, 그 소식을 기다리고 있었다.

보덴슈타인이 그녀의 새하얗게 긴장한 얼굴을 흘깃 쳐다봤다. 실로 대단한 하루였다. 아멜리와 티스가 발견되면서 그간의 긴장이 풀리는가 싶더니, 상황이 급작스럽게 반전된 것이다. 니콜라의 침대에서 눈을 뜬 게 정말 오늘 아침이 맞나?

"시내로 들어가고 있어요." 피아가 무전기에 대고 말했다. 테를린덴은 A5 고속도로로 꺾지 않고 베스트크로이츠를 지나 빠른 속도로 직진하고 있었다. "무슨 속셈일까요?"

"시내에서 우리를 따돌리려는 거겠지."

와이퍼가 뻑뻑 소리를 냈다. 눈은 이제 굵은 빗방울로 변했다. 테를린덴은 규정 속도보다 훨씬 빨리 달리고 있었다. 교통신호를 지킬 턱이 없다. 그러다가 사람을 치기라도 한다면!

"지금 막 박람회장을 지났어요. 우회전해서 프리드리히 에베르트 단지 쪽으로 꺾었어요." 피아가 계속 중계를 했다. "시속 80킬로미터는 넘는 거 같아요. 도로를 비워요!"

보덴슈타인은 운전에 집중했다. 주변 차량들의 빨간 브레이크 등과 지선 도로를 가득 메운 순찰차들의 파란 경광등이 빗물에 반사됐다. "벌써 노안이 오려나." 그는 이렇게 중얼거리며 신호등을 세 번째 무시하고 달리는 테를린덴을 놓치지 않기 위해 더욱 속력을 냈다. 라우터바흐의 계획은 뭘까? 저들은 어디로 가고 있는 걸까?

"혹시 저 사람들……." 피아는 말하다 말고 갑자기 소리를 꽥 질렀다. "꺾어! 오른쪽이요! 우회전했어요!"

깜빡이를 켜기는커녕 속도도 줄이지 않은 채 테를린덴은 공화국 광장에서 마인츠 국도로 기세 좋게 꺾어 들어갔다. 오른쪽으로 따라 돌던 보덴슈타인의 오펠이 빗물에 미끄러져 트램과 부딪칠 뻔했다. 보덴슈타인이 입술을 꽉 깨물었다.

"젠장, 큰일 날 뻔했군. 어디로 갔어? 안 보여!"

"왼쪽! 왼쪽!" 피아는 바로 건너편 경찰서에서 수년간 일했으면서도 흥분과 긴장 때문에 거리 이름이 생각나지 않았다. 보덴슈타인의 얼굴 앞으로 손가락을 휘두르며 외쳤다. "저기요, 저기. 저기로 들어갔어요!"

"어디요?" 무전기에서 방향을 묻는 소리가 들렸다. "어디로 갔다는 거예요?"

"오토가로 들어갔어." 보덴슈타인이 말했다. "응, 이제 보여. 아니, 다시 사라졌어. 젠장!"

"다른 차들은 직진해서 바로 역으로 가라고 해요!" 피아가 무전기에 대고 소리를 질렀다. "우리를 떼어내려고 그러는 것 같아요!"

"오른쪽이야, 왼쪽이야?" 중앙역 북부의 포스트가에 도착한 보덴슈타인이 외쳤다. 그때 오른쪽에서 자동차 한 대가 빠르게 달려와 급제동을 걸어야 했다. 그는 이내 심한 욕설을 내뱉으며 다시 액셀을 밟고는 직관적으로 운전대를 왼쪽으로 꺾었다.

"세상에!" 피아가 밖에 시선을 둔 채 말했다. "반장님도 그런 말 할 줄 알아요?"

"애들이 있잖아." 그가 이렇게 대꾸하며 속도를 늦췄다. "보여?"

"여긴 차가 수백 대도 넘어요." 피아는 차창을 내리고 어두운 바깥을 내다봤다. 저만치 앞쪽으로 순찰차의 푸른 경광등이 보였다. 비가 퍼붓는데도 멈춰 서서 추격전을 구경하는 사람들로 바글거렸다.

"저기!" 피아가 갑자기 소리를 지르는 바람에 보덴슈타인은 몸을 움찔했다. "저기 있어요! 주차장에서 나오고 있어요!"

정말이었다. 검은 메르세데스가 다시 눈앞에 나타나 바젤가를 엄청난 속도로 달리기 시작했다. 보덴슈타인은 따라가느라 여간 힘든 게 아니었다. 메르세데스는 바젤 광장을 지나 평화의 다리 위를 쏜살같이 달렸다. 보덴슈타인은 속으로 기도하며 하늘나라로 갈 준비를 했다. 피아는 끈기 있게 제 역할을 해내고 있었다. 메르세데스는 시속 120킬로미터로 케네디 거리를 달렸다. 그 뒤로 순찰차들이 꼬리에 꼬리를 물었다. 개중에는 앞서가는 순찰차도 있었지만 메르세데스를 세우려 들지는 않았다.

"공항에 가는 게 분명해요."

니더라트 경마장을 지나며 피아가 말했다. 그 말이 끝나기 무섭게 오른쪽 가장자리 차선에 있던 메르세데스가 세 개의 차로를 가로지르더니 연석을 들이받고서 왼쪽 끝 트램 레일 위로 미끄러졌다. 순식간에 일어난 일이라 피아는 테를린덴이 방향을 어떻게 바꾸는지 일일이 중계할 시간도 없었다. 메르세데스를 앞질러 가던 순찰차들은 이미 공항 가는 길로 들어섰기 때문에 차를 돌릴 수가 없었다. 뒤따라가던 피아와 보덴슈타인은 테를린덴의 곡예를 그대로 따라 했다.

테를린덴이 이젠부르크 숲길로 들어서고 있었다. 곧게 뻗은 숲길을 어찌나 빠르게 달리는지 뒤따라가는 보덴슈타인의 이마에 땀이 흥건했다. 그런데 갑자기 메르세데스가 브레이크 등을 깜박이는가 싶더니 급정거를 하며 반대 차선으로 미끄러졌다. 놀란 보덴슈타인도 있는 힘껏 브레이크를 밟았고 역시 끼익 소리를 내며 미끄러졌다. 라우터바흐가 설마 전속력으로 달리는 와중에 인질을 쏜 건 아니겠지?

"뒷바퀴에 펑크가 났어요!" 재빨리 상황을 파악한 피아가 외쳤다. "이제 멀리 가지는 못할 거예요!"

정말이었다. 정신 나간 사람처럼 질주하던 테를린덴이 갑자기 얌전해져서 왼쪽 깜빡이를 넣은 뒤 오버슈바인슈티게로 꺾어 들어갔다. 그리고 시속 40킬로미터로 털털거리며 달리다 건널목을 지나 숲 주차장에 멈춰 섰다. 보덴슈타인 역시 몇백 미터 뒤에 차를 세웠다. 피아는 차가 멈추자마자 얼른 뛰어내려 다른 순찰차들에게 메르세데스를 둥글게 에워싸라는 신호를 보낸 뒤 다시 차에 탔다. 보덴슈타인은 무전으로 전원 차 안에서 대기하도록 지시했다. 라우터바흐 원장이 여전히 무기를 소지한 상태였고 곧 특별기동대가 도착할 테니 불필요한 인명 피해를 줄이자는 생각에서였다. 그런데 갑자기 메르세데스 운전석 쪽 문이 열렸다. 보덴슈타인은 긴장해 숨을 멈췄다. 테를린덴이 차에서 내렸다. 그는 살짝 휘청거리더니 차 문을 잡고 주위를 둘러봤다. 그러고는 양손을 머리 위로 올린 채 헤드라이트 불빛 속에 동상처럼 서 있었다.

"어떻게 됐습니까?" 무전기에서 심한 잡음과 함께 목소리가 새어 나왔다.

"차에서 내렸습니다. 우리도 지금 나갈 겁니다."

보덴슈타인이 피아를 향해 고개를 끄덕이는 것을 신호로 두 사람은 차에서 내렸다. 피아는 언제라도 방아쇠를 당길 태세로 메르세데스를 향해 총을 겨누었다.

"총 쏠 필요 없습니다."

테를린덴이 엉거주춤 손을 내리며 말했다. 피아는 신경이 곤두설 대로 곤두선 채 뒷좌석 문을 열고 그 안에 총을 겨누었다. 순식간에 긴장이 무너지며 실망감이 밀려왔다. 뒷좌석은 텅 비어 있었다.

*

"갑자기 사무실로 찾아와서 총으로 위협했습니다." 경찰 수송차의 좁은 탁자에 잔뜩 웅크리고 앉은 테를린덴이 허옇게 질린 얼굴로 더듬더듬 말했다. 충격이 큰 듯했다.

"그래서요?" 보덴슈타인이 물었다.

테를린덴은 손으로 얼굴을 닦으려다가 손목에 채워진 수갑을 확인하고는 다시 내렸다. 니켈 알레르기 때문에 어쩌나? 피아는 속으로 비웃으며 냉정하게 그를 쳐다봤다.

"그리고……, 그리고 금고를 열라고 했습니다." 테를린덴이 떨리는 목소리로 말을 이었다. "그다음에는 어떻게 됐는지 잘 생각도 안 납니다. 갑자기 1층 로비에 토비아스가 나타났어요. 그 여학생도 있었고…….”

“무슨 여학생이요?” 피아가 그의 말을 끊고 물었다.

“그……, 그 왜……. 이름이 생각 안 납니다.”

“아멜리?”

“예, 예. 그 이름인 것 같습니다.”

“좋아요. 계속해보세요.”

“다니엘라는 전혀 망설이지 않고 토비아스를 쐈습니다. 그런 다음 나더러 차에 타라고 했습니다.”

“아멜리는요?”

“모릅니다.” 그가 어깨를 으쓱했다. “정말 아무것도 모르겠습니다. 난 그냥 뒤에서 시키는 대로 계속 운전만 했습니다.”

“라우터바흐는 중앙역에서 내렸습니까?” 보덴슈타인이 물었다.

“예. 오른쪽으로, 왼쪽으로, 이렇게 명령을 내렸어요. 난 그냥 시키는 대로 했습니다.”

“음, 알겠습니다.” 보덴슈타인이 갑자기 그에게 몸을 기울이며 날카롭게 말했다. “그런데 내가 모르겠는 건 왜 같이 중앙역에서 내리지 않았느냐는 겁니다! 도시 끝에서 끝까지 왜 그런 곡예를 하면서 달린 겁니까? 사고 날 뻔한 게 몇 번인지 알기나 해요?”

피아는 아랫입술을 잘근잘근 씹으며 테를린덴에게서 눈을 떼지 않았다. 그리고 보덴슈타인이 막 피아 쪽으로 얼굴을 돌렸을 때 테를린덴은 심각한 쇼크 상태에 있는 사람이라면 절대 하지 않을 행동을 했다. 손목시계를 본 것이다.

“입에 침이나 바르시지!” 피아가 화난 목소리로 윽박질렀다. “시간 벌어보려고 한 수작 아냐! 그딴 허튼소리 꾸며대지 말고 사실대로 말해요! 라우터바흐, 지금 어디 있어요?"

테를린덴은 원래 계획대로 밀고 나가려 했지만 피아는 더 이상 말려들지 않았다.

"예. 맞습니다. 같이 도망가려고 했습니다. 밤 11시 45분에 비행기가 출발합니다. 빨리 가면 잡을 수 있을 겁니다."

"어디? 어디로 가는 비행기예요?" 피아는 그의 어깨를 붙잡아 마구 흔들고 싶은 마음을 억누르며 말했다. "어서 말해요! 그 여자는 벌써 사람 하나를 쐈어요. 그게 살인이라는 거예요! 그리고 당장 말하지 않으면 당신도 공범으로 함께 엮일 줄 알아요! 빨리 말 못 해요? 다니엘라 라우터바흐가 타려는 비행기가 어디로 가는 건지, 어떤 가명을 썼는지 어서 대요!"

"상파울루 행 비행기입니다." 테를린덴은 기어드는 목소리로 말하며 눈을 감았다. "이름은 콘수엘라 라 로카."

*

"내가 공항에 갈게." 수송차 앞에서 보덴슈타인이 말했다. "자네는 계속 테를린덴을 맡아."

피아는 고개를 끄덕였다. 알텐하인에서 아무 연락도 없는 것이 내심 불안했다. 아멜리는 어떻게 됐을까? 라우터바흐가 아멜리도 쏜 걸까? 그녀는 순경에게 아멜리의 신변을 알아보도록 부탁하고 다시 폴크스바겐 버스에 올랐다.

"어떻게 그럴 수가 있어요? 그 여자는 티스한테 수년간 마약을 먹였어요. 하마터면 당신 아들이 죽을 뻔했다고요!"

"이해 못 하실 겁니다." 테를린덴이 눈을 감고 지친 목소리로 말했다.

"설명을 해보세요. 왜 다니엘라 라우터바흐가 티스한테 그런 짓을 했는지, 왜 온실을 불태웠는지 설명을 좀 해보세요."

그가 감았던 눈을 뜨고 한참 동안 피아를 응시했다.

"형님이 처음 집에 다니엘라를 데려온 그날, 난 첫눈에 반했습니다." 그는 밑도 끝도 없이 이야기를 시작했다. "1976년 6월 13일은 일요일이었어요. 우리는 첫눈에 반했습니다. 하지만 다니엘라는 1년 뒤 형님과 결혼했어요. 두 사람은 전혀 어울리지도 않았고 결혼 생활도 불행했습니다. 다니엘라는 직업적으로 큰 성공을 거뒀고 형님은 늘 그 그늘에 가려 있었죠. 형님은 다니엘라에게 폭력을 휘둘렀습니다. 나중에는 일하는 사람들 앞에서도 때렸어요. 결혼한 그해에 다니엘라는 유산을 했습니다. 그다음 해에도 유산을 했고 그다음 해에도 마찬가지였습니다. 유산을 상속받을 자식을 원했던 형님은 다니엘라를 더욱 구박했어요. 그러다 우리 집에서 쌍둥이 아들이 태어나자 그 집에서는 희망을 버렸습니다."

피아는 섣불리 말을 끊거나 끼어들지 않고 테를린덴의 말에 귀를 기울였다.

"다니엘라는 아마 이혼할 생각이었을 겁니다. 그런데 몇 년이 지나서 형님이 암에 걸렸어요. 치유가 불가능한 상태였습니다. 다니엘라는 그런 상황에서 이혼할 수 없다고 생각했습니다. 결국 형님은 1985년 5월에 죽었습니다."

"두 사람에겐 딱 좋았겠군요." 피아가 비꼬았다. "하지만 그것만으로는 설명이 안 돼요. 아무리 좋아한다고 해도 아들을 납치해서 지하실에 가둬놨던 여자를 어떻게 도망가게 도와줄 수 있어요? 우리가 발견하지 못했다면 아멜리랑 티스는 익사했을 거예요.

라우터바흐 원장이 지하실에 가둬놓고 물을 틀어서 말입니다."

"그게 무슨 소립니까?"

테를린덴이 놀라 피아를 쳐다봤다. 순간 피아는 테를린덴이 정말 라우터바흐 원장이 한 짓을 모를 수도 있겠다는 생각이 들었다. 아까 병원에서 아들을 보러 가는 중에 그 사고가 있었으니 이야기를 들을 시간도 없었으리라. 그리고 티스의 상태로 봐서 그가 아버지에게 무슨 말을 했을 리도 만무했다. 피아는 라우터바흐 원장의 교활한 범행 내용을 낱낱이 들려줬다.

"그럴 리가 없습니다." 그는 당혹감을 감추지 못하며 같은 말을 계속 중얼거렸다.

"아니, 사실입니다. 라우터바흐 원장은 자기 남편의 범행을 목격했다는 이유로 티스를 죽이려 했어요. 아멜리도 티스를 통해 그 사실을 알게 됐기 때문에 죽이려 한 거고요."

"맙소사!" 테를린덴이 두 손으로 얼굴을 감쌌다.

"둘이 도망칠 생각이었다면서 상대가 어떤 사람인지도 몰랐나 보군요." 피아가 한심하다는 듯 고개를 저었다.

테를린덴은 허공을 응시했다. "다 내 잘못입니다! 알베르트 슈네베르거에게 이사 오라고 권한 것부터가 잘못이었어요."

"슈네베르거가 이 일과 무슨 상관이죠?"

"스테파니는 티스의 혼을 쏙 빼놨습니다. 티스가 그 애에게 홀딱 반해 있었는데 어느 날 스테파니와 그레고어가……, 뭔지 아시죠? 아무튼 그걸 본 티스가 분을 참지 못해 그레고어를 공격했어요. 우린 애를 정신병원으로 데려갔습니다. 티스는 사건이 나기 일주일 전에 퇴원했죠. 병원에 갔다 오니 아주 얌전해져 있었어요. 약이 기적을 일으킨 거죠. 그러던 중에 그레고어가 스테파니를 죽이는 장면을 목격한 겁니다."

피아는 기가 막혔다. 입이 떡 벌어질 지경이었다.

"그레고어는 도망가려고 했어요. 그런데 티스가 앞에 서 있었습니다. 그저 평소처럼 아무 말 없이 쳐다보기만 했어요. 그레고어는 공포에 질려 집으로 달려갔습니다. 어린아이처럼 엉엉 울면서요." 그의 목소리에 비웃음이 섞여 있었다.

"다니엘라 전화를 받고 자토리우스네 헛간으로 갔습니다. 티스가 죽은 여자애 옆에 앉아 있었어요. 그때 난 어서 시체를 숨겨야 한다는 생각뿐이었고 온실 지하 벙커밖에 떠오르지 않았습니다. 그런데 티스를 떼어낼 수가 없었어요. 아들놈은 죽은 애 손을 꼭 잡고 놓지를 않았습니다. 그때 다니엘라가 아이디어를 냈어요. 티스한테 스테파니를 지키도록 하자고요. 위험한 생각이었지만 11년간 아무 탈 없이 잘 지나갔어요. 그 여자애가 나타나기 전까지는…… 그 호기심 많은 애가 나타난 뒤로 모든 게 엉망이 됐습니다."

그와 다니엘라 라우터바흐는 로라와 스테파니의 죽음에 대해 알고 있으면서 침묵했다. 그 끔찍한 사실을 알면서 어떻게 평범하게 살 수 있었을까.

"그럼 누가 아멜리랑 티스를 납치했다고 생각했죠?"

"나디야요. 그레고어가 스테파니를 죽인 날 헛간에서 걔를 봤습니다. 하지만 아무에게도 말하지 않았습니다." 그가 깊은 한숨을 내쉬었다. "나중에 나디야랑 그 얘기를 했어요. 아주 이성적으로 나오더군요. 옛날 친구를 통해서 방송국에서 일할 수 있게 해줬더니 영원히 입을 다물겠다고 약속했습니다. 나디야는 항상 꿈꾸던 대로 알텐하인을 떠났고 성공을 거뒀죠. 그렇게 해서 일은 조용히 마무리됐습니다. 모든 게 잘되고 있었어요. 모두 규칙을 지키기만 했으면 아무 일도 없었을 겁니다."

"사람은 체스 말이 아니에요." 피아가 날카롭게 쏘아붙였다.

"과연 그럴까요?" 테를린덴이 반박했다. "대부분의 사람은 스스로 내리기 힘든 결정을 대신 해주고 그들의 보잘것없는 인생을 대신 책임져주는 사람이 나타나면 아주 좋아합니다. 전체 그림을 보고 필요할 때 조치를 취하는 사람, 그 사람이 바로 납니다." 그의 얼굴에 미소가 떠올랐다. 목소리는 자긍심으로 가득했다.

"틀렸어요!" 전모를 파악한 피아가 냉정하게 말했다. "당신이 아니라 다니엘라 라우터바흐죠. 당신 또한 체스 판 위에서 그녀의 뜻에 따라 움직이는 졸이었을 뿐이에요."

테를린덴의 얼굴에서 미소가 사라졌다.

"우리 반장님이 다니엘라 라우터바흐를 잡아 오기만 비세요. 안 그러면 혼자 뒤집어쓰게 될 테니까. 신문 1면을 차지하는 것도, 여생을 감옥에서 썩는 것도 모두 혼자 하게 될 거예요."

*

"놀라서 말이 다 안 나오네." 오스터만은 얼굴을 부르르 떨며 피아를 쳐다봤다. "법으로 따지면 알텐하인의 절반이 토비아스의 어머니 거라는 말이잖아!"

"맞아." 피아가 대답했다.

책상 위에는 빌헬름 율리우스 테를린덴의 세 쪽짜리 유언장이 놓여 있었다. 1985년 4월 25일에 작성하고 공증된 것으로, 크로너 집안 출신의 아내 다니엘라 테를린덴과 동생 클라우디우스 파울 테를린덴의 상속권을 박탈한다는 내용이었다. 아멜리는 토비아스를 실은 구급차에 타기 전 봉투에 든 두툼한 문서를 경찰에게 건넸다.

토비아스는 간신히 목숨을 건졌다. 다니엘라 라우터바흐가 쏜 총의 파괴력이 약해서였다. 그러나 피를 많이 흘렸기 때문에, 응급수술을 받았어도 아직 생명의 위협으로부터 벗어난 것은 아니었다.

"그런데 왜 빌헬름 테를린덴의 유언장을 하르트무트가 가지고 있었는지 이해가 안 돼." 피아가 말했다. "유언 내용을 죽기 몇 주 전에 바꾼 것도."

"둘이 오랫동안 바람피워 왔다는 사실을 그제야 알았던 모양이지."

"흠."

피아는 애써 하품을 참았다. 시간 개념이 아예 없어진 지 오래였다. 무척 피곤하지만 그만큼 신경도 곤두서 있었다. 토비아스의 가족은 모함과 권력욕의 희생양이 됐지만, 하르트무트가 보관한 유언장 덕분에 적어도 재정적인 면에서는 안정적인 미래를 보장받은 셈이었다.

"자, 이제 어서 들어가. 서류는 내일까지 시간이 있잖아."

"왜 하르트무트는 이 유언장을 공개하지 않았을까?"

오스터만이 그만 들어가라고 등을 떠밀었지만 피아는 딴소리를 했다.

"무슨 일이 벌어질지 몰라서 두려웠던 거겠지. 아니면 그 사람한테도 구린 데가 있었거나. 어떻게 이 유언장을 손에 넣었는지는 모르지만 불법이었을 가능성이 크잖아. 그리고 그런 촌구석에서는 그들만의 규칙이 존재하거든. 그건 내가 잘 알지."

"그게 뭔데?"

오스터만이 웃으며 자리에서 일어섰다. "새벽 3시 반에 내 인생 이야기를 듣고 싶은 건 아니겠지?"

"3시 반? 정말?" 피아가 하품을 하며 기지개를 켰다. "벤케가 이혼당한 거랑 하세가 문화교육부 장관이랑 친분이 있었다는 거 혹시 알았어?"

"첫 번째 건 알았고 두 번째는 몰랐어." 오스터만이 컴퓨터를 끄며 말했다. "그건 왜 물어?"

"글쎄……. 가족보다 더 많은 시간을 보내는데 동료들에 대해 아는 게 하나도 없잖아. 이상하지 않아? 왜 그런 걸까?"

그때 피아의 휴대전화가 울렸다. 크리스토프 전용 착신음이다. 주차장에서 기다리고 있다는 문자메시지가 와 있었다. 피아가 끙 소리를 내며 가방을 집어 들었다.

"난 생각할수록 이상하더라고."

"너무 생각이 많은 거야." 문가에서 오스터만이 말했다. "나에 대해 알고 싶은 게 있으면 내일 다 얘기해줄게."

피아가 지친 얼굴로 웃었다. "정말 다?"

"그럼." 오스터만이 불을 끄며 말했다. "난 숨길 거 하나도 없거든."

*

호프하임에서 운터리더바흐까지 가는 짧은 시간 동안 끊임없이 눈꺼풀이 내려갔다. 크리스토프가 차에서 내려 울타리 문을 여는 것도 몰랐다. 그가 어깨를 가볍게 흔들며 볼에 입을 맞춘 뒤에야 피아는 눈을 부스스 떴다.

"내가 방까지 안고 갈까?"

"아니, 관둬." 피아가 하품하며 웃었다. "그러면 자기는 어디하나 부러져서 누워 있고 다음 주부터 내가 그 무거운 사료 자루를 날라야 하잖아."

차에서 내린 피아는 잠에 취해 휘청휘청 걸었다. 개들이 반갑게 짖으며 쓰다듬어달라고 꼬리를 흔들었다. 외투와 부츠를 벗은 뒤에야 피아는 시청 사람들과의 약속이 생각났다. "시청 일은 어떻게 됐어?"

크리스토프가 부엌에 불을 켜고 나서 심각하게 말했다. "안 좋은 소식이야. 집도 헛간도 허가를 받은 적이 없고, 이제 와서 허가를 받는 건 원거리 송전선 때문에 불가능하대."

"말도 안 돼!" 땅이 무너지는 느낌이었다. 이곳은 그녀의 집이고 그녀의 보금자리다! 이 많은 동물들을 데리고 어디로 가란 말인가. 그녀는 충격에서 헤어나오지 못한 채 크리스토프를 바라봤다. "그럼 이제 어떻게 되는 거야?"

그가 다가와 그녀의 어깨를 감쌌다. "철거령은 그대로야. 우리가 이의신청을 내면 좀 연기가 되긴 하겠지. 하지만 오래가진 않을 거야. 그리고 다른 문제가 하나 더 있어."

"아, 제발." 피아가 눈물을 글썽이며 중얼거렸다. "또 뭔데?"

"언젠가는 여기에 고속도로가 날 수 있기 때문에 헤센주에 이 땅의 선매권이 있대."

"소유권까지 뺏기는 거라 이거지!" 피아가 크리스토프의 팔을 풀고 식탁에 가 앉았다. 개 한 마리가 다가와 코를 들이밀었다. 그녀는 넋이 나간 표정으로 개의 머리를 쓰다듬었다. "돈 다 날린 거네!"

"아냐. 내 말 들어봐." 그가 맞은편에 앉아 그녀의 손을 잡았다. "아주 좋은 소식도 있어. 자기는 제곱미터당 3유로 주고 샀잖아. 주에서는 5유로를 준대."

피아가 놀라 그를 올려다봤다. "그걸 어떻게 알았어?"

"내가 아는 사람이 좀 많잖아. 그리고 오늘 전화를 아주 많이 했거든." 그가 미소를 지으며 말했다. "그러다가 아주 흥미로운 사실을 알아냈어."

그 말에 피아의 얼굴이 환해졌다. "내가 자기를 잘 안다면, 새집을 구한 거구나."

"날 아주 잘 알고 있는데." 그가 재미있다는 듯 말했다. 그러나 곧 진지해졌다. "사실은 예전에 우리 동물원 의사로 있던 사람이 타우누스에 있는 말 병원을 팔려고 내놨어. 내가 얼마 전에 거길 가봤어. 새로 들여오는 동물을 검역할 데가 필요해서 알아보던 중이었거든. 그런데 거긴 검역소로는 적당하지 않았어. 하지만…… 우리 둘이 동물들을 데리고 살기엔 그만이더라고. 오늘 가서 열쇠도 받아 왔어. 괜찮으면 내일 함께 가보자."

피아는 그의 짙은 밤색 눈을 들여다봤다. 가슴속에서 따뜻하고 행복한 느낌이 솟구쳤다. 집이 철거되고 길거리에 나앉게 되더라도 그녀는 혼자가 아니다. 그녀 옆에는 언제나 그가 있다. 헤닝은 한 번도 해주지 못한 일이었다. 크리스토프는 절대 그녀를 저버리지 않을 사람이다.

"고마워." 피아가 속삭이며 그에게 손을 뻗었다. "고마워, 크리스토프. 자기는 정말 대단한 사람이야."

그가 그녀의 손을 잡아 자신의 거친 뺨에 댔다. 그러고는 웃으며 말했다. "다 자기 집에 얹혀살고 싶어서 이러는 거야. 나 아마 쉽게 안 떨어질걸."

피아는 목이 멨지만 애써 미소를 지었다. "영원히 안 떨어졌으면 좋겠어."

2008년 11월 24일 월요일

보덴슈타인이 병원을 나선 것은 오전 5시가 막 넘었을 때였다. 토비아스가 마취에서 깨어날 때까지 곁을 지키고 앉아 있는 아멜리에게 그는 깊은 감동을 받았다. 그는 옷깃을 세우고 차가 있는 곳으로 걸어가며 아슬아슬했던 체포의 순간을 떠올렸다. 다니엘라 라우터바흐는 남아메리카가 아닌 오스트레일리아 행 비행기에 앉아 있었다.

새로 내린 눈이 그의 발밑에서 뽀드득 소리를 냈다. 로라 바그너의 유골이 발견된 날로부터 몇 달은 지난 것 같았다. 예전에는 생판 모르는 사람의 일을 들여다보는 거라 사건을 처리할 때에도 객관적인 시선을 유지했지만, 이번만큼은 개인적으로 사건에 개입했다는 느낌이 들었다. 어딘지 모르게 생각 자체가 바뀐 것 같았다. 다시는 옛날처럼 생각하지 못할지도 모른다. 그는 잠시 자동차 옆에 서 있었다. 고요하고 잔잔하기만 한 강물 위를 떠다니다가 폭포 소리를 듣고 거센 물살이 있는 곳으로 완전히 방향을 틀어 노를 저어 가는 기분이 들었다. 이런 생각을 하니 한편으로는 무섭고 다른 한편으로는 모험심에 마음이 들떴다.

차에 올라타 시동을 켜고 와이퍼가 앞창에 쌓인 눈을 쓸어낼 때까지 기다렸다. 상황이 허락하면 오늘 아침 식사를 함께하면서 천천히 이야기를 해보자고, 어제 코지마에게 약속했다. 주차장에서 차를 빼내 켈크하임 방향으로 나왔다. 전화 수신이 안 되는 병원을 빠져나오자마자 휴대전화에서 소리가 났다. 확인해보니 오전 3시 21분에 모르는 번호에서 전화가 걸려와 있었다. 연결이 안 돼서 전화 달라고 부탁하는 메시지를 남겨놓은 모양이었다. 바로 번호를 눌렀다.

"여보세요?" 잠이 덜 깬 여자의 목소리가 들렸다. 낯설었다.

"보덴슈타인이라고 합니다. 이른 시간에 미안합니다만, 연락해달라는 메시지가 도착해 있어서요. 급한 일인가 싶어 전화했습니다."

"아…… 안녕하세요? 언니랑 같이 티스 병원에 있다가 방금 들어왔어요. 고맙다는 말을 하려고요."

그제야 보덴슈타인은 상대가 누군지 알아차렸다. 반가움에 가슴이 뛰었다. "뭐가 고마워요?"

"티스의 목숨을 구해주셨잖아요." 하이디 브뤼크너가 말했다. "어쩌면 언니의 생명도 구해주신 거나 마찬가지죠. 텔레비전에서 형부랑 라우터바흐 체포하는 거 봤어요."

"아, 예."

"네." 그녀가 갑자기 당황한 것 같았다. "원래 할 말은 이게 다예요. 일이 힘드셨을 테고 아마…… 무척 피곤하시겠죠. 그리고……."

"아닙니다, 아니에요." 보덴슈타인이 재빨리 말했다. "아주 쌩

쌩합니다. 그런데 뭘 먹은 지가 오래돼서 지금 아침 먹으러 가고 있습니다."

잠시 침묵이 이어졌다. 보덴슈타인은 전화가 끊긴 게 아닌가 걱정이 됐다.

"저도 아침을 먹긴 해야 하는데……."

그녀가 웃는 모습이 눈앞에 보이는 것만 같았다. 그 역시 웃음 이 나왔다.

"그럼 어디 가서 커피나 한잔할까요?" 보덴슈타인이 애써 태 연한 척하며 말했다. 그러나 심장이 두근거려 전율이 손끝까지 느 껴질 정도였다. 무슨 금지된 행동이라도 저지르는 것 같았다. 아 름다운 여자와 데이트를 해보는 게 얼마 만인가.

"좋아요." 다행히 그녀의 대답은 오케이였다. "그런데 지금 전 다시 쇼텐 집에 와 있어요."

"함부르크보다는 나은데요?" 보덴슈타인이 그녀의 대답을 기 다리며 씩 웃었다. "커피 한잔 마시러 함부르크까지 날아갈 수도 있지만요."

"그럴 필요 없이 포겔스베르크까지만 오세요."

보덴슈타인은 제설차를 먼저 보내느라 속도를 늦추었다. 1킬 로미터 전방에서 오른쪽으로 꺾으면 코지마가 기다리는 집이 나 온다.

"그 정도로는 못 찾아가겠는데요." 갖고 있는 그녀의 명함에 정확한 주소가 나와 있지만 그는 너스레를 떨었다. "포겔스베르크 를 다 뒤질 순 없지 않겠습니까?"

"그럼요. 그건 시간 낭비죠." 그녀가 웃으며 대꾸했다. "슐로스 가세 19번지예요. 구시가지요."

"좋습니다. 그건 찾을 수 있겠네요."

"네, 그럼 이따 봬요. 운전 조심하시고요."

"네, 조금 있다 뵙겠습니다."

그는 통화를 끝낸 뒤 짧은 한숨을 토해냈다. 이게 과연 잘하는 짓일까? 사무실에는 서류 작업이, 그리고 집에서는 코지마가 기다리고 있다. 제설차는 아직도 느릿느릿 길을 가로지르는 중이다. 여기서 오른쪽으로 가면 켈크하임이다. 서류 작업은 아직 시간이 있다. 코지마와의 대화도 급한 건 아니다. 보덴슈타인은 숨을 크게 들이마신 뒤 왼쪽 고속도로 방향으로 깜빡이를 켰다.

옮긴이 김진아

숙명여자대학교에서 교육학을 전공했고 베를린자유대학교에서 교육학과 연극학 석사학위를 받았다. 뒤스부르크에센대학교에서 교육학 강사를 역임했으며, 현재 전문 번역가로 활동 중이다. 『잔혹한 어머니의 날』 『산 자와 죽은 자』 『사악한 늑대』 『깊은 상처』 『사랑받지 못한 여자』 『바람을 뿌리는 자』 『너무 친한 친구들』 등을 우리말로 옮겼으며, 그 외 옮긴 책으로는 『피오르의 유령』 『수잔 이펙트』 등이 있다.

백설공주에게 죽음을

초판 1쇄 발행 2011년 2월 11일
특별판 1쇄 발행 2024년 5월 24일
특별판 2쇄 발행 2024년 8월 30일

지은이 넬레 노이하우스
옮긴이 김진아
펴낸이 신경렬

상무 강용구
책임편집 송규인 **기획편집부** 고여림 신유미
마케팅 최성은 **디자인** 굿베러베스트
경영지원 김정숙 김윤하

펴낸곳 (주)더난콘텐츠그룹
출판등록 2011년 6월 2일 제2011-000158호
주소 04043 서울시 마포구 양화로12길 16, 7층(서교동, 더난빌딩)
전화 (02)325-2525 | **팩스** (02)325-9007
이메일 book@thenanbiz.com | **홈페이지** www.thenanbiz.com

ISBN 979-11-5879-215-2 03850

• 이 책 내용의 전부 또는 일부를 재사용하려면 반드시 저작권자와 (주)더난콘텐츠그룹 양측의 서면에 의한 동의를 받아야 합니다.
• 잘못 만들어진 책은 구입하신 서점에서 교환해 드립니다.